Mit der Kölner Staatsanwältin Beate Fuchs hat Gabriele Wolff eine starke, unverwechselbare Heldin geschaffen, eine junge Frau mit Witz, Intuition, Klugheit und Mut: Beate Fuchs, wohnhaft in Köln-Deutz, noch Staatsanwältin zur Probe. »Hinter ihr türmen sich Aktenberge. Lauter Schicksale in rosa Heftern, die erledigt werden wollten. [...] und sie saß da und machte sich Gedanken über ein Verfahren, für das sie schon lange nicht mehr zuständig war. Betrug, AZ [...] Ein Routinefall, wie er in jeder vierten Akte vorkam.« Doch ein anonymer Hinweis führt sie zu einer Leiche (›Kölscher Kaviar‹).

Inzwischen kennt die junge Staatsanwältin die Routine des Beamtenalltags »auf Lebenszeit«. Aber an Witz und Unternehmensgeist hat sie nichts eingebüßt – auch wenn fast nie etwas so ist, wie es auf den ersten Blick aussieht. In der Wohnung des ermordeten Manfred Breithaupt zum Beispiel sieht es nach einem handfesten Ehekrach aus ... (›Himmel und Erde‹).

»Ein Spinner«, denkt Beate Fuchs, als ein Mann eine wirre Selbstanzeige erstattet. Doch am nächsten Tag ist er tot, und natürlich fühlt sie sich schuldig. So ermittelt sie auf eigene Faust im nächtlichen Köln-Kalk, in Szenekneipen und auf leeren Fabrikhöfen. Ein Informant riskiert Kopf und Kragen. Und irgendjemand scheut keine Mittel und Wege, seine einträglichen Geschäfte zu tarnen – mitten im Kölner Karneval ... (›Armer Ritter‹).

Gabriele Wolff (d. i. Gabriele Gordon), 1955 in Düsseldorf geboren, lebte von 1975 bis 1994 in Köln. Seit 1994 Oberstaatsanwältin in Neuruppin, seit 1999 abgeordnet ins brandenburgische Justizministerium in Potsdam. Mit ihrer Krimiserie um die Kölner Staatsanwältin Beate Fuchs wurde sie auf Anhieb bekannt. Auf die Köln-Trilogie folgten die beiden Titel ›Rote Grütze‹ und ›Tote Oma‹, die in den neuen Bundesländern spielen, und zuletzt ihr neuer Roman ›Der falsche Mann‹ (FTV 14669).

Unsere Adresse im Internet: www.fischer-tb.de

Gabriele Wolff

Kleine Morde in Köln

Kölscher Kaviar
Himmel und Erde
Armer Ritter

Drei Romane

Fischer Taschenbuch Verlag

Veröffentlicht im Fischer Taschenbuch Verlag GmbH,
Frankfurt am Main, September 2000

Mit freundlicher Genehmigung der Autorin
Für diese Ausgabe:

Satz: Pinkuin Satz und Datentechnik, Berlin
Druck und Bindung: Clausen & Bosse, Leck
Printed in Germany
ISBN 3-596-14839-1

Inhalt

Kölscher Kaviar

Die Luft war benzingeschwängert. An diesem lauen Sommerabend bewegten sich die Autos Stoßstange an Stoßstange auf den Ringen entlang, vorbei an Kinos, Sex-Shops und Diskotheken. Der rote Porsche mit dem Kennzeichen K-AC 753 hielt schon zum dritten Mal an der Ampel vor dem Rudolfplatz. Musik in Stereoqualität drang aus dem geöffneten Fenster. Der junge Mann hinter dem Steuer ließ den linken Arm lässig heraushängen. Mit der flachen rechten Hand trommelte er den Reggae-Takt auf seine Jeansschenkel. Er ließ ein paarmal den Motor aufheulen, dann schoss der Wagen los. Als Erster erreichte er die Fahrbahnverengung an der U-Bahn-Baustelle, und der Fahrer lächelte zufrieden. Der Wagen glitt dahin. Mühelos schloss er zu den voranfahrenden Fahrzeugen auf und überholte bei der ersten Gelegenheit die Langsamfahrer, die vergeblich nach Parkplätzen Ausschau hielten. Am Ebertplatz bog der Porsche ab und fuhr wieder zurück auf den Ring.

Das Gesicht des jungen Mannes wirkte erstaunt, als er bei Rot über die Kreuzung fuhr. Der Porsche rollte immer langsamer auf der linken Fahrbahn. Die gellende Hupe eines Capri mit Playboy-Aufkleber hinter ihm ließ den jungen Mann zusammenzucken. Hastig trat er auf das Gaspedal. Der Sportwagen machte einen nervösen Satz nach vorn. Dann beschleunigte das Fahrzeug mit aufheulendem Motor und brach nach links aus.

Nur der Fahrer des metallicgrünen Opel auf der Gegenspur versuchte zu bremsen. Bremsenquietschen, blockierende Räder: Zehntelsekunden später der dumpfe Knall, als sich die linke Vorderfront des Porsche in den Opel bohrte.

Die Stille danach war unnatürlich.

Reglos sahen die Passanten zu, wie der Opelfahrer mit bleichem Gesicht den Sicherheitsgurt löste. Aus der Menge der Gaffer heraus lief ein grau melierter Mann auf die Fahrbahn und eilte zu dem Porsche. Er schaute durch das Fenster der Beifahrertür und zögerte. Dann öffnete er die Tür.

Langsam sackte der Oberkörper des Fahrers nach rechts, fast in die Arme des grau melierten Mannes. Die geöffneten Augen des jungen Mannes sahen ins Leere. Auf seiner Stirn standen Schweißperlen.

Der Graumelierte machte eine hilflose Bewegung und wandte sich zu den Schaulustigen.

»Ist wohl nichts mehr zu machen«, murmelte er.

Wie jeden Morgen fuhr die Linie 4 der KVB, aus dem Rechtsrheinischen kommend, auf die Severinsbrücke. Wie jeden Morgen wandten sich die Blicke der wachen Mehrheit der Straßenbahnbenutzer zur rechten Seite. Der Dom stand da wie immer, als wäre es undenkbar, dass es ihn eines Tages nicht mehr geben könnte. Sein Anblick jedoch war jeden Morgen anders. Mal hatte er ein altes Gesicht wie die Frau gegenüber, die aus halb geöffneten Augen auf die Schlagzeile im ›Express‹ starrte, mal ragten seine Türme in einen bleigrauen Himmel und durchstießen den Nebel, der über dem Rhein aufstieg. Und manchmal versuchte er, so auszusehen wie die vielen Postkarten, die es von ihm gab und die von Rudeln freundlicher japanischer Touristen stapelweise in den Geschäften auf der Hohen Straße gekauft wurden, ein himmelblauer Gruß aus Colonia.

Heute hatte er seinen bleigrauen Tag, kein Zweifel.

Beate Fuchs schloss langsam die Augen und versuchte, die Bierfahne des Nebenmannes genauso zu ignorieren wie das Gekreisch der Schulklasse hinter sich. Es gelang ihr beinahe zu gut. Als der scheppernde Gong aus dem Lautsprecher dröhnte und die bemüht verführerische Tonbandstimme die Station »Appellhofplatz« ansagte, musste sie sich einen Ruck geben, dann stieg sie aus. Draußen wurde sie ein wenig wacher, schlenderte umher, machte einen Umweg und kaufte sich in einer Metzgerei drei belegte Brötchen. Mit der Tüte unter dem Arm ging sie zu einem Eckhaus in der Breiten Straße und zog die Glastür auf.

»Staatsanwaltschaft Köln« stand auf einem unauffälligen Schild rechts neben der Tür. Für Rat suchende Bürger waren sogar Sprechzeiten zwischen 8 und 12 Uhr verzeichnet. Sie grinste in sich hinein, denn die vorgesehene Besuchszeit fiel unmittelbar mit den dicht aufeinander folgenden Kaffeepausen zusammen, wobei nach einem ungeschriebenen Gesetz zunächst die Geschäftsstellen, dann die jüngeren Staatsanwälte, danach die Rechtspfleger und zum Schluss die Abteilungsleiter tagten. Ihr Grinsen traf einen älteren Wachtmeister, der einen hölzernen Karren, hoch beladen mit rosa Akten, durch die Gänge schob. Freundlich lächelte er zurück und wünschte einen guten Morgen. Ob es einer wurde, hing entscheidend von dem ersten Blick in ihr Büro ab, vor dessen Tür sie jetzt angekommen war.

Billiger Linoleumboden, moosgrüne Besucherstühle im Stil der sechziger Jahre, das den jungen Kollegen zugestandene Beistelltischchen, der seit Jahrzehnten übliche, höchst schmucklose Schreibtisch: Das alles war unbedeutend, wichtig war der Holzbock mit den zwei Fächern. War der Aktenstapel darauf hoch oder füllte er gar beide oberen Fächer, konnte sie jeden Gedanken an einen unbeschwert kurzen Arbeitstag vergessen. War er klein oder nur deshalb so gewaltig, weil wenig fette Akten ihn aufblähten, konnte sie schon für den Nachmittag Einkäufe oder sonstige Vergnügungen einplanen.

Mittelprächtig, entschied sie im Geiste.

Sie setzte sich hin, wählte ein Brötchen, schmiss die erste Akte auf den Tisch, las die Überschrift »Unterhaltsentziehung«, roch schon den Mief von Sozial- und Jugendämtern, hörte das Jammern schwarzarbeitender Väter, denen man kaum auf die Schliche kam, legte die Akte weg und nahm sich die nächste.

Dann biss sie träumerisch in das Brötchen.

Beate Fuchs war noch nicht lange Staatsanwältin. In ihrem Freundeskreis war ein ziemlicher Unglaube entstanden, als sie freudestrahlend, über zwei Jahre nach ihrem letzten Examen, endlich eine erfolgreiche Bewerbung verbuchen konnte. Acht Monate hatte sie eine eigene Rechtsanwaltspraxis gehabt, die genau das Geld einbrachte, das sie kostete. Die Kreditsumme schmolz wie Butter an der Sonne, und nicht alle Klienten – wenig genug waren es – zahlten für die geleisteten Dienste. Wenn sie am Monatsende die Bilanz schrieb und auch noch die längst ausgegebene Umsatzsteuer an das Finanzamt zahlen musste, war sie jedes Mal deprimiert. Dabei machte die Arbeit Spaß, auch bei kleinen Streitwerten kämpfte sie mit vollem Einsatz. Als von dem Existenzgründungskredit nur noch 2000,– DM übrig waren und sie sich kaum noch zur Bank traute, um Geld abzuheben, erhielt sie völlig überraschend den Termin zu einem Vorstellungsgespräch bei der Generalstaatsanwaltschaft. Beate trug zu diesem Anlass ihr blaues Kostüm und eine weiße Bluse, was ihr als Gipfel an Seriosität erschien. Sie sah sehr jung und zierlich aus, die schwarzen Locken immer ein wenig ungebändigt, und sie sprach schnell und temperamentvoll. Auch in dem blauen Kostüm wirkte sie nicht so, wie sie meinte, dass man sich eine Staatsanwältin vorstellte: groß, stattlich, souverän und kühl, so wie die Ladys in der After-Eight-Reklame. Allein die Goldrandbrille, die sie wegen ihrer starken Kurzsichtigkeit tragen musste, gab ihr den notwendigen intellektuellen Touch. Sie hatte sich noch viel Glück wünschen lassen und war über die Brücke gefahren. Irgendwie war der Rhein wie eine Grenze zwischen ihrem privaten Leben und der Welt draußen. Sie hatte nichts zu verlieren.

Das Gespräch, einen Tag vor Weiberfastnacht, war sehr erfreulich gewesen. (Ob sie gedenke, Kinder in die Welt zu setzen, wurde sie dieses Mal wenigstens nicht gefragt ...) Erleichtert hatte sie sich draußen eine Zigarette angezündet. Pünktlich am Vormittag von Aschermittwoch – ihr Schädel brummte nicht schlecht, als sie zum Telefon wankte – teilte man ihr mit, dass man ihre Einstellung befürworten würde.

Jetzt saß sie hier, Richterin auf Probe, wie es in der offiziellen Ernennungsurkunde hieß, Gehaltsstufe R 1 abzüglich 10 % Kürzung nebst Ortszuschlag, und starrte die rosa Akte an. Dorsten, Marion und Dorsten, Karl-Heinz, Betrug, Aktenzeichen 37 Js 241/86. Sie klappte den Aktendeckel auf, als das Telefon schellte.

»Staatsanwaltschaft Köln, Fuchs«, sagte sie mit seriöser Stimme.

»Der Kaffee ist fertig, sagen Sie dem Wichterich Bescheid?«, tönte es in unverkennbar schwäbischem Tonfall zurück.

»Klar, Herr Kieferle, wir kommen.« Sie stand auf, schloss die Tür gemäß Dienstanweisung ab und ging bei Kollege Wichterich vorbei. Gemeinsam fuhren sie zur zweiten Etage, wo in Kieferles Zimmer die nicht erlaubte, aber allseits geduldete Kaffeemaschine brodelte. Dort waren schon die Kollegen Bub – »Ich bin der Mordbub, vom Kapitaldezernat«, hatte er sich vorgestellt –, Bargfeld (Politik und Umweltschutz), Kieferle und Hötschel von der Wirtschaftsabteilung und der Kollege Fetten (Rauschgift) versammelt. Kieferle, in dessen Dienstzimmer jeden Tag zweimal die Kaffeerunde abgehalten wurde, thronte breit und gut gelaunt wie fast immer hinter seinem Schreibtisch und unterhielt in einem nicht enden wollenden Redeschwall die Kollegen mit dem neuesten Behördenklatsch.

Beate nahm sich ihre Tasse von der Porzellanablage über dem Waschbecken und ließ sich Kaffee einschenken. Die ersten Tage hatte sie nur zugehört, wenn sich die anderen, fast alle junge Kollegen ohne Schlips und Kragen, über Anekdoten, Rechtsprobleme, hin und wieder Privates und FC-Köln-Ergebnisse ausbreiteten. Immerhin war sie die einzige Frau, da galt es zunächst, in der Reserve zu bleiben und sich ein Bild von den anderen zu machen. In die Runde war sie geraten, ohne zu wissen, wem sie die Ehre verdankte; dass es eine Ehre war, wurde ihr nur allzu schnell von dem forschen Bub klargemacht: »Hier versammelt sich die dynamische Creme der Behörde, das ist Ihnen doch wohl hoffentlich klar, Frau Fuchs.« Mittlerweile war sie vollständig in den erlauchten Kreis integriert, und das gemeinsame Kaffeetrinken war zu einer lieben Gewohnheit geworden, die den grauen Alltag auflockerte.

Heute ging es ausgesprochen albern zu. Sie überlegten angestrengt, wie man die kürzeste und unverständlichste Verfügung treffen konnte, die überhaupt nur denkbar war: VN an U. Seite, KPS, Fr. Rpfl.? Zu Deutsch: Versandnachricht (mit anderen Worten, die Akten waren nicht da und konnten leider nicht herausgerückt werden), keine Prüfungssache, Frau Rechtspflegerin? Oder wie wäre es mit H. AL z. K. u. B. sowie u. m. A. z. w. V. in dort. Zust. übersandt? Zu übersetzen mit Herrn Abteilungsleiter zur Kenntnis und Billigung sowie urschriftlich mit Akten zur weiteren Veranlassung in dortiger Zuständigkeit übersandt? An dieses entsetzliche Deutsch hatte sie sich langsam gewöhnt. Manchmal hatte sie zwar das Gefühl, eine unfreiwillige Parodie abzuliefern, aber ihr Chef war hoch zufrieden darüber, wie schnell sie sich eingearbeitet hatte.

Beate kicherte noch immer, als sie ihr Büro wieder aufschloss. Nun gab es kein Entrinnen mehr, die Akte Dorsten musste bearbeitet werden. Es war ein brandneuer Fall. Die Concordia-Versicherung hatte nach drei innerhalb eines Jahres gemeldeten Einbrüchen in das Fitness- und Sonnenstudio der Eheleute Dorsten Verdacht geschöpft, dass dort nicht alles mit rechten Dingen zugehen könnte. Der gemeldete Schaden war allerdings beträchtlich. Und die Firma

Heribert Schmitz & Partner hatte großzügig Rechnungen über riesige Lieferungen von Röhren an das Studio ausgestellt, die jedes Mal als Beleg für die Höhe des Schadens eingereicht worden waren. Die misstrauische Versicherung hatte bei Heribert Schmitz und seinem nun Expartner, einem gewissen Josef-Karl Knipp, angefragt und von beiden die Versicherung erhalten, sie jedenfalls hätten die fraglichen Rechnungen nicht ausgestellt. Schon seit mehr als einem Jahr hätten sie an die Dorstens nichts mehr geliefert, schleppende Zahlungen und so weiter, bei den Rechnungen könne es sich nur um Fälschungen handeln.

Ein Routinefall, wie er in jeder vierten Akte vorkam. Es war wohl der große Sport, Versicherungen anzuzapfen: Das Auto wird geknackt, und die Chance des Lebens ist da; wie oft sich exklusive Lederjacken, kostbare Stereoanlagen und sonstiges Luxuszubehör im Wagen befunden haben sollten, war geradezu unwahrscheinlich. Es fiel aber immer nur dann unangenehm auf, wenn der Dieb mit der Beute, einem Uralt-Empfänger billigster Marke, gefasst wurde oder der aufgebrochene Pkw eine Ente Baujahr 1973 war. Beate tat das Übliche: Strafregisterauszug der Beschuldigten Dorsten anfordern und die Akte der Polizeibehörde Köln zusenden, die die Inhaber der Lieferfirma als Zeugen und die Inhaber des Sonnenstudios »Beachclub« als Beschuldigte vernehmen sollte.

Der Tag schleppte sich zäh dahin. Sie stellte die Ermittlungen in zwei Fällen ein, verfasste eine Anklage, beantragte die Verlängerung der Bewährungszeit, trank noch einmal Kaffee mit den Kollegen; dann schleppte sie den heute bearbeiteten Stoß Akten zum Zimmer ihres Chefs. Wie alle Neulinge durchlief sie die Phase der Gegenzeichnung, in der alle ihre Verfügungen vom Chef begutachtet wurden.

»Herein.« Gequält sah ihr Oberstaatsanwalt Neumann entgegen, als sie den Stapel mit letzter Kraft auf seinem Schreibtisch ablud.

»Na, Mädchen, was bringen Sie mir denn schon wieder für 'nen Stapel, das darf doch nicht wahr sein, und das, wo ich genug zu tun hab mit all dem Auslieferungskram, und der Chef musste auch noch stundenlang labern, wie stellt der sich das vor ...«

Seine Stimme verlor sich in düsterem Klageton. Seine hagere Gestalt beugte sich unter dem Stress der Überarbeitung, bis er, einer Trauerweide nicht unähnlich, gekrümmt über seinem Schreibtisch hing. Natürlich war er eine Seele von Mensch, und Beate kannte dieses einleitende Ritual bereits.

»Meine Schuld ist es nicht, und überhaupt, es ist ja alles schon gemacht, Sie brauchen nur noch abzuzeichnen«, sagte sie, indem sie verstohlen auf die Uhr blickte. Es würde nichts nützen, das war ihr schon klar.

»Vertrauen ist gut, Kontrolle ist besser«, sagte Oberstaatsanwalt Neumann wie erwartet, und gründlich wie immer widmete er sich ihren Verfügungen.

»Sagen Sie mal, warum geben Sie diesen Mist nicht nach Essen ab, da sind wir gar nicht zuständig. Also das müssen Sie noch lernen, dass Sie nicht alles machen, was auf Ihren Schreibtisch kommt. Regel Nummer 1, ist das meins? Und hier, was ermitteln Sie da noch, das verweisen wir rammzammzamm auf den Privatklageweg, wir können uns nicht um alles kümmern, aber das kommt noch, wenn Sie mal, so wie ich, in den Akten ertrinken ...«

»Okay, mache ich, also die nehm ich wieder mit, sonst ist alles in Ordnung?«, fragte sie.

»Was soll das denn, warum lassen Sie nicht den Beschuldigten vernehmen, dann können Sie den Fall doch direkt anklagen?«

»Ich will erst noch nachweisen, dass auch der andere Verkehrsunfall getürkt ist, und erst, wenn ich die Versicherungsunterlagen bekommen habe, kann ich das Ergebnis vorhalten. Denn da ist was faul. Um Mitternacht in einer Sackgasse, VW stößt mit Porsche zusammen, und der fährt gegen eine Mülltonne, alles ohne Zeugen und Polizei, gleich ein Schaden von 10 000,– DM. Vorher hat er schon einen Mercedes zu Schrott gefahren, das will ich erst mal ausermitteln ...«

Langsam redete sie sich in eine Begeisterung hinein, die ihr Gegenüber fast mitriss.

»Sehen Sie, langsam werden Sie eine richtige Staatsanwältin, ich sage nur: Kavallerie der Justiz«, und er zeichnete auch diese Verfügung ab. Trotz seiner Überbelastung dauerte es nahezu zwei Stunden, bis die Arbeit des heutigen Tages besprochen war. Doch dann konnte sie gehen, nahm zwei Ordner wieder mit, bearbeitete sie neu und warf sie unter den Bock. 15.45 Uhr, Feierabend. Sie schloss gemäß Dienstanweisung das Fenster, kontrollierte, ob der Wasserhahn noch lief, goss die Blume auf der Fensterbank und ging.

Es war, als pralle sie an einer Wand aus schwüler Luft ab. Der Tag hatte sich zu einem für Köln typischen, dunstigen Tropentag entwickelt, wobei der Himmel fast so grau aussah wie am frühen Morgen. Nur dass sich jetzt unter der Dunstglocke eine Hitze staute, die bei jeder Bewegung den Schweiß ausbrechen ließ. Eine eiskalte Limonade wäre genau das Richtige. Beate betrat das Café an der Ecke und ging ohne Bedauern an den aufgetürmten Trüffelköstlichkeiten vorbei, bei deren Anblick ihr sonst immer das Wasser im Mund zusammenlief. Die plüschige Atmosphäre im Innern bezauberte immer wieder aufs Neue: die alten Damen vor ihren Sahnetorten, die Hüte wie einbetoniert in der lila schimmernden Dauerwelle. Der stadtbekannte Kunstsammler, dessen riesige Doggen vor dem Café warteten, nahm auch wieder majestätisch seinen Eckplatz ein. Die Limonade wurde schnell gebracht, und Beate hatte genug Zeit, sich Tagträumen hinzugeben. Bruchstücke eines Liedes fielen ihr ein, Tagessplitter der Arbeit und Erinnerungen an ihren letzten Freund, von dem sie sich gerade getrennt hatte, veranstalteten ein Happening in ihrem Kopf.

Ein Mann betrat das Café, sah sie kurz an und setzte sich dann an einen unbesetzten Tisch nicht weit hinter ihr.

Er kam ihr bekannt vor.

Unter welchen Umständen war sie ihm begegnet? War es ein Kollege aus einem anderen Gebäude? Oder ein Exkollege von der anderen Seite? Oder ein Beschuldigter, den sie vernommen hatte? Vielleicht gar ein Angeklagter, der mit ihrem Plädoyer nicht so ganz einverstanden gewesen war? Ihre Phantasie ging wieder mit ihr durch, der Beruf hatte sie wohl doch verändert. Früher hätte sie blindlings angenommen, dass es eben ein Mann wäre, der sich für sie interessierte. Und schlecht sah er nicht aus: schmales Gesicht, dunkle Locken, um die braunen Augen ein paar amüsierte Fältchen, spöttischer Mund. Sie hatte sich etwas zu auffällig umgedreht, aber nun wusste sie, dass er weiße Jeans und ein weißes Sporthemd trug und elegante, knappe Bewegungen hatte.

Sie konnte sein Gesicht nicht einordnen. Wie oft hatte sie auf eine bloße Ähnlichkeit hin reagiert und wildfremde Leute angesprochen, um dann verlegen den Rückzug anzutreten …

Sie bezahlte ihre Limonade und ging, einen weiten Bogen um die beiden Doggen vor dem Eingang schlagend – der eine Hund starrte sie misstrauisch aus blutunterlaufenen Augen an –, zur U-Bahn-Station. In der Bahn überlegte sie, was sie für heute noch einkaufen musste, nur das Wichtigste, Katzenfutter, Tabak, Wein und etwas Brot. Sie kramte in ihrem Portemonnaie. Weiter vorn beobachtete sie, wie eine rabiate KVB-Kontrolleurin sich wie ein Geier auf einen Jugendlichen stürzte, dessen Schwarzfahrerkarriere heute einen rabenschwarzen Tag hatte. Die stämmige Frau kostete ihr Erfolgserlebnis voll aus, indem sie mit weithin schallender Stimme seine Personalien aufnahm. Verstohlen schlich ein Mütterchen noch schnell zum Entwerterautomaten. Auch sie kam nicht ungeschoren davon. Leichte Beute für die Kontrolleurin, die schon wieder ein Erfolgserlebnis, sozusagen einen Beweis für ihre Daseinsberechtigung, verbuchen konnte.

Obwohl Beate eine Monatskarte hatte, fühlte sie sich wie ertappt. War da hinter ihr noch so ein Mensch dieser unausstehlichen Sorte?

Langsam sah sie sich um.

Der Mann in Weiß saß zwei Reihen hinter ihr.

Plötzlich ergriff sie das Jagdfieber. War das ein Zufall, oder folgte er ihr? Und wenn ja, warum? Die Kontrolleure stiegen aus, ohne nach ihrem Fahrschein gefragt zu haben. Das passierte ihr fast immer. An der Station Suevenstraße stellte sie sich an die Tür und betrachtete den Mann in Weiß aus den Augenwinkeln. Er sah betont geistesabwesend aus dem Fenster. Wenn er noch gepfiffen hätte, wäre sie misstrauisch geworden. Sie stieg aus und war fast enttäuscht, als der Unbekannte weiterfuhr.

Zu Hause begrüßte sie der Kater, der schlaff vor Hitze auf dem Balkon lag und nur kurz den Kopf hob, als sie die Küche betrat. Dann schlenderte er wie absichtslos herbei, warf sich vor ihr auf den Rücken und verlangte mauzend nach seiner Dosis Streicheleinheiten.

Der dreigegliederte, hochgeschossige Bau des Amts- und Landgerichtes an der Luxemburger Straße wetteiferte mit dem gegenüberliegenden Uni-Center an Hässlichkeit. Der Kampf ging unentschieden aus. 8.37 Uhr, drei Sitzungen waren für den heutigen Tag bei der VI. Kleinen Strafkammer terminiert. Berufungsverfahren von

Einzelrichtersachen, kleine Fälle, nichts Bedeutsames. Es würden sich keine Reporter drängeln, keine Rechtsanwälte mit großer Gebärde wie die Löwen für ihre Mandanten kämpfen. Es war der Mief des Alltags angesagt, der Existenzkampf der kleinen Leute, der unbeleuchtet vom grellen Schein der Öffentlichkeit geführt wurde. Die Strafprozessordnung spielte keine tragende Rolle, das Bestreben der Beteiligten war lediglich darauf gerichtet, die Sachen so schnell wie möglich über die Bühne zu bringen.

Und doch stieg Beate in den Fahrstuhl, um sich noch eine Kommentierung zur Sperrfristberechnung bei Führerscheinentzug in der Gerichtsbücherei anzusehen. Sie ließ sich nicht gern bei einem Fehler ertappen, so wie an ihrem zweiten Sitzungstag. Da war eine pikante Falschaussage in einem Vaterschaftsprozess angeklagt, und die Presse war komplett versammelt – die Kindesmutter wusste nicht mehr genau, wie weit die Bankkollegen ihres Mannes mit ihren Annäherungen gekommen waren; und ziemlich weit mussten sie gekommen sein, denn ihr Mann war nicht der Vater. »Was für Bankkollegen?«, hatte Beate noch gefragt, bis der Richter ihr ein komplizenhaftes »Na, die von der Parkbank, der Mann ist Penner!« zugeraunt hatte. Sie war derart durcheinander gewesen, dass sie nur vierzig Tagessätze à 10,– DM beantragt hatte. Daraufhin konnte sie am nächsten Morgen in der Zeitung lesen, dass die »junge Staatsanwältin vom Richter belehrt werden musste, dass Mindeststrafe bei Falschaussage neunzig Tagessätze seien«. Die Angeklagte hatte auch gleich mit der Begründung, eine Geldstrafe könne sie bzw. ihr neuer Mann ohnehin nicht bezahlen, drei Monate mit Bewährung kassiert, sodass die Welt wieder in Ordnung war.

So was passiert mir nicht mehr, hatte sich Beate geschworen. Der Fahrstuhl hob mit einem Tempo ab, als wollte er die Insassen zum Mond katapultieren. Der Stopp bereits im ersten Stock war von derselben Heftigkeit, und obwohl dies seit dem Umzug des Gerichtes in das neue Gebäude so war, konnte sich ihr Magen nicht daran gewöhnen. Nach fünf Zwischenstationen erreichte sie endlich den vierzehnten Stock und wankte zur Bücherei. Das nächste Mal gehe ich zu Fuß. Wieder ein Vorsatz, den sie nicht einhalten würde. Seufzend holte sie den dickleibigen Kommentar aus dem Regal.

Richter Bullmann hatte den Vorsitz, ein cholerischer alter Mann mit gelichtetem Haar, der schon viel Elend gesehen hatte und entsprechend frustriert war. »Wenn der Bullmann die Verhandlung führt«, hatte Wichterich zu ihr gesagt, »kann die Staatsanwaltschaft pennen, unseren Job macht der noch so nebenbei mit. Aber wehe, der hält nichts davon, wenn wir mal Berufung eingelegt haben, dann zerfetzt der Sie genauso in der Luft wie sonst die Angeklagten!«

Die erste Sache wurde aufgerufen, das Ritual der Rechtspflege konnte beginnen: Feststellen der Anwesenheit, Zeugenbelehrung, Hinausschicken der Zeugen, Fragen zur Person, Verlesen des erstinstanzlichen Urteils, Belehrung des Angeklagten, dass er zur Sache nichts zu sagen brauche. Bei Berufungsverhandlungen kam noch ein weiteres, ungeschriebenes Ritual hinzu: das kunstvolle Überreden zur Zurücknahme der Berufung.

Bullmann war ein Meister dieser Kunst.

»Tja, Herr Stein, wenn ich Sie nur mal so, ganz außerhalb der Verhandlung, fragen darf: Was ist eigentlich das Ziel Ihrer Berufung?«

Der Angeklagte, ein blasser, untersetzter Typ, der bis dahin, etwas ratlos und in sich gekauert, alles hatte über sich ergehen lassen, richtete sich langsam auf.

»Sehen Sie, ich bin Kraftfahrer, jetzt habe ich keinen Job mehr, und von der Sozialhilfe kann ich doch keine Familie ernähren. Ich tue es auch ganz bestimmt nicht mehr, hatte wohl einen schlechten Tag, aber ohne Führerschein – wie soll ich denn da zurechtkommen, ich kann doch nur Auto fahren.« Seine Stimme wurde immer leiser. Das breite Kreuz, das beinahe das ärmellose T-Shirt sprengte, wirkte kraftlos.

»Die Führerscheinsperre, ich verstehe.« Bullmanns Blick versuchte einen menschlichen Ausdruck, bis sich die Augen hinter der funkelnden Brille verengten und er lospolterte.

»Das hätten Sie sich überlegen sollen, bevor Sie sich mit 1,4 Promille in den Lkw gesetzt haben. Stellen Sie sich vor, Sie hätten mehr als nur eine Verkehrsampel erwischt. Frau und Kind haben andere Angeklagte auch, darauf kann ich keine Rücksicht nehmen. Es ist ja auch nicht das erste Mal, dass Sie strafrechtlich in Erscheinung getreten sind, das muss alles in das Urteil einfließen. Das Einzige, was für Sie spricht, ist Ihr rückhaltloses Geständnis.«

Die beiden Schöffen stierten ins Leere.

»Ja, aber über ein Jahr ohne Führerschein, ein Jahr Sperre vom Amtsgericht, und vorher war er schon für drei Monate sichergestellt, das ist doch zu viel, und den Schaden habe ich auch schon bezahlt!«

Richter Bullmann wechselte die Tonart. Fast väterlich klang er, als er sich wieder dem Angeklagten zuwandte.

»Sehen Sie, ich mache diesen Job schon etwas länger, und ich sage Ihnen, wenn das so stimmt, wie es in dem Amtsgerichtsurteil steht, ich sage wenn, denn ich greife der Verhandlung nicht voraus, keineswegs, nicht dass Sie meinen, ich hätte das Urteil schon fertig, die Schöffen haben auch noch ein Wörtchen mitzureden – wenn das also alles stimmt, dann kann ich nur sagen, mit einem Jahr Sperre sind Sie gut bedient, das ist unterer Durchschnitt, was Besseres hätte Ihnen kaum passieren können … Nun, ich frage Sie mal: Nehmen Sie die Berufung zurück?«

»Wenn Sie meinen, Herr Rat …«, er zögerte, dann ging ein Ruck durch seinen Körper, »nein, ich will eine Verhandlung!«

Richter Bullmann sah auf seine Uhr. Sein Ton war geschäftsmäßig kalt, als er den Angeklagten darüber informierte, dass die Sperrfrist erst ab Rechtskraft des Urteils, also erst ab dem Datum der Berufungshauptverhandlung, zu laufen beginnt. Dass der Angeklagte also Gefahr laufe, dass die zwischen erstinstanzlichem und Berufungstermin verstrichene Zeit von vier Monaten unter Umständen nicht abgezogen würde. Dass also bei Durchführung der Berufung die Möglichkeit bestehe, dass die Sperre praktisch ein Jahr und vier Monate dauern könne. Diese Belehrung sei er ihm schuldig, damit der Angeklagte nicht gegebenenfalls sagen könne, das habe er nicht gewusst und dies sei ein Überraschungsurteil. Natürlich nur im Falle eines Falles. Das alles nur der Fairness halber, demokratischer Rechtsstaat, und es sei auch nur eine Möglichkeit … Den Konjunktiv gebrauchte er perfekt.

Der Angeklagte gab auf.

Bullmann diktierte das Protokoll. Bei dem Satz »Die Vertreterin der Staatsanwaltschaft stimmt der Rücknahme der Berufung zu« sah er Beate nur kurz, Zustimmung erheischend, an, dann klappte er die Akten laut zusammen.

Beate hatte die ganze Zeit kein einziges Wort gesagt.

»Dann gehen wir jetzt in die Kantine«, sagte Bullmann, und auf einmal konnte er richtig nett aussehen. Es war alles schnell, präzise und korrekt abgelaufen, vielleicht sogar gerecht im Ergebnis. Jedenfalls war die Sache, für die eine Stunde angesetzt war, in fünfzehn Minuten erledigt.

Zeit für die Zeitung und eine Tasse Kaffee.

Die Angeklagten in den nächsten beiden Sachen hatten es vorgezogen, gar nicht zu erscheinen, sodass sie um 11.45 Uhr den Sitzungstag beenden konnte. Sollte sie zufrieden sein, dass alles so effektiv und reibungslos verlaufen war? Die frische Luft tat gut. Oder hätte sie irgendwie eingreifen sollen? Die Schritte nahm sie erst wahr, als der Dialog in ihrem Kopf unentschieden ausgegangen war. Sie drehte sich um. Der Mann in Weiß trug heute Blue Jeans und Lederjacke. Er ging knapp hinter ihr, scheinbar ebenso in Gedanken versunken. Beinahe hätte er sie angerempelt, als sie stehen blieb, bereit, es mit jemandem aufzunehmen. Sie blitzte ihn kampflustig an, doch er blickte nur mit einem etwas verstörten Lächeln auf, murmelte eine Entschuldigung und ging weiter.

In der Straßenbahn summte sie »Verdammt lang her« vor sich hin und entspannte sich.

Gelassen betrachtete sie den Aktenhaufen in ihrem Büro. Die Akte Dorsten lag obenauf; sie war reichlich dick angeschwollen. Die polizeilichen Vernehmungen waren hinzugekommen, und die Beschuldigten hatten sich nicht schlecht verteidigt. Karl-Heinz Dorsten gab zwar zu, dass die eingereichten Rechnungen nicht direkt von der Firma Heribert Schmitz & Partner ausgestellt worden seien, aber von deren ehemaligem Partner, dem schon bekannten Josef Knipp, genannt Jupp. Und das auch nur über tatsächlich gelieferte Röhren und Brenner für das Sonnenstudio »Beachclub«. Der Jupp habe sie ihm damals unter der Hand und ohne Rechnungen gegeben, gewissermaßen als Bezahlung für seine Renovierungsarbeiten am Haus des Jupp. Und nun wolle der Jupp sie erpressen, erst wenn sie ihm 2000,– DM bezahlten, würde er zugeben, die Rechnungen im Nachhinein, aber korrekt, ausgestellt zu haben. Jupp wusste von nichts, und Heribert Schmitz distanzierte sich in gekränkter Unschuld von jedem Privatklüngel seines Exteilhabers, der im Übrigen so seine Schwierigkeiten mit dem Alkohol gehabt habe. Doch was war das? Die Polizei hatte ein anonymes Schreiben beigefügt, das zwei Tage nach den Vernehmungen eingetroffen war.

Aus Zeitungsbuchstaben zusammengeklebt stand da zu lesen:

"An den Einbr chen bei D. ist was faul! Gianni Frascello wei§ mehr - und auch sein Konto bei der Stadtsparkasse Nr. 68734458!"

Was sollte sie davon halten? Wie viel Wahres steckte in diesem anonymen Schreiben? Die Sache wurde interessant. Banken waren nicht sehr auskunftsfreudig, da lief normalerweise nichts ohne richterlichen Beschluss, doch man konnte es ja mal probieren. Sie wählte die Nummer der Hauptfiliale der Stadtsparkasse.

»Staatsanwaltschaft Köln, Fuchs. Ich hätte gern Auskunft über ein Konto, Nr. 68734458, Inhaber: Gianni Frascello.«

»Wer ist da?«, klang es mit der erwarteten Skepsis zurück.

»Staatsanwaltschaft Köln«, sagte Beate, möglichst forsch und lässig.

»Ja, und um was geht es?« Mit routinierter Beharrlichkeit gab sich die Frau misstrauisch.

Beate sah bereits das Achselzucken am anderen Ende der Leitung, das Da-könnte-ja-jeder-kommen-Gesicht.

Wie du mir, so ich dir, dachte sie und fuhr fort: »Ich führe ein Ermittlungsverfahren wegen vorgetäuschter Einbrüche, und in diesem Zusammenhang konnte in Erfahrung gebracht werden, dass auf das besagte Konto möglicherweise Einzahlungen geleistet wurden, die mit dieser Geschichte zu tun haben. Aber ich kann Ihnen natürlich keine genauen Auskünfte geben, aus datenschutzrechtlichen Gründen, Sie verstehen das bestimmt!«

»Und ob«, tönte es entschlossen zurück, »den Datenschutz nehmen wir auch sehr ernst. Ich jedenfalls kann Ihnen keine Auskunft erteilen. Aber ich prüfe mal nach, in welcher Filiale das Konto betreut wird, und rufe Sie dann zurück. Wie war doch gleich Ihre Nummer?«

»Staatsanwaltschaft Köln, Nebenstelle 388, Fuchs.« Jetzt in die amtliche Tonart wechseln, das war wichtig. »Und wenn Sie bitte unverzüglich den zuständigen Sachbearbeiter oder besser gleich Zweigstellenleiter informieren, davon hängt jetzt ganz entscheidend der Ermittlungserfolg ab, vielen Dank.«

Das war erledigt. Die Frau hatte sich ziemlich beeindruckt verabschiedet. Beate wartete auf den Anruf und sah sich in der Zwischenzeit die nächste Akte an. Fotos von dem verwüsteten Gesicht einer geprügelten Ehefrau, die Aussage des Mannes, dass seine Frau im besoffenen Zustand die Treppe heruntergefallen sei, ihre Aussage vom nächsten Tag, dass sie die Anzeige gegen ihren Mann zurückziehe und auch nicht mehr gegen ihn aussagen werde. Wieder ein erledigter Fall, eine weitere Nummer der monatlichen Erfolgsstatistik. Wieder einmal ein Konflikt, der auch tödlich hätte enden können – oder vielleicht noch enden würde …

Das Telefon schellte.

»Stadtsparkasse Köln, spreche ich mit Frau Staatsanwältin Fuchs?« Diesmal eine sonore Männerstimme, vermutlich ein korrekter Mittvierziger, leichter Bauchansatz, ohne Aufstiegschancen, vom Zentrum der Macht des Geldes weit entfernt.

»Ja, wissen Sie schon, um was es geht?«

»Sie wollen eine Auskunft über das Konto von Gianni Frascello, tut mir Leid, aber ohne richterliche Anordnung, Sie verstehen …«

»Kein Problem, ich werde dann die Beschlagnahme der Kontounterlagen veranlassen, die Nummer stimmt doch, Frascello, Nr. 68734458?«, fragte sie schnell zurück, bloß jetzt keine Überlegungszeit lassen.

»Ja, die Nummer stimmt. Aber ich kann Ihnen keine Auskunft … leider, wir haben unsere Vorschriften …«

Danke, dachte sie im Stillen, ich weiß, was ich wissen wollte. »Und mit wem habe ich gesprochen?«

»Pinker, stellvertretender Filialdirektor, Ehrenfeld.«

»Vielen Dank, Herr Pinker, auf Wiederhören!«

Geschafft. Frascello hatte ein Konto bei der Stadtsparkasse Köln, und der anonyme Schreiberling wusste das. Der Brief war also ernst zu nehmen. Irgendetwas konnte dran sein. Sie schrieb einen Vermerk über das Gespräch mit Herrn Pinker und schickte die Akte zum Amtsgericht Köln mit dem Antrag, die Kontounterlagen von Frascello aus dem vergangenen Jahr zu beschlagnahmen, wobei sie ihre Phantasie spielen lassen musste, um gegen Frascello einen konkreten Verdacht zu konstruieren. Den Beschluss sollte das Gericht direkt zur Kripo Köln schicken, die dann gleich zur Stadtsparkasse marschieren sollte. Danach rief sie den Sachbearbeiter beim 6. K. – Betrug – an, er solle sich einmal beim Sonnenstudio »Beachclub« nach diesem Frascello erkundigen, die Akte komme später.

Sie war plötzlich erschöpft. Der Aktenberg hinter ihr sah bedrohlich aus. Schluss für heute, entschied sie. Den Rest würde sie eben morgen machen. Nur nach Hause, auf dem Hinterhofbalkon noch ein paar Stunden Sonne tanken. Wie ruhig es in Deutz sein konnte … Gerade, als sie aufstand und sich reckte, riss Kollege Fetten die Tür auf. Eine Weile starrte er sie äußerst unkollegial an, dann lachten sie zusammen. Schade, dass er verheiratet war.

Ein paar Flapsigkeiten über ihre Arbeitsmoral, noch ein paar Anzüglichkeiten über seine (aus seiner Aktentasche ragte der Griff eines Tennisschlägers), dann ging sie hinaus.

Sie saß bis spätabends auf dem Balkon. Vom Rhein ertönten dann und wann müde Schiffssirenen, und langsam, aber sicher wurde sie sentimental. Im Geist führte sie lange Telefongespräche mit ihrem früheren Freund, der in der Nähe wohnte und doch so weit weg war.

Fuchs gefangen!« Beate wurde jäh aus ihren Gedanken gerissen.

»Mist«, sagte sie. Ihr Karo-Ass war weg. Ein Punkt für die Gegenseite, wer immer das auch sein mochte. Den ganzen Abend spielten sie schon Doppelkopf, Lutz und Gabi, mit denen sie zusammen wohnte, und Schmitzi, der Schreiner aus dem dritten Stock. Sie hatte schon längst keine Lust mehr; die Stimmung war sowieso nicht gut. Sie hatte Lutz im Verdacht, das Kartenspiel nur zur Überbrückung einer lähmenden Gesprächspause angeregt zu haben. Da konnte man sich doch besser gleich vor den Fernseher setzen.

»Keine 120, keine 90, Re, Fuchs gefangen und Charly Meier, das macht sechs Punkte.« Lutz zückte den Bleistift.

»Für wen?«, fragte sie lustlos.

»Na, für Gabi und mich, sag mal, hast du gepennt?«

»Quatsch, Beate ist nur sauer, weil sie dauernd verliert.« Gabi zündete sich eine Gauloise an und zupfte an ihrem langen Ohrring. »Seit sie den neuen Job hat, kann sie noch schlechter verlieren als sonst …«

Gabi jobbte sich schon im zweiten Urlaubssemester durch das Leben. Zurzeit wirkte sie in einem Bioladen, bei alternativ langen Arbeitszeiten und kärglichem Solidarlohn.

»Während du ja immer auf der Siegerstraße bist.« Beate konnte sich nicht zurückhalten. Dann sah sie das Funkeln in Gabis Augen und hätte sich am liebsten die Zunge abgebissen.

»Tut mir Leid«, murmelte sie.

Lutz rettete die Situation. Er war Psychologiestudent im 12. Semester, ein Hüne von eins einundneunzig mit Kraushaar und Bart. Wie zur Bestätigung eines Klischees trug er eine runde Nickelbrille, die sie ihm schon seit zwei Jahren auszureden versuchte. Vergebens.

»Also, was ist denn los? Beruflicher Ärger, unglückliche Liebe, Finanzprobleme oder WG-Stress, was haben wir denn heute?«

Jetzt mussten beide grinsen.

»Also, ich schlage mich mit einem simplen, aber undurchsichtigen Fall herum. Ich weiß einfach nicht, was ich jetzt noch machen soll … Ist aber nicht wichtig, ich will euch damit nicht langweilen.« Ein schneller Seitenblick zu Gabi.

»Schieß schon los«, sagte Gabi gnädig. Ein Friedensangebot.

Beate erzählte kurz und präzise, ohne Namen zu nennen. Erwähnte die Schadenshöhe (DM 18 000,–), den anonymen Brief mit der Kontonummer des Italieners und ließ auch die völlig gegensätzlichen Darstellungen der Beteiligten nicht außer Acht.

»So, und jetzt stellt sich die Frage: Wer lügt, und wie kriege ich das raus?«, schloss sie.

»Und was sind das für Leute?«, fragte Schmitzi und öffnete noch eine Flasche Kölsch.

»Keine Ahnung, die kenne ich nur aus den Akten. Vorstrafen haben sie jedenfalls nicht. Und dieser Jupp wohnt in einer tollen Gegend, Marienburg. Seine Frau, Christine B., kommt aus einer alteingesessenen Fabrikantenfamilie. Rodenkirchener Yachtclub mit allem Drum und Dran, wie sich Klein Fritzchen die High Society hier so vorstellt. Hat mir ein Kollege erzählt, der verkehrt seltsamerweise in jenen Kreisen. Den habe ich gefragt, weil mir der Geburtsname dieser Dame so bekannt vorkam. Aber so was hilft mir auch nicht weiter, unverdächtiger wird Jupp dadurch nicht.«

»Im Gegenteil«, meinte Schmitzi grinsend. »Die Gegend ist durch und durch schwarz, da müssen wir Handwerker uns extrem anpassen. Auf Rechnung läuft da selten was. Prost!«

»Lass dich bloß nicht von Beate erwischen«, stichelte Gabi.

Beate stöhnte auf.

»Nun, um auf den Fall zurückzukommen.« Lutz rückte seine Brille auf halbe Höhe, wie üblich, wenn er das Ergebnis einer Gedankenoperation verkünden wollte. »Kurz und gut, ich denke, die Beteiligten sollen den Fall selbst lösen. Mach sie ein bisschen nervös, wirbel ein wenig Staub auf – zum Beispiel könnte man die Angestellten des Fitnessstudios mal ins Gebet nehmen. Vielleicht passiert dann was, und die springen einander an die Gurgel. Na, und ansonsten klappst du die Akten zu, fertig, aus, Fall ungeklärt. Das passiert doch öfter, oder?«

Die Lösung war von überzeugender Schlichtheit.

»Damit ist die Sache dann wohl klar. Der Häuptling hat gesprochen.« Gabi stand auf, um sich eine neue Tasse Kräutertee aufzubrühen. »Will noch jemand?«

Das Angebot wurde dankend abgelehnt.

Die Nacht wurde sehr lang und alkoholisch. Am Ende waren alle von ihrer wunderbaren Freundschaft überwältigt. Bis auf Gabi, die bei ihrem Bioladengebräu geblieben war. Und den Gauloises, die zwar schädlich waren, aber dafür reine Natur.

Die Kopfschmerzen am nächsten Morgen hatte Beate einkalkuliert, nicht aber diesen Besucher. Ein Kind von etwa drei Jahren saß auf seinem Arm, zwei weitere, etwas ältere, schoben sich hinter ihm in ihr Büro.

Erstaunt sah sie auf. Ihr Kopf dröhnte.

»Was kann ich für Sie tun, Herr, äh?«, fragte sie, den Nebel in ihrem Gehirn durchstoßend.

»Mein Name ist Dickers.« Er stockte ein wenig. »Es geht um diese Ladung, die ich von Ihnen bekommen habe.«

Er streckte ihr einen Zettel entgegen, dessen Überschrift sie mit einem Blick erkannte: Ladung zum Strafantritt. Sie erinnerte sich sofort an den Fall. Der Mann hatte zwei Jahre wegen schwerer Körperverletzung bekommen, und sie hatte bereits einmal Strafaufschub gewährt. Seine Frau war in Urlaub gefahren, und wer sollte auf die drei kleinen Kinder aufpassen? Nachdenklich sah sie die Kinder an, wie immer die Opfer, wenn die Eltern straffällig wurden. Das hier war die Wirklichkeit der Vollstreckung, mehr als ein rosa Formular der Haftanstalt über Einlieferungsdatum und Zweidrittelzeitpunkt der Strafvollstreckung.

»Und was wollen Sie jetzt?«, fragte sie mit deutlicher Ablehnung in der Stimme.

»Ja, meine Frau ist wieder da, aber sie arbeitet ja. Und nun ist die Oma, die sonst immer auf die Kinder aufpasst, zur Kur, da kann ich doch nicht in den Knast gehen. Ich will noch mal einen Aufschub.«

Er war unrasiert, und sein Atem roch nach einer doppelstöckigen Ration Mundwasser. Langsam stieg eine Wut in ihr hoch, die die Ablehnung leichter machte.

»Mit anderen Worten: Sie haben mich damals belogen, als ich zwei Monate Aufschub gewährt habe, Ihre Frau passt keineswegs auf die Kinder auf. Was ist es denn beim nächsten Mal? Der Onkel krank oder der Opa gestorben? Ihre Kinder tun mir tatsächlich Leid, das können Sie mir glauben. Aber andere Verurteilte haben auch Familien, die leiden, wenn der Ernährer in den Knast muss. Und eines sage ich Ihnen, wenn Sie Ihre Kinder nicht dabeihätten, würde ich einen Wachtmeister rufen und Sie gleich festnehmen lassen, die Frist zum Strafantritt ist schon vor drei Tagen abgelaufen. Der Haftbefehl ist bereits in der Akte!«

Beate wollte den Mann nicht mehr zu Wort kommen lassen. Sie dachte jetzt wieder an das Foto des Opfers, die Wunden, die Narben, die zurückbleiben würden. Sie sah auf ihre Uhr, obwohl sie wusste, wie spät es war.

»Ihr Antrag, und das kriegen Sie auch noch schriftlich, wird hiermit abgelehnt. Wenn Sie sich nicht in drei Tagen bei der Justizvollzugsanstalt stellen, werden Sie von der Polizei abgeholt. In der Zwischenzeit können Sie sich ja beim Sozial- oder Jugendamt um die Betreuung Ihrer Kinder bemühen. Im Interesse der Gleichbehandlung …«

Aber der Mann war schon aufgestanden, so gelassen, als hätte er mit dieser Entscheidung gerechnet.

»Papa, was will die Frau von dir?«, rief das älteste Mädchen und hängte sich in seinen Arm.

»Nichts, Kleines, ist alles in Ordnung, Wiedersehen dann.«

Leise schloss er die Tür.

Sie zündete deprimiert eine Zigarette an und inhalierte tief. Szenen wie diese waren das Unangenehmste an ihrem Beruf. Bloß auf andere Gedanken kommen. Vielleicht war die Akte Dorsten schon zurück, ihr derzeitiger Lieblingsfall. Nach einigem Suchen hatte sie die Mappe gefunden. Das Jagdfieber packte sie.

Da lagen sie, schön säuberlich abgeheftet, die Kontoauszüge von Gianni Frascello aus dem letzten Jahr, anschließend ein Vermerk von Kommissar Herbst, 6. K. Danach war Frascello erst einmal polizeilich in Erscheinung getreten: Verdacht auf Diebstahl. Das Verfahren unter dem Aktenzeichen 37 Js 583/84 war allerdings von der Staatsanwaltschaft mangels sicheren Tatnachweises eingestellt worden. Dienstlich sei bekannt, dass Frascello aushilfsweise für das Studio »Beachclub« der Beschuldigten Dorsten arbeitete, bei anfallenden Reparaturarbeiten, als Fahrer oder Ersatzbarmann. Sonst sei nichts bekannt. Das war wenig, aber interessant genug. Es gab also eine Verbindung zwischen diesem Frascello und den Studio-Inhabern, das anonyme Schreiben hatte bisher Recht behalten. Und was konnten die Kontoauszüge erzählen?

Das Konto war selten im Minusbereich, regelmäßige Buchungen von rund 1900,– DM zum Monatsletzten, regelmäßige Abbuchungen, offensichtlich Daueraufträge für Miete, Telefon, Strom, keine Auffälligkeiten. Sie sah sich die Auszüge genauer an. Und dann bemerkte sie es: drei Buchungen des letzten Jahres über Bareinzahlungen in Höhe von jeweils 1500,– DM, eine am 11. November, eine am 17. Mai und eine am 29. Juni. Jeweils drei Tage vor diesen Daten hatten die Einbrüche bei Dorsten stattgefunden. Ein ordentlicher Mensch, dieser Frascello. Alles Geld hübsch aufs Konto, auch die kleinen Nebeneinnahmen. War das ein ausreichender Beweis?

Sie schickte die Akte an die Polizei zurück. Frascello musste als Beschuldigter wegen Vortäuschens einer Straftat und Beihilfe zum Betrug vernommen werden. Außerdem brauchte sie die Aktenzeichen der Einbruchsanzeigen von Dorsten. Die Sache schmorte schon viel zu lange ergebnislos vor sich hin. Ermittlungsarbeit war zäh und oft aussichtslos, aber aus irgendwelchen Gründen reizte sie dieser verworrene Fall. Hier wollte sie nicht aufgeben, zähneknirschend die Sache einstellen – wie sonst, wenn sie genau wusste, wie sich alles abgespielt hatte, und es doch nicht beweisen konnte. Die nächsten Akten bearbeitete sie ohne Begeisterung, aber zielstrebig. Der Monatsletzte nahte, der Tag der Wahrheit, die auf einem blauem DIN-A4-Bogen stand. Eingangszahlen, Erledigungen, offene

Verfahren, Ermittlungs- und Sitzungsstunden, ein ganzer Monat Arbeit in Zahlen.

Es war Zeit zum Kaffeetrinken, die Kollegen warteten schon. Ihre Kopfschmerzen waren verflogen.

Der Mann war tot, zweifellos.

Tot wie – ein Vergleich fiel Beate nicht ein. Nichts kam an diesen Zustand der Starre und Leblosigkeit heran, nicht die Hohe Straße an einem Mittwochabend gegen 22 Uhr, nicht das blöde Glotzen der Forellen in der Kühltheke bei Hertie, gar nichts. Haut von der Farbe verblasster Zelluloid-Puppen, rot-violette Leichenflecke, dunkle, strohig vom Kopf abstehende Haare, äußere Verletzungen kaum zu sehen. Sie konnte sich nicht vorstellen, dass dieser Mann einmal attraktiv gewesen war, dass er gelacht oder getanzt hatte: Hier lag nur noch ein kalter Körper auf blankem Metall.

»Auf dem Sektionstisch liegt die Leiche des bekannten Mannes von 26 Jahren, Körperlänge 178 cm, muskelkräftiger und schlankwüchsiger Körper mit mäßigem Haarwuchs im Brust- und Schambereich, volle, lockige Schädelbehaarung von brünetter Farbe ...«

Doktor Walther sprach bereits ins Diktaphon, schnell und fast leiernd wie immer. Dabei schritt er würdevoll um den Metalltisch, auf dem der Tote lag.

Beate hatte heute Obduktionsbereitschaft, sie musste später die Leichenfreigabe erklären und das Protokoll unterschreiben. Viele Kollegen verdrückten sich während der Leichenöffnung und bearbeiteten mitgebrachte Akten. Aber im Grunde, wenn der erste Ekel überwunden war (und die Leiche nicht total unappetitlich), wenn der unbeschreibliche Geruch ohnehin bereits in den Kleidern hing, hatte die Fahndung nach der Todesursache etwas Faszinierendes. Sie beschloss, diesmal dabeizubleiben, und kämpfte gegen die erste Übelkeit an, während Doktor Walther weiterdiktierte: »Der Nacken ist innerhalb normaler Grenzen beweglich, rechtes Kniegelenk und Sprunggelenk fest totenstarr. Der Rücken weist im Schulterbereich und an der Lende mäßige, schlecht wegdrückbare Totenflecke auf ...«

»Und woran soll er gestorben sein?«, fragte Beate den Amtsinspektor der Staatsanwaltschaft, der mit dem Diktiergerät neben Doktor Walther stand.

»Keine Ahnung, völlig ungeklärte Ursache diesmal. Hatte einen Autounfall, kam ins Krankenhaus und war schon tot, deshalb konnte kein Totenschein ausgefüllt werden. An den Unfallverletzungen ist er jedenfalls nicht gestorben, und für einen Herzinfarkt ist er noch reichlich jung«, flüsterte ihr der dicke Karbow zu, der seine Arbeit absolut ungerührt versah und nur eines bedauerte: dass er während der Leichenöffnung seine geliebten Zigarren nicht rauchen durfte.

»Im Bereich der Brustwirbelsäule rechts der Wirbelsäule Unterblutungen und Rippenbrüche sichtbar nach Eröffnung der Leiche«, dozierte der Arzt, der sein blutiges Skalpell im Waschbecken säuberte.

Karbow folgte ihm auf Schritt und Tritt, wobei er Mühe hatte, dem hoch gewachsenen Mediziner das Diktiergerät im richtigen Abstand vor die Nase zu halten. Es ging ohne Unterbrechung weiter: »Im Bereich des linken Unterschenkels eine Deformierung und teigige Schwellung sowie Hautabschürfungen an der Außenseite des linken Knies. Nach Eröffnung des linken Unterschenkels finden sich fleckige Unterblutungen der Muskulatur. Im Bereich des Schienbeins ein so genannter Messererbruch, dessen Zentrum achtundzwanzig Zentimeter oberhalb der Sohlenebene liegt; es findet sich ein typischer dreieckiger Keil, dessen Basis der Innenseite des Schienbeins und dessen Spitze der Außenseite des Schienbeins entspricht ...«

Doktor Walther sprach genauso schnell, wie er an der Leiche herumschnitt, maß, Proben nahm und zwischendurch Witzchen riss, wenn Karbow in traumhafter Übereinstimmung das Gerät ausgeschaltet hatte. Systematisch hatte er zunächst die sichtbaren Auffälligkeiten untersucht, jetzt trat er zurück, um seinem Assistenten das Feld zu überlassen. Während dieser, ein ewig gut gelaunter junger Mann, das Kabel der Elektrosäge einstöpselte, hatte Doktor Walther Zeit, Beate zu begrüßen.

»Na, Frau Staatsanwältin, haben Sie schon gut gefrühstückt heute, oder darf ich Ihnen jetzt Messer und Gabel reichen?«, grinste er sie an. Der Zynismus passte fast zu gut zu seinem Job, und Beate wurde das Gefühl nicht los, dass er stets und ständig irgendjemanden kopierte.

»Nein, danke, mir geht es gut. Noch«, fügte sie hinzu, als er ihr seine behandschuhte Hand reichte. Der Händedruck war keimfrei und temperaturlos.

»Das wird auch so bleiben«, versprach er. »Ist eine hübsche Leiche heute, da hätten Sie gestern hier sein müssen, ein Stadtstreicher, den sie aus dem Deutzer Hafen gezogen haben. Der war nicht ganz so frisch wie unser junger Mann hier.«

Der Assistent war mit seinen Vorbereitungen für die Schädelöffnung fertig und warf die Säge an. Das Instrument in seiner Hand brummte, dann, als er den Schädel kreisförmig aufschnitt, kreischte es. Die Gesichtshaut war bereits gelöst und nach unten geklappt. Zufrieden betrachtete der junge Mann sein Werk. Der Schnitt war so perfekt, dass Hammer und Meißel nur noch zart eingesetzt werden mussten – so, als würde ein Frühstücksei aufgeklopft. Beinahe liebevoll nahm der Assistent die obere Schädelhälfte ab. Doktor Walther war sofort zur Stelle.

»Hirngrundgefäße sind zartwandig und frei von Gerinnselbildungen, Brücke und verlängertes Mark unauffällig.« Es ging ohne Pause weiter. Langsam füllte sich die Tafel, sämtliche Organgewichte wurden eingetragen. »Auf der Schnittfläche ist das Hirngewebe frei von Blutungen oder Tumorbildungen, die Rinde regelrecht breit, Marklager und große Kerne kontrastreich …«

Beate schaltete ab und hörte die monotone Stimme wie aus weiter Ferne. Sie geriet ins Träumen. Wenn das alles war, was von einem Menschenleben blieb, die regelrechte Lage der Organe, Blut, unauffälliger Mageninhalt ohne kristalline Bestandteile … Als Magen und Darm geöffnet wurden, wandte sie sich schnell ab und versuchte, ihre tobenden Geruchsnerven zu beruhigen.

»Dann wollen wir mal unterschreiben«, murmelte sie und ging rasch zu dem Tisch in der Ecke, auf dem die Papiere schon bereitlagen. »Das darf nicht wahr sein«, flüsterte sie.

Der Tote war Gianni Frascello.

War das ein Zufall? Jeder kann einen Unfall haben. Nein, an den Unfallverletzungen war er ja gerade nicht gestorben, sonst wäre keine Obduktion angeordnet worden. Aber ein Kapitalverbrechen nahm auch keiner an. Mordbub wäre in diesem Fall höchstpersönlich erschienen. Der ließ sich keine Leichenöffnung entgehen, die auch nur entfernt in seine Abteilung fallen könnte. Außerdem war er scharf auf die Zulage von 18,– DM, die es dafür gab.

Hatte der Tod von Frascello etwas mit ihrem Fall zu tun? Gestern noch hatte sie seine Vernehmung angeordnet. Tote redeten nicht; so viel stand fest. Wem konnte daran gelegen sein? Sinnlose Überlegungen, solange sie nicht wusste, woran er gestorben war …

Sie kehrte an den Metalltisch zurück, nun in atemloser Spannung. Doktor Walther zerschnitt gerade mit souveränen Handbewegungen das Herz des Toten, wobei er sie, wie sonst auch, an einen Oberkellner erinnerte, der den Herrschaften vorlegt.

»Die Muskulatur auf der Schnittfläche ist frei von erkennbaren frischen oder alten Gewebsuntergängen, Herzklappen regelrecht angelegt, zart und schlussfähig, das ovale Loch geschlossen.«

Das konnte sie sich nach einigen Obduktionserfahrungen übersetzen: An einem Herzinfarkt war er nicht gestorben. Der Assistent schöpfte das dunkelrote, mit schwarzen Verklumpungen durchsetzte Blut aus der Brusthöhle in ein Glasgefäß, das er neben den Behälter mit den Gewebsproben der bereits untersuchten Organe stellte. Die gummierten Etiketten, von Karbow pedantisch mit Aktenzeichen versehen, lagen daneben. Doktor Walther diktierte das vorläufige Ergebnis der Obduktion.

»Ende des Diktats, Reinschrift dreifach fertigen und zur Zeichnung vorlegen.« Er riss sich die dünnen Handschuhe herunter.

Beate hatte kein Wort verstanden.

»Entschuldigen Sie, Herr Doktor Walther, können Sie noch mal für einen Laien übersetzen; woran ist er denn nun gestorben? Ich habe nichts mitbekommen!«

Der Pathologe zerrte noch immer an den Handschuhen und lächelte spöttisch.

»Herzversagen«, sagte er kurz.

Eine Pause entstand.

»Das stimmt immer«, fügte er hinzu, als er seine Hände wusch und dabei seinen gepflegten Bart betrachtete. Er war mit seinem Spiegelbild offensichtlich sehr einverstanden. »Ob erdrosselt oder verbrannt, ertrunken oder totgesoffen, am Ende versagt das Herz, der Kreislauf bricht zusammen, der Mensch stirbt. Mit anderen Worten, Frau Staatsanwältin, ich weiß es nicht. Das bleibt der chemikalischen und toxikologischen Analyse vorbehalten, ich kann hierzu keine gesicherte Aussage treffen.«

»Gift?«

»Da bin ich kein Experte, aber das wird sich in der Analyse schon herausstellen. So, dann wollen wir mal ein Zigarettchen rauchen, für heute haben wir genug geschnippelt.«

Draußen trafen sie den dicken Karbow, der genüsslich und weltvergessen an seiner Zigarre sog und in die Sonne blinzelte. Jeder war in Gedanken versunken, alle ließen sich von der Sonne wärmen und sahen dem Rauch nach, wie er sich im Blau verlor. Der Vorgang war erledigt, die Leichenfreigabe erklärt, Analysen angeordnet. Nun würde die Sache ihren bürokratischen Gang nehmen. Beate hatte sich schnell das Aktenzeichen notiert. Noch war es keine Kapitalsache, nur ein Verfahren wegen einer Todesermittlung. Sie nahm sich vor, am Ball zu bleiben. Im Wagen, der sie zur Staatsanwaltschaft zurückbrachte, war sie schweigsam. Der Geruch von Desinfektionsmitteln und Verwesung vermischte sich mit dem Gestank der kalten Zigarre, die Karbow auch nicht aus dem Mund nahm, als er sein Leberwurstbrot aus fettigem Pergamentpapier wickelte. Beate kurbelte das Fenster herunter und atmete in vollen Zügen die Luft der Großstadt ein. Benzinabgase und Chemie, Rheinduft und Frittenbudenmief – alles hübsch verquirlt in der türkischen Dampfbad-Atmosphäre von Köln im August.

Langsam ging es ihr besser.

An einem der nächsten Tage, beim Kaffeetrinken, würde sie sich mit Mordbub unterhalten. Sie musste herausbekommen, ob die Sache Frascello in sein Dezernat fiele, wenn sich der Verdacht auf Vergiftung durch die Analyse bestätigen ließ. Vielleicht gab es da einen Zusammenhang mit ihrem Feld-Wald-und-Wiesen-Fall Dorsten. Vielleicht war es auch nur Selbstmord. Vielleicht aber auch ein nicht aufgeklärter Fall, unauffällig abgelegt.

Der Appellhofplatz war erreicht. Er hieß immer noch so, weil die Politiker, allen voran die Grünen, über Zuständigkeiten, Eifersüchteleien und handfeste Erpressungsmanöver gestolpert waren und sich nicht einigen konnten, den Platz, wie beabsichtigt, in Heinrich-Böll-Platz umzutaufen. Ein typisches Kölner Trauerspiel, über das sich die ganze Welt kaputtgelacht und sie eine Wette verloren hatte. Beate hatte fest damit gerechnet, dass sich wenigstens in dieser Frage die Lokalmatadoren zusammenfinden würden, egal in welcher der häufig wechselnden Mehrheiten. »Die Staatsanwaltschaft Köln am Heinrich-Böll-Platz«, möglicherweise hätte das auf manche Kollegen stilbildend gewirkt. Mit diesen reizvollen Gedankenspielen war es nun vorbei. Die Kungelei hinter den Kulissen hatte zu dem überraschenden Ergebnis geführt, das beschauliche Plätzchen im Schatten des neuen Kolossal-Museums nach dem Kölner Schriftsteller zu benennen. Schließlich konnte er sich dagegen nicht mehr wehren. Und vielleicht hätte es ihm dort sogar gefallen, Kunst mit Rheinblick? Egal, es war nicht mehr zu ändern, und irgendwann, das rheinische Happy End konnte nicht ausbleiben, würden sich die Parteien darüber streiten, wer als Erster auf diese wunderbare Lösung gekommen war.

Der Tag wurde hektisch. Es gab Ärger mit der Geschäftsstelle, die eine Frist von zwei Wochen kurzerhand in eine von zwei Monaten geändert hatte, und es wurde 18 Uhr, bevor sie die Behörde verlassen konnte; Beate kaufte noch schnell etwas ein, fuhr nach Hause und übersah das Chaos, das Lutz bei dem Versuch, seine Hemden zu bügeln, angerichtet hatte. Sie wollte nur Ruhe. Doch als die Ruhe endlich eingekehrt war, überfiel sie der Liebeskummer unerwartet und schmerzhaft. Nach solch einem Tag brauchte sie etwas Nähe. Warum rief sie Stefan nicht einfach an? So endgültig war die Beziehung doch noch nicht zu Ende, dass sie ihn nicht einfach wieder anrufen könnte. Die Nummer kannte sie auswendig, aber sie verwählte sich zweimal, bevor sie den richtigen Anschluss hatte.

Er meldete sich nicht.

Erleichtert legte sie auf. Es war besser so. Sie hätte zu viel von ihm erwartet. Dabei wäre es heute schon schwierig gewesen, die einfache Frage »Wie geht es dir?« zu stellen. Schon der Ton konnte zu leichthin oder zu bedeutungsschwer ausfallen. Nicht noch mehr Probleme schaffen, wo sie gerade gelernt hatte, ohne seinen Körper neben sich einzuschlafen …

Heute war sie jedenfalls müde genug, und ihre letzten Gedanken waren schon wieder in die Zukunft gerichtet – auf den Urlaub im Oktober, das Konzert, die Geburtstagsfeier ihrer besten Freundin in zwei Wochen. Doch das allerletzte Bild, bevor sie in einen unruhigen Schlaf fiel, war der tote Frascello.

Drei Tage wartete sie ab, drei Tage, in denen sie fast vor Neugier starb, aber so lange dauerte es, bis die Ergebnisse der toxikologischen Untersuchung vorlagen.

Just an dem Morgen, an dem sie Mordbub zu dem Fall Frascello ausquetschen wollte, lag die Akte Dorsten wieder auf ihrem Tisch. Sie war dick angeschwollen, denn sie enthielt eine völlig neue Strafanzeige gegen Unbekannt wegen Bedrohung, erstattet vor einer Woche von – jetzt wurde sie hellwach – jenem in den Fall irgendwie verwickelten Jupp Knipp. Die Kripo hatte die Strafanzeige gleich zu dem Verfahren gegen Dorsten geheftet, »aufgrund des Sachzusammenhangs«, wie Kommissar Herbst vermerkte. Was sagte dieser Jupp?

»Eine Stimme mit französischem Akzent war es, am Telefon, die sagte zu mir, wenn ich mich nicht aus der Sache mit Dorsten und der Versicherung raushalte, würde man mich kaltmachen. Und dann hat der noch gesagt, zuerst sollte ich auf mein Auto ein bisschen besser aufpassen, es gäbe eine letzte Warnung. Nach meiner Ansicht kann nur der Karl-Heinz Dorsten was damit zu tun haben, sonst habe ich ja keine Feinde. Aber beweisen kann ich nichts, den Mann am Telefon habe ich nicht erkannt.«

Der Fall wurde immer mysteriöser: Was sollte sie davon halten – am Anfang ein total alltäglicher Betrug zum Nachteil einer Versicherung, dann die angebliche Erpressung von Jupp gegen die Dorstens, ein Toter, der durch den anonymen Brief belastet wurde, und jetzt eine Morddrohung? Irgendjemand log, nur wer? Wer war der Unbekannte mit französischem Akzent, wenn es ihn überhaupt gab? Fragen über Fragen, von denen eine jetzt die wichtigste war: Woran war Frascello gestorben? Noch nie hatte sie so gespannt auf den telefonischen Rundruf zur Kaffeerunde gewartet wie gerade heute Morgen.

Sie waren alle schon da, bis auf den Kollegen Fetten, der Sitzung hatte. Die Stimmung war etwas gedrückt; lag das an dem Regen, der schon wieder die Stadt heimsuchte, oder an dem verlorenen Spiel des FC Köln?

»Darf ich Sie mal was fragen, Herr Bub?«, fragte sie in das missmutige Schweigen hinein.

»Schießen Sie los, wenn Sie etwas Nachhilfeunterricht haben wollen, gebrauchen könnten Sie ihn ja, Frau Kollegin!« Er grinste breit. Auf seine spöttische Herausforderung wollte sie nicht eingehen. Beate ließ sonst keine Gelegenheit aus, sich mit Mordbub anzulegen, aber diesmal fegte sie seinen Einwurf mit einer Handbewegung zur Seite.

»Nein, etwas ganz anderes, ich hatte neulich Obduktionsbereitschaft, und da …«

»Da ist Ihnen schlecht geworden, und jetzt wollen Sie wissen, warum mir so was nie passiert, was?«, fiel er ihr wieder ins Wort. Beate wurde langsam wütend, hielt sich aber noch zurück.

»Ob Ihnen schlecht wird oder nicht, interessiert mich nicht die Bohne, ich wollte etwas ganz anderes wissen: Haben Sie den Fall Gianni Frascello bekommen, Autounfall, ungeklärte Todesursache? Ich war bei der Obduktion dabei, und die Sache interessiert mich. Können Sie mir dazu etwas Näheres sagen?«

Mordbub blickte auf seine Fingernägel, dann sah er Beate scharf an.

»Will die Kollegin in meinem Revier wildern? Frascello ist nämlich einer meiner drei ungelösten Fälle. Heute habe ich das Ergebnis der Analysen bekommen. Der Junge ist an einer obskuren chemischen Mixtur gestorben, Gift könnte man auch sagen. Fragen Sie mich bloß nicht nach dem Namen, so was kann ich mir nicht merken. Gleich muss ich wegen dieser Sache zum 1. K., die haben schon die ganze Sippschaft zum Verhör zusammengetrommelt, dann werde ich erst mal vernehmen. Oder hat die junge Kollegin einen Tipp parat? Nun sagen Sie bloß nicht Eifersuchtsdrama, von weiblicher Hand meuchlings ermordet, darauf bin ich nämlich schon selber gekommen.«

Seine Ironie war zum Kotzen. Beate umklammerte ihre Kaffeetasse etwas fester und nahm sich vor, absolut ruhig zu bleiben.

»Die Sache ist folgende«, sagte sie. Sie schaute dabei auf den Kalender des gemütlichen Kollegen Kieferle, auf dem sorgsam die Geburtstage der Damen aus der Geschäftsstelle notiert waren. Mit einem dick unterstrichenen: »Blumen nicht vergessen!«

»Also, ich habe einen Fall gegen zwei Beschuldigte, die offensichtlich Einbrüche vorgetäuscht und jedenfalls bei der Versicherung unberechtigt ca. 18 000,– DM kassiert haben. Normal so weit. Auf einmal gibt es neben Morddrohungen gegen einen Zeugen und angeblichen Erpressungen einen anonymen Brief, durch den der

Tote, Frascello, belastet wird, etwas mit diesen Einbrüchen zu tun zu haben. Richtig ist, dass auf seinem Konto jeweils drei Tage nach den angeblichen Einbrüchen 1500,– DM eingezahlt wurden. Richtig ist auch, dass der Tote im Sonnenstudio der Beschuldigten aushilfsweise gejobbt hat. Als er noch lebte, natürlich«, fügte sie hinzu, als sie ein unverkennbares Aufleuchten in Mordbubs Gesicht sah.

»Überzeugendes Motiv«, lästerte er. »Es sind schon für weniger als 18 000,– Emmchen Leute umgebracht worden. Oder vielleicht hatten Ihre Beschuldigten Angst vor einer Vorstrafe zu ein paar Tagessätzen wegen Betruges, wollten vielleicht noch in den öffentlichen Dienst und brauchten eine weiße Weste? Dann schon lieber einen Belastungszeugen umbringen, da haben Sie Recht. So eine krisensichere Stellung ist heutzutage schon was wert ...«

Fröhlich lachte er sie an. Sie kochte. Dann wurde er ernst.

»Passen Sie auf, schicken Sie mir eine Ablichtung von dem ganzen Kladderadatsch rüber, man darf keine Möglichkeit außer Betracht lassen. Kommen Sie nach dem Kaffee gleich mit in mein Büro, dann geb ich Ihnen das Aktenzeichen, und dann geht's zum Präsidium.«

»Klar, deshalb machst du doch überhaupt nur Kapitalsachen, die Kantine im Präsidium ist einfach besser als unsere«, stichelte Kieferle. Wie immer entspannte sein schwäbischer Tonfall die Atmosphäre.

Später begleitete sie Bub in sein Büro, das genauso ausgestattet war wie ihres. Nur dass dort weniger Akten herumlagen. Mordbub suchte nach der Akte Frascello und fand sie nicht.

»Augenblick mal, ich schau mal in der Geschäftsstelle nach, warten Sie hier so lange.«

Er verschwand und ließ die Tür auf.

Beate schloss sie blitzschnell. Unter der Tageszeitung, die auf dem Schreibtisch lag, hatte sie die Akte erblickt. Hastig blätterte sie sie auf, immer auf Schritte im Flur lauschend. Da war es. Obduktionsergebnis, Analyse noch ausstehend, handschriftliche Notiz der Geschäftsstelle über eine telefonische Auskunft des Gerichtsmedizinischen Instituts, völlig unleserlich. Sie blätterte wieder auf die erste Seite zurück, die gelbe Unfallanzeige der Schutzpolizei: Porsche mit dem amtlichen Kennzeichen K-AC 753, im Folgenden 01 genannt. Die Spalte über den Halter des Fahrzeugs war nicht ausgefüllt. Unfallort: Hohenzollernring Richtung Stadtmitte, 01 schleudert ohne erkennbaren Anlass auf die linke Spur und kollidiert mit einem entgegenkommenden Fahrzeug. Zeugen: unbekannte Namen oder doch nicht …

Schritte auf dem Flur.

Stand da nicht Christine Knipp?

Hastig warf sie die Akte zurück auf den Tisch, als die Türklinke heruntergedrückt wurde.

»Ach, Herr Bub, ich habe die Akte gefunden, sie lag unter der Zeitung. Das Aktenzeichen habe ich mir bereits notiert«, sagte Beate etwas atemlos. (»Das Kennzeichen auch«, ergänzte sie im Geiste.)

»Sie sind also doch für etwas zu gebrauchen, Kollegin findet Akte. Das sollte ich Ihrem Oberstaatsanwalt Neumann mal mitteilen, das muss einfach in Ihr Zeugnis. Zeigt enormen Ermittlungseifer.« Bub strahlte sie ehrlich anerkennend an.

Sie versprach noch, ihm einen Satz Ablichtungen aus ihrem Verfahren zu geben, und ging in ihr Zimmer. Dort zündete sie sich eine Zigarette an. Das wäre geschafft. Und nun den Halter ermitteln. Sie erkundigte sich bei der Polizei nach dem Kennwort des Monats, unter dem solche Anfragen beantwortet wurden, und rief das Straßenverkehrsamt an. Sie betonte die Dringlichkeit der Anfrage.

»Wir rufen zurück, die Kollejin is jrad schwer in Brass, wenn Sie ein Momentschen warten?«, flötete es zurück.

Immer diese Ämter. Aus dem Momentschen wurden Minuten. Eine Viertelstunde. Zwanzig Minuten. Gerade wollte Beate wieder anrufen, da schellte das Telefon. Es war tatsächlich das Straßenverkehrsamt. »Staatsanwaltschaft Köln, Fuchs!«

»Ja, ich notiere. Der Halter des Fahrzeuges ist Josef-Karl Knipp, geboren am 21.11.1945 in Köln, wohnhaft … wie bitte, das Fahrzeug wurde heute abgemeldet? Totalschaden? Ja, danke …« Sie legte auf. Frascello fährt mit Jupps Porsche umher, wird vergiftet, Unfall, stirbt. Totalschaden … Was stand in der Akte von Mordbub über den Fahrzeugschaden? Sie runzelte die Stirn und dachte angestrengt nach. Kollision mit einem anderen Fahrzeug, Schäden vorn links, geschätzter Schaden bei 01 DM 10 000,–, Fahrzeug fahrbereit. Das sollte ein Totalschaden sein? Vielleicht war es ein älteres Fahrzeug, oder die Polizei hatte den Schaden falsch eingeschätzt. Die Sache wurde immer undurchsichtiger.

Hinter ihr türmten sich Aktenberge. Lauter Schicksale in rosa Heftern, die erledigt werden wollten. Schlägereien, Raubüberfälle, Telefonterror, Unterhaltsentziehungen, das nicht bewältigte Ende von Zweierbeziehungen, als Bedrohung angezeigt, Tierquälereien, Glücksspiel. Das alles sollte aufgeklärt werden, sich verwandeln in hübsche saubere Einstellungen, Anklagen, Strafbefehle, Vollstreckungsakten. Und sie saß da und machte sich Gedanken über ein Verfahren, für das sie schon gar nicht mehr zuständig war. Und hatte schon wieder Liebeskummer. Stefan. Mistkerl. Vergiss ihn, los, an die Arbeit.

Beate verfügte in Sachen Dorsten die Fertigung von Zweitakten für die Abteilung 14 (Mordbub) und schickte die Erstakten an das 6. K. mit dem Ersuchen, die Angestellten der Dorstens zu dem Umfang des Diebesgutes zu vernehmen. Außerdem sollten die Dorstens noch einmal als Beschuldigte vernommen werden, wegen der Bedrohungen, die Jupp Knipp angezeigt hatte. Sie warf die Akte unter den Bock. Dann arbeitete sie stur und verbissen weiter, die Zeit verging im Fluge.

Oberstaatsanwalt Neumann wartete schon und freute sich auf ein Schwätzchen. Trotz seiner Überarbeitung schien er unbegrenzt Zeit zu haben. Es war eine der letzten Sitzungen mit ihm, denn bald war die Zeit der Gegenzeichnung vorbei, und sie würde auf eigenen Füßen stehen. Mit rheinischer Ausführlichkeit kommentierte er ihr Werk und gab Verzällcher zum Besten, mit denen er in jeder Herrensitzung Beifallsstürme geerntet hätte. Als er mit einem »Sehen Sie, Mädchen, es wird noch mal was mit Ihnen« die Audienz abschloss, hatte Beate fast das Gefühl, dass der Tag äußerst erfolgreich verlaufen war.

Draußen schien die Sonne. Ein Regenbogen spannte sich über die Stadt, schlug eine Brücke über den Rhein und war schön.

Schon wieder Richter Bullmann, gerade heute, wo die Akte Dorsten vom 6. K. zurückkommen sollte. Kommissar Herbst hatte schon telefonisch auf eine neue Entwicklung in der Sache hingewiesen. Und nun, wo ihr nichts wichtiger schien als der Aktenbock im Büro, kam ihr diese Sitzung in die Quere.

Die erste Verhandlung endete, wie nach der Lektüre der Handakte bereits erwartet, mit einer Rücknahme der Berufung. Der erfahrene Verteidiger hatte kaum Mühe, seiner Mandantin die Aussichtslosigkeit des Verfahrens vor Augen führen, nachdem Bullmann – ganz informell und außerhalb der Hauptverhandlung – seine Sicht der Dinge erläutert hatte. Ein eingespieltes Team, das sich mit kurzem Blickkontakt verständigte.

Der Angeklagte in der zweiten Sache war von anderem Kaliber: modisch flott gekleidet, von ungeheurem Selbstbewusstsein und ganz der unschuldig Verfolgte, der auch im Verlauf der Verhandlung nichts von dieser Gewissheit einzubüßen schien. Irgendwie machte der betrogene Zeuge, der dem Angeklagten ein Motorflugzeug zum stolzen Preis von 25 000,– DM verkauft hatte, die schlechtere Figur. Natürlich hatte er keinen Pfennig erhalten, und das Flugzeug war bis heute nicht wieder aufgetaucht.

»Und Sie haben den Angeklagten nicht gefragt, ob er nicht eine Anzahlung leisten will? Sie haben in keiner Weise seine Zahlungsfähigkeit überprüft? Der Mann hat zwei Monate vor dem Kauf den Offenbarungseid geleistet!«

Richter Bullmann konnte es nicht fassen. Beate amüsierte sich: Dem Vorsitzenden wäre so etwas selbstverständlich nie passiert.

»Er hat doch einen Vertrag unterschrieben, und was man unterschreibt, muss man auch einhalten«, sagte der Zeuge schlicht. Langsam breitete sich Stille im Saal aus. Der Zeuge wurde unvereidigt entlassen.

»So, dann wollen wir mal die Vorstrafen erörtern. Sie haben doch nichts dagegen, wenn ich den Registerauszug nur teilweise verlese; sämtliche Eintragungen hier zu berücksichtigen wäre ein wenig aufwendig«, meinte Bullmann, leicht zu Beate gewandt. Sie hob kurz den Blick von ihrem Blatt Papier, auf dem sie gerade das Plädoyer vorbereitete, und nickte. Einschlägige Vorstrafen, Einbeziehung einer Vorverurteilung unter Auflösung einer Gesamtstrafe, im Rechnen war sie noch nie gut gewesen. Ein klarer Fall. Sie hörte von ferne den leiernden Tonfall, in dem der Vorsitzende die Verurteilungen herunterrasselte. Sie kam in ihrer Rechnung auf ungefähr dieselbe Strafe wie das erstinstanzliche Gericht und notierte: Verwerfung der Berufung.

»Dann schließen wir die Beweisaufnahme.« Der Richter sah beide Parteien aufmunternd an.

»Ich stelle noch einen Beweisantrag«, warf der Angeklagte lässig dazwischen. Das »Wie bitte?« von Bullmann klang ehrlich überrascht. »Ja, ich habe einen alten Freund, Direktor bei der Volksbank in Düren, der hat mir vor dem Kauf des Flugzeugs fest zugesagt, dass ich einen Kredit über 25 000,– DM kriege. Ich hatte nämlich schon einen Kunden für das Gerät an der Hand, und der wollte locker 30 000,– dafür zahlen. Doktor Hartmut Greigel heißt der, Köln-Klettenberg, den können Sie ja fragen.«

»Ihnen wollte der einen Kredit verschaffen? Ohne Absicherungen? Was wollen Sie denn dem Gericht noch alles zumuten?!« Bullmanns Empörung kannte keine Grenzen mehr. »Und warum haben Sie den Kaufpreis dann nicht bezahlt?«

»Hat eben nicht geklappt mit dem Kredit, warum, weiß ich auch nicht.« Entspannt lehnte sich der Angeklagte zurück.

Bullmann bekam einen roten Kopf vor unterdrückter Wut. Es wollte nicht so leicht laufen, wie es zunächst ausgesehen hatte.

Beate wurde es heiß. Gleich musste sie zu dem Antrag Stellung nehmen, und obwohl das Ganze offensichtlich gelogen war, gab es rechtlich keinen Grund, den Beweisantrag abzulehnen. Damit musste die ganze Hauptverhandlung von vorn beginnen, denn Bullmann wollte vier Wochen in Urlaub fahren. So lange konnte die Verhandlung nicht unterbrochen werden. Sie überlegte fieberhaft, was sie jetzt sagen sollte. Ob sie wollte oder nicht, sie musste den Antrag befürworten. Bevor sie den Mund aufmachen konnte, erhob sich der Vorsitzende. Etwas verwirrt rappelten sich auch die Schöffen auf. Bullmann erklärte die Sitzung für unterbrochen und verschwand mit den gehorsam folgenden Schöffen im Beratungszimmer.

Beate war ratlos. Was sollte das? Die Zigarette im Flur schmeckte strohig.

Nach einer Viertelstunde wurden die Beteiligten wieder hereingerufen, und als ob nichts geschehen wäre, trat Bullmann wieder in die Beweisaufnahme ein und rief den ersten Zeugen, der sich im Zuschauerraum aufgehalten hatte, wieder in den Zeugenstand. Es begann ein harmloses Frage-und-Antwort-Spiel um das Zahlungsversprechen des Angeklagten, ein Geplänkel, an dem sich Beate beteiligte, und das doch nur den Sinn haben konnte, Zeit verstreichen zu lassen.

»Nein, der wollte nicht in Raten zahlen. Von Kredit hat er auch nichts gesagt. Er griff in die Brusttasche, zückte eine dicke Brieftasche und fragte, ob ich das Geld bar haben wollte. Aber das wollte ich nicht, wissen Sie, so große Beträge schleppt man nicht gern in der Gegend herum, und es war ja schon nach 17 Uhr, freitags, da hätte ich doch das viele Geld übers Wochenende bei mir zu Hause liegen gehabt ...« Die Rechnung des Angeklagten war aufgegangen.

Der Zeuge wurde wiederum entlassen.

Ohne eine Pause entstehen zu lassen, fragte Bullmann leichthin: »Und was haben Sie dazu zu sagen? Wollen Sie noch eine Stellungnahme abgeben, bevor ich die Beweisaufnahme schließe?«

Der Angeklagte verlor sich in Unschuldsbeteuerungen, er habe bezahlen wollen und können, aber bitte, wenn man ihm nicht glaube, wenigstens Bewährung wolle er haben.

»Sonst noch etwas?« Sanft und voller Engelsgeduld war die Stimme von Bullmann.

Der Angeklagte hatte seinen Beweisantrag vergessen.

Jetzt, jetzt musste sie aufstehen und fragen, ob er seinen Beweisantrag von vorhin aufrechterhalte. Jetzt müsste sie daran erinnern, dass über seinen Antrag noch nicht entschieden war, ja, dass er noch nicht einmal protokolliert war. Es gab ihn überhaupt nicht. Sie blieb sitzen. Wovor hatte sie Angst? Dass Bullmann über sie herfallen würde, nur weil sie die Strafprozessordnung ernst nahm?

»Frau Staatsanwältin?« Bullmann hatte die Beweisaufnahme geschlossen.

Ihr Plädoyer war kurz und sachlich. Die Einlassung des Angeklagten war eine Schutzbehauptung, der Zeuge glaubwürdig, dann präzise Ausführungen zum Strafmaß und der Antrag, die Berufung zu verwerfen.

Nach fünfminütiger Beratung wurde nach Antrag entschieden. Sie sah den Vorsitzenden nicht an, als sie den Saal verließ. Eine glatte Niederlage. Warum hatte sie den Mut nicht aufgebracht, laut und deutlich nein zu sagen und den geölten Ablauf der Justizmaschinerie zu stören? Draußen atmete sie tief durch. Schnell vergessen, das Ganze.

Sie öffnete hektisch ihre Bürotür. Die Akte Dorsten war noch nicht da, aber sie fand sie in ihrem Fach in der Geschäftsstelle.

»Sie haben wohl nicht genug zu tun, dass Sie sich die Akten schon hier abholen«, fragte die Geschäftsstellenbeamtin grämlich.

»Warten Sie ab, das vergeht Ihnen schon noch, wenn Sie erst mal so lange dabei sind wie ich …«

Den Rest hörte Beate nicht mehr. Noch im Gehen schlug sie die Akte auf und begann zu lesen. Als sie gegen den Kollegen Wichterich lief, hatte sie die Neuigkeit noch nicht verdaut.

»Das darf nicht wahr sein«, murmelte sie. Eine rasche Entschuldigung, dann saß sie hinter dem Schreibtisch.

Das Telefon schellte.

Sie nahm den Hörer ab und hängte sofort wieder ein.

Eine neue Anzeige war hinzugekommen. Jupp Knipp erstattete Strafanzeige gegen Unbekannt. Jemand hatte sein Fahrzeug, einen Porsche 928 mit dem amtlichen Kennzeichen K-AC 753, vor fünf Tagen in Flammen aufgehen lassen. Ein Molotow-Cocktail in Marienburg. Das hatte ja beinahe etwas von einem Happening. Ein Brandgutachten war auch schon bei der Akte. Der Brandherd befand sich in Höhe des Beifahrersitzes. Durch die eingeschlagene Seitenscheibe war eine benzingefüllte Flasche geworfen worden, getränkte Lappen mit Brandbeschleunigungsmitteln sorgten für eine rasche Verbreitung. Tatzeit: gegen 1.30 Uhr, in der Nacht nach dem Unfall. Warum hatte die Polizei den Wagen nicht beschlagnahmt, nach einem solchen Unfall hätte man doch ein technisches Gutachten einholen müssen! Zu spät, jetzt war der Wagen ein Wrack. Knipp äußerte wieder die Vermutung, dass Dorsten hinter dem Anschlag stecken könnte, und verwies auf die telefonische Drohung.

Die vorgehefteten Aussagen von drei ehemaligen Angestellten des »Beachclub«, die allesamt bestätigten, dass zu den Zeitpunkten der Einbrüche überhaupt keine Röhren gelagert waren, erschienen ihr nahezu uninteressant. Den Betrug hatte sie jetzt wasserdicht nachgewiesen. Die Sache war anklagereif.

Aber was passierte wirklich?

Das Telefon schellte wieder.

»Fuchs«, meldete sie sich, noch in Gedanken versunken.

»Der schlaue Fuchs der Es-Te-A?«, ertönte unverkennbar die Stimme von Bub.

»Wenn Sie meinen, was gibt's Neues?«, fragte sie zurück.

»Jede Menge, wenn Sie mal runterkommen, erzähle ich Ihnen, wie weit wir in der Sache Frascello sind. Das interessiert Sie doch, oder?«

»Ich wollte sowieso gleich zu Ihnen kommen, das trifft sich. Bis gleich.« Beate warf den Hörer auf die Gabel, raffte die Akten zusammen und rannte in Richtung Tür. Als sie am Spiegel vorbeikam, warf sie einen kritischen Blick auf ihr Gesicht. Dann holte sie einen selten benutzten Lippenstift aus ihrer Handtasche und malte die Lippen nach. »Nicht zu dick auftragen, aber schaden kann es ja nicht«, dachte sie.

Noch ein paar Bürstenstriche durch die Locken und die Brille geputzt. Sie probierte verschiedene Gesichtsausdrücke, verwarf sie alle und grinste sich an.

»Blöde Kuh!«

Dann ging sie los.

Mordbub telefonierte; das hörte sie bereits im Gang, denn sein laut tönendes Organ drang durch die dünnen Wände, als gäbe es sie gar nicht.

»Alles paletti, dann tschö«, sagte er gerade, als sie eintrat.

»Ja, die Frau Kollegin.« Er wuchtete seine massige Figur aus dem Schreibtischstuhl und streckte ihr die Hand entgegen.

»Dann setzen Sie sich erst mal. Die Sache Frascello ... tut mir Leid, aber es sieht wirklich nach einem Null-acht-fünfzehn-Fall aus, das berühmte Verbrechen aus Leidenschaft, oder, wie man es heutzutage nennt, Defekt im sozialen Nahbereich.« Nach dieser Anstrengung ließ er sich wieder in den Stuhl fallen und schaute sie direkt an.

Beate ließ sich ihre Enttäuschung nicht anmerken.

»Haben Sie schon einen konkreten Verdacht?«

»Mehr als das: Diejenige welche sitzt schon in der Kiste.« Irgendwie war der Triumph in seiner Stimme nicht zu überhören. Aber die Geste, mit der er sein widerspenstiges Bürstenhaar vergeblich zurückzustreichen versuchte, verriet Skepsis.

»Ich bin aber noch nicht zufrieden. Sie gesteht keineswegs, im Gegenteil, sie streitet entschieden ab. Es ist seine Frau, Carla Frascello. Was haben wir in der Hand: ein Motiv, denn unser Verblichener war ein Verehrer der Weiblichkeit und hatte eine deutsche Freundin. Das Tatmittel – bei dem Gift, an dem Frascello gestorben ist, handelt es sich um ein Herzstärkungsmittel, Glykosid, das man bei Herzschwäche in Tropfenform zu sich nimmt. Wie bei jeder Medizin kommt es auf die Dosis an, zu viel ist tödlich. Das Herz schlägt in der Kehle, Konzentrationsschwäche, ungeregelte Sauerstoffzufuhr, irgendwann versagt das Herz. Und just jenes Mittel nahm seine Schwiegermutter. Carla hätte Gelegenheit gehabt, sich das Zeug zu besorgen, sie holte es für ihre Mutter aus der Apotheke. La mamma, der Mittelpunkt der Familie. Wir haben ermittelt, dass Carletta-Darling das Zeug erst zwei Tage vor dem ...«, hier zögerte er etwas, »Mord in einer Apotheke abgeholt hat. Die Dosis, auf einmal genommen, wäre ausreichend gewesen. Und la mamma hat das Medikament nicht bekommen. Sagt sie jedenfalls. Für einen Haftbefehl hat es immerhin gereicht. Mir noch nicht so ganz.«

Beate dachte nach.

»Wie schnell wirkt das Gift?«, fragte sie zögernd.

»Unterschiedlich. Meistens erst nach Stunden, aber es kann auch verdammt schnell gehen, je nachdem. Sie kennen das ja, Wissenschaftler ...« Er verdrehte die Augen.

»Weiß man schon, wie er es genommen hat? Ist bei ihm was gefunden worden?«

»Nein, gar nichts. Auch der Mageninhalt hat da nicht viel hergegeben. Eine richtige Mahlzeit hat er jedenfalls nicht eingenommen.«

Beate dachte an den Molotow-Cocktail und schoss die nächste Frage ab. »Haben Sie mal daran gedacht, den Wagen zu untersuchen, in dem Frascello gefahren ist? Vielleicht lag da noch etwas von ihm, irgendeine Thermosflasche mit Gift im Kaffee oder so etwas?« Sie beugte sich vor, gespannt.

»Hab meine Jungs vom 1. K. vor einer Stunde hingeschickt. Mal sehen, was dabei herauskommt.«

»Viel jedenfalls nicht.« Beate sprach jetzt ziemlich leise, um die Wirkung ihrer Worte zu erhöhen. »Oder meinen Sie, dass ein Wrack noch viel preisgeben kann? Zumal der Molotow-Cocktail ganze Arbeit geleistet haben dürfte.«

Mordbub starrte sie ungläubig an.

»Wie bitte?«

»Das wollte ich Ihnen mitgebracht haben. Brandgutachten, betreffend den Porsche mit dem amtlichen Kennzeichen K-AC 753, Halter: mein bedrohter Zeuge oder Mittäter Knipp. Drohungen vermutlich von meinem Beschuldigten Dorsten. Wagen in Brand gesetzt um 1.30 Uhr in der Nacht nach dem Unfall. Tatort: Marienburg.«

»Geben Sie mal her.« Er riss ihr fast die Akte aus der Hand und las konzentriert, während er auf seinen Lippen kaute.

»Zufall?«, fragte er, nachdem er die Akte studiert hatte.

»Keine Ahnung. Wie kommt Frascello überhaupt zu dem Wagen von Mister K.?«, fragte sie neugierig.

»Das ist nun Gott sei Dank eine ganz einfache Geschichte. Frascello hat an dem Tag an der Saftbar in diesem Fitnesscenter gearbeitet. Christine Knipp war zufällig da, klagte über Getriebeschaden und muss das sehr eindrucksvoll gemacht haben – das kennen Sie doch, der Trick hilfloses Weibchen mit strahlendem Augenaufschlag – kurz und gut, Frascello hat ihr das wieder repariert. Und sich mit einer Spritztour im schicken Wagen selbst belohnt. Davon wusste die Knipp allerdings nichts, und sie war schwer geschockt, als sie hinterher von dem Unfall erfuhr. Ob wegen des lädierten Frascello oder des kaputten Autos, wer weiß das schon! Eine simple Geschichte also, für alles gibt es natürliche Erklärungen.«

»Ich hab ja auch nur so ein Gefühl«, sagte Beate langsam. »Aber wenn Sie die eifersüchtige Ehefrau im Visier haben – es ist ja Ihr Fall. Und außerdem: Ein Motiv habe ich nun wirklich nicht anzubieten. Dorstens Angst davor, dass seine krummen Geschäfte auffliegen? Die Sache habe ich sowieso wasserdicht. Angeklagt wegen Betruges wird er auf jeden Fall.«

»Tja, vielleicht hat er nicht mit einer so tüchtigen Kollegin gerechnet?« Mordbub flüchtete sich wieder in Ironie. Dann fügte er hinzu: »Jedenfalls danke für Ihre Hinweise. Ich werde das nicht aus den Augen verlieren. Bis morgen dann.«

Sie war draußen. Und dachte nach.

Zu Hause, mit Lutz und Gabi – die ein vegetarisches Festmenü gekocht hatte, das letzte, denn sie hatte ihrem Freund den Laufpass gegeben –, redete sie noch bis tief in die Nacht. Über den Fall Frascello.

Der Kater schnurrte neben ihr im Bett, als sie das Licht ausmachte. Der Wecker würde um 7.30 Uhr schellen.

Ist das nicht zu grell?«

Beate sah sich zweifelnd im Spiegel an. Pinkfarbener Jogging-Anzug, giftgrünes Stirnband, Sportschuhe im Neonlook. Hilfe suchend blickte sie zu Lutz hinüber. Der lehnte mit verschränkten Armen im Rahmen der Damen-Umkleidekabine, vom Personal misstrauisch beäugt.

»Das bringt's voll, in so einem Laden musst du schon durch die Kleidung Selbstbewusstsein ausstrahlen. Hoppla, jetzt komm ich! Ehrlich, das steht dir gut. Nun trau dich mal …«

»Ich weiß nicht, ich könnte doch meine alte blaue Trainingshose anziehen, die ich immer zum Karneval …«

»Ist das hier Karneval oder eine ernsthafte Ermittlung? Wenn du diese verschossene blaue Hose anziehst, komme ich auf gar keinen Fall mit, so laufe ich dort nicht mit dir herum. Wo mir Schmitzi schon seinen türkisfarbenen Anzug leiht.« Lutz blieb hart.

Beate musterte sich noch einmal kritisch.

Gestern Nacht hatten sie sich überlegt, dass sie doch mal etwas für ihre Gesundheit tun sollte. Warum nicht im Sonnenstudio Dorsten mit Kraftraum und Sauna. Bloß so, die Atmosphäre schnuppern. Etwas herausfinden – dort, wo alle Fäden zusammenzulaufen schienen. Eine Art verdeckte Ermittlung, ein ganz spezielles Fitness-Programm. Schließlich kannte sie keinen der Beteiligten persönlich, genauso wenig, wie man sie kannte. Im Grunde war das ihre einzige Chance. Und ein wenig Muskelaufbau konnte auch nicht schaden. War sie nicht hier und da auch etwas zu dick?

»Ich nehme ihn«, verkündete sie.

Lutz machte ein erleichtertes Gesicht. Es war bereits der dritte Laden, in den sie ihn geschleppt hatte.

»Ich kann es kaum erwarten«, sagte Beate. »Wann gehen wir hin?«

»Heute Abend habe ich Zeit.« Lutz wirkte entschlossen. Er bestand darauf, dass sie die neue Kluft gleich anbehielt, damit sie sich darin heimisch fühlte. »Tu so, als ob du Jeans und Pullover anhättest. Es muss dir völlig normal vorkommen, so etwas zu tragen.«

Bei Coltamai auf dem Gotenring aßen sie jede Menge Eis. Hier fühlte sie sich wohl, denn sie gehörte zu den Stammgästen. Keiner starrte ihre schockfarbenen Klamotten an. Das Rezept von Lutz ging auf, sie fühlte sich sicher und war bereit, sich in die Höhle des Löwen zu begeben.

Gegen 18 Uhr war es so weit: Lutz parkte seinen rostigen R4 in der Friesenstraße, nachdem er in der Nähe des Studios keinen freien Parkplatz mehr gefunden hatte. Lutz setzte seine Nickelbrille ab und stieg aus. Der türkisfarbene Jogginganzug von Schmitzi hatte zu kurze Ärmel und wirkte daher besonders echt, so, als ob er nach einigen Marathon-Läufen zu heiß gewaschen worden wäre. Er verlieh dem Träger das Flair von lässiger Sportlichkeit Marke Junggeselle, und Beate war froh, dass sie Lutz dabeihatte.

»Jetzt trinken wir erst mal ein Kölsch«, schlug er vor. »Zur Auflockerung.«

Im Friesenviertel war noch nichts los. Die nächste Kneipe, die sich in ein paar Stunden mit Zuhältern, alten Leuten aus dem Viertel, Messegästen mit eindeutigen Zielvorstellungen über den Verlauf des Abends und den dazu passenden Damen füllen würde, war gähnend leer. Am Tresen lungerte nur ein schmächtiger, pickliger Bursche, dessen breitschultrig wattierter Blouson keine Wirkung erzielte. Angewidert starrte er in sein Glas, in dem noch ein schaler Rest Bier stand.

»Matthes, ein neues«, verlangte er, ohne aufzusehen.

»Uns auch zwei«, bestellte Beate und zog eine Schachtel Zigaretten aus der Tasche. Der Jüngling glotzte sie unverhohlen an, dann zückte er ein zerbeultes Sturmfeuerzeug. Sie hätte nie gedacht, dass er ihr Feuer geben würde, das musste ein männlicher Urinstinkt sein.

»Wir kennen uns doch irgendwoher«, sagte der Typ plötzlich, während er das Feuerzeug wieder in die Seitentasche seiner viel zu engen Jeans zwängte.

»Schon mal 'ne bessere Anmache gehört, aber danke für das Feuer«, gab sie zurück und stellte sich schleunigst neben Lutz, der gerade die beiden Kölsch in Empfang nahm. Demonstrativ hakte sie sich bei ihm ein, während sie den jungen Mann noch einmal musterte.

»Nee, nee, das stimmt schon, ich kenne dich. Wo war das noch? Gehst du manchmal ins Luxor? Oder biste beim Sozialamt beschäftigt? Irgendwie war es was Unangenehmes, meine ich.« Er versuchte, nachzudenken. Seinem gequälten Gesichtsausdruck nach war das eine selten geübte und daher anstrengende Tätigkeit. Gedankenverloren quetschte er einen Pickel aus und kaute auf den Fingernägeln, aber der erhellende Einfall wollte nicht kommen.

Beate wurde es siedend heiß.

Sie stürzte das Kölsch herunter und zischte Lutz ein »Los, lass uns hier abbauen!« entgegen, doch der war nicht aus der Ruhe zu bringen.

»Keine Panik, ich bin ja da. An das Milieu musst du dich schon gewöhnen, sonst kannst du dein Projekt vergessen. Und außerdem trinke ich mein Kölsch nie so schnell.«

»Mensch, Kölsch ist kein Longdrink, ich muss hier weg, bevor ...« Beate brach ab, denn der junge Mann schlenderte langsam auf sie zu, den Hüftschwung von John Wayne abgekupfert. Er ließ nicht locker.

»Und ob ich dich kenne, ich weiß nur noch nicht, woher. Aber was Erfreuliches war es nicht ...« Nun stand er direkt vor ihr.

»Warst du nicht bei dem Kunze-Konzert im Alten Wartesaal?«, fragte sie und war bereit, wenn es sein musste, ein langsames Wiedererkennen zu mimen.

»Kunze? Was hältste von mir?« Sein Gesicht hatte wieder den angeekelten Ausdruck von vorhin, der ihm noch am besten stand. Das war ein Schlag ins Wasser.

Der nächste Versuch schien schon eher zu klappen.

»Und die Zeltinger-Session im Luxor?« Es war ein Schuss ins Blaue, doch als sie ein zeitlupenhaftes Aufhellen seiner nach unten entgleisten Gesichtszüge feststellte, wurde sie sicherer.

»Da war jedenfalls so ein Typ, der mich mit seiner Zigarette angesengt hat. Erfreut war ich darüber natürlich nicht – ob du das gewesen bist?«

Der junge Mann sah auf einmal etwas verlegen aus.

»Mann, war ich blau an dem Abend, kann schon sein. Aber da ging auch die Post ab – hey, Matthes, noch ein Kölsch für die Frau hier, nichts für ungut ...« Er zog sich zurück.

Das Bier war viel zu kalt, aber sie trank es trotzdem. Lutz zahlte, und sie gingen zur Tür. Beate winkte kurz zurück, bevor sie den Filzvorhang, der vor Zugluft schützen sollte, zur Seite schob. Draußen brach sie vor Erleichterung in ein nicht enden wollendes Kichern aus. Lutz sah sie besorgt an.

»Weißt du, woher der mich kennt?« Langsam beruhigte sie sich. »Das hätte ins Auge gehen können, und das schon vor dem Start meiner Detektivarbeit. Den jungen Mann hatte ich vor drei Wochen in einer Sitzung, Autoknacken in vierzehn Fällen, Antrag neun Monate Jugendstrafe ohne, Urteil sechs Monate mit Bewährung. Das war knapp, mit dem Sozialamt lag er gar nicht so schlecht. Das ist so ungefähr die zweitunangenehmste Begegnung, die man haben kann …«

Als sie auf den Hohenzollernring kamen, hielt Beate nach dem Studio Ausschau. Lutz entdeckte die hellgrüne Neonschrift als Erster. Sie bildete eine Palme, deren Blätter den Namen »Beachclub« formten; das war es, das Sonnen- und Fitness-Studio Dorsten. Die Schaufenster waren zugepflastert mit Strandpostern kalifornischer Surf-Athleten und blonder Bikinischönheiten, deren begehrlicher Blick auf ein imaginäres Eis gerichtet war. Möglicherweise auch auf die schwellenden Muskelpakete der Surfer, das war kaum zu entscheiden.

»Wollen wir hier wirklich rein?« Beate war etwas verzagt, aber Lutz hielt ihr bereits die Tür auf.

Die krankenhausweiß lackierte Bar, auf der kleine Plastik-Palmen standen, ging unmittelbar in einen seitlich gelegenen Empfangstresen über. Auf den verspiegelten Regalen dahinter standen Packungen mit Eiweiß-Präparaten und Massageölen, Diätbücher und Bodybuilding-Zeitschriften; der Rest der Aussicht war durch die sehenswerte Gestalt eines kleinwüchsigen Hünen verstellt.

Beate starrte ihn fasziniert an.

Sein wulstiger Hals war fast breiter als die ausgeprägte Unterkieferpartie, dafür aber erstaunlich kurz, was wiederum den Blick auf die ausladenden Schultern lenkte. Aber die Augen dieses Mannes waren von wässriger Babybläue und ihr Ausdruck entsprechend unschuldig. Erstaunlich sanft war auch seine Stimme.

»Hallo, ich bin Willi. Was kann ich für euch tun?«

»Ja, wir dachten …«, fingen beide gleichzeitig an.

»Ach, ich ahne etwas«, unterbrach er sie, lehnte sich vor und stützte sich mit den Ellenbogen auf den Tresen. Das knapp sitzende, ärmellose T-Shirt mit »Beachclub«-Aufdruck brachte eindrucksvoll das Spiel der unterschiedlichsten Muskeln zur Geltung.

»Studenten, was? Haben wir hier eigentlich weniger, aber es gibt Spezialtarife: 60,– DM im Monat bei einem Abo von einem Jahr, 70,– DM bei einem Abo von einem halben Jahr, eine Probestunde kostenlos. Trainingsplan für Anfänger liegt hier, Sauna kostenlos und Sonnenbank-Zehnerkarte für 60,– DM. Ist das nichts? Ich sage euch, in einem Jahr erkennt euch keiner wieder …« Er trat wieder zurück und verschränkte die Arme auf der Brust. Diese Vorstellung war fast noch eindrucksvoller. Seine blauen Augen in dem solariumgebräunten Gesicht waren geradezu unwirklich hell. Willi wirkte, obwohl seine Stirn reichlich niedrig ausgefallen war, seltsam harmlos, als ob er keiner Fliege etwas zuleide tun könne. Beinahe ein sympathischer Mensch. Beate strahlte ihn kurz entschlossen an.

»Klingt ja gut, aber so schrecklich sportlich bin ich nicht. Meinen Sie, mit dem bisschen Kondition vom Tischtennis halte ich die Plackerei an den fürchterlichen Geräten aus? Ist das überhaupt was für Frauen, oder kommen nur Männer hierher?«

Willi kam um den Tresen herum und baute sich vor ihr auf.

»Also, erst mal, ich heiße Willi, wie ich schon sagte, unter Sportsfreunden duzt man sich. Klar ist es hier gemischt, das hebt doch die Stimmung. So, und jetzt zeig ich dir schon mal die Folterkammer.«

Lutz war abgemeldet.

Beate sah noch kurz zurück, registrierte ein amüsiertes Abschiedswinken, dann versperrte der freundliche Kleiderschrank endgültig einen weiteren Blickkontakt. Die Sache war klar: Lutz hatte sie ins kalte Wasser geworfen, nun musste sie schwimmen. Der Schuft würde ihr später etwas von Schwellenängsten erzählen und von Hilfe zur Selbsthilfe … Jetzt war keine Zeit zum Überlegen mehr, denn Willi präsentierte den Gerätepark.

Bereits der Abdominal-Twister legte Beates Konditionsmangel bloß. Doch Willi ließ nicht locker. Die Trainingsliste in der Hand, kontrollierte er ihre Versuche an den unterschiedlichsten Geräten und feuerte sie gnadenlos an, als sie beim Butterfly schon nach der vierten Übung aufgeben wollte. Zwischendurch stellte er sie den Leidensgenossen vor, die zumeist nur ein unartikuliertes Krächzen hervorbrachten, hängte leichtere Gewichte an die Zugmaschine, die sie dennoch kaum bewegen konnte. Gewissenhaft hakte er seine Liste ab.

Nach vierzig Minuten war Beate fertig. Fix und fertig. Das Stirnband war schweißnass, der Anzug klebte auf der Haut, und die Bauchmuskeln waren schon jetzt ein einziger Schmerzknoten. Wenn das eine Einführung mit werbendem Charakter sein sollte, war Willi weit über sein Ziel hinausgeschossen. Viel zu weit. Mit zitternden Beinen ging sie in den Gymnastikraum und warf sich auf eine Matte. Entspannende Flughafenmusik lullte sie ein.

»Und jetzt, hopp, hopp, in die Sauna!« Willi war zur Stelle. »Wenn du willst, komme ich gleich mit.« Sein Babygesicht mit dem heldenhaften Unterkiefer verzog sich zu einem einladenden Lächeln.

»Nein, danke, Sauna hat mir der Arzt verboten. Mein Kreislauf ...« Beate winkte bedauernd ab.

»Schade.« Willi schmollte ein wenig. »Ich füll dann schon mal das Jahresabo aus. Wie heißt du?«

»Beate Fuchs.«

Verdammt, eine plötzliche Schläfrigkeit hatte sie so übermannt, dass ihr nichts Besseres eingefallen war, als ihren richtigen Namen zu nennen. Aber im Moment war ihr alles egal. Willi war weg. Sie schloss die Augen.

Irgendwann merkte sie, dass sie nicht mehr allein war. War sie tatsächlich eingeschlafen? Langsam öffnete sie die Augen.

Ihr gegenüber saß eine durchtrainierte Frau in einem hellblauen, glänzenden Bodysuit, die Beine in Yogahaltung gekreuzt. Die Hände hielt sie locker in Bauchhöhe gefaltet, den Rücken gerade, Hals und Kopf in ballettmäßiger Eleganz aufgerichtet. Ihre Augen waren geschlossen, die Atmung langsam und gleichmäßig – ein Bild der völligen Entrücktheit. Sie mochte fünfunddreißig Jahre alt sein und passte in diesen Laden wie ein Diamant in einen Kaugummiautomaten. Ihre Ohrringe von hochkarätiger Schlichtheit funkelten dezent. Die nachlässig zurückgestrichene Löwenmähne, aus verschiedenen Blondtönen komponiert, wirkte so natürlich, dass sie nur das Werk eines äußerst begabten Figaros sein konnte. Eigentlich schön war sie nicht. Ob das an den zu weit auseinander stehenden Augen lag oder dem etwas zu kleinen, fliehenden Kinn, das dem Gesicht einen Ausdruck von Verzagtheit verlieh?

Plötzlich riss Willi die Tür auf. Beate war hellwach, als er fragte:

»Adresse?«

»Deutz, Alemannenstraße 62.«

»Schäl Sick, na so was. Gibt's da drüben nichts für die Kondition?«

»Empfehlungen. Hab schon viel vom ›Beachclub‹ gehört«, sagte sie.

»Studentin?«

»Eigentlich nicht mehr so richtig. Ich jobbe im Moment, weil ich kein Bafög kriege.«

»Weil du es bist, mache ich mal eine Ausnahme. Also Vorzugstarif. So, und nun unterschreiben!«

Sie nahm tatsächlich den ihr erwartungsvoll entgegengestreckten Kugelschreiber, war sich aber noch unschlüssig. Lohnte sich denn diese Tortur?

»Soll ich wirklich?«

Willi verstand die Welt nicht mehr.

»Aber das war doch toll eben. Vor allen Dingen, wenn man bedenkt, dass ich dich durch das Fortgeschrittenen-Programm gehetzt habe, du warst echt gut ... Chris, nun sag doch auch mal was, hier ist es doch super, oder?«

Die blonde Frau zwinkerte ihr aufmunternd zu.

Beate schnappte nach Luft.

Chris ... ob das Christine Knipp war?

Beate unterschrieb.

Kurz darauf saß sie an der Bar.

Eine junge Frau mit tizianrotem Bürstenhaarschnitt stand hinter der Theke, den Telefonhörer zwischen Kinn und gestählte Schulter geklemmt. Während die Frau mit ziellosem Fernblick den an der Decke angebrachten unvermeidlichen Casablanca-Propeller anstarrte und den offenbar interessanten Ausführungen ihres Gesprächspartners lauschte, sah Beate sich um. Neben ihr saß ein schmächtiger Mann mit leichtem Bauchansatz, der in einer Bodybuilding-Zeitschrift blätterte. Weiter hinten drehte ein kräftiger, dunkler Typ an seinem Dalí-Schnäuzer. Ab und zu, gerade unauffällig genug, blickte er auf seine Uhr. Es war keine Imitation aus einem Kaffeegeschäft. Mit halb zusammengekniffenen Augen checkte er routiniert sein Revier. Beate bestand die Prüfung nicht.

Die Tizianrote lachte gerade. Es war ein heiseres, ordinäres Lachen. Als sie anfing zu sprechen, hätte jeder Kölner Mundart-Forscher seine helle Freude gehabt.

Was sie sagte, ließ Beate aufhorchen.

»Tschanni? Immer noch eifersüchtig? Drieskopp, dat kannste vergessen, met dem lööv nix mieh, ehrlisch. Met dem lööv janix mieh, den hätt et erwisch ... Wie, dat weißte noch nit? Autounfall, en dr

Konservenbüx vun dat Chris, esu flöck kann dat jonn, da sähste nix mieh. Dat verzell isch dir später, kinn Zick, Kundschaf is do ... Äwwer sischer dat, tschö dann, bes morje ...«

Sie hauchte einen Kussmund auf den Hörer, dann warf sie ihn auf die Gabel. Die indianischen Armreifen klingelten, als sie sich auf die Theke stützte. Ihre Augen waren trauerschwarz mit Kajal umrandet, was ihrem Gesicht etwas Katzenartiges gab.

Der Mann mit der Rolex hob kurz seinen Arm, dann ließ er ihn wie erschöpft wieder fallen. Die Rote mixte ein Milchgetränk und stellte das Glas vor ihn hin. Dann kam sie auf Beate zu.

»Un wat schlürf Willis neue Flamme? Wat zum Aufpäppeln oder wat lecker Eiskaltes?« Herablassend grinste sie Beate an.

»Perrier mit zwei Eiswürfeln.« Beate blieb kühl. »Darf man hier rauchen?«

»Qualm dir eine, hier sin all nit janz escht.« Die Rote zauberte einen Aschenbecher herbei und setzte ihn unsanft auf der Plastiktheke ab. Der Mann neben Beate zuckte zusammen.

»Nicht doch, Ria, wohl mal wieder schlechte Laune, was?«

Sein Beschützerinstinkt war erwacht, und er rückte etwas näher. »Das Wasser geht auf meine Rechnung«, sülzte er und fegte mit einer souveränen Handbewegung den Aschenbecher von der Theke. Beide bückten sich, um ihn aufzuheben, dabei stießen sie auf halber Höhe mit den Köpfen zusammen.

Beate rettete die etwas peinliche Situation durch ein Lachen, in das er gequält einstimmte. Beate ärgerte sich. War sie etwa hier, um mit einem solchen Tollpatsch anzubändeln?

Der leblose Körper tauchte wieder vor ihrem inneren Auge auf.

Das absolute Aus. Kein Sommerflirt mehr im Müngersdorfer Stadion, keine Pizza bei Graziella. Und kein Urlaub mehr in la bella Italia.

Der Typ neben ihr räusperte sich vernehmlich, offensichtlich wollte er mit ihr ins Gespräch kommen. Ob sie von ihm etwas erfahren konnte? Sie suchte verzweifelt nach einem spontan wirkenden Einstieg. Es wurde immer schwieriger, je länger die Pause dauerte. Sie sah ihn kurz von der Seite an, aber er blickte gewollt cool in die Ferne wie jemand, der heftiges Nachdenken zu verbergen sucht. Beate kramte nach ihren Zigaretten. Rauchen war noch immer die beste Möglichkeit der Kontaktaufnahme.

Sie seufzte innerlich.

Dieses sportfixierte Leichtgewicht würde wahrscheinlich eher in eine Moralpredigt verfallen, als auf den nahe liegenden Gedanken zu kommen, ihr Feuer zu geben. Die Rettung nahte. Ihr Nachbar war von seinem Stuhl heruntergerutscht, sein Gesicht leuchtete rot.

»Tschau, Chris!«, sagte er, wobei er zuvorkommend einige unsichtbare Krümel von seinem frei gewordenen Hocker wedelte.

»Hallo, Arthur«, sagte eine Stimme in Beates Rücken.

Es war die blonde Frau aus dem Gymnastikraum – wahrscheinlich Christine Knipp. Sie war wohl noch in der Sauna gewesen, denn ihr Gesicht hatte jetzt eine frische Farbe, die Haare wirkten eine Spur zerzauster und ein schwarzes Handtuch lag um ihre Schultern. Sie trug ein weites, schwarzes Sweatshirt mit aufgestickten Strassperlen. Schwarze, eng anliegende Keilhosen betonten ihre Tänzerinnenbeine. Beate erstarrte vor Neid, als ihr musternder Blick bei den zweifellos italienischen Ballerinenschuhen angekommen war, ein kunstvolles Flechtwerk aus schwarzem und silbernem Leder, offensichtlich nicht bei Woolworth gekauft. Diese Frau war perfekt. Ein durchgestyltes Geschöpf, von Kopf bis Fuß auf kostspielige Lässigkeit getrimmt.

Doch die etwas ungeschickte Art, wie sie jetzt auf den Hocker kletterte und sich dabei an der Theke festklammerte, als erklimme sie die Eiger-Nordwand, gab ihr Pluspunkte. Da war etwas hinter dieser Oberfläche, und auch ihr kurzer, direkter Blick auf Beate, den sie sofort zurücknahm, als er erwidert wurde, verriet etwas über sie.

Das Leichtgewicht bestellte prompt Milchshakes für zwei.

»Und wer bist du?«, fragte Chris.

»Ich heiße Beate, ich bin zum ersten Mal in einem solchen Laden. Zuerst habe ich mich kaum durch die Tür getraut, aber Willi hat mich sofort adoptiert. Ich glaube, es gefällt mir ganz gut hier.«

Das Fragespiel konnte beginnen.

Zunächst plätscherte das Gespräch dahin, in Gang gehalten durch Arthur, der wie ausgewechselt war. Vorbei war seine Einsilbigkeit, er versprühte Charme, soweit das sein begrenztes Repertoire an Themen zuließ. Er behandelte Chris so, als kenne er sie seit Jahren. Beate entging nicht, dass die blonde Frau leicht zusammenzuckte, als Arthur ihr zum wiederholten Mal vertraulich auf die Schulter klopfte. Da er ziemlich klein war und Chris auf ihrem Barhocker leicht erhöht thronte, fehlte es der Geste genau an dem Maß Natürlichkeit, auf das es ankam.

»Kennt ihr euch schon lange?«, warf Beate ein und unterbrach damit Arthurs Redefluss, irgendwo zwischen seinen Urlaubsabenteuern in kaum erforschten Dschungelgebieten und Programmierungsproblemen bei seinem neuen PC.

Chris sah sie dankbar an.

»Darüber sind wir wohl verschiedener Ansicht. Arthur meint, seit einer Ewigkeit, genau genommen sind es aber nur zwei Monate ... jedenfalls ist er immer hier, wenn ich komme, und er ist unvermeidlich, wie du siehst.«

Ein Zwinkern ihrer blauen Augen.

Arthur hatte verstanden. Beleidigt sog er an dem Strohhalm, der in seinem Protein-Drink steckte. Das Glas war nahezu leer, und er produzierte nur noch ein gurgelndes Geräusch. Beate und Chris lachten gleichzeitig. Das war mehr, als er ertragen konnte.

»Gianni hast du auch nicht länger gekannt«, murmelte er trotzig.

Die Atmosphäre hatte sich plötzlich geändert. Es war totenstill geworden. Dieser Name war jedem hier bekannt, so viel war klar. Alle fuhren zusammen, als die Rote hinter der Theke heftig einen Löffel in die Spüle warf.

»Halt din Schnüss, Arthur.« Ihre Augen funkelten, der Kajalstrich war leicht verschmiert. »Der Tschanni wohr nen leeven Käl, und damet dat klar is: Isch hett en Fisternölschen met dem, un nit dat Chris!« Sie wirkte bedrohlich, wie sie mit dem Spültuch den Tresen bearbeitete und ab und zu Arthur anblitzte.

»Tja, dann zahle ich mal.« Er bekam den weltmännischen Ton nicht mehr ganz hin. Sogar der Versuch eines starken Abgangs misslang. Beim ersten Anlauf erwischte er die Toilettentür, dann suchte er hektisch das Weite.

Beate stellte sich unwissend.

»Was war denn los mit ihm? Habe ich irgendwas falsch gemacht?«, fragte sie.

Die Unmutsfalte zwischen den optimal gezupften Brauenbögen verschwand, als Chris wieder lächelte. Sie sah Beate voll an.

»Das war eine schreckliche Geschichte mit Gianni. Er war ein hübscher Junge, freundlich, charmant, strahlend. Wie ein unschuldiger Engel. Ganz so unschuldig, wie er aussah, war er natürlich nicht. Jeder hier weiß, dass er mit« – hier senkte sie ihre Stimme etwas – »Ria ein Verhältnis hatte, obwohl er verheiratet war. Immerhin war er ein Lichtblick in diesem Laden, und nun ist er tot. Irgendwie hat ihn hier jede Frau geliebt, weißt du?«

Ihre Augen schimmerten verdächtig. Beate sah betreten auf ihr Glas hinab. Eigentlich hatte sie ihr Ziel erreicht, es war genau die Situation, die sie wollte: die Wahrheit ermitteln. Sie fühlte sich nicht gut dabei. Eine einzige Frage noch, dann ...

»Und – woran ist er gestorben?«

»Er ist in meinem Wagen verunglückt, aber die Polizei glaubt nicht an einen Unfall, die ermittelt noch. Es ist mysteriös ...« Chris unterbrach sich. »Aber jetzt habe ich keine Lust mehr, darüber zu reden. Ein anderes Mal vielleicht. Wir sehen uns doch bestimmt noch mal hier.«

»Klar«, sagte Beate. »Ich habe doch ein Abonnement.«

Sie war überrascht, wie natürlich ihre Stimme klang.

Erst im Taxi merkte sie, wie müde sie war. Zu Hause noch ein Kölsch, eine Zigarette, dann ins Bett und nur noch schlafen. Morgen würde sie entscheiden, wie es weitergehen sollte.

Der nächste Morgen war fürchterlich.

Sie hatte gar nicht gewusst, wie viele Muskeln es in ihrem Körper gab und wie schmerzhaft sich diese bemerkbar machen konnten. Eine klare Überproduktion von Milchsäure. Einfach so aufzustehen erschien ihr unmöglich. Vorsichtig hob sie die Beine an. Die Reaktion in ihrem Bauch war eindeutig. Es war sowieso zu früh, um dieses warme, gemütliche Bett zu verlassen. Dafür war es eigentlich immer zu früh. Sie musste ja gar nicht um 8 Uhr anfangen. Die große Freiheit der Richter und Staatsanwälte war ja die, keine Dienstzeiten zu haben (und daher auch keine bezahlten Überstunden oder die Segnung der Arbeitszeitverkürzung. Wo nichts ist, kann nichts verkürzt werden). Die große Freiheit ... nur die Akten mussten bearbeitet werden, mehr nicht, und je eher man damit anfing, umso mehr hatte man vom Tag. Sie robbte sich stöhnend von der Matratze. Steifbeinig ging sie in die Küche. Lutz saß schon da, er sah reichlich mitgenommen aus.

»Was machst du denn hier? Als Student zu nachtschlafender Zeit in der Küche? Bist du aus dem Bett gefallen?«

»Hab sogar schon Kaffee gemacht«, sagte Lutz und goss ihr eine Tasse ein. »Im Übrigen bin ich eben nach Hause gekommen und wollte mir deinen Auftritt nicht entgehen lassen.« Er nahm seine Brille ab, putzte sie und setzte sie wieder auf. »Geht es dir so blendend, wie du aussiehst?«

»Noch besser.« Ächzend ließ sie sich auf die Eckbank fallen. Der Kaffee tat gut. »Und? Wieso warst du gestern so schnell verschwunden?«

Lutz grinste unverschämt.

»Bist du nicht allein zurechtgekommen? Kann ich gar nicht glauben …«

»Natürlich bin ich allein zurechtgekommen. Vielleicht war es sogar besser so. Ich habe eine Frau kennen gelernt, Chris, das ist mit neunundneunzig Prozent Sicherheit Christine Knipp. Ich glaube fast, sie mag mich. Jedenfalls sind wir verabredet. Außerdem weiß ich jetzt, dass unser Gianni ein Verhältnis mit der Frau hinter der Theke hatte. Ist doch gut für den Anfang, oder?«

»Und? Du bleibst am Ball?«, wollte Lutz wissen.

»Na klar, wo ich doch in einem Anfall von Wahnsinn ein Jahresabo für diesen Club unterschrieben habe. Vielleicht kann ich das von der Steuer absetzen, berufsbedingte Aufwendungen oder so.«

Beate war von sich selbst überrascht. Ihre Antwort war spontan gekommen, als hätte sie gestern nicht die Spur von moralischem Bauchgrimmen gehabt. Und jetzt gab es nicht den leisesten Zweifel daran, dass sie weitermachen würde …

»Ich geh jetzt ins Bett«, verkündete Lutz.

Beate sah ihm neidvoll nach. Sollte sie auch einfach blaumachen? Eine Weile erschien ihr der Gedanke verlockend, doch dann raffte sie sich auf und zog sich an.

Der Tag hatte ein Postkartengesicht, ein wunderschöner Altweibersommer breitete sich aus. Die Domtürme stachen in ein geradezu südliches Blau und triumphierten über die Glasbrandung des Ludwig-Museums. Wirklich, man gewöhnte sich an den Anblick, Alt neben Neu, und es würde nicht lange dauern, bis alle vor Stolz platzten. Und heimlich schon immer für dieses umstrittene Millionending waren. Die Erinnerungsfähigkeit der Bürger war kein Thema: Wer wusste denn überhaupt noch, wer die geballte Scheußlichkeit von Chorweiler zu verantworten hatte? Köln war nun mal eine harmoniesüchtige Stadt, da steckten alle unter einer Decke.

Sie schloss ihr Büro auf.

Als sie die Stapel von Akten sah, verfluchte sie ihren Job. Gerade heute war eine sitzende Tätigkeit von Übel, nur Bewegung half gegen den Muskelkater, der nach längeren Ruheperioden wie wild in sämtlichen Körperteilen tobte. Es half nichts, da musste sie durch. Mit viel Energie machte sie sich ans Werk, schrieb Verfügungen, tippte wie wild auf der Schreibmaschine, warf die erledigten Sachen mit besonders sportlichem Schwung unter den Bock und rauchte eine Zigarette, wenn ihr mal gar nichts einfallen wollte.

Das Telefon schellte. Mordbub war in der Leitung.

»Hören Sie, Frau Kollegin, wenn Sie auf dem Laufenden bleiben wollen, können Sie ja mal runterkommen. Die Sache Frascello …«

»Klar, ich komme!«

Verwundert legte Beate auf. Das hatte sie nicht erwartet. Sollte sie es als eine Ehre betrachten, schon wieder zu den Ermittlungen herangezogen zu werden? Oder wollte er ihr eine Lehrstunde verpassen? Obwohl, ganz so zackig wie sonst hatte seine Stimme nicht geklungen. Hastig tippte sie ihre Anklage fertig, dann sprang sie auf. Das hätte sie lieber nicht tun sollen. Der Schmerz in ihren Beinen konnte nicht ignoriert werden. Sie nahm den Aufzug nach unten, die Treppenstufen hätten sie umgebracht. Erwartungsvoll sah sie den Kollegen an. Mordbub strich sich zum wiederholten Mal durch die stoppeligen Haare, was wie immer ohne sichtbares Ergebnis blieb.

»Haben Sie mal eine Zigarette für mich? Ja, ja, ich weiß, ich habe mir das Rauchen abgewöhnt, aber …« Nervös fummelte er eine Zigarette aus der Packung, zündete sie an und inhalierte tief. Jetzt sah er richtig entspannt aus.

»Also, um die Wahrheit zu sagen: Ich komme nicht weiter. Mein Instinkt war doch richtig, so einfach liegen die Dinge nicht. Hab eben den Haftbefehl gegen Carlettakind aufheben lassen.«

»Was ist denn passiert?«, fragte Beate und rückte auf ihrem Stuhl ein wenig nach vorn.

»Tja, la mamma hat ihre Medikamente gestern wiedergefunden. Ein wenig vergesslich, die Gute. Waren nur verlegt, sagt sie. Ich habe natürlich sofort bei der Apotheke nachprüfen lassen. Es scheint zu stimmen; soweit sie das dort anhand der Chargennummer und ihrer eigenen Aufkleber verfolgen konnten, wurde das Medikament zwei Tage vor dem Mord bei ihnen verkauft. Ich habe sogar checken lassen, ob noch dieses Herzmittel in der Verpackung ist, mamma hätte ja Aspirin oder so was in die ursprüngliche Verpackung mogeln können, aber nein, alles völlig korrekt. Das gab einen Aufstand, sage ich Ihnen, die ganze Familie krakeelte im Präsidium herum, es fehlte nicht viel und mamma hätte nie mehr auch nur ein Schnupfenmittel gebraucht, sie war völlig aufgelöst. Schien mir aber doch ganz robust zu sein, die Signora. Carletta musste ich danach laufen lassen. So, und nun steh ich bei null wieder da. Spurensicherung im Unfallwagen fällt flach, Frascellos Freundin Magdalene weiß angeblich nichts und heult nur los, wenn man sie was fragt, es ist fürchterlich ...«

»Augenblick mal«, unterbrach Beate. »Wieso Magdalene? Ich denke, sie heißt Ria, so eine ganz resolute Rothaarige!«

»Keineswegs, die trauernde Zweitwitwe ist blond wie die Sünde, Augenfarbe weiß ich nicht, im Augenblick eher rot. Die würde ich auch nicht von der Bettkante stoßen. Die Frau Kollegin versteht ja Spaß«, meinte Mordbub in einem schwachen Versuch von Galgenhumor.

»Merkwürdig, gestern habe ich von dieser Dame namens Ria selbst erfahren, dass sie die Freundin von Gianni war. Sie arbeitet übrigens bei Dorsten im Fitness-Studio, da hat sie ihn wohl auch kennen gelernt.«

Mordbub pfiff durch die Zähne.

»Ob blond, ob braun, er liebte alle Frau'n, was? Dann rücken Sie mal raus, woher wissen Sie das alles?«

Beate wurde rot. Lügen war nicht eine ihrer Stärken.

»Nun, ich war gestern mehr oder weniger zufällig im ›Beachclub‹, hinterm Schreibtisch versauert man ja. Früher habe ich viel Sport getrieben, jedenfalls zeitweise, und da dachte ich mir, es kann ja nicht schaden.« Sie verhedderte sich zusehends und starrte Löcher in die Schreibtischplatte. Sie riskierte einen kurzen Blick nach oben. Ein breites Grinsen der ungemütlichen Art erschien in Mordbubs großflächigem Gesicht.

»Sieh an, sieh an, Sport haben Sie getrieben. Einarmiges Reißen am Tresen vielleicht. Ist ja auch egal.« Er beugte sich vor und machte ein Verschwörergesicht. »Ihr süßes Geheimnis ist bei mir sicher, klar?« Dann fuhr er in normalem Ton fort: »Ria heißt die andere Dame. Danke für den Tipp. Da scheint es ja doch eine Verbindung mit Dorsten zu geben. Bevor Sie fragen: Dorsten sagt nichts ohne seinen Anwalt, und den kann er sich nicht leisten. Wir haben das aber schon überprüft, soweit sich der Zeitpunkt der Tat überhaupt eingrenzen lässt. Sie wissen ja, diese Mediziner können sich nie präzise zu irgendwas äußern, jedenfalls im Zeitraum der maximalen Wirkungszeit des Mittelchens war Karl-Heinz Dorsten in Düsseldorf. Er betreibt da reichlich undurchsichtige Geschäfte mit einem Import-Export-Fritzen, und bei dem war er nun mal. Ist ein dünnes Alibi, denn das Zeug mit dem Gift kann er Frascello zu einem wesentlich früheren Zeitpunkt gegeben haben, aber das sind ja alles nur Spekulationen ...«

Beide versanken in dumpfes Brüten.

Dann stand Beate auf, sehr vorsichtig dieses Mal, und lächelte ihn zum ersten Mal, seit sie ihn kannte, voll an.

»Ich wünsche Ihnen viel Erfolg bei Ihren Ermittlungen, wirklich.«

Mordbub stand ebenfalls auf. Die Situation hatte etwas Knisterndes.

»Danke, ich Ihnen auch. Aber lassen Sie sich eins gesagt sein: Übertreiben Sie den sportlichen Ehrgeiz nicht, überlassen Sie das ruhig den Profis, o.k.?«

»Alles klar, Herr Bub.«

Beate ging. Er hatte sie tatsächlich durchschaut. Aber auch ernst genommen, was er noch nie getan hatte. Darüber und über den spontanen Entschluss von heute Morgen musste sie noch mal nachdenken. Nein, erst mal die Akten wegschaufeln, auch die vom nächsten Tag. Freiräume schaffen, um sich dann voll auf die Sache Dorsten/Knipp/Frascello zu konzentrieren.

Die Geschäftsstellenbeamtin wunderte sich. Beate erschien viermal bei ihr, um jedes Mal voll beladen mit Akten für den nächsten Tag wieder zu verschwinden. Es war ein gutes Training: in die Knie gehen, Akten anheben, aufrichten, drei Türen öffnen, den Stapel fallen lassen, wieder in die Knie gehen ... Willi hätte seine Freude gehabt.

Nach fünf Stunden war alles bewältigt. Jetzt war Zeit zum Überlegen.

Nach dem Gespräch mit Mordbub waren neue Zweifel aufgetaucht; gab es rechtliche Bedenken gegen ihre Nachforschungen? Würde sie seine Ermittlungen behindern? Und das Wichtigste: Wollte sie eigentlich mit dem Detektivspielen weitermachen? War es nicht vielleicht gefährlich? Und dann: Verstellung lag ihr nicht, was sollte werden, wenn sie sich wirklich mit Christine Knipp anfreundete? Vielleicht hatte sich Gianni selbst vergiftet, und das Ganze war ein großer, durch berufsbedingtes Misstrauen entstandener Irrtum? Unsinn, das konnte nicht sein, welcher Selbstmörder erfüllt sich noch einen letzten großen Wunschtraum und fährt mit einem Porsche den Ring herunter, und das bei den Baustellen! Ihre Gedanken drehten sich im Kreis. Wenn sie wenigstens ein Konzept hätte, einen Ansatzpunkt ... aber Mordbub hatte schließlich auch keinen ... Sollte sie sich einfach auf ein Spiel einlassen, von dem noch nicht einmal klar war, ob es überhaupt Regeln hatte? Welcher Schwachkopf hatte behauptet, dass Brainstorming zu klaren Ergebnissen führen musste?

Sie starrte das Plakat an der Bürowand an. Orpheus, ein Poster des Kölner Tanzforums. Ein wunderschöner Männerkörper mit klar gezeichneten Muskeln, der sich, mit dem Gesicht zur Wand, gespannt wie ein Bogen an der Mauer abstützte. Neben dem rechten Oberschenkel des Tänzers steckte ein Messer in der Wand. Gleich würde er es herausreißen und sich gegen seine Feinde wenden, in einer einzigen geschmeidigen Bewegung.

Der Tänzer war nackt. Sie sah nun wieder den Toten vor sich.

Doch, sie würde abends wieder in den »Beachclub« gehen.

Oder sollte sie abwarten, was die Vernehmung von Ria ergab?

Das Telefon klingelte.

»Staatsanwaltschaft Köln ...«

»Beate, hier ist Lutz.« Seine Stimme klang aufgeregt. »Ich bin gerade aufgestanden, rat mal, was im ›Express‹ von heute steht!«

»Wieso liest du denn ›Express‹ ...«

»Ist doch egal jetzt, das musst du unbedingt lesen, hör doch mal! ›Dalmatiner brutal erschlagen‹. Das war der Fifi der Familie Knipp, ist auch ein Foto drin.«

»Von den Knipps?«

»Nein, nicht von den Knipps, von dem Fifi, ein scheußliches Tier, wenn du mich fragst. Täter unbekannt. Wollte es dir nur gesagt haben, es wird noch interessant.«

»Prima, Lutz, thanks, und bis später dann.«

Beate legte den Hörer auf die Gabel, nun voller Tatendrang.

Sie wusste bereits, wie sie am schnellsten an diese Zeitung herankommen würde. Sie sah auf die Uhr, 14.30 Uhr. Heubrich saß jetzt höchstwahrscheinlich mit geschlossenen Augen an seinem Schreibtisch, die Beine bequem hochgelagert, und gab sich irgendwelchen Träumen hin. Er war Rechtspfleger in ihrer Abteilung, ein Aktenmonster. Gierig stöberte er überall Akten auf und bearbeitete sie so schnell, dass er ab 14 Uhr tatenlos in seinem Zimmer saß und auf Büroschluss wartete. Welchen Träumen er nachhing, war unbekannt. Egal auch, jedenfalls las er immer ›Express‹, dessen barbusige Mädchen auf Seite drei er auszuschneiden pflegte, um sie dann in seiner Schublade verschwinden zu lassen. Darüber hinaus konnte auch der allgegenwärtige Behördenklatsch nichts aus seinem Privatleben zutage fördern.

Sie öffnete nach kurzem Klopfen schwungvoll die Tür zu Heubrichs Büro. Entsetzt blickte er sie aus seinen kurzsichtigen Augen an, bevor er die Beine vom Schreibtisch nahm und leicht verwirrt aufstand.

»Hallo, Herr Heubrich, bleiben Sie sitzen, es ist auch gar nichts Dienstliches, nur, könnten Sie mir vielleicht mal Ihre Zeitung ausleihen?«, fragte Beate ein wenig atemlos.

»Ja, natürlich, Frau Staatsanwältin«, stotterte er verlegen, »Sie können sie auch behalten, ich habe sie ja schon gelesen.«

Sie stürzte sich auf das Blättchen und schlug es bereits beim Hinausgehen auf.

»Tschö dann, danke!« Beate warf die Tür hinter sich zu. Da war der Artikel, Heubrichs Schnippeleien knapp entronnen. Die dicke Balkenüberschrift: »Dalmatiner brutal erschlagen«.

Etwas kleiner darunter: »Terror in Marienburg«.

Es folgte ein rührseliger Artikel über die Liebe, mit der die aus der Rubrik »Cologne intim« bestens bekannte Familie Knipp an dem treuen Tier gehangen habe, das gestern blutüberströmt und mit eingeschlagenem Schädel vor dem Anwesen aufgefunden worden war. Der Schreiberling zählte sämtliche Preise des edlen Hundes Corinne von Ofterschwang, genannt Coco, auf und erging sich in wildesten Vermutungen über den bislang unbekannten Täter. Der Artikel streifte auch den ausgebrannten Porsche und endete in düsterem Wehklagen über die öffentliche Sicherheit, selbst in den feineren Kölner Stadtgebieten. Ein Bekennerbrief sei nicht am Tatort gefunden worden. Das undeutliche Schwarzweißfoto neben dem gerahmten Artikel zeigte einen dämlich dreinschauenden weißen Hund mit schwarzen Tupfen, um dessen Hals ein gewaltiger Siegerkranz hing. Beate lachte leise vor sich hin.

Wenn die Sache so einfach wäre, linke Spinner, von Sozialneid zerfressen und mit Hang zu symbolhaften Aktionen!

Dann wurde sie wieder ernst. Warum wurde der Tod des Italieners mit keinem Wort erwähnt? War Mordbub schlagartig pressescheu geworden?

Eines war klar: Die Geschichte ging weiter, irgendwo schwelte ein mörderischer Hass, und das Feuer an der Lunte war noch nicht ausgetreten.

»Rien ne va plus«, murmelte sie. Ihre Entscheidung war gefallen. Sie würde weitermachen.

Gedämpfte Musik erklang im »Beachclub«. Der heisere Sänger schmachtete in der siebzehnten Wiederholung seine geliebte Josefine an. Es war überhaupt eine gedämpfte Stimmung in dem Laden. Die Geschäfte gingen offensichtlich schlecht. Ein Grund mehr für Dorsten, den Profit durch Versicherungsleistungen zu steigern. Bis auf einige Unentwegte, die sich an den Geräten quälten, war das Studio gähnend leer. Ria war nicht da, und auch Willi ließ sich nicht blicken. Stattdessen hatte Arthur, geistig und seelisch vollkommen wiederhergestellt, das Kommando hinter der Theke übernommen. Es gab allerdings nichts zu tun. Chris war gerade gegangen, nachdem sie ständig auf die Uhr geschaut hatte. Arthur musste natürlich stänkern. Er machte stumpfsinnig plumpe Andeutungen über ein bevorstehendes Rendezvous. Beate hatte nach dem halben Trainingsprogramm schlappgemacht und hing nun wohlig erschöpft an der Theke. Sie genoss die unerwartete Ruhe.

Sie dachte über Christine nach. Es grenzte an ein Wunder, wie leicht sie mit ihr ins Gespräch gekommen war. Christine schien richtiggehend erleichtert, mal mit einem ›normalen‹ Menschen reden zu können. Beate grinste. Auch die Schönen und Reichen hatten wohl ihre Probleme. Und sie musste zugeben, dass sie für eine Frau wie Christine allenfalls milden Spott übrig gehabt hätte, wenn da nicht das Interesse gewesen wäre, sie kennen zu lernen. Alles im Dienste der Wahrheit und Gerechtigkeit. Oder war es pure Neugier?

Außer der Musik und dem sanften Rauschen des Deckenpropellers herrschte Stille – bis Arthur seine quäkende Stimme erhob.

»Na, Bea, wie wär's mit einem Säftchen und einer kleinen, gepflegten Konversation, wo wir zwei Hübschen so ganz allein hier sind?«

Es war nicht zu fassen. Bea! Was bildete sich dieser Kerl denn ein?

»Wenn du eine Pipeline vom Päffgen rüberlegst, lasse ich mir sogar von dir einen Drink spendieren«, sagte Beate. »Und wenn deine Konversation nicht spritziger wird, gehe ich gleich dorthin. Was hast du sonst noch auf Lager?«

»Wir könnten uns über Chris unterhalten, für die scheinst du dich ja sehr zu interessieren«, schlug Arthur vor. War in seinem Blick etwas Lauerndes?

»Wenn die Alternative der Männerwelt nur aus dir besteht, ist es kein Wunder, dass ich mich für sie interessiere.«

Das saß. Arthur fielen fast die Augen aus dem Kopf.

»Meinst du das ernst? Ist ja interessant, nein wirklich. Du willst bei der landen? Ich weiß nicht, ob du da richtig liegst, die ist doch sehr konventionell. Hat mit ihrem Jupp auch einen sehr guten Fang gemacht, das ist schon ein Mordstyp. Ich habe ihn zwar nur zweimal gesehen, aber der macht was her. Und dann die Gerüchte über seine abenteuerliche Vergangenheit. Muss mal der King im Friesenviertel gewesen sein, wenn man das alles glauben soll. Ist aber jetzt handzahm geworden, bei der Karriere. Also, was trinkst du?«

»Ich überlege noch«, murmelte sie.

Wenn das stimmte, was Arthur da erzählt hatte, war Jupp erpressbar. Sollten die ganzen Aktionen gegen ihn eine Drohung der Kölner Unterwelt sein, die nun an seinem märchenhaften Aufstieg beteiligt werden wollte? War Frascello nur eine Schachfigur in ihrem Spiel gewesen? Vermutlich hatte Arthur ohnehin maßlos übertrieben und irgendwelche Gerüchte noch einmal ausgeschmückt, denn das Vorstrafenregister von Jupp war unschuldig wie ein neugeborenes Kind. Oder gab es da Eintragungen, die schon wieder gelöscht waren?

»Einen Orangensaft mit Eis«, bestellte sie schnell. Die Pause hatte zu lang gedauert. Arthur überschlug sich.

Draußen auf der Straße waren laute Stimmen zu hören. Dann ein gedämpfter Schrei. Ein dumpfes, polterndes Geräusch, als würde jemand gegen die Glasscheibe des Studios gestoßen.

Beate und Arthur sahen sich an.

»Ich geh mal nachsehen.« Beate stand auf.

»Um Gottes willen, bleib hier!« Panik glitzerte in seinen Augen. »Halt dich da raus!«

Plötzlich wurde die Tür zum »Beachclub« mit einem solchen Ruck aufgerissen, dass sie gegen die Wand schlug und die Glasscheibe zerbrach. Eine massige Gestalt stürzte wuchtig hinterher, fiel hin und blieb auf dem Rücken liegen, mitten in den Glasscherben. Wie ein pumpender Maikäfer zappelte sie mit den Beinen, um wieder auf die Füße zu kommen.

Es war Willi.

Er rollte sich schließlich auf die Seite und stand mühsam wieder auf. Blut floss aus einer gezackten Platzwunde über der linken Augenbraue, während das rechte Auge in einem leuchtend roten Farbklecks ertrunken zu sein schien. Ziellos schwang er die Fäuste in Richtung der offen stehenden Tür und stieß irgendwelche Drohungen aus wie »Euch erwisch ich noch, ihr Wichser!«. Er war kaum zu verstehen, mit Blut vermischter Speichel zischte durch eine frische Zahnlücke oben rechts. Er ließ die Arme fallen und sah mit einem unbeschreiblich verständnislosen Blick in die Runde. Dann sank er kraftlos zusammen.

Beate rannte zur Tür und sah den Ring hinunter in Richtung Rudolfplatz. In der anbrechenden Dunkelheit konnte sie gerade noch drei Figuren erkennen, die mit schnellem, aber unauffälligem Schritt in die Ehrenstraße abbogen. Sie kehrte in das Studio zurück. Arthur hatte bereits einen Siphon ergriffen und fummelte an dem Ventil herum. Endlich hatte er es geschafft, und der volle Strahl traf seinen vor Erstaunen offen stehenden Mund. Reichlich spät registrierte er die falsche Zielrichtung und lenkte die erfrischende Dusche auf Willis zerstörtes Gesicht. Prustend kam Willi zu sich. Er schnaubte vor Wut, schüttelte sich.

»Wo sind die Kerle? Die mach ich fertig!«

»Willi, nicht aufregen!« Beate kniete neben ihm und tupfte mit einem Papiertaschentuch das Blut von seiner Stirn. »Soll ich die Polizei rufen?«

Er gab ein paar unartikulierte Laute von sich, die jedenfalls keine Zustimmung ausdrückten. Er setzte sich auf und presste gleichzeitig seine Hand gegen den Magen. Jetzt war sein Gesicht ganz nah bei ihrem. Langsam glitt so etwas wie ein Erkennen über seine gequälten Züge.

»Kind, bloß keine Bullen hier im Laden. Das war eine Privatsache, und so was regel ich auch privat. Mein Zahnarzt wird sich freuen, bei dem Verschleiß an Jacketkronen.« Er rappelte sich hoch und stützte sich dabei auf Arthur, der gut zwanzig Zentimeter in den Knien nachgab. Dann schleppte er sich auf einen Barhocker. »Arthur, hol mal den Wodka aus dem Eisfach. Und dann Eiswürfel in ein Küchenhandtuch, aber ein bisschen dalli. Sonst lauf ich noch in zwei Wochen wie ein Karnevalsjeck herum.«

Er ließ sich von Arthur, der sich in seiner Samariterrolle unsäglich wichtig vorkam, verarzten.

»Aus welcher Ecke kamen denn diesmal die schlagenden Argumente?«, erkundigte er sich. Er hatte etwas Komplizenhaftes in seinem Tonfall, das mindestens eine Nummer zu groß für ihn wirkte.

»Das ist es ja, wenn ich das wüsste«, grübelte Willi, nach dem ersten heruntergestürzten Wodka leicht belebt.

»Wie ist es denn überhaupt passiert?«, wollte Beate wissen, die schnell entschlossen einen Schuss von Willis Lebenselixier in ihren fade schmeckenden Orangensaft gekippt hatte. »Hast du angefangen?«

Willi riss erstaunt die Augen auf, soweit ihm dies möglich war.

»Für was hältst du mich? Das habe ich doch gar nicht nötig, mich mit solchem Pack zu prügeln. Ich schlage höchstens zurück. Nee, die haben mich kurz vor dem Club abgefangen, die drei. Machten einen auf cool und überlegen. Es wäre die letzte Warnung für meinen Chef, und der soll sich raushalten. Ich habe kein Wort verstanden. Und wie ich noch dastehe und überlege, was das Ganze soll, legen die auch schon los, mit Schlagring und zu dritt. Feige Typen.«

»Da nützt auch kein Bodybuilding«, meinte Beate mitfühlend.

Verächtlich richtete sich Willi auf.

»Was erzählst du da? Du hättest erst mal deren Visagen sehen sollen, die brauchen einen Gesichtschirurgen, alle drei, das kannst du mir glauben, und zwar einen Meister seines Faches!« Er verzog seinen Mund zu einer Grimasse, die wohl ein Siegerlächeln darstellen sollte.

The shadow of your smile, säuselte eine Bluesstimme vom Endlostonband. Beate musste sich ein Lachen verbeißen. Die Rötung um Willis rechtes Auge hatte einen stechenden Ton angenommen, während die Schwellung den Eisbeutel ignorierte und nur noch einen engen Sehschlitz freiließ.

»Einer von den Typen kam mir bekannt vor, aber woher?« Willi dämmerte eine Weile vor sich hin und kippte den dritten Wodka. Es wollte ihm nicht einfallen. Er presste einen Eisbeutel auf die unförmig werdende Oberlippe über der Zahnlücke und brabbelte etwas Unverständliches. Arthur war auf Draht.

»Ria? Die ist wohl immer noch am Waidmarkt. Die Bullen quetschen sie doch über Gianni aus. Das war eine Show, kommen hier zwei Zivile reingeschneit, denen man ihren Beruf meilenweit gegen den Wind ansieht, und schleppen sie einfach ab. Die werden ihre Freude haben. Sieh mal einer an, wenn man vom Teufel spricht ...«

Ria spazierte herein und besah völlig ungerührt das Schlachtfeld.

»Jung, beste met dä Tür int Hus jefalle?«, war ihre knappe Reaktion. Dann gab sie eine gestenreiche Zusammenfassung ihrer Unterhaltung beim Ersten Kommissariat. Beate verstand nur die Hälfte, da Ria immer aufgebrachter wurde und ihr Dialekt immer unverständlicher. Arthur bemerkte Beates Hilfe suchenden Blick und übersetzte.

»Also, die wollten alles über ihre Beziehung zu Gianni wissen, ob sie eine andere Freundin von ihm namens Magdalene gekannt habe, da muss sie aber ziemlich ausgeflippt sein, dass der mit noch einer ... ob sie die Frau oder Familie von ihm gekannt hätte, alles Fehlanzeige. Sie hat denen so lange von seinen Qualitäten im Bett und seinen Trips mit Süßigkeiten erzählt, sie richtig voll gelabert, bis die es schon gar nicht mehr hören konnten; dann wollten die noch wissen, ob der Typ vor seinem Unfall hier etwas gegessen oder getrunken hätte, Ria wusste aber nur was von einem Kaffee, und der kommt aus der Maschine, und keinem anderen war hinterher schlecht. Wer neben ihm gesessen hätte, als er Kaffee trank, und ob er den schwarz oder mit irgendwas genommen hat. Da ließen sie einfach nicht locker, Ria war wie gerädert. Und jetzt ist sie stinkesauer, weil sie den erwischen will, der den Bullen was von ihrem Verhältnis zu dem Kerl gesteckt hat.«

Beate wurde es unbehaglich.

»Mein Gott, das war doch kein Geheimnis, das hat sie doch jedem hier erzählt«, spielte sie die Sache herunter.

Arthur sah sie scharf an.

»Okay, aber wer von uns ist schon per du mit diesen Typen? Freiwillig geht da keiner hin.« Eine kurze Pause. »Du etwa?«

»Nur wenn's sein muss.« Beate blieb einsilbig. Sie überlegte fieberhaft. »Vielleicht hat Chris bei ihrer Vernehmung was gesagt?«

Arthur war bei weitem intelligenter als sein Gesichtsausdruck. »Kann nicht sein. Dann hätten sie sich Ria schon vor zwei Wochen vorgeknöpft. Warum erst jetzt? Das ist doch alles sehr sonderbar ... Erst seitdem du hier aufgetaucht bist, gibt es Ärger: Bullen, die Schlägerei mit Willi. Seltsam, das muss ich schon sagen ...«

Eine Pause entstand. Beate dachte an das Jahresabo, von dem sie wohl nicht mehr viel haben würde. Und an den geordneten Rückzug, bevor Arthur der Wahrheit zu nahe kam. Die Rettung kam von einer unerwarteten Seite. Willi war aus seinem Dämmerzustand erwacht.

»Lass endlich das Mädchen in Ruhe. Wenn hier einer zu viel quasselt, dann bist du das, klar? Und reiz mich jetzt bloß nicht, sonst vergesse ich meine Tierliebe.«

Dankbar stieg Beate darauf ein.

»Willi, nicht aufregen, mit dem werde ich schon allein fertig. Der ist nur sauer, weil er weder bei Chris noch bei mir zum Zuge gekommen ist.«

Die Musik hatte aufgehört. Drei Augenpaare starrten sie an. Das verquollene von Willi war ihr noch am liebsten.

»So, dann gehe ich jetzt mal, ich hin furchtbar müde.« Beate raffte ihre Taschen zusammen und legte Geld auf die Theke.

»Bis die Tage dann, tschö!«

Draußen atmete sie tief durch. Mindestens einen Blick hatte sie zwischen den Schulterblättern gespürt. Sie zündete sich eine Zigarette an. Es war dunkel geworden. Die Kinos am Ring hatten bereits die zweite Welle von Besuchern der Spätvorstellungen geschluckt und sahen nicht so aus, als würden sie ihre Beute je wieder ausspucken. Aus der Spielhalle ratterte und klingelte es, als die Invasoren aus dem Weltraum abgeschossen wurden. Das schwarze Spitzenunterhöschen aus dem Sexshop baumelte müde an einer ringgeschmückten Plastikhand wie ein Laubblatt im Spätherbst. Der Mann am Pizzastand lächelte sie an und hob bedauernd die Arme, während er an dem letzten Stück Pizza kaute. Das Blech vor ihm war leer. Es musste geregnet haben, denn der Asphalt glänzte und warf das Licht der Neonreklamen bonbonfarbig zurück.

Wenn sie nur schon zu Hause wäre!

Sie stieg in den U-Bahn-Schacht am Friesenplatz. Der neue U-Bahnhof war anheimelnd wie eine öffentliche Bedürfnisanstalt. Die blau-weißen Kacheln der Wände entsprachen millimetergenau der vorgeschriebenen Kunst am Bau, Graffiti hatten hier, im Reich der abwaschbaren Nasszelle, keinen Platz. Ihre Schritte hallten durch den leeren Bahnhof. Beate blieb kurz stehen, um sich zu orientieren. Linie vier, Richtung Neumarkt. Das war die hintere Rolltreppe.

Da waren Schritte hinter ihr. Beate ging schneller. Sie hörte den anderen Schritt in einem schwereren Takt, dann, auf einmal, verschmolz der fremde Rhythmus mit dem ihren. Sie nahm die Rolltreppe und hoffte, dass auf dem Bahnsteig Menschen sein würden.

Er war leer. Ebenso der gegenüber. Die Anzeige mit den Leuchtbuchstaben war schwarz.

Das Motorengeräusch der Rolltreppe hatte mit einem anschwellenden Ton ausgesetzt. Jetzt hörte man nur noch das Summen der Elektrizität und das gleichmäßige Rauschen aus entfernten U-Bahn-Röhren. Zugluft. Kaltes Licht.

Und die Schritte, die sich langsam näherten. Sie hatte Angst. Wer Angst zeigt, wird zum Opfer. Das ist wie bei Hunden, die beißen auch nur den, der Angst hat. Was tut man normalerweise nachts, allein, an einer U-Bahn-Station? Sie wandte sich nach links und studierte den Fahrplan. Die nächste Bahn kam erst in sechzehn Minuten. Eine verdammt lange Zeit.

Plötzlich drehte sie sich um und sah dem Mann voll ins Gesicht. Es war der geheimnisvolle Unbekannte, der aus dem Café, aus der

Straßenbahn – derselbe, den sie vor dem Gerichtsgebäude fast angerempelt hatte. Konnte es sein, dass er mit den Leuten vom »Beachclub« in Verbindung stand? Hinter ihr her war? Sie durfte ihn nicht zu lange anstarren, sonst meinte er, sie wollte von ihm angesprochen werden. Beate stellte den Blick auf unendlich und sah durch ihn hindurch.

Er kam auf sie zu. Zu spät.

»Ich glaube, wir kennen uns.«

»Ja, woher?«

Er war nicht betrunken. Lächelte, nicht zu schleimig. Runzelte nachdenklich die Stirn. Ein guter Schauspieler?

»Ich überlege noch. Kann es sein, dass wir uns beruflich begegnet sind? Vielleicht bei einer Gerichtsverhandlung?«, fragte er. Eigentlich eine angenehme Stimme.

»Das kommt darauf an. Haben Sie denn öfter mit dem Gericht zu tun?«, erkundigte sie sich vorsichtig, noch immer auf der Hut.

Er lachte.

»Doch, leider. Ich arbeite bei der Drogenberatungsstelle, und wenn meine Junkies mal wieder vor Gericht stehen, sage ich was zur Prognose, Therapieplätzen, Paragraph fünfunddreißig BTMG, das kennen Sie doch bestimmt.«

Beate schluckte vor Erleichterung. Sie reichte ihm die Hand.

»Beate Fuchs, ich bin Staatsanwältin. Ich hoffe, Sie sind nicht zu enttäuscht, dass ich von der anderen Seite bin.«

»Ach wo, es gibt Schlimmere als Sie.«

Nun lachten sie beide. Jetzt, wo die Anspannung in sich zusammenfiel, konnte sie kaum aufhören zu lachen. Er sah sie schon fast besorgt an, weil sie sich noch immer vor Lachen schüttelte.

»Ich glaube, ich muss Ihnen was erklären«, sagte Beate, als sie sich halbwegs beruhigt hatte. »Ich habe wirklich vor Ihnen Angst gehabt, nein, nicht vor Ihnen, ich dachte nur, jemand wäre hinter mir her. Da war gerade eine fürchterliche Szene im ›Beachclub‹, eine Schlägerei, irgendetwas läuft da …«

Der Mann pfiff durch die Zähne.

»›Beachclub‹? Komisch, dass Sie da überhaupt hingehen. Hat bei uns einen schlechten Ruf, der Laden. Zuerst hieß es, dass da bloß Anabolika, Amphetamine und Speed unter der Theke vertickt werden. Aber nach den neuesten Tipps soll da auch mit Koks gedealt werden. Sie wissen ja, die Scene verändert sich ständig in Köln, und das meiste spielt sich sowieso in Privatwohnungen ab. Aber wir sind die Ersten, die von neuen Umschlagplätzen erfahren. Therapeuten schweigen ja wie ein Grab, von uns erfährt keiner was.«

Beate musste diese Neuigkeiten erst einmal verdauen.

»Nein, da hatte ich keine Ahnung von. Ist ja interessant. Ich glaube sowieso, dass ich auf einen anderen Sport umsteigen werde. Agrippabad oder etwas ähnlich Solides. Sie wohnen in Deutz?«

»Ja, Sie auch?«

Es war also Zufall gewesen, dass er damals in der Bahn hinter ihr gesessen hatte. Es schien Jahre zurückzuliegen, es war einfach zu viel passiert in der Zwischenzeit. Und nun dieses neue Motiv. Kokainhandel. Ob Frascello da mitgemischt hatte und als gefährlicher Mitwisser beseitigt worden war?

»Sagen Sie, würde es gegen Ihre Schweigepflicht verstoßen, wenn Sie mir erzählen, von wem Sie die Information über den ›Beachclub‹ haben?«, fragte sie.

Der Mann zögerte.

»Ich weiß nicht. Ich bin kein Jurist. Aber in diesem speziellen Fall glaube ich … Das müssten Sie besser wissen: Besteht die Schweigepflicht auch über den Tod eines Klienten hinaus?«

Atemlos sah sie ihn an.

»Frascello«, murmelte sie. »Gianni Frascello.«

Der Mann war zusammengezuckt. »Ich habe Ihnen nichts gesagt«, verteidigte er sich schwach. »Aber wenn Sie es ohnehin schon wissen …«

Beate wollte ihn nicht in Verlegenheit bringen.

»Ich will überhaupt nichts mehr wissen. Ich bin jetzt außer Dienst und unheimlich froh, dass dieser Abend vorbei ist. Wie heißen Sie überhaupt, vielleicht sehen wir uns mal wieder?«

»Peter Dammer, sehr angenehm, Ihre Bekanntschaft gemacht zu haben.« Ironisch lüftete er einen nicht vorhandenen Hut.

Beate wurde unsicher. Sie hatte mal wieder die Spielregeln zwischen den Geschlechtern übertreten. Sie hatte ihn gefragt, wo er wohne. Sie hatte ihn nach seinem Namen gefragt. Ungefragt hatte sie ihm Einzelheiten ihres Falles offenbart und ihn dann auch noch mit hineingezogen.

Er musste sie für eine ganz Forsche halten. Eine Frau, die weiß, was sie will (und wie sie es kriegt). Dabei war es nichts als die Reaktion auf die Angst von vorhin gewesen. Außerdem – Beate sah ihn verstohlen von der Seite an –, er sah wirklich gut aus. Man konnte Vertrauen zu ihm haben. Solche braunen Augen hatten ihr immer Vertrauen eingeflößt. Bis es zu spät war.

Die Bahn kam. Ein fast heimatlicher Geruch von Putzmitteln, vermischt mit dem Aroma heimlich gerauchter Kippen und Schweiß, schlug ihnen entgegen, als sich die Türen der Linie 4 öffneten. Beate fühlte sich geborgen. Jetzt saß sie neben Peter Dammer und rollte auf Schienen nach Hause. Nichts konnte mehr passieren. Ein paar müde Fahrgäste betrachteten die Spiegelungen ihrer Gesichter in den Scheiben. Als die Bahn aus dem Bauch der Stadt auf die Severinsbrücke fuhr, merkte sie, dass der Mann neben ihr seinen Arm um ihre Schultern gelegt hatte. Sie ließ es sich gefallen, weil es ihr gefiel, und schaute zum Dom hinüber. Grün leuchtete er in der Dunkelheit über den bewegten schwarz-glänzenden Wassern des Rheins.

»Und das will uns die Chemie kaputtmachen«, sagte er leise.

Die ganze Situation war der pure Kitsch.

Sie küssten sich trotzdem.

»Suevenstraße«, sang die unvermeidliche Blechstimme, als wäre nichts passiert. Beate sprang auf.

»Ich muss aussteigen. Wir sehen uns noch, ja?«

Er machte keinen Versuch, ihr zu folgen. Das war ein Geschenk des Himmels. Der Augenblick von Nähe bekam dadurch etwas von Vollkommenheit. Der Abend war voller Rätsel gewesen. Warum hatte sie diesen Mann geküsst? Verwirrt schlug sie den gewohnten Weg nach Hause ein.

So, und was sagt unser Psychologe nun zu alldem?«

Beate sah Lutz gespannt an.

Sie saßen in der Küche, das Kölsch war gerade ausgegangen. Es war ein langer Abend geworden, an dem sie Lutz alles über den Fall erzählt hatte: die Gespräche mit Christine Knipp, die Vernehmung von Ria, Willis abenteuerliche Schlägerei, Peter Dammers Erkenntnisse. Nur den Kuss hatte sie weggelassen.

Lutz legte los.

»Ein klarer Fall. Behütetes Mädchen aus besten Verhältnissen, Pensionat, Klavier- und Tennisstunden, Segeln im Rodenkirchener Yachtclub, mit einem Wort: die gähnende Langeweile. Sexuell frustriert, da Papa mit keinem Bewerber einverstanden ist und sein Töchterchen wie einen Augapfel hütet. Das hat, wie sollte es anders sein, einen dicken Vaterkomplex und sucht die breite Schulter oder irgendwas Weltmännisches. Da kommt unser Jupp, mit einer zweifelhaften Vergangenheit, aber ungebremstem Ehrgeiz. Tennislehrer im feinsten Club, braun gebrannt-dynamisch, erzählt was von abgebrochenem Wirtschaftsstudium und macht großen Eindruck. Er hat sich das Gehabe der oberen zehntausend gut abgeschaut und wittert seine Chance. Es ist Klischee, aber es klappt. Er imponiert ihr, sie flirten, Papa muss ja und amen sagen, bevor ein Skandal daraus wird. Natürlich passen sie nicht zusammen, aber Jupp hat sein Ziel erreicht. Mit Papas Kredit und dem angeheirateten Renommee zieht er sein eigenes Geschäft auf, macht Karriere, vom Elferrat der Prinzengarde Rot-was-weiß-ich bis hin zu Porsche und Zuchthund. Und die Ironie an der Geschichte: Christine, die das alles als Ausbruch inszeniert hatte, hängt immer noch voll drin in diesem sinnentleerten Kreislauf, nur jetzt mit diesem Typ geschlagen, der sie schon lange nicht mehr reizt. Seine Geschäfte sind ihr undurchsichtig, er vernachlässigt sie, hat wohl auch Verhältnisse. So, und was macht das Töchterlein aus gutem Hause? Sie arrangiert sich, Selbstverwirklichung im Rahmen eines Töpferkurses an der Volkshochschule, nichts mehr mit Ausbruch oder so. Das kann aber nicht lange gut gehen, wenn du mich fragst. Entweder sie kriegt ein Kind, und alles wird zementiert mit neuem Sinn des Lebens (an den armen Panz darf man gar nicht denken, der täte mir jetzt schon Leid), oder aber: Sie flippt aus. Und die ganzen Anschläge auf Knipps könnten ein Zeichen dafür sein, dass da was in Bewegung ist. Vielleicht hat sie alles selbst arrangiert, so als Hilferuf oder Aufforderung an ihren Mann, sich gefälligst mehr um sie zu kümmern. Bei Frauen weiß man nie. Hat schon der alte Freud nicht durchgeblickt: Was will das Weib?«

Es war eine der längsten Reden, die Lutz je gehalten hatte. Beate starrte ihn fasziniert an. Sie war überwältigt.

»Du meinst, der ganze Fall ist nichts anderes als eine Ehegeschichte? Und was hat das alles mit dem Tod von Frascello zu tun?

Außerdem glaube ich einfach nicht, dass Chris hysterisch ist, ehrlich, sie ist absolut nett und natürlich.«

Plötzlich musste sie kichern.

»Weißt du was? Sie ist völlig normal. Sie hat mir erzählt, dass sie diesen Hund, Coco, noch nie ausstehen konnte und immer schon viel lieber eine Katze gehabt hätte. Aber Jupp habe diesen Köter einfach ins Haus geholt. Der sei so blöd gewesen, der habe immer vor der Waschmaschine gehockt und beim Schleuderprogramm geknurrt. Im Übrigen: total verfressen und daher unglaublich charakterlos. Daher war sie beinahe froh, als das Vieh hinüber war. Obwohl sie natürlich schon beunruhigt ist wegen dieser seltsamen Vorkommnisse – Drohungen, Auto abgebrannt, Hund gemeuchelt. Und dann der Tote in ihrem Wagen. Ich finde, dafür hält sie sich erstaunlich gut.«

Lutz blickte ernst.

»Damit untermauerst du doch meine Thesen. Wenn sie selbst hinter allem steckt, dann kann sie sich doch auch problemlos gut halten, oder?«

Ein Schweigen entstand.

Das Telefon schellte. Beate war froh über diese Unterbrechung.

»Hallo, Beate, hier ist Chris. Ich weiß, es ist schon spät. Aber ich komme gerade von einer unglaublich langweiligen Familienfeier und habe überhaupt keine Lust, nach Hause zu gehen. Außerdem muss ich unbedingt etwas loswerden. Ich wollte es dir schon länger erzählen. Können wir uns noch sehen?« Ihre Stimme veränderte sich. »Mir fällt wirklich niemand ein, den ich jetzt noch anrufen könnte …« Es klang deprimiert.

Beate hatte keine Zeit, lange zu überlegen.

»Okay, wenn du Lust hast, kannst du vorbeikommen. Und bring was zu trinken mit, ja? Ich habe morgen nichts Besonderes vor, es kann also eine lange Nacht werden.«

Chris war sofort einverstanden.

Beate legte nachdenklich auf und ging in die Küche.

»Chris kommt gleich vorbei. Sie wirkte ziemlich aufgedreht. Und dann plötzlich richtig traurig …«

»Na, dann kannst du ja sofort meine brillante Theorie überprüfen, aber vergiss es nicht«, sagte Lutz, der bedächtig seinen Bart kraulte.

»Verdammt, wann rasierst du dir endlich mal dieses Gestrüpp ab, das macht mich richtig nervös, wie du da immer herumfummelst«, fuhr sie ihn an, selbst überrascht von der Heftigkeit ihres Angriffs.

Lutz ging auf ihre Attacke gar nicht ein.

»Dir ist nicht wohl bei dem Gedanken, dass du sie gleich aushorchen willst, was?«

Beate fuhr herum.

»Genau, du hast es mal wieder erfasst. Also verschwinde gefälligst in dein Zimmer, damit ich den Auftritt vorbereiten kann.«

Lutz stand auf. Im Vorbeigehen gab er ihr einen freundschaftlichen Knuff in die Seite.

»Viel Glück, Kleines«, sagte er.

Er war fünf Jahre jünger als sie ... Bald erklang aus seinem Zimmer ein wüstes Durcheinander von Saxophon, Klavier und einer sehr durchdringenden Klarinette. Free Jazz, darüber hatte es zwischen ihnen schon viele Auseinandersetzungen gegeben. Es wollte einfach nicht in ihren Kopf hinein, dass man sich bei dieser Musik entspannen konnte. Beate wurde jedenfalls aggressiv dabei. Das fehlte jetzt noch. Sie musste einen klaren Kopf behalten. Einerseits war so etwas wie Freundschaft zwischen Chris und ihr entstanden, und Lutz hatte natürlich Recht, ihre inneren Widerstände gegen seine These waren groß. Andererseits wollte sie ja tatsächlich hinter die ganze Geschichte kommen, unvoreingenommen sein und selbst Chris zu den Verdächtigen rechnen. Wenn Lutz mit seiner blöden These Recht hatte ... Sie seufzte. Es war alles viel leichter, wenn sie an ihrem Schreibtisch saß, säuberlich getippte Vernehmungsprotokolle vor der Nase, und ohne Sympathien oder Abneigungen, wie in einem Puzzle-Spiel, ein Bild des Geschehens zusammensetzen konnte ...

Sie rauchte zu viel.

Der Kater lag zusammengerollt auf dem Sofa und schlief. Manchmal lief ein Zucken über seinen Körper, und seine Krallen fuhren aus, dann schmatzte er im Schlaf. Er träumte wohl von Mäusen. Plötzlich fuhr er zusammen und war in Sekundenbruchteilen hellwach, die Ohren gespitzt und der ganze Leib gespannt. Im nächsten Moment klingelte es an der Tür.

Beate öffnete.

Chris kam mit großen Schritten die Treppe herauf. Sie trug eine schwarze Lederjacke und Jeans, in der Hand hielt sie eine Flasche Whisky der gehobenen Preisklasse.

»Hallo, ich bin so schnell gekommen, wie ich konnte.« Sie sprach etwas atemlos.

»Komm rein, dahinten ist mein Zimmer. Die anderen schlafen schon.«

Die schrille Musik aus Lutz' Zimmer war verstummt. Chris ließ sich auf das Sofa fallen und streichelte den Kater.

»Wie heißt er denn?«

»Humphrey«, antwortete Beate, die sich langsam entspannte.

»Los, wir trinken einen. Whisky macht so herrlich besoffen, und irgendwie brauch ich das heute.« Chris war total verändert. Sie redete so, als kenne sie Beate seit Jahren. Beate ging in die Küche und holte Gläser. Sie würde sich auch einen antrinken, das wusste sie jetzt schon. Anders konnte sie es nicht aushalten, dass Chris ihr so viel Vertrauen entgegenbrachte. War es überhaupt legal, was sie da machte? Üblicherweise bekommt der Beschuldigte vor der Vernehmung doch eine Belehrung, dass er nichts auszusagen braucht und sich einen Anwalt nehmen kann und ... Mist, sie war durch ihren Job schon richtig verdorben, und überhaupt, Chris hatte mit der ganzen Sache sowieso nichts zu tun. Sie kam mit den Gläsern wieder in das Zimmer zurück, zündete zwei Kerzen an und machte das Licht aus. Jetzt war ihr Gesicht etwas im Dunkeln und sie fühlte sich viel sicherer.

»Was gibt's denn? Du hast dich am Telefon richtig aufgeregt angehört, ist irgendwas passiert?«

Chris hatte zwei Gläser gefüllt und hielt ihr eines hin.

»Trinken wir erst mal, dann erzähle ich dir was. Die Story meines Lebens, die ist ohne Suff überhaupt nicht zu ertragen, Prost!«

Sie tranken beide. Durch das geöffnete Fenster hörte man vom Rhein die Sirenen von irgendwelchen Lastkähnen, vielleicht war es neblig geworden. Der Whisky schmeckte weich und wärmte sofort.

»Ich muss jetzt einfach mal mit jemandem darüber reden«, sagte Chris und zündete sich eine Zigarette an. »Ich kenne dich zwar noch nicht lange, aber das ist vielleicht gerade gut. Sonst habe ich keine vernünftige Freundin, die den Mund halten kann. Bei dem Klatsch in meinen Kreisen ist es dann schnell herum. Und verstehen würde es da so und so keiner.«

Sie machte eine Pause und sah Beate kurz und prüfend an. Beate gab den Blick zurück.

»Ich betrüge meinen Mann.« Sie sagte es, als ließe sie eine Bombe fallen. Die Detonation blieb aus.

»Und? Da sagst du gar nichts zu? Das ist doch eine heiße Geschichte! Und was viel schlimmer ist, ich bereue überhaupt nichts, es macht mir Spaß! Ich glaube, ich will mich scheiden lassen, nicht, dass ich Thorsten heiraten will, erst mal muss ich frei sein. Aber weitermachen wie bisher will und kann ich eben nicht.«

»Warum sagst du, dass du deinen Mann betrügst? Wo ist denn da ein Betrug? Nach dem, was du bis jetzt über ihn erzählt hast, war es doch schon lange keine richtige Ehe mehr. Es ist doch eher wie ein klarer Schlussstrich unter eure Beziehung, wenn du dich verliebt hast. Und überhaupt, statistisch gesehen ist ein solcher ›Betrug‹ doch sowieso der Normalfall, oder? Sag lieber, wer der Glückliche ist. Kenne ich ihn schon?«

Chris nahm noch einen Schluck und sah richtig verträumt aus. Es machte sie zehn Jahre jünger. Sie lachte.

»Um Gottes willen, der hat doch mit diesen Leuten vom Studio nichts zu tun! Da gehe ich doch nur hin, weil Jupp so viel daran liegt. Damit das Frauchen beschäftigt ist. Er hält meine Anfälle von Schwermut über die ganze Situation nämlich für den Ausdruck von purer Langeweile. Er meint auch, es sei geschäftlich für ihn günstig, wenn ich mich weiter blicken lasse. Irgendwie gibt es da wohl Streit zwischen Dorsten und ihm, aber das wäre nichts Persönliches. Nein, Thorsten ist ein ganz besonderer Mensch. Er hat so viele Ideen, Pläne, Träume, es ist richtig faszinierend, mit ihm durch die Stadt zu gehen. Ich sehe Köln mit ganz anderen Augen. Bisher kannte ich Marienburg und Rodenkirchen, die City mit Bazaar de Cologne, Golfplätze. Natürlich kannte ich auch nur die richtigen Lokale, von der ›Keule‹ bis zur ›Bastei‹ und Kellers Restaurant und so. Es war nur ein Ausschnitt von dem Ganzen, und man hat immer nur dieselben bescheuerten Leute getroffen, sodass einem die Stadt sehr klein vorkam. Vielleicht gab es bei Vernissagen mal ein paar verrückte Künstler, die man sich wie Tiere im Zoo ansah. Das waren mehr so Hofnarren, wenn du mich verstehst. Aber mit Thorsten erlebe ich etwas ganz anderes.« Sie rauchte und sah dem blauen Dunst nach.

Beate hatte inzwischen ihr Glas geleert und goss sich nach. Sie hatte Mühe, nichts zu verschütten.

»Was macht er denn? Wie hast du ihn kennen gelernt? Sieht er gut aus?« Beate war nicht mehr zu bremsen.

»Wie kannst du fragen, wie er aussieht? Ich bin doch schwer verliebt, also sieht er gut aus, hinreißend, charmant, unschuldig, verführerisch, sexy ... komm, gieß mir auch noch einen ein!«

Sie stießen an.

»Vive l'amour«, sagte Beate, in deren Kopf sich langsam eine undurchdringliche Watteschicht bildete. Die Gedanken flossen träge ineinander, seltsam konturenlos, und bald würde sie sentimental werden, das ahnte sie schon. Plötzlich, wie auf Kommando, kicherten sie gemeinsam los, wie Teenies, die sich auf dem Schulklo über einen angeschwärmten Lehrer unterhielten. Chris hatte Lachtränen in den Augen, als sie losprustete:

»Wenn Jupp das wüsste! Und dann noch mit so einem wie Thorsten ... Der würde die Welt nicht mehr verstehen, dass ihn so einer aussticht!« Sie wurde ruhiger, strich ihre wie immer kunstvoll geföhnte Mähne zurück. »Willst du einen Steckbrief von Thorsten?«

Beate zuckte zusammen. Hatte Chris etwas gemerkt?

»Schieß los«, sagte sie.

»Also: Er heißt Thorsten Sternberg, sechsundzwanzig Jahre alt – sag nicht, er wäre zu jung für mich, er hat viel mehr Lebenserfahrung als ich. Er kommt aus Düsseldorf, studiert in Köln Städtebau und Architektur, war mal ein halbes Jahr in Indien, ein großer Mystiker, ist aber unheimlich engagiert für alles Mögliche. Ich merke schon, du stellst dir jetzt einen ganz bestimmten Schlaffi-Typ aus der linken Szene vor, aber das ist er ganz und gar nicht. Er ist eben etwas ganz Besonderes, klug, sanft, aber auch brutal. Er lässt mir überhaupt nichts durchgehen, keine Show, er will immer an die Wahrheit herankommen und kann daher auch ganz schön verletzend sein, irgendwie durchschaut er einen sofort. Sein Blick ...« Sie seufzte. »Und er ist der beste Liebhaber, den man sich vorstellen kann, wirklich. Nicht, dass ich besonders verwöhnt wäre. Vor Jupp gab es nur ein paar Gleichaltrige, die genauso unbedarft waren wie ich selbst. Und dann kam Jupp. Selbstsicher, attraktiv, erfahren. Mit seinem Ehrgeiz, mich zu erobern, war er tatsächlich eine Offenbarung für mich. Ich hatte ja keine Vergleichsmöglichkeiten. Er hielt sich für einen unwiderstehlichen Liebhaber, potent und einfallsreich, und was blieb mir anderes übrig, als ihn tatsächlich für den tollsten Mann aller Zeiten zu halten? Aber eigentlich erregte mich immer nur die Tatsache, dass er mich wollte, wo er doch im Club jede Menge eindeutiger Angebote von wirklich aufregenden Frauen hatte. Ehrlich, er war unglaublich umschwärmt. Aber er begehrte mich, und er wusste, wie man eine Frau verführt, das hat mich wirklich hinschmelzen lassen. Erst durch Thorsten habe ich gelernt, was ich eigentlich empfinden kann, und dass ich auch mal Lust auf jemanden haben kann. Kannst du dir das vorstellen?«

»Klar«, sagte Beate ruhig. Bei Christines langem Monolog waren Erinnerungen wach geworden, natürlich nur die allerschönsten, und sie merkte, wie nah die Tränen waren. Ein Kloß im Hals, wenn sie sich Stefan vorstellte, seine zärtlichen Hände. Dieser verfluchte Whisky, sie hatte es gewusst.

»Wenn du noch lange von deinem Thorsten schwärmst, heule ich los wie ein Schlosshund«, sagte sie leise. »Ich habe mich erst vor kurzem von meinem Freund getrennt, und mit ihm war es auch so gut. So vertraut, so frei, und immer anders.« Sie schluckte.

»Jedenfalls«, sagte Chris mit angestrengter Munterkeit, »bin ich unwahrscheinlich glücklich im Moment. Ich will und werde mich von meinem Mann trennen. Prost, auf die Liebe!«

Chris hielt sich erstaunlich gut. Der Alkohol zeigte noch keine Wirkung. Um Beate drehte sich bereits das Zimmer ein wenig, das musste am Kölsch liegen, das sie vorher schon getrunken hatte.

Chris holte eine Packung Pralinen aus ihrer Tasche, edel verpackt und mit goldenem Bändchen verschnürt.

»Hier, iss erst mal was Süßes. Das hilft immer. Was meinst du, wie ich bei Liebeskummer immer fett werde, da verschlinge ich das Zeug tonnenweise. Extra aus Düsseldorf eingeflogen, das sind meine Lieblingspralinen, handgemachte Trüffel.«

Beate konzentrierte ihren Blick auf die Schachtel, wodurch das schwankende Gefühl nachließ.

»Ach weißt du, ich steh nicht so auf süß, hast du nicht ein paar Erdnüsse?«

Chris lachte.

»Irgendwie komisch, fast alle Männer, die ich kenne, essen so was gern. Das jedenfalls haben Jupp und Thorsten gemeinsam, sie sind ganz versessen darauf und bringen mir daher auch so viel von dem Stoff mit. Auch Gianni aß sie immer so gern ...« Sie brach ab. Sie stand auf und sah sich im Zimmer um. Plötzlich drehte sie sich zu Beate um.

»Was ist denn das? Ich denke, du bist Jurastudentin?« Entgeistert zeigte sie auf das Metallschild, das an der Wand lehnte. Es hatte früher die kümmerliche Anwaltspraxis von Beate geziert. »Rechtsanwältin. Sprechstunden von 15–18 Uhr und nach Vereinbarung« stand darauf. Auch die Telefonnummer war angegeben. Beate wurde es heiß. Die ganze Sache wurde zu kompliziert für sie. Lange konnte sie nicht mehr durchhalten, zumal ihr kein klarer Gedanke kommen wollte. Hastig zündete sie eine Zigarette an.

»Och das! Das haben mir Freunde zum Geburtstag geschenkt, damit ich mit meinem Studium endlich mal fertig werde. Als Ansporn, sozusagen, hat aber bis jetzt nicht viel genützt ...«

Es wirkte. Chris setzte sich wieder hin.

»Wenn du Jura studierst, kannst du mir vielleicht einen Tipp geben. Wie ist denn das mit der Scheidung? Wird das teuer für mich?«

»Das kommt darauf an. Habt ihr einen Ehevertrag gemacht, in dem Unterhaltsansprüche ausgeschlossen werden? Oder Gütertrennung vereinbart? Da ist jeder Fall anders, da kann man pauschal nichts sagen. Wer ist im Grundbuch als Eigentümer eures Hauses eingetragen?« Die Zunge wurde schwer, vor allem bei den langen Worten.

Chris kaute auf ihrer Unterlippe.

»Ehrlich gesagt, ich habe keine Ahnung, warte mal ...«

»Wart ihr vor der Eheschließung mal beim Notar?«, fragte Beate.

»Genau, jetzt fällt es mir wieder ein. Mein Vater hat das alles geregelt, Jupp war überhaupt nicht begeistert davon. Wir haben dann beide beim Notar irgendetwas unterschrieben. Das Haus gehört mir allein, das ist mir schon lange vor der Hochzeit überschrieben worden, irgendwas wegen der Steuer. Wir haben auch ein gemeinsames Konto, das benutzt er aber selten, da ist er eigen.«

»Das sieht ganz gut aus«, das optimistische Lächeln verrutschte, »das wird eher teuer für Jupp.« Sie lallte schon.

Chris fing wieder an zu kichern.

»Ich glaube, morgen gehe ich zu einem Anwalt, der nicht besoffen ist, das bringt doch wohl mehr.« Auch sie hatte Probleme mit ihrer Artikulation. Dann sah sie Beate ernst an.

»Aber das Gespräch mit dir hat mir gut getan. Du kannst wirklich zuhören, und ich sehe jetzt ganz klar, was ich machen muss. Danke.«

Beate wurde schlecht.

»Ich muss kotzen«, sagte sie, fast erstaunt. Dann lief sie hinaus.

Das Fenster in ihrem Büro war weit geöffnet. Frische Luft strömte herein und ließ die knatschgelben Vorhänge sich sanft ins Zimmer bauschen. Der Aschenbecher drohte überzuquellen, Akten türmten sich kreuz und quer auf Schreibtisch und Aktenbock. Der Wind erfasste das fettige Papier einer Brötchentüte und ließ es vom Tisch über den Boden taumeln. Der Drehstuhl quietschte, als Beate sich vom Tisch abstieß und den Stuhl nach hinten kippte.

Sie hatte rasende Kopfschmerzen.

Zu allem Überfluss war ein Kollege erkrankt und sie mit der ehrenvollen Aufgabe der Vertretung betraut. Akten für die Sitzung am Freitag waren gerade hereingetragen worden, darunter eine Haftsache mit drei Bänden Zweitakten.

Es war einfach zu viel. Sie hatte gehofft, ein halb leeres Büro vorzufinden, als sie nach der durchzechten Nacht erst um 11 Uhr morgens aufgestanden war. Wichterich von nebenan hatte bei ihrem Anblick sein herzliches Beileid ausgedrückt. Nach einem Blick in den Spiegel in ihrem Zimmer hatte sie seinen Gruß verstanden. Um 5 Uhr morgens aus dem Schlaf gerissen hätte sie nicht frischer aussehen können. Und es war noch so viel an Routinekram zu erledigen, bevor sie sich ihrer Spezialsache widmen konnte. Doch das reizte sie jetzt: die neuen Spuren, die in die Vergangenheit von Jupp Knipp führten, oder der brandheiße Ansatz mit dem Rauschgifthandel. Sie kramte in ihrem Gedächtnis nach dem Namen der Kommissarin vom 2. K., Rauschgift und Sitte, die sie während ihrer Zeit am Waidmarkt kennen gelernt hatte. Kempersdorf, Kempersheim, wie hieß sie noch gleich? Beate schloss die Augen und sah deutlich das Gesicht vor sich, dann die gesamte Erscheinung. Es schien überhaupt nur zwei Typen von Kommissarinnen zu geben, der eine quadratisch, praktisch, gut, mit mütterlichem Wesen, der andere etwas schriller gekleidet und von übernervöser Schlankheit. Heute war sie einfach nicht in der Stimmung zu differenzieren. Jedenfalls gehörte die Kempersfeld zur ersten Gruppe, und mit der ließ sich ausgezeichnet reden. Kempersfeld, das war der Name, und jetzt war genau die richtige Zeit für eine kleine Wiederauffrischung des Kontaktes.

Sie wählte die Direktleitung zum Präsidium und verlangte Frau Kempersfeld vom 2. K.

»Kempersfeld«, meldete sich eine forsche Stimme.

Rechtzeitig hatte sich Beate an das durchdringende Organ der Polizeikollegin erinnert und den Hörer vom Kopf gerissen. Die Kopfschmerzen waren auch so schon tödlich.

»Hier Fuchs von der Es-Te-A«, sagte sie. »Wie geht's denn so bei Ihnen? Viel zu tun?«

Ein dröhnendes Lachen scholl ihr entgegen.

»Anscheinend haben Sie endlich auch einmal was zu tun, dass Sie mittags noch im Büro sind.« Die Stimme war voll herzlichster Schadenfreude. Zu den ständigen Plänkeleien zwischen Polizeibeamten und Staatsanwälten gehörte das glatte Vorurteil, dass Letztere faul, nie erreichbar und durchdrungen von albernen rechtlichen Bedenken seien. So etwas durfte man nicht persönlich nehmen.

»Bemitleiden Sie mich nicht zu früh, ich bin eben erst gekommen«, sagte Beate und nahm den Hörer wieder vom Ohr. Die nächste Pointe verpasste sie daher und hatte Zeit, sich eine gute Überleitung zum eigentlichen Thema auszudenken.

»Frau Kempersfeld, Sie können mir vielleicht weiterhelfen. Ich habe in meinem Dezernat eine Betrugsgeschichte, die mit Einbrüchen in den ›Beachclub‹ am Ring zusammenhängt. Und da ist mir, auf dem kleinen Dienstweg sozusagen, zu Ohren gekommen, dass dort auch mit Koks gehandelt werden soll. Vielleicht kann ich die ganze Sache an unseren BTM-Spezialisten weiterreichen – haben Sie Informationen darüber?«

Die Kempersfeld war wie immer voll im Bild.

»Für Ermittlungen reicht es noch nicht. Wir haben da so einen Informantentipp, aber der Hinweisgeber ist neu. Wir können seine Zuverlässigkeit überhaupt nicht einschätzen. Wir observieren von Zeit zu Zeit, aber bislang hat sich der Verdacht nicht erhärtet.«

Beate überlegte.

»Haben Sie dem Informanten Vertraulichkeit zugesichert?«

»Nicht direkt.«

Die Antwort kam zögernd. Es war ein heißes Eisen, denn eigentlich konnte die Polizei im Alleingang keine Vertraulichkeit zusichern.

»Also nichts Offizielles?«, fragte Beate noch einmal zurück.

»Ach, Sie kennen doch die Burschen. Der kam vor vier Wochen hier reingeschneit und machte sich unheimlich wichtig. Bevor wir ihn über die rechtliche Lage aufklären konnten, hatte er schon alles Mögliche erzählt. Ich bin bei diesem Typ von Informant immer sehr vorsichtig, denn wenn sie nicht reden, weil sie ihren eigenen Kopf aus der Schlinge ziehen wollen, gibt's doch eigentlich keinen vernünftigen Grund, bei uns auszupacken, oder?«

Beate zählte im Geiste sämtliche Personen auf, die in ihrem eigenen Fall von Bedeutung waren. Es blieben nur zwei, die einen Grund hätten haben können, den Studioinhaber Dorsten oder einen der dort Beschäftigten in Teufels Küche zu bringen: Jupp Knipp und Arthur. Knipp hatte allen Anlass, sich für die Anschläge zu rächen, und Arthur – war sicher auf Frascello eifersüchtig gewesen und entsprach überhaupt charakterlich dem beschriebenen Typ. Und hatte er nicht allzu bemüht auf sie den Verdacht gelenkt, mit der Polizei zusammenzuarbeiten? Sie musste es versuchen.

»Frau Kempersfeld, ich nenne Ihnen mal zwei Namen, die mir aufgefallen sind. Könnten Sie mir sagen, ob Ihr Informant darunter ist? Ich mache auch keinen Aktenvermerk über unsere Unterhaltung, das ist mehr privat. Also: Jupp Knipp und Arthur Rogalski.« Gespannt wartete sie auf die Antwort.

»Volltreffer!«, kam es wie aus der Pistole geschossen.

»Vielen Dank, Frau Kempersfeld, Sie haben mir sehr geholfen. Dann noch einen schönen Tag, tschö!«

Sie grübelte vor sich hin. Die Gedanken schossen durch ihren Kopf und weigerten sich, ein planvolles Bild zu ergeben. Mal hatte sie eine Theorie zusammengebastelt, in der Drogen, Frascello als Konsument und Dorsten als Drahtzieher, vielleicht in Zusammenarbeit mit Knipp, die Hauptrolle spielten. Dann stand wiederum die kaputte Ehe von Christine und Jupp im Mittelpunkt. Durch die ließen sich nach der bestechenden These von Lutz die diversen Anschläge erklären; allerdings hatte die Theorie der frustrierten Ehefrau nach dem Gespräch von gestern Nacht an Überzeugungskraft verloren. Es konnte aber auch alles ganz anders sein. Auf einmal rückte der kleine, unscheinbare Arthur in den Blickpunkt. Der Underdog, die geschlagene Kreatur, die zurückschlägt. Die sich rächt, weil sie dem einen den Erfolg bei Frauen nicht gönnt und dem anderen nicht den Profit. Aber wie ließ sich die Schlägerei im »Beachclub« zwanglos damit verbinden?

So kam sie nicht weiter.

Sie nahm ein Blatt Papier und malte ein Kreuz in die Mitte, das Kreuz für den toten Frascello. Um ihn herum schrieb sie alle Namen, die sie bisher kannte, von Carla, ihrer Mutter, über Ria, Magdalene, Arthur, Karl-Heinz Dorsten, Jupp und Christine Knipp, Willi, Peter Dammer und Thorsten Sternberg. Sternförmig gingen Pfeile aus der Mitte zu den einzelnen Namen, Zeichen für die Beziehungen, die der Tote zu diesen Menschen gehabt hatte. Umgekehrt gingen Pfeile von den Namen zu dem Kreuz in der Mitte, mögliche und wahrscheinliche Motive standen daneben. Pfeile zwischen den einzelnen Namen standen für Beziehungen zwischen diesen Personen, und ein großes Fragezeichen malte sie hinter den Namen von Jupp Knipp, dessen Vergangenheit dunkel war. Als das Blatt voll gemalt war, sah es keinen Deut besser aus als der Wirrwarr in ihrem Kopf. Der alte Trick hatte nicht funktioniert. In dieses Chaos von Möglichkeiten konnte sie auch mit einem schönen Bild keine Übersicht bringen.

Vielleicht half wenigstens die Logik, um herauszufinden, wer da als Informant beim 2. K. aufgetaucht war. Knipp war einfach nicht der Typ, der eine solche Angelegenheit persönlich regelte. Der würde sich nicht die Hände schmutzig machen, zu ihm passte ein anonymer Brief einfach besser. Und wenn es wirklich dunkle Flecken auf seiner strahlend weißen Weste gab, würde er sich bestimmt nicht am Waidmarkt auf den Präsentierteller setzen.

Vor vier Wochen war der Informant da gewesen! Dann fiel auch das Motiv für Knipp weg. Vor vier Wochen gab es noch keinen Ärger mit Dorsten, keine Bedrohungen, keinen Mord. Jedenfalls soweit sie es wusste.

Sie gab auf. Was hatte Bub noch zu ihr gesagt?

Das sollte sie den Profis überlassen. Bei ihrem Formtief heute hatte die Vorstellung etwas Verlockendes. Sie dachte an den gut funktionierenden Apparat mit seinen Möglichkeiten, Teamwork und Freund Computer … Ein Besuch bei Mordbub war fällig. Sie würde ihm alles erzählen, ihm den Tipp geben, bei Frau Kempersfeld anzurufen, und dann die ganze Sache einfach vergessen. Nachdem sie sich zu diesem Entschluss durchgerungen hatte, fühlte sie sich befreit. Auch die Kopfschmerzen ließen nach. Und Chris? Diesen Kontakt musste sie nicht abbrechen, schließlich war es ihre Privatsache, mit wem sie in ihrer Freizeit Umgang hatte.

Das Telefon schreckte sie auf.

»Ein Gespräch für Sie, übernehmen Sie mal?«, flötete die Geschäftsstellenbeamtin. »Es geht um die Sache 37 Js 241/86, die Akte bringe ich vorbei.«

Beate drückte auf den Knopf. Der Mann in der Leitung ließ sie nicht zu Wort kommen.

»Spreche ich mit dem Staatsanwalt?«

»So ähnlich, wenn Sie mit einer Staatsanwältin auch vorlieb nehmen ...« Beate hatte diesen Spruch mit dem Staatsanwalt schon oft gehört, aber heute war sie zu genervt, um ihn nicht zu kommentieren.

»Ach so, na ja, jedenfalls will ich mit dem sprechen, der meine Sachen bearbeitet oder, besser, nicht bearbeitet, deswegen rufe ich ja an.«

Ihr Gesprächspartner schien auch nicht gerade gute Laune zu haben.

»Um welche Sache geht es denn überhaupt?«, fragte sie zurück. Bloß höflich sein und den Wind aus den Segeln nehmen, sonst gab es eine Dienstaufsichtsbeschwerde. Der hatte genau den quengeligen Unterton in seinem bemühten Hochdeutsch, der auf ausgeprägte Beschwerdefreudigkeit hindeutete.

»Ja, hat Ihnen das Ihre Sekretärin nicht gesagt?«

Sekretärin! Beate war nahe daran, ihn darüber aufzuklären, dass sie nicht in der freien Wirtschaft arbeitete. Urplötzlich wurde die Tür ihres Büros aufgerissen, Frau Plumm von der Geschäftsstelle erschien und legte ihr die Akte auf den Schreibtisch. Das Verfahren Dorsten.

Beate war so hellwach wie noch nie an diesem kaputten Tag.

»Mit wem spreche ich, bitte?« Ihre Stimme war zuckersüß.

»Knipp, Josef-Karl Knipp«, tönte es in einer Weise zurück, als müsste sie diesen Namen selbstverständlich kennen.

»Herr Knipp, was kann ich für Sie tun?«

»Überhaupt irgendetwas, so geht das doch nicht weiter. Ständig erstatte ich Anzeigen, und nichts passiert. Bei Knöllchen ist unsere Polizei immer schnell dabei, aber wenn ein Staatsbürger sie einmal um Hilfe bittet, tippen sie bloß eine Anzeige gegen Unbekannt und schmeißen das in den Papierkorb. Und Sie tun auch nichts!«

Erst mal Dampf ablassen, das ist gut, dachte Beate und ließ ihn reden, während sie überlegte, was er eigentlich von ihr wollte. Er schien zum Punkt zu kommen.

»… und jetzt ist das Maß voll, gestern Nacht der Einbruch, die Polente macht ein paar Fotos von der Verandatür, und weg ist sie, da hört man doch nie wieder was von. Darüber muss ich jetzt mal mit Ihnen reden. Schon allein wie die Jungs von der Schmier ein Protokoll schreiben, da steht dann nur noch die Hälfte von dem drin, was man gesagt hat. Kann ich mit Ihnen einen Termin vereinbaren? Dann komme ich nämlich selber vorbei, ich habe jetzt eindeutige Beweise …« Sein Hochdeutsch nahm mehr und mehr eine rheinische Färbung an.

»Ja, sicher, gern, Herr Knipp, wie wäre es mit morgen Vormittag gegen 10 Uhr?«, schlug sie vor.

Dem Herrn war es genehm.

Nun würde sie diesen Mann doch noch persönlich kennen lernen. Es schien keine erfreuliche Bereicherung ihres Bekanntenkreises zu werden. Bei ihm musste sie wahrscheinlich in einer Mischung von Krankenschwester und Sozialarbeiter vorgehen: Beim Gehen musste er zumindest den Eindruck haben, dass er etwas erreicht hatte. Eine solche Taktik kostete Zeit, ersparte aber den Papierkrieg, den enttäuschte Verfahrensbeteiligte mit Beschwerden bis hin zu Petitionen verursachen konnten …

Wenn dieser Tag nur erst vorüber wäre!

Sie lag in dem warmen Badewasser. Durchdringender Naturduft Marke Melisse umwaberte sie, ein Restbestand aus Gabis Zeit als Biofreak. Die versprochene entspannende Wirkung stellte sich tatsächlich ein, und Beate seufzte wohlig. Das war eine Hektik gewesen … Bub hatte ihr etwas ungehalten, aber konzentriert zugehört und sofort voller Tatendrang diverse Telefonate mit dem 1. K. geführt. Leicht vorwurfsvoll hatte er ihre Extravaganzen getadelt und sich den Kopf darüber zerbrochen, wie er ihre Erkenntnisse in die

Akte einführen sollte. Über diesem Problem hatten sie gemeinsam längere Zeit gebrütet. Ihnen war nichts Originelleres eingefallen als »Dienstlich wurde bekannt, dass ...« und dann ein Vermerk mit spärlichsten Einzelheiten. Der Rest sollte durch ordnungsgemäße Vernehmungen zu den Ermittlungen kommen; im Zweifel würde er sie aber als Zeugin benennen. Hoch und heilig hatte sie ihm dann versprochen, sich nie mehr im »Beachclub« sehen zu lassen, solange die Sache lief, und sich in Zukunft auf ihr Dezernat und die Aktenbearbeitung zu beschränken. Dann war auch diese Audienz überstanden, und jetzt ...

Jetzt aalte sie sich in der Badewanne. Die Kopfschmerzen waren weg. Es kam überhaupt nur noch Mineralwasser für sie in Frage. Jedenfalls bis übermorgen. Und dann tauchte das Gesicht von Peter Dammer auf, sie spürte wieder seinen Arm um sich, erinnerte sich an den unerwarteten Kuss. Hatte sie sich verliebt? Oder war es nur die Situation gewesen, das allmähliche Nachlassen der Spannung, der Blick auf den nächtlichen Rhein, ein sympathischer Mann neben ihr? Zumindest könnte sie sich in ihn verlieben, das stand fest. Wenn sie Stefan vergessen würde und Peter als Ausnahme von der Regel mal nicht verheiratet war, und wenn er sie einmal anrufen würde ... Das Melissebad regte offensichtlich auch die Phantasie an, das war auf dem Beipackzettel überhaupt nicht vermerkt.

Es klingelte an der Tür.

Faul hörte sie zu, wie Gabi öffnete, dann klopfte es an die Badezimmertür.

»Beate, Besuch für dich!«

»Wer ist es denn?«, fragte sie missmutig zurück. Sie hätte noch Stunden in der Wanne liegen können.

»Chris will dich sprechen!«, schrie Gabi.

»Ich komme!«, schrie sie in gleicher Lautstärke zurück. Aus, vorbei. Mit nassem Haar und in ihrem uralten Bademantel schlurfte sie in ihr Zimmer. Chris saß auf dem Sofa und strahlte sie an.

»Ich habe eine Überraschung für dich. Zieh dich an, pack deine Sportklamotten ein, dann können wir gehen!«

»Was ist denn los, ich wollte eigentlich endlich mal wieder einen gemütlichen Abend zu Hause verbringen, vor der Glotze hängen und dann ins Bett, ich habe einen harten Tag hinter mir.« Sie war überhaupt nicht begeistert.

»Das ist aber schade. Ich hatte eigentlich vor, dir Thorsten vorzustellen, ich hab ihm schon von dir erzählt ... aber wenn du keine Lust hast.« Der schmollende Gesichtsausdruck war perfekt.

Beate überlegte. Eigentlich wollte sie sowieso mit Chris sprechen. Irgendwann musste sie ihr sagen, wer sie war. Vielleicht ergab sich gerade heute Abend die richtige Gelegenheit, es ihr schonend beizubringen. Sie würde sich dann besser fühlen, die Situation wäre klar und eindeutig, kein Dschungel von Halblügen und Verstellungen mehr. Außerdem: Diesen Märchenprinzen musste sie sich ansehen.

»Meinetwegen, gehen wir. Aber warum soll ich mein Sportzeug mitnehmen? Eins muss ich dir noch sagen, in den ›Beachclub‹ bringen mich keine zehn Pferde mehr. Da war vor zwei Tagen eine üble Schlägerei, und dieser Arthur nervt mich gewaltig. Von mir aus können die ihre Muckis ohne mich stählen. Hat sowieso nicht viel gebracht.« Beate krempelte den Ärmel des Bademantels hoch und winkelte den Arm an. Es tat sich kaum etwas. Sie grinsten sich an.

»Keine Panik, in den ›Beachclub‹ wollte ich gar nicht. Es ist eine Überraschung, warte mal ab!«

Beate verschwand im Badezimmer und föhnte sich die Locken. Sie bekam wie üblich keine richtige Frisur hin. Dann zog sie sich an, stopfte den Jogginganzug und die Turnschuhe in eine Plastiktüte und verließ mit Chris die Wohnung. Draußen stand ein nagelneu aussehender Kleinwagen im absoluten Parkverbot.

»Mein Zweitwagen«, erklärte Chris. »Mit dem bin ich schon immer lieber gefahren als mit diesem Porsche. Du kennst Jupp nicht, aber für den kam nie ein anderes Auto in Frage. Ich sehe diesen Mann überhaupt immer klarer, ich weiß schon gar nicht mehr, warum er mich einmal so fasziniert hat.«

Sie startete den Wagen und fuhr über die Severinsbrücke Richtung Barbarossaplatz.

»Weiß er eigentlich etwas von Thorsten?«, fragte Beate.

Chris zögerte.

»Ich glaube nicht. Gestern Nacht bin ich noch zu Thorsten gefahren, frag mich nicht wie. Jupp habe ich vorher erzählt, ich würde bei meiner Tante in Düren übernachten. Er schien richtig erleichtert, dass er da nicht mit hinmusste, es war nämlich ihr fünfundsechzigster Geburtstag, große Familienfeier. Ich bin natürlich ganz früh gegangen und dann zu dir gefahren, danach zu Thorsten. Ich war gar nicht erst zu Hause, sondern bin gleich zu dir gekommen. Nein, der ahnt nichts, da bin ich ziemlich sicher.«

Chris bog in Richtung Rudolfplatz ab. Sie wusste also noch nichts von dem Einbruch gestern Nacht.

»Du fährst ja doch zum ›Beachclub‹!« Beate wurde es unbehaglich, als sie den Ring entlangfuhren.

Chris lachte nur, dann kurvte sie am Rudolfplatz eine Weile herum.

Nachdem der U-Bahn-Bau am Ring scheinbar für ewige Zeiten den Verkehr am Friesenplatz lahm gelegt und den dortigen Geschäften derbe Umsatzeinbußen beschert hatte, waren die KVB-Maulwürfe nun zum Rudolfplatz vorgedrungen und hatten diesen in eine riesige Baustelle verwandelt. Kein Mensch wusste mehr, warum die U-Bahn von den damaligen Planern für erforderlich gehalten worden war. Gebaut wurde sie trotzdem. Mit der gnadenlosen Langsamkeit eines Verwaltungsbeamten fraß sie sich durch die Erde. Eines Tages würde man sie mit allem Brimborium einweihen. Mit vollmundigen Parolen vom Vorrang des öffentlichen Nahverkehrs und der Wiederherstellung der alten Flanierstraßen, der Ringe. Mit einem schielenden Blick auf die »Kö« in Düsseldorf. Beide Augen zugedrückt angesichts der Tatsache, dass es zum Flanieren nichts mehr gab. Denn inzwischen hatten sich die Alleebäume rar – und dafür die Sexkinos und Spielhallen breit gemacht. Aber im Verdrängen waren die Kölner überhaupt Weltmeister, dachte Beate. Chris hatte tatsächlich einen Parkplatz gefunden.

»Wir sind da, aussteigen bitte!«, sagte sie. Sie bogen in die Genter Straße ein. Beate dämmerte etwas.

»Gehen wir in die Baggi-Disco?«, erkundigte sie sich neugierig. Soeben hatten sie den Kiosk passiert, der neben dem üblichen Angebot auch die Rajneesh-Times führte, darunter hingen dann ›Express‹ und ›Kölner Stadtanzeiger‹. Bhagwan hätte an diesem friedlichen Nebeneinander sicherlich seine helle Freude gehabt. Die fruchtbare Koexistenz von kapitalistischer Ausbeutung und fernöstlicher Meditation vertrat er jedenfalls überzeugend und durchaus Gewinn bringend.

»Wir treffen Thorsten in dem Café vor der Disco«, sagte Chris.

Das Belgische Viertel war fest in der Hand der Sannyasins. Seitdem die strengen Zeiten des roten Uniformzwanges vorbei waren, hatten sich die meisten für Blautöne entschieden und fielen im Straßenbild nicht mehr so auf. Den leuchtenden Blick und die Holzperlenkette trugen sie aber weiterhin und verliehen, zusammen mit den türkischen Imbissbuden und den vielen Galerien, dem einstmals unauffälligen Innenstadtviertel einen exotischen Reiz. Die Oregonkrise und Sheelas Flucht und Verrat schienen an dem florierenden Kölner Zentrum vorübergegangen zu sein. Konkurse der vielfältigen Rajneesh-Betriebe blieben aus, und jedes Wochenende stauten sich jugendliche Menschenmassen vor der Mammutdisco am Ring.

Sie folgte Chris in das Café.

Ein junger Mann hatte sich erhoben und kam ihnen entgegen. Er hatte dunkle Haare, die ihm fransig in die Stirn hingen. Über den Ohren und im Nacken waren sie kurz geschnitten, sodass er noch jünger wirkte, als er war. Das Bemerkenswerteste an ihm waren seine schmalen, graugrünen Augen, die unter den dunklen Brauen durchsichtig schimmerten. Hätte er einen Ohrring getragen und ein Mikrofon in der Hand gehalten, wäre er sofort von tausend kreischenden Teenies umlagert gewesen.

Als er Chris erreicht hatte, war er ein einziges großes Lächeln. Er war der ideale Präsidentschaftskandidat für die Vereinigten Staaten, jungenhaft, herzlich und von der intellektuellen Unbedarftheit, die so gut ankommt. Er küsste Chris lang und innig auf den Mund, wobei er Beate mit den Augen begrüßte. Atemlos drehte Chris sich um.

»Das ist Thorsten«, stellte sie ihn vor.

»Hab ich mir fast gedacht. Und ich bin Beate.«

Als er Chris losließ, erspähte sie die Holzperlenkette, die über seinem verwaschenen blauen Sweatshirt baumelte. Jetzt verstand sie, warum Chris gestern so gekichert hatte bei dem Gedanken, was Jupp wohl von diesem Rivalen halten würde. Es mussten Welten zwischen diesen beiden Männern liegen.

Sie hatte mal wieder geträumt und die ausgestreckte Hand von Thorsten übersehen, die er ihr ausgesprochen herzlich entgegenhielt. Überraschenderweise vertiefte sich diese Herzlichkeit noch, als sie die Hand mit einiger Verspätung doch noch schüttelte.

»Setzen wir uns doch noch, bevor wir anfangen«, sagte Thorsten. Seine Stimme war plüschweich und verriet keine Herkunft. Beate, die das unangenehme Nörgeln von Jupp noch im Ohr hatte, konnte auf einmal verstehen, warum sich Chris Hals über Kopf in diesen Thorsten verknallt hatte. Doch seine Worte verblüfften sie.

»Womit wollen wir anfangen?«

Chris fing an, umständlich zu erklären.

»Das sollte die Überraschung sein. Thorsten ist Sannyasin, wie du siehst, und ich finde das alles hier richtig aufregend. Du brauchst keine Angst zu haben, ich werde schon keine Jüngerin von diesem Rauschebart. Thorsten meint auch, er habe jetzt genug Erfahrungen gesammelt, um irgendetwas anderes zu machen. Aber man sollte das wirklich einmal kennen lernen, wirklich, mach doch mit uns die Kundalini-Meditation, das ist für Anfänger genau das Richtige. Verstehst du, damit du kapierst, warum ich tatsächlich aus meiner Welt herauswill. Sei so nett.« Chris war noch nie ernsthafter gewesen.

Spontan sagte Beate zu und erntete von Thorsten wieder ein unwiderstehliches Lächeln.

»Und worauf habe ich mich jetzt eingelassen?«

»Das ist eine Art Yoga für den ungeduldigen westlichen Menschen«, erläuterte Thorsten, »es dauert eine Stunde. In der ersten Viertelstunde gibt es schnelle Musik, Trommeln, Congas und so, da schüttelt man sich sämtliche Verkrampfungen weg. Dann kommt eine Viertelstunde mit bewegter Musik, dazu tanzt jeder, wie er will. Danach kommt irgendetwas Abgehobenes, Sphärenmusik, zu der man ganz unbewegt sitzt oder liegt und die Message wirken lässt und so, zum Schluss ist dann eine Viertelstunde totale Ruhe. Man liegt auf dem Rücken, Arme und Beine leicht gespreizt, und lässt geschehen. Dann kommt der Gong, und irgendwann geht man weg, voll von dieser Wahnsinns-Vibration, ist irgendwie sehr entspannend, das Ganze …«

Beate wurde nervös. Diese Irgendwie-oder-so-Typen hatten etwas an sich, das ihr zuwider war. Irgendwie konnten sie sich einfach nicht genau ausdrücken. Ihrem juristisch geschulten Verstand graute es immer, wenn er die Informationen aus solch einem Nebel von vagen Andeutungen herauspicken musste. Aber Thorsten hatte sie neugierig gemacht, und so strahlte sie ihn an.

»Alles klar, dann wollen wir mal.«

Eine Stunde später fühlte sie sich wunderbar ausgeruht und frisch. Der anstrengende Tag war wie weggewischt. Chris und Thorsten kamen ihr Arm in Arm entgegen.

»Na, wie war's?«, fragte Chris.

»Toll«, sagte Beate. »Nur die anderen haben etwas gestört.« Sie sah den Leuten, die mit dem freudigen Ernst von Messdienern unter die Gemeinschaftsdusche gingen, nach.

»Wie habt ihr euch eigentlich kennen gelernt?«, fragte sie später, als sie alle drei zusammen saßen und ihnen liebevoll Kaffee serviert wurde.

»Im Beethovenpark am Decksteiner Weiher«, antwortete Chris prompt. »Und zwar am dreiundzwanzigsten Juni um 16.00 Uhr. Das werde ich nie vergessen. Ich war mit Coco spazieren und hatte mich gerade hingelegt. Da kam er einfach auf mich zu und hat mich angesprochen.«

»Ja«, ergänzte Thorsten, ganz Plüschstimme und Zärtlichkeit im Blick, »sie sah so einsam aus, da habe ich mich zu ihr gesetzt und gesagt, dass ich Lust hätte, mit ihr zu reden. Und das haben wir dann auch gemacht.«

Die beiden sahen sich so verschwörerisch an, dass Beate klar wurde, dass sie sich damals nicht nur unterhalten hatten.

Die Verliebtheit umfloss sie wie ein Heiligenschein. Man konnte nicht allzu viel mit ihnen anfangen in diesem Zustand.

Morgen würde sie den anderen Teil des offiziellen Paares Knipp kennen lernen ... Mit dem Ganz-entspannt-im-Hier-und-Jetzt war es bei diesem Gedanken schlagartig vorbei.

»Hört mal, ich gehe jetzt nach Hause. Aber es war wirklich gut, vielleicht mache ich das noch mal mit!«

Thorsten schrieb ihr seine Adresse und Telefonnummer auf.

»Hier, dann kannst du mich mal anrufen, auch wenn du Chris erreichen willst. Ich wohne da nicht mehr lange, es ist eine Wohngemeinschaft vom Zentrum, und ich habe jetzt andere Pläne« – bei diesen Worten sah er wieder klassisch verliebt zu Chris hinüber – »aber die nächsten Wochen werde ich da schon noch sein. Tschüs dann.«

Mit einem leichten Gefühl von Beklommenheit ließ Beate die beiden Turteltauben zurück. Sie hatte Chris immer noch nicht erzählt, dass sie Staatsanwältin war und wegen undurchsichtiger Machenschaften um den »Beachclub« ermittelte. Und dass es da eine Morduntersuchung gab, an der sie mehr oder weniger auch beteiligt war. Aber Chris befand sich in jenem unsäglichen Stadium der Verliebtheit, in dem die albernsten Nichtigkeiten aus dem Mund des Angebeteten das einzig wirklich Wichtige auf der Welt sind. Morgen war ja schließlich auch noch ein Tag.

Warum nur stand der Wecker so weit weg? Sein unaufhörliches Piepsen war eine Tortur, die allenfalls mit der chinesischen Wasserfolter zu vergleichen war; immer einen Tropfen Wasser auf den Kopf, dann den nächsten, bis die kurze, gleichmäßige Berührung auf immer derselben Stelle zur Qual wurde. Beate kroch auf allen vieren zu dem ungerührt weiter lärmenden Ding und stellte den Mechanismus mit einem ungezielten Schlag der flachen Hand ab.

Dann wieder ins Bett und einfach weiterschlafen …

Nein, heute würde es aufregend werden. Monsieur Knipp hatte sich angesagt. Sie saß kerzengerade im Bett und schaltete die Stehlampe an. Sie musste aufpassen, wenn er kam, nicht zu viel verraten, nicht zu viel Misstrauen zeigen. Denn sie misstraute ihm. Warum eigentlich?

Der Kater sprang auf ihr Bett und mauzte ungeduldig. Sie sollte aufstehen und den Tag mit etwas Nützlichem beginnen. Zum Beispiel ihm die Tür öffnen für einen morgendlichen Streifzug durch Haus und Hof. Oder ihm gefälligst das Fressen hinstellen. Nur diesen einfachen Anforderungen war sie jetzt gewachsen.

Müde stieg sie aus dem Bett. Der Tag fing an. Radiomeldungen, Kaffeemaschine, Katzenfutter in den Napf füllen. Dann tauchte die Frage auf, was sie heute anziehen sollte. Lässig wie immer oder etwas Seriöses, mit Rock und Bluse? Beate stand vor dem offenen Kleiderschrank und wurde wütend, weil sie sich nicht entscheiden konnte. Der Wecker setzte zu einem zweiten Angriff auf die Nerven an, sie lief hin und stellte ihn endgültig ab. Jetzt auch noch Telefon.

Den frühen Morgen sollte man abschaffen. Wer konnte denn um diese Zeit schon anrufen?

Es war Chris. Wahrscheinlich gehörte sie zu der ekelhaften Sorte von Mitmenschen, die schon um diese Uhrzeit den Drive eines New Yorker Börsenmaklers kurz vor dem Crash haben. Einfach unausstehlich. Was wollte sie denn jetzt schon wieder? Mit halbem Ohr hörte Beate hin. In Gedanken prüfte sie noch immer den Inhalt des Kleiderschranks.

»Mmmh, mal sehen, vielleicht«, hörte sie sich murmeln. Dann legte sie auf und wusste, was sie anziehen würde. Eine todschicke, teure Bluse zu weißen Jeans, eine Mischung, die nur halb dem Image entsprach, das eine Staatsanwältin wohl immer noch hatte. Verwirrtaktiken zahlten sich oft aus. Zufrieden ging sie ins Bad. Beim Zähneputzen sah sie sich selbst entgeistert an. War da nicht eben ein Anruf gewesen? Was hatte Chris von ihr gewollt? Sie hatte schnell gesprochen, geradezu unheimlich wach. Irgendetwas von einem verschwundenen Tagebuch. Dumpf erinnerte sich Beate, dass sie für den heutigen Abend schon wieder mit Chris verabredet war. Es hatte nach einem Problemgespräch geklungen. Die Aussicht darauf ließ sich nicht vor dem späten Nachmittag verkraften. Zumindest nicht vor dem ersten Kaffee.

Jetzt saß sie in der Küche vor einer dampfenden Tasse mit dem köstlichen Gebräu. Die friedlichsten Minuten des Tages brachen an. Der Kater hatte sich nach dem Frühstück zu einer zweiten Runde Schlaf auf der Küchenbank zusammengerollt und schnarchte melodisch. Beate trug etwas Wimperntusche auf und konzentrierte sich auf Josef-Karl Knipp. Danach entschied sie sich für eine größere Portion Rouge als gewöhnlich. Sie wusste immer noch nicht, warum sie so gespannt war. Der ganze Morgen war wie ein einziges Lampenfieber. Woher kam ihr Misstrauen? Im Grunde gab es weder in ihrem Verfahren noch in der Frascello-Ermittlung irgendeinen konkreten Verdacht gegen Knipp. Der immerhin der Noch-Ehemann von Chris war. Aber das war es wohl, was sie so nervös machte: dass sie heute mit einem Mann sprechen musste, über den sie so viel wusste. Sie wusste sogar mehr über ihn als er selbst. Oder ahnte Jupp etwas davon, dass seine Frau einen jugendlichen, leicht spinnerten Liebhaber hatte und ernsthaft an Scheidung dachte? Jedenfalls wusste er nicht, dass Beate seine Frau kannte. Und den jugendlichen Liebhaber. Das Gespräch würde kompliziert werden, sie musste die vollkommen Ahnungslose spielen, und das würde ihr schwer fallen. Ein kleiner Bluff außerhalb der Hauptverhandlung, wenn der Verteidiger eine Einstellung des Verfahrens aushandeln wollte und sie schon einen glatten Freispruch befürchtete, das kriegte sie so gerade noch hin. Beate schaute sich noch einmal im Spiegel an. Etwas Kajal auf die untere Lidkante gab einen irritierenden Ausdruck, das konnte heute nicht schaden. Maske fertig.

Dann überlegte sie, wie sich Jupp auf seinen Auftritt vorbereiten würde. Vermutlich verschüttete er gerade eine halbe Flasche Karl-Lagerfeld-Parfum über seinen tennisgestählten Luxuskörper. Oder er schwankte zwischen grauem Geschäftsmannzwirn und dem edel verknitterten Boutiquedress, den er sicher bevorzugen würde. Die Vorstellung hob ihre Laune beträchtlich. Immer kommen lassen, dachte sie. Wenn es so weit war, würde sie reagieren. Nur das Warten war tödlich.

Noch ein letzter, hastiger Schluck Kaffee, dann war sie weg. Es war viel zu warm für Ende September, kein Lüftchen wehte. Sie lief hinter der Linie drei her, die gerade die Station Suevenstraße erreichte. Als sie sich auf einen freien Platz fallen lassen konnte, war ihr heiß. Die eben noch frisch gebügelte Bluse wirkte schlaff wie eine Girlande am Aschermittwoch. Grau und träge floss der Rhein, als könnte ihn nichts mehr erschüttern. Die Luftmassen darüber flimmerten, sodass die Domtürme leicht zu zittern schienen. Ein kreischendes Kleinkind hinter ihr legte aggressive Potentiale in den KVB-Kunden frei. Ein Streitgespräch über Kindererziehung teilte die neben ihr Sitzenden in zwei Lager, wobei die Lautstärke der Auseinandersetzung das Gebrüll des Kindes weit in den Schatten stellte. Nun kam auch noch eine ältere Frau mit Kapotthütchen und Stock auf sie zu, die unter unverständlichem Gebrabbel nach einem Schwerbehindertenausweis nestelte. Beate wartete den Erfolg dieser Aktion gar nicht erst ab, sondern setzte sich auf einen der vielen freien Plätze in der Nähe ihres alten. Schlagartig wurde die Bahn rappelvoll. Sie seufzte.

Die Atmosphäre war geladen. Ein empfindlicheres Barometer für Klimastörungen als die KVB zur Rushhour konnte es nicht geben. Wenn jetzt ein Kontrolleur aufgetaucht wäre, hätte er Tonnen von rheinischem Humor aufbringen müssen, um einigermaßen heil aus dieser Situation herauszukommen. Beate kämpfte sich bereits bei der Station Neumarkt in die Nähe einer Tür, um am Appellhofplatz ohne größere Rempelei aussteigen zu können. Eine beleibte Frau mit Hartfaserfrisur wollte nicht weichen, und es entspann sich ein harter Kampf, in dessen Verlauf die Dame ihre Einkaufstasche mehrmals nachdrücklich als Rammbock einsetzte. Geschafft, Beate war draußen.

An der frischen Luft atmete sie erleichtert auf. Jeden Morgen so ein Horrortrip, und sie würde das Fahrradfahren erlernen. Wenn dies ein Vorzeichen für den gesamten Tag sein sollte, wäre es besser, umzukehren und ihn aus dem Kalender zu streichen. Es war fünf Minuten vor acht, als sie in ihr Büro kam. Das Make-up hatte kaum gelitten. Rasch die Haare gebürstet.

Die schäbige, muffige Einrichtung des Zimmers wirkte köstlich wie Baldrian auf ihre Nerven. Vor allem der Gedanke, dass alle anderen Zimmer für Dezernenten in diesem Gebäude völlig identisch ausgestattet waren und es auch für die nächste Generation von Beamten sein würden, hatte etwas ungemein Beruhigendes. Sie sah ihre Vorgänger und Nachfolger in einem heroischen Versuch, mit Blattpflanzen, Kinderfotos auf dem Schreibtisch und Postern an der Wand ein unverwechselbares Ambiente zu schaffen. Der Büromuff würde siegen.

Außer einigen schwer auffindbaren leeren Flaschen würde keiner bleibende Spuren seines Wirkens hinterlassen. Wenn man länger über dieses Thema nachdachte, ließ sich daraus eine ganze Philosophie entwickeln, mit dem Beamtenbüro als Sinnbild für den Triumph des Mittelmaßes und warum das so sein muss. Der Aktenbock war erfreulich leer. Die paar Sachen würde sie sofort erledigen, dann mit den Kollegen Kaffee trinken und sich auf den Besuch von Jupp vorbereiten. Mit neu gewonnener Energie riss sie das Fenster auf, setzte sich auf ihren Drehstuhl und arbeitete zügig, ohne weitere Abschweifungen, bis der telefonische Weckruf zur Kaffeerunde kam.

Kollege Kieferle schien von irgendwelchen Witterungseinflüssen unberührt zu sein, denn er erzählte wie üblich gerade eine Anekdote aus seinem bewegten Leben. Mordbub war auch schon da und unterbrach den barocken Wortschwall:

»Ja, ja, und dann hast du gesagt, dass es auf der Richterbank wohl an der geziemenden Aufmerksamkeit mangeln würde, obwohl du dich doch schon so knapp gehalten hättest, und hast dann glatt noch einmal eine Stunde plädiert. Die Story kenne ich schon, habe ich gestern in der Kantine schon in mehreren Versionen gehört!«

Kieferle war keineswegs beleidigt, sondern strahlte eine größtmögliche Zufriedenheit aus. Beate nahm sich einen Kaffee und hörte den Plänkeleien der Kollegen zu. Die Schonfrist sollte nicht lange dauern, denn schon bald war der Scharfblick von Mordbub fündig geworden.

»Na, hat die Frau Kollegin heute einen Termin mit Fernsehpräsenz? Wenn man schon nicht mit Rechtskenntnissen auffallen kann, dann eben anders. Das haben uns die Frauen wirklich voraus, ist aber auch das Einzige«, stichelte er.

»So, ich falle also auf?«, fragte sie zurück. »Ich hätte Ihnen gar nicht zugetraut, dass Sie das bemerken, vielen Dank jedenfalls. Und wenn Sie sich auf Ihre Rechtskenntnisse was einbilden – unter Blinden ist selbst der Einäugige König, was soll's.«

Kieferle zwinkerte ihr aufmunternd zu. Doch sie hatte keine Lust mehr.

»Hören Sie, Herr Bub. Nachher habe ich eine Vernehmung, Herr Knipp hat sich bei mir angesagt.«

»Mann, hat der ein Glück, für uns macht sich das Füchschen nie so schön«, kommentierte Fetten, der braun gebrannt und sportlich auf dem Aktenbock thronte. Es schien unmöglich, ein ernsthaftes Gespräch zu führen. Beate machte einen weiteren Anlauf.

»Da habe ich auch allen Grund zu. Der will sich über mich beschweren, und das will ich ihm einfach unmöglich machen. Was ich eigentlich wissen wollte«, sie wandte sich wieder an Mordbub, »haben Sie den schon mal vernommen? Als Zeugen oder Beschuldigten in Ihrem Verfahren? Oder haben Sie überhaupt den Verdacht, dass er mit der Sache etwas zu tun hat?«

Mordbub überlegte kurz.

»Wenn ich mich recht erinnere, ist der von Leuten aus dem 1. K. nur informatorisch gehört worden. Ach ja, und später als Zeuge in der Brandgeschichte mit seinem Auto. War aber sehr kooperativ, fast schon ein wenig schmierig. Er hat jedenfalls die Hose, die er an dem Tattag angeblich trug, bereitwilligst der Spurensicherung übergeben. Die konnte natürlich keine Spuren von Brandbeschleunigungsmitteln oder Ruß feststellen. Das sagt aber gar nichts, seine Frau wusste weder, welche Hose er an jenem Tag getragen hatte, noch ob eine fehlte. Also, meine wüsste das sofort«, fügte er hinzu.

»Das ist bei deinen drei Hosen ja auch kein Problem«, frotzelte

Wichterich. »Unsereiner kann sich ja nicht mehr Anzüge leisten, oder wohnst du in Marienburg? Und wenn deine Frau deine Hosen selbst bügelt, dann doch nur, weil ihr das Geld für die Reinigung nicht zusammenkratzen könnt. Warum musst du auch als armer Beamter unbedingt bauen?«

»Bauen nennst du das? Diese Hundehütte in Porz? Die wird nicht gebaut, die wird nur aufgestellt!«

Beate hakte schnell ein, bevor es in diesem Stil weiterging.

»Wieso sind seine Hosen untersucht worden? War er denn Beschuldigter? Welchen Verdacht hatten Sie denn?«

»Natürlich war er nicht offiziell Beschuldigter. Er hat seine Hose freiwillig rausgerückt, wir haben ihn doppelt und dreifach belehrt. Er wollte wohl seine Unschuld beweisen. Aber einen Verdacht hatte ich schon. Entweder ist das Auto zerstört worden, um Tatspuren der Sache Frascello zu vernichten. Oder es war ein Betrug zum Nachteil der Kfz-Versicherung, denn die Kutsche war angeblich super ausgestattet, was man hinterher kaum noch feststellen konnte. Oder die Aktion diente dazu, den guten Knipp zum Opfer zu stilisieren. Dass er eigentlich hätte sterben sollen, Frascello als Betriebsunfall sozusagen, und damit Knipp aus der Schusslinie.« Er wurde wieder ironisch. »Sie sehen, Frau Kollegin, selbst ich würde bei dieser Sachlage keinen Haftbefehl beantragen. Im Übrigen sind wir trotz Ihrer aufopfernden Undercovertätigkeit noch keinen Schritt weitergekommen. Aber eins weiß ich genau: Die Geschichte ist noch heiß, irgendwas wird da noch passieren. Und dann krieg ich den, garantiert!« Seine Haarstoppeln standen steil in die Höhe und drückten mit jedem Millimeter Entschlossenheit aus. Die Kaffeetasse stellte er mit einem solchen Ruck ab, dass etwas überschwappte und Kieferles Akten verunziert wurden. Ein echt schwäbisches Granteln ertönte, reich garniert mit »Ha no!« und »Herrgöttle«, was immer ein Zeichen von wahrer Erregung bei Kieferle war. Mordbub achtete nicht darauf, sondern ging mit festem Schritt zur Tür.

»Tschüs dann, ich jedenfalls muss noch was tun!«

»Einen rechtsfehlerfreien Vormittag!«, wünschte Wichterich. Präzise fiel die Tür ins Schloss. Eigentlich hätte sie wie eine Saloontür noch eine Weile weiterpendeln müssen.

Nun starrten alle Beate an.

»Was meinte der mit Undercovertätigkeit?«, fragte Fetten.

Das hatte sie kommen sehen.

»Auf irgendetwas wird der Bub schon anspielen, aber bei dem weiß man doch nie, was er wirklich meint.« Beate war froh, dass sie so viel Rouge aufgelegt hatte. Das Interesse der Kollegen war nur mühsam auf andere Themen zu lenken. Schließlich gelang es doch – mit einer weitschweifig vorgetragenen Geschichte von Kieferle, die alle in die Flucht trieb.

In ihrem Büro blätterte sie noch einmal die dick angeschwollene Akte Dorsten durch. Es fanden sich keine Anhaltspunkte für einen stichhaltigen Verdacht gegen Jupp Knipp. Wenn sich aus der Vernehmung heute nichts ergab, musste sie die Vorwürfe gegen ihn wegen versuchter Erpressung heraustrennen und das Verfahren einstellen. Und sich dann endlich unter Einstellung im Übrigen mangels Beweisen an die Anklage gegen die Dorsten-Family wegen Betruges begeben. Das würde noch viel Arbeit machen.

Es war 9.45 Uhr. Energisch klopfte es an der Tür.

»Herein!«

Der Mann, der mit elastischem Schritt an ihren Schreibtisch eilte, hatte blond melierte Haare. Er trug eine unzerstörbare Föhnfrisur und ein ebensolches Lächeln, das einige prachtvolle Jacketkronen freilegte. Er muss denselben Friseur haben wie Chris, schoss es Beate durch den Kopf, als sie sich erhob.

»Herr Knipp?«, fragte sie, als sie ihm die Hand reichte.

Er ergriff sie und gab ihr einen sportlichen Händedruck. Ein protziger Siegelring blitzte auf.

»Frau Staatsanwältin Fuchs, wenn ich mich nicht irre?«

»Richtig. Was kann ich für Sie tun?«

Beate nahm sich Zeit, ihr Gegenüber zu mustern. Sein Lächeln erreichte die kühlen blauen Augen nicht, und als er es ausknipste wie eine Glühbirne, sah sein Gesicht starr und leblos aus. Der blaue Nappalederschlips baumelte über ihrem Schreibtisch, als Knipp sich vorbeugte und sie direkt ansah.

»Ich will eine Zeugenaussage machen, und zwar zu dem Einbruch von vorgestern. Und überhaupt zu all den anderen Anschlägen, die mich und meine Frau in den letzten Wochen terrorisiert haben.« Er sagte tatsächlich »mich und meine Frau«.

Jedes einzelne Stück seiner Garderobe war von dem erlesenen Geschmack italienischer Modemacher. Die Zusammenstellung konnte nur als missglückt bezeichnet werden. Beate räusperte sich.

»Die Anzeige über den Einbruch ist noch nicht hier eingetroffen, das wird noch einige Tage dauern. Aber natürlich können wir trotzdem darüber reden. Ganz informell und ohne Protokollführerin. Ich mache hinterher einen Vermerk über unser Gespräch und werde dann weitersehen«, sagte sie. Dann wurde sie formell. »Zuvor muss ich Sie aber belehren, das ist Vorschrift so. Nicht, dass ich Ihnen persönlich misstraue, aber das kennen Sie ja bestimmt aus dem Fernsehen. Als Zeuge sind Sie verpflichtet, die Wahrheit zu sagen. Sie dürfen keinen anderen wider besseres Wissen zu Unrecht belasten oder einen anderen durch eine falsche Aussage der Strafverfolgung entziehen. Wenn Ihre Aussage einen Angehörigen betrifft, haben Sie ein Aussageverweigerungsrecht. Ebenso können Sie die Auskunft auf Fragen verweigern, wenn Sie sich durch eine wahrheitsgemäße Beantwortung selbst einer Strafverfolgung aussetzen würden.«

Jupp Knipp hatte ihre Ausführungen mit leerem Gesichtsausdruck und ungeduldig auf der Schreibtischplatte trommelnden Fingern begleitet. Ein wenig Aufschub erhöhte die Aussagefreudigkeit immer, und so fuhr sie fort.

»Dass Sie sich mit einem Anwalt beraten können, wissen Sie sicherlich auch. Dann können wir ja anfangen, die Personalien vielleicht zuerst.«

Geduld schien wirklich nicht seine Stärke zu sein.

»Die haben Sie doch längst in der Akte, also meinetwegen, Josef-Karl Knipp …«

Er leierte seine Personalien herunter. Sein Gebrauchtwagenverkäufer-Charme war nun endgültig erloschen. »Kann man hier rauchen?«

Diesen quengelnden Tonfall kannte sie schon von dem Telefongespräch her. Es war an der Zeit, die Atmosphäre aufzulockern und ein Plauderstündchen einzuleiten.

»Natürlich, ich rauche selbst«, sagte sie und schob ihm den Aschenbecher zu. Dann nahm sie sich eine Zigarette. Er bevorzugte den Geschmack von Freiheit & Abenteuer, wie sie kurz registrierte. Nachdem er ihr Feuer gegeben hatte, lehnten sie sich beide zurück.

»Was ist denn nun vorgestern schon wieder passiert?«, fragte

Beate teilnahmsvoll, nachdem sie auffällig Papier und Stift zur Seite gelegt hatte. Die Vernehmung konnte beginnen.

Jupp Knipp war wieder ganz der Alte. Der Spruch »Wer schöner ist als ich, muss geschminkt sein« hätte von ihm erfunden sein können. Bei einem solchen Typen gab es nur eine effektive Methode: reden lassen, gut zuhören, nicht unterbrechen, bestätigen. Dann und wann eine harmlose Detailfrage, die das aufmerksame Zuhören beweisen sollte. Sie schenkte ihm einen besonders erwartungsvollen Blick. Jupp begriff das Startsignal. Er legte los.

»Also, vorgestern Nacht ist bei uns eingebrochen worden. Ich bin durch Geräusche aufgewacht, so gegen 3 Uhr morgens. Es war aber schon zu spät, keiner mehr zu sehen. Die Verandatür stand offen, der Kerl war weg. Mit einem Glasschneider hat jemand in Griffhöhe ein Loch in die Scheibe geschnitten und dann die Tür geöffnet. Das muss ein Profi gewesen sein, denn das ausgeschnittene Fensterglas wurde völlig geräuschlos mit so einer Art Saugnapf herausgehoben und die Stelle vorher mit irgendeiner Spezialflüssigkeit bestrichen. Hat die Polizei jedenfalls gesagt. Dann hat er den Tresor aufgebrochen, wobei vorher die Alarmanlage abgestellt wurde. Den Tresor hat er ausgeräumt und ist abgehauen. Sonst ist nichts gestohlen worden, ganz gezielte, saubere Arbeit.« Es sah aus, als hätte er eine persönliche Kränkung erlitten.

»Was ist denn aus dem Tresor gestohlen worden?«, fragte Beate, noch immer mit Krankenschwesternstimme.

»Das ist es ja gerade. Erstens Geld, so etwa 5000 DM, einige Geschäftsunterlagen, die nur für mich von Bedeutung sind, und ...«, er machte eine kleine Pause, »eine Pistole.«

»Marke?«

»Smith & Wesson, 38er Kaliber, Elfenbeingriff, Nummer 38795«, lautete die präzise Auskunft.

»Wollten Sie auf Elefantenjagd gehen? Meine nächste Frage brauchen Sie nicht zu beantworten, falls Sie sich selbst belasten müssten: Haben Sie eine Waffenbesitzkarte?«

Jupp schluckte kurz.

»Sie würden es ja sowieso herauskriegen. Nein, habe ich nicht. Die Waffe gehört ja auch gar nicht mir. Die ist von Karl-Heinz Dorsten, er hat sie mir vor zwei Monaten zum Aufbewahren gegeben.«

Es war merkwürdig. Trotz seines Geständnisses war er keineswegs zerknirscht. In der Regie seines Auftrittes war dies offenbar ein unwesentliches Element. Worauf wollte er hinaus?

»Ich hatte Sie belehrt. Aber wenn Sie hier trotzdem zugeben, eine Schusswaffe ohne die erforderliche Erlaubnis in Ihrem Besitz gehabt zu haben, dann werde ich ein Verfahren gegen Sie einleiten müssen …« Bedauern sprach aus ihrer Stimme. Sie wollte mehr wissen.

»Hören Sie, das nehme ich in Kauf.« Jupp sprach jetzt drängend. Er verfiel zusehends vor ihren Augen, der Strahlemann war abgeschaltet. War es echte Angst, die in seinen Augen glitzerte?

»Die Sache ist folgende. Als ich damals von meinem alten Geschäftsfreund Karl-Heinz die Pistole bekommen habe, gab es noch keinen Streit mit ihm. Ich habe ihn auch nicht gefragt, warum er die Waffe auf einmal bei mir verwahren wollte. Er hat nur irgendwas von größerer Sicherheit geredet. Und jetzt kommt's: Er selbst hatte mir den Tresor eingebaut, nebst Alarmanlage, er kannte das System. Er und kein anderer hat sich seine eigene Wumme wiedergeholt, und auch die Geschäftsunterlagen, von denen er wusste, dass ich sie dort aufbewahre, könnten für ihn von Bedeutung sein. Wenn er meine Bezugsquellen aus dem Ausland kennt, bestellt er vielleicht direkt bei denen. Und außerdem, Dorsten hat gute Beziehungen zu den dunkelsten Kreisen, das kann ich Ihnen sagen.«

Der Schweiß stand ihm auf der sonnengebräunten Stirn.

»Woher wissen Sie das?« Beate blieb angesichts dieser Enthüllungen vollkommen ruhig. Es wurde insgesamt ein wenig viel von diesen Kreisen gesprochen, zuletzt im Zusammenhang mit ihrem Zeugen.

Jupp war auf der Hut.

»Wir haben öfter mal einen getrunken. Und manchmal strunzte er dann herum, wen er alles so kennt. Und dass sie in manchen Kneipen in der Friesenstraße die Puppen tanzen lassen, die schweren Jungs und er. Und von guten alten Zeiten reden. Ich habe das nicht ernst genommen, aber jetzt, nach all den Ereignissen, sehe ich das völlig anders. Da ist was dran.«

»Hat Ihre Frau etwas von dem Einbruch mitbekommen? Oder könnte sie Feinde haben und das Ziel von irgendwelchen Attacken sein?«

»Meine Frau? Nein, die hatte Schlaftabletten genommen, die hat überhaupt nichts mitbekommen. Wegen ihr bin ich hauptsächlich hier. Sie ist völlig mitgenommen, kann nur noch schlafen, wenn sie irgendetwas einnimmt. Sie hätten das miterleben müssen, wie fertig sie war, als man unseren Hund umgebracht hatte. Total fertig war sie. Sie hing so an dem Tier … Und dann die Leiche in unserem Auto, der Brandanschlag. Sie ist nur noch ein Wrack, und das liegt ganz allein an diesem Dorsten, da bin ich mir völlig sicher. Der letzte Einbruch kann nur von ihm geplant gewesen sein.«

Er log. Beate ließ sich nichts anmerken.

»Herr Knipp, ich bin gern bereit, Ihnen zu glauben. Aber was ich nicht verstehen kann: Warum sollte Sie Dorsten verfolgen? Weil Sie bei seinen Versicherungsbetrügereien nicht mitmachen wollen? Das erscheint mir als Motiv nicht ausreichend. Da muss doch noch etwas anderes dahinter stecken. Gibt es etwas, was ich noch nicht weiß?«

»Ich verstehe es auch nicht.« Knipp war ganz die verfolgte Unschuld. »Sicher, wir hatten da so eine geschäftliche Auseinandersetzung. Ich habe ein Import-Export-Geschäft in Düsseldorf, wir liefern Eiweißpräparate für alle möglichen Zwecke, von der Landwirtschaft bis hin zur Sportler-Kraftnahrung. Dorsten ist einer meiner Kunden, früher habe ich ihn als Partner der Firma Heribert Schmitz, Brenner und Röhren, beliefert. Kürzlich hatten wir Streit über die Qualität einer Lieferung, auch die Preisgestaltung gefiel ihm wohl nicht. Aber meine Preise sind eben freibleibend bis Lieferung, wegen der Dollarschwankungen. Er meinte, ich hätte ihn übers Ohr gehauen, aber das stimmt wirklich nicht.« Er sah sie unschuldig an.

»Um welche Summen geht es denn dabei?«

»So um die 60 000 DM. Das ist nun wirklich ein Klacks für mich, aber Dorsten scheint in Schieflage gekommen zu sein. So toll laufen seine Studios wohl nicht, und seine Eigenkapitaldecke war von Anfang an viel zu dünn.«

»Wie viele Studios hat er denn? Ich kenne nur das eine am Ring, den ›Beachclub‹.«

Jupp lachte höhnisch auf.

»Das ist das einzige in Köln. Er konnte es ja nicht lassen, klotzen, nicht kleckern, war seine Devise. Er hat in fast jeder Stadt im Ruhrgebiet so ein Ding stehen, wahnsinnsmäßig aufgemotzt, und das bei der Arbeitslosigkeit dort. Deswegen habe ich ihn auch in so großen Mengen beliefert. Auf die Rabatte war er immer scharf.«

»Und Sie meinen, ein Einklagen dieser 60 000 DM wäre für Dorsten existenzbedrohend?«

»Absolut.« Knipp verschränkte selbstgefällig die Arme vor der Brust, sodass das knapp geschnittene Jackett spannte. »Fragen Sie mal seine Bank. Den Kontokorrentkredit hat er bis zur Halskrause ausgeschöpft, mehr ist nicht drin. So kleine Nebengeschäfte wie das Anzapfen der Versicherung sind bei dem lebensnotwendig.«

»Sonst noch ein paar Nebengeschäfte bekannt?«

Jupp biss nicht an. Es wäre die Gelegenheit gewesen, dunkle Andeutungen über Drogengeschäfte zu machen. Natürlich ohne Eigengefährdung als Gerücht präsentiert. Warum ließ er sich das entgehen? Er zuckte nur mit den Achseln.

»Keine Ahnung. So gut kenne ich ihn auch wieder nicht. Dorsten ist schließlich nur einer meiner vielen Kunden …«

Schon seine Körperhaltung drückte Distanz aus. Er läutete den Rückzug ein. Sie wollte ihn noch einmal aus der Reserve locken.

»Eins habe ich noch immer nicht verstanden. Wenn es Dorsten darum ging, seine eigene Waffe zurückzubekommen, warum hat er Sie nicht einfach gefragt? Dieser Einbruch erscheint mir doch ein wenig aufwendig …«

Jupp hatte den Vorhang heruntergelassen.

»Das fragen Sie ihn am besten selbst, was weiß ich? Vielleicht wollte er auch das Geld aus dem Tresor, er wusste, dass ich da immer gewisse Summen aufbewahre. Vielleicht dachte er, dass ich ihm die Waffe nicht freiwillig geben würde. Das hätte ich auch nicht, bei dem Verhältnis, das wir jetzt haben. Ist ja egal, irgendwas muss jetzt geschehen, sonst passiert noch ein Unglück. Meine Frau kann ich gleich in einem Sanatorium abliefern. Deshalb bin ich überhaupt gekommen.«

Beate musste ihm nun ein Angebot machen.

»Ich will offen zu Ihnen sein. Viel können wir im Moment nicht tun. Was Sie erzählen, passt alles zusammen. Aber alles beruht bislang einzig auf Ihrer Aussage. Dorsten wiederum beschuldigt Sie, in der Betrugsgeschichte mitgemischt zu haben. Da steht Aussage gegen Aussage. Was ich brauche, sind Sachbeweise. Die Zahlungsschwierigkeiten von Dorsten, die Höhe und Berechtigung Ihrer Forderung, Briefwechsel zwischen Ihnen und ihm, Spurenauswertung bei dem Einbruch. Kurzfristig lässt sich da gar nichts machen. Wenn ich Dorsten einfach mit Ihrer Beschuldigung konfrontiere, sagt der wieder nichts oder streitet ab. Das hilft nicht weiter. Ohne Sachbeweis kann ich ihn nicht überführen.«

Jupp ließ gerechte Empörung in seinen Augenbrauen spielen. Eine steile Unmutsfalte zerfurchte die Stirn. Jetzt das Zuckerbrot ...

»Aber ich schlage Ihnen etwas vor. Sie können selbst etwas tun, um die Situation zu entspannen. Räumen Sie Dorsten offiziell eine Stundung der Forderung ein. In der Zwischenzeit ermittle ich in dieser Sache weiter und schließe die Betrugsgeschichte ab. Ich schätze, dass er aufgibt, wenn er die Anklage erhält. Sie wird morgen hier rausgehen, das kann ich Ihnen versprechen.«

Ihr Gegenüber erhob sich.

»Die Audienz ist beendet? Nun, für den Anfang reicht es mir. Aber ich sage Ihnen, wenn wieder etwas passiert, mache ich Sie persönlich verantwortlich. Muss ich was unterschreiben?«

Beate schüttelte den Kopf.

»Gut, dann bis zum nächsten Mal. Aber dann komme ich mit meinem Anwalt ...«

Beate stand ebenfalls auf.

»War es so schlimm?«

Sie versuchte ein charmantes Lächeln. Es stürzte ab, als sie seinem Blick begegnete.

Kalt, verschlossen, tödlich. Für den Bruchteil einer Sekunde. Dann zeigte er wieder seine Jacketkronen und ließ ihre Hand los. Er ging grußlos. Die Tür war zu. Es war 10.32 Uhr.

Sie nahm das Papier, auf dem sie einige Gesprächsnotizen festgehalten hatte: Einbruch, Glasschneider, Tresor, Alarmanlage, S&W, 38 Kal., Elfenbeingriff, Nr. 38795, Dorsten, Friesenstr., dann dick unterstrichen: Chris da !!! Sie ließ das Blatt wieder fallen.

Das war die erste nachweisbare Lüge. Als der Einbruch stattfand, war Chris keineswegs, voll gepumpt mit Tabletten, zu Hause gewesen. Sie hatte den Abend bei ihrer Tante in Düren und dann bei ihr, Beate, verbracht. Danach war sie zu Thorsten gefahren und hatte dort übernachtet. Warum hatte Jupp nicht gesagt, dass Chris in Düren übernachtet hatte? Das hatte Chris ihm doch erzählt. Oder wusste er, dass bei einer simplen Überprüfung dieser Angabe herauskommen musste, dass Chris nicht dort gewesen war? Dann wusste er, dass seine Frau ihn angelogen hatte ...

Die Gedanken wirbelten in ihrem Kopf.

Das war nicht die einzige Lüge gewesen. Alles, was er über Chris gesagt hatte, war vollkommen falsch. Er hatte das Bild einer depressiven, am Rande der Hysterie stehenden Frau gezeichnet. Geschockt vom Tod des Lieblingswauwaus, entnervt von ständigen Bedrohungen. Das wusste sie einfach besser. »Coco, das blöde Vieh« war kaum der Nachruf eines zutiefst getroffenen Hundefrauchens, und so strahlend verliebt, wie Chris es war, hatte sie noch keinen Depressiven erlebt. Warum das alles? Und dann das Rätsel mit der Pistole. Jupp konnte noch nicht zu Hause sein.

Sie wählte die Nummer von Chris.

»Knipp hier«, meldete sich die muntere Stimme der sanatoriumsreifen Ehefrau.

»Hallo, Chris, hier ist Beate. Ich rufe von der Uni aus an. Heute Morgen, als du mit mir telefoniert hast, war ich noch nicht voll da. Was war denn eigentlich los?«

»Ach, gut, dass du anrufst, ich habe gerade versucht, dich zu Hause zu erreichen, aber du warst schon weg.« Sie war richtig aufgedreht. »Ich wollte dir nämlich sagen, dass aus unserer Verabredung heute Abend nichts wird. Ich muss dich versetzen, tut mir Leid, aber du wirst das sicher verstehen. Ich habe ein Rendezvous mit Thorsten. Der hat aber auch immer verrückte Ideen. Eben habe ich ein Telegramm aus Düsseldorf von ihm bekommen, er will mich heute Abend gegen 21 Uhr an unserer Stelle treffen, es wäre etwas Wichtiges. Du weißt schon, im Beethovenpark, wo wir uns kennen gelernt haben. Ein Telegramm, so etwas Verrücktes, das kann auch nur ihm einfallen. Er ist so romantisch ... Aber was ich eigentlich mit dir besprechen wollte, ist etwas anderes. Mein Tagebuch ist weg.«

»Bei dem Einbruch geklaut?« Beate konnte sich nicht zurückhalten.

»Darauf bin ich noch gar nicht gekommen. Woher weißt du von dem Einbruch? Das habe ich dir doch noch gar nicht erzählt, oder?«

Es war zu spät. Eine Sekunde mangelnde Konzentration ... die Familie Knipp hatte sie geschafft.

»Du, das erzähle ich dir später. Wirklich, frag mich jetzt nicht, das ist alles zu kompliziert. Wo hattest du dein Tagebuch aufbewahrt, und was stand drin?«

Chris zögerte einen Moment. Offensichtlich rang sie mit sich, ob sie diese Erklärung, die keine war, so einfach hinnehmen sollte.

»Okay, dann sagst du es mir ein anderes Mal. Das Tagebuch – das ist wirklich sehr intim. Da steht alles über Thorsten und mich drin, seit dem ersten Tag. Mit allen Einzelheiten. Ich musste das alles doch irgendwie loswerden, und reden konnte ich doch mit keinem. Wenn das in die falschen Hände fällt … Ich hatte es in einem verschließbaren Aktenkoffer mit Codenummer, hinten in meinem Kleiderschrank, sodass Jupp nicht drankam. Da war es eigentlich gut aufgehoben. Und jetzt ist der Aktenkoffer weg. Natürlich, du hast Recht, das könnte mit dem Einbruch zusammenhängen. Ich habe erst heute davon erfahren, der Tresor war leer geräumt.«

»Hast du auch einen Schlüssel zum Tresor, oder musste man da einen Zahlencode eingeben?«

»Beides. Das war so sicher wie Fort Knox. Natürlich kam ich da auch ran, schließlich brauchte ich ab und zu mal Bargeld, und da lag immer was drin.«

»Noch eine Frage: Hast du in dem Tresor irgendwann einmal eine Schusswaffe gesehen?«

»Sag mal, spinnst du? Was soll denn so ein Ding bei uns? Natürlich nicht. Ich glaube, du solltest mir langsam wirklich sagen, was hier eigentlich los ist.« Chris war verunsichert.

»Du, es ist jetzt sehr wichtig. Wann hast du zum letzten Mal den Tresor benutzt, überleg bitte gut …«

Beate war gespannt.

Chris wurde tatsächlich ungehalten.

»Nun reicht es aber, ist das ein Verhör oder was? Ich habe für meine Tante in Düren vor genau drei Tagen ein Geburtstagsgeschenk gekauft. Ein Nachbar hatte mir einen grässlichen Meißner Porzellanhund angeboten. Der Typ ist wohl in finanziellen Schwierigkeiten und verkloppt ganz diskret seine Inneneinrichtung, Stück für Stück. Dafür brauchte ich das Geld. Es war zu weit zur Bank, und Schecks nimmt er nicht, sonst kommt das Finanzamt mit seiner Kontopfändung zum Zuge, willst du es noch ausführlicher?«

Beate stöhnte leise. Die schwarzen Schafe waren wirklich überall.

»Sei mir nicht böse, aber du hast mir wirklich sehr geholfen.

Morgen erkläre ich dir alles. Tu mir nur noch einen Gefallen und sag deinem Mann nichts von mir. Weder von meinem Namen noch von meinem Anruf jetzt darf er etwas wissen ...«

Chris unterbrach sie.

»Du, da kommt er. Ich mache Schluss. Bis morgen dann!«

Das gab Stoff zum Nachdenken.

Noch eine Lüge, und die komplizierteste dazu. Die Pistole hatte nicht im Safe gelegen. Jedenfalls nicht – Beate rechnete noch einmal nach – einen Tag vor dem Einbruch. Warum sollte Jupp eine Straftat gestehen, die er womöglich gar nicht begangen hatte? Oder war die Waffe doch in seinem Besitz gewesen, nur woanders, nicht im Tresor? Vielleicht war auch dieser Einbruch nur vorgetäuscht und diente einzig und allein dazu, von dem verschwundenen Aktenkoffer abzulenken?

Je mehr Lügen sie aufdeckte, desto mehr Fragen ergaben sich. Was Beate brauchte, waren zuverlässige Fakten. Also erst mal die Abteilung VII beim Polizeipräsidenten anrufen, Abteilung für die Genehmigung von Waffenscheinen und -besitzkarten. Dann kam ihr ein Geistesblitz: Ob die Sachfahndung dieses unauffällige Schießeisen als gestohlen ausgeschrieben hatte?

Beate telefonierte hektisch.

Es war jetzt 11.40 Uhr. Sie fühlte sich schlapp wie ein ausgewrungener Waschlappen. Mit einem letzten Aufflackern von Energie zog sie ein Blatt Papier in die Schreibmaschine ein und attackierte die Tasten im bewährten Zwei-Finger-System. Ein langer, ordentlicher und sauberer Vermerk über die Vernehmung und die nachfolgenden Ermittlungen entstand; eine präzise Darstellung des chaotischen Sachverhalts. Man konnte sie wunderbar abheften und die Akte dann erst mal weglegen. Halt, nein, warum sollte sie sich allein über den ganzen Mist den Kopf zerbrechen? Sie ordnete noch eine Ablichtung ihrer Fleißarbeit an, für Mordbub, zur gefl. Kenntnisnahme. Der würde sich freuen ...

Beate stand auf und reckte sich. Sie schloss das Fenster, leerte den Aschenbecher und goss noch einmal die kränkelnde Pflanze. An der Tür warf sie einen Blick zurück. Es hätte nicht penetranter nach friedlicher Ordnung aussehen können.

Leer, aufgeräumt und sauber.

Das Telefonklingeln ignorierte sie. Sie war schon weg. Dann ging sie hinaus, ohne dass ihr früher Feierabend bemerkt worden wäre. Nur der Pförtner sah sie und unterstellte ihr falsche Motive.

»Mahlzeit«, grüßte er.

»Schöne Scheiße«, flüsterte sie vor sich hin.

Der Pförtner in seinem Glashäuschen strahlte unverändert freundlich.

Als sie am späten Nachmittag nach Hause kam, war sie todmüde. Sie war den ganzen Tag in der Stadt herumgelaufen, immer auf der Suche nach einem todschicken Fetzen. Ein unerklärlicher Anfall, wie sie ihn manchmal hatte, besonders nach Frusterlebnissen oder anstrengender geistiger Tätigkeit. Dann gab es nur eins: Irgendein ausgefallenes Kleidungsstück musste her, etwas, das man entweder als Eintrittskarte für einen Schwoof im Déjà Vu oder bei einer Ballett-Gala im Opernhaus dringend benötigte, und das Beate daher nur im Karneval anziehen würde. Wenn überhaupt. Ein solcher Einkaufsmarathon lenkte immer ab und befriedigte vor allem dann, wenn sie nichts Passendes finden konnte, dann hatte sie wenigstens Geld gespart. Jedenfalls fühlte sie sich hinterher auf angenehme Weise erschöpft.

Sie schloss die Wohnungstür auf.

Im Flur begrüßte sie Gabi mit dämonischem Augenrollen.

»Nie sollst du mich befragen ...«, trällerte sie und untermalte ihren Ausbruch mit dramatischen Gesten.

»Dein neuer Freund wallfahrtet nach Bayreuth?«, fragte Beate kurz angebunden.

»Woher weißt du das?« Gabi war enttäuscht. »Das wollte ich dir doch gerade erzählen! Es hat mich fürchterlich erwischt, ich bin total verknallt!«

Beate schüttelte den Kopf.

»Und die Müsliphase ist jetzt wohl vorbei, wie? Andere Männer, andere Sitten ... Da bin ich ja gespannt, wie lange diese Begeisterung anhält.«

Gabi starrte sie sprachlos an. Dann wurde sie schrill.

»Nur kein Neid, wer hat, der hat. Wenigstens laufen mir die Männer nicht weg. Bis jetzt habe noch immer ich Schluss gemacht!«

»Wo, bitte, ist da der Unterschied?«

Beate drehte sich schnell um und ging in die Küche. Krümel auf der Plastiktischdecke, Stapel von schmutzigem Geschirr im Spülbecken, und dann noch die fettstarrende Bratpfanne auf dem Herd …

»Aufräumen ist wohl auch nicht mehr drin, was?«, schrie sie durch die geöffnete Tür. Gabi hörte es wohl nicht mehr, denn gleichzeitig knallte die Zimmertür.

Beate warf eine Tiefkühlpizza in den Backofen und setzte sich auf die Eckbank. Wenn Wohngemeinschaftsleben immer so wäre, könnte man gleich heiraten. Aber da gab es doch noch anderes, die langen gemeinsamen Nächte, Ausflüge ins Bergische Land und die Tischtennisturniere auf dem Speicher an langweiligen Sonntagen. Aus Gabis Zimmer drang kein Geräusch. Sie hatte sich offensichtlich zum Wohle der Allgemeinheit Kopfhörer angeschafft.

Es war ruhig und still und überhaupt nicht der Moment, sich Gedanken über Jupp Knipp zu machen. Beate tat es trotzdem.

Warum hatte er gelogen? Es stimmte, dass die verschwundene Smith & Wesson Karl-Heinz Dorsten gehört hatte. Erstaunlicherweise besaß er eine Waffenbesitzkarte, auf der just jenes Schießeisen eingetragen war. Aber schon vor sechs Wochen hatte Dorsten das Ding als gestohlen gemeldet, sie war bei der Sachfahndung registriert.

Neben dem köstlichen Geruch von italienischen Gewürzen breiteten sich auch Rauchwölkchen in der Küche aus. Verdammt, der Backofen war mal wieder nicht gereinigt worden, und schwarz verbrannte Essensreste qualmten vor sich hin. Beate sprang auf und öffnete die Balkontür.

Sie dachte weiter nach. Es gab wie immer verschiedene Möglichkeiten. Entweder hatte Dorsten gelogen, als er den Diebstahl der Waffe anzeigte, und er hatte sie in Wirklichkeit seinem Freund Knipp zur Aufbewahrung gegeben. Das hätte durchaus Sinn gemacht. Wäre die Waffe bei einer krummen Tour eingesetzt worden und dies herausgekommen, wäre Dorsten aus dem Schneider gewesen. Das Ding war ihm schließlich geklaut worden, selbst bei einer Durchsuchung seiner Wohnung hätte man nichts gefunden. Das Corpus Delicti war ja im Besitz von Jupp Knipp. Doch hatte der es wirklich gehabt? Chris zumindest hatte die Waffe nie gesehen. Und wenn nicht, warum hatte Jupp dann gestanden, wenn er doch niemals hätte überführt werden können? Wahrscheinlich ging Beate viel zu logisch an die Sache heran. Ihr Gefühl sagte ihr, dass er die Waffe gehabt hatte. Ohne zu überlegen, hatte er die Nummer heruntersagen können ...

Beate bekam eine Gänsehaut. Schusswaffen hatten für sie etwas Unheimliches an sich. Ein formschönes, zuverlässig in der Hand liegendes Gerät, das den Tod spuckte. Wenn man nur den Abzug langsam, gleichmäßig, mit wenig Kraftanstrengung durchzog. Bei vielen Modellen gab es nicht einmal eine Sicherung, deren Klicken einen daran erinnerte, dass jetzt die Kräfte freigesetzt wurden für einen kurzen Knall, einen Rückstoß, etwas Pulverschmauch, ein Mündungsfeuer und dann den Einschlag. Schon das Geschoss sah in der Handfläche alles andere als harmlos aus. Ein Todbringer von neun Millimetern Durchmesser, der sich kreiselnd in Watte verfängt und einen Körper glatt durchschlägt. Ihr war unbehaglich zumute. Es gab Leute, deren bloßes Auftreten waffenscheinpflichtig war. Die Vorstellung, dass diese Typen sich auch noch legal aufrüsten konnten, war beruhigend wie drei schnell gekippte türkische Mokkas.

Sie hatte keine Lust mehr auf Pizza und stellte den Backofen ab.

Beate ging in ihr Zimmer und zündete sich eine Zigarette an. Ein Karussell von Möglichkeiten, Vermutungen, Verdächtigungen drehte sich um sie. Ihr wurde heiß. Der Tag, der langsam in der Dämmerung versank, wurde immer schwüler. Der Kater saß wie eine Statue vor dem dunklen Hintergrund der Stereobox und sah sie mit halb geschlossenen Rätselaugen an. Er war vollkommen ruhig. Es war mehr, als Beate ertragen konnte. Sie sprang auf und lief wie ein Tiger durchs Zimmer. Dann legte sie eine Musik auf und tanzte dazu, bis sie nass geschwitzt war. Dann schaltete sie die Musik ab, zog sich um und holte eine Flasche Kölsch. Sie sah sich die 19-Uhr-Nachrichten an. Es half alles nichts. Die Unruhe blieb.

Das Telefon schellte.

Sie rollte sich so hektisch vom Sofa, dass ihr Kölschglas umkippte.

»Mist«, fluchte Beate und stürzte zum Telefon. Völlig außer Atem meldete sie sich.

»Hallo, bist du gerade zur Tür hereingekommen?«

Die Stimme kannte sie. Peter Dammer. Sie überlegte fieberhaft, ob sie sich zum Abschied geduzt hatten, konnte sich aber nicht mehr erinnern. Am besten wäre ein neutraler Anfang.

»Hallo, Peter, wie geht's?«

Ihre Stimme klang noch immer gehetzt. Dieser Peter sollte sich nur nicht einbilden, sie sei seinetwegen so aufgeregt. Ihr Herz klopfte. Gut, dass es noch kein Bildschirmtelefon gab und er nicht sehen konnte, wie sie mit zittriger Hand nach einer Zigarette griff. Jetzt bloß ganz cool bleiben, dachte sie, als sie sich sagen hörte, wie schön es sei, dass er gerade jetzt anrufe.

»Ich wollte dich eigentlich schon längst angerufen haben, aber dann hatte ich vergessen, ob ich Sie oder du sagen sollte, und jetzt war ich mir ganz sicher, dass nur ein Du stimmen würde.«

Er hatte tatsächlich Charme. Beate lachte befreit.

»Ich habe auch vorhin überlegt, wie ich dich anreden sollte, denn ich finde es so unpassend, Sie zu sagen, wenn man sich vielleicht schon auf ein Du geeinigt hat. Ach, und überhaupt, genau jetzt habe ich das Gefühl, dass ich einen guten Rat brauche. Es braut sich etwas zusammen, etwas Gefährliches, und ich habe nur eine dunkle Ahnung davon. Ich komme einfach nicht dahinter, immer, wenn ich eine Frage geklärt habe, tauchen neue auf, und alles erscheint undurchsichtiger als vorher …«

»Klar braut sich was zusammen, hast du den Wetterbericht nicht gehört? Es soll gleich ein Gewitter geben.« Der muntere Ton von Peter machte sie rasend.

»Ja, logo, und bald haben wir Vollmond oder ich meine prämenstruelle Depression, irgend so etwas wird es schon sein«, schnappte sie zurück und bedauerte es sofort. »Entschuldige, aber du kannst wirklich nicht wissen, warum ich so nervös bin, ich weiß es ja selbst nicht. Es hängt alles mit dem Fall zusammen, hinter dem ich her bin. Mit Frascello, seinem Tod, den ganzen Lügen drum herum und dieser Frau, mit der ich mich angefreundet habe …« Sie wusste nicht weiter. So launisch war sie doch sonst nicht?

»Soll ich vorbeikommen?«

Diese Stimme war eine glatte Verführung. Nicht jugendfrei, das Vibrato.

»Das ist wirklich lieb von dir. Aber ich bin in einer derart miesen Form heute, wenigstens der erste Eindruck soll doch einigermaßen sein … vielleicht morgen?«

»Wenn ich es so lange aushalte – na ja, Vorfreude soll ja die schönste Freude sein. Ich rufe morgen wieder an. Bis dann?«

Rücksichtsvoll war er auch noch.

»Bis dann«, hauchte Beate. So sanft hatte sie den Hörer den ganzen Tag noch nicht aufgelegt. Sie war hingerissen. Wenn Lutz jetzt hereinkäme, wäre wieder eine treffende Analyse ihres kuhäugigen Blickes fällig. Sie verschwand schnell in ihrem Zimmer und kippte das Kölsch nach. Schon bereute sie, dass sie die Verabredung mit Peter verschoben hatte. Sie war einfach zickig gewesen. Nur wegen dieses Gefühls von Unruhe, das sie seit der Vernehmung von Jupp Knipp hatte.

Und das jetzt wie weggewischt war ... Oder nicht?

Es war mittlerweile dunkel geworden. Drohend hatten sich Wolken zusammengeballt und hingen schwer über der Stadt. Sie ging zum Fenster und sah hinaus. Es stimmte, es sah nach einem Gewitter aus. Der Kater strich um ihre Beine. Als sie ihn streichelte, richteten sich seine Haare auf. Kleine prickelnde Funken von Elektrizität sprangen von seinem Fell auf ihre Fingerspitzen über. Das Tier zuckte zusammen und wich ihr aus. Beate nahm sich vor, ein Buch zu lesen, bis sie müde war. Was für ein Kontrastprogramm! Sie ärgerte sich über sich selbst. Aber Peter jetzt anrufen und sagen, dass sie ihre Meinung geändert hatte, war noch viel unmöglicher.

Auf das Buch konnte sie sich kaum konzentrieren; immer wieder schweiften ihre Gedanken von den langatmigen theologischen Disputen des Mittelalters, die den Kuttenkrimi-Bestseller unerträglich in die Länge zogen, ab und verrannten sich in ihrem eigenen Labyrinth. Am Ende fand sie sich wieder, wie sie über Peters Augenfarbe nachgrübelte. Plötzlich stand sie vor dem Telefon. Sie könnte ja jemanden anrufen. Warum nicht Thorsten?

Beate sah auf ihre Armbanduhr. Es war 20.30 Uhr. Eigentlich konnte er kaum noch zu Hause sein, er war ja für heute Abend mit Chris verabredet. Sie folgte einem unerklärlichen Kick, als sie trotzdem seine Nummer wählte.

»Jaaaah.« Die gedehnte Stimme am anderen Ende war von aufreizender Trägheit.

»Wer ist denn da?«, fragte Beate zurück. Dass sich manche Leute einfach nicht vernünftig melden konnten!

»Wen willst du sprechen?« Die Frau an der Strippe schien bereits den Zustand totaler Entspanntheit erreicht zu haben, so kuschelweich und stressfrei säuselte sie in die Muschel.

»Thorsten Sternberg.« Beate konnte nicht ganz so viel Ruhe aufbringen wie ihr Gegenüber.

»Thorsten Sternberg«, sinnierte ihre Gesprächspartnerin, »ach, du meinst Swami ...«, und murmelte einen Namen, der Beate entfernt an eine Joghurtmarke erinnerte.

»Keine Ahnung, wie er in eurem Verein genannt wird, ist Thorsten nun da oder nicht?« Ihre Ungeduld wurde sicherlich am anderen Ende mit einem nachsichtigen Lächeln beantwortet, denn die Ma blieb gelassen, als sie versprach, einmal nachzusehen. Beate verdrehte die Augen. Gespannt lauschte sie nach den Hintergrundgeräuschen: bedächtige Schritte, ein sanftes Pochen an eine nicht allzu weit entfernte Tür, ein unverständlicher Wortwechsel, dann wieder dieselben bedächtigen Schritte. Danach das Rasseln in der Leitung, als der Hörer wieder aufgenommen wurde.

»Ja?«, fragte Beate sofort. Ihr Image konnte sie sowieso vergessen. Die Zeitlupenstimme setzte wieder ein.

»Der Swami kann jetzt nicht gestört werden. Er hat gerade seine Abendmeditation begonnen. Du verstehst, er war tagsüber geschäftlich in Düsseldorf und muss sich jetzt geistig von diesem Worship reinigen. Ich kann ihn da unmöglich herausreißen ...«

»Und wie lange wird das dauern?« Beates Nerven waren zum Zerreißen gespannt.

»So eine halbe Stunde etwa, ab 21.30 Uhr hat er Dienst in der Disco, und vorher ...«

Das durfte nicht wahr sein. Das Rendezvous mit Chris ... Beates Kopf arbeitete auf Hochtouren.

»Verdammte Scheiße«, brüllte sie in den Hörer. »Wenn du mir jetzt nicht sofort Thorsten an den Apparat holst, passiert ein Unglück. Es geht um Leben und Tod. Nun erzähl keinen Schmus, sondern richte ihm das aus, es geht um Chris, und ich heiße Beate, aber jetzt mal etwas plötzlich, wenn ich bitten darf!«

Erstaunlich genug, die Ma geriet genauso in Fahrt wie sie. Ohne Kommentar knallte sie den Hörer hin und lief zur Tür. Beate konnte hören, wie sie nun in einer etwas weniger beherrschten Tonlage loslegte. Die Gute hätte durchaus als Ehefurie im Millowitsch-

Theater auftreten können. Dann waren da schnelle Schritte, die immer lauter wurden.

»Beate, was ist denn los?« Thorsten war offensichtlich ganz am Anfang seiner meditativen Übung unterbrochen worden.

»Jetzt keine Fragen. Sag mir nur eins: Hast du dich für heute Abend gegen 21 Uhr mit Chris am Decksteiner Weiher verabredet? Per Telegramm aus Düsseldorf?«

»Nein. Wieso?«

Eine Sekunde Schweigen. Totenstille.

»Es ist eine Falle. Eine Falle«, flüsterte sie, kurz vor einer Panik. Der Hörer rutschte fast aus ihrer plötzlich schweißnassen Hand. Dann griff sie fester zu.

»Thorsten, Chris hat heute Morgen ein Telegramm bekommen. Aus Düsseldorf, angeblich von dir, sie soll dich um 21 Uhr an eurer Stelle im Beethovenpark treffen, eine wichtige Entscheidung wäre gefallen. Glaub mir, sie ist in Gefahr. Wir müssen dahin, so schnell wie möglich. Ich nehme mir ein Taxi und fahre bei dir vorbei, warte unten auf der Straße. Ich brauche dich, du kennst die Stelle. Bis gleich!«

Sie schmetterte den Hörer auf die Gabel. Gleichzeitig flammte ein Blitz auf, in dessen Schein sie für Sekundenbruchteile die Uhrzeit registrierte. Sieben Minuten nach halb neun. Automatisch wählten ihre Finger die Nummer der Taxizentrale. Eine endlose Zeit verstrich …

Ungeduldig stand sie auf der Straße. Ein noch weit entfernter Donner grollte.

»Komm schon!« Beate zog an ihrer Zigarette, bis der Filter glühte. Beißender Geschmack auf der Zunge, immer häufiger aufzuckende Blitze und kein Taxi weit und breit. Die Sekunden schleppten sich dahin. Der erste Regentropfen schlug gegen ihre Brille. Das Taxischild konnte sie nur als verschwommenen gelben Fleck in der Dunkelheit erkennen. Sie stürzte zur Beifahrertür und schnippte die durchgeweichte Kippe in den Rinnstein. Beate warf sich auf den Sitz, zog schwungvoll die Tür zu und sah den Fahrer an.

»Wohin dann so eilig, Frolleinchen?« Ein bulliger Mittvierziger mit Riesenschnäuzer und Baskenmütze, der gesprächige Typ.

»Zuerst zur Brüsseler Straße und dann weiter zum Beethovenpark.« Es kam wie aus der Pistole geschossen.

Eher bedächtig stellte der Fahrer die Taxiuhr an, drehte den Funk leiser und die einlullende Musiksendung lauter, dann suchte er mit ungeschickten Wurstfingern nach einem Zigarettenpäckchen.

»Ich, ich habe leider wenig Zeit.« Beate stotterte fast. »Bitte, fahren Sie so schnell wie möglich, ohne dass Sie ein Knöllchen riskieren. Es ist dringend, ehrlich. Es soll sich für Sie auch lohnen.« Sie zog einen Fünfzig-Mark-Schein aus ihrem Portemonnaie.

»Dann schnall dich an, Mädchen.« Mit quietschenden Reifen fuhr er an. Sein Seehundgesicht sah auf einmal kantig aus. Eine halb zerquetschte Zigarette hing unangezündet in seinem Mundwinkel, die rechte Pranke lag gespannt und zuverlässig auf dem Schalthebel. Er fuhr die Gänge aus, bis der Motor wimmerte. Rote Ampeln existierten nicht für ihn, er vermied sie geschickt, indem er mit seiner Karosse durch stille Nebenstraßen rauschte. Plötzlich grinste er sie vertraulich an.

»Da hast du aber Glück gehabt mit mir. Ich war mal Rallyemeister in alten Tagen, und wo in Köln die Schmier steht, weiß keiner besser als ich. Ist was passiert? Hast du deinen Freund versetzt? Also, auf dich würde ich auch noch ein paar Minütchen länger warten.«

Sein Seitenblick hatte eine eindeutige Zielrichtung. Das nasse T-Shirt klebte auf ihrer Haut.

Beate setzte die Brille ab und putzte sie. Der Regen wurde jetzt immer stärker und kämpfte mit den Scheibenwischern, die mit solidem Klacken für sekundenlangen Durchblick sorgten. Merci, chérie, schmachtete der Sänger im Radio. Der Fahrer fiel mit röhrendem Bass ein und ließ den Motor aufheulen, als er durch glücklicherweise wie ausgestorbene Straßen fegte. Beate setzte die Brille wieder auf und betrachtete ihn von der Seite. Er sah stur und gespannt geradeaus wie ein Pirat auf dem Altenteil, der noch einmal fette Beute witterte.

»Es ist ganz anders«, sagte sie. »Meine Freundin wurde in den Beethovenpark gelockt, und es kann sein, dass sie in Gefahr ist. Um 9 Uhr ist die angebliche Verabredung, und jetzt habe ich einfach Angst ...«

»Warum hast du das nicht gleich gesagt«, knurrte er zurück. »Dann hätte ich doch einen Zahn zugelegt.« Die Tachonadel zitterte um die achtzig herum. Der Sicherheitsgurt erwürgte Beate fast, als der Wagen zum Halten gequält wurde. Eine winkende Gestalt, kaum zu erkennen durch die regennassen Scheiben, kam auf das Auto zu, riss den Schlag auf und ließ sich auf die hintere Sitzbank fallen. Es war Thorsten.

»Zur Berrenrather, Ecke Militärring«, sagte er knapp, da schoss der Benz auch schon los. Thorsten beugte sich zu Beate vor. Von entrücktem Lächeln war keine Spur mehr in seinem Gesicht. Mit dem vom Regen angeklatschten Haar sah er entschieden weniger hübsch aus. Beate drehte sich ganz zu ihm herum und strich sich eine nasse Strähne aus der Stirn.

»Was wird hier gespielt?«, fragte er. Die Plüschstimme war einer erregten Heiserkeit gewichen.

»Wenn ich das wüsste«, sagte Beate. »Von dem Telegramm habe ich dir vorhin erzählt. Und jetzt ein paar weitere Mosaikstücke: Der Ehemann von Christine, Jupp, behauptet, sie sei vorgestern Nacht, als sie bei dir war, zu Hause gewesen; dabei hatte Chris ihm erzählt, sie würde bei ihrer Tante übernachten. Jupp, der behauptet, Chris sei depressiv und am Ende. Eine Pistole, die einem Geschäftsfreund oder besser -feind von Jupp vor sechs Wochen gestohlen wurde. Dieselbe Pistole, die unserem guten Jupp vor zwei Tagen gestohlen wurde. Der Tote im Wagen von Chris, der an Gift starb, das möglicherweise nicht für ihn bestimmt war. Und dann die verschwundenen Tagebücher, in denen eure Geschichte steht. Wenn man dann noch zwei und zwei zusammenzählt und weiß, dass Jupp bei einer Scheidung völlig leer ausgehen würde und dass Chris mit den Baggis zu tun hat, die auf Kleingeld immer scharf sind – was würdest du dann glauben?« Sie kaute an ihrer Unterlippe.

Vielleicht hatten sie alle Recht gehabt. Lutz mit seiner Ehegeschichte, Mordbub mit seinem Frascello als Betriebsunfall und dem Null-acht-fünfzehn-Motiv.

»Heilige Scheiße«, murmelte Thorsten. »Woher weißt du das alles?«

»Ich bin Staatsanwältin und ermittle in einer anderen Sache, mit Jupp Knipp als Zeugen oder Mitbeschuldigtem. Wollte ich euch schon vor längerer Zeit sagen.«

Bei dem Wort »Staatsanwältin« war der Fahrer zusammengezuckt. Statt dem vierten erwischte er den zweiten Gang. Mit einem markerschütterndem Geräusch bedankte sich das Getriebe.

»'tschuldigung«, es blieb unklar, ob sich der Fahrer bei seinem Benz oder den Fahrgästen entschuldigte. »Soll ich die Rennstrecke nehmen? Luxemburger?«

Beate nickte kurz. Sie wagte nicht, auf die Uhr zu sehen.

»Es ist acht Minuten vor neun«, sagte Thorsten.

Der Fahrer drückte seine Baskenmütze tiefer in die Stirn und trat das Gaspedal voll durch. Beate wurde schwindlig. Der Fahrer wechselte die Spur wie ein von tausend Bluthunden gehetzter Hase, immer haarscharf an Heck und Schnauze der Wagen vorbei, deren Fahrer ein weniger wahnwitziges Tempo bevorzugten. Der Regen pladderte gleichmäßig auf Dach und Scheiben des Fahrzeugs. Als Beate an Lehrfilme zum Thema Aquaplaning dachte, wurde ihr richtig schlecht. Der Fahrer musste Gedanken lesen können.

»Ich habe Spezialschluffen drauf, da kann nichts passieren. Optimale Bodenhaftung.«

Jetzt bog er in die Luxemburger Straße ein. Die Reifen schrubbten über den Asphalt, der Wagen wurde weit herausgetragen. Locker bediente er das Lenkrad und trat schon wieder auf das Gas.

»Was habe ich gesagt? Bloß nicht bremsen, haben sie mir beim ADAC-Schleuderkurs beigebracht. Im Schleudern bin ich Weltmeister.«

Es stimmte. Beate drehte sich wieder nach hinten um. Thorsten brütete dumpf. Er blickte auf.

»Wenn ich nur genau wüsste, wo die Stelle ist. Ich kann mich nicht mehr daran erinnern, ob es vom Militärring Richtung Decksteiner Weiher oder Richtung Beethovenpark war. Ich glaube eher, dass es mehr am See war. Aber ich bin einfach nicht sicher. Am besten trennen wir uns; ich suche sie in der einen Richtung und du in der anderen …«

»Und wenn … er schon da ist? Mit dieser verdammten Pistole? Nein, ich werde die Polizei alarmieren, allein ist es zu gefährlich.«

Nun mischte sich der Fahrer ein.

»Die Polizei kann ich über unsere Funkleitstelle rufen. Aber klar doch, Mädchen, dass ich mitkomme.« Er tippte mit einem Finger gegen seine Mütze. »Ich heiße Norbert.«

Schlagartig hatte die grüne Welle an der Universitätsstraße ein Ende. Norbert stieg in die Bremse. Schrill quietschend kam der Wagen zwei Meter hinter der Haltelinie zum Stillstand. Die Sicherheitsgurte waren von bester Qualität, vielleicht ein wenig zu hart eingestellt. Norbert kauerte hinter dem Lenker wie ein 100-Meter-Läufer in den Startlöchern.

»Neue Bremsbeläge«, grinste er sie breit an.

Beate lächelte schwach zurück.

»Und was machen wir jetzt?«, fragte der Fahrer. »Schnell fahren kann ich jetzt nicht mehr, diese blöden Ampeln sind nicht auf eilige Kunden eingestellt. Rüber zur Berrenrather? Okay, wird gemacht, der Kunde ist König!« Er legte einen Kavaliersstart hin, an dem auch Bewohner des vierzehnten Stockwerks im Uni-Center sicher noch ihre Freude hatten, und brauste in Richtung der nächsten roten Ampel. Das Heck des Wagens wedelte wie ein Hundeschwanz in Chappi-Ekstase, als er rechts in Richtung Berrenrather Straße abbog. Kaum hatte er den Benz unter Kontrolle bekommen, bog er in ähnlich halsbrecherischer Weise nach links in die Berrenrather Straße ein. Ein erschreckter Fahrer der Gegenrichtung zwang seine Ente zu einer Vollbremsung. Norbert war bester Laune und murmelte etwas von eingebauter Vorfahrt. Dann warf er einen Blick in den Rückspiegel.

»Die Situation ist da. Hinter uns sind deine Kollegen in Grün. Aber vor dem Ziel kriegen die uns nicht!« Er sah grimmiger denn je drein und mahlte mit seinem gut gepolsterten Unterkiefer. Er musste einige einschlägige Kinofilme studiert haben. Beate drehte sich um. Ein Streifenwagen mit Blaulicht raste hinter ihnen her. Das Martinshorn wurde eingeschaltet und übertönte unheilvoll den grollenden Donner. Es war vier Minuten vor neun. Beate schloss die Augen. Das Heulen der Polizeisirene wurde immer lauter. Das Taxi fegte dahin und wechselte ständig die Spur.

»Überholen werden die mich nicht«, knurrte der Fahrer. Er hielt Wort. Die wilde Jagd ging bis zum Militärring. Ohne zu blinken oder nennenswert abzubremsen, riss er das Steuer herum und bog ab. Die Verfolger im Funkstreifenwagen waren nicht ganz so auf Draht und schossen über die Kreuzung hinweg. Das Wendemanöver wurde von Norbert mit genüsslichem Grinsen beobachtet, der noch eine Strecke weiterfuhr, bis Thorsten das Zeichen zum Halten gab. Geradezu sanft ließ er den Wagen ausrollen. Thorsten riss den Schlag auf und sprintete los. Gemütlich holte Norbert eine Zigarette aus dem verknautschten Päckchen seiner Jackentasche und bot Beate eine an.

»Macht genau 18,80 DM plus eine Mark fürs Telefonieren, einschließlich Mehrwertsteuer und Gefahrenzulage. Geht das auf Spesen?« Er stellte die Taxiuhr ab und sah auf die Uhr. »Wer sagt's denn, zwei Minuten vor neun!«

Sie hatten beide gerade den ersten Zug gemacht, der Fünfziger hatte den Besitzer gewechselt, da setzte sich der Funkstreifenwagen vor das Taxi. Mit einem letzten, hektisch abgewürgten Ton erstarb die Sirene. Ein Beamter sprang aus dem Fahrzeug und bewegte sich im Laufschritt auf ihren Wagen zu. In der linken Hand schwang er überflüssigerweise die beleuchtete Anhaltekelle. Norbert öffnete die Tür und baute sich neben seinem Fahrzeug auf. Er war viel kleiner, als sie gedacht hatte, und wirkte hilflos wie ein Cowboy, dem sein Pferd entlaufen ist. Offenbar folgte er dem Motto »Angriff ist die beste Verteidigung«, denn er empfing den Beamten mit ausgestreckter Hand und ließ ihn nicht zu Wort kommen.

»Gott sei Dank, endlich ist die Schmier mal da, wenn man sie braucht. Ich wollte Sie sowieso gleich anrufen. Dann holen Sie bitte mal schnell Verstärkung und jagen den Mörder im Park, oder warum hatten Sie es so eilig?«

Ungläubiges Erstaunen lag auf den frischen Gesichtszügen des Jung-Polizisten, dessen Oberlippe ein zarter Bartflaum schmückte. Dann wurde seine Miene amtlich. Die schnell erworbene Routine siegte. Er rückte seine Mütze zurecht und legte los.

»Erstens Überschreiten der zulässigen Höchstgeschwindigkeit, zweitens Missachten der Vorfahrt und drittens vorsätzliche Straßenverkehrsgefährdung, das gibt nicht nur ein Bußgeld, das ist eine Sache für den Staatsanwalt!« Sein Vorgebirgsdialekt war rührend.

Beate war ausgestiegen. Der Fahrer grinste frech.

»Den hab ich schon dabei, darf ich bekannt machen?«

»Beate Fuchs, Staatsanwältin«, stellte sich Beate vor. »Es ist wirklich Gefahr in Verzug, eine Frau wurde für 21 Uhr in den Park bestellt, aber nicht von ihrem Freund, wie sie dachte, sondern von einem Unbekannten. Auf die Familie wurden schon einige Anschläge verübt, vielleicht erinnern Sie sich an den ausgebrannten Porsche in Marienburg. Es ist verdammt eilig, wir haben jetzt schon 21 Uhr!«

Der Beamte starrte sie sprachlos an. Ratlosigkeit breitete sich aus. Die Skepsis vertiefte sich, als er Beate intensiv musterte. Von den nassen Haaren über das feuchte T-Shirt, die verschossene Trainingsjacke und die bleichen Jeans bis hin zu den ehemals weißen Turnschuhen. Er blieb stur höflich.

»Darf ich mal Ihren Dienstausweis sehen?« Er hatte seine Sicherheit wiedergewonnen.

Beate stöhnte innerlich. Natürlich hatte sie den Ausweis zu Hause liegen gelassen, als sie so überstürzt aufgebrochen war.

»Habe ich nicht bei mir. Aber was soll das, wenn Sie ein Bürger um Hilfe bittet, dann ist es Ihre verdammte Pflicht und Schuldigkeit, Ihren Job zu machen. Dafür werden Sie bezahlt. Das ist kein Spaß, da draußen wird möglicherweise jemand umgebracht, und Sie verlangen einen Dienstausweis. Los, rufen Sie den Leiter der MK Frascello an oder den Staatsanwalt Bub, der kennt die Sache und hat vielleicht Bereitschaft. Und wenn Sie nicht sofort Verstärkung holen und den Park absuchen, ist das Mindeste, was Sie kriegen, eine Dienstaufsichtsbeschwerde, meinetwegen auch eine Anzeige, wenn was passiert ...« Beate steigerte sich in eine kalte Wut hinein.

»Also, das macht der Kollege, ich nehme erst mal diese Anzeige auf.« Der Beamte drehte sich Hilfe suchend um. Sein Kollege erreichte ihn gerade. Er kam Beate bekannt vor.

»Wen haben wir denn da, Frau Fuchs von der StA! Wir waren mal zusammen auf Streife, können Sie sich daran erinnern?« Das runde Gesicht des Polizeiobermeisters Wuttke strahlte sie an. Beate hätte ihn küssen können. Übersprudelnd legte sie ihm den Fall auseinander. Dann ging alles sehr schnell. Ein reger Funksprechverkehr entwickelte sich. Beate stand wie betäubt neben dem Streifenwagen. Ab und zu rissen immer noch Blitze die dichte Wolkendecke, die das umliegende Gebiet in undurchdringliches Dunkel hüllte, auf. Sie lauschte in alle Richtungen, ob sie aus dem Park irgendwelche Geräusche hörte. War sie zu spät gekommen?

Sie schüttelte die Betäubung ab und lief einfach los. Hinter sich hörte sie noch die schwachen Rufe »Hier geblieben, kommen Sie zurück!«, aber sie reagierte nicht mehr. Instinktiv wählte sie die Richtung zum Weiher. Kaum war sie auf dem Parkgelände, schien sie in eine andere Welt einzutauchen. Eine finstere, unheimliche Welt, weitab von den Lichtern der Großstadt. Gedämpfte Geräusche des Straßenverkehrs, sonst nur das monotone Pladdern des Regens auf dem aufgeweichten Boden. Es war keine Menschenseele zu erblicken. Und doch waren hier mindestens zwei andere Personen, Chris, die auf ihren Liebhaber wartete, Thorsten, der sie suchte, und dann, vielleicht, ein Mann, der töten wollte ... Beate kämpfte gegen ihre Angst, den rutschigen Boden und das Gefühl der Hilflosigkeit. Sie musste jetzt stehen bleiben und hören. Ihr eigener Atem war so laut, dass sogar eine Büffelherde die Chance gehabt hätte, unbemerkt an ihr vorbeizuziehen. Sie beruhigte sich etwas und lauschte in die Dunkelheit. Wohin sollte sie überhaupt gehen? Oder sollte sie rufen, um Chris zu warnen? Unschlüssig stand sie da. War da nicht ein Geräusch? Ihr Herz klopfte. Dann rannte sie los, immer hart am Rand der Büsche, die die Lichtung säumten. Der See war nicht mehr weit entfernt, sie glaubte es jedenfalls. Beate kannte ihn nur von einigen Spaziergängen im Sommer, aber nun sah alles so anders aus, eine düstere, feindliche Landschaft. Ihr rechter Fuß trat auf etwas Hartes, sie stolperte und verlor das Gleichgewicht. Sie fiel auf einen metallischen Gegenstand und schrie vor Schmerz auf. Blut tropfte warm von ihrem aufgerissenen Handrücken, ein kurzes, abgebrochenes Klingeln ertönte. Es war ein altes Herrenfahrrad, das halb unter einem Strauch gelegen hatte.

»Verdammt«, flüsterte sie. Welcher Idiot hatte sein Rad nur auf diese Weise abgestellt? Oder entsorgt? Oder – versteckt? Auf allen vieren kroch sie von dem Rad herunter und versuchte aufzustehen. Der rechte Knöchel war verstaucht. Ein guter Grund, die Verbrecherjagd aufzugeben. Sie hinkte aus dem Dunkel der Sträucher heraus und sah sich um. Tiefgraue Wiese, durch Laternen schwach aufgehellte Parkwege, das gleichmäßige Rauschen der Bäume, Regentropfen, die langsam weniger wurden ... Nein, dahinten hatten sich Zweige bewegt, schneller und nicht im Rhythmus des Windes, der Schneisen durch die Blätter zog. Beate humpelte zu dem schützenden Dickicht zurück und hielt den Atem an. War es Einbildung gewesen? Die Abenteuerromane ihrer Jugend fielen ihr wieder ein. Old Shatterhand hätte bereits aus dieser Entfernung das Weiße im Auge seines Gegners entdeckt. Sie dagegen konnte jetzt überhaupt nichts mehr sehen, die Zweige hingen vor ihrem Gesicht und hatten gerade eine weitere Ladung Regentropfen auf ihrer Brille verteilt. Verschwommen erkannte sie die Umrisse dieses verfluchten Fahrrades neben sich. Sie presste die verletzte Hand gegen ihren Mund und schmeckte das Blut. In diesem Moment kam ihr ein entsetzlicher Gedanke. Wenn das Fahrrad ein Fluchtfahrzeug war … Der Täter würde direkt auf sie zukommen. Vielleicht war er schon ganz nah, und die Bewegung dahinten … Sie musste weg von hier. Sie rappelte sich auf und zog sich einige Schritte zurück. Wenigstens wollte sie den Ort im Blickfeld haben, wenigstens den Mann erkennen, wenn sie schon nichts tun konnte, um irgendetwas zu verhindern. Sie kauerte sich in sicherer Entfernung in eine nahezu körpergerechte Erdmulde, die halb mit Regenwasser angefüllt war. Sie unterdrückte ein Niesen, indem sie verzweifelt Grimassen schnitt. Der Anfall ging vorbei, und sie beugte sich vor, alle Aufmerksamkeit nach vorn gerichtet.

Das Rad lag noch immer da, ein Hollandrad, schwer und solide. Wie die Hand, die plötzlich auf ihrer Schulter lag.

Beate zuckte zusammen. Die Angst verkrampfte sämtliche Muskeln, sodass sie starr und völlig unbeweglich wurde. Wie eine Spinne, dachte sie noch, der berühmte Totstellreflex.

Das Gewicht der Hand auf ihrer Schulter veränderte sich nicht. Die Starre in ihrem Körper löste sich nach Sekundenbruchteilen, dann ließ sie sich nach vorn fallen und rollte in einer einzigen Bewegung auf den Rücken, die Hände in einer instinktiven Abwehrhaltung zu Fäusten geballt und hochgerissen. Ihr Puls jagte.

»Pssst, leise«, zischte die Stimme des Mannes, den sie nur undeutlich sehen konnte. »Ich bin's, Wuttke.« Er arbeitete sich mühsam durch das Gestrüpp. Die Uniformknöpfe glänzten Vertrauen erweckend, Beate atmete hörbar durch. Wuttke, der Freund und Helfer zur unrechten Zeit. Er sah aus wie ein Pfadfinder bei einer geglückten Orientierungsübung. »Haben Sie sich erschreckt?«, fragte er.

Beate konnte schon wieder grinsen, als sie in seine ehrlich besorgten Augen sah, die in ihrer gutgenährten Umgebung fast verschwanden. Sie setzte sich auf und fing langsam und methodisch an, ihre Brillengläser zu putzen.

»Nein, ich pflege mich jeden Abend im Schlamm zu wälzen und auf der Lauer zu liegen, wirklich, ich bin okay.« Es stimmte sogar, bis auf dieses Zittern in den Beinen ging es ihr wieder gut. »Und, wie sieht es aus?«, fragte sie.

»Die Kollegen sind unterwegs. Schmitzi, das ist mein Partner, Sie kennen ihn ja schon, wird sie einweisen, und dann suchen wir die Gegend ab. Haben Sie schon etwas gesehen?«

»Nein, nichts, außer dem Fahrrad dort, über das ich gefallen bin. Das hat mit der Sache wahrscheinlich nichts zu tun, aber ich dachte, dass es ein Fluchtfahrzeug sein könnte, und wollte hier warten, ob jemand kommt und es mitnimmt. Ehrlich gesagt, ich hatte echt Angst, allein weiterzusuchen, außerdem habe ich mir den Knöchel verstaucht …« Sie redete zu viel.

Wuttke hörte schon nichts mehr, er lag auf dem Bauch und robbte unter minimalem Geländegewinn in die angegebene Richtung. Beate bemerkte, wie für kurze Zeit eine Taschenlampe aufblitzte, dann wurde es wieder dunkel. Die Zweige vor ihr wurden auseinander geschoben. Wuttke atmete schwer, als er wieder an seinem Ausgangsort angekommen war. Er steckte die Taschenlampe weg und zückte mit einer professionellen Handbewegung sein Funksprechgerät.

»1523, kommen«, flüsterte er.

»1523, höre«, krächzte es zurück.

»Hör mal, Schmitzi, check mal folgende Nummer bei der Leitstelle. Läuft ein Fahrrad mit dieser Nummer in der Sachfahndung: B 126573/C, Hollandrad? Roger?«

»Wird gemacht.«

Schnaufend wartete Wuttke auf das Ergebnis. Einige Minuten verstrichen, in denen Beate die Situation immer absurder vorkam. Entweder schlich ein Mörder durch den Park, während die Polizei gestohlene Fahrräder überprüfte. Oder es war alles ein großer Irrtum, überreizte Phantasie, dann war die Lage noch grotesker: völlig durchnässt mit einem Polizeibeamten in einem Gebüsch hockend, auf der Pirsch nach einem Fahrraddieb …

»Negativ«, schnarrte das Funksprechgerät.

Beate konnte ein aufsteigendes Lachen nicht unterdrücken, es gluckste in ihrer Kehle, wollte hinaus, sich Luft machen. Sie hielt beide Hände vor den Mund. Kurz bevor sie losprusten musste, verwandelte es sich in einen Hustenanfall, der in ein Niesen überging. Ihr war auf einmal eiskalt, sie fror erbärmlich. Ermittlungen vom Schreibtisch aus waren doch mehr ihr Fall. Nie wieder, schwor sie sich. Was mache ich hier überhaupt?

Dann war es wieder ganz still.

Ein Schrei zerriss die Stille. Eine Frau. Richtung Decksteiner Weiher. Und dann ein Schuss. Er klang gar nicht so, wie Schüsse im Film immer klangen. Es war nur ein gefährliches, kurzes Bellen.

Als das zweite Mal geschossen wurde, war Wuttke schon mehrere Meter vor ihr. Seine gedrungene Gestalt bewegte sich in regelmäßigem Trab in die Richtung, aus der die Schüsse gefallen waren. Beate beschleunigte. Sie war jetzt frei von Angst. Nur eine ungeheure Wut tobte in ihr. Wut auf den Täter. Wut auf sich selbst, dass sie zu spät gekommen war. Den Schmerz in ihrem Knöchel spürte sie kaum noch, sie hatte ihn fast vergessen. Wuttke war stehen geblieben. Er hielt seine Waffe in der rechten Hand. Er hörte sie kommen und drehte sich halb zu ihr um.

»Bleiben Sie stehen!«, zischte er ihr entgegen. »Da vorn!«

Heftig atmend hielt Beate an. Ihr Blick folgte seiner ausgestreckten Hand. Rechts vor ihr, in einem Gebüsch, wurde gekämpft. Sie sah, wie sich die Zweige bewegten, hörte das Klatschen, mit dem Fäuste auf Fleisch trafen, halb unterdrückte Schmerzensschreie und lautes Keuchen. Gebannt stand sie da. Unfähig, irgendetwas zu tun. Als wäre sie Zuschauerin bei einem Theaterstück, dessen Verlauf sie nicht steuern konnte.

Wuttke wurde aktiv.

»Hände hoch und rauskommen. Hier ist die Polizei!«, befahl er heiser. Dann räusperte er sich und winkte ihr zu, in Deckung zu gehen. Er duckte sich in den Schatten eines Baumes, die Waffe jetzt im Anschlag.

»Rauskommen oder ich schieße! Hier ist die Polizei!«, brüllte er. Die Kampfgeräusche hatten aufgehört, sodass seine Stimme jetzt geradezu peinlich durchdringend die Stille des Parks durchschnitt. Es war wie in einer Diskothek, wenn man sich noch immer anschrie, obwohl die Musik bereits ausgesetzt hatte.

Eine sekundenlange Ewigkeit verstrich. Es passierte überhaupt nichts. Wuttke fummelte nervös an seiner Mütze herum, bis sie korrekt saß wie für einen Appell.

In einiger Entfernung tauchten Lichter auf, die langsam näher kamen. Wuttke seufzte erleichtert auf.

»Die Kollegen kommen«, flüsterte er. »Los, sagen Sie ihnen Bescheid!«

Beate warf noch einen Blick auf das Gebüsch, das in aller Friedhofsruhe seine Zweige in die Nacht streckte. Dann drehte sie sich um und ging den Lichtquellen entgegen; es waren starke Suchscheinwerfer, die in einer langen Kette wie dressierte Glühwürmchen zitterten. Beate winkte mit beiden Armen wie ein Lotse vor der Nase eines Jumbojets. Hinter ihr blieb es ruhig. Wuttke hatte sich für eine Zermürbungstaktik entschieden. Die Lichter vor ihr bewegten sich hektisch auf und ab, als die Beamten sie bemerkt hatten und in einen raumgreifenden Laufschritt verfielen. Zweige knackten unter ihren Füßen, halblaute Zurufe waren zu hören. Eine Herde Wildschweine hätte sich nicht diskreter heranpirschen können. Sie waren da, Schmitz allen voran.

»Wie ist die Lage?«, keuchte er.

»Da hinten wartet Wuttke. Im Gebüsch vor ihm war eben ein Kampf, vorher fielen zwei Schüsse, eine Frau hat geschrien. Ihr Kollege hat schon gedroht zu schießen, wenn keiner rauskommt, aber es rührt sich nichts.« Beate sprach schneller als der Schall. Ein Schnauzbart im unvermeidlichen Trenchcoat hatte sich vorgedrängt und ergriff das Kommando.

»Bielmann, K-Wache«, stellte er sich vor. Seine Stunde war gekommen. Leise und konzentriert gab er seine Anweisungen. Die Beamten verteilten sich: Der größere Teil schloss einen weiträumigen Ring um die angegebene Gefahrenzone, andere Beamte schwärmten fächerförmig aus, auf der Suche nach dem möglichen Opfer. Die tausendmal geübte Choreographie des polizeilichen Zugriffs. Kein SEK hätte es besser machen können. Als sich der Kreis um das Gebüsch geschlossen hatte, war die Szene voll ausgeleuchtet. Die Aktion konnte beginnen.

»Achtung, Achtung, hier spricht die Polizei. Sie sind umstellt. Kommen Sie einzeln heraus, mit erhobenen Armen!« Die verzerrte Stimme aus der Flüstertüte trug weit. Dann war es wieder still.

Ein leises Stöhnen, eine taumelnde Gestalt, die in den Lichtkreis stolperte. In der Hand hielt sie eine großkalibrige Waffe, den Lauf nach unten gerichtet. Die Person richtete sich auf und blinzelte direkt in einen Scheinwerfer. Es war Thorsten. Über der linken Augenbraue klaffte eine Platzwunde, aus der tiefrote Rinnsale über die ganze Gesichtshälfte liefen. Sein Sweatshirt war zerrissen und lehmverschmiert. Jetzt starrte er langsam, als könne er es nicht begreifen, auf die Waffe in seiner rechten Hand. Er hob sie langsam an.

Beates Herz klopfte. Sollte sie sich geirrt haben? War es Thorsten, der geschossen hatte? Wer war der andere in dem Gebüsch?

»Schmeiß das Ding weg, sofort«, flehte sie innerlich. Die unwirkliche Szene war von tödlicher Hochspannung. Nur eine falsche Bewegung und –

»Waffe fallen lassen, Arme hoch!« Das war Bielmann, mit ruhiger Autorität.

Mechanisch löste sich der Druck der Finger um die Waffe, und sie fiel mit einem satten Plumpsen zu Boden. Roboterhaft langsam hob Thorsten die Arme. Er wirkte wie weggetreten. Er schüttelte den Kopf. Nur allmählich kam Leben in ihn.

Ein Beamter sprang vor und hob die Waffe auf, die er mit Handschuhen am Lauf anpackte und sofort in einer Plastiktüte verschwinden ließ. Ein anderer zog Thorsten aus dem Zentrum des Ringes, drehte ihm mit einem Armhebelgriff eine Hand auf den Rücken und hielt ihn fest. Thorsten blieb ruhig stehen.

»Wo ist sie?«, flüsterte er. Dann bäumte sich sein Körper auf. »Dieses Schwein, er soll rauskommen! Den mache ich fertig!« Sein unartikuliertes Brüllen war kaum zu verstehen. Er blickte wild um sich. »Los, holt ihn euch, er hat sie umgebracht!«

In diesem Moment passierten mehrere Dinge auf einmal:

Ein Krankenwagen näherte sich, ein Martinshorn heulte auf, im Laufschritt eilte ein Polizist herbei, der ein Funkgerät in der Hand hielt, ständig »Arnold, kommen!« hineinrief und mit rudernden Armbewegungen dem scharf abbremsenden Krankenwagen die Richtung zeigte. Dann der Auftritt.

Der Auftritt von Jupp Knipp, der mit seiner behandschuhten Rechten lässig die ramponierte Föhnfrisur glättete und auf Bielmann zuschritt. Ein pflaumenartiger Höcker verunzierte die glatte Stirn. Sein Burberry-Trench war reif für den Müll, der Smoking und die abgerissene Schleife darunter hatten an Eleganz eingebüßt.

»Es wurde Zeit, dass Sie kommen, meine Herren. Wo leben wir denn, dass man noch nicht einmal im Park spazieren gehen kann, ohne überfallen zu werden. Ah, ich sehe, Sie haben den Übeltäter schon. Saubere Arbeit, das muss ich sagen.« Er war unverschämt selbstsicher. Thorsten machte eine Bewegung, als wollte er sich auf Jupp stürzen.

»Glaubt ihm kein Wort, er war es, ich bin zu spät gekommen!«

Jupp wandte sich höhnisch von ihm ab und baute sich vor Bielmann auf.

»Sie führen diese Truppe? Dann darf ich mich vorstellen, Josef-Karl Knipp. Tja, was dieser Verrückte hier will, ich weiß es nicht. Ich gehe so friedlich durch den Park, ein bisschen Luft schnappen, war auf der Jubiläumsfeier von dem Tennisclub dahinten, da höre ich zwei Schüsse. Ich renne sofort hin, und mehr weiß ich nicht. Der Typ hat mich sofort angesprungen, ich war wohl eine Weile weg. Aber Gott sei Dank waren Sie ja rechtzeitig zur Stelle, der Freund und Helfer …« Er versuchte ein verbindliches Lächeln, das ihm verrutschte. Plötzlich sah er aus, als ob er am liebsten auf seinen Nägeln kauen würde. Die Vorstellung war vorbei. Der Text war ihm ausgegangen.

»Festnehmen, alle beide!«, rief Bielmann und lauschte in sein Funkgerät, aus dem schon seit geraumer Zeit unverständliche Wortfetzen knarrten. Dann blickte er dem Herrn im Smoking voll ins Gesicht.

»Die Frau hat es übel erwischt. Christine Knipp heißt sie. Wir wissen noch nicht, ob sie durchkommt.«

Über die eingefrorenen Züge von Jupp huschte ein undefinierbarer Ausdruck, wie ein kurzes Aufblitzen von Erleichterung, dann faltete er sein Gesicht in eine Maske von gelindem Entsetzen.

»Meine Frau?«, stammelte er. »Was macht sie hier? Wieso … waren die Schüsse für sie, mein Gott, warum? Hat dieser Mistkerl sie umbringen wollen?« Er schlug beide Hände vor das Gesicht.

Dieser Schmierenkomödiant, dachte Beate. Sie konnte nicht länger zusehen. Sie trat vor, gerade als er die Hände erschüttert senkte und hilflos um sich schaute.

Als er sie erkannte, war die Panik in seinen Augen echt.

»Was machen Sie denn hier?«, fragte er mit belegter Stimme. Der Schweiß stand ihm auf der Stirn.

»Ich bin genauso zufällig hier wie Sie«, sagte Beate. »Im Übrigen, ehe Sie weiterreden, Sie sind festgenommen. Sie sind verdächtig, in mindestens einem Fall versucht zu haben, Ihre Frau zu töten. Als Beschuldigter haben Sie das Recht, die Aussage zu verweigern, und so weiter und so fort. Aber das kennen Sie ja schon, nicht?«

Jupp hielt ein hämisches Lachen für angebracht. Es klang wie eine schlecht geölte Türangel.

»Sie, Sie Nachwuchsdetektiv«, japste er, »was wollen Sie mir schon nachweisen? Die Pistole habe ich jedenfalls nicht angefasst, und warum sollte ich auch, das ist doch alles absurd!«

»Sie meinen, es gibt keine Fingerabdrücke, weil Sie Handschuhe tragen? Und haben Sie auch an die Schmauchspuren gedacht?« Beate blieb kalt. Für einen Moment sah es so aus, als wollte Jupp seine Handschuhe herunterreißen. Er nahm sich zusammen und ballte die Fäuste.

»Sie bluffen. Meinetwegen. Ist mir egal, ich habe ja nichts getan, ist mir völlig egal, was Sie sagen.« Herausfordernd sah er sie an, forschte in ihrem Gesicht.

»Mir ist auch egal, was in den Pralinen war, die der arme Frascello gegessen hat. Sein Pech, dass er so gern Süßigkeiten aß, und auch noch gerade die von Ihrer Frau. Und«, ihre Stimme war jetzt ganz sanft, »mir ist auch egal, dass Sie Fahrradklammern an Ihren Hosen tragen.«

Alle blickten wie auf Kommando nach unten. Die hochgeschobenen Smokinghosen von Jupp wurden von zwei rostig aussehenden Klammern gehalten.

»Abführen«, sagte Bielmann scharf.

Es war zu Ende. Jupp trottete brav mit wie ein Lamm zur Schlachtbank, plötzlich nur noch ein Schatten seiner selbst.

Bielmann strahlte erleichtert.

»Das wäre geschafft. Spurensicherung und MK schon unterwegs, Bub ist informiert, der Rest ist Routine. Wollen Sie mit mir im Wagen zum Präsidium fahren?«

»Ich will ins Bett«, murmelte Beate. Es würde eine lange Nacht werden.

Das Bettenhaus der Universitätsklinik war immer noch nicht von seinem winzigen Sockel gekippt, sondern ragte weiterhin massiv bedrohlich über die niedrigen Klinikgebäude, die locker verstreut in der Gegend standen, hinaus. Beate holte tief Luft und zerdrückte fast den Asternstrauß, den sie für Chris gekauft hatte. Gleich würde sie von dem widerlichen Krankenhausgestank eingenebelt werden. Ihr wurde immer derartig schlecht in dieser Atmosphäre, dass die meisten kranken Freunde sich schon deshalb mit der Genesung beeilten, um ihr weitere Krankenhausbesuche zu ersparen. Vielleicht würde es diesmal nicht so schlimm werden, bei der Erkältung, die sie sich im Park zugezogen hatte, konnte sie ohnehin nicht viel riechen.

Zwei stressige Tage lagen hinter ihr, mit langen Zeugenaussagen, Gesprächen mit Mordbub, einem milden Tadel vom Alten persönlich wegen der »unkonventionellen Methoden« und ihrer ehrlichen Versicherung, sich künftig ausschließlich am Schreibtisch auszutoben ... Dann die vielen Telefonate mit Thorsten, der sie über jedes Detail der Operation und Besserung in Chris' Gesundungsprozess informierte. Chris hatte noch einmal Glück gehabt, ein glatter Durchschuss, knapp an Herz und Lunge vorbei.

Eine knorrige Schwester in Gesundheitslatschen hatte ihr den Weg gezeigt, und nun stand Beate vor der Tür mit der Nummer 708. Sie atmete noch einmal tief durch, ließ den Karbolgeruch auf sich wirken und öffnete die Tür.

Chris war kaum zu sehen, denn Thorsten hing über ihr und schien für einen Kursus in Mund-zu-Mund-Beatmung zu üben.

»Muss Liebe schön sein«, sagte Beate in jenem munteren Ton, der ihr für Krankenbesuche immer passend erschien. »Dir scheint es ja schon wieder blendend zu gehen.« Sie legte die Blumen in das Waschbecken und stand dann etwas ratlos in der Mitte des Raumes.

Mit einem kleinen Aufschrei beendete Chris die idyllische Szene mit Thorsten und sah sie freudestrahlend an.

»Beate, toll, dass du da bist. Ich habe mich noch gar nicht bei dir bedanken können, Thorsten hat mir alles erzählt. Ohne dich wäre das Ganze vielleicht nicht so gut ausgegangen, komm her, ich muss dich umarmen!« Chris sprudelte nur so.

Kein Maskenbildner hätte eine perfektere Kranke auf dem Weg zur Besserung stylen können: der fotogene Schulterverband links, die leicht zerzausten Haare, eine interessante Krankenhausblässe, die ganz dezent mit etwas Rouge aufgefrischt war – Chris war in allen Situationen sehenswert. Beate war sich nur allzu sehr ihrer Triefaugen und der roten Nase bewusst, als sie auf das Bett zuging.

Chris umarmte sie vorsichtig mit dem rechten Arm und sagte dann:

»Los, erzähl. Ich habe schon erfahren, dass es Jupp war. Keine

Angst, ich breche nicht zusammen. Mit dem Mann bin ich schon seit langem fertig.«

Sie setzte sich erwartungsvoll auf und stöhnte leise. Sofort sprang Thorsten herbei und schüttelte das Kissen in ihrem Rücken auf, ein Bild liebevollster Fürsorge. Er hielt ihre Hand mit besitzergreifender Zärtlichkeit.

»Also, erst mal möchte ich wissen, ob du ihn erkannt hast, da im Park«, sagte Beate. Sie kam sich vor wie ein Oberstufenlehrer, der seinen Musterschülern eine Gleichung mit zwei Unbekannten erklären muss. Sie nahm schnell ein Hustenbonbon.

»Nein, das habe ich der Polizei auch schon gesagt. Ich stehe da und warte und warte, schimpfe auf Thorsten mit seinen verrückten Ideen, denn es war so unheimlich im Park. Und dann das Gewitter, der Regen ... Ich wollte gerade wieder gehen, denn pünktlich war er auch nicht, da höre ich Geräusche aus zwei verschiedenen Richtungen. Ich kriege es mit der Angst zu tun, jemand kommt auf mich zu, ich sehe eine Pistole aufblitzen. Ich habe geschrien und bin weggelaufen. Es knallt, ich falle hin, es tut wahnsinnig weh; ich glaube, dann war da noch ein Schuss, ja, und danach weiß ich nichts mehr. Ich bin erst hier im Krankenhaus aufgewacht. Und das Erste, was ich sah, war Thorsten ...« Ihre Blicke klinkten sich wieder ein.

Beate zögerte. Eigentlich durfte sie nichts von dem laufenden Verfahren erzählen, aber Mordbub hatte die Presse sowieso schon großzügig mit Informationen versorgt. Er liebte das Blitzlichtgewitter der Reporter, bellte genauso zackig in die Mikrophone, wie man sich das bei einem Staatsanwalt so vorstellte. Ganz der kernige, souveräne Typ. Die leisen Töne sparte er sich für die dramatischsten Stellen auf, sodass man in seinen Pressekonferenzen bei den entscheidenden Informationen eine Stecknadel zu Boden fallen hören konnte.

»Hier, du kannst alles in der Zeitung nachlesen«, sagte Beate und hielt Chris den ›Stadtanzeiger‹ und den ›Express‹ hin. »Es steht sogar ein Interview mit mir drin, das ich gar nicht gegeben habe. Aber so ist das nun mal, die schnelle Zeitung vom Rhein, schneller als der Schall ...«

Chris griff hastig nach den Zeitungen. Eine Weile war es ganz still, und Beate beobachtete, wie sich das Gesicht von Chris veränderte. Zuerst war es voll konzentrierter Neugier, dann trat eine Falte zwischen die Augenbrauen. Am Ende sah sie aus, als hätte sie gerade eine Fahrt in der Geisterbahn hinter sich gebracht. Sie schüttelte sich wie nach einer kalten Dusche und starrte fassungslos vor sich hin.

»Zweimal wollte er mich umbringen? Das kann doch nicht wahr sein ...«

»Doch«, sagte Beate. »Das erste Mal ging es schief. Frascello aß die Pralinen, die in deinem Auto lagen. Du erinnerst dich doch, er war genauso versessen auf Süßigkeiten wie du. Jupp hat es gestanden. Es gab tausend Indizien, zähe kriminalistische Kleinarbeit, nachdem man erst mal auf den Trichter gekommen war. Sein Adressbuch mit der Nummer seines Mäuschens vom Eduardis-Krankenhaus, seine Gespräche mit ihr über Herzmedikamente, das Fehlen von Spritze und Glukosid auf ihrer Station ... Ach ja, Dorsten hat gestanden, in seinem Auftrag euren Porsche abgefackelt zu haben. Die ganzen Anschläge gegen euch waren das Werk von Jupp. Und er hatte Motiv und Gelegenheit. Man sollte eben kein Tagebuch schreiben, wenn der Ehemann durch eine Scheidung so viel zu verlieren hat. Weißt du, dass er am meisten Angst hatte, du könntest dein Geld dem Baggi vermachen? Und das noch vor einer Scheidung? Das hat ihn völlig fertig gemacht. Er hatte wohl vor, beim zweiten Mal einen Selbstmord vorzutäuschen, natürlich mit der Pistole, die ihm angeblich geklaut wurde. Aber das hat letztlich nicht funktioniert, konnte es ja auch nicht – diese Ironie des Schicksals, dich ausgerechnet bei mir als selbstmordgefährdet hinzustellen. Der hatte ja keine Ahnung, dass ich dich so gut kenne. Allein das hätte ihm das Genick gebrochen, wenn es geklappt hätte ... Aber da waren so viele Beweise: die Schmauchspuren an seinen Handschuhen, Mikrospuren, dass er mit diesem verdammten Fahrrad vom Tennisclub zum Tatort gefahren ist, damit sein Alibi steht. Aber dieses Alibi war ohnehin das dümmste, das er sich hätte aussuchen können. Lag wohl am Zeitdruck ...« Beate grinste vor sich hin.

Thorsten wurde neugierig.

»Wieso, was war denn mit dem Club?«

Beate kicherte.

»Er war überhaupt nicht eingeladen. Sein Auftreten da war eine totale Peinlichkeit. Der Vorstand beriet schon verzweifelt, wie man ihn möglichst elegant wieder rausschmeißen könnte. Er war, ganz am Anfang seines gesellschaftlichen Aufstiegs, dort mal Tennislehrer gewesen und hat die fünfzehnjährige Tochter des Präsidenten verführt. Das wurde natürlich unter den Teppich gekehrt, denn Jupp hatte so seine Kenntnisse von irgendwelchen Steuergeschichten des ehrenwerten Herrn in der Hinterhand. Man hat sich dann im Einvernehmen getrennt, wie es so schön heißt. Und sogar der Klüngel hat diesmal nicht funktioniert, sein neuer Club, wo du ihn kennen gelernt hast, hatte keine Ahnung … Der Präsident kam nur mit Rechtsanwalt zur Zeugenvernehmung, und als er hörte, dass seine alten Geschichten mittlerweile verjährt sind, hat er doch ziemlich gründlich ausgepackt. Das war überhaupt das Schlimmste bei diesem ganzen Verfahren: Wo man auch näher hinschaute, jeder hatte etwas zu verbergen, überall üble Machenschaften … Tja, und als dann noch der Postbeamte in Düsseldorf, bei dem Jupp das Telegramm an dich aufgegeben hat, ihn wiedererkannte, klappte er zusammen. Mordbub muss ihm das alles so wunderschön serviert haben, dass bei ihm die Luft heraus war wie bei einem angestochenen Luftballon.«

Sie sah noch einmal sein dummdreistes Auftreten im Park vor sich, und wie der Angstschweiß auf seine Stirn getreten war, als er sich geschlagen glaubte. So ähnlich musste das bei der Vernehmung von Mordbub gelaufen sein. Natürlich hatte ihm sein Verteidiger händeringend nahe gelegt, die Aussage zu verweigern. Aber Jupp war nun einmal der Typ, der unbedingt reden musste. Vor allem, wenn da ein anderer war, der mindestens ebenso cool war und strotzend vor Selbstbewusstsein auf ihn einredete.

Chris fragte nach einem Taschentuch und schnaubte kräftig hinein.

»Wisst ihr, was mein Vater von Anfang an über … diesen Kerl gesagt hat? Er sei wie Kölscher Kaviar, mehr Schein als Sein, und wenn man ihn mit der Gabel anpiekt, ist er nichts als ganz ordinäre Blutwurst, Flönz eben, mehr wäre der Typ nicht, aber wenn ich nun mal Lust auf Hausmannskost hätte, das wäre meine Angelegenheit. Nur zu teuer dürfte diese Laune nicht werden. Dafür sorge er schon, hat er immer gesagt …« Ihre Stimme zitterte. Sie schnäuzte sich wieder. Beates Vorrat an Taschentüchern war nahezu unbegrenzt.

»Aber dass Kölscher Kaviar so schwer verdaulich sein würde,

hätte ich nicht gedacht.« Chris schluchzte auf und zerknüllte das Tuch.

Nach ihren letzten Worten war eine etwas betretene Stille entstanden. Thorsten drückte noch einmal aufmunternd ihre Hand, die schon fast zerquetscht sein musste.

»Jetzt hast du ja mich, Schätzchen«, flüsterte er innig.

Der väterliche Tonfall wirkte eher komisch und verfehlte völlig seine Wirkung. Chris entriss ihm mit erstaunlicher Energie die gesunde Hand und funkelte ihn an.

»Was bildest du dir eigentlich ein? Ich habe keinen, und vor allem mich hat keiner! Und nenn mich bloß nicht Schätzchen, das hat dieser Mensch auch immer gesagt. Und jetzt will ich erst mal allein sein, verstehst du mich?«

Thorsten sah aus wie ein begossener Pudel. Beate applaudierte im Geiste.

»Komm, Thorsten, wir gehen jetzt. Chris muss über einiges erst mal nachdenken. Tschüs, bis morgen, ich rufe vorher an!«

Sie zog Thorsten aus dem Zimmer.

»Frauen«, murmelte er, »wer kann die schon verstehen? Erst rette ich ihr das Leben, dann ist sie Feuer und Flamme, und jetzt so was, das war ja ein richtiger Rausschmiss!«

Beate war seltsam aufgekratzt. Verstand Thorsten wirklich nicht, was gerade vorgegangen war? Lag tatsächlich eine Welt voll Unverständnis zwischen Mann und Frau? Sie hatte nicht übel Lust, den jungen Mann neben sich ein für alle Mal aufzuklären. Seine Gekränktheit erschien ihr so absurd ... »Schätzchen« sagte der verliebte Retter genauso wie der Ehemann, den nichts als Mordgedanken bewegten. Wenn es nicht die Zeit war, die langsam wieder eine Nähe zuließ, konnte es nur grenzenlose Blödheit schaffen. Und Chris war nicht blöd. Jetzt nicht mehr.

Doch wie sollte sie ihm das erklären? War das überhaupt ihre Aufgabe?

»Da kannst du ja mal drüber meditieren, vielleicht kommst du dann dahinter«, sagte Beate, als sie sich von ihm verabschiedete.

Thorsten sah traurig aus. Vielleicht hatte sie eine Chance verpasst.

Jetzt ab ins Büro und endlich das Verfahren Dorsten abschließen. Eine nette kleine Anklage wegen Betruges, alles andere einstellen, eine handfeste Sache, mit der sie vor Gericht keinen Schiffbruch erleiden würde. Und vor allem dieser erlösende Satz, der immer am Ende eines erfolgreichen Verfahrens stand.

»Die Ermittlungen sind abgeschlossen.«

Diesmal stimmte er wenigstens halbwegs.

Sie war bester Laune, als sie in die Linie sieben Richtung Neumarkt stieg.

12 Uhr war es jetzt, zur nächsten Kaffeerunde würde sie gerade noch rechtzeitig kommen. Sie dachte an die ironischen Sprüche, die sie aus dem Kollegenkreis zu erwarten hatte, und grinste vor sich hin.

Ihr Lächeln fror ein, als sie Peter Dammer erkannte.

Peter! An ihn hatte sie überhaupt nicht mehr gedacht … Er war nicht allein. Er stand an der Haltestelle Neumarkt, den Arm um eine junge Frau in exotischer Gewandung gelegt. Er schien sich intensiv mit ihr zu unterhalten, und manchmal zog er sie etwas enger an sich. Oder sah es nur so aus? Idiotisch, dieser Stich in der Herzgegend. Beate fuhr sich mit der Hand über die dunklen Locken und rückte die Brille gerade. Sie stand auf und wählte die Tür, bei der sie direkt in die beiden hineinstolpern musste. Wenn sie schon im Beruf hinter der Wahrheit herjagte, durfte sie ihr im Privatleben nicht davonlaufen. Die Tür der Straßenbahn klappte quietschend auseinander, und Peter sah sie direkt an. Sie stieg möglichst lässig heraus, bekam aber so viel Schwung, dass sie fast in ihn hineinlief. Fast automatisch ließ er die Frau neben sich – papageienfarbiger Strickmantel, Stirnband, extralange Strassohrringe – los und breitete die Arme aus, wie um sie aufzufangen. Zentimeter vor ihm kam sie zum Stehen, und er steckte die Hände verlegen in die Taschen seiner antiken Motorradlederjacke.

»Hallo«, sagte sie nur.

»Beate, ich wollte dich heute Abend anrufen. Ich hatte so viel zu tun in den letzten Tagen.« Er wusste nicht mehr weiter.

»Klar. Ich auch, sonst hätte ich mich längst bei dir gemeldet.«

Sie wollte schon gehen, als er auf die Frau neben sich wies. »Das ist Sylvia, meine Frau. Wir leben getrennt.«

»Das sehe ich«, sagte sie trocken. »Meine Nummer hast du ja. Ich muss jetzt ins Büro, bin spät dran. Bis die Tage dann!«

Sie wandte sich schnell ab und ging. Auch dieser Fall war abgeschlossen. Oder fing er gerade an? Manchmal hatten just die Geschichten mit einem Happy End die seltsamsten Anfänge. Als sie aus dem Grübeln erwachte, hatte die Menschenmenge sie bereits verschluckt und zur Schildergasse geschleust. Wenn sie sich einfach weitertreiben ließ, würde sie in den Sog geraten, der über die Hohe Straße zum Dom drängte. An Klaus dem Geiger vorbei und den Pflastermalern, den Konsumtempeln und Ramschläden hin zum Herz der Stadt. Oder der Welt, wenn man so wollte.

Himmel und Erde

Für Jerry, ohne den diese Geschichte ganz anders erzählt worden wäre.

Alle Namen, Personen und Ereignisse sind frei erfunden. Ähnlichkeiten mit der Wirklichkeit sind zufällig und unvermeidbar.

Die Männer sahen sich schweigend an. Die Frau im Hintergrund warf ihre langen roten Haare zurück und verschränkte die Arme vor der Brust.

»Sie kommt mit mir«, sagte der kräftige Mann in der Lederjacke.

Er drehte sich um und ergriff einen der Koffer, die neben dem Wohnzimmertisch standen. Die Frau nickte unmerklich.

»Lass ihn stehen. Sie bleibt hier.«

Der jüngere Mann ballte die Fäuste. Auf seinem schwarzen T-Shirt bildeten sich Schweißflecken. Der andere stellte den Koffer wieder ab und sah die Frau an.

»Er will mir nicht glauben. Erklär du es ihm.« Sein Ton war kühl. Die Frau ließ die Arme sinken und ging auf den jüngeren Mann zu. Als sie seine Schulter berührte, zuckte er leicht.

»Es ist wahr. Ich habe es dir doch vorhin erklärt. Ich verlasse dich. Ist das so schwer zu verstehen? Mich hält hier nichts mehr.«

Ihr Blick wanderte über den Tisch mit der halb leeren Whiskyflasche, über die furnierte Schrankwand zu der Fototapete, die einen herbstlichen Birkenwald zeigte.

Der junge Mann lachte kurz, bevor er sich auf das Sofa setzte. Dann nestelte er eine Zigarette aus der Schachtel, die auf dem Tisch lag. Er zündete sie an und sog heftig.

»Und ihr habt gedacht, dass ich mir das gefallen lasse. Ihr kassiert, und dann ab mit der Knete nach Honolulu oder sonst wohin. So ganz nebenbei werde ich auch noch meine Frau los. Ich glaube, dass ich den Bullen so einiges zu erzählen habe. Eure sauberen Geschäfte werden die sehr interessieren. Verlasst euch drauf.«

Er lehnte sich zurück und beobachtete aus halb geschlossenen Augen den Mann, der nachzudenken schien.

»Versuch's mal«, sagte der gelassen. »Hast du Beweise? Die Lügengeschichten eines eifersüchtigen Ehemannes dürften kaum ausreichen.« Er griff in die Brusttasche seiner Jacke, zog ein Geldbündel hervor, blätterte es durch, behielt einen Teil in der Hand und steckte den Rest wieder in die Tasche. »Kleine Abfindung. Du warst ganz brauchbar bislang.«

Er warf das Geldbündel auf das Sofa. Der junge Mann sprang auf und stürzte sich auf den anderen. Seine unkontrollierten Faustschläge wurden abgeblockt, und ein rechter Haken landete in seinem Magen. Er stöhnte auf und taumelte zurück. Der massige Mann in der Lederjacke griff nach dem Aschenbecher aus Granit und wog ihn in der Hand.

Das Zimmer war olivgrün. Grünlich wurde das Licht durch die getönten Fensterscheiben gefiltert. Die grünbeige Wandfarbe harmonierte mit dem in etwas kühnerem Oliv gehaltenen Bodenbelag. Selbst der Papierkorb tarnte sich in gedämpftem Grün. Das Telefon schellte.

Beate schaufelte die Akten weg und nahm den Hörer ab.

»Fuchs, Staatsanwaltschaft Köln.«

»Hier Doktor Hemmersbach. Ich vertrete Herrn Dahlhaus. Horst Dahlhaus, der Name sagt Ihnen doch was?«

Beate dachte nach. Anklage wegen Urkundenfälschung und Betrug, Einreichen eines gefälschten Schecks, schön wasserdicht mit Gutachten des Schriftsachverständigen, einer achtzigprozentigen Identifizierung und dem Fingerabdruck der Freundin auf dem gestohlenen Scheck.

»Doch, doch. Ich kann mich erinnern. Aber warum rufen Sie mich an? Die Sache ist bereits angeklagt ...«

Der Rechtsanwalt geriet in Fahrt: »Genau darum geht es! Mein Mandant ist unschuldig, er kann es nicht gewesen sein. Wir haben ein Alibi ...«

Beate konnte sich ein Grinsen nicht verkneifen. Wir haben ein Alibi. Wir sind geständig. Oder aber völlig unschuldig. Während der Rechtsanwalt von Existenzvernichtung durch übereilte Anklagen, Berufstätigkeit im empfindlichen Sicherheitsbereich und inkompetenten Gutachtern sprach, nahm sie die Goldrandbrille ab und schloss die Augen. Ein fürchterlicher Arbeitstag mit Bereitschaftsdienst, Massen von Akten einschließlich Vertretungssachen sowie einem Zuständigkeitsstreit mit einem faulen, aber konsequenten Kollegen lag hinter ihr. Hatte sie jedenfalls angenommen. Aber der

Anrufer sprach unbeirrt weiter. Glücklicherweise machte er keine Pause, sodass sie einer Antwort enthoben war. Schließlich versiegte sein Redefluss.

»Mir ist immer noch nicht klar, warum Sie mich anrufen. Sie erwarten wohl kaum, dass ich die Anklage zurücknehme!«

»Frau Staatsanwältin, natürlich nicht. Nur etwas Unvoreingenommenheit Ihrerseits erwarte ich. So geht es schließlich nicht, einen völlig unbescholtenen Menschen mit solch einem Verfahren zu überziehen …« Er legte von neuem los.

Energisch setzte Beate die Brille wieder auf. Das Zimmer war noch immer olivgrün. Nur der Schreibtisch, der Aktenbock und der Einheitsschrank glänzten eher gelblich in einem abwaschbaren Plastikfurnier.

»Üben Sie schon für Ihr Plädoyer?«

Diplomatie war noch nie ihre Stärke gewesen. Diesen Satz sollte sie bereuen. Doktor Hemmersbach ereiferte sich. Sie bewegte den Hörer ein Stück von ihrem Ohr weg. Dennoch blieb ihr der engagiert vorgetragene Vorwurf, sie habe offenbar vor Anklageverfassung die Akten nicht gelesen, nicht erspart. Ziemlich abrupt legte sie auf. Die zweite Dienstaufsichtsbeschwerde innerhalb einer Woche war vorprogrammiert.

Beate seufzte und erhob sich. Sie merkte, wie verspannt ihre Schultermuskulatur war, und dehnte und reckte sich. Dann trat sie an das Waschbecken in der Ecke. In verwaschenem Rot prangte der Schriftzug »Justizverwaltung Köln« auf dem makellosen Weiß des brettsteifen Diensthandtuches. Sie drehte den Wasserhahn auf und hielt ihre Hände unter den kalten Strahl. Dann beugte sie sich über das Becken und ließ sich Wasser über das Gesicht laufen. Zu spät fiel ihr auf, dass sie die Brille noch trug. Nachdem sie sie abgenommen hatte, schaute sie sich im Spiegel an. Beate Fuchs, zweiunddreißig Jahre, ledig, aber zurzeit verliebt, schwarze unordentliche Haare, Lachfältchen in den Augenwinkeln. Ein kritischer Blick aus nächster Nähe, der Perspektive der Kurzsichtigen, brachte erstaunlicherweise nichts Negatives zutage. Sie trocknete sich gerade das Gesicht ab, als es an der Tür klopfte. Wo hatte sie die Brille hingelegt?

»Na, Frau Fuchs, haben Sie sich etwas abgekühlt?«

Die Stimme kannte sie. Die lange, grau zerfließende Gestalt musste Oberstaatsanwalt Neumann sein, ihr Abteilungsleiter.

»Sagt Ihnen der Name Hemmersbach etwas? Doktor Hemmersbach?«

Beate tastete vorsichtig nach ihrer Brille, die sie auf der Porzellanablage über dem Waschbecken vermutete.

»Aber sicher«, sagte sie. »Wir hatten eben eine kleine Meinungsverschiedenheit …«

Sie hatte die Brille gefunden. Durch die Tropfen hindurch wirkte das Gesicht von Oberstaatsanwalt Neumann leicht verzerrt, aber er schien sie wohlwollend anzulächeln.

»Er hat sich gerade bei mir ausgeweint, weil Sie das Gespräch so unhöflich beendet haben. Ich muss sagen, mir wäre der Hörer auch beinahe aus der Hand gefallen. Der Mensch ist unerträglich. Aber trotzdem, Frau Kollegin, zügeln Sie Ihr Temperament, beim nächsten Mal wird er offiziell!«

»Und ich soll mir sagen lassen, ich hätte die Akten nicht gelesen? Wenn das nicht unfair ist!«, begehrte sie auf.

»Der kann sich so oft beschweren, wie er will; wir nennen das Wahrnehmung berechtigter Interessen, Frau Fuchs.« Sein Ton wurde sarkastisch. »Sie dagegen sind Beamtin, nun auf Lebenszeit, wie ich hörte, herzlichen Glückwunsch!«

»Danke«, gab sie matt zurück.

Neumann zog sich zurück, Beate war wieder allein in ihrem Büro. Auf dem Aktenbock lag nur noch eine rosa Akte. Auf der Fensterbank aus imitiertem Marmor warteten mehrere abschlussreife Fälle auf ihre endgültige Erledigung. Genauso lange, wie Beate bereits auf die Reparatur ihres Diktiergerätes wartete. Aber seitdem die Staatsanwaltschaft Köln mit ihren sämtlichen Abteilungen in das neue olivgrüne Gebäude gezogen war, das sich wie ein zu kurz geratener Zwillingsbruder neben dem Hochhaus des Amts- und Landgerichtes zu behaupten suchte, war Sand in das Getriebe geraten. Ein solcher Koloss von Behörde schien unregierbar zu sein. Die Verwaltung war ausschließlich mit sich selbst beschäftigt, Wachtmeister irrten im falschen Stockwerk umher, und der Versuch, die Schreibdienste zu zentralisieren, hatte in einem kompletten Chaos geendet. Noch immer lagerten Altakten in irgendwelchen Archiven außerhalb des Gebäudes, weshalb sich die Anforderungen uralter Vorstrafakten häuften; zumindest war garantiert, dass aus dem jeweiligen Verfahren ein U-Boot würde, das beruhigend lange unter

Wasser blieb. Der Frust hatte sie gepackt. Beate war jetzt seit genau zwei Jahren und sechs Monaten Staatsanwältin. Und sie bedauerte die Entscheidung, die Fronten gewechselt zu haben, nicht. Als Rechtsanwältin konnte man nicht davon leben, Unschuldige zu verteidigen oder berechtigte Ansprüche zu vertreten. Man konnte nicht wählerisch sein, jedenfalls am Anfang der Karriere nicht. Und irgendwann wäre ihre eigene Moral auf der Strecke geblieben, wenn das Einzige, was zählte, die Zahlungsmoral ihrer Mandanten war …

Und jetzt? Jetzt war sie unabhängig, jedenfalls so lange, wie sie nicht Karriere machen wollte. Frei in ihren Entscheidungen, ohne Begrenzung durch lästige Arbeitszeiten oder gar Arbeitszeitverkürzungen – und immer auf der richtigen Seite. Schließlich suchte sie nach der Wahrheit, die sich so oft hartnäckig versteckte. Ein krisensicherer Arbeitsplatz, regelmäßige, wenn auch nicht gerade üppige Bezahlung – ein Traumjob, dachte sie ironisch. Und das auch noch lebenslänglich … Es klang wie eine Strafe; und schon fielen ihr die vielen Querulanten ein, die Gott und die Welt, am liebsten aber ihre Nachbarn anzeigten; der Krach mit der Verwaltung, die Reisekostenformulare, Beihilfeanträge und Berichte an die Generalstaatsanwaltschaft, an denen penibel herumgefeilt werden musste; und schließlich die Masse an Vorgängen, die ewige Vertretung von dauerkranken Kollegen und das lärmende Telefon schon wieder …

Ein Blick auf die Uhr. Zwei Minuten vor vier. Noch zwei Minuten lang war sie im Bereitschaftsdienst. Wenn sie Pech hatte, verlangte die Polizei gerade jetzt noch eine dringende Maßnahme von ihr. Wie vorhin, als sie die Sicherstellung eines angeblich gestohlenen Pferdes anordnen sollte. Das war allerdings nicht ohne weiteres zu bewerkstelligen. Aus versicherungstechnischen Gründen konnte das Pferd nämlich nicht in den polizeilichen Stall »verbracht« werden, wie ihr der Beamte todernst erklärt hatte. Außerdem hatte er wissen wollen, ob die Staatsanwaltschaft den Transport bezahlen würde. Mit der Klärung dieser und anderer hochwichtiger Fragen hatte man schließlich so viel Zeit verloren, dass sich das Problem von selbst gelöst hatte: Das Pferd stand nicht mehr auf der fremden Koppel, auf der es der Eigentümer noch eine Stunde zuvor gesehen haben wollte.

Seufzend nahm Beate den Hörer ab. »Staatsanwaltschaft Köln, bitte warten … Unsinn, Fuchs am Apparat!«

»Hallo, Beate, du hast wohl einen anstrengenden Tag gehabt?«

Sofort entspannte sie sich.

»Wolfgang, du bist es. Der erste vernünftige Mensch, der heute anruft. Verlang bloß keine Entscheidung von mir, dann lege ich gleich wieder auf …«

»Eigentlich wollte ich dich fragen, ob du lieber Schweinefilet in Champignonrahmsauce oder elsässischen Zwiebelkuchen essen willst, ich koche heute Abend.«

»Du bist ein Schatz, aber es ist mir völlig gleich. Ich esse alles gern, ehrlich.« Sie musste keine falsche Begeisterung heucheln, wie sie von so vielen männlichen Hobbyköchen erwartet wird, die ihre faden Spaghetti Bolognese für ein kulinarisches Meisterwerk halten. Und daraus auch noch die Berechtigung ableiten, drei Wochen lang kein Geschirr zu spülen. Wolfgang war anders: Er kochte und spülte gut, viel besser als sie, wie Beate neidlos anerkannte.

»Okay, dann trage ich die Last der Verantwortung allein. Wann bist du zu Hause?«

»In einer Stunde, glaube ich. Bis dann!«

»Bis dann, Liebes!«

Sanft legte sie auf. Sie fühlte sich lächerlich glücklich. Nur weil er so leichthin »zu Hause« gesagt und damit ihre Wohnung gemeint hatte. Nicht sein männlich karges Einzimmerapartment in der Innenstadt, das langsam, aber sicher völlig verstaubte. Sie hatte sich dort nie wohl gefühlt. Jetzt, nach drei wunderbaren Monaten, hatte Wolfgang nahezu unmerklich seinen Platz eingenommen: in ihrem Herzen und in ihrer Wohnung.

Zuerst war es nur die Zahnbürste gewesen, die auf der Ablage im Badezimmer liegen blieb, später sein Rasierzeug. Dann hatte er seine Bohrmaschine und einige Schallplatten vergessen, und auch mehrere Oberhemden lagerten als ständige Rerserve in ihrem Schrank. Dass es ernst wurde, hatte Beate gemerkt, als er auch noch seine Hausschuhe anschleppte. Sie hatte sich das Lachen nicht verbeißen können, als sie die ausgelatschten Filzdinger zum ersten Mal sah. Vor drei Tagen hatte sie einen gewichtigen Entschluss gefasst. Wie beiläufig hatte sie etwas gemurmelt wie: »Ist doch viel praktischer, dann brauchst du nicht immer zu klingeln!«, und ihm die

Wohnungsschlüssel gegeben. Es war ein symbolischer Akt daraus geworden, denn Wolfgang hatte sie festgehalten, als sie sich schnell abwenden wollte. »Das machst du zum ersten Mal, nicht?«, hatte er gefragt, und sie hatte nur stumm nicken können. Verdammt, jetzt hatte sie sogar Tränen in den Augen, bloß weil sie an die Szene dachte. Und an die Umarmung danach ...

»Beate Fuchs, die Strafverfolgung ruft«, sagte sie laut.

Es gab noch etwas zu erledigen. Sie schlug die letzte Akte auf: das Verfahren gegen Friedrich P. Dübbers, Inhaber der gleichnamigen Kommanditgesellschaft »Schmuckdesign Dübbers Import & Export«, zurzeit offenbar in nicht gerade glänzender Geschäftslage. Das behauptete jedenfalls der Anzeigenerstatter, Berthold Wegener, Geschäftsführer der »Carat GmbH«. Nicht bezahlte Rechnungen in Höhe von DM 25 000 und zwei geplatzte Wechsel waren ihm Grund genug, über eine Strafanzeige etwas Druck auf den Geschäftspartner Dübbers auszuüben. Beate wurde regelmäßig sauer, wenn solche Anzeigen wegen Betruges eingingen. Denn kaum hatte sie sich in die Ermittlungen gestürzt und versucht herauszufinden, ob der Beschuldigte zahlungsunfähig oder -willig war, als er die Waren bestellte, kam nur zu oft schon die Entwarnung: Man habe kein Interesse mehr an der Strafverfolgung, der Beschuldigte halte sich inzwischen an die vereinbarte Ratenzahlung. Dann folgte nur noch die schnelle Erledigung: Einstellung wegen Geringfügigkeit oder mangels Tatnachweis, ohne Bescheid, da Verzicht, Akte weglegen.

Aber dieser Fall lag anders. Sie kannte Dübbers schon aus einem Verfahren wegen Unterhaltspflichtverletzung im letzten Jahr. Da hatte er über die schlechte Geschäftslage gejammert und beteuert, dass er nicht mehr als hundert Mark monatlich für das Kind zahlen könne. Selbstverständlich gehörte ihm die Nobelkarosse nicht, die er fuhr; sie war auf Firmenkosten geleast. Das Ferienhaus in der Bretagne war rechtzeitig auf den Namen seines Bruders Winfried, der in der Firma nur Kommanditist war und nicht persönlich haftete, umgeschrieben worden. Und die Eigentumswohnung in bester Kölner Lage gehörte der Hypothekenbank. Je verbissener Beate, auch mit Hilfe von Dübbers' Exfrau, nach versteckten Vermögenswerten geforscht hatte, desto gelassener war ihr Kontrahent geworden. Zum Schluss hatte er nur noch auf seine Steuererklärung verwiesen. Die Umsätze der Firma waren enorm, der Gewinn erschreckend gering. Offensichtlich hatte Dübbers einen guten Steuerberater. Beate war trotz des hohen Aufwandes nur zweiter Sieger geworden. Das Verfahren war schließlich mit der Auflage für Dübbers, ein Jahr lang immerhin DM 200 monatlich für seinen Nachwuchs zu zahlen, eingestellt worden. Dübbers hatte sich wahrscheinlich totgelacht und den Betrag aus der Portokasse gezahlt.

Beate war gespannt, was er diesmal zu sagen hatte. Schließlich lautete der Vorwurf auf Betrug, und um den zu entkräften, musste er sich als zahlungsfähig darstellen. Das Vernehmungsprotokoll war kurz und nichts sagend. Dübbers' Rechtsanwalt werde für ihn eine Stellungnahme abgeben. Im Übrigen handele es sich bei der Strafanzeige um einen reinen Racheakt mit persönlichem Hintergrund. Danach hatte der vernehmende Kommissar noch einen Vermerk angebracht: Im informellen Vorgespräch habe Dübbers erklärt, Wegener verdächtige ihn, ein Ermittlungsverfahren gegen ihn veranlasst zu haben. Tatsächlich habe die Steuerfahndung in großem Stil gegen Wegener ermittelt, das Verfahren sei jedoch eingestellt worden. Das Aktenzeichen der Staatsanwaltschaft war auch angegeben, sodass Beate sich die Sache ansehen konnte. Wenn sie wollte …

Sie rang eine Weile mit sich. Es gab mehrere Möglichkeiten, den Fall Dübbers zu erledigen. Sie konnte schnell eine Anklage verfassen, die dann mangels Ermittlungen in der Hauptverhandlung in sich zusammenbrechen würde; vorausgesetzt, das Hauptverfahren würde überhaupt eröffnet. Sie konnte die Akte erst auf der Fensterbank reifen lassen und nach einigen Monaten anfragen, ob der Beschuldigte mittlerweile die Forderung beglichen habe. Möglicherweise hatte er das, und dann konnte sie das Ganze einstellen. Weiterhin gab es die Möglichkeit, das Verfahren vorläufig einzustellen, bis die Parteien sich in einem Zivilrechtsstreit auseinander gesetzt hatten. Im Übrigen lagen noch die arbeitsintensiven Methoden der Erledigung im Bereich des Möglichen: umfangreiche eigene Nachforschungen mit zweifelhaftem Erfolg anzustellen und dann entweder eine hieb- und stichfeste Anklage zu verfassen oder, mit demselben Aufwand, einen Einstellungsbescheid zu produzieren, der auch die kritische Oberbehörde überzeugen musste.

Die Entscheidung fiel Beate leicht. Ein zweites Mal sollte Dübbers nicht so mühelos davonkommen. Die Ermittlungen liefen an: Handelsregisterauszüge beider Parteien anfordern, Anfrage an das Amtsgericht, ob gegen die Dübbers KG Zwangsvollstreckungsverfahren anhängig waren. Vorstrafenliste beim Bundeszentralregister anfordern, Anfrage an die Zentralkartei im Haus, ob noch andere Verfahren gegen Dübbers, aus denen sich Erkenntnisse gewinnen ließen, anhängig waren. Schließlich verfügte sie in schwungvoller Handschrift die Beiziehung des Steuerverfahrens gegen Wegener. Vielleicht hatte sie Glück, und es ergab sich ein Zusammenhang. Die simpelste Art und Weise, einen Vorgang loszuwerden, war immer noch die Übernahme des Verfahrens durch einen Kollegen. Die meisten wehrten sich zwar verzweifelt und entschieden, ganz besonders die völlig überlastete Wirtschaftsabteilung, aber versuchen konnte man es immer.

Sie warf die Akte unter den Bock. Jetzt nur noch das Fenster schließen und der kränkelnden Blattpflanze etwas Wasser geben – auch ihr war der Umzug nicht bekommen –, dann stand zwischen ihr und einem ruhigen Abend mit Wolfgang nur noch eine Straßenbahnfahrt zur Rushhour. Auch die würde sie überleben, wie immer.

Als die Bahn über die Severinsbrücke fuhr, saß Beate fast entspannt auf einem Fensterplatz. Der Rhein war breit über die Ufer getreten, wenn auch die linksrheinischen Schutzmauern der Altstadt dem Wasser noch standhielten. Lehmbraun und gewaltig wälzten sich die Strommassen dahin, und unerschütterlich beherrschte der Dom das Panorama. Lächerlich unbedeutend und weit weg wirkten die Hochhäuser der Justiz im Südwesten. Die Linie 9 nahm die lang gezogene Kurve der Brückenabfahrt eine Spur zu schnell. In das Bremsenquietschen mischte sich die Stimme vom Band: »Suevenstraße«. Beate war beinahe zu Hause.

An diesem Samstagmorgen schien die Sonne, durch die himmelblauen Vorhänge leicht gedämpft, hell in das weiß gestrichene Altbauzimmer. Beate wachte auf und sah die Risse in der hohen Decke in erschreckender Deutlichkeit. Träumerisch verfolgte sie die Linien, bis sie die Stiefelform Italiens und, eindeutig, einen Löwenkopf erkennen konnte. Sie seufzte und kuschelte sich enger an Wolfgang.

Kater Humphrey, der statuengleich auf der Kommode gesessen hatte, sprang mit einem Satz auf die Bettdecke und mauzte. Es hatte keinen Sinn, jetzt noch so zu tun, als schliefe sie. Sie setzte sich auf und streichelte Humphrey, bis er sich schnurrend zwischen ihnen zusammenrollte. Die Idylle war perfekt. Gerade als sie sich wieder hinlegen wollte, öffnete Wolfgang die Augen: Übergangslos war er wach, strahlte sie an und murmelte etwas von herrlichem Flugwetter. Dann nahm er sie in die Arme, und eine Weile überließ sich Beate diesem wunschlos glücklichen Zustand zwischen Traum und Tag. Der schlafwarme Körper, die Hände in ihrem Haar ... Was hatte er da gerade von Flugwetter gesagt? Sie riss sich los.

»Wie meinst du das? Willst du heute etwa fliegen?«

Wolfgang fuhr sich durch die schütteren Haare, gähnte herzhaft und prüfte anschließend die Notwendigkeit einer Rasur.

»Keineswegs. Heute fliegen wir. Mit anderen Worten: Ich lege dir Köln zu Füßen. Und Dormagen, wenn du willst.«

Seine blauen Augen sahen nun wie frisch gewaschen aus, und er grinste sie so bezwingend an, dass Beate ihr Unbehagen unterdrückte.

»Muss das denn sein?« Sie kuschelte sich an ihn. »Wollen wir den Tag nicht lieber im Bett verbringen? Lutz bleibt einen Monat in Frankreich, Gabi ist gerade ausgezogen, wir hätten zum ersten Mal die Wohnung für uns!«

»Kommt gar nicht in Frage. Heute sind die Bedingungen ideal. In zweitausend Fuß Höhe hast du einen herrlichen Weitblick, von Köln aus kannst du das Siebengebirge sehen. Wir müssen einfach los!«

Er sprang aus dem Bett und riss den Vorhang zur Seite. Die Sonne füllte das Zimmer mit gleißender Helligkeit. Mutlos schloss Beate die Augen. Es war wirklich ein schöner Tag. Aber sie hatte Angst vorm Fliegen ... Und dann in so einer kleinen Clubmaschine, einer einmotorigen Cessna 172. Was, wenn der Motor ausfiel?

»Außerdem habe ich schon eine Maschine reserviert. Wir haben Glück, dass überhaupt noch eine frei war. All diese Sonntagsflieger mit ihren Kaffeeflügen ins Bergische Land, grässlich!«

»Ist ja sehr interessant, du reservierst also, ohne mich zu fragen«, sagte Beate bockig. Sie war kurz davor, einen Streit vom Zaun zu brechen. Trotzig schob sie ihr Kinn nach vorn.

Wolfgang hatte ihren Stimmungsumschwung registriert. Er setzte sich zu ihr, sah ihr in die Augen und verzog das Gesicht zu einer weinerlichen Grimasse.

»Und du hast kein Vertrauen zu mir«, greinte er. »Dabei bin ich noch nie abgestürzt!«

Gleichzeitig kicherten sie los.

»Du hast Angst, nicht?«

Beate nickte stumm, die Lachtränen noch in den Augen. Er versprach ihr hoch und heilig, bei der nächsten Gelegenheit zu landen, falls ihr schlecht würde. Dann telefonierte er mit dem Wetterdienst am Kölner Flughafen und kehrte triumphierend zurück.

»Heute sind keine Turbulenzen zu erwarten, das wird dir gefallen. Außerdem sollte man sich für das Hobby seines Partners interessieren, das steht in allen einschlägigen Frauenzeitschriften ...«

»Die lese ich nicht«, sagte Beate ungerührt.

»Ich aber«, gab er zurück. »Was meinst du, warum ich mit dir die atemberaubende Vorstellung deiner Bauchtanzschule besucht habe?«

Beate musste an seine glänzenden Augen denken, die beim letzten Shimmy wie gebannt an den zitternden Fettmassen ihrer Lehrerin gehangen hatten. Sie hatte damals nicht den Eindruck gehabt, dass man ihn am Stuhl hätte festbinden müssen, um ihn am vorzeitigen Verlassen der Vorstellung zu hindern.

»Meine Hobbys sind auch ungefährlich, es sei denn, du leidest unter Bluthochdruck«, sagte sie.

Sie frühstückten lange und ausgiebig.

Wolfgang aß genauso gern wie Beate, ein Pluspunkt für ihn. Während Beate noch eine Zigarette rauchte, stellte Wolfgang seine Ausrüstung zusammen: Fliegerkarten, Fluglizenz, Sonnenbrille, Kugelschreiber und Rechenschieber, all die geheimnisvollen Utensilien eines Hobbypiloten. Im Alltag war er Redakteur für Neue Musik im Hörfunkprogramm des WDR, eine Materie, von der Beate noch weniger Ahnung hatte als vom Fliegen. Ein Wunder, dass sie ihn überhaupt kennen gelernt hatte. Aber die Weiberfastnacht im »Kwartier Lateng« hat immer etwas Völkerverbindendes, und in seiner Verkleidung als römischer Krieger war Wolfgang unwiderstehlich gewesen. Beates Vorurteile gegenüber Funk- und Fernsehmenschen aus ihrer Zeit als Werkstudentin beim Dritten

Programm hatte er jedenfalls glatt widerlegt. Jetzt hielt sie nur noch seine Kollegen vom Fernsehen für arrogante, selbstverliebte Heinis.

Im Auto zündete sie sich die nächste Zigarette an. Es beruhigte kaum. In ihrem Magen war ein flaues Gefühl, das umso stärker wurde, je näher sie dem Köln-Bonner Flughafen kamen. In Porz hielten sie vor einem stattlichen Einfamilienhaus mit parkähnlichem Vorgarten und breiter Einfahrt. »1. Cölner Fliegerclub e.V.« stand auf einem blank polierten Messing-Schild.

»Wie nobel …« Beate wunderte sich.

»Tja, unser Sponsor hat zwar keinen eigenen Flugplatz, die Maschinen stehen auf dem Kölner Flughafen, aber er lässt sich nicht lumpen. Einen Raum seiner Villa hat er dem Verein zur Verfügung gestellt. Kommst du mit? Heute hat Kamikaze Dienst; ich stelle dich eben vor, hole das Bordbuch und die Schlüssel ab, und dann kann's losgehen.«

Im Vorbeigehen las Beate noch den Namen eines offensichtlich nicht unvermögenden Eigentümers einer Kölsch-Brauerei. Dann legte Wolfgang Piper den Arm um sie, und gemeinsam gingen sie auf das Portal zu. Gleich nach dem Klingeln öffnete eine verschlafen wirkende Gestalt mit Sonnenbrille und Pilotenjacke die Tür.

»Kommt rein.« Er winkte müde.

Unbeeindruckt von der neureichen Prachtentfaltung im Inneren des Hauses schlurfte er über Orientteppiche zu einer Seitentür, die in das Vereinszimmer führte. Staunend blickte Beate sich um: drei Telefone, ein Fernschreiber und ein Telefaxgerät, das gerade eine Satellitenwetterkarte ausspuckte – alles nur vom Feinsten. Etwas deplaciert hing ein wuchtiges Ölporträt des Gönners zwischen Fliegerkarten und Flugzeugfotos.

»Darf ich vorstellen: Das ist Kamikaze, eigentlich Hans, heute Mädchen für alles; das ist Beate, meine Freundin.« Wolfgang lächelte stolz.

Ohne Begeisterung schüttelte Kamikaze Beates Hand.

»Ein bisschen blass um die Nase«, stellte er fest. »Das erste Mal heute?«

»Mach ihr bloß keine Angst«, fuhr Wolfgang dazwischen. »Mit dir fliegt sie ja nicht.« Dann wandte er sich zu Beate um. »Er hat schon zwei Außenlandungen hinter sich. Deshalb Kamikaze. Ach so, ich meine unvorhergesehene Landungen im freien Feld, auch Notlandungen genannt«, erläuterte er. »Da haben wir einige Berichte für den Regierungspräsidenten pinseln müssen. Kann ich jetzt das Bordbuch und die Schlüssel für unsere ›Delta-Echo Oscar Tango Zulu‹ haben?«

»Nä«, war die knappe Antwort. Trotzdem wirkte Kamikaze erschöpft.

»Was soll das heißen? Ich habe die Maschine vorbestellt!«

Wolfgang wurde sauer, und Beate schöpfte Hoffnung. Umständlich erläuterte Kamikaze, dass ein gewisser Manni gestern mit der Maschine geflogen sei, aber entgegen den Vereinsbestimmungen das Bordbuch und die Schlüssel mit nach Hause genommen habe. Bislang habe er sich nicht gemeldet. Wolfgang fingerte schon in einem Karteikasten, zog eine Karte heraus und eilte entschlossen zum Telefon. Er wählte die Nummer, die auf der Karte stand, und wartete. Seine Finger trommelten einige arhythmische Takte Neuer Musik auf den Resopaltisch. Es dauerte minutenlang, bis sich jemand meldete.

»Manni? Hör mal, das ist ja wieder eine Sauerei, das ist nicht das erste Mal, dass du den Schlüssel nicht abgibst … Wie, du hast andere Sorgen?«

Wolfgang hielt den Hörer in den Raum. Selbst auf eine Entfernung von mehreren Metern konnte Beate streitende Stimmen hören, von denen sich eine keifend überschlug. Kamikaze grinste.

»Da hängt mal wieder der Haussegen schief, die schöne Leonore macht ihm die Hölle heiß«, flüsterte er Beate zu.

Wolfgang versuchte vergeblich, zu Wort zu kommen. Dann brüllte er in den Hörer, er komme gleich vorbei, und legte auf.

»Dicke Luft bei Manni«, erklärte er. »Sie droht, ihn zu verlassen, und er schreit, das sei ihm egal. Muss Liebe schön sein …«

Dabei sah er Beate so zärtlich an, dass ihr warm wurde. Schweigend erwiderte sie seinen Blick, und die Botschaft war klar: So etwas passiert uns nicht. Aber war es möglich, den Schrecken der Nähe zu entkommen? Beate unterbrach den magischen Augenblick.

»Und in diese Zimmerschlacht willst du dich begeben? Das ist wahrer Heldenmut, wirklich. Dagegen ist die Fliegerei harmlos, ein wenig Technik und Mathematik eben.« Ihr spöttischer Ton verfehlte seine Wirkung nicht.

Kamikaze raffte sich zu einem flauen Witzchen über die Ehe auf, und man verabschiedete sich. Draußen griff Beate nach Wolfgangs Hand. Wortlos gingen sie zum Auto. Auch während der Fahrt schwiegen sie, jeder in seine Gedanken versunken. Wolfgang fand einen Parkplatz in der Nähe des schmucklosen Mietshauses, in dem Manni wohnte.

»Willst du mitkommen?«

Beate öffnete die Tür. »Klar«, sagte sie unnatürlich munter. Ihr graute vor Szenen wie der, die sie hier vorfinden würden. Oft gewannen sie durch die Anwesenheit von Zeugen noch an Schärfe. Aber vielleicht würde der Anblick eines unbeteiligten und offensichtlich glücklichen Pärchens auch die Gemüter beruhigen. Zumindest so weit, dass man gefahrlos den Schlüssel abholen konnte ...

Wolfgang hatte geklingelt und lehnte sich nun gegen die Haustür, die sofort nachgab. Ein Geruch von Kohlrouladen hing in dem Hausflur, der mit Fahrrädern und Kinderwagen voll gestellt war. Glasbausteine in floralem Design zierten die Stirnseite des Treppenhauses und färbten das einfallende Licht milchig. Die Tünche an den Wänden war verblichen und an einigen Stellen abgeplatzt. In auffallendem Gegensatz zu dem schäbigen Treppenhaus mit den abgetretenen Stufen befand sich ein Schuhputzgerät mit rotierenden Bürsten, das auf dem ersten Treppenabsatz stand. Daneben ragte ein gepflegter Gummibaum aus einem Porzellanübertopf, der mit rosa Blüten verziert war.

»Spießer«, murmelte Beate. Sie erfasste blitzschnell alle Kleinigkeiten wie zum Beispiel die unterschiedlichen Fußmatten, die den jeweiligen Charakter der Hausbewohner verrieten: Die funktionale mit Drahtborsten gehörte zu der eifrigen Hausfrau; die Kokosmatte zu den Naturfreunden, und die billige Filzmatte mit neckischen Sprüchen zu Leuten, die sich auf ihren Humor etwas einbildeten. Vor Mannis Tür lag gar nichts. Die Tür stand einen Spalt offen. »Breithaupt« stand in Schnörkelschrift neben dem Klingelknopf. Beate sah Wolfgang an.

»Er hat bis jetzt nicht auf den Summer gedrückt«, sagte sie heiser.

»Du mit deinem Berufsmisstrauen, da wird schon nichts passiert sein«, antwortete Wolfgang souverän. Gleichzeitig drückte er energisch auf den Klingelknopf.

Mit angehaltenem Atem lauschte sie. Drinnen rührte sich nichts.

»Sollen wir reingehen?« Wolfgangs Stimme klang nicht mehr ganz so sicher.

Beate nickte. Sie zog den Pulloverärmel über die rechte Hand und drückte gegen die Tür. Lautlos schwang die Tür nach innen und gab den Blick frei auf einen schmalen Flur, von dem verschiedene Zimmer abzweigten. Eine rustikale Kommode, auf der das Telefon stand – auf einem Brokatdeckchen, wie Beate schnell registrierte –, versperrte den Durchgang nahezu komplett. Beate ging voran.

»Da sind ja die Sachen«, rief Wolfgang und griff nach dem Bordbuch, das mitsamt Schlüsseln und Tankunterlagen in einer ölfleckigen Plastikhülle steckte. Er nahm die Hülle und stopfte sie in seine Jackentasche. Es rührte sich nichts. Am Ende des Flurs lag das Wohnzimmer, das eher schlicht eingerichtet war. Eine halb leere Whiskyflasche stand auf dem Furniertisch, dessen Oberfläche von klebrigen Flecken übersät war. Ein Aschenbecher war mitsamt Inhalt auf den Boden gefallen, daneben lag ein zerbrochenes Glas. Einige Schubladen der geschmacklosen Schrankwand standen offen. In dem Zimmer roch es, als sei seit Tagen nicht gelüftet worden. Beates Gefühl, dass hier etwas nicht stimmte, wurde immer stärker.

»Manni? Manni, bist du hier?« Wolfgangs laute Stimme erinnerte an das Pfeifen im dunklen Wald.

Beate ging ins Schlafzimmer. Es wirkte hell und luxuriös. Ein Kingsize-Bett mit Satinwäsche, achtlos zerwühlt. Eine Schiebetür des Wandschrankes, der die gesamte Breitseite des Zimmers einnahm, war zur Seite geschoben. An der Kleiderstange hingen Dutzende von leeren Bügeln. Von einem war ein seidenes, grün schimmerndes Abendkleid mit glitzernden Pailletten halb herabgerutscht. Die andere Hälfte des Kleiderschrankes beherbergte einen Wintermantel, zwei Lederjacken und einige Hosen und Jacketts. Beate wurde kalt. Die Männerkleidung war noch da.

Auf dem eleganten Nachttisch aus Messing und Rauchglas stand ein Foto im Goldrahmen. Es zeigte eine rothaarige Schönheit, die sich der Kamera mit dem halb geöffneten schmachtenden Mund eines Profimodels präsentiert hatte.

»Ist sie das?«, fragte Beate leise.

Wolfgang nickte.

Im Badezimmer, das ebenfalls eine verschwenderisch-luxuriöse

Note hatte, fand sich nichts Auffälliges. Nur das Fehlen von Kosmetika und weiblichem Badezimmerinventar sprach eine deutliche Sprache. In dem flauschigen Flor einer türkisfarbenen Badematte fand Beate eine kleine Flasche »Poison«, die wohl beim eiligen Zusammenpacken heruntergefallen war. Einige lange dunkle Haare im Waschbecken, eingetrockneter Rasierschaum auf der kahlen Porzellanablage unter dem weich beleuchteten Spiegel – das Ende einer Beziehung.

»Sie ist weg«, sagte Wolfgang. »Und Manni?«

Beate nahm seine Hand.

»Wir waren noch nicht in der Küche. Komm.«

Vielleicht war er ihr nachgelaufen. Um sie aufzuhalten. Um zu verhindern, dass sie ihn verließ. Und hatte dabei nicht daran gedacht, die Wohnungstür zu schließen ...

Die weißen Einbaumöbel waren leicht vergilbt. Fettflecken auf den Hängeschränken und zerkratzte Arbeitsflächen. Eine Tüte mit Milch, die auf dem Kühlschrank stand, war umgefallen. Die Milch war an der Kühlschranktür herabgeflossen und bildete eine Pfütze auf dem brüchigen beigefarbenen PVC-Boden. Schmutziges Geschirr türmte sich im Spülbecken. Eine vor Fett starrende Pfanne stand auf dem Herd. Leere Konservenbüchsen quollen aus einer offenen Plastiktüte, die neben dem Abfalleimer stand. Der Kunststofftisch, neben dem zwei Korbstühle standen, war für zwei Personen gedeckt. Die Reste eines Frühstücks: zwei halb volle Kaffeetassen, eine davon mit Spuren von Lippenstift; zwei Eierbecher mit leeren Schalen; zwei Löffel, an denen Eigelb klebte; zwei Brötchen in einem rüschenbesetzten Bastkörbchen; zwei Holzbretter mit Krümeln. Ein Honigglas war umgefallen. Die träge goldgelbe Flüssigkeit hatte sich auf der abwaschbaren Plastikdecke verteilt. Ein Messer mit pinkfarbenem Plastikgriff.

Ein Messer?

Ein gurgelndes Geräusch hinter ihnen. Es gelang Beate gerade noch, einen Aufschrei zu unterdrücken. Die Kaffeemaschine auf einem Schrank neben der Tür war in Betrieb und gab erstickte Laute von sich. Der Kaffee war zu einer schwarzen Masse zusammengekocht und roch streng. Wolfgang schaltete die Maschine ab.

Die Leiche lag hinter der halb offenen Tür. In einen Winkel zwischen Tür und Waschmaschine eingeklemmt, die Beine an den Körper gezogen, schien Manni ein makabres Versteckspiel zu treiben. Der pinkfarbene Plastikgriff eines Küchenmessers ragte aus seiner Brust. Auf dem schwarzen, ärmellosen T-Shirt waren wenige dunklere Stellen zu erkennen. Die blauen Augen zeigten blickloses Erstaunen.

»Raus hier, und nichts anfassen!« Beate wachte auf. Gegen das Grauen halfen nur Vernunft und Aktivität. Sie schob Wolfgang, der wie gelähmt schien und seinen Blick nicht von Manni losreißen konnte, aus der Küche.

»Ich habe die Kaffeemaschine ausgemacht«, murmelte er vor sich hin.

Beate zerrte wieder den Pulloverärmel über die rechte Hand und rief die Polizei an. Sie ließ sich von Wolfgang die Adresse sagen und verlangte mit erstaunlicher Energie Spurensicherung, Beamte des Ersten Kommissariats und den Kapitaldezernenten der Staatsanwaltschaft. Als sie aufgelegt hatte, fing sie an zu zittern.

Sie hielten sich noch aneinander fest, als die Polizei kam. Im Schlepptau stürmte Staatsanwalt Bub in die Wohnung. Ausgerechnet Mordbub, ihr alter Kollege und Widersacher aus der Kaffeerunde. Als wäre er der einzige »Kapsack«, wie sich die Kollegen dieser besonderen Gilde selbst nannten.

Irgendeinen dummen Spruch würde Bub jetzt sicher von sich geben, dem konnte sie nicht entkommen. Er fuhr sich durch die stoppeligen Haare und grinste sie breit an.

»Sie wollen wohl mit aller Macht in ein Sonderdezernat versetzt werden, was, Frau Kollegin? Die Sache Frascello und Knipp haben Sie mehr oder weniger allein geschaukelt, und jetzt stolpern Sie im wahrsten Sinne des Wortes über Leichen, was machen Sie bloß beim nächsten Mal? Daran wage ich gar nicht zu denken. Ach, den Täter haben Sie auch schon gefasst? Gratuliere!« Seine aufgeräumte Stimmung passte in diese Wohnung wie eine Stripteasetänzerin in ein Bestattungsinstitut.

»Das ist mein Freund. Wolfgang Piper – mein Kollege Bub«, sagte sie möglichst würdevoll.

Mordbub musterte Wolfgang mit scharfem Blick. Wolfgang sah mitgenommen aus und bestand die Prüfung nicht. Beate wurde wütend. Wenn Wolfgang nicht ihr Freund gewesen wäre, hätte Mordbub sich mit Sicherheit auf ihn gestürzt und ihn sofort als Tatverdächtigen einkassiert. Er war von der schnellen Truppe und handelte nach der Devise »U-Haft schafft Rechtskraft!«. Dennoch war er überaus erfolgreich, zäh und hartnäckig. Trotz aller Plänkeleien war sie immer gut mit ihm zurechtgekommen. Wie zur Bestätigung antwortete er mit einem kräftigen Händedruck.

»Na, dann bis später, Frau Kollegin! Warten Sie im Präsidium auf mich, dort reden wir weiter. Und mit Ihnen unterhalte ich mich dann auch noch!« Damit meinte er Wolfgang.

Zusammen verließen sie die Wohnung.

Auf der Fahrt zum Polizeipräsidium am Waldmarkt lachte Beate plötzlich auf. »Mein Lieber, was hast du vorhin verkündet? Keine Turbulenzen heute?!«

Wolfgang sah sie todernst an. »Warum hat Leonore das bloß getan?«, fragte er.

»Hat sie es getan?« Beates Gegenfrage kam wie aus der Pistole geschossen, ohne vorheriges Nachdenken, einfach aus einem unerklärlichen Gefühl. Warum misstraute sie dem äußeren Anschein? Es sah doch alles nach einem banalen Ehedrama mit tödlichem Ausgang aus. Die schöne, verwöhnte Frau, die ihren Mann verlassen will. Der Mann in beengten finanziellen Verhältnissen, der sich verzweifelt an sie klammert. Der Streit am Frühstückstisch, der Griff zum Messer …

Einige Details störten in diesem stimmigen Bild, winzige Kleinigkeiten, die sie jetzt noch nicht einordnen konnte. Eines jedenfalls hatte sie als Grundregel ihrer Arbeit akzeptiert: Selten war etwas so, wie es auf den ersten Blick aussah.

Die drei Angeklagten lümmelten sich feixend auf ihren Sitzen. Die Verhandlung wegen gemeinschaftlichen Einbruchdiebstahls schleppte sich zäh dahin, und Beate wurde unruhig. Mit Engelsgeduld leitete der Richter des Schöffengerichts III die Sitzung, die zwischen Trauerspiel und Gaunerkomödie angesiedelt war. Alle drei waren natürlich unschuldig, hatten die polizeilichen Geständnisse unter Druck gemacht und verstanden kein Wort Deutsch. Dabei konferierten sie ausgiebig mit ihren Verteidigern. Der jugoslawische Dolmetscher fasste wortreich abgegebene Erklärungen in lakonischer Kürze zusammen.

»Und warum trugen Sie Einbruchswerkzeug mit sich, als Sie in Tatortnähe festgenommen wurden?«, fragte Richter Becker müde. Der sich anschließende Wortwechsel zwischen Verteidigung, Richter, Dolmetscher und Angeklagten über das Wort »Einbruchswerkzeug« trug nicht zur Beschleunigung des Verfahrens bei.

»Gut, dann formuliere ich die Frage anders: Wieso trugen Sie um drei Uhr nachts zwei Schraubenzieher, ein Stemmeisen, eine Rohrzange und drei Plastiktüten mit sich, asserviert unter der Nummer 3876/90?«, leierte der Richter.

Nach einigem Hin und Her übersetzte der Dolmetscher, ohne eine Miene zu verziehen, sie hätten ein Auto repariert.

»Haben Sie denn ein Auto?«

Es war natürlich das Auto eines Kollegen, dessen Name »Ivo« lautete, Nachname und Adresse unbekannt.

»Und die Plastiktüten?«

Richter Becker war zwar müde, aber er schien alle Zeit der Welt zu haben. Beate atmete tief durch.

»Plastiktüten haben wir immer bei uns«, lautete die Antwort.

»Zum Einkaufen, was? Um drei Uhr nachts!«, warf Beate unbeherrscht ein.

In gespieltem Zorn erhoben die Verteidiger Bedenken gegen diese unsachliche Verhandlungsführung durch die Staatsanwaltschaft, die sich wohl von gewissen Vorurteilen nicht frei machen könne. Die Wogen der scheinbaren Entrüstung waren schnell geglättet.

Der dritte Angeklagte war auf dem Balkon des Nachbarhauses, im ersten Stock, gefasst worden. Neben ihm hatte die Einbruchsbeute gelegen. Seltsamerweise hatte er Pantoffeln getragen, als er festgenommen wurde. Es schien ein entlastender Aspekt zu sein, denn der Angeklagte ließ erklären, dass er Einbrüche niemals in Pantoffeln ausführe. Die Beute habe schon auf dem Balkon gestanden, den er auf der Flucht vor einigen aggressiven Punks aufgesucht habe. Und die anderen Angeklagten kenne er überhaupt nicht.

Jetzt gab auch Richter Becker auf. »Hat noch jemand Fragen?«, nuschelte er.

Beate wies darauf hin, dass alle drei Angeklagten in einem Übergangsheim für Asylanten in Mülheim wohnten.

»Ich kenne die anderen trotzdem nicht«, war die unerschütterliche Antwort des dritten Angeklagten.

Dann allerdings tauchte ein Zeuge auf, der Stein und Bein schwor, alle drei hätten praktisch bis Sekunden vor ihrer Festnahme in einer nahe gelegenen Kneipe gezecht, und zwar nicht unerhebliche Mengen Kölsch, in der Zeit von einundzwanzig Uhr bis fünf Minuten vor drei. Das Alibi war schlecht abgesprochen, denn die Blutproben hatten nur Werte zwischen 0,7 und 1,1 Promille ergeben. Außerdem kannte der eine Angeklagte die anderen beiden angeblich nicht.

Genüsslich hielt Beate dem Zeugen diese Widersprüche vor. Aus Vorsichtsgründen entschied sich dieser, bei der einmal einstudierten Version zu bleiben. Flüsternd hielt die Verteidigung eine Beratung ab. Dann sprang Rechtsanwalt Würselmann auf und raschelte mit seinen Papieren. Streng sah er den Zeugen an und ermahnte ihn zur Wahrheit. Dann kam es.

»Bemühen Sie bitte Ihre Erinnerung. An welchem Tag genau haben Sie die Angeklagten gesehen? Es war drei Uhr nachts. War es denn die Nacht von Freitag auf Samstag oder der Samstagabend, von dem Sie sprachen? Das kann man ja schon mal verwechseln, nicht?«

Der Zeuge verstand. »Ja, wenn Sie mich so direkt fragen, dann weiß ich das nicht mehr so genau. Es ist ja auch schon vier Monate her …«

»Eben waren Sie sich aber noch ganz sicher. Oder sind Sie vorher nicht auch direkt gefragt worden?« Beate konnte ihre Wut kaum noch zügeln. Der Zeuge zog sich auf sein schwaches Gedächtnis zurück und blieb bei seiner letzten Aussage.

Es stand unentschieden. Das Alibi war zwar geplatzt, aber eine Absprache zwischen Angeklagten und Zeugen konnte sie jetzt auch nicht mehr zwingend nachweisen. Das Theater sollte weitergehen. Mit großer Geste verwies die Verteidigung auf die Widersprüche und entlastenden Momente, die sich ergeben hätten, und stellte flugs noch Beweisanträge. Ein weiterer Zeuge sollte über den soeben erst bekannt gewordenen Gaststättenaufenthalt der zwei am Tatort Gefassten aussagen (diesmal wohl besser präpariert, dachte Beate grimmig); außerdem sei ein Werkzeuggutachten des Landeskriminalamtes erforderlich, das beweisen würde, dass der Einbruch nicht mit den sichergestellten Werkzeugen begangen worden war. Im Übrigen wurde Haftverschonung beantragt.

»Stellungnahme der Staatsanwaltschaft?« Richter Becker stützte seinen schwerer werdenden Kopf ab und kaute auf einem Bleistift.

Äußerlich ruhig, plädierte Beate auf Haftfortdauer wegen Fluchtgefahr und wies auf Verdunklungsgefahr durch Einflussnahme auf Zeugen hin, wie sie sich schon in dieser Hauptverhandlung gezeigt habe. Dann setzte sie sich hin in der Gewissheit, dass die Angeklagten in spätestens einer Stunde in Freiheit und kurz darauf spurlos verschwunden sein würden.

Der erwartete Beschluss auf Aussetzung der Hauptverhandlung und Haftverschonung kam nach kürzester Beratung.

Wortlos raffte Beate ihre Akten zusammen und zwang sich, die Angeklagten nicht anzusehen. Aus den Augenwinkeln bemerkte sie dennoch die Siegerposen und das gegenseitige Schulterklopfen. Nach Eintreffen des Gutachtens würde Richter Becker die Ladungen zum neuen Termin verschicken. Sie würden als unzustellbar zurückkommen. Das Verfahren würde wegen unbekannten Aufenthalts vorläufig eingestellt werden. Das war es dann.

Wenigstens haben sie vier Monate gesessen, dachte sie erbittert. Zuckersüß lächelnd verabschiedete sie sich von den Verteidigern. Ob sie es je lernen würde, Niederlagen gelassen einzustecken?

Draußen, vor dem Justizzentrum, wehte eine frische Brise. Der Wind fegte dort immer mit Macht über den flachen Vorplatz, als wäre er wütend darüber, dass diese hässlichen hohen Bauten der Justiz und des gegenüberliegenden Uni-Centers ihm den Weg verstellten. Beate trug, weil Sitzungstag war, einen damenhaften Sommerrock, dazu eine weiße Bluse und eine Strickjacke. Ein Windstoß erfasste den Rock und schlug ihn nach oben. Noch während sie sich verzweifelt bemühte, den Rock mit Hilfe ihrer Aktentasche wieder auf eine züchtige Länge zu bringen, kam Mordbub augenzwinkernd auf sie zu. Er strebte der Drehtür entgegen und begrüßte sie launig. Der hatte ihr noch gefehlt!

»Wie läuft es denn, Herr Kollege? Ich meine den Fall Breithaupt, Manni … Haben Sie den Täter schon gefasst? Oder die Täterin?«

Mordbub blieb stehen und sah sie nachdenklich an.

»Haftbefehl gegen Leonore ist schon raus, die Fahndung läuft. Aber so klar, wie sie zuerst aussah, ist die Sache nicht. Für eine Affekttat ist es jedenfalls ziemlich ungewöhnlich, dass keine Fingerabdrücke auf dem Messer waren, finden Sie nicht auch? Jetzt klären wir erst mal das Umfeld ab, vielleicht ergibt sich da noch was Neues. Ich halte Sie auf dem Laufenden … Und wenn Sie noch etwas erfahren, Ihre Beobachtungen sind bei mir in den besten Händen, wie Sie wissen!«

Er nickte ihr noch kurz zu, dann stieß er hektisch gegen die Drehtür. Sein Schwung war so energisch, dass er das Gehäuse nur mit größter Mühe rechtzeitig verlassen und der nachfolgenden Tür ausweichen konnte. Den lose flatternden Gürtel seines Trenchcoats erwischte sie allerdings. Mordbub hatte Probleme, den eingeklemmten Gürtel zu befreien, und sah dabei ganz und gar nicht glücklich aus. Beate winkte ihm aufmunternd zu, bevor sie den kurzen Weg in ihr Büro antrat.

Vor drei Tagen war der Mord passiert. Die erstaunten blauen Augen von Manni hatten sie noch zwei Nächte verfolgt, und auch jetzt sah sie das Gesicht wieder vor sich. Mordbub hatte sie eben auf seine Art ermuntert, sich an den Ermittlungen zu beteiligen.

Und das werde ich tun, werter Kollege, nahm sie sich vor.

Der Aktenbock im Büro war erfreulich leer. Vieles musste nur noch unterschrieben werden; sie hatte in den letzten beiden Wochen bis zur Heiserkeit diktiert. Erst nach massivem Drängen hatte sie schließlich eines der fünf Ersatzgeräte bekommen, die der gesamten Behörde zur Verfügung standen. Beate war erleichtert. Dann erst sah sie die zwei schön zusammengebundenen Aktenhaufen, die unauffällig neben dem Aktenbock standen. Vorsichtig löste sie die Schnalle des Stoffbandes, das die Akten zusammenhielt, und zog einen Band hervor. Ein Pappstreifen, allgemein »Schnibbel« genannt, markierte den letzten Eingang. Es war die Akte Dübbers, die auf so wundersame Weise angeschwollen war. »Die von Ihnen angeforderte Akte liegt bei«, lautete die Mitteilung. Richtig, sie hatte ja das Verfahren gegen den Anzeigenerstatter Berthold Wegener angefordert … Es waren genau acht Bände. Die konnte und wollte sie nicht lesen, so viel war klar. Sie begann mit Band 1, blätterte in Band 4 und 5. Wegener wurde erst in Band 7 erwähnt. In Band 8 hieß es dann lakonisch, das Rechtshilfeersuchen nach Liechtenstein sei nicht beantwortet worden, der Nachweis einer Steuerhinterziehung könne somit nicht gelingen. Einstellung des Verfahrens.

Sie rief den Kollegen Münters an, der diesen Vermerk in kaum lesbarer Handschrift gefertigt hatte. Gott sei Dank benutzte er einen Namensstempel.

»Herr Münters, hier ist Fuchs. Ich glaube, ich habe mich bei Ihnen vorgestellt, oder haben wir uns bei der Umzugsfeier kennen gelernt? Haben Sie einen Moment Zeit für mich?«

Münters' Bassstimme klang nicht erfreut. »Um was geht's denn? Eigentlich habe ich keine Zeit ...«

»Um die Sache Wegener, die haben Sie vor kurzem eingestellt.«

»Kommen Sie her, Zimmer 1214. Aber viel Zeit habe ich wirklich nicht.«

Ein schroffer, aber kooperativer Mann. Wahrscheinlich ein erprobter Mittvierziger, der eine frustrierende Warteposition innehatte in dem Lotteriespiel, das Beförderung versprach. Beurteilungen, Erprobungsnoten der Generalstaatsanwaltschaft, Dienstalter, Sonderdezernate und Parteibuch sowie Geschlecht waren hier die unwägbaren Kriterien. Seit dem Zeitalter der Frauenförderung bewegte sich manch einer noch missmutiger als sonst in der Warteschleife von Staatsanwalt zu Oberstaatsanwalt. Dafür konnte er sich aber wenigstens in dem Glauben wiegen, er sei nur deshalb nicht befördert worden, weil er ein Mann war.

Telefonstimmen täuschten manchmal gewaltig.

Hinter dem Schreibtisch in Zimmer 1214 saß ein runder junger Mann, kaum älter als sie. Er trug einen Pullover mit Lederflicken auf den Ellbogen und eine olivfarbene Kordhose. Das Zimmer war mit Fotos aus der schönen Welt von Wald und Flur geschmückt. Direkt hinter dem Besucherstuhl hing ein kleines Geweih an der Wand. Es hätte einer Ziege oder einem Junghirsch, aber auch einer Gämse gehören können. Beate war auf diesem Gebiet ein blutiger Laie.

»Ach, Sie sind Jäger?« Eine dämlichere Eröffnung hätte ihr wirklich nicht einfallen können.

Er sah sie dennoch dankbar an. Die Schleusen der Beredsamkeit waren jedenfalls geöffnet, und es kostete sie einige Anstrengung, auf das eigentliche Thema zu kommen.

»Wegener, tja ja. Die Akte haben Sie gelesen?« Ein flinker Blick aus runden Äuglein. Der Mann war nicht dumm.

»Gelesen ist zu viel gesagt. Acht Bände, so was schafft man in der allgemeinen Abteilung nicht. Aber einen groben Überblick habe ich schon. Es geht um Steuerhinterziehung durch Handel mit Gold unbekannter Herkunft ... Wenn Sie mir das vielleicht näher erklären könnten: Wie läuft das im Prinzip ab?«

Münters lehnte sich zurück und faltete die runden Hände vor seinem Bauch. Überraschenderweise strahlte er jetzt viel Autorität aus. Die Augen halb geschlossen, begann er zu reden.

»Nehmen wir an, Sie sind im Besitz von Gold, das Sie, sagen wir in Luxemburg, mehrwertsteuerfrei eingekauft und dann geschmuggelt haben. Solange Sie darauf sitzen, haben Sie nichts davon. Also müssen Sie es wieder loswerden. Sie können es unter der Hand schwarz verkaufen. Keine Rechnung, keine Mehrwertsteuer, und das Finanzamt guckt in die Röhre. Ist so weit alles klar?«

Beate nickte. Der Kollege war ein pädagogisches Naturtalent.

»Hört sich gut an, bringt aber nichts. Die Gewinnspanne ist gering, denn schließlich muss der Einkaufspreis wieder reingeholt werden. Der Käufer will auch profitieren, und so bleibt nicht viel hängen. London Fixing sorgt schon dafür, dass der Preis für ein Kilo Feingold nicht allzu sehr schwankt. Und der Käufer bleibt auf dem Problem sitzen, wie er das unversteuerte Gold wieder in den Verkehr bringt. Schließlich hat er keine Ankaufquittung. Daher haben sich zwei Methoden, oft auch gemischt angewandt, seit langem bewährt. Das Modell Luftrechnungen.«

Beate brauchte ihr Interesse keineswegs zu heucheln.

»Wenn Sie ein Handelsgeschäft haben und unversteuertes Gold ordnungsgemäß unter Ausweisung der Mehrwertsteuer verkaufen, haben Sie ja kein Interesse daran, die eingenommene Mehrwertsteuer dem Finanzamt zu überweisen. Also brauchen Sie eine Quittung, die belegt, dass Sie das Gold unter Bezahlung von Steuer irgendwo gekauft haben. Dann können Sie in Ihrer Erklärung die ausgegebene Mehrwertsteuer von der eingenommenen abziehen und zahlen nur die Differenz. Noch schöner ist es natürlich, wenn Sie, warum auch immer, das Gold zu einem niedrigeren Preis verkaufen, als Sie selbst dafür bezahlt haben. Dann kriegen Sie die Differenz noch vom Finanzamt zurück. Immer noch klar?«

Beate nickte.

»Die Einkaufsquittung für das Gold ist natürlich fingiert. Dafür meldet ein guter Freund ein Gewerbe an, bekommt Stempel und Briefpapier in die Hand gedrückt und schreibt fleißig Rechnungen.

Das Gold des Schmugglers ist damit sauber. Für seine treuen Dienste bekommt der gute Freund eine Provision, sagen wir ein Prozent, die restlichen dreizehn Prozent Mehrwertsteuer sowie den Veräußerungsgewinn kassiert unser Schmuggler. Ist doch nett.«

»Und dafür sitzt dann das Finanzamt dem guten Freund im Nacken, oder?« Beate blickte tatsächlich durch.

»Deswegen macht man eine komplette Abrechnungskette. Eine Firma schreibt der anderen die Luftrechnung, bis die Spur irgendwann versickert. Möglichst über Ländergrenzen hinweg, denn dann gibt's so schöne Koordinierungsschwierigkeiten zwischen den Finanzämtern. Wie hier, da fing es in Rheinland-Pfalz an, dann wurde das Ganze nach Baden-Württemberg weitergereicht, und schließlich landete die Akte nach drei Jahren bei mir. Wegener war die Endstation. Die Steuerfahndung saß ein ganzes Jahr drauf, ohne Ergebnis. Wegener hatte eine chaotische Buchführung, die ohne Erläuterung nicht zu verstehen war. Und erläutert hat er sie nicht, das ist übrigens sein gutes Recht. Da war geschmolzenes Altgold, Abnehmer ohne Adresse, die wollte er nicht mitteilen; die Lieferanten waren nicht eingetragene GmbHs, natürlich längst pleite und die Geschäftsführer unauffindbar. Mit einem Wort: Es stank zum Himmel. Aber festnageln konnte man ihn nicht. Und dann kam das Ende.« Er senkte die Stimme zu einem noch tieferen, geradezu raunenden Bass. »Da gab es irgendwann einen Einbruch in die Räumlichkeiten der Steuerfahndung, und alle Akten waren weg. Nicht nur die Wegenergeschichte, sondern auch einige andere. Das war's dann. Im Vertrauen: Wir wären auch so nicht weitergekommen, denn die Abrechnungskette endete in Liechtenstein. Eine Pierre d'or S.A., eine echte anonyme Société. Ein Doktor Doktor A. Felikon im Aufsichtsrat, selbstverständlich als Treuhänder, der in einem von vielen Briefkästen sitzt. Unser Vernehmungsersuchen nach Vaduz muss verschollen sein. Antwort haben wir nie bekommen.« Zufrieden sah er Beate an. »Noch Fragen zu diesem schönen Thema?«

»Ja, Sie sprachen von zwei Methoden. Wie funktioniert die zweite?«

»Luftrechnungen von Abnehmern, die das Gold zu einem niedrigeren Preis ankaufen, als unser Schmuggler es angeblich eingekauft hat. Das ist aber ziemlich plump, denn schon nach kurzer Zeit fragt sich das Finanzamt, wie ein so unprofitables Geschäft länger als drei Monate existieren kann. Aber hübsch eingestreut in die andere Methode ist der Trick ganz gut. Man macht seinen Schnitt. Das Finanzamt erstattet in der Zwischenzeit die Vorsteuer.«

Beate dachte fieberhaft nach. Dübbers hatte eine Firma namens Schmuckdesign Dübbers Import & Export KG. Vielleicht hing er mit drin in dieser Abrechnungskette?

So gemütlich Kollege Münters bei seinem Vortrag gewirkt hatte, so schroff wurde er jetzt, als sie vorsichtig die Möglichkeit einer Übernahme ihres Verfahrens seinerseits andeutete.

»Kommt gar nicht in Frage. Mein Fall ist tot, toter geht es nicht. Einen simplen Betrug schafft die allgemeine Abteilung doch wohl gerade noch selber, oder?«

Seine runden Äuglein hatten sich zu ärgerlichen Schlitzen verengt. Wenn Mehrarbeit drohte, war der Spaß offensichtlich vorbei. Sie konnte es ihm nicht verübeln.

Sie bedankte sich formvollendet, und er versicherte, nun wieder ganz der dickbäuchige, joviale Typ, sie könne sich jederzeit mit Fragen an ihn wenden.

»Einer so netten jungen Kollegin helfe ich doch gern!«

Beate war verdutzt. Münters war höchstens zwei bis drei Jahre älter als sie. Wenn sie ihr jugendliches Aussehen weiterhin konservierte, hatte das immerhin den Vorteil, dass man ihr nie einen Posten in der Wirtschaftsabteilung aufdrängen würde. Dafür war sie nicht geeignet, das merkte sie schon jetzt. Diese umfangreichen, zähen Verfahren, das Sitzfleisch, das man für die monatelangen Hauptverhandlungen brauchte, und, nicht zu vergessen, das seelische Polster, das nötig war, wenn mal wieder ein Verfahren gegen Zahlung einer Geldbuße eingestellt wurde … Sie schüttelte sich. Zwei Jahre mit Bewährung bei einem Millionenschaden waren schon eine hart erkämpfte Erfolgsmeldung, die in der Kaffeerunde gefeiert wurde.

Sie kehrte in ihr Büro zurück und klappte nachdenklich die Akte Dübbers auf. Nichts zu machen, kein Ansatzpunkt. Blütenweißes Vorstrafenregister, keine ergebnislosen Zwangsvollstreckungsmaßnahmen. Nur Wegener hatte ein Arrestverfahren angeleiert, weil er befürchtete, nicht mehr zu seinem Geld zu kommen. Dübbers wolle sich absetzen, behauptete er eidesstattlich. Dübbers habe Vermögen im Ausland, nämlich ein Ferienhaus in Dinan/Bretagne, das nur formell dem Bruder Winfried gehöre. Dübbers habe bereits seine Wohnungseinrichtung verkauft. Das Übliche, was in solchen Fällen vorgetragen wird.

Beate kam nicht weiter.

Mutlos starrte sie auf die Akte. Da war noch der Handelsregisterauszug über die Dübbers KG. Friedrich P. Dübbers war persönlich haftender Komplementär, sein Bruder Kommanditist. Die Firma war vor fünf Jahren gegründet worden. Seltsam, eine Florine Wegener war ebenfalls Kommanditistin, mit einer Einlage von DM 20 000, war aber vor zwei Monaten ausgeschieden. Einen Monat später hatte Berthold Wegener Anzeige erstattet. Es gab offensichtlich Familienkrach zwischen den Parteien. Der Registerauszug der Carat GmbH von Berthold Wegener bot nichts Interessantes. Auch sie war vor fünf Jahren gegründet worden, DM 50 000 Stammkapital, Geschäftszweck: Handel mit Edelmetallen und Schmuckerzeugnissen. Die Gesellschafterliste: neben dem Geschäftsführer Berthold Wegener eine Lilo Kurz, geborene Dübbers, und ... Beate stockte der Atem: Manfred Breithaupt, kaufmännischer Angestellter, Köln-Porz.

Eine merkwürdige Firmenverflechtung und mittendrin Manni, über den sie viel zu wenig wusste.

Sie musste sofort nach Hause.

Es war keine gute Idee gewesen. Das mexikanische Lokal gegenüber vom Deutzer Bahnhof war übervoll. Wolfgang und Beate kamen gerade noch in der hintersten Ecke unter. Der Tisch war bis auf zwei Plätze von einer frohgemuten Schar heftig schwäbelnder Enddreißiger besetzt, die offensichtlich einen guten Abschluss auf der diesjährigen Domotechnica-Messe feierten. Einige von ihnen schienen sich schon seit der Happy Hour, in der heimtückische Cocktails zum halben Preis gereicht wurden, dort aufzuhalten.

Das ist für sparsame Schwaben sicherlich nicht ohne Reiz, dachte Beate und quetschte sich an ihnen vorbei, sodass sie den strategisch günstigen Platz an der Stirnwand der Cantina einnehmen konnte. Wolfgang hatte noch größere Schwierigkeiten, seine lange Gestalt auf den zerbrechlich wirkenden Stuhl zu bugsieren. Als er endlich saß, stieß sein Knie gegen ihres. Der Geräuschpegel, insbesondere an ihrem Tisch, war unerträglich und verschluckte bis auf einige schrille Spitzentöne die fröhlich lärmende Mariachi-Musik vom Endlosband. Wolfgang machte ein gequältes Gesicht.

»Das ist ja akustische Umweltverschmutzung«, schrie er ihr ins Ohr. »Wenn ich auch noch auf mein Kölsch warten muss, gehe ich lieber …«

Beate nickte ihm beruhigend zu. Das Kölsch kam schnell, ebenso der Avocado-Dip mit Mais-Chips. Die Erleichterung wäre vollkommen gewesen, wenn die Vertretergilde nicht gerade in eine dröhnende Lachsalve ausgebrochen wäre, wie sie nur nach besonders gelungenen Herrenwitzen fällig ist. Beate rückte noch näher an Wolfgang heran.

»Was weißt du eigentlich über Manni? Ich meine, wovon hat er gelebt? Was machte er beruflich, überhaupt alles ist interessant!«

»Keine Ahnung, ich hielt ihn für eine gescheiterte Existenz. Er hatte Geldprobleme, ist dafür aber erstaunlich viel geflogen. Ich habe mir das Bordbuch der Maschine ›Oscar Tango Zulu‹ angeguckt. Die wird nicht oft benutzt, ist unser ältestes Modell. Aber Manni ist in den letzten zwei Jahren oft damit geflogen, zuletzt jede Woche mindestens einmal. Das läppert sich schon zusammen, zumal der Chaot ziemlich häufig seine Tankquittungen verlegte und das Geld nicht ersetzt bekam. Und wenn am Ende des Monats der Verein die Kosten von seinem Konto abbuchen wollte, ist die Buchung oft genug geplatzt. Doch dann tauchte er irgendwann wieder auf und zahlte bar. Ein regelmäßiges Einkommen hatte er jedenfalls nicht. Darf ich?« Er zeigte auf die Schüssel mit Avocado-Dip.

Beate nickte großzügig und sah zu, wie Wolfgang die Reste vernichtete, wobei er zum Schluss ungeniert die Schüssel ausleckte. Kalorienprobleme kannte er nicht. Sie seufzte.

»Und Leonore? Die passte doch gar nicht zu ihm!« Sie sprach ganz nahe an seinem Ohr. Er ergriff die Gelegenheit und hauchte einen Kuss auf ihre Wange.

»Passe ich denn zu dir?«, erkundigte er sich.

»Na klar, du elitärer Macher von Minderheitsprogrammen, wie die Faust aufs Auge.« Jetzt gab sie den Kuss zurück.

»Mai, das isch au en nettes schmuckes Mädele«, mischte sich einer der rotgesichtigen Vertreter ein. »Koi Frag, das würd i au net aloi heimgähe losse ...« Wieherndes Gelächter folgte auf diese originelle Bemerkung. Beate blitzte den Sprecher erbost an, doch bevor sie etwas Rüdes über Männerhorden fern der Heimat loswerden konnte, legte Wolfgang beschützend den Arm um sie. Und das gefiel ihr auch noch. Es hatte sie zweifellos erwischt.

»Tja, Leonore«, sagte Wolfgang nachdenklich. »Als er merkte, dass sie nicht zu ihm passte, war Manni schon mit ihr verheiratet. Und wollte sie auch keineswegs aufgeben. Ich habe sie nur zwei- oder dreimal gesehen. Mein Typ ist sie nicht«, fügte er schnell hinzu.

»Ich weiß«, grinste Beate. »Trotzdem, wie ist sie?«

»Für mich gehört sie in die Kategorie Luxusweibchen: schön, kalt und berechnend. Im letzten Jahr beim Tag der offenen Tür kamen Manni und sie mit einem reichen Pinkel an, der mit seiner Nobelkarosse auf dem Parkplatz gleich einen Auffahrunfall produzierte. Ich habe mit dem Typ einen Rundflug gemacht. Wenn du mich fragst: Zu so einem Mann würde sie viel besser passen. Da fällt mir ein, ich habe bei mir noch Fotos von der Veranstaltung, vielleicht sind die ja interessant. Wir können sie nachher holen.«

»Wissen die anderen bei euch vielleicht mehr über Manni? Irgendeinem wird er doch etwas über seine Schwierigkeiten erzählt haben«, fragte Beate.

»Da habe ich eine Idee: Nächste Woche ist Mitgliederversammlung, da könnten wir mehr herausbekommen. Unser Sponsor wird es sich zwar nicht nehmen lassen, einen Nachruf vorzutragen, aber ansonsten wird es bestimmt auf das gemütliche Beisammensein hinauslaufen, wie immer. Komm doch einfach mit!«

Es war beschlossene Sache. Die Schwaben hatten aufgegeben und sich verdrückt. Die Domstadt bot ein reichhaltiges Programm für gestresste Spesenritter, die Entspannung suchten. Die Tacos, Tortillas und Quesadas rollten heran, der Abend war gerettet.

Später schloss Wolfgang die Tür zu seinem Einzimmerapartment in der Innenstadt auf. Es war ein großer, ziemlich leerer Raum mit Junggesellenküche. Die warme Luft hatte sich aufgestaut. Eine feine Staubschicht lag auf den schwarzen Metallregalen, der aufwendigen Stereoanlage und der grau wirkenden Kakteenkolonie auf dem Fensterbrett. Eine zuckende Leuchtreklame von draußen wurde durch halb geschlossene Jalousien zerschnitten. Erst als Wolfgang eine altmodische Stehlampe anknipste und der Raum in warmes Licht getaucht wurde, verlor Beate etwas von ihrer Beklemmung.

»Setz dich, ich bin gleich so weit.« Wolfgang lag schon auf den Knien und angelte unter der schwarzen Ledercouch nach einem Pappkarton. Er zog ihn hervor und öffnete ihn. Ein Chaos von Fotos, Konzertprogrammen, Muscheln und Kleinkram kam zum Vorschein. Entzückt griff Beate nach einem kleinen silbernen Seepferdchen und sah ihn fragend an.

»Hat mir meine Mutter geschenkt. Zum Freischwimmerzeugnis«, murmelte er verlegen.

Wie rührend! Und er hatte es nicht weggeschmissen. Darüber konnte man lange nachdenken, wenn man wollte.

»Und wo hast du das her?«, fragte Beate und deutete auf ein faszinierend kitschiges Objekt: ein Glasfeuerzeug, in dessen Innerem sich eine Freiheitsstatue im Schneegestöber behauptete. Beate schüttelte das Feuerzeug, und der künstliche Schnee wirbelte auf.

»Ach das«, sagte Wolfgang. »Das kannst du behalten. Ich rauche ja nicht mehr, und ich hab noch eins von den Dingern. Mit dem Empire State Building samt King Kong.«

Beate freute sich. Wolfgang wühlte in den Fotos.

»Da, hier sind sie. Manni, Arm in Arm mit Leonore, dahinter der Typ, von dem ich vorhin sprach. Hier unser Sponsor vor der neuen Cessna mit Porschemotor. Kamikaze und Manni ins Gespräch vertieft … Und hier habe ich noch den Parkplatz am Flughafen, mit der zerbeulten Ente von Bert. Den Mercedes von dem Typen sieht man auch noch …«

Beate musterte die Bilder aufmerksam. Manni sah auf den Fotos wie ein großes, begeistertes Kind aus. Leonore lächelte künstlich und hielt ihr Haar, das ein Windstoß gerade zerwühlte, mit einer Hand fest. »Der Typ« war ein breiter, jovial grinsender Mann um die fünfzig, in Lederjacke und Schlips. Massig, ohne dick zu sein, wirkte er wie ein solider Geschäftsmann, der sich die Butter nicht vom Brot nehmen lässt.

»Kennst du den?«, fragte sie.

Wolfgang schüttelte den Kopf.

Beate war wie elektrisiert. »Das kriege ich raus, kein Problem. Guck mal hier!«

Sie hielt ihm das Unfallfoto hin. Der Mercedes hatte die Nummer K-BM 1435, sie war deutlich zu erkennen. Das würde sie morgen noch erledigen, bevor sie zu Mordbub ging.

Wolfgang schaltete das Radio ein. »Hast du Lust auf ein Programm für den anspruchsvollen Konsumenten? Habe ich letzte Woche im Schweiße meines Angesichts zusammengestellt.«

»Ein Liveprogramm wäre mir lieber«, konterte Beate und bemühte sich um eine verführerische Pose auf der Couch. Die war kühl und glatt und erinnerte an die Untersuchungsliege in einer gehobenen Arztpraxis.

»Bei dir oder bei mir?« Wolfgang kopierte lässigsten Südstadtslang. Dann änderte er den Ton. »Diese Frage muss sich ja nicht immer und ewig stellen, oder?«

Beate zuckte zusammen. Auf diese Wendung war sie nicht vorbereitet. Sie war immer davor zurückgeschreckt, sich so fest zu binden. Einerseits. Und andererseits lebte Wolfgang, seitdem sie sich kannten, mehr oder weniger bei ihr, was ihren Mitbewohner Lutz schon zu einigen Sticheleien veranlasst hatte. Die Gedanken wirbelten in ihrem Kopf.

»Was zahlst du eigentlich für diese Bude?« Jetzt möglichst sachlich bleiben und einen kühlen Kopf bewahren.

»Siebenhundert warm im Monat.«

Dieser Wucherpreis dokumentierte die traurige Wirklichkeit des Kölner Wohnungsmarktes hervorragend. Es wäre wirklich praktischer, wenn Wolfgang in das freie Zimmer in ihrer Wohnung ziehen würde. Die leidige Nachmieterfrage hatte Beate bis zur Rückkehr von Lutz vertagen können … Sie riss sich zusammen. Es war nicht nur praktisch, wenn Wolfgang bei ihr wohnen würde. Sie wollte es auch.

»Würdest du mit Lutz zurechtkommen?«, fragte sie leise.

Wolfgang lachte. »Wer mit dir zurechtkommt, den kann nichts mehr erschüttern.«

Sie bewarf ihn so lange mit Sofakissen, bis sie einander kichernd in die Arme fielen.

»Das darfst du aber beim Vorstellungsgespräch nicht erwähnen, es verrät deine mangelnde WG-Erfahrung«, alberte sie.

Wie konnte sie nur so unverschämt glücklich sein und gleichzeitig permanent das grauenvolle Bild von Mannis Leiche mit sich herumtragen? Unnatürlicher Tod, dieser Ausdruck geisterte in ihrem

Kopf herum und schien zum ersten Mal Bedeutung zu haben. Wolfgang erriet ihre Gedanken.

»Wir kriegen das raus, das mit Manni«, sagte er.

»Ich glaube nicht, dass es Leonore war.« Ihre Überzeugung wuchs beim Sprechen. »Es sollte so aussehen, ja, aber einiges stimmt nicht. Es sollte so aussehen, als hätte es in der Küche Streit gegeben, als hätte sie spontan zum Messer gegriffen und ihn dann umgebracht. Eine umgekippte Milchtüte und ein umgestürztes Glas Honig – das wirkt irgendwie gestellt. Als ob die Unordnung nach einem Kampf nur vorgetäuscht werden sollte. Wie kam er so friedlich in die Ecke, in der wir ihn gefunden haben? Außerdem waren an dem Messer keine Fingerabdrücke. Das hat mir Mordbub gesteckt, und der weiß auch, was das bedeutet. Keine Ehefrau, die in höchster Erregung ihren Mann ersticht, zieht vorher Handschuhe an. Und Leonore traue ich auch nicht zu, dass sie gerade beim Geschirrspülen war. So, wie es da aussah, ist bei denen eine Woche nicht gespült worden. Manni hat sich sowieso nur von Fertiggerichten aus der Dose ernährt. Erinnerst du dich an den Abfallhaufen?«

Wolfgang überlegte.

»Und wenn sie die Abdrücke hinterher abgewischt hat?«

»Könntest du so etwas tun? Das Messer stecken lassen und daran herumwischen? Sie wusste, dass der Verdacht auch ohne Fingerabdrücke auf die verschwundene Ehefrau fallen und man sie für besonders kalt und kalkulierend halten würde. Ziemlich dumm also.«

»Wie soll es denn sonst gelaufen sein?«

»Morgens hat sie ihre Sachen gepackt, mindestens zwei Koffer. Dann gab es das gemütliche Frühstück zu zweit, bei dem sie ihm eröffnete, dass sie ihn verlassen würde. Es gab Streit, dein Anruf kam dazwischen. Und dann tauchte vielleicht der Mann auf, den sie gegen Manni eingetauscht hat. Oder meinst du, ein Typ wie Leonore zieht ins Frauenhaus? Oder schleppt die Koffer eigenhändig zur nächsten Bleibe?«

»Da könnte was dran sein. Mannis Auto stand vor dem Haus, mit dem ist sie nicht gefahren.«

»Genau, und mit einem Taxi auch nicht, das hätte mein Kollege längst ermittelt. Leonore ist spurlos verschwunden. Wenn sie so berechnend ist, wie du glaubst, hätte sie Manni nicht ohne einen standesgemäßen Ersatzmann verlassen. Und den müssen wir finden.

Vielleicht ist es sogar der Mann auf dem Foto. Ohne Kommissar Zufall kommt man eben manchmal nicht weiter.«

»Beate, ehrlich, auch wenn es der neue Lover war – er hätte es doch nur getan, weil sie ihn dazu gebracht hat.« Er seufzte. »Du kennst die Frauen nicht …«

»Männer sind auch ein Kapitel für sich«, sagte sie mit Überzeugung.

»Wir kennen uns eben aus.« Wolfgang hatte, selten genug, das letzte Wort.

Der Frust nagte an ihr. Der Anruf beim Straßenverkehrsamt hatte sie keinen Zentimeter weitergebracht. Der Mercedes auf dem Foto war auf eine Autovermietung zugelassen. Zusatzfragen, zum Beispiel die, wer denn im letzten Jahr Halter gewesen sei, hatte die schnippische Dame am Telefon nicht beantwortet. Da solle sie gefälligst eine schriftliche Anfrage schicken, die dann ordnungsgemäß und ohne Zeitdruck bearbeitet werde.

Typisch Verwaltung. Und typisch auch für diese Art Geschäftsleute, deren Parfum der Erfolg ist. Dickes Auto und dann nur gemietet. Oder geleast, das war wohl günstiger, wenn es ums Absetzen von der Steuer ging. Mehr Schein als Sein, wie üblich. Da fiel ihr etwas ein. Geleastes Fahrzeug …

Sie rannte zur Geschäftsstelle und ließ sich den Vorgang Dübbers geben. Da war doch schon in dem alten Unterhaltsverfahren die Rede von einem geleasten Fahrzeug gewesen …

Hastig blätterte sie die Akte durch. Vernehmung der Ex-Ehefrau: »Und dauernd fährt er dicke Wagen, ich habe es mir notiert: Letzte Woche fuhr er mit einem Mercedes, davor mit einem italienischen Sportwagen, das Kennzeichen habe ich mir noch aufgeschrieben …«

Wenn schon Frust, dann richtig. Das Kennzeichen des Mercedes war natürlich nicht angegeben. Aber hatte nicht der Anwalt von Dübbers eine Ablichtung des Leasingvertrages über den Mercedes zur Akte gegeben? Sie zwang sich, ruhiger umzublättern. Und da war er: der Vertrag aus dem Vorjahr zwischen der Dübbers KG und der Leasing-Firma über einen Mercedes, Kennzeichen K-BM 1435.

Sie atmete tief durch. Jetzt nur keine voreiligen Schlüsse ziehen. Wenn Manni Breithaupt Gesellschafter der Carat GmbH von

Wegener gewesen war, dann war es nicht verwunderlich, dass er auch dessen Geschäftspartner Friedrich P. Dübbers gekannt hatte. Die Firmen waren eng miteinander verflochten. Vielleicht hatte Manni in der Firma vom Tag der offenen Tür beim Fliegerclub erzählt; Dübbers hatte davon erfahren und war dort erschienen, um einen kostenlosen Rundflug zu ergattern? Doch in ihrem Kopf stellten sich noch ganz andere, phantastischere Zusammenhänge her, die sie nicht verdrängen konnte.

Sie griff zum Telefon. Schon nach einmaligem Klingeln dröhnte die vertraute Stimme an ihr Ohr.

»Bub, Staatsanwaltschaft Köln.«

»Hier Fuchs. Ich glaube, ich habe etwas für Sie in der Sache Breithaupt. Kann ich mal vorbeikommen?«

»Ich glaube, da bin ich noch zuständig. Oder übernehmen Sie die Sache schon?« Sein Ton war beißender als sonst.

»Um Gottes willen«, wehrte Beate ab. »Es ist einfach ein Hobby von mir, Leichen zu sammeln. Haben Sie Zeit?«

Er hatte. Beate machte sich auf den Weg, der mehrere Etagen nach oben führte.

Mordbub wirkte mürrisch. Vielleicht lag es daran, dass er gerade mehrere Bände Spurenakten der Kriminalpolizei durchzuarbeiten hatte.

»Setzen Sie sich; unergiebiger als diese Akten kann eine Unterhaltung mit Ihnen nicht sein. So wenig wie über Breithaupt wusste ich noch nie über ein Mordopfer …«

»Haben Sie herausgefunden, womit er sein Geld verdiente?«, fragte Beate, die sich fast auf einen Aktenordner gesetzt hätte, der auf dem Besucherstuhl lag.

»Noch nicht einmal das. Leonore hat ganze Arbeit geleistet. In der Wohnung fand sich nichts, aber auch gar nichts. Keine Zeugnisse, Kontounterlagen oder Arbeitsverträge … Der Mietvertrag für die Wohnung lief auf ihren Namen, ebenso die Versicherung für das Auto. Alles andere hat uns nicht weitergeführt.«

»Manni Breithaupt war mit einer Einlage von DM 15 000 Gesellschafter der Carat GmbH. Gegen diese Gesellschaft lief ein Steuerstrafverfahren wegen Handels mit geschmuggeltem Gold. Das Verfahren wurde in diesem Jahr eingestellt. Und Breithaupt kannte einen Friedrich P. Dübbers, gegen den ich wegen Betrugs zum Nachteil der Carat GmbH ermittle. Zumindest eine Kontonummer erfährt man, wenn man bei seinem Fliegerclub nachfragt. Er hat die Beiträge abbuchen lassen. Obwohl dieses Konto uninteressant sein dürfte. Es war nämlich meistens leer«, schloss sie ihre Darstellung.

Eine Weile war es still.

»Sieh mal an.« Mordbub war tatsächlich beeindruckt.

Beate legte ihm ihre Akten und das Foto vor. Der Kollege studierte die Unterlagen gründlich, dann richtete er seinen Blick auf Beate. Er lächelte spöttisch.

»Und im Gegenzug wollen Sie wissen, wie weit wir sind, oder habe ich mich da etwa getäuscht?«

»Ich bin durchschaut.« Auch Beate lächelte.

Wortlos warf er ihr einige zusammengeheftete Blätter hin. Das Obduktionsprotokoll! Fasziniert begann sie zu lesen, doch Mordbub unterbrach sie.

»Es reicht, wenn Sie die Zusammenfassung lesen. Letzte Seite«, fügte er überflüssigerweise hinzu.

Da stand es: Manni war an der Stichverletzung, die lebenswichtige Blutgefäße zerstört hatte, gestorben. Zuvor war jedoch mit stumpfer Gewalt auf seinen Schädel eingewirkt worden, Unterblutungen im Bereich des Hinterkopfes waren dem Obduzenten nicht entgangen.

»Also doch«, murmelte sie. »Dann ist er vermutlich im Wohnzimmer niedergeschlagen, in die Küche gebracht und dort erstochen worden?«

Selten hatte sie den Kollegen Bub verblüfft gesehen. Jetzt war es wieder einmal so weit.

»Wie kommen Sie denn darauf? Waren Sie dabei?«

»In der Küche hat kein Kampf stattgefunden, obwohl es so aussehen sollte. Im Wohnzimmer dagegen gab es Spuren einer Auseinandersetzung, nämlich ein zerbrochenes Glas und einen Aschenbecher, der auf den Boden gefallen war. Außerdem passt es besser zu meiner Theorie, dass Leonores Liebhaber der Täter war.«

»Ich notiere: Name und Adresse des Lovers …«

»Ich will Sie doch nicht arbeitslos machen. Den Mann gibt es nur theoretisch«, räumte Beate ein. »Und sonst? Stimmt es?«

»Die Mikrospuren haben wir noch nicht ausgewertet. Aber alle anderen Spuren weisen darauf hin, dass das Opfer tatsächlich im

Wohnzimmer niedergeschlagen wurde. Wir haben leichte Schleifspuren im Flur festgestellt. Die schließen aber nicht aus, dass er sich selbst noch bis in die Küche geschleppt haben könnte. Dort ist er dann erstochen worden, und zwar in der Lage, in der er sich zuletzt befand. Das legt jedenfalls der Einstichkanal nahe. Problem Nummer eins dabei: Wir haben den Gegenstand nicht gefunden, mit dem er zuerst angegriffen wurde. Und dann kommen die vielen anderen Probleme, die Sie schon kennen. Das größte: Wo ist die Ehefrau des Verblichenen?«

Mordbub kratzte sich am Kopf.

»Wir haben schon die Nachbarn gefragt, die meisten Mitglieder des Fliegervereins, die Boutiquemäuschen von dem Laden, in dem Leonore halbtags jobbte; aber wir haben keine konkreten Informationen bekommen. Natürlich wurde gemunkelt, dass Leonore einen oder mehrere gut situierte Herren kannte. Aber nichts Genaues weiß man nicht. An Ihrer Theorie stimmt übrigens etwas nicht.«

»Und was?«

»Wenn es ihr Liebhaber gewesen ist, warum hat er dann den Verdacht auf seine Geliebte gelenkt? Nimmt die Tatwaffe mit, arrangiert am heimischen Herd einen Tatort, der eine Konflikttat nahe legt, und lässt dann auch noch die Tür auf, sodass die Fahndung möglichst flott einsetzen kann! Das sieht nicht nach reiner Liebe aus, oder? Also ich hätte die Wohnungstür aufgehebelt, Preziosen zusammengerafft und eine Tatwaffe benutzt, die für eine zierliche Frau etwas unhandlich wäre. Und das Ding natürlich brav dort liegen gelassen ...«

»Sie sind ja auch ein Profi«, sagte Beate. »Und was die Liebe angeht: Wer kennt sich darin schon aus?«

»Bevor wir hier die Höhen der Philosophie erklimmen, werden wir erst mal aktiv. Ich knöpfe mir die Herren Wegener und Dübbers vor, und Sie könnten in Ihrer Sache den Dübbers auch mal vorladen. Am besten am selben Tag, dann kann der Herr nur einmal Fahrkosten verlangen. Wie wäre es übermorgen? Zehn Uhr bei Ihnen und elf Uhr bei mir, ist das okay?«

Beate war einverstanden. Es würde zwar nichts dabei herauskommen, aber den Versuch war es wert.

Mordbub erhob sich geradezu feierlich und streckte ihr die Hand entgegen. Beate schlug ein und ging fast in die Knie, so kräftig drückte ihr Kollege zu. Wenn sie durch dieses Männerritual auf die Probe gestellt werden sollte, dann wollte sie sie auch bestehen – so lächerlich das Ganze war. Also drückte Beate ebenso entschlossen zu und erntete ein anerkennendes Grinsen.

In ihrem Zimmer verlor sich das Hochgefühl schlagartig. Ein überarbeiteter Wachtmeister hatte offensichtlich Berge von Akten bei ihr abgelegt, für die sie gar nicht zuständig war. Wütend telefonierte Beate mit der Geschäftsstelle. Mit falschem Bedauern in der Stimme erklärte man ihr, der Kollege Greiser sei plötzlich erkrankt, und zwar schon vorgestern. Leider habe man vergessen, die Vertretung zu regeln, was wegen der dringenden Haftsache aufgefallen sei. Daher käme jetzt so viel auf einmal, das möge sie entschuldigen.

Zähneknirschend legte Beate auf. Da half nichts, es musste getan werden. Dass der Kollege eine unleserliche Handschrift hatte, trug nicht zur Beschleunigung bei. Gegen Ende des Tages rief sie bei Dübbers' höchst erstauntem Rechtsanwalt an und vereinbarte eine Vernehmung für übermorgen. Als sie ihre letzte Zigarette ausgedrückt hatte, war der Aktenbock so leer wie ihr Kopf.

Die morgendliche Kaffeerunde tagte wie in alten Zeiten im Zimmer des Kollegen Kieferle. Den Umzug in das neue Gebäude hatte diese Tradition unbeschadet überstanden. Nur Kieferle selbst, leicht erregbar und schwergewichtig, musste auf dringende Empfehlung seines Arztes dem Kaffee entsagen. Dennoch verfügte er nach wie vor über die gemeinschaftlich angeschaffte Kaffeemaschine und führte die Liste, in die er fein säuberlich jedes gekaufte Pfund Kaffee und jede Filtertüte eintrug. Dickköpfig weigerte er sich jedoch, Kaffee zu mahlen, da er als Nichttrinker seinen Pflichten in der Gesellschaft Bürgerlichen Rechts vollauf mit der Zurverfügungstellung seines Dienstzimmers genüge, wie er wortreich immer wieder vortrug. Als Beate an diesem Morgen sein Zimmer betrat, führte er gerade Klage über die Referendarin, die ihm zur Ausbildung zugeteilt war.

»Die Referendare werden auch immer dümmer, also ich seinerzeit in Stuttgart, ich musste noch richtig ran, habe meinem Alten die ganzen Reste weggeschaufelt. Jeden Tag habe ich da gehockt ...

Und heute? Nicht mal eine Diebstahlsanklage kriegt meine Referendarin ordentlich hin. Da ist immer gleich Hausfriedensbruch und Sachbeschädigung dabei, wenn jemand ein Auto knackt …«

»Sieht sie wenigstens gut aus?« Der sportliche Fetten (Abteilung Rauschgift) dachte wohl immer nur an das eine.

»Wo denkst du hin, ich bin verheiratet!« Kieferle war gekränkt.

Allgemeines Prusten ertönte.

»Wo bleibt die Emanzipation? Warum fragt mich keiner, ob ich einen attraktiven Referendar habe?«, fragte Beate.

Die Herren Kollegen starrten sie ungläubig an. Offensichtlich war ihnen der Gedanke noch nicht gekommen.

»Attraktiver als wir könnte gar keiner sein«, mutmaßte Wichterich. Er trug einen verblichenen Kordanzug, der um seine hagere Gestalt schlotterte. Der graue Strickbinder passte haargenau zu dem unmodernen Hemd, dessen einziger Vorzug die makellose Sauberkeit war. Jetzt war es Beate, die losprustete. Wichterich wechselte beleidigt das Thema.

»Ich hätte da was Schönes für einen Referendar. Den berühmten Mückenlarvenfall. Kann man Mückenlarven klauen, oder sind sie herrenlose Sachen, wenn sie sich in einem fließenden Gewässer befinden? Ich habe auch gestaunt, aber man hat zwei Typen erwischt, die solche Viecher abgefischt haben. Der Mückenlarvenzüchter wird zwar sauer sein, aber es ist weder Diebstahl noch Verletzung fremden Fischereirechts noch sonst etwas. Höchstens Hausfriedensbruch – wenn das Ufer entsprechend eingezäunt war. Ich habe da ein Gutachten von einem Kollegen, der das sehr penibel ausgearbeitet hat. Mir kamen die Lachtränen, wirklich. Ist sogar ein Prüfungsfall geworden.«

»Her damit.« Kieferle war begeistert. »Daran kann sie sich die Zähne ausbeißen!«

»Ob damit der Ausbildungszweck erreicht wird?« Bargfeld wiegte seinen Kopf hin und her. Er hatte keinen Funken Humor. Vielleicht war er deshalb in der Politischen Abteilung. Mordbub entkrampfte die Situation.

»Was muss man schon können, um Staatsanwalt zu sein? Schneidig, aber dumm, heißt es doch so schön. Auf die Einstellung kommt es an, oder?«

»Bei euch Kapsäcken vielleicht; wir in der Wirtschaftsabteilung müssen schon mehr als eure drei Paragraphen zwischen 211 und 213 kennen«, lästerte Hötschel freundschaftlich.

Beate ließ die Unterhaltung an sich vorbeiplätschern und trank ihren Kaffee. Gleich würde Dübbers bei ihr erscheinen. Hoffentlich machte er überhaupt irgendwelche Angaben. Wenn er mit Anwalt aufkreuzte, was zu erwarten war, würde er bestimmt den Mund halten. Sand im Getriebe, diese Anwälte ...

Beate war erschüttert. So hatte sie vor einigen Jahren noch nicht gedacht. Sie musste höllisch aufpassen, sonst würde sie sich eines Tages als verknöcherter Oberverdachtsschöpfer wiederfinden oder als kleines, unauffälliges Rädchen im großen Ganzen, angepasst bis zur Unkenntlichkeit. Wenn sie sich so umschaute, schien das ein ganz normales Schicksal zu sein. Sie könnte natürlich auch so enden wie viele andere: als mausgraue Aktenverwalterin, die schon lange nicht mehr daran dachte, dass ihre Arbeit irgendetwas mit Gerechtigkeit zu tun hatte.

Jäh wurde sie aus ihren Gedanken gerissen.

»Unser Füchschen ist ja so ruhig heute Morgen. Hat sich überhaupt sehr verändert. Die neue Frisur und alles ... Ja, ja, die Liebe!«

Das war selbstverständlich Mordbub.

Beate wurde rot. Konnte er Wolfgang nicht aus dem Spiel lassen?

»Das ist überhaupt keine neue Frisur. Ich habe die Haare nur ein wenig kürzer schneiden lassen. Und dann hat mich der Typ zu einer Hennakur überredet, weil da noch etwas Pfiff fehle, meinte er. Das ist aber auch alles ...«

»Und was hat Herr Piper dazu gesagt?« Bub ließ nicht locker.

»Dem hat's gefallen. Nachdem ich ihn darauf aufmerksam gemacht habe«, antwortete Beate wahrheitsgemäß.

»Wie, du hast einen neuen Freund und hast ihn uns noch nicht vorgestellt?«, rügte Walter Fetten und zwinkerte ihr zu.

»Nachdem er mich kennen gelernt hat, ist ihm die Lust vielleicht vergangen, noch mehr von diesen so genannten Kollegen kennen zu lernen.« Bubs Stimme troff von Ironie. »Viel Glück gleich, Frau Fuchs. Ich melde mich bei Ihnen, wenn ich mit Dübbers und Wegener fertig bin. Ich bin weg.« Langsam löste die Runde sich auf.

In ihrem Zimmer bereitete Beate die Vernehmung vor. Diktiergerät mit neuer Kassette, Formular für die Beschuldigtenvernehmung mit den vorgeschriebenen Belehrungen, die Akte Dübbers. Um fünf vor zehn klopfte es an die Tür.

»Kommen Sie rein!«, rief sie.

Er war tatsächlich breit und massig, ohne dick zu sein, und war in seinem Nadelstreifenanzug noch mehr der solide Geschäftsmann um die fünfzig als auf dem Foto. Nur sein joviales Grinsen hatte er zu Hause gelassen. Sein Gesichtsausdruck wirkte leicht genervt. Gleich würde er auf die klotzige Armbanduhr blicken, um dezent kundzutun, dass er diese Veranstaltung für eine Zeitverschwendung hielt. Es gab wichtigere Termine. Durch die angelehnte Tür zwängte sich ein korrekt gescheitelter kleiner Mann von schmächtiger Gestalt, der wie zum Ausgleich eine übergroße Aktentasche trug.

»Dübbers«, stellte sich der Erste vor. Sein etwas grob geschnittenes Gesicht verfehlte seine Wirkung auf bestimmte Frauen sicherlich nicht. Beate gehörte nicht zu ihnen.

»Fuchs«, sagte sie und streckte ihre Hand aus.

Er übersah sie geflissentlich und deutete auf seinen Anwalt. »Das ist Rechtsanwalt Fink.«

»Fink«, dienerte dieser. Seine helle schneidende Stimme musste bei einem Plädoyer unangenehm in den Ohren gellen.

Beate griff nach dem Vernehmungsformular.

»Nicht nötig, Frau Staatsanwältin. Mein Mandant macht in diesem Verfahren keine Aussagen.«

Fink ließ seinen Mandanten nicht zu Wort kommen. Beate konnte nur darauf vertrauen, dass Dübbers nicht frei von Eitelkeit war. Ein Blick auf die goldene Krawattennadel und seine überlegene Miene verriet ihr, dass sie nicht ganz falsch lag. Wenn sie ihn nur genügend ignorierte, würde er vielleicht doch reden. Sie wandte sich voll dem Anwalt zu.

»Herr Fink, ich weiß nicht, ob das so günstig ist. Wenn ich nur eine überzeugende Erklärung hätte, warum die Summe an die Carat GmbH noch nicht bezahlt worden ist, könnte ich das Verfahren mit gutem Gewissen einstellen. So müsste ich das in einer öffentlichen Hauptverhandlung klären lassen …«

Fink räusperte sich.

»Sie haben doch gar keinen Fall für eine Anklage. Ein üblicher Streit unter Geschäftsleuten, wie kriegen Sie denn da die Täuschungsabsicht hin …«

Er hatte zwar Recht, aber bluffen konnte sie auch.

»Wenn ein Wechsel mangels Zahlung platzt, spricht das schon für Zahlungsunfähigkeit. Und wenn Wegener das behauptet und Ihr Mandant es noch nicht einmal bestreitet, was soll ich dann machen? Einstellen kann ich die Sache jedenfalls nicht!«

Dübbers rutschte bei diesem Dialog ungeduldig auf seinem Stuhl hin und her. Fink war gut präpariert.

»Haben Sie überhaupt nachgeforscht, ob bei Ausstellung des Wechsels genügend Geld vorhanden war? Die Einlösung war doch erst zwei Monate später, da kann viel passiert sein.«

Er hatte sie kalt erwischt. So viel Arbeit hatte sich Beate nicht gemacht. Also blieb nur die Offensive.

»Wenn das eine derart windige Firma ist, der innerhalb von zwei Monaten plötzlich das Wasser bis zum Hals steht, dann hätte man dort eben keine Wechsel ausstellen dürfen, so einfach sehe ich die Sache.« Beate blieb stur. Bei den Worten »windige Firma« war Dübbers merklich zusammengezuckt.

»Ich glaube nicht, dass beamtete Juristen die Gepflogenheiten im Wirtschaftsleben zutreffend beurteilen können«, sagte Fink und garnierte diese Unverschämtheit mit einem ironischen Lächeln. »Im Übrigen habe ich da etwas vorbereitet ...«

Er fummelte an dem Nummernschloss seiner aufgeblähten Aktentasche.

Das war ein taktischer Fehler. Er hätte nicht »Ich habe da etwas vorbereitet« sagen dürfen. Dübbers meldete sich verärgert zu Wort.

»Jawohl, ich erstatte Strafanzeige gegen Berthold wegen falscher Verdächtigung. Er kennt meine Firma ganz genau und auch die Abläufe. Ich habe ihn gebeten, den Wechsel noch einen Monat zu prolongieren, weil ich noch größere Verkäufe abwickeln musste. Der wollte mir nur eins auswischen, weil wir privaten Ärger hatten.«

Er sah ihr mit einem hypnotischen Blick aus eisgrauen Augen voll ins Gesicht. Sie blätterte in der Akte.

»Richtig, da war bis vor kurzem eine Verwandte von ihm in Ihrer Firma.«

»Seine Schwester«, warf er ein. »Und meine Schwester ist Gesellschafterin bei ihm, immer noch.«

»Was war das überhaupt für eine Lieferung?«, erkundigte sich Beate.

»Rohstoffe für die Schmuckherstellung.«

»Also Gold?«

»Unter anderem.« Dübbers wurde wortkarg.

»Haben Sie denn inzwischen bezahlt?«

»Die Sache ist vom Tisch«, entgegnete er souverän.

»Das ist nicht dasselbe.«

»Ich sagte Ihnen doch, mein Mandant verweigert die Aussage«, krähte der Anwalt aufgeregt. Mittlerweile hatte er die Aktentasche, die außer zwei dünnen Akten nichts enthielt, geöffnet. Aus der einen zauberte er einen Schriftsatz hervor und überreichte ihn ihr feierlich.

»Das ist unsere Entgegnung zu den völlig haltlosen Vorwürfen von Wegener.«

Damit klappte er sowohl die Tasche als auch seinen Mund zu. Es stand nicht zu erwarten, dass einer von beiden noch etwas sagen würde. Beate überflog die zwei säuberlich getippten Seiten und ignorierte die Bemühungen ihrer Besucher, den Aufenthalt in ihrem Dienstzimmer unverzüglich zu beenden. Tatsächlich wurde gegen Wegener Strafanzeige wegen falscher Verdächtigung erstattet, da der gute alte Berthold genau gewusst habe, dass es sich lediglich um eine kurzfristige Liquiditätslücke handelte. Im Übrigen ziehe man diese Anzeige zurück, wenn Wegener seinerseits seine Strafanzeige zurücknehme. Das alte Spiel: Hängst du mir ein Verfahren ans Bein, bemühe ich eben auch die Staatsanwaltschaft. Und Dreck am Stecken hat jeder, besonders, was die »Gepflogenheiten im Wirtschaftsleben« anging, wie es Anwalt Fink so schön neutral umschrieben hatte.

»Was soll denn der Grund für Wegeners ungerechtfertigte Anzeige gewesen sein?«

Dübbers zögerte. Beate setzte nach.

»Insoweit müssen Sie jetzt als Zeuge aussagen, also vollständig und wahrheitsgemäß«, betonte sie. »Fragen Sie ruhig Ihren Verteidiger!«

Fink nickte unmerklich.

»Das hat private Hintergründe. Völlig uninteressant.«

Dübbers' Ausflüchte konnte sie nicht hinnehmen.

»Und wieso haben Sie Kommissar Rötsch bei Ihrer verantwortlichen Vernehmung gesagt, es sei ein Racheakt von Wegener, weil dieser Sie im Verdacht habe, das Steuerstrafverfahren gegen ihn veranlasst zu haben?«

Er verlor keineswegs die Fassung.

»Das mag mit hineingespielt haben.«

»Wie kommt Wegener auf diese Idee? Hatten Sie denn Kenntnis von irgendwelchen Unregelmäßigkeiten in seiner Firma?«

Sofort schaltete sich der Anwalt ein. »Wenn Sie damit irgendwelche Zusammenhänge mit der Firma meines Mandanten konstruieren wollen, muss ich das entschieden zurückweisen. Diese Frage muss er nicht beantworten. Und wenn Sie uns jetzt entschuldigen wollen, wir haben noch einen wichtigen Termin …«

Er schnappte seine Tasche und stand auf. Auch Dübbers erhob sich elastisch und zwang ihr noch einmal seinen eisgrauen Blick auf.

»Auf Wiedersehen. Es war mir ein Vergnügen.« Seine weiche Stimme ließ nicht die Spur von Sarkasmus erkennen.

Beate wünschte noch einen schönen Tag. Dübbers war ein gediegener Geschäftsmann, aalglatt und beherrscht. Die Drecksarbeit ließ er durch andere erledigen. Es war einfacher, einen Pudding an die Wand zu nageln, als diesen Mann zu einer eindeutigen Aussage zu bewegen. Ob Mordbub besser mit ihm zurechtkam? Beate heftete die Strafanzeige zu den Akten und schrieb einen kurzen Vermerk über die Vernehmung hinzu. Dann setzte sie eine Frist von einem Monat unter die Verfügung und warf die Akte unter den Bock. In spätestens vierzehn Tagen würde Wegener einknicken und seine Anzeige zurücknehmen. Die Gegenanzeige wäre dann auch hinfällig, sodass sie, statistisch gesehen, zwei Verfahren erledigt haben würde. Dennoch nagte ein Gefühl der Unzufriedenheit in ihrem Inneren. An dieser Sache war mehr dran. Und sie sah keine Möglichkeit, dahinter zu kommen.

Sie stand auf und ging zum Spiegel. Das dunkle, leicht rötliche Haar schimmerte verführerisch. Der Friseur hatte ganze Arbeit geleistet. Wenn sie sich jetzt noch zu einem etwas modischeren Brillengestell durchringen könnte … Wolfgang würde es zwar nicht bemerken … Sie grinste ihr Spiegelbild an. Man träumte immer davon, dass jemand einen akzeptierte, mit Haut und Haar, unabhängig von Make-up und modischem Schnickschnack. Und dann gab es diesen Märchenprinzen, und man beschwerte sich, weil ihm das neue Kleid nicht sofort einen anerkennenden Kommentar entlockt hatte. Das Leben war auch ohne Dübbers und Konsorten kompliziert genug. Sollten sie doch ihren Kampf ohne sie austragen!

Sie setzte sich wieder an ihren Schreibtisch und arbeitete konzentriert. Antrag auf Verlängerung der Bewährung, Strafaufschubsgesuch, eine Anklage wegen Straßenverkehrsgefährdung und zwei Einstellungen. Die Vertretung des Kollegen Greiser erledigte sie, indem sie großzügig neue Vorlagenfristen verfügte. Ihre eigene Vertretung war schließlich auch nicht eifriger. Dann wartete sie auf den Anruf von Mordbub. Das Telefon blieb ruhig, die Akten lagen unter dem Bock, und zum ersten Mal übte das Grün ihres Zimmers die ihm von Farbpsychologen bescheinigte beruhigende Wirkung aus. Beate schloss die Augen und überließ sich ihren Gedanken. An den morgigen Tag, an dem sie zum ersten Mal mit Wolfgang fliegen würde; an die Clubversammlung danach. An das Gespräch mit Lutz, den sie schonend auf Wolfgangs Einzug vorbereiten musste ...

Plötzlich wurde die Tür aufgerissen. Der Kollege Bub stürzte grußlos herein, knallte die Tür hinter sich zu und legte los.

»Diese Schleimscheißer! Alle beide! Da lob ich mir einen hartgesottenen Brandstifter oder einen ehrlichen Raubmörder, da weiß man wenigstens, woran man ist! Aber diese verbindlichen Klugschwätzer mit ihren Anwälten, nicht zu packen ... Und wie lief es bei Ihnen?«

Mordbub schäumte vor Wut. Sie hätte ihn küssen mögen.

»Haargenauso. Erst kommt der Anwalt und pocht auf das Aussageverweigerungsrecht, dann locke ich Dübbers aus der Reserve, und er fängt doch an. Kaum wird es konkret, kriege ich nur blöde Antworten. Er sagt noch nicht einmal, ob er Wegener die DM 25 000 gezahlt hat oder nicht. Dann erstattet er Strafanzeige gegen Wegener, und ich vernehme ihn als Zeugen. Und schon läuft der Anwalt zu Großform auf und beruft sich auf das Auskunftsverweigerungsrecht. Nur weil Dübbers mir sagen sollte, ob er etwas von Wegeners krummen Geschäften wusste. Der hängt da mit drin, ganz klar. Nur beweisen kann ich es nicht.«

»Also, Wegener war höchst vorsichtig. Hat Breithaupt angeblich in einer Kneipe kennen gelernt. Manni redet von Geldanlage, Wegener schlägt die Carat GmbH vor, und Manni greift zu. Kassiert die Dividende, kümmert sich aber nicht ums Geschäft und taucht so gut wie nie dort auf. Erschütternd, dass er so sterben musste, aber mit

Informationen kann ich nicht dienen. Fragen Sie doch mal Dübbers. So in dem Stil ging das in einem fort.«

»Interessant.« Beate dachte laut nach. »Immerhin lenkt er den Verdacht auf Dübbers. Da scheint wirklich einiges los zu sein. Und was sagt mein Friedrich P. dazu?«

Mordbub schnaubte verächtlich.

»Breithaupt, Manfred Breithaupt, der Name sagt mir gar nichts, so fing er an. Dann habe ich ihm die Gesellschafterliste der Carat GmbH hingeknallt. Plötzlich erinnerte er sich vage, ihn dort schon einmal gesehen zu haben. Flüchtig, versteht sich. Leonore will er überhaupt nicht gekannt haben. So weit er sich erinnert. Ich halte ihm die Aussage von Wegener vor, schon etwas ungemütlicher im Ton. Er erzählt mir vornehm etwas von Differenzen zwischen Geschäftspartnern, die Wegener zu dieser absurden Fehleinschätzung gebracht haben könnten. Ruhig war ich da schon nicht mehr. Ich lege ihm das Foto von Leonore und Breithaupt vor – vielen Dank noch mal –, und da wird er zum ersten Mal bleich. Ich denke schon, jetzt habe ich ihn, da fragt er doch ganz gefasst, wer denn die Frau auf dem Foto sei. Manni habe er wiedererkannt, aber die Frau – das Gesicht sage ihm nichts. Er sei schon immer an der Fliegerei sehr interessiert gewesen. Aber näher kenne er Breithaupt nicht. Da habe ich dann meine vornehme Zurückhaltung aufgegeben und ihm laut und deutlich ins Gesicht gesagt, dass er meiner Ansicht nach lügt. Prompt springt der Anwalt auf und moniert den Ton. Ich moniere daraufhin den seinen, und schon haben wir den dicksten Krach. Na ja, es endete damit, dass der Anwalt der Ansicht war, tatsächlich handele es sich um eine Beschuldigtenvernehmung, und ab sofort sage sein Mandant nichts mehr. Ich konnte mir gerade noch die Bemerkung verkneifen, er habe auch vorher schon nichts gesagt, und weg waren sie.«

Er wirkte erschöpft. Wie sollte es weitergehen?

»Ist er denn eigentlich Beschuldigter?«, fragte Beate.

»Er hat sich zumindest verdächtig gemacht. Aber lügen nicht auch manchmal die Unschuldigen, wenn sie in die Mühlen der Justiz geraten?«

Er legte seine Stirn in dekorative Falten. So nachdenklich kannte sie ihn nicht.

»Und bis Sie Leonore finden, liegt der Fall auf Eis?«

»So isses, Frau Kollegin. Oder fällt Ihnen was Besseres ein?«

»Ich treffe morgen die Leute vom Fliegerclub. Vielleicht ergibt sich was Neues.«

Mordbub winkte mutlos ab.

»Haben Sie schon mal einen Ochsen gemolken? Die Jungs wissen wirklich nicht viel, aber trotzdem, viel Glück!«

Der kräftige Händedruck von neulich war ihr lieber gewesen als dieses schlaffe Shakehands jetzt. Erstaunt stellte sie fest, dass auch der kampferprobte Kollege Bub keine Niederlagen einstecken konnte …

Das Flugzeug glitzerte in der Sonne. Es sah aus wie ein zu groß geratenes Spielzeug mit seiner schwarz glänzenden Nase und den plumpen Radverkleidungen an den zerbrechlich wirkenden Stelzenbeinen. Das war also die Cessna 172, die sie in die Lüfte tragen sollte. Der Himmel über dem Kölner Flughafen spannte sich blau über ihnen, weiße Wolken waren malerisch darin verteilt. Beate holte tief Luft. Sie war schon oft in großen Maschinen geflogen, aber das hier war anders. In einem Jumbo, umringt von dreihundert völlig sorglosen Mitmenschen, konnte man leicht vergessen, dass man sich in der Luft bewegte. Wenn einen ein kurzes Absacken des Flugzeugs daran erinnerte, ertönte gleich darauf die sonore Stimme des Kapitäns, der die Temperatur am Bestimmungsort durchgab. Wenigstens er schien davon auszugehen, dass man sicher dort landen werde. Und ob er Eheprobleme hatte oder unter rasenden Kopfschmerzen litt, wusste man erfreulicherweise nicht. Wolfgang kam in seinem wippenden Gang auf sie zu.

»Alles klar, die Wetterberatung hat optimales Flugwetter bescheinigt.« Er äugte kritisch zu den Wolken. »Vielleicht ein wenig bockig heute, aber nichts Gravierendes.«

Er schloss die Kabine auf. Beate kletterte hinein. Es war erstaunlich eng dadrinnen. Sie schnallte sich sofort an, wobei sie der komplizierten Gurttechnik kaum gewachsen war. Als sie das Ding endlich festgezurrt hatte, war die Handtasche mit eingeklemmt. Das fing gut an.

Wolfgang legte ihr Luftfahrtkarten und Schreibmaterial auf den Schoß.

»Sei ein netter Co und mach mal die Navigation. Ich checke eben noch die Maschine.«

Während Beate auf die unverständlichen Notierungen der Karte starrte, rüttelte er draußen am Propeller und an den Tragflächen und trat gegen die Reifen. Danach nahm er ein kleines Glas, aus dem ein Stahlstift herausragte, und drückte es in ein Loch unter der Tragfläche. Eine helle Flüssigkeit lief in das Glas. Wolfgang roch daran und schüttete sie weg. Die gleiche Prozedur vollzog er an der anderen Tragfläche. Dann setzte er sich auf den linken Sitz und strahlte Beate an.

»Gleich kann's losgehen. Lies mir mal die Checkliste vor!«

Beate war froh, dass sie beschäftigt war. Die Checkliste hing direkt vor ihrer Nase.

»Den Anfang kann ich weglassen, Türen geschlossen und Gurte angelegt?«, fragte sie.

Wolfgang setzte seine Sonnenbrille auf. Er hatte sich in fünf Sekunden angeschnallt.

Sie gingen die Checkliste durch. Letzter Punkt:

»Anlasser!«

Er drehte den Schlüssel um. Das Flugzeug zitterte leicht. Wolfgang griff zum Mikrophon.

»Köln-Bonn ground, this is Delta-Echo Oscar Tango Zulu, Cessna 172 request taxi VFR local flight.«

Es war wie im Kino. Unverständliche englische Wortfetzen ertönten, und Beate sah Wolfgang fragend an.

»Wir können zur Bahn eins-vier rollen. Und den Luftdruck haben sie durchgegeben, QNH 1021. Das ist wichtig für den Höhenmesser.«

Er zeigte ihr die verschiedenen Instrumente und versuchte, die einzelnen Funktionen zu erklären. Beate konzentrierte sich besonders auf den Öldruckanzeiger, der genau vor ihr angebracht war. Auch der Höhenmesser und der künstliche Horizont konnten noch interessant werden. Als das Flugzeug schließlich langsam über das Flughafengelände zur Startbahn rollte, hatte sie schweißnasse Hände. Sie erkannte Wolfgang nicht wieder. Alle seine Bewegungen waren knapp und sicher, er war voll konzentriert und wusste offenbar, was er da tat. Das hätte ihr eigentlich Mut machen sollen. Auch der Propeller surrte gleichmäßig und leise, und der Motor klang ruhig.

Man konnte sich daran gewöhnen. Das Flugzeug hoppelte an geheimnisvollen Markierungen entlang, schien aber seinen Weg genau zu kennen. Beate hatte längst die Orientierung verloren und blickte sich um, als die Maschine plötzlich gestoppt wurde und dabei heftig wippte.

Wolfgang schob den Gashebel fast bis zum Anschlag. Der Motor röhrte auf. Es war ein Wunder, dass sie nicht gleich hier und jetzt abhoben. Die Maschine vibrierte vor Energie. Beate wurde es heiß. Ruhig checkte Wolfgang alles durch: Gemischhebel, Flügelklappen, Ruder. Offensichtlich fielen alle Kontrollen zu seiner Zufriedenheit aus, denn er griff wieder zum Mikrophon, nachdem er zuvor eine neue Frequenz eingestellt hatte.

»Köln-Bonn Tower, good morning. This is Delta Tango Zulu, Cessna 172, ready for departure.«

»Good morning Delta Tango Zulu. Which exit do you request?«

»Via Whisky!«

Unverständliche Anweisungen aus dem Tower folgten. Beate verstand nur etwas von »right turn«, bis endlich die Freigabe kam.

»You are ready for take-off!«

Beate verbarg ihre Nervosität. »Was hat denn der Typ alles erzählt? Und wieso verstehst du das?«

»Wir sollen eine Rechtskurve machen, wenn wir in der Luft sind. Dann hat er noch was zum Wind gesagt, Windrichtung aus hundertneunzig Grad, sechs Knoten Geschwindigkeit. Wenn du weißt, was die ungefähr sagen werden, kannst du es auch verstehen. Mach doch mal ein Sprechfunkzeugnis, dann kannst du mir die Quasselei abnehmen!«

Beate blieb stumm. Denn in diesem Augenblick rollten sie auf die Bahn. Jetzt war das Gas voll reingeschoben, die Maschine spurtete los. Beate hielt sich an ihrem Sitz fest, als das kleine Flugzeug holpernd das Tempo eines soliden Mittelklassewagens erreichte. Ihr Blick wanderte auf die Geschwindigkeitsanzeige: sechzig Knoten, fünfundsechzig Knoten ...

Wolfgang zog den Steuerknüppel nach unten. Die Nase des Flugzeugs ragte zaghaft nach oben, es holperte immer noch. Dann hob die Maschine zögernd ab, wobei die Flügel leicht wackelten. Beate schloss die Augen, als der Steigflug begann und sie in den Sitz gepresst wurde. Später wurde das Dröhnen des Motors etwas gedämpfter, und sie hörte, wie Wolfgang irgendetwas in sein Mikrophon rief. Als der Typ aus dem Tower leger und locker »Tschö!« rief, öffnete sie die Augen wieder. Unter ihr lag das Autobahnkreuz Köln-Süd mit vielen Spielzeugautos; der Himmel war immer noch blau und sah hier oben sogar noch viel blauer aus. Die kleine Cessna kletterte gemütlich auf eine Höhe von zweitausend Fuß und schien voll in ihrem Element zu sein. Die Angst war vergessen …

»Und jetzt fliegen wir rund um Köln«, dirigierte sie. »Leuchtet die No-smoking-Anzeige noch?«

Wolfgang grinste sie an.

»Bedien dich! Wir haben die Luxusausführung mit Aschenbecher!«

Er flog eine lang gezogene Rechtskurve, die den Horizont ins Kippen brachte. Der Kölner Dom neigte sich bedrohlich zur Seite, und das glitzernde Band des Rheins verrutschte. Beate richtete ihre ganze Konzentration auf die eingegurtete Handtasche, aus der sie ihre Zigaretten hervorkramte. Der nächste Blick aus dem Fenster zeigte eine Welt, die wieder im Lot war. Schon nach wenigen Minuten hatten sie die Nordgrenze der Stadt erreicht und hielten auf die Industrielandschaft von Bayer Leverkusen zu. Jeder Modelleisenbahner hätte die Umwelt geschmackvoller möbliert. Auf der Autobahn krochen blitzende Blechinsekten in ordentlichen Reihen. Beate inhalierte tief und war glücklich. Mit alldem hatte sie jetzt nichts mehr zu tun. Sie konnte verstehen, warum Manni immer wieder geflogen war. Und warum Wolfgang diesen Sport, wenn es denn einer war, so liebte.

»Vielleicht jetzt noch einen Schwenk ins Bergische Land?«, schlug sie vor.

Wolfgang murmelte zwar etwas von Thermik, änderte aber den Kurs. Beate hatte längst aufgehört, auf Aussetzer im gleichmäßig tuckernden Motorengeräusch zu lauern oder misstrauisch den Öldruckmesser zu kontrollieren. Die grün bewaldeten Hügel des Bergischen Landes, zerschnitten von grauen Asphaltbahnen, tauchten vor ihnen auf. »Es dürfte jetzt etwas unruhig werden«, warnte Wolfgang noch, als schon die Hölle losbrach. Unsichtbare Kräfte drückten die Cessna nach unten. Beate schielte auf den Variometer, dessen Nadel einen wilden Tanz vollführte. Dann begann die Maschine heftig zu ruckeln und zu wackeln. Die Angst war wieder da. Wolfgang blieb ruhig und hielt dagegen. Plötzlich stieg das Flugzeug unerwartet schnell, und eine Faust presste Beates Magen zusammen.

»Habt ihr hier irgendwo eine Kotztüte?« Mühsam lächelte sie Wolfgang an.

»Ist ein bisschen bockig jetzt, aber keine Panik. Das habe ich im Griff.«

Sein Gesicht, durch die Sonnenbrille entstellt, kam Beate fremd vor. Wolfgang deutete nach hinten.

»Such mal in der Tasche an deiner Rücklehne, ich glaube, da ist was für dich!«

Beate kämpfte gegen den Gurt, der sie fast erdrosselte. Kurz entschlossen klinkte sie ihn aus, drehte sich auf ihrem Sitz nach hinten und durchsuchte die Tasche an der Rückseite ihrer Lehne. Sie ertastete ein Stück Papier und zog es hervor. Es war keineswegs die ersehnte Tüte, sondern nur eine Quittung. Enttäuscht knüllte sie das Papier zusammen. Wolfgang hatte abgedreht und flog nun wieder zurück. Schon konnte man den Betonzeigefinger des Colonia-Hochhauses erkennen. Die Turbulenzen waren vorbei. Beate atmete tief durch und glättete mechanisch das Papier. Dann wedelte sie damit vor Wolfgangs Nase.

»Schlechter Service auf der Piper-Airline. So sehen also heute Spucktüten aus!«

»Wieder besser? Wir sind eben alle Sportler, uns wird nicht schlecht«, lästerte Wolfgang. »Moment mal, was ist denn das überhaupt? Sieht aus wie eine Tankquittung ... Die müssen wir doch immer beim Verein abgeben!«

Beate studierte die Quittung.

»Also, die Quittung ist vom Flughafen in Luxemburg über sechzig Liter Avgas 100 LL für die Maschine D-E OTZ vom zehnten März.«

»Komisch«, wunderte sich Wolfgang. »Wer war denn in Luxemburg? Schnapp dir mal das Bordbuch und sieh beim zehnten März nach!«

Beate blätterte in dem Buch. 10. 3. ... Pilot: Breithaupt.

»Stell dir vor, Manni ist an diesem Tag geflogen. Hier steht es: 10.35 Uhr ab EDDK, 11.22 Uhr an EDFC, und um 14.06 Uhr das Ganze wieder zurück. Was heißt denn das?«

»Das heißt«, sagte Wolfgang langsam, »dass Manni gelogen hat.«

Er zögerte eine Weile, wohl weil er sich auf das Flugzeug konzentrieren musste. »Ist an diesem Tag sonst noch jemand geflogen? Oder steht auf der Tankquittung eine Uhrzeit?«

Beates Jagdinstinkte erwachten. War das die heiße Spur? Im Bordbuch fand sie keine weitere Eintragung über einen Flug am zehnten März. Der Kassenaufdruck auf der Quittung war kaum zu entziffern. Es sah aus wie 1.30 Uhr. Das sagte sie Wolfgang. »Sieh mal einer an, unser Manni hatte Geheimnisse. In das Bordbuch schreibt er, dass er in Aschaffenburg war, und tatsächlich hat er sich in Luxemburg herumgetrieben. Was hatte er da wohl zu suchen?« In Beates Gehirn klickte es. Es passte alles zusammen: Manni als Gesellschafter der Carat GmbH, Dübbers in seinem Dunstkreis, die regelmäßigen Flüge, das leer gefegte Konto und dann die plötzlichen Barzahlungen …

»Er hat Gold geholt. Nette kleine Goldbarren mit dem Vorzug, mehrwertsteuerfrei erworben zu sein. Wo würdest du in der Cessna einige Barren verstecken, wenn du ein gut bezahlter Schmuggler wärst?«, fragte sie.

Wolfgang starrte sie entsetzt an.

»Schmuggeln? Bist du verrückt? Da fliege ich achtkantig aus dem Verein, und meine Lizenz verliere ich auch, wenn das rauskommt!«

Er brütete vor sich hin, während Beate sich ein Lachen kaum verbeißen konnte. Für einen Flieger gab es offenbar grausamere Strafen als die, die das Strafgesetzbuch androhte. Köln-Deutz lag bereits hinter ihnen, und als sie den Rhein wieder überquerten, wandte sie den Blick, um die filigrane Struktur der Severinsbrücke zu bewundern. Eine kühne Hängekonstruktion im gerade aufgefrischten Kölner Brückengrün, metallisch-giftig schimmernd.

»Landen wir jetzt wieder?«, erkundigte sie sich.

»Wir fliegen noch nach Bonn-Hangelar. Das ist ein mickriger Platz, aber ein Zollflughafen. Vielleicht hat er da seinen Flugplan aufgegeben.«

Beate sah Wolfgang verständnislos an.

»Ich erklär dir das gleich. Kannst du mal eben die Frequenz von Bonn-Hangelar raussuchen? Steht auf der Karte.«

»119,250.« Sie kapierte schnell.

Er stellte die Frequenz ein und grinste.

»Jetzt wirst du mehr verstehen, in Bonn spricht man Deutsch!«

Er rief Bonn-Hangelar-Info an und erbat Landeinformationen. Die Antwort kam prompt.

»Delta Tango Zulu, Linksplatzrunde zur zwo-neun. Achten Sie auf Segelflugbetrieb. Melden Sie Endanflug. Wind 280,5 Knoten.«

Beate hatte nichts davon gemerkt, dass sie in den letzten Minuten bereits gesunken waren. Vergeblich hielt sie nach einem Flughafen Ausschau. Restlos verlor sie die Orientierung, als Wolfgang einige Kurven flog und dabei noch mehr an Höhe verlor. Als die Welt schon wieder schief in den Angeln hing, entdeckte sie eine winzig wirkende Asphaltbahn. Es erschien ihr unmöglich, dieses Fleckchen Erde zu treffen. Wolfgang studierte eine Sichtanflugkarte, dann starrte er nach draußen.

»Wir sind goldrichtig, das ist die A 59. Jetzt machen wir eine schöne große Linkskurve. Du kannst ja mit aufpassen, dass wir kein Segelflugzeug erwischen. Warst ein guter Co bis jetzt.«

Beate blühte auf. Angestrengt beobachtete sie den Luftraum und schielte nebenbei auf den Höhenmesser. Tausendzweihundert Fuß. Als sie die Landebahn, nun schon deutlicher, quer vor ihnen liegen sah, veränderte sich das Geräusch des Luftstroms.

»Was war das?« Sie war nervös.

»Landeklappen zehn Grad.«

Seine Ruhe war ihr unbegreiflich. Jetzt wurde es spannend. Immer noch keine Segelflugzeuge in Sicht. Ohne Hast teilte Wolfgang seinen Endanflug an Bonn-Hangelar mit, dann flog er erneut eine Linkskurve. Nun lag die Landebahn direkt vor ihnen. Wolfgang zog den Gashebel ganz heraus. Sonderbar still rauschte die Luft an dem Flugzeug vorbei, der Propeller surrte verhalten, und trotz alledem stürzte die Maschine nicht wie ein Stein zur Erde. Sanft schaukelnd sank sie auf den Asphaltstreifen herab. Der Seitenwind trieb sie ein wenig nach rechts. Der Kurs wurde sofort korrigiert. Nun war die Erde zum Greifen nahe. Ein schwaches Wackeln der Tragflächen, dann schwebte Oscar über dem Boden. Wolfgang zog die Nase der Cessna nach oben, und da war der erste Bodenkontakt. Einige weiche Hopser, das Hauptfahrwerk rumste energisch auf die Bahn, und zeitlupenhaft langsam senkte sich auch die Nase der Maschine nach unten. Geradezu sanft setzte das Bugrad auf, und nun rollten sie die Bahn entlang.

»Eine butterweiche Landung. Extra für dich.« Er lachte sie an.

»Soll ich jetzt klatschen?«, fragte sie ironisch.

»Wir sind in Bonn-Hangelar und nicht in Mallorca.« Er sprach es mit drei großen L aus.

Beate küsste ihn auf die Wange.

»Es war ein schöner Flug, danke!«

Obwohl er es zu verstecken suchte: Wolfgang freute sich. Er steuerte die Maschine auf die Grasnarbe und parkte sie zwischen zwei Hangars. Dann schaltete er die Zündung aus und verstellte verschiedene Hebel. Er trug die Flugzeiten in das Bordbuch ein, klappte es zu und sagte:

»Dann wollen wir mal an die Arbeit gehen. Wo kann man in der Maschine etwas verstecken?«

Der Innenraum war nach einem Blick auszuschließen. Der hintere Stauraum bot wenig Platz und keine Versteckmöglichkeit. Wolfgang nahm einen Kreuzschraubenzieher und eine Taschenlampe aus dem Werkzeugkasten und stieg aus. Neugierig folgte ihm Beate. Zielsicher ging er auf die linke Tragfläche zu und deutete auf eine Klappe, die mit drei Kreuzschlitzschrauben befestigt war. Er pfiff leise durch die Zähne.

»Guck dir mal die Schrauben an! Ganz schön abgenutzt. Dabei wird die Klappe, soweit ich weiß, nur bei den Inspektionen nach hundert Betriebsstunden geöffnet ...«

Die Einkerbungen der Schrauben waren so ausgeleiert, dass der Schraubenzieher kaum griff. Wolfgang hatte alle Mühe.

»Was ist eigentlich in so einem Flügel?«, fragte Beate. Ihre Spannung stieg.

»Rumpfseitig die Treibstofftanks, in den Flügelspitzen die Technik für die Landeklappen und die Navigationslichter. Und hier, in der Mitte, ist praktisch nichts. Außer ein paar Kabeln, Leitungen und Drahtseilzügen ...« Endlich war die Klappe lose; er nahm sie vorsichtig ab und leuchtete mit seiner Taschenlampe in die Öffnung. Dann steckte er einen Arm in das Loch und tastete die Unterseite des Flügels ab.

»Sieh mal einer an«, murmelte er.

»Was ist denn da?« Beate wurde ungeduldig.

»Ein nettes System für den rutschsicheren Transport«, antwortete er. »Kannst du dir selber anschauen. Komm!«

In dem Leerraum unterhalb des Gewirrs von Drähten und Kabeln waren mehrere Reihen Klettband angebracht, die von einem schmalen Streifen Styropor begrenzt wurden.

»Wie groß ist so ein Goldbarren?«, erkundigte sich Wolfgang.

»Eher klein, glaube ich. Leih mir mal DM 21 000 plus Mehrwertsteuer, dann hole ich mir ein Kilo«, entgegnete Beate.

»Wahnsinn«, staunte er. »Wir checken mal die andere Tragfläche.«

Dort fand sich dieselbe sinnreiche Konstruktion.

»Vier Barren in jeder Tragfläche, dazu noch zwei in der Werkzeugkiste, schön eingewickelt in ölverschmutzte alte Lappen, da macht sich kein Zöllner die Finger schmutzig«, überlegte Wolfgang.

Beate rechnete: »Das macht 210 000 Mark pro Flug, ersparte Mehrwertsteuer, warte mal ... 29 400 Mark, eine Mille für den Piloten geht mit Sicherheit ab – ein gutes Geschäft für den Auftraggeber. Wir müssen nur noch rausfinden, wie oft Manni in Luxemburg war, ob er für Wegener oder für Dübbers geflogen ist und ob er umgebracht wurde, weil er nicht mehr fliegen wollte. Wenn's nicht mehr ist!«

»Es gibt noch andere Möglichkeiten«, warf Wolfgang ein. »Vielleicht wollte er mehr Geld oder hat den Auftraggeber erpresst, wer weiß.«

»Ich denke, Leonore hat ihn umgebracht«, stichelte Beate.

»Die ist nicht aus dem Rennen. Sie kann doch mit dem Goldjungen durchgebrannt sein, oder?«

»Alles möglich. Aber Dübbers ist in Köln. Ich habe gestern noch mit ihm gesprochen, und Wegener tanzte gestern auch bei uns an. Allerdings hat Wegener behauptet, Dübbers wolle sich in sein Ferienhaus in Frankreich zurückziehen. Doch das sind alles nur Spekulationen. Was wir brauchen, sind Beweise!«

»Ich fang schon mal an!«

Bevor Beate ihn fragen konnte, was er denn vorhabe, war er schon verschwunden. Wenn sämtliche Kölner Staatsanwälte auch nur annähernd in einen solchen Ermittlungseifer verfielen, würden unruhige Zeiten für die kleine und große Unterwelt der Domstadt anbrechen. Aber war das denn wünschenswert? Irgendwo hatte Beate etwas von einem wirtschaftsfreundlichen Klima gelesen, das für eine Stadt lebenswichtig sei. Ohne Kriminalität gäbe es keine Sicherheitsberater, Tresor- und Wachfirmen; und die Hersteller von

Sicherheitsschlössern und Videoüberwachungsanlagen müssten Konkurs anmelden. Allzu eifrige Steuerfahnder würden dem Konsumrausch der ehrenwerten Kriminellen einen Riegel vorschieben und die private Nachfrage nach Antiquitäten, Schmuck und edlen Delikatessen empfindlich drosseln. Große Firmen würden laut über Standortvorteile in anderen Teilen der Republik oder noch weiter weg nachdenken, in Gegenden, wo pflegeleichte Behörden walteten. Wenn man dieses erschreckende Szenario zu Ende dachte, geriet auch ihr eigener Job in Gefahr. Doch so weit würde es nie kommen, da war sich Beate sicher.

Wo blieb Wolfgang nur? In der Zwischenzeit konnte sie sich eigentlich nützlich machen und die Inspektionsklappen wieder anschrauben. Sie griff zum Schraubenzieher und ging ans Werk. Als eine Schraube wieder zu Boden fiel, sah sie sich vorsichtig um, bevor sie sich bückte. Dann arbeitete sie methodisch weiter. Während sie die letzte Schraube festzog, näherte sich von hinten ein Schatten. Beate drehte sich um und sah einen alten Mann in einem ölverschmierten Overall. Er starrte sie bewundernd an.

»Ihre Maschine?«, fragte er mit einem seltsamen Leuchten im Blick.

»Clubmaschine«, gab sie zurück.

»Die habe ich hier noch nie gesehen. Und Sie auch nicht. Leider«, fügte er hinzu. »Wo haben Sie das gelernt?«

»Das ist doch eine leichte Übung.« Beate war entrüstet. Glaubte dieser Mann wirklich, dass das Hantieren mit einem Schraubenzieher komplizierter sei als die Zubereitung einer Mousse au Chocolat?

»Nichts für ungut, Fräulein«, sagte der Mann. »Es gab immer schon einige wenige ausgezeichnete Pilotinnen. Hals- und Beinbruch dann noch …«

Damit wandte er sich ab. Beate war rot geworden, korrigierte seinen Irrtum aber nicht. Man sollte keine Gelegenheit auslassen, Chaos in fest gefügten Weltbildern anzurichten. Wolfgang kam um die Ecke. Sie konnte seinem Gang bereits anmerken, dass er erfolglos gefahndet hatte. Aber das war ihr schon nach der kurzen Unterhaltung mit dem alten Mechaniker klar geworden.

»Fehlanzeige. Hier hat er jedenfalls keinen Flugplan für Luxemburg aufgegeben. Ist wahrscheinlich zu nahe bei Köln; außerdem gibt es hier nur Zollabfertigung, wenn man eine Stunde vorher anruft …« Wolfgang wirkte etwas niedergeschlagen. »Das wird noch ein schönes Stück Arbeit.«

»Wird das registriert, wenn du ins Ausland fliegst?«

Beate witterte Morgenluft. Die besten Beweismittel waren immer noch Schriftstücke und Dokumente, die man säuberlich in die Akte heften konnte und die ihren Aussagewert bis zur Hauptverhandlung konservierten. Sie litten nicht unter Erinnerungslücken, reagierten nicht auf eheliche Erpressungsmanöver und ließen sich nicht bestechen. Zeugen waren da viel anfälliger.

»Es läuft so ab. Wenn du hier in Deutschland fliegst, kannst du tun und lassen, was du willst. Du gibst zwar dein Ziel an, wenn du dich aber während des Fluges anders entschließt, kräht kein Hahn danach. Es sei denn, du wirst als vermisst gemeldet. Dann kramen sie ihre Aufzeichnungen hervor und werden unruhig, wenn du am angegebenen Zielort nicht angekommen bist.«

Beate sah ihn gespannt an.

»Wenn du aber ins Ausland fliegen willst, kannst du das erstens nur von einem Zollflughafen aus. Und zweitens musst du einen Flugplan aufgeben mit Anzahl der Passagiere, Abflugzeit, Route, Ausweichflugplatz, falls schlechtes Wetter dazwischenkommt, voraussichtlicher Flugdauer … Einfach alles musst du angeben, natürlich auch das Kennzeichen der Maschine, den Namen des Piloten und so. Ich weiß nur nicht, wie lange die Flugpläne aufbewahrt werden. Vielleicht drei Monate? Keine Ahnung …«

»Diese Ermittlungen werden wir delegieren. Ich habe meine Polizeibeamten, du hast deine Clubkameraden. Jeder nimmt sich einen Zollflughafen vor und fragt da mal nach. Das kriegen wir schon raus!« Beate war optimistisch. Wenigstens hatten sie jetzt einen viel versprechenden Ansatz, der in eine aufregende neue Richtung wies. »Die Jungs werden wir heute Abend schon auf Vordermann bringen …«

»Jetzt fliegen wir erst mal zurück«, bremste Wolfgang.

»Schade, nur so ein kleiner Hopser«, sagte Beate bedauernd.

Wolfgang starrte sie mit offenem Mund an.

Was sind das für Leute in eurem Verein?«

Wolfgang kurvte bereits zum dritten Mal in derselben Straße des edlen Wohnviertels herum. Parkplätze waren rar.

»Können die ihre Drittwagen nicht in die Garage stellen?«, schimpfte er vor sich hin. »Aber nein, für Mutti ist die Einfahrt zu eng. Entschuldige.«

Er warf Beate einen Seitenblick zu, aber sie fühlte sich nicht angesprochen. Sie hatte immer noch keinen Führerschein und genoss diesen Zustand in vollen Zügen. Anspielungen auf die geteilte Verantwortung – »Ich fahre hin zur Fete und meine Freundin zurück, nicht wahr, Schatz?« – blieben ihr erspart.

»Da fährt einer raus!«

Wolfgang seufzte erleichtert und parkte gekonnt ein.

»Tja, wer ist alles im Verein? Da es kein billiges Hobby ist, überwiegend Akademiker und selbständige Gewerbetreibende, vereinzelt auch echte Fanatiker, die jeden Pfennig dafür opfern. Manni habe ich für so einen gehalten ...«

»Dabei gehörte der eher in die Sparte ›selbständige Gewerbetreibende‹.«

Wolfgang sah sie ernst an.

»Ich weiß, es wird dir schwer fallen, aber sag erst mal nichts von Manni. Unser Boss kriegt glatt eine Herzattacke, wenn er das hört. Der dreht vielleicht im ersten Schock den Geldhahn zu. Du wirst ihn ja erleben. Ich werde auch nur einen kleinen Kreis informieren, den Vorstand und ein paar gute Kumpels. Wir müssen vorsichtig vorgehen, auf jeden Fall höchst inoffiziell.«

Beate nickte. So ein Vereinsleben hatte seine eigenen Regeln, und als Außenstehender hielt man sich besser zurück, bevor man einen Slalom zwischen Fettnäpfchen und Wespennest begann.

»Was macht denn Kamikaze beruflich?«, fragte sie, als sie Arm in Arm die gekieste Einfahrt betraten.

Wolfgang grinste.

»Der? Man glaubt es kaum, aber der leitet eine Werbeagentur.«

Sie klingelten, und es wurde sofort geöffnet. Eine resolute Frau mittleren Alters in einem grauen Wollkleid führte sie in einen Salon, der vor allem durch einen riesigen Kristallkronleuchter und schwefelgelbe Brokatvorhänge bestach. An den Wänden dieses Prachtzimmers hingen aufwendig gerahmte Urkunden und Ehrenpreise für das vom Sponsor gebraute Bier. Ein Kölschfässchen und ein rustikales Büfett waren diskret im Hintergrund aufgebaut. An dem langen Tisch, um den herum etwa zwanzig Männer saßen, standen noch einige freie hochlehnige Stühle. Wolfgang setzte sich zu einem jungen Mann mit Brille und Streifenpulli, der nervös ein Blatt mit der heutigen Tagesordnung zerknüllte und dann wieder glättete. Wolfgang begrüßte ihn und stellte Beate vor. Sie war die einzige Frau im ganzen Raum. Beate lächelte mechanisch und musterte die Anwesenden. Am lebhaftesten agierte eine kleine Gruppe rüstiger Herren um die siebzig, die mit eindeutigen Handbewegungen und beeindruckenden Motorengeräuschen Imitationen von Sturzflügen demonstrierten. Vermutlich Jagdflieger des letzten Weltkriegs, die das Siegen nachholen wollten. Ansonsten herrschte der unauffällige Typus des temperamentlosen Technokraten vor, zu dem lediglich Kamikaze, der sie mit einem Augenzwinkern begrüßte, einen augenfälligen Kontrast bildete. Mit seinem verwegen geschlungenen Seidenschal über einer rissigen Lederweste wirkte er wie ein Bruchpilot im australischen Buschgebiet. Zusammen mit einer weiteren Gruppe von Nachzüglern betrat ein silbergrauer Mann in den besten Jahren den Raum. Er trug einen Smoking. Zielstrebig steuerte er die Schmalseite des Tisches, die frei geblieben war, an und ließ sich auf einem wuchtigen Ledersessel nieder. Das Präsidieren schien ihm in Fleisch und Blut übergegangen zu sein, so selbstverständlich quittierte er die Stille, die mit seinem Erscheinen eingetreten war. Feine geplatzte Äderchen auf der fleischigen Nase zeugten von vielen anstrengenden Arbeitsessen und unermüdlichem Testtrinken. Alles im Dienste des Kölsch, das seine Familie seit Generationen produzierte. Er setzte eine Lesebrille auf, sah kurz auf ein Blatt Papier und räusperte sich. Über die Halbgläser hinwegblickend, fing er an zu sprechen:

»Meine lieben Fliejerkameraden ...«

Er sprach jenes Adenauer-Kölsch der rheinischen Honoratioren, das so schwerelos singend dahinplätschert. Gerade deftig genug, um Volksverbundenheit anzudeuten, dabei aber so dezent, dass es jederzeit einfach abgeschaltet werden konnte. Beate stöhnte innerlich. Das konnte langweilig werden.

»Leider kann ich heute nicht lange bei Ihnen bleiben, da mich jesellschaftliche Pflichten rufen. Wenn Sie morjen in der Zeitung lesen, ich hätt mich bei der Ausstellungseröffnung jlänzend amüsiert, jlauben Sie kein Wort. Es ist harte Arbeit ...«

Pflichtschuldiges Lachen ertönte.

»Obwohl ich weiß, dass Flugsportfreunde mit Alkohol nicht viel am Hut haben, habe ich einen kleinen Umtrunk vorbereitet. Wenn ich schon selbst nicht da bin, ein Produkt meines Hauses ist ein juter Ersatz. Nach dem Motto: Lieber ein Fass als eine Flasche.«

Das Lachen klang schon echter.

Danach verlas der Sponsor die Tagesordnung, regte Erfahrungsberichte über die neue Maschine an und erläuterte einen neuen Abrechnungsmodus, den er mit dem Kölner Flughafen zur Reduzierung von Landegebühren ausgehandelt hatte. Es folgte ein schaler Witz über die Quotenregelung, die man leider für diesen Verein mangels Masse nicht übernehmen könne. (Anlass war die Ankündigung, dass seine Tochter als erstes weibliches Mitglied dem Verein beitreten wollte.) Dann verschwand der humorige Gesichtsausdruck plötzlich. Übergangslos trug der Redner tiefste Betroffenheit zur Schau, als er ein geschätztes Mitglied dieses Vereins würdigte, dessen plötzliches Ableben alle erschüttert hatte.

»Aus unserem Kreis wurde ein Sportsfreund jerissen, der alles jab für die Fliejerei. Wenn es ihm auch oft schwer fiel, seinen Verpflichtungen nachzukommen, verlieren wir doch in ihm einen Fliejerkameraden, der seinen Sport auf vorbildliche Weise ernst nahm. Nichts lag ihm mehr am Herzen als die Förderung des Nachwuchses. Unermüdlich setzte er sich dafür ein, dass die Maschinen auf dem neuesten technischen Stand waren, und kenntnisreich legte er selbst Hand an, wenn ein Check fällig war. Sein Humor, seine Erfahrung und seine wahre Fliejerbegeisterung werden uns fehlen. Sein sinnloser, tragischer Tod hat eine tiefe Lücke jerissen, und, lassen Sie mich das einmal so sagen, wenn Manfred Breithaupt sich seinen Tod hätte aussuchen können, wäre er lieber abgestürzt, bis zuletzt seinem jeliebten Flugsport verbunden. Erheben wir uns in stillem Jedenken.«

Gehorsam standen alle auf. Das durfte nicht wahr sein. Dieser Nachruf hatte mit Manni absolut nichts zu tun. So viel Ahnungslosigkeit war fast schon verdächtig. Erst als sich der große Vorsitzende wieder hinsetzte, folgten die anderen seinem Beispiel.

Dann übergab der Chef die Versammlungsleitung dem nervösen jungen Mann, der bereits heftig schluckte, verabschiedete sich und verließ ohne Eile den Raum. Ein diskretes Klopfen auf die Tischplatte begleitete seinen Abgang.

Beate war es, wie immer bei Veranstaltungen dieser Art, schleierhaft, mit welcher Souveränität solche und ähnliche Schwafeleien abgesondert werden konnten. Der junge Mann dagegen hatte noch viel zu lernen. Mit ausdrucksloser Stimme las er technische Daten vom Blatt, erinnerte »aus aktuellem Anlass« erneut an die Pflicht, Schlüssel und Bordbuch unverzüglich an den Verein zurückzugeben, und berichtete von den Ergebnissen der letzten Inspektion. Beate gähnte ungeniert. Nahm das denn kein Ende? Es nahm, und auch der junge Mann schien erleichtert, als keine weiteren Wortmeldungen kamen. Der gemütliche Teil konnte beginnen.

Das Büfett mit Kölschem Kaviar, Leberwurst- und Mettbrötchen sowie Röggelchen mit mittelaltem Gouda und Senf war schnell umlagert, die steife Versammlung löste sich in angeregt plaudernde Grüppchen auf. Beate kaute, hielt sich am Bier fest und beobachtete Wolfgang, der verschiedene Leute ansprach und dann auf eine Gruppe von drei Personen zuging. Mit ihnen redete er längere Zeit, schien sie von irgendetwas überzeugen zu wollen. Die drei wirkten wie leidenschaftslose Prüfingenieure und zeigten keine Reaktion. Irgendwann nickte der größte von ihnen. Wolfgang drehte sich um und sah Beate an.

Sie hätte Wurzeln schlagen können, und keiner hätte sie angesprochen. Entweder war angesichts einer Frau Verwirrung ausgebrochen, oder die Herren interessierten sich wirklich nur für Flugzeuge. Andererseits war keiner von denen so interessant, dass Beate ihn hätte ansprechen mögen. Sie beobachtete Wolfgang, wie er eindringlich auf einen anderen Mann einredete, und ihr wurde warm ums Herz. Kamikaze kam auf sie zu.

»Habe ich mich eigentlich vorgestellt? Ich heiße Hans Wollner. Das ist ja ein Ding, was ich da gerade gehört habe. Dürfte ein schöner Skandal werden, wenn das rauskommt …«

»Was wird denn jetzt besprochen? Wollt ihr das aufklären?«

»Wir haben uns bequatschen lassen. Wir prüfen das erst mal vereinsintern nach und übergeben dann das Material der hier so charmant vertretenen Staatsanwaltschaft. Du kannst gleich mitkommen, wir verdrücken uns in unser Zimmer!«

Wolfgang winkte ihr zu. Unauffällig begaben sich sieben Männer zum Ausgang des Salons, Beate folgte ihnen, nachdem sie ihr Glas noch einmal gefüllt hatte.

Sie schloss die Tür des Vereinszimmers hinter sich. Kamikaze, Wolfgang und fünf weitere Männer, darunter der nervöse junge Versammlungsleiter, saßen mit ernsten Gesichtern um den Tisch herum. Beate setzte sich dazu.

»Gib mir bitte mal die letzten beiden Bordbücher der Tango Zulu; wir schreiben zuerst die Daten des gesamten letzten Jahres auf«, sagte Wolfgang. »Zeit, Ziel und Flugdauer. Und dann können wir vielleicht die Zollflughäfen, die nicht in diesem Radius liegen, ausschließen.«

Der Vorschlag wurde angenommen. Beate rauchte eine Zigarette, und die Männer gingen mit System ans Werk. Während eine Gruppe die Daten von Mannis Flügen auf DIN-A4-Bögen übertrug, hantierte die andere mit Luftfahrtkarten, auf denen sie die Entfernungen der angegebenen Bestimmungsorte maßen. Endlich schien man etwas entdeckt zu haben. Robert, der ausdruckslos sprechende junge Mann, fasste die Ergebnisse beider Gruppen wie in einem offiziellen Protokoll zusammen.

»Wir können also zunächst festhalten, dass sämtliche angegebenen Ziele neunzig Meilen plus minus fünf vom Startort entfernt liegen. Luxemburg liegt ebenfalls zirka neunzig Meilen entfernt, woraus wir den vorläufigen Schluss ziehen können, dass möglicherweise sämtliche Flüge nach Luxemburg gingen. Er muss demnach Zollflughäfen angeflogen haben, die keinen Umweg erforderten. Insgesamt fanden im gesamten letzten Jahr, auf das wir uns beschränken, vierzig Flüge statt. Scheiden wir jetzt die Zollflughäfen aus, bei denen eine Zollabfertigung nur on request und mit den daraus folgenden Verzögerungen stattfindet …«

»Warum scheiden wir die aus?« Beate lauschte aufmerksam.

»Es ist unwahrscheinlich, dass er dort gewesen ist. Die hätten ihn bestimmt gefragt, warum er die Zollerklärung nicht in Köln macht. Es bleiben aber immer noch genug Flugplätze übrig. Am wahrscheinlichsten ist noch der in Mönchengladbach. Zoll zu jeder Zeit nur für Touristen, ein kleiner intimer Platz mit Flugschule und Segelfliegern. Außerdem sitzt da ein früheres Vereinsmitglied in der Wetterberatung. Der Typ ist immer ein guter Ansprechpartner. Ich fliege regelmäßig hin, um mit ihm zu quatschen. Hat Manni vielleicht auch gemacht.«

»Aber Trier-Föhren sollten wir nicht vergessen. Offiziell ist da zwar nur Zoll, wenn man eine Stunde vor der Landung anruft. Aber ich habe es auch schon anders erlebt«, warf ein anderer junger Mann ein.

»Okay, wer erkundigt sich in Mönchengladbach und wer in Trier?«

Robert meldete sich freiwillig für Mönchengladbach.

»Ich wollte Peter sowieso besuchen. Ich nehme die Tango Zulu, dann kann ich das Gespräch unauffällig auf Manni lenken«, sagte er. Er war richtiggehend aufgetaut.

»Vielleicht könnt ihr ein Foto von Manni und Leonore mitnehmen?«, schlug Beate vor.

Alle waren einverstanden.

»Wisst ihr möglicherweise sonst noch etwas über Manni oder seine Frau?«, fragte Beate.

Betretenes Schweigen in der Runde.

»Wir sind nur Clubmitglieder. Privat kennen wir uns kaum«, sagte schließlich ein intellektuell wirkender Mann mit Vollbart. Es klang trotzig. Keiner hatte Lust, noch ein Glas Kölsch zu trinken. Es war bereits dunkel, als Beate und Wolfgang die Villa verließen.

»Mein Gott, bin ich froh, dass du nicht so bist wie der«, sagte Beate. Sie hielt ihn fest, zog seinen Kopf ein Stück nach unten und küsste ihn auf den Mund. Es war ein lauer Maiabend, und die Grillen zirpten wie im Süden. Die schluchzenden Geigen konnte man sich zwanglos hinzudenken. Zwischen zwei Küssen erklärte Wolfgang atemlos, er sei schließlich nur einfaches Vereinsmitglied.

»Du willst mich doch wohl nicht mit diesem Typen vergleichen? Der ist freiwillig Schriftführer und Kassierer, der kann ja nicht richtig ticken …«

Sie kicherten noch, als sie im Auto saßen.

Beate aalte sich in der Badewanne. Weiße Schauminseln krönten das tiefblaue Wasser, das glucksend gegen die verkratzte Wanne schlug. Mit ihren kurzsichtigen Augen war es ihr ein Leichtes, die störende Umgebung auszublenden und den weiten, türkis leuchtenden Himmel einer Karibik-Idylle über sich zu ahnen. Nächste Woche begann ihr Urlaub, und sie hatte noch keine Pläne gemacht. Es sah eher nach Müngersdorfer Stadion als nach Südsee aus, wenn das

Wetter weiter so mitspielte. Wenn allerdings Wolfgang auch Urlaub bekam, könnte man vielleicht doch eine kleine Reise machen …

Der Endspurt im Büro kurz vor einem Urlaub war immer tödlich. Wie auf ein geheimes Kommando tauchten just zu diesem Zeitpunkt die unangenehmsten Akten wieder auf, die mit irgendwelchen Aufträgen an die Polizei schon monatelang unterwegs waren. Wenn sie zurückkamen, waren sie noch umfangreicher als früher, aber selten enthielten sie eine Information, die den rettenden Gedankenblitz hervorrief. Ein solcher gordischer Knoten konnte nur mit einer wasserdichten Einstellung oder einer Anklage gelöst werden, die mit dem Akteninhalt nicht mehr allzu viel zu tun hatte. Mitten in diesem Stapel heimtückischer Verfahren wartete auch die Dübbersakte auf ihre Erledigung. Es wäre so simpel, diesen Fall aus der Welt zu schaffen: Wegener hatte die Sache für erledigt erklärt und die Anzeige zurückgenommen. Mit dem Satz »Das Verfahren wird gem. § 170 II StPO eingestellt, kein Tatnachweis« könnte sie das Problem für sich aus der Welt schaffen. Dübbers würde sich zwar ins Fäustchen lachen, aber er konnte ja nicht wissen, dass sie hinter einer viel größeren Sache her war. Genussvoll hatte Beate auf ihrem Taschenrechner die hinterzogene Steuer ausgerechnet: Bei vierzig Flügen mit je zehn Kilo Gold ergab sich schon die hübsche Summe von knapp 1,2 Millionen Mark an hinterzogener Mehrwertsteuer …

»Wolfgang, wo bleibst du?«, rief sie durch die offene Badezimmertür.

»Ich musste noch den Kater streicheln«, tönte es zurück.

Ein Schlüssel drehte sich im Schloss der Wohnungstür. Schwungvoll wurde die Tür aufgerissen, ein Poltern, ein Schmerzensschrei: Was war da los?

Beate sank ein Stück tiefer in die Badewanne, sodass nur noch ihr Kopf aus dem Wasser ragte. Dann erschien Wolfgang splitternackt im Badezimmer und rieb sich die Hüfte.

»Ich glaube, das war ein etwas heftiges Zusammentreffen mit Lutz«, erklärte er. »Taktisch vielleicht ungünstig, aber eben unvermeidbar.«

Beate seufzte. Ihr Plan, zur Vorbereitung des Problemgespräches einen gemütlichen Abend bei einem guten Essen und einem noch besseren Tropfen zu inszenieren, war geplatzt. Schlimmer hätte es kaum kommen können, denn Lutz war trotz seiner 1,91 Meter und seines klaren Verstandes ein Sensibelchen.

»Was macht er denn überhaupt schon hier? Er wollte doch eine Woche länger mit seiner Freundin im Urlaub sein …«

Wolfgang stieg in die Badewanne, in der der Wasserstand sofort bedenklich stieg. Dann griff er zum Shampoo und seifte seine wenigen Haare ein.

»Vielleicht gab es Krach«, vermutete er. »So ist das Leben.«

Das Telefon klingelte. Durch die Milchglasscheiben der Tür sah Beate, wie Lutz durch den Flur stapfte. Sie lauschte gespannt. Nach kurzer Zeit war der schattenhafte Umriss einer hoch aufgeschossenen männlichen Figur im Türrahmen zu erkennen.

»Es ist für euch!«, rief Lutz in grämlichem Ton.

»Lass mich mal!« Beate erhob sich aus der Wanne und zog ihren alten Frotteemantel an. Draußen lächelte sie Lutz zu und verdrückte sich zum Telefon, bevor er irgendeine Bemerkung machen konnte.

»Beate Fuchs, hallo!«

»Hier Robert, vom Fliegerclub.« Seine Stimme war heute alles andere als ausdruckslos. »Mönchengladbach war ein Volltreffer. Manni war immer hier, wenn er nach Luxemburg geflogen ist. Die Flugpläne haben sie zwar nicht rausgerückt, aber Peter war voll im Bilde. Manni, das ist doch der mit der Braut in Luxemburg, hat er gleich gesagt. Kurz und gut, Manni hat ihm die Geschichte von einer tollen Frau aufgetischt, die er angeblich immer besuchte. Als Peter nach einem halben Jahr neugierig wurde, hat Manni die Frau einmal aus Luxemburg mitgebracht. Ihr werdet staunen, wer das war. Peter hat sie auf dem Foto wiedererkannt. Leonore, das eigene Eheweib. Im Übrigen läuft die Geschichte schon seit zwei Jahren. Meiner Ansicht nach hat sich der Zoll um diesen Liebeskranken auch nicht gerade mit Übereifer gekümmert.«

»Und sonst ist Peter nichts aufgefallen? Irgendwelche Taschen, die abgegeben oder abgeholt wurden? Ist kein Abnehmer erschienen?«

»Manni hat da immer nur einen Kaffee getrunken und ist dann weitergeflogen. Aber einmal ist wohl etwas Merkwürdiges passiert. Die Wetterberatung war ziemlich ungünstig ausgefallen, Kaltfront und Gewitter waren angesagt. Manni wollte eigentlich nicht fliegen und hat dann telefoniert, hat gesagt, dass er nicht fliegen könne, es sei zu gefährlich. Daraufhin gab es aber Protest, jedenfalls sagte Manni zu Peter, diese Frau sei gefährlicher als ein Gewitter, er fliege doch. Peter schwor aber Stein und Bein, dass Manni mit einem Mann telefoniert habe. Außerdem sei es kein Auslandsgespräch gewesen. Mehr konnte er dazu allerdings nicht sagen …«

»Wäre auch zu schön gewesen.« Beate zerbrach sich den Kopf, wie man jetzt an den Auftraggeber herankommen könnte.

»Aber vielen Dank, das war wirklich toll von dir!«

Robert wurde wieder ganz der nervöse junge Mann, der er bei dem Clubtreffen gewesen war, verhaspelte sich und legte nach einem letzten »War doch selbstverständlich« abrupt auf.

Beate ging den Flur entlang, hörte ein munteres Plätschern aus dem Badezimmer und beschloss, zunächst mit Lutz zu reden. Er saß vor einem frischen Kaffee in der Küche. Er war braun gebrannt und trug ein T-Shirt, das die Surffreuden an der französischen Atlantikküste pries. Ansonsten sah er mehr als urlaubsreif aus. Er schlürfte geräuschvoll seinen Kaffee und sah Beate tieftraurig an.

»Dein Wolfgang fühlt sich hier offenbar ganz wie zu Hause.« Sein Gesicht war eine einzige bittere Anklage. »Kaum fährt man mal in Urlaub, ist man schon abgemeldet. Warum zieht er nicht gleich ganz hier ein?«

»Darüber wollte ich gerade mit dir sprechen«, hakte Beate ein. Taktvolles Vorgehen war überflüssig geworden. »Wie war überhaupt dein Urlaub? Wolltest du nicht eine Woche länger bleiben?«

Die ganze traurige Geschichte in allen ihren Entwicklungen, mitsamt psychologischer Ausdeutung, drängte nach Mitteilung und erforderte einen aufmerksamen Zuhörer. Beate rauchte eine Zigarette, trank Kaffee und nickte dann und wann verständnisvoll. Er hatte mit Anita zusammen sein wollen, ein wenig Strand, ein wenig Kultur, gutes Essen. Und er sprach Französisch nur auf dem Niveau, das gerade die Lektüre der Speisekarte in einem Mittelklasselokal ermöglicht. Sie hatte Jubel, Trubel, Heiterkeit gewollt, Kontakt zur Bevölkerung und sportliche Ertüchtigung. Und sie sprach fließend Französisch. Nachdem Lutz zum x-ten Mal vom Surfbrett gefallen war, hatte er seine sportlichen Aktivitäten eingestellt, am Strand Bruno Bettelheim gelesen und mit angesehen, wie charmante Strandbeaus seine Anita in die Kunst des Wellenreitens einführten.

Selbst abends hatte sie den ganzen Tross in Restaurants, Kneipen und Diskotheken mitgeschleppt.

»Nachts habe ich versucht, das alles mit ihr auszudiskutieren, aber sie hat schnippisch erklärt, sie wolle nicht diskutieren, sondern sich amüsieren. Das war's dann«, resümierte er seine Urlaubstragödie. »Die Liebe ist eben nur eine Illusion. Anita passt einfach nicht zu mir. Die Frage ist, ob überhaupt auf dieser Welt eine Frau existiert, die zu mir passt ...«

Mit Schrecken dachte Beate daran, wie lange Lutz in solch düsteren Stimmungstiefs verharren konnte.

»Am besten konzentrierst du dich jetzt auf dein Diplom, nimmst die Stelle am Institut an und stürzt dich in die Arbeit. Das hat mir immer sehr geholfen, wenn ich Liebeskummer hatte«, sagte sie aufmunternd.

»Sublimation durch Arbeit«, höhnte er. »Das funktioniert auch nur bei deiner Beamtenmentalität. Reg dich bloß nicht auf, ich weiß ja, du hast es nett gemeint.« Er brütete schon wieder vor sich hin. Gedankenverloren kratzte er sich den Bart.

»Und was ist mit Wolfgang?«, fragte sie leise. So schüchtern war sie sonst nicht.

»Ein glückliches Paar um mich herum ist genau das, was mir gerade noch fehlt. Aber ein interessantes Studienobjekt wäre es schon ...«

Beate wurde wütend.

»Nein danke, als Material für dein Diplom über Beziehungsarbeit sind wir uns zu schade. Ich sehe schon, wie du deine Statistik führst. Streitigkeiten durchschnittlich zweimal pro Woche; konstruktiv geführt – ja oder nein? Das kommt gar nicht in Frage. Jetzt bin ich auch mal egoistisch; Wolfgang zieht ein, und wenn du mit der Situation nicht klarkommst, kannst du ja Konsequenzen ziehen.« Nervös zog sie an ihrer Zigarette. Das Gespräch war aus dem Ruder gelaufen, aber sie würde kein einziges Wort zurücknehmen.

Lutz sah sie gekränkt an, dann wurde sein Blick melancholisch.

»Die Zeiten für Wohngemeinschaften sind wohl auch vorbei. Tja, in deinem Alter bricht sich wahrscheinlich der Brut- und Nestbautrieb mit Macht Bahn, das ist wohl einfach so ...«

Beate hätte ihn erwürgen mögen. In diesem Moment betrat Wolfgang die Küche. Frisch gebadet, umgezogen, die klatschnassen

Haare kunstvoll über die hohe Stirn gekämmt. Er sah ahnungslos drein wie ein neugeborenes Baby.

»Ihr trinkt so gemütlich Kaffee. Kann ich auch einen haben?«

Beate kämpfte gegen ein Lachen an, verschluckte sich und prustete los. Die Stimmung entkrampfte sich schlagartig. Lutz höchstpersönlich goss den Kaffee ein, und Wolfgang setzte sich.

»Dann wollen wir mal auf den neuen Mitbewohner anstoßen«, sagte Lutz. Die Kaffeebecher klirrten gegeneinander. Ob es ein gutes Omen war, dass keiner von ihnen zerbrach?

Der letzte Arbeitstag vor dem Urlaub. Beate schwitzte in ihrer Robe und verfluchte den Kollegen, der irgendwo im Stau stand. Es war ein Fehler, zu früh im Büro zu erscheinen, wenn Amtsinspektor Krüger, im Auftrag des Chefs, nach einem Ersatzmann für den verspäteten Sitzungsvertreter fahndete. Der offizielle Vertreter war bereits irgendwo eingesprungen, und schon hatte Krüger sie gekrallt.

»Ist eine kleine Sache, außerdem kommt der Kollege bald ...«

So saß sie denn auf der Anklägerbank, in Jeans und kurzärmeliger Bluse, ein weißes Halstuch in den Ausschnitt der Robe gestopft. Sie war aber immer noch overdressed im Vergleich zu dem Bild, das die beiden Angeklagten boten. Sie waren offensichtlich direkt von der Parkbank in das Gerichtsgebäude geraten und hatten ihre Plastiktüten neben der Anklagebank abgestellt. Verschreckt hörten sie zu, als Beate die Anklageschrift vorlas: Tierquälerei durch grausames Töten eines Schäferhundes sowie Beihilfe dazu durch lautstarkes Anfeuern. Etwas zittrig erhob sich der eine. Ihm standen Tränen in den Augen.

»Das war doch alles ganz anders. Ich habe meinen Hasso geliebt, aber er war so krank, das konnte ich nicht länger mit ansehen. Vierzehn Jahre hat er mich begleitet, das treue Tier ... Sehen Sie mal!«

Er pellte sich aus zwei zerschlissenen Jacken und kramte in der Seitentasche einer dritten, die er trotz der sommerlichen Hitze trug. Dann hatte er ein zerknicktes Foto gefunden, glättete es liebevoll und schwankte zu Beates Bank.

»Mein Hasso und ich. Vierzehn Jahre, so treu ist kein Mensch ...«

Sein Atem roch nach Hochprozentigem. Das vergilbte Foto lag vor ihr. Ein riesiger, zotteliger Schäferhund, der sein Herrchen erwartungsvoll anschaute. Mitten im Einkaufsparadies der Schildergasse. Wie oft hatte sie dort solche Leute gesehen, die um Geld bettelten und einer Mundharmonika krächzende Töne entlockten …

»Mussten Sie ihn denn auf diese Weise töten? Aber für den Tierarzt hatten Sie wohl kein Geld …«, sagte sie leise und schämte sich fast.

Der Mann mit dem struppigen Bart sah sie direkt an.

»Genauso war es. Außerdem hatte ich was getrunken, und dann winselte der Hund so schrecklich, es ging einfach nicht mehr. Er konnte kaum noch laufen. Es war fürchterlich, das können Sie mir glauben!«

Er schlurfte wieder zu seiner Bank zurück und setzte sich mühsam.

»Wenn Sie kein Geld für einen Hund haben, dürfen Sie eben keinen halten!«, hielt die altgediente Richterin ihm streng vor.

Der Mann wurde laut.

»Mein Hund hat besser gegessen als ich, für den war immer was da, das können Sie mir glauben. Die Sozialhilfe und was man so kriegt haben wir ehrlich geteilt. Ohne Hund kann ich nicht leben, es gibt ja keine Freundschaft auf dieser Welt.«

»Wenn Sie wieder einen Hund haben, und der wird krank, was machen Sie denn dann?«, fragte Beate. Heute war kein Anwalt da, der Suggestivfragen beanstanden konnte.

»So was mache ich nie wieder, ganz bestimmt nicht. Ich habe jetzt Leute vom Tierschutz kennen gelernt, die helfen mir dann.« Schon wieder standen ihm Tränen in den Augen. Er wischte sie mit dem Pulloverärmel ab.

»Und was haben Sie mit der Sache zu tun?«, fragte die Richterin den zweiten Angeklagten. Ihre blond getönte Dauerwelle war genauso unerschütterlich wie ihre Verhandlungstaktik.

»Nix.« Der zweite Mann hatte eine kratzige Bassstimme, die selten benutzt zu werden schien. Der erste rammte seinen Ellenbogen in die Rippen des Kollegen.

»Die Frau hat anständig gefragt, da kannst du auch anständig antworten«, fuhr er seinen Kumpel an.

Der brummte einige unverständliche Töne, dann rang er sich zwei Sätze ab. Er habe nur die Schaufel organisiert, um den Hund zu begraben. Das sei alles. Danach stierte er wieder vor sich hin. Er sah aus wie ein Leberkranker im Vorruhestand, war aber laut Anklageschrift erst achtunddreißig.

Beate regte eine Einstellung des Verfahrens wegen Geringfügigkeit an. Als der Beschluss verkündet wurde, blickten sich die beiden Angeklagten ratlos an.

»Können wir jetzt gehen?«, fragte der erste unschlüssig.

Offensichtlich hatten sie gar nicht verstanden, wie über ihr Schicksal entschieden worden war.

»Sie sind entlassen«, sagte die Richterin kühl und blätterte in der Akte der nächsten Sache.

Umständlich zog der Angeklagte seine Jacken wieder an, dann rüttelte er an der Schulter seines Kollegen, der geistesabwesend sitzen geblieben war. Sie rafften ihre Tüten zusammen und verließen den Gerichtssaal. Beate folgte ihnen, um nach ihrem Kollegen Ausschau zu halten. Er kam gerade den Gang entlanggerannt, die Robe flatterte dramatisch hinter ihm her wie in einem Mantel-und-Degen-Film. Atemlos entschuldigte er sich für seine Verspätung und schaute den ehemaligen Angeklagten nach, von denen einer gerade eine Flasche Korn ansetzte.

»Haben Sie die etwa laufen lassen?«, fragte er spöttisch.

»Geringes Verschulden«, entgegnete sie schnell. Dann packte sie ihre Sachen und kehrte in ihr Büro zurück.

Die letzten Akten vor einem zweiwöchigen Urlaub waren zu bewältigen. Ermutigend klein war der Stapel von rosa Heftern auf dem Aktenbock. Akteneinsichtsgesuche, Zentralregisteranforderungen, heute waren die Sachen schnell vom Tisch. Merkwürdig nur, dass die Akte Dübbers wieder bei ihr gelandet war. Die Sache war doch abgeschlossen?

Neugierig schlug Beate die letzte Seite auf. Ein Rückbrief von der Post, die die Einstellungsnachricht an Dübbers befördern sollte. Empfänger unbekannt verzogen, hieß es auf dem Umschlag. Das war mehr als seltsam. Ob Wegener doch Recht hatte mit seiner Behauptung, Dübbers wolle sich absetzen? Oder hatte Mordbubs Vernehmung Wirkung gezeigt?

Sie griff zum Telefon. Ein Gespräch mit Bub war jetzt überfällig. Sie musste ihn über die neuesten Entwicklungen aufklären, und er könnte die Fahndung nach Dübbers anleiern.

Mordbub meldete sich nicht.

Beate stand auf und reckte sich. Draußen schien die Sonne, die Stadt lockte mit Cafés und Straßenmusikanten, und wenn es zu heiß wurde, gab es da immer noch die feierliche halbdunkle Kühle des Doms. Ihr Verlangen nach einem ziellosen Bummel durch die Stadt bis hinunter zum Rhein wurde übermächtig. Eis essen und dann die Fähre zum Deutzer Rheinpark nehmen, wo sie sich auf die Wiese legen und ein Buch lesen könnte.

Beate räumte ihren Schreibtisch auf, klappte den Deckel des Stempelkissens zu und schloss das Diktiergerät weg. Sie war weder für das Steuerhinterziehungsverfahren noch für den Mordfall Breithaupt zuständig und hatte Urlaub. Und den würde sie genießen. Wenn sie sich später an diesen Moment erinnerte, dann nur mit einem Gefühl von absurder Komik. Diesen Urlaub sollte sie lange nicht vergessen …

Das weiße Schiff fuhr stromaufwärts in Richtung Rodenkirchen. Das Oberdeck der »Rheinperle« war mit quengelnden Kindern, wild knipsenden Japanern und steif nebeneinander sitzenden Rentnerehepaaren besetzt. Es war ein Samstagnachmittag wie aus dem Prospekt des städtischen Verkehrsamtes, und eigentlich hätte jedermann verliebt sein müssen.

Wolfgang strahlte Beate an.

»Ich habe übrigens eine Überraschung für dich: Ich habe tatsächlich eine Woche Urlaub bekommen. Allerdings glaube ich, dass mein Kollege Wenzel daran gedreht hat, um mich aus dem Weg zu haben. Der macht nämlich beim Chef Schönwetter, um meinen Sendeplatz zu kriegen, aber mir ist das mittlerweile egal. Wir können jedenfalls wegfahren.«

»Oder fliegen?«, fragte Beate. Bei dem Gedanken, eine längere Strecke zu fliegen, wurde ihr doch etwas mulmig.

»Geht leider nicht. Die Maschinen sind entweder ausgebucht oder zur Inspektion. Aber wir können mit dem Auto fahren.«

»Und wohin?«

»Vielleicht nach Frankreich«, schlug Wolfgang ironisch grinsend vor. »Dann haben wir beziehungsmäßig den Härtetest hinter uns!«

Beate lachte schallend. Einige Leute drehten sich missbilligend um. Sie kicherte hinter vorgehaltener Hand weiter, bis sie plötzlich einen unangenehmen Blick zwischen ihren Schulterblättern spürte. Vorsichtig drehte sie sich um und sah hinter sich einen mittelalten Lederjackentyp, der sie direkt anzustarren schien. Seine Augen waren hinter den verspiegelten Gläsern einer Billigbrille nicht zu erkennen. Die Härchen auf ihrem Unterarm richteten sich auf. Sie musste unwillkürlich an Friedrich P. Dübbers denken, und an seinen unpersönlichen Blick, der zu einem stummen Kräftemessen aufforderte ...

»Frankreich wäre nicht schlecht. Bretagne vielleicht oder genauer: Dinan«, sagte sie langsam.

Wolfgang sah sie prüfend an.

»Das Ferienhaus von Dübbers, ich verstehe ...«

Beate verlor die Fassung.

»Woher weißt du das? Wie kommst du darauf?«

Wolfgang zögerte nur eine Sekunde.

»Das hast du mir doch erzählt, woher sollte ich sonst davon wissen?«

Beate konnte sich nicht erinnern, ihm etwas von diesem Ferienhaus erzählt zu haben. War wohl eine Berufskrankheit, dieses Misstrauen ... Oder hatte sie ihm doch irgendetwas gesagt? Sie riss sich zusammen.

»Ich finde, wir sollten dort Urlaub machen. Die Bretagne ist toll, ich war schon mal da. Eine wundervolle Landschaft, eindrucksvolle Steilküsten, Hinkelsteine wie bei Asterix und keltische Kultstätten, und dann die leckeren Fischgerichte und St. Malo, die alte Korsarenstadt ...«

»Und Dübbers' Ferienhaus, um den Katalogtext um eine kleine individuelle Nuance zu erweitern.« Wolfgang war skeptisch.

»Nur mal anschauen. Ehrlich, mehr will ich gar nicht.«

»Regnet es da nicht öfter? Schon gut, das habe ich mit Irland oder Schottland verwechselt. Okay, aber nur, wenn du deinen Kollegen informierst und der einverstanden ist«, brummte er.

Beate warf ihm eine Kusshand zu. Die Sonne glitzerte auf den schmalen Wellenkämmen des Stroms, und der unwiderstehliche Duft von Diesel und Rhein lag in der Luft. Die »Rheinperle« tuckerte auf die Landungsbrücke von Rodenkirchen zu, hielt ein wenig davor und ließ sich dann mit abgestelltem Motor in einem eleganten Manöver seitlich zurücktreiben. Ein sanftes Schaben der

Schiffswand an der Brücke, und schon war das weiß glänzende Schiff vertäut. Wie nach dem Öffnen der Kaufhaustüren am ersten Tag des Sommerschlussverkaufes drängten die Leute auf den Steg. Der Ausverkauf von Erdbeertorte mit Sahne drohte, und jeder wollte einen Platz im »Rodenkirchener Treppchen« ergattern, das ohnehin schon längst von der örtlichen High Snobiety eingenommen worden war. Als Letzte stiegen Beate und Wolfgang aus, und wie auf ein geheimes Kommando ließen sie die überfüllten Restaurationseinrichtungen links liegen und schlenderten zum steinigen Flussufer. Dort suchten sie flache Rheinkiesel und warfen sie gegen die Wasseroberfläche. Ein sportlicher Ehrgeiz entbrannte, der beiden einen Sieg bescherte: Wolfgangs Steine sprangen am weitesten, Beate hielt den Rekord, was die Anzahl der Aufschläge anging.

»Gemeinsam sind wir unschlagbar«, stellte Wolfgang fest.

Beate blinzelte in die Sonne.

Kurz hinter Rennes hatte sich der Himmel verdüstert. Beate döste auf dem Beifahrersitz vor sich hin. Alle Knochen taten ihr weh, was einerseits auf das durchgelegene Pariser Hotelbett und andererseits auf die stundenlange Autofahrt zurückzuführen war. Die Route Nationale Nr. 137 führte schnurgerade und baumbestanden ins graue Nichts. Erste Tropfen fielen auf die Windschutzscheibe.

»Als ich letztes Mal hier war, hat es überhaupt nicht geregnet.« Beate hatte das Gefühl, dass sie sowohl für das Wetter als auch für Wolfgangs schlechte Laune verantwortlich war.

»Habe ich was gesagt? Guck lieber mal nach, wann wir abbiegen müssen!«

»Wir können entweder bei Motgerval abbiegen ...«

»Schon vorbei«, brummte er.

»Oder wir bleiben bis kurz vor Dinan auf dieser Straße und fahren dann an der Kreuzung links.«

Mittlerweile goss es in Strömen. Monoton tackten die Scheibenwischer, die jeweils nur für Sekunden einen klaren Ausblick schufen. Seitlich von diesem Ausschnitt tanzten verzerrt die weißen Farbkleckse, die die Bäume links und rechts der Straße zierten. Wolfgang reduzierte das Tempo, was der Fahrer hinter ihnen mit einem wilden Hupkonzert quittierte, bevor er rasant überholte. Das aufgewirbelte Spritzwasser des davonpreschenden Renault 4 nahm ihnen völlig die Sicht. Hektisch schaufelten die Scheibenwischer im zweiten Gang die Wassermassen von der Scheibe, dann gaben sie mit einem ächzenden Geräusch auf.

»Auch das noch«, murmelte Wolfgang verbissen.

Auf der Gegenspur überholte ein Fahrzeug mit aufgeblendeten Scheinwerfern, um elegant wenige Meter vor ihnen wieder in die rechte Spur einzuscheren. Sie fuhren jetzt so langsam, dass Beate durch die Wasserschleier hindurch einzelne Bäume erkennen konnte, die in der Vergangenheit ihrem Zweck als Leitplanken mit tödlicher Sicherheit gedient hatten. Die Scheibenwischer hatten ihren Streik beendet und versahen ihren Dienst, als wäre nichts geschehen.

»Nur runter von dieser Chaosstraße«, beschloss Wolfgang. Er wischte sich ein paar schweißnasse Haare aus der hohen Stirn.

»Wir können bei Vignoc abbiegen und kommen über Langouet auf dem kürzesten Weg nach Dinan«, sagte Beate. Sie räusperte sich. »Es ist eine Straße ohne Nummer, vielleicht ist da nicht so viel Verkehr.«

Ein verwittertes Schild in Kniehöhe wies den Weg. Die holprige Straße wand sich durch fettes Weideland. Braune oder gelblich-weiße Kühe schauten mit unendlicher Sanftmut und Blödheit auf das rote Auto mit Kölner Kennzeichen, das da in die tiefste französische Provinz eingedrungen war. Außer einem wackeren Senior in Tour-de-France-Bekleidung, der sich dem strömenden Regen zum Trotz auf ein Rennrad geschwungen hatte, begegneten sie köstliche zweieinhalb Kilometer lang keinem weiteren Verkehrsteilnehmer. Die Situation entspannte sich zusehends. Als der Regen schwächer wurde und schließlich nur noch kraftlos tröpfelte, zündete sich Beate eine Zigarette an. Die Landschaft dampfte in dem fahlen Licht der Nachmittagssonne, die sich durch das Grau kämpfte. Sie fuhren an verwitterten Steinkaten vorbei durch ein Dorf. St. Judoce, ein paar Häuser, eine Kirche, der Marktplatz mit Kriegsdenkmal und Boulebahn. Die ersten Tische wurden wieder vor das Bistro gestellt. Zeit für einen Aperitif (nach der Arbeit und vor dem Essen). Beate berührte Wolfgangs Hand, die ruhig auf dem Schaltknüppel lag.

»Wir haben's bald geschafft. Noch fünfzehn Kilometer«, sagte sie.

»Und? Hast du einen Plan, Sherlock Holmes?« Er war wieder der Alte.

»Ach Unsinn, du weißt doch, was Mordbub gesagt hat: Dienstausweis zu Hause lassen, allenfalls nachsehen, ob jemand im Haus ist. Keine Kontaktaufnahme und sofort Meldung zur Es-Te-A«, fasste sie kurz zusammen. »Erst mal suchen wir uns eine Unterkunft und dann ein schönes Lokal; morgen machen wir Sightseeing wie ganz normale Touristen, und dann suchen wir das Haus. Wenn wir es nicht finden – auch egal.«

Wolfgang grinste.

»Ich glaube dir kein Wort. Du wirst dir drei Beine ausreißen, um das Haus zu finden. Jetzt, wo wir so nahe dran sind …«

Beate lachte. Er hatte Recht. Mordbub hatte sie zwar vor allzu forschen Alleingängen, noch dazu im Ausland, gewarnt; er selbst aber hatte die ganze Maschinerie angekurbelt: Vernehmungen angeordnet (auch Robert würde Bubs Bekanntschaft machen, was Beate mit tiefem Mitgefühl für diesen nervösen jungen Mann erfüllte); Beschlagnahmebeschlüsse beantragt, um die Flugpläne von Manni Breithaupt sicherzustellen; und nicht zuletzt hatte er eine Interpolfahndung nach Dübbers ausgelöst. Wie sie die schwerfällige Bürokratie kannte, würde es Wochen dauern, bis eine Anfrage aus Paris bretonische Beamte aus ihrem Tiefschlaf riss.

Dinan war das Tor zur Bretagne. Das erkannte man unschwer daran, dass die französischen Ortsnamen durchgestrichen und durch unaussprechliche keltische Namen ersetzt worden waren. Lanvallay, der Vorort von Dinan, war erreicht. An schlichten Reihenhäusern vorbei fuhren sie auf der Hauptstraße, die sich langsam verbreiterte. Plötzlich brach die Sonne durch ein Wolkenloch und beleuchtete eine Landschaft, die wie eine Theaterkulisse wirkte.

»Voilà, nur für uns.« Beate servierte den Ausblick wie ein Oberkellner im Dreisternelokal die Hummerplatte.

Aus dem tiefen Einschnitt, den das Flusstal der Rance bildete, stiegen leichte Dunstschleier auf. Eine moderne Brücke im Stil von Aquädukten überspannte kühn das Tal und endete an den steilen Hängen des gegenüberliegenden Ufers, die von einer wuchtigen Festungsmauer gekrönt waren. Zwischen den geduckten Häusern am Fluss und der Festungsmauer leuchtete das satte Grün von Bäumen und Büschen. Die Türme und Kirchen der sich steil hinter den Festungsmauern aufrichtenden Stadt machten die Gegend zur Postkartenidylle.

»Dann wollen wir mal«, sagte Wolfgang.

Sehr schnell hatte er sich heillos verfahren und landete auf einer steilen Kopfsteinpflasterstraße, die bald so eng wurde, dass sie nicht mehr weiterkamen. Der bilderbuchgetreue Gendarm erschien ebenfalls sehr schnell und wies völlig uncharmant darauf hin, dass die Straße für den Autoverkehr gesperrt sei. Beate setzte ihre gesamten Französischkenntnisse ein und begann einen heißen Flirt. Der Mann taute ein wenig auf und reduzierte das Strafmaß von fünfunddreißig auf zwanzig Francs. Danach bestieg er sein Mofa und forderte sie mit großer Geste auf, ihm zu folgen. Aus dem Labyrinth mittelalterlicher Gassen gelangten sie wieder auf die Hauptstraße, wo Wolfgang einen großen Parkplatz aufsuchte.

»Paradies mit Tücken«, bemerkte er ironisch. »Aber nur fünfzehn Francs Ermäßigung. Und das, obwohl du dich so ins Zeug gelegt hast!«

»Blond müsste man eben sein«, gab Beate zurück.

Sie stiegen aus, holten die Reisetaschen aus dem Kofferraum und machten sich zu Fuß auf den Weg. Das Paradies war ausgebucht. Hungrig, müde und verschwitzt trotteten sie von Hotel zu Hotel, immer weniger wie ein solides finanzkräftiges deutsches Ehepaar aussehend. Die letzte Hoffnung war das Hotel de la Gare, ein schmuckloser Zweckbau direkt gegenüber dem Bahnhof.

Der rote Plüschteppich hatte schon bessere Tage gesehen, die Blümchentapete im Foyer war vergilbt, und der fette Cockerspaniel, der faul vor der Rezeption lag, bewegte sich keinen Millimeter von der Stelle. Genau wie der hagere Typ hinter der Theke, der bei ihrem Eintreten seine Zeitung nur kurz gesenkt und dann weitergelesen hatte. Er war gerade in die Seiten über Pferdewetten vertieft, die offensichtlich die einzige Chance verhießen, dieser scheußlichen Umgebung zu entfliehen. In seinen Mundwinkeln hing eine Zigarette, die sich leicht bewegte, als er die Ergebnisse mit einem von Herzen kommenden »Merde« kommentierte.

Beate drückte auf die Klingel, die einen scheppernden Ton produzierte. Der Hund hob müde den Kopf. Der hagere Mann hinter der Theke ebenfalls.

»Ein eingespieltes Team.« Wolfgang war noch immer die Ruhe in Person.

Der Mann nahm seine Lesebrille ab, verstaute sie umständlich in einem bestickten Futteral, faltete die Zeitung sorgfältig zusammen und machte sich tatsächlich auf den Weg zu seiner Kundschaft. Die Zigarette hing auch dann noch in seinem Mundwinkel, als er nach ihren Wünschen fragte.

In bestem Schulbuchfranzösisch, dritte Lektion, fragte Wolfgang nach einem Zimmer für zwei Personen.

»Mit Dusche?«, fragte der Mann zurück.

Beide nickten eifrig.

»Habe ich nicht.«

Der Mann schüttelte den Kopf. Eine kleine Säule Asche fiel von der Zigarette herab. Lässig wedelte er die Asche von der Theke auf den Boden.

»Und eins ohne Dusche?«, setzte Wolfgang nach.

»Doppelbett oder zwei Einzelbetten?«, kam die Gegenfrage.

In die Falle würden sie kein zweites Mal tappen.

»Ist egal«, entschied Beate.

Der Typ grinste schmierig und fixierte Wolfgang.

»Ihre Frau, was?«

»Noch nicht«, sagte Wolfgang ungerührt.

Das Grinsen des Gegenübers vertiefte sich. Wortlos schob er ein Gästebuch auf die Theke und legte einen Schlüssel hin, an dessen Ring eine Holzkugel in dem Farbton und der Größe einer Tomate baumelte. Eine Weile stand er da, beide Ellenbogen aufgestützt, als wäre er eingeschlafen. Während Wolfgang sie ins Gästebuch eintrug, starrte Beate fasziniert auf die immer kleiner werdende Zigarette, die, filterlos, gefährlich nahe an den Lippen des Mannes glühte. Wie selbstverständlich wachte der Typ auf, griff mit spitzen Fingern den Stummel und zündete damit die nächste Zigarette an. Sofort war der Platz in seinem Mundwinkel wieder besetzt. Wolfgang schob ihm das Buch hin.

»Macht zweihundert Francs mit Frühstück. Wie lange bleiben Sie?«

»Erst mal eine Nacht.« Beate wollte kein Risiko eingehen.

»Ah, Sie sind aus Cologne?« Der Mann studierte die Eintragung in dem abgegriffenen Buch. »Kathedrale, Karneval?«

Er wurde ihr beinahe sympathisch.

»Waren Sie schon mal da?«, fragte Beate.

»Ich bin hier noch nie rausgekommen.« Resigniert blickte er sich um. »Aber ich kenne jemanden aus Köln …«

»Ein Gast hier im Hotel?« Beate wollte es ganz genau wissen.

»Ihr Zimmer ist im dritten Stock, Nummer 307. Dusche ist auf 309.«

Der Mann griff wieder zu seiner Lesebrille, dann zögerte er, so, als wäre ihm etwas eingefallen.

»Und Ihre Pässe bitte. Morgen früh können Sie sie wieder abholen. La gendarmerie, vous comprenez, nein?«

Beate glaubte ihm kein Wort. Ob er Dübbers kannte? Es konnte gefährlich werden, wenn sie diesem Menschen ihren Pass gab ... Zum ersten Mal war sie froh, einen solchen Dutzendnamen zu tragen. Selbst wenn der Mann hinter der Theke ihren Namen an Dübbers weitergab, konnte der nichts damit anfangen. Sie legte ihren Ausweis auf die Theke. Dem Foto, einem Automatenprodukt vergangener Jahre, sah sie in keiner Weise ähnlich: stoppelkurze Haare, eine riesige Hornbrille und ein verkrampftes Lächeln.

Auch Wolfgang gab seinen Pass ab, schnappte den Schlüssel mit dem unhandlichen Anhänger und schulterte die Reisetaschen. Der fette Cockerspaniel gähnte herzhaft.

Die Bohlen der Holztreppe knarrten bei jedem Schritt. Die Messinghalterungen des verblichenen Teppichs waren lose, und auch das Geländer sah nicht Vertrauen erweckend aus. Auf dem ersten Treppenabsatz welkte eine Palme vor sich hin. Und die schwarze Katze, die ihnen jetzt mauzend zwischen die Beine lief, hätte kein Regisseur mit einer Vorliebe für heruntergekommene Stundenhotels besser in Szene setzen können. Beate blieb stehen und blickte zurück.

Der hagere Mann telefonierte. Eine frische Zigarette hing in seinem Mundwinkel. Er wirkte nicht mehr müde. Ganz und gar nicht. Beate beschloss, ihre Beobachtungen erst einmal für sich zu behalten. Es gab keinen Grund, andere zu beunruhigen, nur weil ihre Phantasie mit ihr durchging. Nach einem guten Abendessen würde die Welt schon wieder ganz anders aussehen ...

Das Zimmer war in ein rosiges Licht getaucht, das die Blümchentapete aufleuchten ließ. Beate erwachte und sah auf den Reisewecker: 9.35 Uhr. Ihr Kopf schmerzte, und langsam wurde ihr klar, dass sie sich in Zimmer 307 des Hotel de la Gare in Dinan befand. Die altrosa

Bettdecke war halb auf den Boden gerutscht, die kunstvolle Konstruktion der an drei Seiten um die Matratze geschlagenen Laken weitgehend zerstört. Neben ihr atmete Wolfgang gleichmäßig wie im Tiefschlaf. Sein friedliches Kindergesicht … Sie konnte sich schon nicht mehr vorstellen, allein aufzuwachen. Dieser Gedanke machte ihr Angst. Sie stand auf und zog die rosa Vorhänge einen Spalt auf. Der Himmel war klar und spiegelte die Bläue des nahe gelegenen Meeres. Vor dem Bahnhof herrschte schon lebhaftes Treiben, ein Citroënfahrer kämpfte erbittert um einen Parkplatz, der gerade von einem Postauto angesteuert wurde. In dem Café vor dem Hotel wurde bereits der erste Rote serviert. Beate schüttelte sich. Gestern Abend hatten sie dem Alkohol reichlich zugesprochen, animiert von der breithüftigen Patronne, die ihre Auswahl der Wein- und Cidresorten fachkundig in die richtige Richtung gelenkt hatte. Am Ende war es wohl der eine oder andere Calvados zu viel gewesen. Heute war ein Tag, um mit dem Schiff die Rance hinunter bis nach St. Malo zu fahren, eine frische Seebrise wäre genau das Richtige, um das dumpfe Pochen in ihrem Schädel loszuwerden. Das Haus von Dübbers konnte warten. Plötzlich legten sich zwei Hände um ihren Hals. Bevor sie überlegen konnte, stieß sie einen halb erstickten Schrei aus. Wolfgang ließ sie los und drehte sie zu sich um. Er sah besorgt aus.

»Ich, ich habe gar nicht gehört, dass du aufgestanden bist«, stotterte sie.

»Ich wusste nicht, dass du so schreckhaft bist! Aber wer hätte es sonst sein sollen außer mir? Der Würger von Château de la Duchesse Anne?«

Jetzt war sie verblüfft.

»Woher weißt du … kennst du das Gemäuer?«

»Ich habe gestern mit dem guten Geist des Hauses noch Brüderschaft getrunken. Yannick heißt er, wie es sich für einen waschechten Bretonen gehört. Ich bin ihm in die Arme gelaufen, als ich das verdammte Klo gesucht habe. Der Mann ist in Ordnung, ehrlich.« Er nahm sie in die Arme und küsste sie.

»Und ich dachte, der Typ wäre Dübbers' Frühwarnsystem. Hast du gemerkt, dass er auswich und nichts von seinem Bekannten aus Köln erzählen wollte?«

Sie riss sich los und musterte Wolfgang mit ihrem »sachlichen Blick«, wie er das nannte. Er blieb unbekümmert.

»Er wird eben erst nachts um drei, bei einigen Flaschen, gesprächig. So sind die Leute hier. Und Touristen liebt er sowieso nicht übermäßig. Yannick sympathisiert mit der Separatistenbewegung, ein Glück, dass denen ausländische Touristen lieber sind als französische. Er war übrigens sehr beeindruckt von dir. Hat mich richtig über dich ausgequetscht.«

»Hat er gefragt, was ich beruflich mache?« Beate blieb misstrauisch.

»Klar, aber mir fiel der französische Ausdruck dafür nicht ein. Habe ich eben ›avocat‹ gesagt, das stimmt ja auch irgendwie.«

Wolfgang war manchmal umwerfend naiv. Führt der Mann ein alkoholgetränktes Männergespräch über Gott und die Welt, über die Frauen und die Politik, und merkt überhaupt nicht, wie er ausgehorcht wird, dachte sie.

Sie verstand Wolfgang nicht. Er wusste doch, was auf dem Spiel stand, und riskierte alles, nur weil der Alkohol ihm die Zunge lockerte. Sonst war er doch nicht so leichtsinnig. Sie wurde ärgerlich.

»Aber dass wir hier nach Dübbers suchen, hast du ihm hoffentlich nicht auch noch erzählt?«, fragte sie.

»Großes Indianerehrenwort, nein!!« Er verdrehte die Augen.

»Dann können wir ja frühstücken.«

Yannick servierte das Frühstück mit einem freundlichen Lächeln, das durch die unvermeidliche Zigarette leicht verzerrt wirkte. Als er fragte, ob sie gut geschlafen hätten, blinzelte er Wolfgang verschwörerisch zu. Männer! Beate versenkte sich in die riesige Schale Café au lait und war somit der Aufgabe enthoben, die Pointe des nachfolgenden Witzes angemessen zu würdigen. Die Croissants entschädigten für vieles: locker, leicht und knusprig. Seit Jahren strebte ihr Bäcker zu Hause eine solche Vollendung an. Bislang vergebens. Seine Produkte wurden zwar immer größer und fettiger, verloren aber nie die deutsche Schwerfälligkeit und waren bestenfalls als pampig zu bezeichnen. Nach dem Frühstück zündete sie sich eine Zigarette an. Sie sprühte vor Tatendrang.

»Und was machen wir jetzt?«

»Du meinst: Was essen wir jetzt?«, gab Wolfgang zurück und tunkte sein letztes Stück Baguette in den Kaffee.

»Wir können auf dem Weg zur Touristeninformation ja noch ein paar Crêpes essen, damit du nicht vor Hunger umkommst«, neckte sie ihn.

Er nickte dankbar.

Im Informationsbüro in der Rue de l'Horloge deckten sie sich mit Katalogen und Fahrplänen der Bus- und Schiffsverbindungen ein. Dann wandte Wolfgang sich der knallig geschminkten Blondine zu, die gerade mit einem Handspiegel kontrollierte, ob der nachtblaue Lidschatten den Anforderungen des jungen Arbeitstages standgehalten hatte. Ihr Name, sollte man dem kleinen Messingschild auf der züchtigen dunkelblauen Strickjacke trauen, lautete Chantal Dieu-Le-Saint. Weniger heilig war der umflorte Blick, den sie ihrerseits Wolfgang schenkte.

»Was kann ich für Sie tun, Monsieur?«

Wolfgang erkundigte sich, ob man in der Gegend Ferienhäuser mieten könne. Der Prospekt …

Sie unterbrach ihn routiniert.

»Der Prospekt ist überholt. Sämtliche Ferienhäuser sind verkauft worden, die Betreiber haben Pleite gemacht. Es war kein einziger Franzose dabei. Aber bei uns ist eben immer Saison.« Sie lächelte unverbindlich.

Beate beschloss, die Sache voranzutreiben.

»Mir fällt da gerade etwas ein. Hat nicht dein Bekannter Fritz Dübbers aus Köln kürzlich hier ein Ferienhaus gekauft? Den könnten wir doch mal besuchen?«

Sie trat Wolfgang auf den Fuß.

»Ach, richtig!«, mimte der tapfer und wandte sich an die Blondine, die mittlerweile ihre Nägel feilte. »Kennen Sie einen Friedrich Dübbers aus Köln, der hier ein Ferienhaus gekauft hat? Ist ein alter Bekannter von mir. Um die fünfzig, kräftig?«

Chantal tat tatsächlich so, als würde sie nachdenken. Ihre Vorstellung war genauso wenig überzeugend wie die von Wolfgang.

»Dübährs, Dübährs«, wiederholte sie versonnen. »Kann schon sein. Aber da oben wohnen viele Deutsche. Ich zeige es Ihnen.«

Sie stakste auf gefährlich hohen Sandaletten um die Theke herum und ging zu der großen Karte, die Dinan und Umgebung zeigte. Die hauchdünnen Strümpfe auf ihren kräftigen Beinen wiesen Laufmaschen auf, was eine seltsame erotische Wirkung hatte.

»Voilà, vous les trouvez par ici!« Mit einer denkbar großzügigen Handbewegung deutete sie auf die Umgebung von Lanvallay, den Vorort, den sie auf der Hinfahrt passiert hatten. Beate trat näher an die Karte heran. Sofort geriet sie in den Bann der Duftwolke aus erlesenem Parfum und einer schwachen Prise Knoblauch.

»Merci beaucoup, Madame!«, sagte Wolfgang in vollendeter Höflichkeit.

»Mademoiselle«, korrigierte Fräulein Dieu-Le-Saint lächelnd.

Beate wunderte sich maßlos.

»Dann wollen wir mal.«

Wolfgang steckte den Zündschlüssel ins Schloss. Beate rutschte unruhig auf ihrem Sitz hin und her. Sie war von einer unerklärlichen Aufregung erfasst.

»Am besten parken wir das Auto gleich am Ortseingang und sehen uns zu Fuß um. Das Kölner Kennzeichen ist zu auffällig.«

Es fehlte nicht viel, und sie hätte auf den Nägeln gekaut. Wenn Dübbers nun da war, zufällig einkaufen ging und sie erkannte? Sie kramte in ihrer Handtasche. Schließlich fand sie ein weißes Stirnband. Damit band sie ihre Haare streng aus dem Gesicht. Danach schminkte sie ihre Lippen knallrot und befestigte Sonnengläser an ihrer Brille. Wolfgang verschluckte sich fast vor Lachen.

»Willst du der lieben Chantal Konkurrenz machen?«

»Alles Tarnung. Du hast gut lachen, dich kennt er ja nicht!«

Sie fuhren über die Brücke. Wieder dieser atemberaubende Blick auf das Rancetal, auf die alten, schiefergedeckten Häuser, die sich zu beiden Seiten des Flusses drängten. Direkt hinter der alten Brücke wartete verlassen ein weißes Schiff auf Fahrgäste. Plötzlich hatte sie Angst.

Wolfgang parkte das Auto in einem schattigen Seitenweg der Hauptstraße, nachdem sie die Ansammlung einfallsloser Reihenhäuser hinter sich gelassen hatten. Hier war die Bebauung weniger dicht. Verwilderte Gärten, einzeln stehende Häuser, bäuerliche Kleinstbetriebe. Sonnenflecken spielten auf dem grasbewachsenen Weg, den blühende Büsche und einige Birken säumten. Es war so ruhig, dass das Vogelgezwitscher unangenehm grell an die Ohren schlug.

»Wir schauen uns hier mal um«, sagte Wolfgang.

Hand in Hand schlenderten sie den Weg hinunter, der hinter den Gärten entlangführte. Zunächst waren es kleine Bauernhäuser mit Obstgärten und Hühnerställen. In einem der Höfe spielten Kinder mit Murmeln. Über ihnen flatterte Wäsche auf einer Leine, die kreuz und quer über den gesamten Platz gespannt war. Es war alles so, wie es sein sollte. Von irgendwoher bellte ein Hund. Dann war es wieder still. Eine Eidechse, die sich auf einem flachen Stein gesonnt hatte, huschte quer über den Weg. Nach den Bauernhäusern kamen sie an unbebauten, verwilderten Grundstücken vorbei.

»Dahinten, das sieht schon eher nach Ferienhäusern aus.«

Wolfgang ging plötzlich schneller. Es waren ordentliche, weiß verputzte Häuser mit Veranden und gepflegten Gärten, die einzelnen Grundstücke durch Zäune voneinander getrennt.

»Wenn da irgendwo ein Gartenzwerg steht, sind wir am Ziel!«

Beate war nicht zum Lachen zumute. Sie hatten gerade das erste Haus erreicht, als hinter ihnen eine Fahrradklingel ertönte.

»Pardon.«

Sie ließen die Radfahrerin vorbei. Eine junge Frau in Jeans und weißem T-Shirt; um den Kopf hatte sie ein buntes Seidentuch geschlungen. Aus dem Bastkorb auf dem Gepäckträger ragten Porreestangen, ein Baguette und eine Gurke. Wolfgang blieb wie angewurzelt stehen.

»Das kann ich nicht glauben. Das gibt's doch nicht!«

Beate sah ihn fragend an. Er fasste sie nur bei der Hand und zog sie mit.

»Komm!«

Jetzt liefen sie fast an dem ersten Haus vorbei, dem zweiten, dem dritten ... Die Radfahrerin war abgestiegen und öffnete das Gartentor eines der weiß verputzten Häuser mit Veranda. Wolfgang wich ein wenig zur Seite, sodass sie in dem Schatten eines Baumes standen. Als das Gartentor erneut in den Angeln quietschte, lief er wieder auf den Weg und winkte Beate, zu folgen. Beates Herz klopfte. Geduckt liefen sie bis zu dem Zaun und hockten sich dort hin. Sie beobachteten die junge Frau, die gerade den Bastkorb mit ihren Einkäufen ins Haus tragen wollte. Ein Collie lief ihr langsam entgegen und blieb vor ihr stehen. Schwanzwedelnd nahm er ihre Liebkosung entgegen. Vor dem Haus hielt ein Postauto mit der Aufschrift P. T. T. Die Klingel am Haus ertönte schwach.

»Je viens!«, rief die Frau und ging mit elastischen Schritten am Haus vorbei zum vorderen Gartenzaun.

Ein rundlicher Mann mit Baskenmütze erschien. Man hörte sie miteinander reden; dazwischen erklang mehrmals das perlende Lachen der Frau. Mit einem Griff zog sie sich das Seidentuch vom Kopf, dann schüttelte sie ihr Haar frei. Langes, lockiges, tiefrot glänzendes Haar.

Wolfgang pfiff durch die Zähne.

»Also doch. Weißt du, wer das ist? Das ist Leonore, jetzt bin ich hundertprozentig sicher!«

Der Postbeamte bot Leonore eine Zigarette an, die sie in gierigen Zügen rauchte. Beate hätte jetzt selbst gern geraucht, um ruhig über die unerwartete Situation nachdenken zu können. Wild schossen die Gedanken in ihrem Kopf hin und her.

Auf der Terrasse waren ein Sonnenschirm, ein Tisch und drei Stühle aufgestellt. Auf dem Tisch standen zwei Kaffeetassen und eine Thermoskanne.

»Pass auf: Ich verdrücke mich. Ich will sehen, dass ich mich seitlich zur Straße vorpirschen kann, vielleicht steht da ein Auto, dessen Nummer wir brauchen könnten. Wenn du willst, kannst du mit ihr sprechen. Ich halte mich da raus, sonst bringe ich die offiziellen Ermittlungen durcheinander. Das wäre ein gefundenes Fressen für die Verteidiger, wenn ich ein harmloses Gespräch mit einer Beschuldigten führe, ganz ohne Belehrung und so. Wir treffen uns nachher beim Auto wieder, okay?«

Wolfgang nickte.

Beate lief geduckt ein Stück des Weges zurück. Im Schatten des Baumes setzte sie sich hin und holte ihre Zigaretten hervor. Sie inhalierte tief und achtete auf ihren Herzschlag, der sich langsam beruhigte. Leonore war also in Dübbers' Haus. Konnte man ohne logischen Fehler schließen, dass Dübbers der Geliebte war, der sie am Tag des Mordes abgeholt hatte? War es denkbar, dass sie mit dem Mörder ihres Mannes zusammenlebte? Wie viel wusste sie von den unsauberen Geschäften, die Manni und Dübbers verbanden? Immerhin hatte sie die Rolle der Geliebten aus Luxemburg gespielt, um Mannis Deckgeschichte in Mönchengladbach zu bestätigen. Möglicherweise hatte sie jedes Mal das Gold in Luxemburg gekauft und ihrem Mann in der Nähe des Flughafens übergeben, war daher genau im Bilde über die Transaktionen. Und wo war Dübbers jetzt?

Beate erhob sich, trat die Zigarette aus und kehrte auf den Weg zurück. Über eines der verwilderten Grundstücke erreichte sie die kleine Straße, die an der Vorderseite der Häuser entlangführte. Nachdem sie sich durch einige stachelige Büsche gekämpft hatte, war das weitere Fortkommen ein Kinderspiel. Nur auf die Brennnesseln musste sie achten und die tückischen, überwucherten Erdlöcher vermeiden. Mitten auf dem Gelände stand das halb umgekippte Schild eines Maklerbüros; es hatte wohl die Hoffnung auf einen lukrativen Verkauf begraben. Beate stolperte über eine Wurzel, konnte aber den Fall gerade noch abfangen. Hatte da nicht ein Zweig geknackt? Das Grundstück war menschenleer. Vielleicht eine Katze, die hier ihr Jagdrevier hatte … Sie erreichte das Ende des Grundstücks und betrat die Straße. Langsam, wie eine absichtslose Spaziergängerin, schlug sie die Richtung ein, in der sich Dübbers' Haus befand.

Chantal hatte Recht gehabt: Hier waren Fahrzeuge aus allen europäischen Ländern geparkt, dänische, englische, eins aus der Schweiz. Und natürlich die Deutschen aus allen Teilen der Republik, allen voran die tüchtigen Häuslebauer, die auch den Urlaub gern in den eigenen vier Wänden verbringen. Zu viel Fremde schlägt aufs Gemüt. Ein Münchener Mercedes hinter einem Schweinfurter Granada. Und was war das hier für eine seltsame Nummer? Fl 8344 stand da in spartanischer Kürze. Beate bückte sich zu dem Nummernschild des Rover, der unweit von Dübbers' Haus stand. Liechtenstein, ein kleines, aber feines Land. Sie notierte die Nummer auf ein Papiertaschentuch, das sie anschließend gedankenverloren in die Hosentasche steckte. Sofort dachte sie an die langwierigen Ermittlungen in dem Steuerstrafverfahren gegen Wegener: Auch da hatte sich die Spur in Liechtenstein verloren …

Sie kehrte um und ging bis zur Hauptstraße. Von dort aus konnte sie ihren Parkplatz in dem Seitenweg wiederfinden. Die Sonne prallte jetzt direkt auf sie herab. Im Schatten des Baumes, unter dem der Golf abgestellt war, würde es sich angenehmer warten lassen. Sie bog in den Seitenweg ein. Das Auto stand noch da. Ihre Augen brauchten einen Moment, um sich der Dunkelheit dort anzupassen. War da nicht eine Bewegung gewesen? Sie wirbelte herum. Nichts, nur einige Zweige bewegten sich im Wind. Doch, jetzt hatte sie deutlich ein metallisches Klirren gehört. Ihre Kehle wurde eng. Wenn dort jemand war, ein Autoknacker vielleicht, den sie überrascht hatte, gab es nur eine Chance: weitergehen, als habe sie nichts bemerkt. Ihm eine Fluchtmöglichkeit geben. Mit steifen Beinen ging sie ein paar Schritte vom Auto weg. Nur nicht schneller werden, einfach ruhig weitergehen. Ihre eigenen Schritte hallten dumpf in ihrem Kopf nach. Locker weitergehen ... Als sie hinter sich Äste knacken hörte, war es schon zu spät. Sie konnte sich nur noch halb umdrehen, flüchtig eine Gestalt wahrnehmen. Im selben Moment der heißer werdende Schmerz am rechten Hinterkopf, flimmernde weiße Punkte vor den Augen. Dann kam die Erde auf sie zu, und es war dunkel.

Unten auf dem Meeresboden war es lichtlos schwarz. Seltsamerweise konnte man atmen, und es war nicht so kalt, wie sie es sich immer vorgestellt hatte. Nur der Druck der Wassermassen war unangenehm, er presste den Kopf zusammen, sodass sie die Augen schließen musste. Eine Weile trieb sie schwerelos dahin, dann spürte sie eine Berührung an der Schulter. Ein riesiger Wal schubste sie im Wasser umher, drückte sie nach oben. Langsam wurde es heller, noch immer wurde sie gehoben, gezogen, angestoßen ... Das Wasser wurde durchsichtiger, Lichtflecken spielten auf der Oberfläche. Der freundliche Riesenfisch wurde kleiner, verschwamm in der Dunkelheit unter ihr. Wenn sie jetzt noch einen Stoß mit den Armen machen würde, könnte sie an die Oberfläche treiben, zum Licht, ins Freie. Sie war zu kraftlos, und oben würde es grell sein und zu laut. Noch ein wenig treiben lassen –

»Nein! Das ist nicht wahr!«

Eine hysterische Frauenstimme drang spitz durch das dumpfe Pochen bis in Beates Kopf. Langsam öffnete sie die Augen. Sie lag auf einer weichen, bunten Sommerwiese aus Stoff. Ein Sofa in einem großen, weißen Raum, der von der Sonne durchflutet war.

»Das ist nicht wahr. Das kann nicht wahr sein«, sagte die Frau wieder, diesmal flüsternd, wie zu sich selbst.

Beate konnte sie nicht sehen. Wenn sie jetzt den Kopf etwas drehen würde ... Eine Welle von Übelkeit stieg in ihr hoch, und sie stöhnte leise. Plötzlich erkannte sie Wolfgangs Gesicht über sich. Er sah so besorgt aus, dass sie lächeln musste, nur um ihn zu beruhigen.

»Mein Gott, was ist denn passiert? Du machst vielleicht Sachen, kann man dich nicht mal fünf Minuten allein lassen?«

Den Ton kannte und hasste sie. Er musste ziemlich durcheinander sein, wenn er jetzt schon wie ihre eigene Mutter klang.

»Ich weiß nicht«, antwortete sie. Sie konnte tatsächlich sprechen. »Ich ging den Weg entlang, und jetzt bin ich hier. Mein Kopf tut irre weh. Und schlecht ist mir auch.«

Wolfgang umarmte sie mit einer Behutsamkeit, als wäre sie eine wertvolle Porzellanpuppe.

»Ich bin ja so froh, dass du lebst«, murmelte er.

Das Dröhnen in ihrem Kopf schien schlagartig nachzulassen, und die Welt ordnete sich neu. Beate richtete sich mühsam auf. Dann grinste sie ihn freundlich an.

»Schade, dass man erst mal einen Schlag auf den Kopf kriegen muss, um so was zu hören!«

Wolfgang küsste sie zart auf die Wange. An seinem Kopf vorbei sah sie die Frau mit den langen dunkelroten Haaren. Sie wandte ihr den Rücken zu, die Arme hingen reglos herab. Ihre Schultern zuckten.

»Hast du es Leonore gesagt? Dass Manni tot ist?«, fragte Beate leise.

Wolfgang nickte.

»Wenn sie nicht eine Oscar-verdächtige Schauspielerin ist, hat sie es tatsächlich bis jetzt nicht gewusst. Aber ich bin da kein Experte«, gab er zurück.

Im selben Moment drehte sich Leonore um. Ihr Gesicht war mühsam beherrscht, ihre Lippen fest zusammengepresst. Spuren von Tränen sah Beate nicht. Leonore war tatsächlich schön. Viel schöner als auf dem dämlichen Foto. Die graugrünen Katzenaugen, die hohen Wangenknochen, der leicht schiefe, ausdrucksvolle Mund … Vor allem jetzt, als sie die Haare zurückwarf und das Kinn vorschob, bereit, zurückzuschlagen, wurde diese Schönheit auf eine beunruhigende Weise lebendig.

»Und nun will ich die ganze Geschichte hören. Wie ist Manni gestorben? Was ist hier überhaupt los? Was wollt ihr von mir?« Ihre Augen funkelten.

Wolfgang fasste sich als Erster.

»Damals, an dem Tag, du weißt schon, wollten wir Manni besuchen, um den Schlüssel und das Bordbuch für die Maschine zu holen. Als wir ankamen, lag er tot in der Küche. Mit einem Messer in der Brust. Und du warst weg.«

Leonore ballte die Fäuste.

»Pierre hat mich abgeholt. Wie es vereinbart war.«

»Pierre?«, fragte Beate. In ihrem Hinterkopf pochte es noch. Die Kopfschmerzen rauschten in großen Wellen heran und brachen sich an der Vorderseite des Schädels. Doch ihre Gedanken waren klar, und ein Pierre passte in diese Geschichte irgendwie nicht hinein.

Und noch etwas klang falsch, völlig falsch. Was war es nur? Sie würde später darüber nachdenken.

Leonore lachte verächtlich.

»Dübbers. Friedrich P. Dübbers. P. ist ein schlichter Peter, aber Pierre gefällt ihm besser. Er hat mich abgeholt, ich durfte meine Koffer auch noch selber zum Auto schleppen und dort auf ihn warten. Ich rede noch mal mit Manni, hat er zu mir gesagt. Kann ich eine Zigarette haben?«

Wolfgang sprang auf, dann fiel ihm offensichtlich ein, dass er nicht rauchte. Leonore musste auch auf ihn Eindruck gemacht haben. Beate registrierte es ohne Eifersucht. Sie war keine Konkurrenz für die schöne Wildkatze. Also war Leonore es auch nicht für sie.

»Hast du noch Zigaretten?«, fragte Wolfgang.

»In meiner Tasche«, antwortete sie automatisch.

Die Tasche war nicht mehr da.

»Dann war es ein simpler Raub. Kommt das hier öfter vor?« Beate tastete ihren Hinterkopf ab. Schnell hatte sie das Zentrum des klopfenden Schmerzes gefunden. Die Schwellung fühlte sich feucht an, die Haare waren verklebt.

Leonore war aufgestanden und ging zu dem Korb, der noch immer nicht ausgepackt war. Sie holte eine Schachtel Zigaretten hervor und bot sie an. Beate griff dankbar zu. Wolfgang zückte ein unhandliches Tischfeuerzeug aus Onyx und gab den Damen Feuer. Der erste Zug machte Beate fast schwindelig. Der Sessel, auf dem Leonore saß, schwankte ein wenig.

»Nein.« Leonore sprach wie geistesabwesend. »Das hier ist eine friedliche Gegend. Wir wollten hier bleiben und glücklich sein. So einfach war das … Dieser Mensch hat mich nur benutzt. Das werde ich ihm heimzahlen, daran wird er noch lange denken!« Sie sah aus, als meine sie es ernst. Sie brütete vor sich hin, während sie auf einer Haarsträhne kaute. Ihre Brauen waren finster zusammengezogen. »Wahrscheinlich werde ich in Deutschland gesucht, oder? Die Ehefrau ist doch immer verdächtig … Das hat er klug eingefädelt!«

Beate wusste nicht, was sie jetzt sagen sollte. Wenn sie Leonore erzählte, dass gegen sie ein Haftbefehl vorlag, wäre das knapp an der Grenze zur Strafvereitelung. Fieberhaft dachte sie nach, doch der erlösende Gedanke wollte sich nicht einstellen. Sie war noch nicht wieder die Alte. Also beschloss sie, ihre Rolle als Kranke gut zu spielen, schloss die Augen und ließ sich gegen die Sofalehne sinken. Einer Antwort war sie auf diese Art und Weise jedenfalls enthoben. Wolfgang sprang ein.

»Natürlich, so, wie es aussah … Am besten, du kommst nach Köln zurück und sagst ihnen, wie es wirklich war.«

Beate öffnete ihre Augen einen Spalt. Leonore schien über Wolfgangs Vorschlag nachzudenken.

»Und Pierre? Ich meine Dübbers? Den hat man wohl nicht auf der Liste?«

Es klang verbittert. Die große Romanze war wohl beendet.

Beate sagte immer noch nichts. Wolfgang machte seine Sache gut.

»Doch, soviel ich weiß, ist er vernommen worden – ach was, ich sage es jetzt, wie es ist. Dübbers wird auch gesucht, und zwar nicht nur wegen des Mordes, sondern auch wegen einer dubiosen Goldschmuggelgeschichte, in die Manni verwickelt war. Und wir beide sind nicht zufällig hier, wir wollten die Fahndung etwas ankurbeln und nachsehen, ob er vielleicht in seinem Haus ist. Meine Freundin ist übrigens Staatsanwältin.«

Es klang wie eine Entschuldigung. Leonore starrte Beate mit großen Kinderaugen an.

»Außer Dienst, ich bin in Urlaub«, erklärte Beate. Nun war die Situation da, die sie eigentlich hatte vermeiden wollen. Mit Schrecken dachte sie an den Bericht, den sie formulieren musste und der sicherlich mit den Worten »Vermerk: Außerdienstlich wurde bekannt …« anfangen würde.

Leonores Gesichtsausdruck wandelte sich von Staunen über

Nachdenklichkeit in grimmige Entschlossenheit. Eine Spur zu deutlich vielleicht, aber immerhin überzeugend.

»Dann könnt ihr mir also helfen«, sagte sie schließlich. »Ich habe einiges in der Hand. Alle Quittungen habe ich aufbewahrt, jeden Goldkauf in Luxemburg kann ich beweisen, das Schwein wird bezahlen. Der wird noch an mich denken.«

Beate fragte sich, ob Leonore eine Rolle spielte, deren Text von einem phantasielosen Billigschreiber stammte. Oder war sie so enttäuscht und verletzt, dass sie keine anderen Worte fand als die, die sie jetzt schon zum zweiten Mal benutzte? Plötzlich stand Leonore vor ihr und drückte ihr einen schmalen Hefter mit fotokopierten Quittungen von einer Luxemburger Bank in die Hand. Beate blätterte die Ablichtungen, die sorgfältig chronologisch abgeheftet waren und einen Zeitraum von zwei Jahren umfassten, rasch durch. Leonore rauchte schon wieder. Die Hand, in der sie die Zigarette hielt, zitterte leicht.

»Manni hat das Zeug für ihn nach Deutschland geflogen. Noch nicht einmal das hat er richtig hingekriegt. Hat sich für 'nen Appel und 'n Ei verkauft. Und als er aussteigen wollte, dachte er, er könnte alles wieder rausholen. Eine hübsche fette Abfindung, Schweigegeld, wollte er kassieren. Nun ja, zum Schweigen ist er dann ja auch gebracht worden.« Sie zog nervös an ihrer Zigarette. »Manni war der geborene Verlierer. Er wusste noch nicht einmal, dass ich mit Dübbers ein Verhältnis hatte. Er wusste, dass da irgendetwas war, aber das konnte ihn ja eigentlich nicht überraschen. Ich habe ihm immer gesagt, dass ich nicht auf Nieten stehe. Das habe ich mir schon mit fünfzehn Jahren geschworen, damals im Heim, dass ich nie wieder in der Gosse lande. Dass ich gewinnen werde.«

Sie sah auf einmal sehr hart aus und gleichzeitig sehr jung, wie das junge Mädchen von vor zwanzig Jahren, das beschlossen hatte, nie mehr zu weinen. Beate schluckte. Das musste die echte Leonore sein, die hinter all diesen Fassaden lebte. Rothaariger Vamp, Racheengel und berechnende Geliebte …

»Und Pierre war ein Sieger, koste es, was es wolle. Es war nicht immer ganz legal, was er machte, aber wer wird schon durch ehrliche Arbeit reich? Und er war ein faszinierender Mann. Wir hätten es wirklich schaffen können. Ein Leben wie Gott in Frankreich … Aber so viel Glück steht mir wahrscheinlich nicht zu in diesem Leben. Vom ersten Tag an, seit unserer Abreise, hat er mich seltsam behandelt, war gereizt, unaufmerksam und dauernd verschwunden. In Geschäften unterwegs, wie auch jetzt. Männer.«

»Wo ist er denn zurzeit?«, fragte Wolfgang. Er wirkte unglaublich sachlich.

»Keine Ahnung. In Paris, glaube ich. Gestern Abend kam ein Anruf, und schon war er weg. Tschüs, Chérie, muss weg, die Pflicht ruft. Seitdem habe ich ihn nicht gesehen.«

»Ist er mit dem Auto unterwegs?« Wolfgang bohrte weiter.

Er hätte Staatsanwalt werden sollen.

»Wahrscheinlich ja. Er mietet immer eins, wenn er weitere Strecken fährt. Den Mercedes hat er in Köln stehen gelassen.«

Ihre Antworten wurden immer knapper, beiläufiger. Beate wurde wieder munter.

»Und der Rover aus Liechtenstein? Wem gehört der?«

Hatten sich ihre Katzenaugen bei dieser Frage verengt? Ihre Stimme blieb kühl und beherrscht.

»Ich kenne keinen Rover aus Liechtenstein. Wo soll der sein?« Jetzt gähnte sie sogar, dann schüttelte sie sich und sprang auf. »Die Quittungen kannst du behalten und deinen Kollegen geben. Die Originale verwahre ich an einem sicheren Ort. Und auch noch so einiges andere, das Dübbers nicht gefallen wird. Ich setze nie alles auf eine Karte.«

»Ich frage besser nicht, wie du an die Unterlagen gekommen bist«, sagte Beate leichthin.

Leonore lächelte spöttisch.

»Wenn es sein muss, erzähle ich auch das. Was kann mir schon passieren, du bist die Expertin, oder? Wegen einer lumpigen Beihilfe wird man mich schon nicht in den Knast stecken; da bin ich ganz ruhig. Wenn man mal an die Parteispendenprozesse denkt ... Mehr als eine Geldstrafe hat doch keiner der Bonzen gekriegt ... Wenn ihr ohne meine Aussage nicht klarkommt, dann packe ich aus, was diese Goldschmuggelgeschichte angeht. Der kommt nicht davon, diesmal nicht.«

»Und Wegener? Was hat der mit der Sache zu tun?«

»Der hängt voll mit drin, aber wie das genau läuft, weiß ich nicht. Manni war nur offiziell bei ihm Gesellschafter, damit das Finanzamt nicht eines Tages die dumme Frage stellt, wovon er eigentlich die letzten zwei Jahre gelebt hat. Tatsächlich ist da überhaupt kein Geld geflossen, weder in die eine noch in die andere Richtung. Alles nur Tarnung. Wegener wollte übrigens eine größere Beteiligung, da gab es Krach mit Pierre. Der lässt sich die Butter nicht vom Brot nehmen, der nicht.«

»Wann kommst du nach Köln zurück?« Wolfgang erhob sich.

»So schnell wie möglich. Ich muss hier nur noch einige Dinge erledigen …«

Ihr Lächeln sollte wohl rätselhaft wirken, verrutschte aber zu dem falschen Zähneblecken einer genervten Gastgeberin. Beate stand langsam auf. Sofort legte Wolfgang seinen Arm um sie und sah sie prüfend an.

»Wo gibt es hier einen Arzt?«, erkundigte er sich.

»Docteur Brontiac, gleich rechts hinter der alten Brücke in Dinan«, sagte Leonore. »Schöne Reise dann.«

Sie lehnte malerisch am Türpfosten und sah den beiden nach. Fehlte nur noch, dass sie ein Taschentuch geschwenkt hätte. Dann fiel die Tür krachend ins Schloss.

»Gott, die Frau ist anstrengend«, stöhnte Wolfgang. »Ich glaube ihr kein Wort. Die ganze Zeit über hatte ich das Gefühl, sie macht uns was vor. Irgendwie war sie auch auf uns vorbereitet, da bin ich ganz sicher. Ich habe sie im Garten angesprochen und ihr schöne Grüße von Manni bestellt. Sie zuckte nicht mal mit der Wimper, sondern sagte nur, sie wolle von Manni nichts mehr hören. Das war es auch schon. Sie hat mich noch bis zum Gartenzaun begleitet, und da lagst du. Ich war fix und fertig. Wenn du wüsstest, welche Angst ich gehabt habe …«

Sie küssten sich mitten auf der Straße. Ein Auto hupte, aber als sie sich umdrehten, forderte sie der Fahrer grinsend zu einer Zugabe auf.

»Kann er haben«, murmelte Beate.

Danach war ihr nicht nur schwindelig, ihr zitterten auch noch die Beine. Die Zeiten waren vorbei, in denen die Frauen sich in eine erlösende Ohnmacht flüchteten, sanft aufgefangen von den starken Armen des Geliebten.

»Ich glaube, wir haben eine Verabredung mit Docteur Brontiac«, sagte sie schließlich so munter, wie es ihr eben möglich war.

»Klar doch.«

Er schleppte sie zum Auto. Jeder Schritt dröhnte dumpf in ihrem Kopf nach. Als sie endlich auf dem Beifahrersitz saß, kämpfte sie nicht länger gegen den Schwächeanfall an. Sie hatte gerade noch Zeit, sich durch die geöffnete Tür nach draußen zu beugen. Minutenlang würgte sie, bis ihr die Tränen kamen. Später fühlte sie sich erleichtert, sie hatte die ganze Übelkeit und die ganze Angst herausgekotzt. Sie drehte den Kopf weg, als Wolfgang sie an sich zog.

»Ist es besser, Liebes?«

Seine Stimme klang heiser. Beate nickte und riskierte einen Blick in den Spiegel. Sie hatte schon mal frischer ausgesehen.

»Du brauchst mich gar nicht erst zu fragen: Ich liebe dich trotzdem«, erklärte Wolfgang in pathetischem Ton.

»Du Schuft!«, protestierte sie und fing eine Balgerei an, die Wolfgang dank seiner besseren Verfassung zu seinen Gunsten entschied.

»Ich habe es übrigens ernst gemeint vorhin«, sagte Wolfgang, als sie sich beruhigt hatten.

»Was?«, fragte sie mit Unschuldsblick.

»Soll ich es buchstabieren? Weiber«, knurrte er und legte den Gang ein. »Jetzt fahren wir erst mal zum Onkel Doktor.«

»Fahr langsam«, bat sie.

Beate genoss die Fahrt. Langsam ging es durch Lanvallay, dann folgten sie dem Weg, den das Schild mit der Aufschrift Vieux Pont wies: einer sanft kurvenden Straße, die in Serpentinen zu dem tief unten gelegenen Flussufer führte. Der Blick auf die hoch über das Tal gespannte Neue Brücke war grandios wie beim ersten Mal, und das satte Grün der Hecken und Bäume tat gut. Fast spürte Beate den Schmerz hinter den Augen nicht mehr. Unmerklich waren sie schneller geworden, fast zu schnell für die erste Kurve, in der sie weit auf die Gegenfahrbahn getragen wurden. Beate schloss die Augen; ihr wurde wieder schlecht. Sie hörte Wolfgang leise fluchen und öffnete die Augen. Viel zu schnell schoss der Wagen auf die nächste Kurve zu.

»Verdammt, fahr doch langsamer!«, schrie sie entsetzt.

»Die Bremse funktioniert nicht, halt dich fest!« Er zog die Handbremse bis zum Anschlag an und kurbelte am Steuer. Der Golf stellte sich mit radierenden Rädern beinahe quer. Schlitternd schafften sie die Kurve. Rechts und links an der Straße standen Häuser; eine junge Frau, die einen Kinderwagen schob, blieb erschreckt stehen. Beate presste die Hand gegen den Mund. Wolfgang schaltete herunter. Der Motor heulte auf, der Geruch von verbranntem Gummi drang durch die offenen Fenster. Der Wagen schien langsamer geworden zu sein, oder war das nur Einbildung? Das Gefälle der Straße nahm zu. Beate war in einem Film, den sie nicht stoppen konnte. Sie konnte überhaupt nichts tun. Gelähmt starrte sie nach draußen, auf das graue Band der Straße, das wie in einem Rennsimulator unerbittlich schnell aufgefressen wurde. Die Bebauung hörte auf, und jetzt war da rechts ein freies Feld. An die linke Seite, die steil zum Flussufer abfiel, wollte sie nicht denken. Langsam schob sich aus einem Seitenweg rechter Hand ein Traktor auf die Straße. Die Handbremse schien überhaupt nichts mehr zu bewirken. Wolfgang wirkte konzentriert, als er die Hupe drückte und das Steuer leicht nach links zog. Knapp fegte der Golf an dem Traktor vorbei, der halb auf der rechten Spur stand. Der kräftige Typ mit Baskenmütze auf dem Fahrersitz tippte sich gegen die Stirn.

»Festhalten«, schrie Wolfgang.

Beate hatte gerade noch Zeit, sich am Handschuhfach abzustützen, da riss Wolfgang das Fahrzeug in einem gewaltigen Ruck nach rechts, um die eigene Achse. Es schoss über die Straßenbefestigung hinaus in einen kleinen Graben, bäumte sich auf und fiel mit einem ächzenden Geräusch auf alle vier Räder zurück. Schräg verkeilt im Straßengraben blieb es liegen. Die Schnauze, seltsam deformiert, zielte auf den Traktor.

Ich lebe, dachte Beate verwundert. Wolfgang stöhnte und massierte sich die Rippen. Der Bauer kletterte von seinem Traktor herunter und lief auf das Auto zu. Sein weißes Unterhemd war schweißnass.

Docteur Brontiacs lächelndes Brillengesicht beugte sich über Beate.

»Ça va, ma petite?«, fragte er freundlich. Bei seinem Anblick musste es einem gleich besser gehen; er sah genauso aus, wie man sich einen Arzt vorstellte und wie man ihn in der Wirklichkeit so gut wie nie antraf: ein netter älterer Herr mit abstehenden weißen

Haaren, der tatsächlich aus eigener Erfahrung zu wissen schien, wie groß die Angst vor einer Spritze sein konnte.

Beate nickte dankbar. Endlich mal kein tennisgestählter Technokrat, der mit Blick auf die Armbanduhr und die Gebührenordnung möglichst vielfältige diagnostische Apparaturen anwarf. Um hinterher ein paar Psychopillen zu verkaufen, weil organisch alles in Ordnung war … Brontiac hatte die Wunde am Hinterkopf kunstvoll verbunden und ihr ein leichtes Beruhigungsmittel gespritzt. Das Zittern hatte jetzt aufgehört, und sie döste auf einer einfachen Klappliege in einem Hinterzimmer der schlichten Praxis vor sich hin. Außer einer leichten Gehirnerschütterung fehlte ihr nichts. Wie durch ein Wunder war auch Wolfgang kaum etwas passiert. Nach gründlichem Abtasten und einem Check mit einem altertümlichen Stethoskop war die Diagnose da: nur Rippenprellungen, nichts gebrochen. Brontiac hatte vorgeschlagen, in einem Krankenhaus noch einen Röntgenbefund einzuholen. Es war klar, dass er von diesem neumodischen Zeugs nichts hielt. Beate hatte ihn sofort in ihr Herz geschlossen. Wenn sie an den Schrotthaufen dachte, der einmal ein bestens funktionierender Mittelklassewagen gewesen war, bekam sie eine Gänsehaut. Dass sie da ohne größere Blessuren herausgekommen waren!

»Sie können sich hier ausruhen, bis Ihr Freund von der Gendarmerie zurückkommt«, bot der Doktor ihr freundlich an. Er sagte »votre petit ami« und zwinkerte dabei.

Wolfgang. Wenn ihm etwas passiert wäre …

Sie schlief wieder ein. Als sie erwachte, war es später Nachmittag. Eine Tür schlug, und sie hörte Stimmen, die aus dem Nebenzimmer unverständlich an ihr Ohr drangen. Sie meinte, die Stimme von Brontiac zu erkennen, der in schnellem Französisch auf einen anderen einredete. Dann das tiefere Organ des anderen, dessen Ton etwas unbestreitbar Amtliches hatte. Die Tür wurde aufgerissen, und ein untersetzter Gendarm trat gemessenen Schrittes ein, gefolgt von Doktor Brontiac, der entschuldigend und mit einer viel sagenden Geste die Schultern anhob. Würdevoll wie ein Admiral a. D. trat der Polizist an ihr Krankenlager.

»Mademoiselle.« Fast hätte er salutiert.

Auch Wolfgang drängte nun in das überfüllte Zimmer. Er überragte den Beamten um Haupteslänge. Auf Beates Gesicht machte sich ganz gegen ihren Willen ein strahlendes Lächeln breit, das der Uniformierte mit großer Selbstverständlichkeit entgegennahm.

»Monsieur le Gendarme«, sagte sie schließlich und lächelte weiterhin dieses idiotische Lächeln, das Wolfgang galt. Es ließ sich nicht abstellen. Dass er lebte …

Der Polizist räusperte sich, auch diesmal war es ein amtliches Räuspern. Sofort wandte sie sich ihm zu.

»Mademoiselle Fuchs«, es klang wie »Füügs«. »Béatöh, hein? Erkennen Sie dieses Objekt?« Mit diesen Worten zauberte er ihre Handtasche hervor, die bis dahin in den Tiefen seiner Pelerine verborgen gewesen war.

»Wo haben Sie die gefunden? Das ist meine Tasche.« Beate schnappte sich die Tasche und untersuchte den Inhalt. Es war alles noch da, bis auf den Personalausweis und die Schecks. Die Scheckkarte steckte Gott sei Dank in ihrer Hosentasche. Das Leder der Tasche war verkratzt und fühlte sich feucht an.

»Was hat die Überprüfung des Objekts ergeben?« Der Mann redete wie ein Polizeiprotokoll. Er hielt bereits einen Kugelschreiber in der rechten und einen Schreibblock in der linken Hand und sah sie erwartungsvoll an.

»Der Personalausweis und die Schecks fehlen, sonst nichts.«

»Nummer des Ausweises und der Schecks? Wie viele?«

Jetzt musste sie ihn enttäuschen. Sie hatte nicht die geringste Ahnung.

»Oh, là, là, les femmes«, beklagte er sich. Dann folgte noch ein Spruch über die Unvereinbarkeit eines so hübschen Kopfes mit der Welt der Fakten und Zahlen, bevor der Beamte nach einem Protokollformular kramte. Es war bereits ausgefüllt, und der Polizist fügte noch einige Sätze hinzu.

»Signez, s'il vous plaît. Ihr Verlobter hat mir schon alles Nötige mitgeteilt.«

Er überreichte ihr mit wichtiger Miene das Schriftstück, das bald, wie es vermutlich internationaler Brauch war, in irgendeiner Ablage verstauben würde. Sie las es durch. Wolfgang hatte ein Meisterstück der Diplomatie vollbracht. Seinen Angaben zufolge waren sie harmlose Touristen, die einen alten Freund aus Köln besuchen wollten. Beate hatte das Haus kurz verlassen, um aus dem unweit geparkten Auto noch ein Geschenk zu holen, das vergessen worden war. Auf dem Rückweg war sie niedergeschlagen und ihrer Tasche beraubt worden …

Sie unterschrieb rasch und gab das Protokoll zurück. Umständlich trennte der Polizist eine Durchschrift für sie ab und steckte den Rest der Formulare wieder ein.

»Die Tasche ist in unmittelbarer Nähe des Tatorts gefunden worden«, erklärte er sodann stolz. »Es war mir ein Vergnügen. Ich wünsche noch einen schönen Aufenthalt. Au revoir.« Er tippte einmal kurz gegen seine Dienstmütze, drehte sich zackig um und verließ die Praxis. Seine Aufgabe war erfüllt und das Verbrechen aktenmäßig bewältigt. Er konnte seinen Aperitif heute in der zufriedenen Gewissheit schlürfen, seine Pflicht getan zu haben. Aber den Täter würde er nie aufspüren. Beate wurde den Gedanken nicht los, dass der Überfall auf Dübbers' Konto ging …

»Geht es dir besser?« Wolfgang sah sie mit der aufgesetzten Fröhlichkeit eines Krankenhausbesuchers an.

»Ich bin nur noch ein wenig müde. Erzähl lieber, wie es bei dir war. Habt ihr irgendetwas herausbekommen?«

»Kann man wohl sagen. Aber dir geht's wirklich besser, oder? Ist ja gut, ich sag's ja schon. Das vorhin, das war kein Unfall oder technisches Versagen. Jemand hat die Bremsleitung durchgeschnitten. Wenn wir den Weg über die Neue Brücke genommen hätten, wäre es nicht so schlimm gewesen, da ist kaum Gefälle, und ich hätte das schon beim ersten Bremsen gemerkt. Aber die Straße runter zum Fluss … Wenn ich nicht mal einen Schleuderkurs gemacht hätte, ich weiß nicht, wie das ausgegangen wäre. Na ja, als Pilot musst du auch Nerven behalten, aber ehrlich gesagt, lieber ein Motorausfall über plattem Land als so etwas wie eben.«

Beate überlegte. »Und wer hat uns Doktor Brontiac empfohlen, der gleich rechts von der alten Brücke praktiziert? Leonore Breithaupt … Sag mal, hast du die Unterlagen noch, die uns Leonore gegeben hat?«

»Ich dachte, du hättest sie!«

»Nein, ich hatte doch keine Tasche. Ich habe sie irgendwo ins Auto gelegt, warte mal, genau, in die Seitentasche der rechten Türverkleidung. Was ist überhaupt mit dem Auto?«

»Scheiße«, sagte Wolfgang. »Der Schrott ist bereits verkauft. Ich habe noch zweitausend Francs dafür gekriegt. Vorher hat die Polizei das Fahrzeug freigegeben, und ich habe all unsere Sachen herausgeholt. Ich könnte schwören, dass in der Seitentasche nichts mehr war. Aber warte mal.« Er zog eine Quittung aus der Tasche. »Dubois Père et Fils, Dinard, Telefon ... Ich bin gleich wieder da.«

Beate rappelte sich auf. Das Zimmer drehte sich leicht um sie, aber nach einigen tiefen Atemzügen stoppte das Karussell. Sie war gerade an der Tür, als Brontiac, der an seinem Schreibtisch saß, Wolfgang das Telefon hinüberschob. Der Doktor bemerkte sofort, dass Beate vorschriftswidrig aufgestanden war, und wollte sie mit gespielter Strenge auf ihr Krankenlager zurückscheuchen. Sie aber erklärte stur, es ginge ihr besser.

»D'accord, Mademoiselle, mais prenez ça cette nuit ...« Er drückte ihr ein paar knallbunte Tabletten in die Hand. Beate nickte eifrig und nahm sich vor, allenfalls eine pro Farbe zu schlucken.

»Vielen Dank für alles, Herr Doktor. Ich bin froh, dass ich bei Ihnen war. Man hat Sie mir übrigens empfohlen, eine Frau Leonore Breithaupt, eine Deutsche, die drüben in Lanvallay in der Ferienhaussiedlung wohnt. Sie war ganz begeistert von Ihnen!«

Der Arzt runzelte die Stirn.

»Comment? Nein, tut mir Leid. Die kenne ich nicht!«

»Dann werden Sie wahrscheinlich ihren Freund kennen, Friedrich Dübbers. Der wohnt hier schon seit einigen Jahren, jedenfalls im Urlaub.«

Beate zog heute nur Nieten. Auch dieser Herr war dem Arzt völlig unbekannt.

»Wissen Sie, die Deutschen gehen alle zu diesem jungen Arzt. Der hat seine Praxis gegenüber vom Bahnhof, voll gestopft mit neumodischem Gerät und eigenem Labor. Was soll's, er hat seine Kunden, und ich habe meine. Ich höre sowieso bald auf.«

Er sah sehr melancholisch aus. Wolfgang telefonierte noch. Sein Französisch wurde immer drastischer, und die Lautstärke nahm zu.

»Und die Rechnung?«, fragte Beate.

Wortlos deutete der Arzt auf eine kleine Barkasse, die auf einem bunt lackierten Holzkästchen befestigt war. »Witwen- und Waisenkasse bretonischer Seefahrer« stand da in altertümlichen Lettern über einem breiten Schlitz.

»Wenn Sie etwas Geld übrig haben, die brauchen es nötiger als ich.«

Beate sah in ihr Portemonnaie, dessen magerer Inhalt verschmäht worden war. Dann knüllte sie einen Hundertfrancschein zusammen und stopfte ihn mit einiger Mühe in die Witwen- und Waisenkasse, die hoffentlich nicht den Nachschub für eine durstige Seemannskehle finanzierte. Wolfgang warf gerade den Hörer auf die Gabel.

»Zu spät«, brummte er. »Das schöne Auto ist schon platt wie eine Flunder. Aber natürlich haben sie es vorher ausgeschlachtet und durchsucht. Angeblich haben sie nichts gefunden.« Er wirkte auf einmal sehr müde.

Sie bedankten sich noch einmal bei Doktor Brontiac und gingen hinaus. Die Stadt war in ein blasses Altrosa getaucht, das auch die Schieferdächer aufleuchten ließ. Der Fluss plätscherte glucksend vorbei, und die Bäume rauschten friedlich. Es war alles nur ein Traum gewesen. Jetzt würden sie sich an eines der wackligen Tischchen vor dem Café Celtic setzen, einen Pernod trinken und ihren Urlaub genießen.

»Hast du noch Geld?«, fragte Beate plötzlich. »Und was machen wir ohne Auto? War es überhaupt versichert?« Sie hätte sich ohrfeigen können. Die winzige Chance eines romantischen Abends hatte sie mit ihrem unseligen Hang zur Realität zunichte gemacht. Aber Wolfgang, davon unbeeindruckt, lächelte sorglos.

»Ich habe noch zweitausendreihundert Francs, mehr Schecks, als meiner Bank lieb ist, und versichert ist mein Auto nicht. Aber ich wollte schon immer mal einen Luxusurlaub mit einer schönen Frau machen!«

»Das tut mir Leid, das habe ich wirklich nicht gewollt«, stammelte sie kläglich. »Es war doch meine Idee ... Und schöne Frau, schau mich doch einmal an!«

Doktor Brontiac hatte ganze Arbeit geleistet: Der Verband war bestimmt nach allen Regeln der ärztlichen Kunst und für die Ewigkeit angelegt, sonderlich dekorativ war er jedoch nicht.

»Wieso, ist das nicht modern? Ich dachte, das trägt man heute so«, sagte Wolfgang ernsthaft.

Gemeinsam prusteten sie los, bis Wolfgang mit schmerzverzerrtem Gesicht nach Luft schnappte.

»Lachen hat mir der Arzt verboten, also hör schon auf. Lass uns erst mal einen trinken.«

Von den Aperitifs gingen sie nahtlos zu einem ausgedehnten Abendessen über, das merkwürdig schweigsam verlief. Erst beim Dessert fing Beate, satt und schläfrig, wieder an.

»Meinst du nicht auch, dass Dübbers da war und dass alles sein Werk ist? Wir sollten Leonore fragen, was sie von diesem ›Unfall‹ hält ...«

Er unterbrach sie.

»Ach, das weißt du ja noch gar nicht! Leonore ist ausgeflogen. Als ich mit der Polizei dort war, die wollten ihre Zeugenaussage aufnehmen und den Tatort besichtigen, war sie schon nicht mehr da. Wenn sie wirklich mit Dübbers unter einer Decke steckt, hätte sie sowieso nur die Ahnungslose gemimt. Da wäre nichts bei herausgekommen.«

»Heute Mittag standen zwei Kaffeetassen auf dem Tisch, es sah aus, als hätte er da noch gefrühstückt. Und dann dieser Anruf, von dem sie erzählte, das könnte Yannick gewesen sein, der Dübbers über unsere Ankunft informierte. Der Rover vor der Tür, der mit dem Liechtensteiner Kennzeichen ... Weißt du überhaupt schon, dass Brontiac weder sie noch Dübbers kennt – warum hat sie uns zu einem Arzt geschickt, den sie selbst nicht aufsucht? Es könnte alles so gewesen sein: Sie lenkt mit ihrem Theater von Dübbers ab, der uns loswerden will, indem er einen Unfall provoziert. Es war mein Pech, dass ich dazwischenkam, als er oder sein Handlanger gerade an unserem Wagen manipulierte. Inzwischen spielt sie die Unschuldige und belastet ihn in dem sicheren Wissen, dass wir die Information ohnehin mit ins Grab nehmen werden. Dann braucht sie nur noch die belastenden Papiere wieder an sich zu nehmen, und kein Mensch hätte eine Ahnung davon, dass wir ihr oder Dübbers auf der Spur waren. Und der Dorfpolizist hier wäre bestimmt nicht dahinter gekommen. Ich könnte wetten, er hat nicht mal einen Zusammenhang zwischen dem Raub meiner Handtasche und der Manipulation an dem Wagen hergestellt, oder?«

Sie nahm den letzten Löffel Crème Caramel und wunderte sich über sich selbst. Sie konnte sich nicht erinnern, wann sie diese Geschichte zusammengebastelt hatte. Aber sie klang überzeugend. Wolfgang kniff die Augen zusammen.

»Du könntest Recht haben. Ich glaube, heute Nachmittag stand der Rover nicht mehr vor dem Haus. Aber wie könnte sie wieder an die belastenden Unterlagen gekommen sein? Unser Wagen war keine Sekunde ohne Aufsicht. Klar, ein richtiges Komplott mit Dubois, dem Schrotthändler, das wäre möglich. Aber im Ernst, Dübbers wusste doch nicht, dass wir bei ihm auftauchen würden. Die ganze Sache war nicht von langer Hand geplant, sonst wäre sie auch nicht so glimpflich abgelaufen ...«

»Na ja, es war auch nur eine Überlegung. Wir müssen bloß abwarten: Wenn Leonore nach Köln kommt, ist sie aus dem Schneider. Kommt dir Köln auch so weit weg vor?« Beate griff nach seiner Hand.

»Wenn ich einen solchen Abenteuerurlaub in der Wildnis erlebe, immer«, antwortete er.

Sie liebte seinen Humor. Besonders in Situationen, in denen man ein Lachen brauchte wie ein Verdurstender in der Wüste einen Schluck Wasser. Sollte sie wirklich einmal Glück gehabt haben? Leonore, Dübbers und sogar Manni Breithaupt waren jetzt Figuren in einem Stück, das vom Spielplan gestrichen war. Sie beugte sich über den Tisch, um Wolfgang zu küssen. Dabei kippte sie die Rotweinflasche um, die glücklicherweise schon halb leer war. Blitzschnell riss Wolfgang sein Jackett vom Stuhl, bevor der volle Strahl roter Flüssigkeit es ruinieren konnte. Mit einem dumpfen Geräusch fiel ein schmaler Hefter auf den Boden. Ungläubig starrten sie auf das Bündel Papier, auf das einige Weintropfen fielen.

»Da bricht sie zusammen, deine schöne Theorie«, spöttelte Wolfgang. »So, so, ins Seitenfach der Türverkleidung hast du sie gelegt. Aber du darfst mich trotzdem küssen.«

»Das mache ich auch ohne Einladung«, sagte sie. Der Kellner in seiner weinroten Weste mit Goldknöpfen, einen Putzlappen in der Hand, wartete verständnisvoll, bis das verliebte Pärchen seinen Gefühlen hinreichend Ausdruck verliehen hatte. Dann wischte er mit Grandezza die Weinpfütze weg, hob die Papiere auf, die Wolfgang achtlos wieder einsteckte, und nahm die Bestellung von Kaffee und Calvados unbewegten Gesichts entgegen.

»Je t'aime«, flüsterte sie Wolfgang ins Ohr. In einer fremden Sprache war es einfacher.

»Moi non plus«, gab er unverschämt grinsend zurück.

Später, eng an Wolfgang gekuschelt, in dem weichen Hotelbett, zufrieden und bleischwer, fiel ihr ein, dass sie nicht wusste, wie es weitergehen sollte. Weder mit dem Urlaub, noch mit den Ermittlungen oder gar mit der Liebe.

Sie durfte gar nicht erst anfangen, darüber nachzudenken, ob sie mit Wolfgang wirklich glücklich war. Oder, wenn ja, über das Warum. Es gab Dinge, die sich dem Verstand entzogen. Beate dachte trotzdem nach. Und auf einmal wusste sie, was vorhin gestört hatte, als sie mit schmerzendem Schädel Leonore und Wolfgang zugehört hatte: Die beiden hatten sich wie selbstverständlich geduzt. Dabei kannte Wolfgang die schöne Leonore nur flüchtig. Beate konnte sich noch genau an seine Worte erinnern, ich habe sie nur zwei- oder dreimal gesehen, mein Typ ist sie nicht … War das die Wahrheit gewesen? Vielleicht glaubte er, sie könne eifersüchtig werden, wenn … Oder noch schlimmer: Vielleicht war sie tatsächlich eifersüchtig? Kam daher ihr plötzliches Misstrauen? Und wieso hatte Wolfgang vergessen können, dass er die Mappe mit den Unterlagen selbst eingesteckt hatte?

Sie wälzte sich auf die andere Seite, unruhig, doch fest entschlossen, so schnell wie möglich einzuschlafen. Im hellen Licht des nächsten Tages würde alles ganz anders aussehen. Bestimmt.

Der Zug ratterte durch die Nacht. Es war kalt in dem Liegewagenabteil. Beate zog fröstelnd die kratzige Bundesbahndecke über ihre Schultern. Die Haut glühte noch von der Sonne der bretonischen Küste, aber die Kälte, die sich langsam nach innen ausbreitete, ließ sie zittern. Die schmale Liege war hart wie ein Brett, und die dunkle Masse des oberen Bettes wirkte bedrohlich. Wie ein Sargdeckel, der sich langsam nach unten senkt. Du bist tot, du bist tot, skandierten die Gleise. Wolfgang schlief schon. Sonderbar still lag sein langer Körper in dem gegenüberliegenden unteren Bett. Ein Arm hing heraus und bewegte sich schlaff im Rhythmus des Zuges. Beate kroch zum Fenster und hob die Jalousie ein wenig an. Eine leblose Landschaft, schwarz unter dem tiefgrauen, bedeckten Himmel. Vielleicht wohnten hier Menschen, und vielleicht hinterließ der Zug seine Spuren in ihren Träumen. Vielleicht nahm jemand wie aus weiter Ferne das Rattern des Zuges und die pfeifenden Windgeräusche wahr und träumte von einer Reise in die Weite des Unbekannten … Nein, die Landschaft war leer und unbewohnt. Beate war der einzige

Mensch im Universum, der Zug war computergesteuert und transportierte außer ihr nur noch die Einsamkeit. Um zwei Uhr neununddreißig war Paris so weit weg wie Köln, nicht einmal die Vorstellung einer Stadt wollte gelingen. Wenn sie wenigstens schlafen könnte … Oder ein Gedicht schreiben, aber das Einzige, was ihr einfiel, war deutscher Schlagerflachsinn. Möglicherweise plagte sich gerade jetzt ein schlafloser Mitmensch am Schreibtisch ab und goss seinen Weltschmerz in platte Reime. Dieser Gedanke war ebenso tröstlich wie erheiternd, und zum ersten Mal in dieser Nacht musste sie grinsen. Gerade hatte sie beschlossen, aufzustehen und im Gang eine Zigarette zu rauchen, als sich der Mitreisende in dem oberen Bett stöhnend herumwälzte. Der Geruch von selten gewechselten Socken wurde aufdringlicher. Der Mann fing an zu schnarchen. Es klang, als würde er von jemandem erstickt. Die Pausen zwischen den röchelnden Geräuschen waren so ungleichmäßig, dass Beate sich dabei ertappte, wie sie die Sekundenabstände mitzählte. Die Zeit des erhabenen Alleinseins war endgültig vorbei. Sie stand auf, tastete nach ihren Zigaretten und dem Buch und zog vorsichtig die Tür auf.

Der Gang war schwach erleuchtet und leer. Sie ging bis zum Ende des Waggons und öffnete die Toilettentür. Beate erschrak, als sie ihr Gesicht in dem verschmierten Spiegel sah. Das kalte Licht schmeichelte keineswegs, und ihre sonnenverbrannte Nase stach komisch aus dem müden, blassen Gesicht. Die Haare hingen in fettigen Strähnen herab, und die Brille verbarg gnädig die dunklen Ringe um die Augen. Die depressive Anwandlung von vorhin war verschwunden. Jetzt machte sie sich schon Gedanken darüber, wie sie aussah! Beate wusch sich Gesicht und Hände mit kaltem Wasser, fluchte über den leeren Seifenspender und trocknete sich energisch mit einem rauen Papierhandtuch ab. Die Haare bürstete sie gegen den Strich, bis sie elektrisiert um ihren Kopf standen. Dann holte sie ein Fläschchen Kölnischwasser, ein Beutestück des diesjährigen Rosenmontagszuges, aus der Hosentasche und verteilte den Inhalt verschwenderisch auf Hals und Nacken. Unternehmungslustig sah sie ihr Spiegelbild an.

In Köln erwarteten sie eine ernsthafte Unterredung mit Mordbub, einige mahnende Worte ihres Abteilungsleiters und, wenn es hart auf hart kam, eine kalte Dusche vom Leitenden Oberstaatsanwalt persönlich. Hoffentlich hatten sich die Gemüter schon etwas beruhigt, nachdem sie vor drei Tagen ausführlich mit Mordbub telefoniert hatte. Wahrscheinlich existierte schon eine Eintragung in ihrer Personalakte und nichts sagende Berichte an die Oberbehörde waren auf den Dienstweg gebracht worden.

Mitten in der Nacht auf einem Klo der Deutschen Bundesbahn hockend erschien ihr das gesamte behördliche Berichtsunwesen noch unwirklicher als sonst. »Der Dezernentin ist das Erforderliche eröffnet worden«, hieß es für gewöhnlich in solchen Schreiben. Ganz in devoter Vorwegnahme einer erwarteten Rüge der vorgesetzten Behörde. Wenn sie sich auf Mordbub verlassen konnte und er der Kollege war, für den sie ihn hielt, hatte er ihr dies alles erspart. Abwarten und Tee trinken. Oder besser einen Kaffee, wenn sie einen auftreiben konnte. Entschlossen trat sie auf den Knopf der Toilettenspülung.

Auf dem Gang drückte sich ein ekelhafter, fetter Kerl viel zu dicht an ihr vorbei. Sie zog den Bauch ein, eine Maßnahme, die er nicht für erforderlich zu halten schien. Oder vielleicht wollte es ihm nicht gelingen, seinen Bierbauch zu reduzieren. Sie atmete erleichtert auf, als er endlich vorbei war. Doch sie hatte sich zu früh gefreut.

Er konnte es nicht lassen, ihr den Spruch »So allein unterwegs, junge Dame?« zuzumuten.

Beate gab ihre Standardantwort: »Jetzt leider nicht mehr!«

Dann schob sie die Abteiltür zur Seite.

Wolfgang schlief noch immer. Der rechte Arm hing noch immer aus dem Bett, und sie ergriff seine Hand.

»Liebes«, murmelte er im Schlaf.

Sie hatte sich einem Mann noch nie so nahe gefühlt.

»Schlaf gut«, flüsterte sie.

Sie waren wieder in Deutschland, so viel war klar. Irgendwo zwischen Aachen und Köln, auf dem platten Land der Zuckerrüben und des Braunkohleabbaus, wurde die Tür des Abteils schwungvoll aufgerissen. Ein widerlich ausgeschlafener Blauuniformierter wünschte die Fahrkarten zu sehen.

Beate rieb sich den Schlaf aus den Augen und kramte die Papiere hervor. Wolfgang gähnte, richtete sich auf und schlug mit dem Kopf gegen das obere Bett.

»Intercity-Zuschläge?«

»Wie bitte? In Frankreich hat man uns gesagt ...«

»Frankreich ist Frankreich, und Deutschland ist Deutschland, ab Aachen ist das hier ein Intercity, macht zusammen vierzehn Mark.«

Der Mann ließ sich nicht beirren. Er befeuchtete seinen Daumen und riss zwei Streifenkarten ab. Sein Gesicht war nicht unfreundlich, trug aber doch einen eindeutig dienstlichen Ausdruck. Wie kleine Schneeflocken lagen Schuppen auf seinen blauen Uniformschultern. Er nahm das Geld entgegen, steckte es befriedigt ein und überreichte ihnen die zwei Streifenkarten, die er zuvor abgestempelt hatte. Dröhnend wünschte er eine gute Reise und schloss energisch die Tür des Abteils.

»Endlich mal ein Mensch, der seinen Beruf gern ausübt«, sagte Beate versonnen.

»Du doch auch, oder?«, erkundigte sich Wolfgang, der seinen Kopf rieb.

»Doch, ja«, gab sie widerwillig zu.

»Vor mir brauchst du dich nicht zu rechtfertigen. Ich mag meine kleine Staatsanwältin. Guten Morgen!«

Es war zu schön, um wahr zu sein. Es konnte nicht lange dauern. Irgendwann würden sie einander anbrüllen und Dinge sagen, die tiefer verletzen konnten, als zu ertragen war. Oder sich zu Tode langweilen in einer eklig-zähen Harmonie. Es war doch immer so. Über alle Zweifel hinweg lächelte sie ihn an.

»Guten Morgen, mein Lieber!«

Der Zug rollte durch die Kölner Vororte, Industriegelände. Der Bahnhof Köln-Süd, ausgestorben um fünf Uhr dreiundvierzig. Vorbei an dem geliebten Arbeitsplatz und dann die lang gestreckte Rechtskurve mit Aussicht auf den Dom. Triumphierend stachen die Türme in den weiß-grauen Himmel. Es war, als wären sie gar nicht weg gewesen. Eilig rafften sie ihre Taschen zusammen.

Eine halbe Stunde später saßen sie in der Küche. Die Kaffeemaschine brodelte, der Kater hatte vergessen, dass er sie mit Missachtung hatte strafen wollen, und lag schnurrend neben ihnen. Dann und wann hob er den Kopf, um das Nahrungsangebot auf dem Küchentisch zu begutachten.

Als Lutz die Tür öffnete, fuhren alle zusammen.

»Hallo, wen haben wir denn da! Mit euch habe ich nun wirklich nicht gerechnet. Ist alles klar?«

»Überhaupt nichts«, sagte Wolfgang düster. »Ich habe 'ne tolle rothaarige Frau kennen gelernt, Beate hat mit 'nem Arzt geflirtet, und dann ist sie auch noch schuld daran, dass mein Auto jetzt ein Schrotthaufen ist. Das waren vielleicht Ferien, kann ich dir sagen ...«

»Genau«, fiel Beate ein. »Es ist ein Wunder, dass wir uns überhaupt noch anschauen. Aber wir haben alles ausdiskutiert, jeder hat sich voll eingebracht und ...«

»... unsere Toleranzschwellen haben sich angeglichen, ohne dass unser Harmoniebedürfnis alle Widersprüche zugekleistert hätte. Eine echt reife Beziehung eben«, ergänzte Wolfgang todernst.

»Macht euch nur über mich lustig«, sagte Lutz gleichmütig. »Willst du immer noch hier einziehen?«

»Na klar, jetzt erst recht. Nach so einem Frankreichurlaub ... Aber wem erzähle ich das!«

In diesem Moment klingelte das Telefon.

»Wer kann das sein, um sieben Uhr morgens?«

Beate ahnte etwas und ging zu dem lärmenden Gerät.

»Beate Fuchs.«

»Na endlich denkt die werte Kollegin mal wieder daran, sich in Köln blicken zu lassen, hier ist Bub«, bellte es aus dem Hörer. »Ich weiß wirklich nicht, wie ich meine Akten auf Vordermann bringen soll. Etwa mit ›Fernmündlich geruhte die werte Kollegin Fuchs mitzuteilen, dass die Mordverdächtige keine mehr ist‹? So geht das nicht, also bemühen Sie sich bitte gefälligst hierher!«

»Darf ich vorher noch duschen und mich umziehen? Ich bin eben erst angekommen.« Beate ließ sich durch seinen Ton nicht beeindrucken.

»Meinetwegen kommen Sie ungeduscht, Hauptsache, ein bisschen plötzlich«, knurrte er zurück.

»Bis gleich dann, Herr Bub!«

Der Kollege war wütend, so viel stand fest. Aber indirekt hatte er ihr auch mitgeteilt, dass alles noch eine Sache zwischen ihm und ihr war. Kein Abteilungsleiter, der sorgenvoll die Stirn in Falten zog. Kein Behördenchef oder Pressedezernent, der schlaflose Nächte hatte. Kein Erbsenzähler aus der Oberbehörde, der nach einem Bericht lechzte. Wenn das keine gute Nachricht war ...

Nie hatte sie schneller geduscht und sich umgezogen als an diesem Morgen. Sie war wie aufgedreht, als sie in die Küche kam, um sich zu verabschieden. Wolfgang sah sie schuldbewusst an und versuchte, ein Stück gekochten Schinken unter dem Tisch verschwinden zu lassen. Kater Humphrey schaute ihn aus kugelrunden Augen an, bereit zum Sprung.

»Gib ihm ruhig was, für pädagogische Maßnahmen ist heute wirklich nicht der Tag. Ich muss in die Behörde, Bub hat angerufen. Bis später!«

Sie küsste Wolfgang zerstreut auf die Nase. Der Kater sah seine Chance und zerrte an dem Schinken, den Wolfgang noch immer in der Hand hielt.

»Ich denke, du hast Urlaub?«, fragte Lutz.

»Das dachten wir auch«, erklärte Wolfgang. »Ich erzähl es dir später.«

Mordbub hörte zu. Er schrieb nichts mit, er stellte keine Zwischenfragen, er hörte einfach nur zu. Manchmal strich er über seine stoppeligen Haare, dann wieder kaute er an einem Bleistift. Beate wurde immer unsicherer.

»Aber das werden Sie alles bald aus erster Hand erfahren. Leonore will sich stellen«, schloss sie ihren Bericht.

»So, und das glauben Sie?«

»Ich habe so ein Gefühl, dass sie sehr bald hier auftauchen wird«, sagte Beate mit mehr Überzeugung, als sie eigentlich hatte.

»Ihr Gefühl in Ehren, aber was, wenn nicht? Vielleicht haben sich die beiden wieder versöhnt und hecken nun eine neue Strategie aus? Und wie bringe ich Ihre Ermittlungen in die Akte? Haben Sie sich das schon einmal überlegt?«

»Ich diktiere gleich oben im Büro meinen Bericht, den können Sie einstweilen zu den Handakten nehmen. Wolfgang«, sie zögerte kurz, »Herr Piper, meine ich, kann bei Ihnen aussagen, der hat sich ohnehin nahezu ausschließlich mit Leonore Breithaupt unterhalten. Er kann mich ja rauslassen. Und diese Vernehmung kann zu den Akten. Damit wäre das Problem doch gelöst, oder?«

Mordbub sah sie prüfend an.

»Keine schlechte Idee. Und was ist mit den Unterlagen?«

»Ach, das hätte ich fast vergessen. Hier sind die Quittungen.«

Mordbub studierte die Papiere kurz und winkte dann ab.

»Mit so was beschäftige ich mich nicht, ich brauche das nur für ein Mordmotiv. Ich nehme mal Ablichtungen davon zu den Akten, für mich reicht das. Den Quark mit der Steuerhinterziehung drücke ich ab. Wer bearbeitet die Sache?«

»Münters«, sagte sie knapp.

»So, so. Dann will ich Ihnen die Freude nicht nehmen; die Unterlagen können Sie höchstpersönlich an Münters übergeben. Nehmen Sie Ihre hübschen Quittungen, lichten Sie meine Akte ab, vor allem die Flugpläne und die Vernehmungen des Personals vom Flughafen Mönchengladbach, und schon hat Münters einen neuen Fall. Bestellen Sie schöne Grüße von mir.«

Sein Gesichtsausdruck konnte nur als hämisch bezeichnet werden.

»Sehe ich da Schadenfreude? Weil ein armer, gestresster Kollege einen dicken Fall bekommt? Warum soll ich das denn machen?«

»Weil Sie die Übergabe der Beweismittel zeugenschaftlich erläutern müssen – oder etwa nicht?«, fragte Bub unschuldig zurück.

Die Zeit am Kopierautomaten verbrachte sie mit Nachdenken. Da musste es eine dieser unerklärlichen Fehden geben, die den Behördenalltag würzten wie Salz die Suppe. Und sie sollte zum Werkzeug einer subtilen Rache gemacht werden, das wusste sie instinktiv.

Vor der Tür des Kollegen Münters holte sie tief Luft.

Mit einem strahlenden Lächeln trat sie ein. Es fror fest, als sie die misstrauisch verengten Sehschlitze von Staatsanwalt Münters erblickte.

»Setzen Sie sich, der Bub hat mich schon angerufen.«

Seine Fettmassen wirkten nun nicht mehr gemütlich. Sie waren eine Festung, in die er sich zurückgezogen hatte.

»Sie haben doch seinerzeit die Sache Wegener bearbeitet, und jetzt hat sich herausgestellt, dass Dübbers, sein Geschäftspartner, Gold aus Luxemburg geschmuggelt hat. Diese Unterlagen belegen die Goldkäufe in Luxemburg, und die Zeugin Breithaupt, die mir das alles gegeben hat, erklärte, dass ihr Mann dieses Gold für Dübbers nach Deutschland geschmuggelt ...«

»Was soll ich damit! Ich bin zuständig für W wie Wegener, nicht für D wie Dübbers.«

Er verschränkte wie ein trotziges Kind die Arme vor der Brust.

»Ja, aber der Sachzusammenhang! Nach Aussage der Zeugin hängt Wegener in der Abrechnungskette drin, und …«

»Und wie genau bitte? Als Lieferant oder als Abnehmer?« Er stülpte die Unterlippe vor und sah sie fragend an.

»Das wusste sie nicht genau. Aber sie wird bald hier erscheinen, dann können Sie sie fragen. Meiner Ansicht nach als Lieferant, zumindest in meinem Fall hat Wegener angeblich Gold an Dübbers geliefert, und die Anzeige hat er nur erstattet, weil er seinen Anteil bei den illegalen Geschäften steigern wollte. Sagte die Zeugin.«

»Interessant. Und was ist aus Ihrer Sache geworden? Eingestellt, was?«

Jetzt wurde er unverschämt.

»Sehr richtig. Wegener hat die Anzeige zurückgezogen, die Lieferung ist mittlerweile bezahlt worden. Was soll die Frage überhaupt? Nehmen Sie die Sache, oder soll Bub das über den Abteilungsleiter veranlassen?«

Die milde Drohung wirkte. Münters lächelte schwach und streckte die Hand aus.

»Dann geben Sie mal her.«

Er blätterte die Seiten flüchtig durch, murmelte etwas vor sich hin und fragte dann nach dem Aufenthaltsort der Zeugin.

»Zurzeit unbekannt«, gab sie zähneknirschend zu.

»Was Wegener angeht, ein wenig dünn, das Ganze. Da mache ich einen Vermerk und lege die Sache auf Frist. Bis die Zeugin sich wieder meldet. Dann leite ich ein neues Verfahren gegen Dübbers ein. Er wird doch wegen Mordes gesucht, oder? Dann stelle ich erst mal wegen unbekannten Aufenthalts ein, und wenn er dann geschnappt wird, stelle ich nach Paragraph hundertvierundfünfzig, unwesentliche Nebentat, ein. Das ist ein schnelles Nümmerchen. Bestellen Sie schöne Grüße, mit bestem Dank für den Kollegen Bub.«

Sein feistes Grinsen war Ausdruck höchster Zufriedenheit. Er verwandelte sich in Sekundenschnelle wieder in den harmlos-dicklichen Naturburschen, den sie vor kurzer Zeit kennen gelernt hatte.

»Teilen Sie Herrn Bub bitte Ihr neues Aktenzeichen gegen Dübbers mit, dann kann er Sie mit neuesten Informationen versorgen.«

Beate bereitete ihren Abgang vor. Auf Informationen würde der Kollege nicht gerade heiß sein, das war sonnenklar.

»Klar doch, mache ich. Also nochmals, vielen Dank für Ihren Einsatz, wir hören noch voneinander.«

Draußen beschloss sie, sich nicht wieder zwischen die Fronten zu begeben. Sollten doch die Herren Kollegen ihre Revierkämpfe allein austragen. Beate war erschöpft. Die lange Reise, das andere Klima, der Schlafmangel und jetzt noch diese aggressive Szene …

»Verdammt, ich habe Urlaub«, sagte sie laut. Ihren Bericht für Mordbub konnte sie auch morgen noch diktieren. Sie gähnte und war zu müde, sich die Hand vor den Mund zu halten. Ein Wachtmeister, der gerade einen Karren mit Akten über den Flur schob, blieb stehen.

»Sind Sie aus dem Bett gefallen? Wie wär's mit Büroschlaf? Soll der gesündeste sein!«

Dazu fiel ihr beim besten Willen nichts ein. Der Mann musste es doch besser wissen. Beate schlich zum Aufzug und fuhr nach unten. Vor der Gerichtskneipe prosteten sich schon die ersten Leute zu. Für sie war das Abenteuer Justiz bereits beendet, vermutlich mit glücklichem Ausgang. Gerade heute konnte sie die Erleichterung verstehen, das düstere Gebäude verlassen und draußen die Sonne genießen zu können. Sie atmete tief durch und schlug den Weg zur Straßenbahnhaltestelle ein.

Der Urlaub war vorbei. Die erholsamen Zeiten in Büro und Sitzungssaal waren wieder angebrochen. Alles ging seinen üblichen Behördengang. Das Abenteuer in Frankreich kam Beate beinahe unwirklich vor, wie ein Traum, der sich bei dem Versuch, ihn in Worte zu fassen, wolkengleich auflöst. Ein sauber getipptes Protokoll lag in der Handakte des Mordverfahrens Breithaupt, Manfred und wartete darauf, irgendwann einmal aus der Versenkung geholt zu werden. Leonore war nicht wieder aufgetaucht, und Beate ertappte sich dabei, dass sie oft über diese Frau nachdachte. Hatte sie gelogen? Wer war sie eigentlich? Opfer oder Täterin? In welchem Spiel spielte sie mit? Und wer führte Regie?

Beate blätterte in ihrer Akte, mutlos und verdrossen. Raubkopieren von Computerprogrammen; nun saß sie da mit dem Vermerk über einen Haufen beschlagnahmter Disketten, die friedlich im Asservatenkeller schlummerten, und sie wusste noch nicht einmal, wie so ein Ding überhaupt aussah. Natürlich hatte die Kripo alles abgeräumt, was nach Computerzubehör aussah, und der Anwalt des Beschuldigten hatte sich empört beschwert. Erstens handele es sich zum Teil um ungeschützte Werke, darüber hinaus um Geistesprodukte seines Mandanten und drittens um Originalprogramme. Bis ein Gutachter die dreihundert Disketten überprüft hatte, konnten Monate vergehen. Irgendwie musste sie dieses Verfahren schleunigst erledigen, aber wie? Sie kaute an ihrem Kugelschreiber und grübelte.

Ein energisches Klopfen an ihrer Tür riss sie aus den fruchtlosen Gedanken.

»Herein!«

Die Frau, die hereinkam, trug einen schwarz glänzenden Hosenanzug und ein türkisfarbenes Top mit Spaghettiträgern. Ihre helle Haut war leicht gebräunt, die dunkelroten Haare zu einer eleganten Hochfrisur drapiert, die jeden Moment auseinander zu fallen drohte, so luftig war sie frisiert. Beate hätte die Frau beinahe nicht erkannt. Leonore stöckelte wie selbstverständlich herein und setzte sich auf den Besucherstuhl, der direkt vor dem Schreibtisch stand. Ihr Schmuck war genauso dezent wie ihr Make-up.

Beate war sprachlos. Leonore unterbrach das Schweigen.

»Hast du gedacht, ich komme nicht mehr?«

Ihre Stimme war tief und von einer beunruhigenden Gelassenheit.

»Ich war mir nicht sicher«, antwortete Beate.

Schon wieder dieses Du, das sie schon in Frankreich gestört hatte. Hier in ihrem Büro, mit der Distanz des Schreibtisches zwischen ihnen, machte es sie zur Komplizin. Solange sie es durchhalten konnte, würde sie selbst jede Anrede vermeiden.

»Doch, natürlich bin ich gekommen. Und das war gut so. Nach einem kleinen Gespräch mit deinem Kollegen Bub ist der Haftbefehl gegen mich aufgehoben worden.« Sie verzog ihr Gesicht zu einem höhnischen Lächeln. »Obwohl mich dieser Bub am liebsten eingesperrt hätte. Ich glaube nicht, dass der mich für unschuldig hält.«

Beate sagte immer noch nichts. Sie zündete sich eine Zigarette an und wartete ab. Warum war Leonore gekommen?

»Darf ich?«

Leonore griff selbstbewusst zu der Schachtel, die Beate auf den

Schreibtisch gelegt hatte. Ihre Hände zitterten leicht, als sie sich eine Zigarette anzündete. Mit geschlossenen Augen inhalierte sie tief. Dann sah sie Beate an.

»Er glaubt mir nicht, dass ich meinen Mann geliebt habe. Nur weil ich ihn verlassen wollte. Man kann jemanden lieben, ohne mit ihm leben zu können, oder? Manfred hat sich nur da oben, über den Wolken, richtig frei gefühlt. Himmel und Erde ... Da unten war er vollkommen hilflos, kam überhaupt nicht zurecht. Geld interessierte ihn nicht, er wollte es nur haben, um mich zu halten. Von Luft und Liebe kann man nicht leben, das habe ich ihm tausendmal gesagt ...«

»Was ist mit Dübbers? Wo ist er?«, fragte Beate hart. Wenn Leonore einen Zuhörer für ihre Sentimentalitäten brauchte, konnte sie sich woanders einen suchen.

Leonore wechselte die Tonart.

»Deswegen bin ich hier. Ich weiß es nicht. Aber ich habe Mittel und Wege, ihn nach Köln zu locken. Ich habe noch ein paar Beweise, die ihn sehr schnell veranlassen könnten, zurückzukommen.«

»Beweise? Wofür?«

»Dass er Manni getötet hat.«

»Und warum werden die Beweise der Polizei vorenthalten?«

Leonore lachte verächtlich.

»Weil ich mehr damit anfangen kann. Sie sind meine Lebensversicherung. Außerdem stehe ich noch immer unter Verdacht, das hat dieser Grobian von Staatsanwalt unmissverständlich gesagt. Der würde mich durch den Fleischwolf drehen, nur um herauszufinden, wie ich an die Dinge gekommen bin. Nein, das mache ich auf meine Weise. Dübbers wird kommen, den serviere ich den Bullen auf einem Silberteller. Nichts lieber als das.«

»Und wie wollen Sie Kontakt mit ihm aufnehmen, wenn Sie nicht wissen, wo er sich aufhält?« Beate beugte sich gespannt vor.

»Über seine Firma in Liechtenstein. Der Briefkastenonkel dort hat immer eine Nachsendeadresse. Geschäfte gehen vor, und sein Treuhänder schweigt wie ein Grab ...« Leonore lächelte überlegen. Dann änderte sich ihr Gesichtsausdruck. »Und wieso auf einmal dieses förmliche Sie? Nach dem Motto Dienst ist Dienst, und Schnaps ist Schnaps, oder wie soll ich das verstehen?« Ihre Augen waren graugrüne Kieselsteine.

Beate sah sie fest an.

»Ich kenne Sie nicht, das ist alles.«

Ein amüsiertes Zucken lag um Leonores Mundwinkel.

»Für mich gehörst du fast zur Familie. Oder sollte Wolfgang dir nichts erzählt haben über ...« Leonore zögerte und verdrehte die Augen, als dächte sie über eine möglichst schonende Formulierung nach. »Über uns«, schloss sie.

Beate ließ sich nichts anmerken. Dieser Frau war sie nur gewachsen, wenn sie kühl blieb. Sie wechselte souverän das Thema und die Anrede, als hätte sie Leonores Anspielung nicht verstanden.

»Ich finde, du solltest dich mit einem meiner Kollegen unterhalten, Staatsanwalt Münters. Der bearbeitet die Goldschmuggelgeschichte Wegener und Dübbers. Diese Liechtensteiner Firma dürfte ihn sehr interessieren. Heißt sie vielleicht Pierre d'or S.A.?«

Beate gratulierte sich zu ihrem manchmal erstaunlich gut funktionierenden Gedächtnis. Der Name dieser Briefkastenfirma in Liechtenstein aus der Akte Wegener war ihr gerade rechtzeitig eingefallen. Leonore sah überrascht aus, fing sich aber schnell.

»Natürlich. Pierre wie Stein und Pierre wie Peter. Friedrich P. Dübbers steckt dahinter. Wer sonst? Ich habe schon einen Termin mit Münters. Morgen werde ich mit ihm sprechen, zwei Staatsanwälte an einem Tag sind mir zu viel.« Sie zerquetschte die Kippe mit kleinen zornigen Drehbewegungen in dem Glasaschenbecher.

Und ich bin keine Staatsanwältin, sondern eine Frau, dachte Beate wütend.

»Zu dir habe ich mehr Vertrauen«, sagte Leonore gerade. »Ich rufe dich an, wenn Dübbers kommt. Ihr könnt ihn euch schnappen, wenn er mir die Beweise abkauft.«

Beate dachte fieberhaft nach, während sie für Leonore ihre Telefonnummer aufschrieb. Diese Frau schien ein gefährliches Spiel zu treiben. Sollte sie sie davon abhalten?

»Wo kann ich dich erreichen?«, fragte sie, als sie Leonore den Zettel übergab.

»Gar nicht.« Sie lächelte geheimnisvoll, während sie den Zettel in ihre zierliche Nappatasche steckte. »Ich wohne bei Freunden, mal hier, mal da. Ich weiß sehr gut, dass Dübbers über Leichen geht.«

Sie stand auf und ging grußlos zur Tür.

»Eine Frage noch ... War das sein Auto, der Rover mit Liechtensteiner Kennzeichen?«

Leonore drehte den Kopf über die Schulter zurück, ohne die Türklinke loszulassen. Ihr Gesicht war ausdruckslos.

»Nein. Das war meiner. Ich brauchte ihn noch.«

Beate rief sofort bei Bub an, kaum dass Leonore die Tür geschlossen hatte.

»Hier Bub, Staatsan-«

»Sie haben sie laufen lassen? Wieso?«

»Soll ich Ihnen mal Paragraph hundertzwölf Es-Te-Pe-Null vorlesen, meine Liebe? Dringender Tatverdacht und so weiter? Was nicht heißt, dass der Verdacht ausgeräumt wäre. Aber mit den Angaben, die sie gemacht hat, hätte ich mich beim Haftrichter blamiert, wenn ich den Antrag gestellt hätte. Die Dame hat auf jeden Pott einen Deckel. Wieso wissen Sie überhaupt, dass ...«

»Weil sie hier war. Erzählte was von Beweismitteln, die sie hätte, und dass sie Dübbers nach Köln locken will. Sie plant wohl eine Erpressung und will mich informieren, wenn es so weit ist.«

»Ach, wie interessant. Davon hat sie mir kein Sterbenswörtchen gesagt. War das Ihr frauliches Einfühlungsvermögen, oder wie haben Sie ihr das entlockt?«

»Sie war von selbst sehr gesprächig. Sie nimmt mich wohl nicht ernst.«

»Das scheint Sie aber tief zu treffen. Tja, weibliche Solidarität kann ganz schön beleidigend sein, was?«

Sein sarkastischer Ton reizte sie.

»Wissen Sie, was sie von Ihnen hält? Grobian hat Leonore Sie genannt.«

»Viel Feind, viel Ehr«, tönte es unbekümmert zurück. Dann ernster: »Sie rufen mich sofort an, wenn die Dame sich bei Ihnen meldet. Keine Alleingänge mehr, oder wollen Sie noch mal Prügel kriegen? Beim nächsten Mal stehen Sie vielleicht nicht mehr auf, und über wen sollte ich mich dann ärgern?«

»Über Münters vielleicht«, sagte sie spitz.

Mordbub lachte nur und legte auf.

Beate starrte angewidert auf die dicke Akte mit den angeblich kopierten Computerprogrammen, nahm sie und warf sie gegen die Wand. Diese Frau hatte sie aus dem Gleichgewicht gebracht. Sie wollte ihr glauben und konnte es nicht. Als sie über ihren Mann gesprochen hatte, mit dieser plötzlich weichen Stimme, wäre sie fast schwach geworden. Hatte damit vielleicht ihre Wachsamkeit eingeschläfert werden sollen? Und eine Lüge hatte sie ja zugegeben, unbeeindruckt und ohne mit der Wimper zu zucken. Der Liechtensteiner Rover gehörte ihr, wenn man ihr das glauben konnte. In Dinan hatte sie noch abgestritten, mit dem Wagen irgendetwas zu tun zu haben. Es war eine kleine Lüge, eine unwichtige Nebensache, aber warum hatte sie gelogen?

Beate dachte fieberhaft nach.

Wenn das Auto nun Dübbers gehörte und Leonore deshalb gelogen hatte: Das würde bedeuten, dass Dübbers an jenem Morgen in Frankreich noch da war. Vielleicht in der Nähe, vielleicht sogar im Haus. Darauf hatten doch auch die zwei Kaffeetassen hingedeutet, die auf dem Tisch der Terrasse standen. Aber warum schien Leonore ihn glaubhaft zu hassen, ihn zu belasten, ihn ans Messer liefern zu wollen? Es konnte der Versuch einer Schuldigen sein, die Tat auf einen Unbeteiligten abzuwälzen. Vielleicht war es eine gemeinschaftliche Tat gewesen, und sie kämpfte nun auf ihre Art um Gerechtigkeit, damit auch ihr Mittäter der gerechten Strafe nicht entging. Und dann gab es die letzte Möglichkeit: Dübbers war der Mörder und sollte gefasst werden. Weil Leonore ihren Mann geliebt hatte? Weil ihr Geliebter sie enttäuscht hatte? Fragen über Fragen, die möglicherweise nie beantwortet würden … Beate gab sich einen Ruck. Wenn sie ehrlich mit sich war, musste sie zugeben, dass tiefer als alles andere der Zweifel an ihr nagte. Diese Anspielung von Leonore, sie und Wolfgang … Aber war es wirklich das, was Leonore andeuten wollte? Oder gab es eine andere Verbindung zwischen ihnen?

Wolfgang hatte sich doch immer kritisch über Leonore Breithaupt geäußert, gesagt, er traue ihr alles zu und ihr nicht über den Weg. Verletzte Gefühle eines abgelegten Liebhabers?

Na und, dachte sie trotzig. Selbst wenn, es gab schließlich keine Verpflichtung zur lückenlosen Aufzählung der Verflossenen. In einem bestimmten Alter war die Liste der peinlichen Fehlgriffe einfach zu lang. Pure Geschmacklosigkeit, einer neuen Liebe detaillierte Beschreibungen aller durchlebten Irrtümer zuzumuten. Sie selbst war auch nicht rückhaltlos aufrichtig gewesen bei der Schilderung ihrer Vergangenheit. Die Jahre mit Stefan hatte sie nur kurz gestreift, dafür aber die viel zu vielen sinnlosen Episoden oder unglücklichen Verliebtheiten wie die mit Peter Dammer in aller Ausführlichkeit ausgebreitet. Doch das war etwas ganz anderes.

Leonores Gift wirkte.

Langsam stand Beate auf und ging um ihren Schreibtisch herum. Sie hob die zerfledderte Akte auf, glättete sie und legte sie auf den Schreibtisch zurück. Mechanisch griff sie zum Telefon und rief Rechtsanwalt Meyer an. Erstaunlicherweise war er da und auch im Bilde.

»Herr Meyer, was machen wir mit der Sache? Also, ich will das nicht so hoch aufhängen, mit einer Einstellung gegen eine Geldbuße und mit Verzicht auf Rückgabe der Disketten wäre ich einverstanden.«

Beate sprach so uninteressiert wie möglich. Tatsächlich war ihr der Fall mehr als egal. Sollten doch diese Computerfritzen ihre Programme besser schützen, aber das war wohl teurer, als jammernd zur Staatsanwaltschaft zu rennen.

Herr Meyer schien seinen Kopf bedenklich hin und her zu wiegen, er gab einige ächzende Geräusche von sich.

»Ich weiß nicht, ohne Rücksprache mit meinem Mandanten ...«

Offensichtlich war auch er nicht übermäßig engagiert.

»Wenn Sie Ihre Beschwerde aufrechterhalten, kriegen Sie einen Gerichtsbeschluss über die Beschlagnahme, dann setzen wir einen Gutachter daran, das kann Monate dauern. Und im Gegensatz zu Ihrem Mandanten weiß ich nicht, was dabei herauskommt.«

»Und an welche Geldbuße hätten Sie gedacht?«

Beate blätterte schnell die Akte mit dem Personalbogen auf. Aha, der Mandant war Regierungsangestellter und verdiente dreitausend netto im Monat, verheiratet, zwei Kinder.

»Tausendfünfhundert, zahlbar in drei Monaten, und denken Sie daran, gemäß Mistra muss ich den Dienstherrn informieren, wenn ich Anklage erhebe. Wenn, sage ich.«

Der Anwalt versprach zurückzurufen, und die Akte wanderte auf die Fensterbank.

Sie schüttelte die Gedanken ab, die um Leonore kreisten, und arbeitete systematisch weiter. Nach einer Stunde schon rief Anwalt Meyer an und erklärte feierlich sein Einverständnis.

»Ich kann also notieren, dass Sie auch die Beschwerde gegen die Beschlagnahme zurücknehmen?«, erkundigte sie sich.

Der Deal war gemacht, und ob es gerecht zugegangen war, konnte nur der Beschuldigte beurteilen. Sie jedenfalls hatte ein Problem weniger.

Es war spät geworden. Sie öffnete das Fenster und ließ die schwüle abendliche Luft herein. Heute Abend musste sie in ein Konzert mit moderner Musik gehen, irgendetwas mit Klarinette, Hund, Fahrradklingel und Streichquartett. Das hatte sie Wolfgang fest versprochen. Sie ahnte schon, was ihr bevorstand, denn der Eintritt zu diesem WDR-Konzert war frei. Sie nahm sich vor, die Musik, wenn es denn welche war, ohne Vorurteile anzuhören. Beate lachte leise. Wenn man sich so was schon vornehmen musste …

Sie schloss das Fenster, nahm ihre Tasche und verließ das Büro. Draußen stand die Luft still, und sie war müde, als sie sich in der Bahn auf einen Sitzplatz fallen ließ. Am liebsten hätte sie sich später zu Hause auf den Balkon gesetzt, mit Blick auf den grünen Dschungel des verwilderten Hinterhofs. Ein Glas Wein, vielleicht auch mehr, den schnurrenden Kater neben sich und einfach nur darauf warten, dass der Himmel dunkler und die Luft kühler würde. Und nicht reden müssen, einfach still vor sich hindenken. Und keine Fragen wie: Was hast du denn, oder: Was denkst du jetzt, Fragen, die sie nie wahrheitsgemäß würde beantworten können. Aber Wolfgang wohnte jetzt bei ihr. Er war einfach da. Nie wieder würde sie ihn vermissen können. Andererseits, wenn da keiner wäre, der ihr solche Fragen stellte …

»Verdammt«, flüsterte sie. Sie hatte vergessen, an der Poststraße umzusteigen. Philosophie und Straßenbahnen passten eben nicht zueinander. Wenn jetzt auch noch ein Kontrolleur käme, wäre sie aufgeschmissen mit ihrer streckengebundenen Monatskarte. Sie sprang auf und schaffte es gerade noch, die Bahn an der Station Dom-Hauptbahnhof zu verlassen. Sie schlenderte an den Bänken mit den Pennern vorbei, die eine Flasche Schnaps kreisen ließen, und wich einem Punker aus, der sie anbetteln wollte. Dann sah sie den Kollegen Münters, der neben einer voluminösen Dame in grellbuntem Sommerkleid und gesträhntem Haar saß. Er sprang auf, als er Beate erkannte.

»Was machen Sie denn hier?«

»Ich fahre nach Hause«, entgegnete sie schnell. »Wie ich hörte, haben Sie morgen einen Termin mit der Zeugin Breithaupt?«

Münters hüstelte leicht.

»Ich weiß, die Dame hat sich angemeldet. Wenn ich morgen fit bin, ziehe ich das durch. Obwohl, meine Halsschmerzen …« Er hüstelte erneut.

»Sind Sie krank?« Beate sah ihn durchdringend an.

»Er ist so empfindlich gegen Zugluft«, schaltete sich die grelle Dame ein und zupfte an ihrem Kleid.

»Meine Frau«, erläuterte Münters verlegen.

»Morgen gehst du aber zum Arzt, nicht?«

Er musste sie dressiert haben. Beate wurde einer Antwort enthoben, denn ihre Straßenbahn fuhr ein. Sie verabschiedete sich kurz und rannte hinter der Bahn her, die wie immer bis ganz zum Ende des Bahnsteigs gerollt war. Sie konnte Münters beinahe verstehen. Jeder löste seine Probleme auf seine Weise. Sie war gespannt, ob er morgen tatsächlich krankfeiern würde.

Der Kater sprang plötzlich auf, machte einen Buckel und sträubte das Fell. Ein fürchterliches Hundegebell ertönte aus Wolfgangs Zimmer. Beate stöhnte. Jetzt hörte er sich dieses Konzert schon zum dritten Mal an. In den kurzen Pausen erklang das Geklapper seiner Schreibmaschine. Wolfgang arbeitete an der Hörfunkrezension dieses unerträglichen Stückes, über das er in helle Begeisterung ausgebrochen war. Humphrey sah sie verständnislos an, dann drehte er gravitätisch ab und begab sich zur Wohnungstür. Stumm und mit herablassendem Blick wartete er darauf, dass sie ihm die Tür öffnete, was sie auch tat, bevor er seinen Unmut kundtun konnte.

Beate klopfte an Wolfgangs Zimmertür. Weil drinnen gerade eine krächzende Klarinette im Widerstreit mit der höhnischen Parodie eines Mozartquartettes lag, konnte er ihr Klopfen nicht hören. Sie trat ein und legte Wolfgang eine Hand auf die Schulter.

»Kannst du das nicht leiser machen? Oder mit Kopfhörern hören? Wir haben schließlich schon elf Uhr abends …«

Wolfgang sprang auf und drehte genervt das Band ab. Dann warf er sich auf seine Ledercouch und grübelte. Sein Gesicht hellte sich auf.

»Das Aufeinandertreffen von ungebändigter Natur und gestalteter Klangwelt, wobei das eine das andere durchdringt und befruchtet … Klingt doch gut, nicht?« Er blickte zu ihr auf.

»Klingt besser als das Konzert«, gab sie bissig zurück.

»Was hast du? Damit verdiene ich mein Geld, und es gefällt mir. Wenn du dich nur ein wenig bemühen würdest, könntest du das auch hören. Aber du willst offensichtlich nicht …«

»Ach, Wolfgang«, sagte sie traurig und legte ihren Arm über seine Brust.

Er grinste sie an.

»Okay, ich kaufe mir Kopfhörer. Und ich schleppe dich nicht mehr in Konzerte, die dich nicht interessieren. Du bist wirklich nicht der Typ für Small Talk mit Kommunalpolitikern und Kulturfritzen, das habe ich inzwischen mitgekriegt. Aber das ist nun mal mein Job, ohne Kontakte kannst du in dieser Stadt nichts bewegen. Klüngel, du verstehst?«

Sie sahen einander an wie zwei Verschwörer.

Das Telefon läutete ernüchternd.

»Lass Lutz rangehen!« Beate wollte diesen Augenblick nicht zerstören.

»Das wird nichts nützen. Mein lieber Kollege Wenzel wollte mich noch anrufen. Wahrscheinlich will er mir erklären, warum er unbedingt meinen Sendeplatz haben musste, dieser Idiot mit seiner Folklore …«

Das Klingeln hatte aufgehört, dafür war jetzt die brummige Stimme von Lutz zu hören. Kurze Zeit später klopfte er an die Tür.

»Beate, ist für dich. Eine Frau Weidhaus oder so.«

Beate raste zum Telefon.

Leonores Stimme klang kühl, darunter vibrierte unterdrückter Triumph.

»Ich treffe ihn in einer halben Stunde im Parkhaus am Dom. Mein Wagen steht auf Deck D, Nummer neun. Ihr könnt ihn abpflücken.«

Dann legte sie auf.

Einen Moment stand Beate starr, wie angewurzelt, den Hörer in der Hand. Dann wählte sie Mordbubs Nummer, die schon seit Tagen an der Pinnwand über dem Telefon hing, und betete, er möge zu Hause sein. Er meldete sich mit einer ungewohnt sanften Privatstimme.

»Herr Bub, es ist so weit. Dübbers ist in einer halben Stunde im Parkhaus am Dom, Leonore parkt auf Deck D, Nummer neun. Informieren Sie die Kripo?«

»Schon passiert. Und passen Sie auf sich auf, wenn Sie nicht zu Hause bleiben, was mir eigentlich lieber wäre. Aber wie sollte ich Sie zurückhalten?«

Abrupt legte er auf.

Beate zögerte keine Sekunde. Natürlich würde sie hinfahren und das Ende der Jagd beobachten. Sie rannte zurück in Wolfgangs Zimmer.

»Los, wir müssen gehen. Leonore hat angerufen. Sie trifft Dübbers im Parkhaus am Dom!«

»Und wie kommen wir dahin? Wenn du dich recht erinnerst, habe ich kein Auto mehr«, sagte er gelassen.

Wie er so ruhig bleiben konnte, war ihr unerklärlich.

»Wir nehmen das Auto von Lutz, nun komm schon!«

Sie zog ihn mit und stürmte in das Zimmer von Lutz. Der saß an seinem Schreibtisch und brütete über einem Wälzer, auf dessen Seiten er so viele Randnotizen gemacht hatte, dass der Text kaum noch zu entziffern war.

»Lutz, bitte, wir brauchen ganz dringend dein Auto!«

Lutz sah sie misstrauisch an.

»Wolfgang, kommst du mit der Stockschaltung überhaupt klar? Das Auto ist sehr sensibel, manchmal musst du sogar Zwischengas geben …«

Er hing mit einer Affenliebe an seinem rostigen R 4. Es war nicht zu fassen, gerade jetzt machte er Theater, und die kostbare Zeit verstrich. Wolfgang blieb ruhig und erklärte, sein erstes Auto sei eine Ente gewesen. Nach einer endlosen Fachsimpelei rückte Lutz die Schlüssel heraus. Sicher würde er vom Fenster aus beobachten, ob sein Liebling beim Start pfleglich behandelt wurde.

Beate sah auf die Uhr und lief los. Es war Viertel nach elf. Wann hatte Leonore angerufen? Ob sie noch rechtzeitig kommen würden?

Wolfgang startete behutsam und ließ den Wagen langsam um die Ecke auf die Suevenstraße rollen. Außer Sichtweite gab er Gas, und nach einem knirschenden Geräusch sprang das Auto nach vorn.

»Lutz spinnt«, sagte Wolfgang, während er rasant auf den Gotenring abbog. »Die Rostlaube ist nicht sensibel, das Getriebe ist im Eimer.«

Auf der Severinsbrücke klappte Beate das Fenster auf und genoss die Nachtluft, die kühl und feucht den Geruch von Dieselöl und Rhein mit sich trug. Wie zerlaufene Finger berührte das Licht der Scheinwerfer den Dom, der mattgrün zum diesigen Himmel ragte. Die weißen Schiffe der Köln-Düsseldorfer Flotte schimmerten über dem dunklen Wasser, auf dem Lichtreflexe tanzten. Bunte Lichter der Altstadt vor der romanischen Strenge von Groß-St.-Martin, dessen viereckige Türme in einem fahlen Gelb leuchteten. Ein schönes, friedliches Bild, tausendfach auf Postkarten gedruckt, und das alles machte sie jetzt nervös. Sie sah wieder Leonore vor sich, wie sie sich über die Schulter nach ihr umdrehte. Mannis erstaunten Kinderblick und das Messer in seiner Brust. Dachte an Münters, der doch leidend zum Dienst erschienen war und Leonore vernommen hatte. Sein Satz. »Alles kann man dieser Dame nicht glauben, das habe ich im Urin«, klang in ihr nach. An das Gesicht von Dübbers konnte sie sich kaum erinnern, nur an den kalten hypnotischen Blick.

Das Parkleitsystem funktionierte: Parkhaus Dom/Hauptbahnhof, 783 freie Plätze. Sie waren fast da. Von der Becherstraße bogen sie, direkt unterhalb des Doms, in die Einfahrt zur Tiefgarage ab. Das Parkhaus war vierundzwanzig Stunden am Tag geöffnet. Wolfgang zog eine Parkkarte und fuhr hinein. Wie eine riesige unterirdische Stadt im Tiefschlaf wirkten die Räume. Es war kein Mensch zu sehen, außer dem Parkwächter in seinem Kassenhäuschen. Die Luft war stickig. Benzindämpfe schienen das Atmen unmöglich zu machen. Beate klappte rasch ihr Fenster zu und hustete. Das Auto rollte langsam durch die zweite Halle. Block B. Hinten, vor der Auffahrt zum nächsten Deck, Block C. Ihrer Funktion beraubt, wirkten die abgestellten Autos wie Fossilien. Versteinert, nutzlos. Eine weitere Halle zweigte nach rechts ab, Block D. Sie waren da. Der Parkplatz Nummer neun befand sich auf der linken Seite; sie umrundeten das Geviert. Es gab keine Bewegung, kein Geräusch. Waren die Polizeibeamten schon auf ihren Positionen? Wenn ja, hatten sie sich jedenfalls gut versteckt. Der benachbarte Platz war frei. Wolfgang fuhr in die Lücke und stellte den Motor ab. Beate öffnete das Fenster wieder. Jetzt war nur noch das Summen der Ventilation zu hören.

»Das ist ihr Auto«, flüsterte Wolfgang.

Von Leonore und Dübbers keine Spur. Geradeaus, an der Stirnwand der Halle, waren mächtige Steine zu einer Mauer aufgetürmt. Wolfgang folgte Beates Blick.

»Römermauer und römischer Kultkeller mit Brunnen«, erläuterte er flüsternd. »Sag bloß, du kennst die Kölner Unterwelt nicht. So was hat doch fast jede Tiefgarage hier.«

»Psst«, zischte sie. »Hast du nichts gehört?«

Irgendwo wurde eine Wagentür zugeworfen. Der dumpfe Nachhall konnte von überall her kommen. Beate sah auf die Uhr. Fünf nach halb zwölf. Hatte sie Leonore vielleicht falsch verstanden? Aber nein, das Auto stand ja da. Mit schnurrendem Motor rollte ein dunkler Wagen in die Halle.

»Das ist er.« Auch Wolfgang war jetzt aufgeregt. »Der Rover, siehst du?«

Beate drehte sich um. Auf der gegenüberliegenden Seite der Halle tastete sich der Rover vorsichtig voran. Der Fahrer war nicht zu erkennen. Schon bevor er hielt, schaltete er die Scheinwerfer ab. Das Fahrzeug parkte auf der gegenüberliegenden Seite. Es rührte sich nichts, der Fahrer stieg nicht aus. Die Mittelpfeiler des Parkhauses behinderten die freie Sicht. Nach einigen Minuten stieg jemand aus dem Rover. Die Tür fiel mit einem satten Klang ins Schloss. Die Hände in den Jackentaschen vergraben, entfernte sich der Mann ein paar vorsichtige Schritte von seinem Wagen. Als er in die Nähe der funzeligen Deckenbeleuchtung kam, konnte Beate Dübbers erkennen. Die Brusttasche seines leichten Sakkos war eindeutig ausgebeult. Dann war er wieder im Schatten. Eine Gestalt löste sich aus dem Dunkel, trat hinter einer Säule hervor. Leonore mit langen, offenen Haaren, einem Minikleid, einer weißen Sommerjacke und flachen Schuhen. Auch sie hatte die Hände in die Taschen gesteckt. Sie gingen aufeinander zu. In der Mitte der Halle trafen sie sich. Was sie sprachen, war nicht zu verstehen. An der Säule neben Dübbers war ein Polizeinotruf angebracht. Warum nahmen sie ihn jetzt nicht fest? Beates Herz klopfte. Plötzlich schrie Leonore auf. Dübbers hatte seine Hand aus der Tasche genommen und packte ihren Arm. Die zwei Gestalten verschmolzen zu einer. Es sah aus, als kämpften sie. Beate saß da wie gelähmt. Viel zu weit weg, um irgendetwas ändern zu können. Wieder schrie Leonore. Was hatte sie gerufen? Er will mich umbringen? Beate öffnete die Tür. Gleichzeitig, aus allen Ecken, so schien es, tauchten Polizeibeamte auf. Einer rannte an ihr vorbei. Auch er kam zu spät. Ein Geräusch wie das Ploppen eines Sektkorkens. Die Gestalt in der weißen Jacke sank zu Boden. Langsam, wie in Zeitlupe. Beate lief los und stand Sekunden später mit den anderen in dem magischen Kreis der Zuschauer. Leonore lag auf dem Boden. Der blutrote Fleck auf der weißen Jacke schien sich zu vergrößern. Ihre Augen waren geschlossen. Neben ihrer rechten Hand, bekleidet mit einem weißen Spitzenhandschuh, lag eine Spielzeugpistole. Ein kleines Ding mit Perlmuttverzierungen am Griff. Die Waffe glänzte gefährlich.

Mordbub öffnete das Gitter, das eine Lücke zwischen der Römermauer und anderen Ausgrabungsgegenständen schloss, und trat in den Kreis.

»Sie sind vorläufig festgenommen«, sagte er zu Dübbers.

»Sie … sie wollte … sie wollte mich umbringen«, stotterte der Angesprochene. Sein Gesicht war bleich. Er schwitzte.

»Durchsuchen«, ordnete Mordbub an. Dann ließ er seiner Wut freien Lauf. »Ist der Notarzt bald da? Oder klappt das etwa auch nicht?«

Seine Stimme hallte erschreckend nach. Der Ring um Dübbers und Leonore zerfiel. Während ein Beamter Handschellen hervorholte und sie Dübbers anlegte, fasste ein anderer in dessen Jackentasche und zog ein dickes Kuvert heraus. Der Kripobeamte, der die Aktion geleitet hatte, öffnete den Umschlag mit betretenem Gesichtsausdruck. Während er die dicken Geldbündel zählte, die er daraus hervorgeholt hatte, eilte ein weiß gekleideter Mann mit einem Koffer herbei. Er kniete bei Leonore nieder und fühlte ihren Puls. Dann hob er ihre Lider an, betastete die Halsschlagader. Seine Bewegungen wirkten resigniert, als befolge er die Regeln eines sinnlos gewordenen Spiels. Er öffnete Leonores Jacke, dann schüttelte er den Kopf.

»Sie ist tot. Aufgesetzter Herzschuss. Erstaunlich, bei dem kleinen Kaliber.«

Beate lief ein Schauder über den Rücken. Die Haare auf ihren Armen richteten sich auf. Da war dieser Arm um ihre Schultern. Jemand, der sie leise wegzog. Wolfgang. Sie hatte ihn ganz vergessen.

»Hunderttausend Mark«, sagte der Kripobeamte gerade.

Mordbub ließ die Spurensicherung kommen. Die routinemäßige Bewältigung eines gewaltsamen Todes setzte ein. Jemand fischte einen Schlüsselbund aus Leonores Jackentasche. Mordbub sah Beate an.

»Sie sagte etwas von Beweismitteln? Na, dann wollen wir mal.«

Dübbers stand immer noch regungslos da. Die Handschellen schien er nicht zu spüren. Sein Blick war auf die tote Frau geheftet, als wolle er sich ihr Gesicht für immer einprägen.

Beate spürte, wie ihre Kehle eng wurde. Am liebsten hätte sie jetzt geweint. Wolfgang hielt sie ein wenig fester. Er schluckte.

»Lass uns auch gehen.«

Mordbub hatte sich Plastikhandschuhe übergestreift und öffnete vorsichtig den Kofferraum von Leonores Wagen. Eine blaue Mülltüte und zwei Koffer waren dort verstaut. Mordbub nahm die Mülltüte heraus und öffnete sie. Ein Beamter leuchtete mit einer Taschenlampe hinein. Nacheinander zog Mordbub eine in Plastik verpackte Lederjacke mit Lammfelleinsatz, einen Steinaschenbecher, ebenfalls in Plastik verpackt, und eine Tonbandkassette heraus.

»Das ist seine Jacke«, sagte Beate. Ihr Gehirn funktionierte noch. »Dieselbe trug er auf dem Köln-Bonner Flughafen. Das Foto, wissen Sie?«

Mordbub nickte.

»Aschenbecher und Jacke zur KTU. Aschenbecher auf Fingerabdrücke und Blutanhaftungen untersuchen. Ist vielleicht die Tatwaffe. Die Jacke mit den Mikrospuren vom Tatort vergleichen. Die Kassette höre ich mir gleich im Präsidium an.« Ein grimmiger Zug lag um seinen Mund.

»Damit konnte keiner rechnen«, sagte Beate leise. »War es Notwehr? Diese Szene vorhin, ich spiele sie immer wieder durch. Aber ich weiß nicht, was ich gesehen habe. Oder was ich sehen sollte. Wir waren auch zu weit weg.«

Wolfgang nickte.

»Es sah so aus, als hätte er sie angegriffen. Sie fasste erst dann in die Tasche, ja, und vorher hat sie geschrien.«

Mordbubs Gesicht hatte wieder seinen alten, spöttischen Ausdruck.

»Wie immer. Drei Zeugen, drei verschiedene Sachverhalte. Ich stand hinter der Mauer und habe durch den Spalt geschaut. Leonore schrie ohne Grund. Dübbers hatte sie nur am Arm gefasst. Eine vertrauliche Geste, keine aggressive. Meine ich jedenfalls. Aber kommen Sie mit. Es gibt einen objektiven Zeugen.«

Mit langen Schritten eilte er voran. Die Blitzlichter der Spurensicherung erhellten das Parkhaus auf gespenstische Weise. Mordbub lief an den Beamten vorbei. In der Mitte der Stirnwand war eine Metalltür eingelassen, wie Beate erst jetzt bemerkte. Das Auge einer Videokamera funkelte tückisch. Ein rotes Licht zeigte an, dass die Kamera in Betrieb war. Mordbub flüsterte mit einem Beamten und deutete auf die Kamera.

Dübbers schien aufzuwachen. Er begriff seine Lage sofort.

»Hören Sie, ich wollte bezahlen. Sie haben das Geld ja gefunden. Aber sie wollte das Geld nicht. Sie wollte alles, meine Lebensversicherung zu ihren Gunsten, das Haus in Frankreich, die Freiheit. Die Pistole ist einfach losgegangen. Sie wollte mich umbringen.«

»Wünschen Sie einen Anwalt?«, fragte Mordbub kurz.

»Nein, ich brauche keinen.«

Dübbers war wieder der kalkulierende Geschäftsmann geworden. Ein Unschuldiger braucht keinen Anwalt, das weiß doch jeder.

»Auf ins Präsidium, und zwar alle.« Mordbub wandte sich ab. Hier gab es nichts mehr zu tun.

Als Beate und Wolfgang stumm zu ihrem Auto gingen, kam ihnen schon der Leichenwagen entgegen. Im Auto wollte Wolfgang sie küssen, doch Beate drehte ihr Gesicht weg.

Der Parkwächter nahm das Ticket mit einer Alltagsgeste entgegen.

»Macht zwei Mark zwanzig«, nuschelte er. Er sah sie nicht an, als er das Wechselgeld herausgab. Das Leben ging weiter. Der Dom wurde jetzt nicht mehr von Scheinwerfern angestrahlt. Mächtig und schwarz hob er sich gegen den helleren Himmel ab. Der Tod in einer Tiefgarage konnte ihn nicht erschüttern. Ein Junge in neonbunten Fahrradhosen überquerte träumerisch die Straße, ein Skateboard unter dem Arm. Wolfgang fluchte, als er auf die Bremse trat.

Die Bank in dem schwach erleuchteten Gang war hart. Es roch nach Bohnerwachs und Schweiß. Das Polizeipräsidium. Beate zündete sich eine Zigarette an. Sie war todmüde und fühlte sich leer. Der Kripobeamte hatte sie fast eine Stunde lang vernommen. Mühselige Trennung zwischen Wahrnehmung und Bewertung. Haben Sie damit gerechnet? Hatten Sie Angst um die spätere Geschädigte, als sie sich mit dem Beschuldigten treffen wollte? Hatte sie selbst Angst? Ja, sie sprach von Lebensversicherung, die Beweismittel als Lebensversicherung. Und dass Dübbers über Leichen gehe. Nein, ihre Stimme klang kühl, als sie mich anrief. Wie war die Beziehung der Geschädigten zu ihrem Mann? Wie die zu Dübbers? Ist es möglich, dass sie Sie beeinflusst hat zu glauben, Dübbers sei gefährlich?

Es gab keine eindeutigen Antworten. Sie wusste nicht, wer Leonore war. Es schien Zufall zu sein, wer Opfer und wer Täter war.

Beate wollte nur noch schlafen. Jetzt wurde Wolfgang verhört. Das konnte noch lange dauern. Der Kripomensch verstand sich darauf, Ratlosigkeit gründlich zu sortieren. Eine Tür öffnete sich. Der schmale Streifen Licht auf dem Linoleumboden wuchs zu einem hellen Rechteck. Mordbub als Schattenriss im Türrahmen. Auch er war müde, aber ihn hielt ein tief sitzender Ärger wach. Es war seine Aktion, die so schrecklich fehlgeschlagen war. Er kam zu ihr und setzte sich schwer auf die Bank.

»Geben Sie mir eine?« Mordbub hatte sich schon vor Jahren das Rauchen abgewöhnt. Auch jetzt roch er nur an dem Tabak und steckte sich die Zigarette unangezündet in den Mundwinkel.

»Feuer?«

»Nein, danke.«

Sie schwiegen eine Welle.

»Haben Sie Dübbers schon vernommen?«, fragte Beate.

»Wo denken Sie hin? Wir leben in einem Rechtsstaat. Verbotene Vernehmungsmethode, Müdigkeit und Schock. Nein, der kommt erst morgen dran.«

»Meinen Sie, ich wäre putzmunter und unbeeindruckt von dem, was vorhin geschehen ist?«

Er grinste schwach.

»Sie sind nur Zeugin. Da kommt es auf den frischen Eindruck kurz nach dem Geschehen an. Juristen sind sowieso die schlechtesten Zeugen, ein einziges ›Nach meiner Erinnerung‹ und ›Genau weiß ich es nicht mehr, aber es ist nicht auszuschließen, dass …‹. Sie kennen das ja. Mir geht es da nicht besser, trösten Sie sich.« Er zögerte. »Das Schlimmste ist, in der Scheißkamera war kein Film. Wie es aussieht, kommt Dübbers damit durch. Wie sollen wir die Notwehrlage widerlegen? Er hatte doch tatsächlich Geld dabei, und wie es aussieht, keine Waffe.«

»Die Pistole gehörte ihr?«

»Keine Ahnung. Es ist eine Derringer, eine typische Damenwaffe. Nicht registriert natürlich. Keine Fingerabdrücke von ihr, sie trug ja Handschuhe. Trägt man so etwas heutzutage überhaupt noch? Sie als Frau ...« Er sah sie prüfend an. »Nein, Sie sind ein anderer Typ. Seine Fingerabdrücke, stark verwischt, haben wir nur am Lauf der Waffe gefunden. Was für seine Version spricht. Und kein Einziger hat gesehen, wann wer die Pistole gezogen hat. Die Vorbereitungszeit war einfach zu kurz. Die Beamten waren schlecht verteilt, und es ging sehr schnell. Ich habe auf die Uhr gesehen: Das Treffen Leonore/Dübbers dauerte weniger als eine Minute bis zum tödlichen Ende.«

»Warum hat sie mich so spät informiert?« Ihr kam ein fürchterlicher Gedanke.

Mordbub nahm die Zigarette aus seinem Mund und zerdrückte sie.

»Eine gute Frage. Vielleicht war es ihre Inszenierung, Staatsanwaltschaft und Polizei als Zeugen, was will man mehr? Vor bestellten Hütern des Gesetzes einen anderen in Notwehr umbringen, ist das nicht der geniale Mord?«

Beate strich über ihre Arme, die sich mit einer prickelnden Gänsehaut überzogen hatten.

»Man muss nur herausfinden, wie lange sie schon über Zeit und Ort der Verabredung Bescheid gewusst hat. Diese harmlose Frage wird Dübbers bestimmt beantworten.«

Beate beobachtete sich selbst. Sie war nicht mehr müde, und das Grauen lichtete sich langsam, jetzt, wo der Verstand wieder arbeitete, Erklärungen fand, Schlüsse zog und Ordnung schaffte.

Mordbub begann, laut zu denken.

»Gut, gehen wir davon aus, dass Leonore Dübbers beseitigen wollte. Dann stellt sich die Frage: Warum? Es gibt zwei Möglichkeiten, entweder, weil sie den Mord an ihrem Mann rächen, oder weil sie einen Belastungszeugen ausschalten wollte. Das wird ein hartes Stück Arbeit. Die Beweismittel sind noch im Labor. Aber Dübbers dürfte Schwierigkeiten haben zu erklären, wieso er hunderttausend für belastende Beweismittel zahlen wollte.«

Er stand auf.

»Kommen Sie mit. Ich möchte Ihnen was vorspielen. Die berühmte Kassette. Kommen Sie schon.«

Beate stand langsam auf. Eigentlich hatte sie auf Wolfgang warten wollen, aber sie registrierte verwundert, dass sie neugierig war. Mordbub erriet ihre Gedanken.

»Machen Sie sich keine Sorgen. Er wartet schon auf Sie, das sieht doch ein Blinder.« Er blinzelte ihr zu.

Beate wurde rot, dann folgte sie ihm in das Büro.

Mordbub deutete auf den Besucherstuhl und pflanzte sich dann selbst auf einen Drehsessel. Der Sessel ächzte protestierend unter dem Gewicht, und dieses Geräusch, das einzige in diesem stillen Raum, war von wohltuender Normalität. Mordbub griff nach einem Kassettenrekorder und schob die anderen Gegenstände, die auf dem Schreibtisch lagen, zur Seite: eine geöffnete pinkfarbene Lacktasche, eine Zigarettenschachtel, einen Lippenstift, Taschentücher …

»Das sind die Sachen des, sollen wir Opfers sagen?« Mordbub stöpselte das Gerät ein. »Sind aber nicht sehr aufschlussreich.«

Beate musterte die Gegenstände, als könnten sie irgendeine Auskunft geben. Noch bevor ihr Verstand etwas registrieren konnte, reagierte ihr Körper; es war wie ein Schlag in den Magen, die Luft blieb ihr weg. Das Feuerzeug. Ein gläsernes Feuerzeug, beschlagen wie eine Fensterscheibe im Winter. Wie unter Zwang nahm sie es in die Hand. Das Empire State Building im Schneetreiben, das nun stärker wurde, als sie das Ding schüttelte. Das Empire State Building samt King Kong, genau, wie Wolfgang es beschrieben hatte.

»Ist Ihnen nicht gut?« Seine Stimme klang richtiggehend besorgt.

»Doch, doch«, murmelte sie. »Es hat mich nur ein wenig mitgenommen, das Ganze.«

Sie legte das Feuerzeug zurück auf den Schreibtisch und sah es nicht mehr an. Sie nahm sich zusammen.

»Na, dann gut aufgepasst, es geht gleich los!«

Mordbub spulte eine Kassette zurück und drückte auf den Startknopf. Nach längerem Rauschen ertönte plötzlich, stark verzerrt, die Stimme von Dübbers.

»Du, gerade du machst mir Vorwürfe? Es war doch die einzige

Lösung, ihn zu töten. Das war doch auch in deinem Sinn, hör auf, verschone mich mit deinen sentimentalen Anwandlungen …«

Schluchzen. Das Wimmern einer Frau, Leonores tränenerstickte Stimme.

»Ich habe ihn geliebt, verstehst du, warum musste er getötet werden, er hätte doch am Leben bleiben können, das war nicht nötig …«

Wieder der bestimmte Ton von Dübbers:

»Hör auf, jetzt tut es dir Leid, aber wenn du darüber nachdenkst, war es die einzige Möglichkeit. Wir haben doch alles versucht. Er wollte einfach nicht mehr. Gib es zu, du warst nur zu feige, es selbst zu tun.«

»Aber ich, ich vermisse ihn richtig. Du hast gut reden. Dir hat er ja nie etwas bedeutet!« Dann, hysterisch: »Ich hasse dich! Ich hasse dich!«

Ein Klicken, dann Rauschen.

Mordbub schaltete das Gerät ab.

Die Stimme einer toten Frau. Die Stimme lebte weiter und beschuldigte Dübbers eines Mordes. Dübbers würde nicht davonkommen. Dieses Band war ein eindeutiger Beweis. Welch eine Macht diese Frau noch jetzt ausübte …

Mordbub riss sie aus ihren Gedanken.

»Eindrucksvoll, nicht wahr? Und jetzt strengen Sie Ihre kleinen grauen Zellen an, Sie lesen doch immer Krimis, oder? Was fällt Ihnen an diesem Band auf?«

Beate war verblüfft.

»Was sollte mir denn auffallen? Eindeutiger geht es nun wirklich nicht. Dübbers hat Manni ermordet, ging dabei von ihrem Einverständnis aus und konnte es dann nicht ertragen, dass ihre Gefühle nicht mitspielten.«

Mordbub lächelte.

»Jetzt hören Sie das Ganze noch einmal, und denken Sie daran, dass einer der Teilnehmer wusste, dass das Gespräch aufgezeichnet wurde. Passen Sie auf.«

Beate wollte das Band nicht noch einmal anhören. Nicht schon wieder diese körperlosen, kalt verzerrten Stimmen, die über den Tod als mögliche Problemlösung sprachen … Der Rekorder lief wieder, und gegen ihren Willen hörte sie aufmerksam zu, genau und unvoreingenommen. Als das Gerät abgeschaltet wurde, formte sich der erste Zweifel in ihr.

Mordbub sah sie erwartungsvoll an, als warte er auf eine Bestätigung.

»Langsam.« Beate überlegte noch. »Der Anfang, dieses lange Rauschen. Wenn sie vorhatte, ihn zu einem Geständnis zu bewegen, warum dauerte es dann so lange, bis das Gerät funktionierte? Dübbers spricht von Vorwürfen, die sie ihm macht. Gerade diese Vorwürfe fehlen auf dem Band, dabei hätte sie doch dem Zuhörer klarmachen können, dass sie von der Tat nichts wusste. Wenn sie technische Probleme mit dem Rekorder gehabt hätte, hätte sie ihre Vorwürfe einfach nur zu wiederholen brauchen, das wäre ihm bestimmt nicht aufgefallen.«

»Und was noch?«, fragte Mordbub gespannt.

»Sein Name wird nicht genannt. Mannis Name«, sagte sie schnell.

»Genau. Vielleicht ist es einfacher, den Namen nicht zu nennen, wenn man von Mord spricht. Aber das können wir nicht wissen. Dübbers wird morgen reichlich Gelegenheit haben, sich eine passende Erklärung einfallen zu lassen.«

Sie sahen einander schweigend an. Draußen klappte eine Tür.

»Ich lege mich jetzt hin«, verkündete der Kollege. »Ich muss mich für morgen stärken. Was meinen Sie, wie morgen die Presse über uns herfällt: Mord trotz Polizeischutz und so, Sie werden es ja lesen. Gute Nacht dann.«

Es war drei Uhr morgens.

»Gute Nacht.«

Draußen auf dem Flur kam ihr Wolfgang entgegen. Beate merkte, wie ihr Herz schneller schlug.

Diese Nacht war sie zu müde, um ihm zu sagen, dass alles aus war.

Morgen.«

Beate betrat das Gebäude der Staatsanwaltschaft.

»Mahlzeit«, grüßte der Pförtner verwundert.

Verwirrt sah Beate auf die Uhr. Tatsächlich, es war schon Mittagszeit. Sie war trotzdem unausgeschlafen und fühlte sich wie gerädert. Gott sei Dank, dass heute ein sitzungsfreier Tag war. Im Aufzug war sie allein und brauchte kein gut gelauntes Gesicht zu zeigen. Ihr Büro war erfreulich aufgeräumt, nur wenige Akten lagen auf dem Bock. Dafür gab es eine natürliche Erklärung: Die Geschäftsstellenbeamtin war im Urlaub und die Vertretung wenig eifrig. Heute sollte es ihr recht sein. Die Akten waren schnell unter dem Bock verschwunden, die Diktate abgezeichnet. Die schlimmsten Orthographiefehler verbesserte sie. Genau wie sie waren auch die Schreibkräfte nicht immer auf der Höhe, sonst hätten sie nicht »Rechtbrechung« statt »Rechtsprechung« getippt. Beate seufzte. So lustlos war sie höchst selten. Nach dieser Nacht erschien die Schreibtischarbeit so entrückt wie ein Computerspiel, in dem sich auf Knopfdruck die Bösen in Luft auflösen und die Guten den Goldschatz bekommen. Kreuzworträtsel für gehobene Ansprüche: gewaltsamer Diebstahl mit vier Buchstaben gleich Raub, zwei Komma drei sieben Promille gleich verminderte Schuldfähigkeit. Was produzierte sie da? Gerechtigkeit?

Eigentlich war sie nur gekommen, um mit Mordbub zu reden. Wahrscheinlich war er noch nicht da, sondern hockte im Präsidium und fütterte die Presseleute mit ausgewählten Leckerbissen. Oder er drehte noch Dübbers durch die Mangel. Heute musste es sich entscheiden, entweder Vorführung beim Haftrichter oder die goldene Freiheit. Sie griff zum Telefon und wählte Mordbubs Nummer. Nichts. Enttäuscht legte sie wieder auf. Eigentlich könnte sie mit den Kollegen einen Kaffee trinken. Selbst Kieferles Anekdoten schienen ihr jetzt etwas Tröstliches zu haben. Sie griff wieder zum Telefon. Besetzt. Heute war nicht ihr Tag. Jedenfalls war Kieferle da und seine Kaffeemaschine auch. Beate blickte noch in den Spiegel, bevor sie ging. Sie sah aus, als wäre sie geradewegs aus dem Bett gefallen. Kleine Augen, ein müder Mund und viel zu fettige Haare. Heute würde sie daran nichts mehr ändern können. Sie sah so aus, wie sie sich fühlte.

»Und dann sagte dieser Kerl von Anwalt zu mir, ich sei ein unsensibler Klotz! Ich!«, empörte sich Kieferle gerade, als sie die Tür zu seinem Zimmer öffnete. »Mahlzeit, Frau Fuchs! Was sagen Sie dazu? Unsensibler Klotz, nur weil ich es gewagt habe, die Zeugin zu fragen, wie oft sie schon verlobt war!«

»Wenn's in einem Verfahren wegen Vergewaltigung war, dann

hatte er Recht«, entgegnete sie und griff zu ihrer Kaffeetasse. Jetzt erst bemerkte sie, dass alle Kollegen der Runde schon anwesend waren.

Fetten lachte.

»Los, gib's ihm, Füchschen, der Kollege hat ein dickes Fell!« Mordbub fehlte.

»Ach, so kämpferisch bin ich heute gar nicht.« Beate trank den Kaffee dankbar in kleinen Schlucken. »Es ist natürlich völlig abwegig, Sie als unsensibel zu bezeichnen.«

Bargfeld entging die Ironie völlig.

»Hast du schon ein Verfahren eingeleitet?«, erkundigte er sich steif.

Hötschel prustete.

»Am besten wegen übler Nachrede und so weiter, dann kann der Anwalt gleich den Wahrheitsbeweis antreten ...«

Kieferle brummelte etwas Schwäbisches vor sich hin, stimmte aber schließlich in das allgemeine Gelächter ein. Mordbub trat, ohne zu klopfen, ein, nahm seine viel zu zierliche Goldrandtasse von der Ablage des Waschbeckens und ließ sich Kaffee einschenken. Danach setzte er sich ächzend auf den Aktenbock.

»Mein Gott, Wilfried hat auch schon mal frischer ausgesehen, hast du mit deiner Referendarin Überstunden gemacht?«, witzelte Hötschel.

»Wer?«, fragte Beate.

»Mordbub, er hört auf den schönen deutschen Namen Wilfried, wusstest du das nicht? Na ja, zur Zeit hört er eher überhaupt nicht.«

Mordbub hatte die Augen geschlossen, wirkte aber alles andere als entspannt. Sein Mund war zu einer schmalen Linie zusammengekniffen, und seine kräftigen Hände schienen die Kaffeetasse fast zu zerquetschen. Der freundliche Spott der Kollegen prallte an ihm ab. Die verlegene Pause, die nun entstand, nutzte Bargfeld, um einen hochwichtigen Fall mit fernschriftlichem Bericht an den Minister zu Gehör zu bringen. Plötzlich stand Mordbub auf, schüttete den Rest des Kaffees ins Waschbecken und sah Beate an.

»Kommen Sie mal mit in mein Büro?«

Beate nickte und stand auf. Als sie die Klinke noch in der Hand hatte, ging drinnen schon das Getuschel los.

»Sah sie nicht auch sehr übermüdet aus, die Kollegin?«

»Und wusste angeblich nicht, dass er Wilfried heißt, wenn das nicht …«

Sie warf die Tür krachend ins Schloss.

Im Aufzug schwiegen sie noch immer. Beate sah den Kollegen von der Seite an. Er trug noch dieselbe Kleidung wie gestern Nacht; das hellblaue Hemd hing knittrig aus dem Hosenbund.

»Haben Sie überhaupt geschlafen?«

»Doch, kurz. Auf einer Liege im Polizeipräsidium. Ich habe noch dienstliche Äußerungen der eingesetzten Beamten gesammelt und eine Skizze gemacht. Wenn die Presse erst mal zuschlägt, kommen die Disziplinarverfahren bestimmt. Und im Grunde ist es meine Schuld. Ich habe dem Einsatzleiter gesagt, er solle warten, bis Dübbers das Geld übergibt. Dazu ist er dann ja nicht mehr gekommen.«

Die Aufzugtür öffnete sich geräuschlos. Stumm ging sie hinter Bub her bis in sein Büro. Ihre Nerven waren zum Zerreißen gespannt. Sie setzten sich, und er sagte immer noch nichts. Wilfried? Wenn die Situation nicht so ernst gewesen wäre, hätte sie sich amüsiert. Seine Frau nannte ihn vielleicht Willi … Beate riss sich zusammen. Sie beschloss, nicht um den heißen Brei herumzureden.

»Führen Sie ihn dem Haftrichter vor? Was hat Dübbers gesagt?«

Mordbub starrte auf die rosa Akte. Der Name Leonore Breithaupt als Beschuldigte war durchgestrichen. Er schien mit sich zu ringen. Schließlich lehnte er sich in seinem Schreibtischstuhl zurück und stieß sich ab. Der Stuhl rollte bis zum Aktenbock.

»Der Richter ist bis sechzehn Uhr da, ich habe ihn angerufen. Er war zwar sauer, aber er wartet. Ich bin mir noch nicht sicher, was ich machen soll. Ich will mir mal Ihre Meinung anhören.«

Es war wie ein Ritterschlag. Beate kämpfte mit ihrer Verlegenheit und reagierte daher forscher als sonst.

»Sie meinen, der frische Blick einer unbedarften jungen Kollegin …« Es klang fürchterlich falsch. Sie setzte neu an. »Einverstanden. Erzählen Sie mal, was er über den Tag gesagt hat, an dem Manni starb. War er oben in der Wohnung?«

Mordbub konzentrierte sich.

»Er wollte Leonore abholen und mit ihr ein neues Leben beginnen, in Frankreich. Er kommt hoch, redet ein paar Worte mit Manni, erklärt ihm die Situation. Das Ganze findet im Wohnzimmer statt. Manni flippt aus, will ihn schlagen, er greift ihn sich und stößt ihn auf das Sofa. Dübbers trägt Leonores Koffer zum Wagen, während Leonore noch ein paar Worte mit ihrem Mann wechselt. Nach fünf Minuten kommt sie runter, und ab geht es.«

»Mit welchem Wagen?«

»Dem altbekannten Rover. Die Dame hat also nicht nur in diesem Punkt gelogen.«

»Was sagte er über seine Beziehung zu Manfred Breithaupt?«

Mordbub lächelte spöttisch.

»So gesprächig er war, darüber hat er nichts gesagt. Wir denken uns unseren Teil, nicht, Frau Fuchs?«

»Und die Laborergebnisse?«

»Alles Nieten. An dem Aschenbecher gab es Anhaftungen von menschlichem Blut. Aber zu wenig für eine eingehende Analyse. Die Mikrospur führt auch nicht weiter. An Mannis Leiche waren Fasern des Lammfells aus seiner Jacke – die Jacke hat er übrigens bereitwillig identifiziert. Aber nach seiner Version ist das nicht weiter erstaunlich.«

»Wann hat er erfahren, dass Manni ermordet wurde? Und von wem?«

»Nicht von Leonore. Sein Bruder hat ihn angerufen, einige Tage später. Sie hat die Tat ihm gegenüber abgestritten und gesagt, sie habe in der Eile die Tür nicht zugemacht. Es hätte also jeder x-Beliebige sein können. Er will ihr das geglaubt haben.«

»Damals in Frankreich, als Wolfgang und ich da waren: Hat er mich beobachtet? Mich überfallen?«

»Das streitet er natürlich energisch ab. Gesehen hat er Sie, und dann hat er sich oben im Haus versteckt, weil er dachte, man suche ihn wegen ›geschäftlicher Differenzen mit Wegener‹, wie er sich vornehm ausdrückte. Keine konkreten Angaben dazu.«

»Dann wusste Leonore also damals schon, dass Manni tot ist«, sagte Beate erschüttert. »Entweder von Dübbers, der ihr das nach wenigen Tagen erzählt hatte. Oder …« Sie konnte nicht weitersprechen.

Mordbub nickte grimmig.

»Genau das ist mein Problem. Zu viele Lügen von dieser Dame. Warum, frage ich mich, wenn sie nicht die Täterin ist oder war, muss man ja jetzt sagen.«

»Und das Tonband?«

»Ich habe es ihm vorgespielt. Zuerst war er verblüfft, dann nachdenklich. Er sprang schließlich auf und schrie: ›Dieses raffinierte Weibsbild!‹, und setzte sich wieder. Alles sehr überzeugend. Und dann seine Erklärung; die war noch besser. Es sei ein Ausschnitt aus einem Gespräch kurz nach seiner etwas überstürzten Abreise, an der Sie nicht ganz unschuldig sind. Leonore hat ihm nämlich erzählt, Sie seien im Zusammenhang mit einem Verfahren wegen Steuerhinterziehung hinter ihm her, und da musste er natürlich los, um seine Buchhaltung zu überprüfen. Die sich merkwürdigerweise in einer Filiale in Paris befindet. Bei dem aufgezeichneten Gespräch sei es um einen Hund gegangen, den er habe einschläfern lassen, weil er alt und krank gewesen sei.«

Beate sah ihn mit offenem Mund an.

Mordbub lachte.

»Ich war genauso platt wie Sie. Aber es kommt hin, wenn man sich das Band unter diesem Aspekt anhört. Und die Tierarztrechnung will er auch noch präsentieren, natürlich spulte er auch den Namen und die Adresse des Arztes ab. Die Überprüfung dauert garantiert Monate, Rechtshilfeersuchen nach Paris …« Er verdrehte die Augen.

Beate sah wieder den Garten in Dinan vor sich, die sonnenüberflutete Terrasse, die junge Frau in Jeans und weißem T-Shirt, die von einem alten Collie schwanzwedelnd begrüßt wurde.

»Da war ein Hund«, sagte sie widerwillig. »Ein Collie, ganz weiß um die Schnauze. Er ging langsam und vorsichtig, wie es alte Hunde tun.«

»Sehen Sie.« Mordbub hob freudlos die Schultern. »Es passt.«

»Wie hat sie später Kontakt zu ihm aufgenommen und ihn nach Köln gelockt?«

»Lesen Sie selbst!«

Er öffnete den Aktendeckel und warf ihr ein Blatt Papier hin, das in einer Klarsichthülle steckte. Violette Ninhydrinflecken, von der Spurensicherung, brachten Fingerabdrücke zum Vorschein. Beate sah Mordbub fragend an.

»Seine und ihre«, gab er knapp zurück.

Beate las schweigend. Ein Brief an die Pierre d'or S.A., Vaduz, Liechtenstein, Dr. Dr. A. Felikon. Das Schreiben war an Dübbers gerichtet, der aufgefordert wurde, sich wegen wichtiger Unterlagen, die als Beweismittel dienen könnten, mit dem Unterzeichner in Verbindung zu setzen. Der Preis betrage hunderttausend Mark cash. Eine Kölner Telefonnummer war angegeben. Darunter die Unterschrift: Leonore.

»Warum ist er gekommen?«

»Nun, hier wurde er wieder sehr ungenau, wand sich wie ein Aal. Als er die Bücher kontrolliert habe, sei ihm aufgefallen, dass wichtige Unterlagen fehlten. Er habe gedacht, die könnten in dem Brief gemeint sein.«

»Quittungen über die Goldkäufe in Luxemburg«, murmelte Beate.

»Bei dem Millionenprofit wären hunderttausend wirklich nicht zu viel gewesen«, sinnierte Mordbub. »Und denken Sie mal nach: Wieso sollte er Leonore bei dem Treffen umbringen, bevor sie ihm die Papiere gegeben hat? Sie muss sie ja gar nicht unbedingt dabeigehabt haben. Ein viel zu großes Risiko, das geht ein Geschäftsmann wie er nicht ein.«

Es passte alles verteufelt gut ineinander, wie die verzahnten Teile eines lebensgroßen Puzzlespiels.

»Und jetzt sagen Sie bloß noch, dass die Verabredung in der Tiefgarage schon Stunden vorher getroffen wurde«, sagte sie erbittert.

»Gut, dass Sie das erwähnen. Ich warte noch auf einen Anruf der Kripo in dieser Sache. Dübbers sagte, er habe Leonore gestern gegen fünfzehn Uhr unter der angegebenen Nummer erreicht und mit ihr das Rendezvous vereinbart. Zeit und Ort hat natürlich sie bestimmt. Ich habe die Kripo losgeschickt, die sollen den Anschlussinhaber ermitteln und vernehmen. Vielleicht weiß der etwas.«

Das Telefon klingelte. Blitzschnell riss Mordbub den Hörer von der Gabel.

»Bub, Staatsanwaltschaft Köln«, bellte er. Dann hörte er zu; sein Gesicht war eine undurchdringliche Maske. »Wann?«, fragte er kurz. »Alles klar, tschö!«

Er legte auf.

»Der Anschluss gehört einer Frau namens Lore Steinfeld. Um fünfzehn Uhr war sie noch in ihrer Boutique. Aber Leonore, die kurze Zeit dort wohnte, hat ihr schon abends gegen acht Uhr gesagt, dass sie später noch eine Verabredung habe, ein geschäftliches Treffen in der City. Sie hat all ihre Sachen mitgenommen und ist verschwunden. Die Steinfeld hat den Beamten das Zimmer gezeigt, in dem Leonore für einige Tage gewohnt hat. Nichts, nicht der kleinste Hinweis. Nur einen Gegenstand hat sie liegen gelassen, das Blechmodell einer Cessna, was immer das auch bedeuten mag.«

»Himmel und Erde«, sagte Beate. »Das sagte sie mal. Über Manni, dass er nur da oben ganz frei und glücklich gewesen sei. Woanders sei er nicht klargekommen. Sie wollte wohl beides ...«

»Ich werde ihn laufen lassen müssen, das wissen Sie?«

Er hatte es sich wirklich nicht leicht gemacht, und das Unbehagen bei dieser Entscheidung war ihm deutlich anzusehen.

»Sicher, es kann so gewesen sein, wie Dübbers sagt. Es kann aber auch ganz anders gewesen sein.«

Beate wollte es nicht wahrhaben.

»Gehen wir davon aus, dass Leonores Geschichte stimmt. Dann lassen sich auch ihre Lügen erklären. Dass sie seine Anwesenheit in Frankreich verschwieg, kann auch aus Angst geschehen sein. Schließlich war er ja noch oben im Haus, und was hätten wir gegen ihn ausrichten können? Auch wenn das Tonband manipuliert wäre, spräche das noch nicht gegen sie. Würden wir nicht auch manchmal liebend gern Beweise selbst herstellen, um einen Schuldigen endlich überführen zu können? Ich habe mir das jedenfalls schon einige Male gewünscht. Ja, ja, der Rechtsstaat ist in Gefahr, ich weiß. Und hat sie die Pistole vielleicht auch aus Angst mitgenommen? Oder sich bis zum letzten Moment überlegt, ob sie Dübbers wirklich treffen will? Oder ihn vielleicht ohne Polizeischutz treffen und einfach die hunderttausend kassieren will? Also, eins glaube ich ihr wirklich: dass sie Dübbers irgendwann gehasst hat ...«

»Und warum sind Sie jetzt so aufgebracht?« Mordbub blieb gelassen.

»Weil er es vielleicht war. Außerdem kann ich ihn nicht leiden«, sagte sie störrisch. Ihr war es egal, dass sie sich lächerlich machte.

»Da rennen Sie bei mir offene Türen ein. Ich hätte diesem arroganten Eisbrocken rechts und links eine klatschen können. Nur eins kann ich nicht: ihn überführen. Und das ist nun mal meine Aufgabe.«

Er war wieder der Alte. Sie wusste, dass er Recht hatte.

»Rufen Sie schon an, lassen Sie ihn laufen. Und dann darf sich Münters an die Arbeit begeben. Den trifft der Schlag; sein Verfahren ist ja nur vorläufig eingestellt, das muss er jetzt wiederaufnehmen …«

Wenigstens ein Lichtblick an diesem kaputten Tag. Auch Mordbub strahlte in herzlicher Schadenfreude.

»Den rufe ich gleich an. Vielleicht beantragt er ja einen Haftbefehl. Die Fluchtgefahr kriegen wir leicht hin, und seine Verdunkelungshandlung haben wir auch. Oder wollte Dübbers etwa nicht für hunderttausend Emmchen Geschäftspapiere aufkaufen?« Er wählte bereits Münters' Nummer.

Voller Zerknirschung war seine Stimme, als er den Ausgang des Mordverfahrens mitteilte. Dann sagte er eine Weile nichts, sondern hörte nur zu. Sein Gesicht wurde immer ernster.

»Ist tot«, sagte er. Die Stimme des Gesprächsteilnehmers quiekte blechern aus der Muschel. Beate konnte nichts verstehen, aber ihr fiel auf, dass Mordbub wütend die Augenbrauen zusammenzog und sie einige Male wie prüfend ansah.

»Flucht- und Verdunkelungsgefahr ist unproblematisch«, unterbrach er den Redeschwall. Dann sagte er längere Zeit nichts und hängte schließlich grußlos ein.

»Was ist?«

»Frau Kollegin, Sie können sich schon mal warm anziehen. Münters zieht seinen Kopf aus der Schlinge. Er will Karriere machen und hat soeben den Entschluss gefasst, sich bei der Generalstaatsanwaltschaft erproben zu lassen. Und für die frei werdende Stelle in der Wirtschaftsabteilung will er die engagierte Kollegin Fuchs vorschlagen. Solche Vorschläge hört der Chef immer gern.«

Beate saß wie erschlagen da. Das durfte nicht wahr sein.

»Tut mir Leid«, sagte Mordbub leise.

»Und Haftbefehl beantragt er natürlich auch nicht, wie?«

»Firma in Liechtenstein, Goldkaufquittungen, Schmuggelflüge von Manfred Breithaupt, alles gut und schön, aber was deutet auf Dübbers als Auftraggeber und Nutznießer hin? Nichts als Aussagen dieser dubiosen Zeugin, wie Münters es ausdrückte. Und die ist nicht nur tot, sondern war möglicherweise auch eine Mörderin, die ihren Ex-Geliebten Dübbers so sehr hasste, dass sie ihn umbringen wollte. Und dann soll man ihr die Geschichte mit dem Goldschmuggel glauben? Da kommt nichts bei rum, sagt der Kollege. Nicht unintelligent, was?«

Beate war erbittert.

»Wie kommen die Leute nur darauf: Die Kleinen hängt man, die Großen lässt man laufen? Das sehen die total falsch, hier geht es einzig und allein um Gerechtigkeit, und im Zweifel …«

»… für den Angeklagten«, ergänzte Mordbub. »So ist es nun mal.«

Beate stand auf. Ihr war zum Kotzen zumute.

Mordbub reichte ihr die Hand.

»Sie haben mir sehr geholfen. Danke.«

»Ist wohl deshalb nichts bei rausgekommen …« Zu diesem matten Scherz konnte sie sich gerade noch aufraffen.

»Unsinn, was erzählen Sie da? Ich habe selten so einen komplizierten Fall gehabt; normalerweise läuft das so: A schlägt B mit einem Hammer auf den Kopf, und die einzigen Fragen, die geklärt werden müssen, sind: Was hatte A für ein Motiv? Und: Wie klar war er im Kopf? Da war dieser Fall schon ein anderes Kaliber. Eins dürfen Sie nicht vergessen, wir waren nicht dabei, als es geschah.«

»Beim ersten Mal ein wenig zu spät und beim zweiten Mal zu weit weg. Seltsam.« Beate schüttelte den Kopf.

Sie ging zur Tür und öffnete sie. Dann drehte sie sich noch einmal um.

»Viel Erfolg bei der Pressekonferenz. Und teilen Sie den Klatschmäulern in der Kaffeerunde bitte mit, dass wir kein Verhältnis miteinander haben!«

Mordbub grinste sein breites, unverbesserliches Grinsen.

»Wir haben doch eins. Sogar ein sehr gutes!«

Es war spät, als sie zu Hause ankam. Niemand begrüßte sie, nicht einmal der Kater war in der Wohnung. Auf dem Küchentisch lag ein Zettel von Wolfgang, offensichtlich in großer Eile beschriftet. Irgendein Treffen mit einem Musikmanager und »Warte nicht auf mich«.

Schmutziges Geschirr stapelte sich im Spülbecken, der Kühlschrank war öde und leer wie ein Feld nach einem Heuschreckenüberfall. Die Geschäfte hatten schon lange geschlossen. Beate griff zur Programmzeitschrift und studierte das Angebot der Fernsehmacher. Heile-Welt-Komödie, Politikerrunde, Avantgarde-Spielfilm mit depressivem Touch, Festival der Volksmusik: Es war für jeden etwas dabei, nur nicht für sie. Es war typisch. Sie ging zurück in die Küche und ließ heißes Wasser in das Becken laufen. Eine Woge von Selbstmitleid schwappte über sie, während sie das Geschirr spülte, den Herd abschrubbte und den Mülleimer leerte. Wie besessen wischte sie den Boden, und als sie auch noch erwog, das Fenster zu putzen und die Gewürzregale auszuräumen, fiel ihr auf, dass sie, wie schon öfter, unter einem akuten Anfall von Putzwut litt. Energisch wrang sie den Aufnehmer aus und wischte sich den Schweiß von der Stirn. Sie hasste Hausarbeit, aber manchmal, wenn die Welt nicht in Ordnung zu sein schien, war dies die einzige Möglichkeit. Wenigstens die Küche sollte blinken und blitzen und jedes Ding an seinem Platz sein.

Sie nahm sich die letzte Flasche Kölsch aus dem Kühlschrank und setzte sich auf den Balkon. Der erste Schluck schmeckte so gut, wie es der zweite nie tun würde. Sie blickte über das grüne Viereck der Hinterhöfe und Gärten und atmete tief durch. Der Kater saß auf der Mauer und sah sie direkt an. Dann wandte er sich wieder ab und beobachtete von seinem erhöhten Standpunkt aus, was sich in seinem Revier abspielte. Offensichtlich war alles zu seiner Zufriedenheit, denn er legte sich gelassen hin, alle vier Beine unter den Körper eingeschlagen. Beate zündete sich eine Zigarette an und merkte, wie sie ruhig wurde. Der Himmel wurde dunkler, und die heiße Luft stand still. Jetzt brach ihr wieder der Schweiß aus, obwohl sie reglos auf ihrem Stuhl saß. Als der riesige Kastanienbaum, der im vierten Garten hinter dem ihren stand und das dahinter stehende Haus überragte, nur noch eine schwarze Masse vor tiefgrauem Himmel war, stand sie auf. Die Flasche war leer, und sie hatte noch Durst. Und Lust auf Menschen.

Sie duschte und zog ein neues Sommerkleid an, in dem sogar sie sich attraktiv fand. Dann machte sie sich auf den Weg in ihr Stammlokal, ein Eckcafé auf dem Gotenring, das sich abends in eine Kneipe für verlorene Seelen verwandelte. Wenn die Schüler aus dem gegenüberliegenden Gymnasium das Feld geräumt hatten, fiel die Schar der Biertrinker ein, die tagsüber einem Broterwerb nachgingen und sich abends, schrill gewandet, als Künstler kurz vor der Entdeckung ausgaben. Mittendrin ein paar junge Typen, ganz in Schwarz und mit spitzen Schuhen, die gleichzeitig lässig und konzentriert Poolbillard zelebrierten. Der graubärtige Philosoph, der immer bis zum Schluss blieb und mit sich selbst Schach spielte. Und dann noch ein paar Leute aus dem Viertel, die Beate besser kannte und denen sie sich im Stillen zurechnete. Vater dieser chaotischen Familie war Herbert, der Wirt mit den traurigen Augen einer Bulldogge. Er hörte mehr Geschichten, die das Leben schrieb, als er jemals würde erleben können, und war auch beim konzentrierten Zuhören noch in der Lage, Bestellungen entgegenzunehmen und die Espressomaschine zu bedienen. Beate trat ein und musterte die Kundschaft. Die meisten kannte sie vom Sehen, es herrschte die übliche Atmosphäre von fortgeschrittenem Bierkonsum und vertraulichen Geständnissen. Herbert nickte ihr kurz zu und ließ seine Augen unter den schweren Lidern kurz aufblitzen. Ruhig zapfte er ein Bier und stellte es vor sie hin.

»Hopfen und Malz, Gott erhalt's«, sagte der bierbäuchige Typ neben ihr. Er trug ein wild gemustertes Hawaiihemd, das locker über die Hose hing. Sie überlegte, ob sie ihn kannte.

»War gerade in München«, erläuterte er. »Habe denen ein Demoband vorgespielt, mal sehen, was daraus wird.«

»Ach, du spielst in einer Band?«, fragte sie, wie es von ihr erwartet wurde. Warum sollte sie nicht mitspielen, deswegen war sie schließlich hierher gekommen. Der Typ stürzte sich in eine langatmige Erzählung, die darauf hinauslief, dass er eine unheimlich gute Gruppe aufgebaut und produziert habe.

»Hast du ein Studio? Das ist doch ziemlich teuer?«

Ein Bekannter eines Freundes hatte Kontakte zu einem Studio, in dem auch Weltstars ihre Aufnahmen machten. Klar, unter Weltstar lief nichts. Sie fragte besser nicht nach Namen.

»Express!«, rief ein rot gekleideter Zeitungsverkäufer.

Beate kaufte ein Exemplar und schlug die Lokalseite auf. Das breite Lachen von Dübbers, wie er das Polizeipräsidium verließ. »Kölner Kaufmann wieder frei – Ex-Geliebte in Notwehr erschossen«, lautete die Schlagzeile. Leonore lächelte sinnlich im Grobrasterdruck. Es war das Foto von ihrem Nachttisch.

Beate stürzte das Kölsch hinunter und bestellte ein neues. Sie überflog den Artikel. Die Rache einer enttäuschten Frau … Nachdem sie ihren Ehemann beseitigt hatte, um mit ihrem Geliebten zu leben, beendete dieser die Beziehung. Voll Abscheu und Entsetzen über diese schreckliche Tat. Zuerst versuchte sie, ihn geschäftlich zu erledigen, und schwärzte ihn bei der Staatsanwaltschaft wegen Steuerhinterziehung an. Natürlich völlig grundlos, wie der Kaufmann energisch versicherte. Dann beschuldigte sie ihn auch noch, ihren Mann umgebracht zu haben. »Mein Vertrauen in unsere Justiz hat sich bestätigt. Ich bin ein freier Mann«, strahlte Friedrich D., glücklich einem heimtückischen Anschlag seiner Geliebten entronnen, den diese mit dem Leben bezahlt hatte. Kein Vorwurf gegen die Polizei, im Gegenteil. Es sah fast so aus, als sei sie für den »glücklichen« Ausgang des Dramas verantwortlich. Mordbub hatte ganze Arbeit geleistet. Happy End einer dramatischen Beziehungskiste, Sex and Crime inklusive. Die Rache einer enttäuschten Frau – so konnte es auch gewesen sein. Leonore war tot und hatte ihr Geheimnis mit ins Grab genommen. Man würde nie erfahren, was wirklich geschehen war …

»Hey, hörst du nicht zu? Willst du eine Partie Billard spielen?«

Das Hawaiihemd war hartnäckig. Beate stand auf und griff zum Queue. Sie war völlig aus der Übung, und die ersten Stöße misslangen. Ihr Mitspieler hatte schon zu viel Kölsch getrunken, um hieraus erheblichen Profit zu ziehen. Sie stümperten herum, bis Beate in einem glänzenden Stoß über zwei Banden eine Kugel versenkte. Es war die schwarze.

»Scheiße«, fluchte sie vor sich hin.

»Pech im Spiel, Glück in der Liebe«, sagte eine vertraute Stimme hinter ihr. Wolfgang.

Sie drehte sich um.

»Das glaube ich kaum«, sagte sie trocken. »Dafür hast du einfach zu viel gelogen. Mich angelogen.« Sie schluckte.

Wolfgang starrte sie stumm an. Es war, als sähe sie sein Gesicht zum ersten Mal: den ausweichenden Blick der blassblauen Augen, die feinen Falten um den Mund, das schwache Kinn. Wenn sie sich von einer Illusion verabschieden wollte, durfte sie nun kein Mitleid haben. Weder mit ihm noch mit sich selbst.

»Was meinst du eigentlich?«

»Hör auf, es hat keinen Sinn mehr. Ich rede von Leonore, mit der du gemeinsame Sache gemacht hast.« Eigentlich hatte sie nur einen Verdacht, aber Anklagen war schließlich ihr Geschäft. Und es wirkte, wie so oft.

»Und woher weißt du …« Wolfgang sprach nicht weiter.

»Sie hatte dein Feuerzeug, das kitschige mit dem Schneegestöber. Und du hast ein paar Fehler gemacht. Das Goldversteck im Flugzeug hast du ein wenig zu flott gefunden. Du hast dich mit Leonore geduzt. Und du kanntest das Ferienhaus von Dübbers, von dem ich dir nichts erzählt hatte. Darüber habe ich mittlerweile lange nachgedacht, das kannst du mir glauben. Außerdem hat Leonore so etwas angedeutet.«

Beate kreuzte die Arme vor der Brust. Ein klarer, sauberer Schnitt, jetzt, wo es noch nicht so wehtat, das war die einzige Lösung.

Wolfgang nickte wie zur Bestätigung.

»Aber ich konnte es dir doch nicht sagen, nicht bei deinem Beruf. Den Konflikt wollte ich dir ersparen …«

Beate hatte nicht den leisesten Schimmer, wovon er sprach.

»Das musst du genauer erklären.«

»Okay, obwohl das nun völlig überflüssig geworden ist. Ich bin zweimal für Manni eingesprungen, als er nicht konnte. Reine Freundschaft, ehrlich. Was hättest du gemacht, wenn du es gewusst hättest? Mich angezeigt? Ich habe dir doch dauernd geholfen, ich habe dich die Tankquittung finden lassen, habe dir das Versteck gezeigt, dich mit Leonore bekannt gemacht …«

Beate unterbrach ihn.

»Was willst du damit sagen? Das war doch Mannis Tankquittung!«

»Absolut nicht. Das war meine; ich hatte sie extra vor unserem Flug in der Maschine versteckt, damit du sie findest. Und Mannis Namen habe ich in das Bordbuch eingetragen, ich war ja sein Ersatzmann. Ich wollte dir immer nur helfen, ohne mich zu verraten. Was meinst du, wie ich die Jungs im Club bearbeitet habe, damit sie sich um die Sache kümmern … Und ich habe Leonore in Frankreich überredet, dir die Unterlagen zu geben.«

Beate wurde schlecht. Es gab nicht nur eine einzelne Lüge. Alles war eine große Lüge gewesen. Selbst ihre Ermittlungen waren gar keine. Nun wollte sie nichts weiter als zuschlagen.

»Da bist du wohl auch noch stolz drauf, was? Jetzt brauchst du mir bloß noch zu erzählen, wer Manni getötet hat; ohne dich kriege ich ja doch nichts heraus!«

»Ich weiß es nicht, ich schwöre, ich weiß es wirklich nicht!«

Beate wusste, dass sie ihm nichts mehr glauben konnte.

»Und Dübbers lässt du jetzt so einfach laufen, nicht?«

»Ich muss mich doch nicht selbst belasten, oder? Was meinst du, was mein Arbeitgeber dazu sagen würde? Und meine Lizenz wäre ich auch los.«

Es war aus. Es war wirklich aus nach diesen Sätzen.

»Du kannst den Abflug machen. Ich hoffe, du hast deine Bude noch nicht gekündigt«, sagte sie kalt.

»Habe ich nicht. Vorsichtshalber.« Seine Stimme schwankte zwischen Niederlage und Triumph.

Es war zum Kotzen.

»Zusammenleben auf Probe. Bei Nichtgefallen Kaufpreis zurück, wie nett.«

Der hämische Ton wollte nicht ganz gelingen. Der Kloß im Hals war zu dick, und so wandte sie sich ab, um tränenblind gegen einen Mann zu stolpern, der ihr den Weg versperrte. Sie sah hoch und erkannte Lutz, der sie nahezu väterlich anlächelte.

»Willkommen im Club«, sprach er und hielt ihr ein frisch gezapftes Kölsch hin. Sie trank es in durstigen Zügen und reichte ihm das leere Glas zurück. Er öffnete den Mund, doch sie kam ihm zuvor.

»Bevor du was sagst: Deine Anita hat auch nicht zu dir gepasst, das wollte ich dir schon lange sagen.«

Lutz klappte seinen Mund wieder zu und grinste. Aus den Augenwinkeln beobachtete Beate, wie Wolfgang grußlos das Lokal verließ. Draußen klappte er den Jackenkragen hoch, zog den Kopf ein und lief durch den strömenden Regen, bis seine Gestalt mit der Dunkelheit verschmolz. Eine Straßenbahn näherte sich und zauberte glitzernde Reflexe auf den nassen Asphalt.

Morgen würde Beate wieder in die Straßenbahn steigen und über die Rheinbrücke fahren. Es lag alles noch vor ihr.

Armer Ritter

Ich danke Karli Rostock und allen anderen »Informanten«,
die mir mit Rat und Tat zur Seite gestanden haben –
für das Ergebnis sind sie keinesfalls verantwortlich!

Alle Namen, Personen und Ereignisse sind frei erfunden.
Ähnlichkeiten mit der Wirklichkeit sind zufällig
und unvermeidbar.

Der Taxifahrer Friedhelm Dirksen, Personalien Blatt fünfundvierzig, Verteidiger Doppelpunkt Rechtsanwalt Müller III Blatt achtundvierzig, wird angeklagt, neue Zeile, von August 1991 bis November 1991 in Köln, neue Zeile, durch zwei selbständige fortgesetzte Handlungen, neue Zeile, jeweils tateinheitlich, neue Zeile, klein a, in der Absicht, sich einen rechtswidrigen Vermögensvorteil zu verschaffen, das Vermögen eines anderen dadurch beschädigt zu haben, dass er ...«

Beate Fuchs schaltete das Diktiergerät ab und dachte zum ersten Mal, seit sie diese Anklage diktierte, über den Taxifahrer Friedhelm Dirksen nach. Durch Vorspiegeln falscher Tatsachen ... Oder durch Unterlassen der gebotenen Aufklärung – einen Irrtum erregte! Hatte er das tatsächlich? Die Damen waren doch beide ganz wild darauf gewesen, diesen Traummann zu ehelichen, und Träume lässt man sich etwas kosten, wenn sie wahr werden sollen. Vielleicht war er nur zu schwach gewesen, hatte nicht nein sagen können. Und die Sache mit den gefälschten Wagenpapieren, war das nicht eher ein »Versehen«? Wie es eben ist, wenn man reiche Damen chauffiert und Eindruck schinden will ... »Tja, habe mein eigenes Unternehmen. Wohin geht's denn heute, nach Weidenpesch zum Rennen oder zum Kwafföhr?«

Beate drückte die Sprechtaste. »... durch Vorspiegeln falscher Tatsachen einen Irrtum erregte, Komma, neue Zeile, klein b, zur Täuschung im Rechtsverkehr echte Urkunden verfälscht und diese gebraucht zu haben, Punkt, neue Zeile. Erstens. Am dritten August lernte der Angeschuldigte die Zeugin Berta Krause, Komma, eine fünfzigjährige Witwe, Komma, anlässlich einer von dieser bestellten Taxifahrt kennen. In der Folgezeit ...«

Sie schaltete das Gerät wieder ab. Warum, verdammt, konnte sie sich nicht auf diese simple Anklage konzentrieren? In der Folgezeit ... Sie blätterte in der Akte. Was hatte Berta Krause, in schönstem Polizeideutsch aufgenommen, darüber erzählt? Genau, da stand es: ... kam es zum Austausch von Intimitäten. Beate stellte sich einen hölzernen Handkuss vor, im Gegenzug Wimpernklimpern und einen Kussmund. Dann das schalkhafte Versprechen in den Augen über dem Rand einer zerbrechlichen Teetasse, verstohlene Seitenblicke, Zusammenrücken auf einem chintzbezogenen Sofa, leise Seufzer … Wie es wohl weitergegangen war?

»Störe ich?«

Beate zuckte zusammen. Sie hatte nicht bemerkt, wie dieser kleine dünne Mann hereingekommen war. In den Sekundenbruchteilen, bevor sie sprach, erfasste sie instinktiv, dass der Mann seltsam war. Er verhieß Ärger.

»Nein, nein«, sagte sie schnell. »Um was geht es denn?«

Der dünne Mann mochte etwa vierzig Jahre alt sein. Er trug ein Flanellhemd, eine Strickjacke und darüber ein viel zu weites Jackett. Trotzdem sah er aus, als friere er. Er stand in der offenen Tür, schaute noch einmal zurück auf den olivgrün gestrichenen Flur, zog die Schultern etwas höher und starrte dann auf einen Punkt, der zwischen Beates Kinn und dem Strickbündchen ihres Rollkragenpullovers liegen mochte.

»Sind Sie der Staatsanwalt?«, fragte er mit eigentümlich monotoner Stimme. *Der* Staatsanwalt. Schon wieder. Beate gab eine ihrer Standardantworten.

»So was Ähnliches. Staatsanwältin Fuchs.«

Der Mann reagierte nur mit einem Nicken. Dann setzte er sich langsam, umständlich auf den einzigen Besucherstuhl, schlug die Beine übereinander und legte die Hände auf Beates Schreibtisch, die Handgelenke dicht nebeneinander. Er beugte sich vor.

»Sie nehmen Anzeigen entgegen?« Immer noch dieser monotone Singsang.

»Das kommt darauf an, ob ich zuständig bin. Wen wollen Sie denn anzeigen? Und warum?« Beates Ton war scharf.

Der Mann war ihr unheimlich. Ein blasses Gesicht, scharf vorspringende Wangenknochen, dünne Lippen, zu einem Strich zusammengepresst. Farblose Haare, farblose buschige Brauen über Augen, die ihren Blick mieden. Um seinen Mund zuckte es.

»Rainer Donatus. Den will ich anzeigen.«

Bingo. D war ihr Buchstabe. Rausschmeißen konnte sie ihn nicht; also blieb nur noch die Möglichkeit, die Sache rasch und sachlich über die Bühne zu bringen.

»Einen Moment; es kann gleich losgehen.«

Beate zog die Schublade auf, nahm ein Blatt Papier heraus, kramte nach ihrem Kugelschreiber, rückte die Goldrandbrille gerade und notierte das Datum. Ein Stück Normalität, geschäftsmäßige Routine. Sie legte neutrale Aufmerksamkeit in ihren Blick und sah den Mann aufmunternd an.

»Alles klar, dann fangen wir mit Ihren Personalien an. Sie heißen?«

»Donatus. Rainer Donatus.«

»Augenblick mal, wollten Sie den nicht ... Ich meine ...«

Der Typ tickte nicht richtig. Vielleicht ein Patient aus der psychiatrischen Abteilung in Merheim. Zum Glück arbeitete sie immer bei offener Tür. Obwohl, es war schon nach vier und die Behörde ziemlich ausgestorben.

»Es ist eine Selbstanzeige«, sagte er ernst.

Jetzt sah er sie an, mit funkelndem, unstetem Blick. Wasserhelle Augen in tief liegenden Höhlen. Donatus beugte sich noch weiter vor und schaute sich hektisch nach allen Seiten um.

»Ich habe eine Frau getötet«, flüsterte er.

Beate prallte zurück. Es wirbelte in ihrem Kopf: Der spinnt ja! Mit Mord habe ich nichts zu tun. Der soll seinen Quatsch woanders ablassen. Was mache ich jetzt? Wie werde ich den wieder los? Und wenn er doch gefährlich ist? Was sie schließlich sagte, erstaunte sie selbst. Sie hatte sich nichts überlegt, aber plötzlich redete sie wie ein Buch.

»Wissen Sie, Sie sind nicht richtig, ich meine, bei mir; so was wie Mord bearbeite ich nicht, ich bin da gar nicht zuständig. Wenn Sie vielleicht bei den Kollegen vom Kapitaldezernat mal vorbeischauen würden? Das hätten Sie aber auch gleich sagen können. Ich bearbeite den Buchstaben D, das ist schon richtig, aber nur allgemeine Strafsachen. Sind Sie überhaupt sicher, dass Sie ... Waren Sie schon bei der Polizei?« Sinnloses Geschnatter.

»Ich war schon überall«, sagte er müde. »Man hat mich zu Ihnen geschickt. Nehmen Sie mich fest. Sie können mich doch nicht laufen lassen! Haben Sie nicht zugehört? Ich habe eine Frau umgebracht!«

Nach wie vor sprach er langsam und monoton. Aber seine hohe Stimme klang heiser. Rote Flecken krochen auf die eingefallenen

Wangen, und er kreuzte die Handgelenke, so als spüre er die Handschellen schon.

»Warten Sie bitte. Nur einen Moment.« Beate griff zum Hörer und wählte die Nummer des Kollegen Bub. Mordbub, ihr einziger Vertrauter in der kleinen, aber feinen Crew der Kapitaldezernenten. Den Hörer zwischen Schulter und Kopf geklemmt, lauschte sie dem Freizeichen und malte Kreise auf das Blatt Papier. Nichts. Siedend heiß fiel ihr ein, dass Mordbub im Urlaub war. Verdammt. Einmal im Leben brauchte man diesen Kerl, und ausgerechnet dann war er im Urlaub. Sie wählte neu. Die Geschäftsstelle. Eigentlich war die Dienstzeit vorbei, aber die Dame dort blieb meistens etwas länger. hatte angeblich einen heißen Flirt mit einem Staatsanwalt aus der BTM-Abteilung; und die zogen die Sachen durch, ohne Rücksicht auf Dienststunden und häuslichen Krach. Tatsächlich.

»Meier-Springauf, Abteilung vierzehn«, flötete es.

»Hier ist Fuchs. Ich habe da einen Besucher, einen Donatus, Rainer Donatus. Sagen Sie, war der vielleicht schon bei Ihnen? Kann das sein?«

Frau Meier-Springauf wollte sich ausschütten vor Lachen. Die schrillen Spitzentöne durchbohrten Beates Trommelfell, aber sie presste den Hörer nur umso fester an ihr Ohr. Das fehlte noch, dass Donatus dieses hämische Gekicher hörte, sich nicht ernst genommen fühlte und explodierte.

»Okay, okay, ich habe kapiert. Wieso schickt man ihn zu mir? Wer hat das veranlasst?«

»Staatsanwalt Feldhoff. Er hat den Kerl in hohem Bogen rausgeschmissen. Dann kam er zu mir und sagte, für Entmündigungsverfahren wäre die allgemeine Abteilung zuständig.«

»Nach dem neuen Betreuungsgesetz nicht mehr«, knurrte Beate. Typisch Feldhoff. Der schöne Karl. Mit dem Mann hatte sie noch kein Wort gewechselt, und sie war schon seit vier Jahren bei der Staatsanwaltschaft Köln. »Danke«, sagte sie schließlich. »Ich weiß Bescheid.«

Als sie aufgelegt hatte und noch einen Moment gedankenschwer das Telefon betrachtete, spürte sie den flackernden Blick des dünnen Mannes im Rücken. Entschlossen wandte sie sich ihm zu.

»Ihren Namen habe ich. Geburtstag und Ort?«

»28. 12. 48 in Düren.«

Donatus fixierte jetzt einen Punkt an der Decke. Sein leiernder Tonfall verriet sowohl Routine als auch grenzenlose Langeweile.

»Anschrift?«

»Vietorstraße 53, Hinterhof, Köln 91.«

»Ist das in Poll? Und wieso Hinterhof?«

Alles, dachte sie, alle bürokratischen Details auswalzen. Solange er nur nicht vom Töten spricht …

»Kalk. Und Hinterhof, nun ja, das ist meine Meldeadresse. Ich lebe in einem Wohnwagen. Bei den Problemen heutzutage … Da stehen noch mehr Wohnwagen. Studenten, Rentner und ich eben. Warum nicht?«

»Beruf?«

»Frührentner.«

Er machte ein abweisendes Gesicht. Jetzt half nichts mehr.

»Wollen Sie mir erzählen, was passiert ist? Sie müssen überhaupt nichts sagen; als Beschuldigter haben Sie das Recht, die Aussage zu verweigern. Oder wollen Sie vielleicht einen Anwalt hinzuziehen? Es steht Ihnen frei …«

Was veranstaltete sie hier eigentlich? Konnten diese Spinner ihre Geschichten nicht bei anderen Leuten abladen; wozu gab es Pfarrer, Ärzte, Sozialarbeiter? Aber nein, die Staatsanwaltschaft musste es sein, wenn durchgedrehte Typen ein Plauderstündchen halten wollten. Beate seufzte. Donatus schüttelte gerade ausgiebig den Kopf, eine rhythmische Pendelbewegung bei geschlossenen Augen.

»Gut«, sagte sie scharf. »Was ist passiert? Wann, wo, die Einzelheiten bitte.«

Die Pendelbewegung hörte schlagartig auf. Der dünne Mann sah durch Beate hindurch und öffnete den Mund. Wie feiner Sand durch ein Stundenglas rieselten die Worte heraus, langsam, gleichmäßig, endlos. Beate notierte Stichworte, Straßennamen, kurze Beschreibungen, während eine Gänsehaut über ihren Rücken kroch und die hypnotische Kraft seiner geschlossenen Welt sie fast lähmte. Er redete von Energien, von Strahlen, die feste Körper durchdrangen, Strahlen, die Atome verschmolzen, bis die Lungen verbrannt waren. Es gab Strahlen, die fürchterliche Schmerzen verursachten, und gute Strahlen, die einen Schutzschild bildeten.

»Die junge Frau stand gegen die Mauer gelehnt, und ich wusste, dass sie von ihnen geschickt war. Sie hatte schwarze Haare, glatt und lang, bis auf die Hüften. Sie hat auf mich gewartet, direkt unter dem Schild der Schönheit. Giftgrün auf unschuldigem Weiß. Es strahlte auf sie. Aber die können mich nicht täuschen; ich habe sie gleich erkannt und gewusst, dass ich mich wehren muss. Zuerst lächelte sie, aber dann tat sie, was man ihr befohlen hatte. Eisblaue Augen, und ein winziges schwarzes Loch in der Mitte. Daraus kam der böse weiße Strahl, der auf mich zielte. Da habe ich sie getötet. Es ging nicht anders.«

Stiller Triumph lag in seinem Blick.

Er ist plemplem. Durchgedreht. Verrückt. Warum schreibe ich diesen Unsinn überhaupt mit? Ich bin doch kein Psychiater! Beate hatte Angst. Wenn wenigstens ein Kollege vorbeischaute, sonst kam doch immer mal einer rein! Oder ein Anruf ...

»Wie?«, fragte sie. »Wie haben Sie sie getötet?«

»Mit ihren eigenen Waffen. Ich habe alle Kraft zusammengenommen und den Strahl zurückgelenkt. Sie riss die Augen auf, keuchte, fuhr sich mit der Hand an den Hals und brach zusammen. Ganz langsam. Am Ende lag sie auf der Erde, die schwarzen Haare vor dem Gesicht, schwarz die ganze Kleidung. Das sollte mich täuschen, denn Schwarz ist das Gute. Aber als ich die Augen sah, wusste ich Bescheid. Ich ging auf sie zu, aber dann war da ein rotes Viereck in der Wand, und die Frau verschwand darin.«

Er schien sich in dieser unheimlichen Welt vollkommen vertraut zu bewegen. Was die Sache aber noch verrückter machte, waren seine präzisen Antworten, wenn Beate nach Uhrzeit, Ort, Aussehen des Opfers fragte. Wie konnte er gleichzeitig verwirrt und so verdammt genau sein?

»Sie nehmen mich doch fest, oder?« Seine buschigen Augenbrauen zogen sich flehentlich zusammen.

»Waren Sie schon mal bei einem Arzt? Könnte es sein, dass Sie ...«

Er unterbrach sie; zum ersten Mal schien er erregt. Seine Stimme, heiser und gepresst, überschlug sich.

»Ärzte, Ärzte, die glauben mir nicht! Was meinen Sie, warum ich Frührentner bin! Die ahnen doch nicht einmal, mit welchen Mächten sie es zu tun haben. Auch Sie«, er stierte sie an, »sollten aufpassen. Ich warne Sie.«

»Ich nehme Sie trotzdem nicht fest. Notwehr. Es war eindeutig Notwehr. Das ist doch klar.«

Der rettende Gedanke war da. Donatus sprang auf und lief im Zimmer umher.

»Notwehr«, murmelte er. »Notwehr. Ja, das war es. Nur, ob die das auch so sehen? So was kennen die doch nicht, bei denen geht es nur um Kampf, Kampf – und Sieg natürlich.«

Jetzt redete er vollkommen wirr, lachte kurz auf, ballte die Fäuste. Plötzlich fuhr er herum. Mit weit aufgerissenen Augen blickte er in das Grauen, das jenseits des geschlossenen Bürofensters irgendwo in dem düsteren Novemberhimmel lauerte. Er sah Beate nicht an, als er, am ganzen Körper zitternd, wieder zu sprechen begann.

»Man kann sich nicht verstecken, auch im Knast ist man nicht sicher vor ihnen, sie finden einen überall. Was sind denn schon Mauern? Nichts, Materie, die sie nicht aufhält. Und ich, ich habe einen ihrer Boten umgebracht, die Frau war tot; ich habe genau gesehen, dass sie nicht mehr atmete. Dieses Gold- und Federzeichen auf ihrer Brust hat sich nicht mehr bewegt ...«

Beate hatte genug. Der Mann sollte gehen. Sie wollte nichts mehr davon hören. Ihre Nerven waren zum Zerreißen gespannt. Ihn leise, höflich, aber bestimmt zu verabschieden wäre die beste Lösung. Aber würde er sie überhaupt wahrnehmen? Er war ja gar nicht mehr hier, in einem Büro der Staatsanwaltschaft Köln, Luxemburger Straße. Er steckte mitten im Showdown der guten und bösen Mächte, die mit tückischen Strahlen operierten. Und wenn sie ihn barsch aufforderte, das Büro zu verlassen, bestand die Gefahr, dass er auch sie für eine Botin hielte ... Sie stand einfach auf, griff sich den Regenschirm, steckte die Zigaretten in die Handtasche und wickelte sich ihren Schal um den Hals.

»Ich muss jetzt weg«, sagte sie. »Und Sie müssen auch gehen, es wird nämlich gleich abgeschlossen.«

Sie wandte sich ab und griff nach dem Mantel, den sie morgens – es schien Ewigkeiten her zu sein – achtlos auf den Beistelltisch gelegt hatte. Donatus beendete sein Selbstgespräch. Es schien, als wäre er, aus einem tiefen Schlaf gerissen, plötzlich hellwach. Seine nächsten Sätze überraschten Beate, so harmlos und normal klangen sie.

»Es stimmt, ich habe Sie lange genug aufgehalten. Frau Staatsanwältin, mehr als ein Geständnis kann ich Ihnen nicht bieten. Aber die Konsequenzen tragen Sie. Mit meiner Angst muss ich allein fertig werden, so ist das nun mal. Sie wissen, wie Sie mich erreichen können. Guten Abend.«

Würdevoll reichte er ihr die Hand. Beate schämte sich dafür, aber sie zögerte, ehe sie zugriff. Seine Finger, kalt und trocken, umfassten nur ihre Fingerspitzen. Schnell zog sie die Hand zurück und umklammerte wieder den alten Kamelhaarmantel, als wäre er ein tröstender Freund.

Donatus lächelte verlegen. Dann verließ er den Raum, murmelte etwas von einem Mantel, der draußen auf einer Bank liege, und war weg.

Beate sank auf ihren Stuhl, den Mantel zusammengeknüllt auf dem Schoß. Die Anspannung ließ so schlagartig nach, dass ihre Beine zitterten. Jetzt eine Zigarette ... Hektisch kramte sie in der Tasche, fand endlich die Schachtel, nahm eine Zigarette heraus, zündete sie an. Sie inhalierte das erste Mal, da stand er wieder im Türrahmen.

»Und vergessen Sie nicht: Die haben auch Sie auf der Liste. Sie wissen zu viel.«

Beate verschluckte sich und musste husten. Als sie wieder Luft bekam und zur Tür sah, war Donatus verschwunden. Ihr Herz raste. Sie sprang auf, warf die Tür zu und verschloss sie.

Wie Inspektor Columbo, schoss es ihr durch den Kopf. Der kommt auch immer noch mal zurück, um, zerstreut, wie er ist, eine seiner widerlichen Fragen auf das schon entspannte Opfer loszulassen.

Sie musste lachen. Irgendwann registrierte sie, dass ihr Lachen beinahe so schrill klang wie das der Meier-Springauf. Außerdem war niemand da, der mit ihr hätte lachen können. Sie griff zum Telefon und rief beim 1. Kommissariat an. Den Namen verstand sie nicht, aber das war egal. Wichtig war die tiefe, beruhigend rheinische Stimme des Beamten, der ihr versicherte, es sei alles überprüft worden. Ja, Donatus sei bei ihnen gewesen. Nein, weder eine vermisste Frau noch eine Leiche, auf die die Beschreibung des Opfers passe. Selbstverständlich, sie könne sich jederzeit wieder nach der Sache erkundigen.

»Aber da ist nichts dran, Frau Staatsanwältin. Wir kennen unsere Pappenheimer.«

Und er erzählte ihr die Story von der verwirrten Rentnerin, bei der sie einmal im Quartal anrückten, um rauschende Walkie-Talkies gegen die Steckdosen zu halten und der alten Dame anschließend zu versichern, nun sei die Wohnung wieder sicher. Immun gegen Strahlen jeglicher Art. Die Polizei, dein Freund und Helfer.

Taxifahrer Friedhelm Dirksen wusste nichts von seinem Glück. Beate spulte die Kassette, auf der sich der Anfang seiner Anklage befand, zurück und diktierte.

»Hiermit beginnt ein AR-Vorgang gegen Rainer Donatus, geboren am 28. Dezember 1948 in Düren, wohnhaft …« Sie ließ nichts aus, erwähnte jede Kleinigkeit. Und doch, in diesem dürren Amtsdeutsch klang die Geschichte nur noch absurd: Nichts von der unheimlichen Überzeugungskraft, die Donatus verströmt hatte, wurde spürbar. Dass Beate überhaupt beim 1. K. Erkundigungen eingezogen hatte, erschien geradezu übervorsichtig, als habe sie sich, nur für den Fall, dass irgendetwas passieren sollte, absichern wollen.

Und von der Angst, die sie gehabt hatte, war überhaupt nichts zu spüren.

Beate schaltete das Gerät ab, holte die Kassette heraus, legte sie in einen DIN-A5-Umschlag und befestigte diesen mit einer Büroklammer an einer Laufmappe. Dann schrieb sie »Kanzlei« in das für den nächsten Empfänger vorgesehene Feld. Das Ganze sah wie ein völlig normaler Vorgang aus. Sie warf die Akte unter den Bock und stand auf. Der Mantel, der immer noch auf ihrem Schoß gelegen hatte, fiel zu Boden. Sie hob ihn auf, zog ihn an, griff nach ihrer Tasche und löschte das Licht.

Unten im Foyer sah sie ihre Spiegelung im Glas der Eingangstür: eine junge Frau, die mit festem Schritt immer näher kam. Sie zog den Schal über das Kinn und stieß die Tür auf. Draußen war es eiskalt, dunkel und zugig.

Von der Haltestelle der Straßenbahn aus blickte sie noch einmal zurück: Aus der schwarzen Masse des Justizgebäudes leuchteten einige wenige Vierecke auf – wie kalte Augen, die alles sehen.

Beate stand in der Schlange vor einer der Kassen im Deutzer Coop-Markt und sah nachdenklich in ihren Einkaufswagen. Milch, Katzenfutter, Rinderbraten aus dem Angebot – wässriges Blut tropfte aus der schlecht verschweißten Styroporschale –, einige schrumpelige Paprikaschoten. Gegen Ende des Arbeitstages war die Auswahl nicht mehr berauschend, man nahm, was man kriegen konnte, aber das war es nicht, was sie nachdenklich machte. Hier war alles so wohltuend normal, und sie fragte sich, ob Menschen wie Rainer Donatus überhaupt noch so einfache Dinge wie einkaufen oder Schlange stehen vor Supermarktkassen kannten. Oder ob sie in allem und jedem ein Zeichen sahen, für das sie, Beate, blind war: eine Todesmahnung im Verfallsdatum der Milch; einen warnenden Blick in den Augen der Katze, deren Bild die Konservendose mit Katzenfutter schmückte; ja, und Blut, gab es überhaupt etwas Symbolträchtigeres als Blut?

»Junge Frau, ich hab noch was vor heute«, quengelte eine gequetschte Stimme hinter ihr. Zu der Stimme musste eine robuste Person gehören, denn mit ziemlicher Wucht knallte ein Einkaufswagen gegen Beates Fesseln.

So viel zum Thema Alltag, dachte sie und drehte sich betont langsam um. Aber der Donatus-Trick funktionierte nicht, die vollschlanke Dame brach keineswegs röchelnd zusammen, sondern kniff nur die grell geschminkten Lippen zu einer verbitterten Linie zusammen. Beate wandte sich wortlos ab, schob ihren Wagen ein Stück weiter und legte die Waren auf das Band. Es hatte keinen Sinn, sich von solchen Supermarkthyänen in ein Wortgefecht verwickeln zu lassen. Komisch eigentlich: im Gerichtssaal die brillanten Plädoyers und beim Einkaufen von jeder einigermaßen zielstrebigen Rentnerin zur Seite gedrückt. Vermutlich fehlte es ihr an der Portion Aggressivität, die man im Großstadtdschungel braucht. Aber vielleicht war sie auch einfach nur müde.

Beate zahlte, verließ den Laden und bog in die Alemannenstraße ein. Vor dem Altbau mit Denkmalschutzplakette blieb sie stehen und kramte ihren Schlüssel hervor. Als ihr im Hausflur der vertraute Geruch nach Mülltonnen und feuchtem Kellerdunst entgegenschlug, freute sie sich plötzlich auf zu Hause – und auf Lutz, ihren langjährigen Mitbewohner. Sie ging geradewegs in die Küche.

Nichts. Das Licht brannte, aber es war niemand da. Beate packte die Lebensmittel aus. Ein klägliches Mauzen ertönte. Seine sonst zur Schau gestellte Würde vergessend, eilte Kater Humphrey herbei und sprang auf die Eckbank. Er schloss die Augen und riss die Nase auf; sog den appetitlichen Duft ein, den der Rinderbraten verströmen mochte. Humphreys Hals wurde lang und länger, bis sein Kopf schließlich flach auf dem Tisch lag.

»Humphrey«, sagte Beate streng.

Der Kater zog sich beleidigt auf den Haufen alter Zeitungen zurück und tat unbeteiligt. Aber seine Schnurrbarthaare zitterten, und er leckte sich hektisch-verlegen ein paarmal über das makellos glänzende Fell.

Beate schaltete das Radio ein und setzte sich. Humphrey erhob sich, um seinen Kopf gegen ihren Arm zu reiben. Beate streichelte das Tier, das sofort zu schnurren begann. Aus dem Radio erscholl eine schunkelselige Stimme. Klar, heute war der 11. 11., das hatte sie glatt vergessen. Ein mäkeliger Kastrat sprach von Wirtschaftsfaktor und Brauchtumstagen; eine teigige Stimme mischte sich ein (man hörte drei Doppelkinne vor Entrüstung beben) und ließ sich den Spaß nicht verderben. Beate schaltete das Radio aus, holte sich ein Messer und entfernte die Plastikhülle von dem Fleisch. Sie hatte gerade ein paar Stücke abgeschnitten, als es an der Tür klingelte.

»Humphrey«, wiederholte sie mit warnendem Unterton.

Der Kater sah sie aus großen Unschuldsaugen an und senkte dann den Blick. Beate lief zur Tür. Durch die Milchglasscheiben waren zwei Schatten zu erkennen, ein großer und ein kleiner. Lutz und Schmitzi, der Schreiner aus dem dritten Stock.

»Gott sei Dank, dass du da bist«, sagte Lutz und schob sich an ihr vorbei. »Ich habe doch glatt meinen Schlüssel vergessen. Komm rein, Schmitzi.«

Schmitzi fuhr sich mit einer verlegenen Geste über seine Stirnglatze. Beate trat einen Schritt zur Seite und musterte ihn verstohlen. Er sah schlimm aus: unrasiert, verquollene Augen, und die schütteren Resthaare klebten fettig in seinem Nacken. Im Haus munkelte man schon seit einiger Zeit von einem handfesten Ehekrach bei Schmitzi und Gundula; nun war die Krise wohl richtig ausgebrochen. Ein gefundenes Fressen für Lutz, den frisch gebackenen Psychologen. Gefundenes Fressen, verdammt!

Beate stürmte los. Humphrey hatte sich nicht nur über die geschnittenen Fleischstücke hergemacht: Jetzt saß er auf dem Tisch und zerrte an dem Rest des kiloschweren Bratens, knurrend und verteidigungsbereit. Mit einem Aufschrei stürzte Beate auf Humphrey zu und entriss ihm die Beute. Bedauernd ließ er los, setzte sich gemächlich wieder auf seinen Platz, leckte sich die Schnauze und spielte Statue.

»Mögt ihr Gulasch?«

Die Frage hätte sie sich sparen können. Schmitzi war alles egal, und Lutz hatte immer Hunger. Es entstand ein peinliches Schweigen, das sie durch betont muntere Betriebsamkeit überbrückte. Kaffee kochen, Fleisch schneiden und anbraten. Sie drückte Lutz das Messer in die Hand, und folgsam zerteilte er die Paprikaschoten und produzierte Zwiebelringe. Beate fühlte sich wohl. Fremdes Elend muntert doch auf, dachte sie und erschrak. Aber sie war nicht mehr allein, auch wenn die anderen nur schweigend vor ihren Kaffeetassen meditierten. Als das Gulasch im Topf schmorte, hatte sie endlich Muße, ein Gespräch in Gang zu bringen.

»Was ist los, Schmitzi? Irgendwas mit Gundula?«

Es war kein sehr diskreter Einstieg – Lutz sah sie tadelnd an –, aber es wirkte. Schmitzi, der eigentlich Hubert hieß, hörte endlich auf, in seinem Kaffee zu rühren, und legte los: Gundi habe nur noch genörgelt und ihn unbedingt zu einer Diät überreden wollen. Sie habe ihm modische Pullover gekauft, die er nicht anziehen mochte. Dauernd sei sie ausgegangen, und immer öfter in das Billardcafé am Gotenring, Beates Stammkneipe. Zuerst sei Herbert, der Wirt, ja nur ein geduldiger Zuhörer gewesen, aber dann … Und nun, genau vor einer Stunde, habe Gundi ihm, Schmitzi, ins Gesicht geschrien, dass Herbert im Bett … Schmitzi verstummte. Lutz räusperte sich mitfühlend.

»Ich denke, zuerst müsstest du dir darüber klar werden, was du eigentlich willst.«

Lutz, der Therapeut. Beate grinste. Sie waren schon ein komisches Paar. Ewig Pech in der Liebe, aber kompetente Berater, wenn's um andere ging. Schmitzi sah gequält auf.

»Ich weiß nur eins: Da bringen mich keine zehn Pferde hin, da hoch, in die Wohnung. Ich kann sie jetzt nicht ertragen! Da passiert ein Unglück, ich sage es euch!«

»Dann bleib doch erst mal hier, ein Gästebett haben wir doch …«

Mist, damit war sie nun einfach herausgeplatzt, ohne Lutz zu fragen, ob es ihm recht war. Das Klingeln des Telefons kam wie gerufen. Beate sprang auf.

»Ich geh schon ran!«

Eben war sie noch froh über die Unterbrechung gewesen, aber dieses Gefühl schwand sofort, als sie die monotone Stimme hörte.

»Ich habe es Ihnen gesagt. Die lassen mir keine Ruhe. Ich bin ihnen gerade noch mal entkommen, aber mein Kopf ...« Donatus stöhnte.

»Hören Sie, woher – wie kommen Sie an meine Telefonnummer?«

Eine Gänsehaut prickelte auf Beates Armen, und sie setzte sich auf den Boden. Donatus lachte irre.

»Sie stehen im Telefonbuch, Gnädigste. Das hätten Sie mir wohl nicht zugetraut. Aber in meiner Lage muss man wachsam sein. Mein Kopf, es dröhnt ... Sie nehmen jetzt Materie, wir haben sie zu sehr erschreckt.«

Eine Pause entstand. Beate überlegte, ob sie einfach auflegen und so tun könne, als hätte dieser Anruf nie stattgefunden. Was sollte sie sagen? Gehen Sie zur Polizei, ich kann Ihnen nicht helfen? Oder, ganz simpel, sie sei nicht im Dienst?

»So, Alemannenstraße wohnen Sie? Dann sollten Sie aufpassen. Sie sind zu nahe am Zentrum des Bösen. Passen Sie auf sich auf!«

Es klickte. Aufgelegt. Beate hatte tatsächlich Angst. Nicht vor den bösen Mächten, dieser Quatsch konnte sie nicht aus der Ruhe bringen. Aber dass ein Spinner wie Donatus ihre Adresse kannte, beunruhigte sie. Woher hatte er ihre Nummer? Er hatte wohl kaum sämtliche Nummern unter dem Namen Fuchs ausprobiert. Und ihr Vorname? Auf dem Schild an ihrer Bürotür stand er jedenfalls nicht. Aus dem Hörer rauschte es immer noch. Sie legte auf und machte sich auf den Weg in die Küche.

Im Flur stieß sie mit Schmitzi zusammen, der gerade gehen wollte. Er murmelte etwas wie: »Muss nur eben meine Klamotten holen«, dann war er weg. Zumindest sein Problem schien gelöst.

Lutz sah es ihr an. Er sah ihr meistens an, dass irgendetwas los war, auch wenn Beate selbst sich noch gar nicht darüber im Klaren war, dass überhaupt etwas los war.

»Ist nicht schlimm, dass du Schmitzi eingeladen hast. Wollte ich sowieso machen«, sagte er.

Beate sah ihn aufmerksam an. Wieso war ihr nicht schon früher aufgefallen, wie stark Lutz sich verändert hatte? Ob das mit dem Examen zusammenhing oder mit der Tatsache, dass er auf die dreißig zumarschierte? Die dämliche Nickelbrille war durch ein blau gemasertes Designergestell ersetzt worden. Statt der wilden Kraushaarfrisur trug er die Haare jetzt kurz und glatt, und der Vollbart war auf einen Schnäuzer zusammengeschrumpft. Gab Lutz sich neuerdings seriös?

»Das ist es also nicht.« Lutz hatte sich durch die Musterung nicht vom Thema abbringen lassen. »Hätte ich mir auch denken können, dass dir so ein spontaner Alleingang kein Kopfzerbrechen bereitet.«

Er grinste, und nun sah er aus wie immer, Designerbrille hin oder her.

»Nö.« Beate nahm ihre Brille ab und putzte sie. »Es war dieser dämliche Anruf eben. Ein Verrückter, der heute bei mir im Büro war und was über Strahlen und böse Mächte faselte. Und dass er eine ihrer Botinnen umgebracht hätte. Lach mich bloß nicht aus, der Typ war wirklich unheimlich. Und was noch schlimmer ist: Der hat meine Telefonnummer herausgekriegt. Wahrscheinlich auch durch übersinnliche Kräfte.«

Lutz lachte nicht.

»So, und jetzt mal ganz rational. Denk mal scharf nach, ob in deinem Büro irgendetwas rumlag, auf dem dein Vorname stand. Ein Briefumschlag vielleicht, ein Monogramm auf einem Kugelschreiber, ja, so was gibt's.«

Beate stellte sich ihr Dienstzimmer vor: Möbel in gelblichem Plastikfurnier; olivgrüne Wände, geschmückt mit Urlaubsfotos und Kunstdrucken; der gerahmte Express-Artikel, betitelt mit »Rosen für die Staatsanwältin«, der sie an eine überaus peinliche Niederlage erinnerte und den ihr selbstverständlich der liebe Kollege Mordbub geschenkt hatte, damit sie nicht abhebe. Und jetzt sah sie die Bildunterschrift: »Staatsanwältin Beate Fuchs, 33, nach dem Freispruch des Angeklagten Drechsler.« Die blöden Rosen hatte sie keines Blickes gewürdigt, damals; dieser Drechsler, der höflichste Einbrecher aller Zeiten, hatte sie immer wieder auf die Palme gebracht mit seiner Kavaliersart. So hatte sie zwar voller Ingrimm, aber eben keineswegs überzeugend plädiert.

»Du hast Recht«, seufzte sie. »An der Wand hängt ein Artikel, in dem mein Name genannt wird. Aber dass dieser Kerl so fit ist, also das … Überhaupt, seine Story war absolut unsinnig, aber dann doch auch wieder präzise … Komisch.«

»Ist überhaupt nicht erstaunlich«, sagte Lutz. »Es gibt schizophrene Genies; es gibt Leute, die komplett gaga sind, aber Wurzeln aus siebenstelligen Zahlen ziehen können. Das hat überhaupt nichts miteinander zu tun. Was wollte der Typ überhaupt?«

»Mich warnen.«

Und schon war die Gänsehaut wieder da.

Es war das reine Chaos. Kieferle telefonierte und schoss wütende Blicke auf die lärmenden Kollegen ab; dann verdrehte er nur noch die Augen. Der sportliche Fetten zielte mit Orangenschalen auf den Papierkorb in der Ecke und quittierte jeden Treffer mit einem olympiareifen Aufheulen. Bargfeld und Hötschel stritten erregt über die Frage, ob man den Verteidiger bei einer staatsanwaltschaftlichen Vernehmung des Beschuldigten vor die Tür setzen könne oder nicht. Wichterich lachte schallend über ein Schreiben der Generalstaatsanwaltschaft und murmelte erschüttert: »… die beigeschlossene Ablichtung der mir zugefertigten Eingabe; das darf nicht wahr sein …« Beate goss Kaffee in die seit Wochen ungespülten Becher. Das Dekor war leuchtend bunt, die Innenseiten tiefbraun. Beate ärgerte sich über sich selbst, weil wieder einmal sie es war, die Kaffee eingoss.

Die alltägliche Kaffeerunde. Nur Mordbub fehlte, und heute war Beate froh darüber. Wenn auch noch sein dröhnendes Organ mitgemischt hätte, wäre es unerträglich gewesen. Als hätten die anderen ihre Gedanken gelesen, trat plötzlich, wie auf Kommando, Stille ein. Man hörte nur noch das Schnaufen von Kieferle, der ein paarmal ansetzte, aber nicht zu Wort kam. Hötschel berührte Beates Ellenbogen.

»Kaum zu glauben«, flüsterte er. »Kieferle in der Defensive. Mit wem der wohl telefoniert?« Noch bevor Beate antworten konnte, hatte Kieferle aufgelegt. Sein breites Gesicht war schmerzlich verzogen. Entgegen aller Gewohnheit blieb er stumm. Seine weitschweifigen Anekdoten waren gefürchtet, aber dass er nun gar nichts sagte, schuf eine unbehagliche Atmosphäre.

»Der Alte?«, fragte Fetten. »Denk daran: Gehe nie zu deinem Fürst, wenn du nicht gerufen wirst. Was wollte er denn?«

»Der Alte, Quatsch, *die* Alte.«

Das war Hötschel. Jeder wusste, dass er früher ein unglücklicher Ehemann gewesen war und jetzt ein Dasein als unglücklicher Single fristete. Hötschel hatte den todsicheren Instinkt für krumme Geschäfte und witterte Bankrotthandlungen schon, wenn sie noch gar nicht begangen worden waren; aber die Frauen in seinem Leben nahmen ihn aus wie eine Weihnachtsgans.

Kieferle schüttelte nur trübsinnig den Kopf.

»Das war mein Abteilungsleiter. Irgend so ein Querulant hat eine Petition gepinselt; nun muss ich berichten, und was das heißt, wisst ihr ja. Nur Ärger und Arbeit. Für nichts und wieder nichts, bloß weil sich ein Schwachkopf darüber aufregt, dass ich ihn angeklagt habe. Dabei war sein Bruder der Bösewicht. Habe mich beim Diktieren nur mit der Blattzahl vertan, echt ...«

Alle prusteten los. Kieferles Schnellschussanklagen hatten schon so manchen Sitzungsvertreter ins Schwitzen gebracht. Sie lasen sich immer sehr flüssig, klangen überzeugend und hatten sogar Stil. Ihr einziger Nachteil war, dass sie oft mit der Wirklichkeit nicht allzu viel zu tun hatten.

»Ja, der Stress«, sinnierte Fetten. »Apropos Alte, ich meine, Frau: Habt ihr schon die neue Kollegin gesehen? Wäre 'ne echte Bereicherung für unsere Runde. Also, ich meine, optisch jedenfalls ...«

Er zwinkerte Beate zu, und sie grinste zurück. Früher hatte Fetten solche Sprüche tatsächlich ernst gemeint.

»Ich kann sie ja mal fragen, wenn sie auf ihrer Begrüßungstour bei mir vorbeikommt. Wenn du sie fragst, ich weiß nicht ... Das könnte sie vielleicht als Anmache auffassen.«

Fetten lächelte geschmeichelt. Er sah gut aus und wusste es.

»Hört mal, Leute ...« Beate wusste nie, wie sie die Kollegen anreden sollte. Sie duzte Wichterich, Fetten und Kieferle. Den knochentrockenen Bargfeld (Politische Abteilung), Hötschel oder gar Bub anders als mit »Sie« anzureden wäre ihr komisch vorgekommen. Hastig sprach sie weiter, um Peinlichkeiten vorzubeugen. »Ich will nachher was mit Feldhoff besprechen, Mordbub ist ja im Urlaub. Aber es geht um eine etwas seltsame Geschichte, also nichts wirklich Dienstliches. Kann man mit dem ...«

»Fragt sich nur, was«, spottete Fetten.

»Reden natürlich. Wie ist der Typ? Er kommt mir immer ein bisschen abgehoben vor. Oder?«

Alle schienen nachzudenken. Dann räusperte sich Bargfeld.

»Feldhoff ist erprobt, hat beim General gute Noten gekriegt und verfügt über ein SPD-Parteibuch. Soll bald befördert werden, munkelt man. Im Vertrauen gesagt, er hat sich schon dreimal beworben, aber bislang vergebens. Kapitalsachen findet er widerlich, aber kann er das ablehnen? Wenn man Karriere machen will, geht das nicht.«

Das klang bitter. Bargfeld hatte aus Gründen, die unbekannt waren, gerade deshalb aber viel Gesprächsstoff boten, eine Erprobung standhaft abgelehnt. Und ohne Abstrampeln bei der Oberbehörde wurde man nicht Oberstaatsanwalt.

»Ganz so kann das nicht stimmen. Zufällig weiß ich, dass er den Edeka-Stempel hat.«

Das war Hötschel, den Beate nun verständnislos ansah.

»Edeka?«

»Ende der Karriere. Da kann er sich noch so bemühen, das bringt nichts mehr. Er soll mal eine Affäre mit der Frau eines Beschuldigten gehabt haben, aber Genaueres weiß ich nicht. Ist schon länger her, muss noch während seiner Zeit in Koblenz gewesen sein. Weiber, ich sag's ja.«

»Na, wenn er gern hübsche Frauen sieht, dann hat unser Füchschen doch gute Chancen. Schlimmer als Bub kann er kaum sein, was?«

»Der erste Eindruck trügt. Ich finde, dass Mordbub gar nicht so übel ist. Immerhin ...«

Beate brach ab. Immerhin haben wir zusammen zwei Mordfälle gelöst, hatte sie sagen wollen. Aber es war besser, wenn die Rolle, die sie dabei gespielt hatte, im Ungewissen blieb. Mord war nun mal nicht ihr Geschäft.

Bargfeld schaltete die Kaffeemaschine ab und spülte seine Tasse mit kaltem Wasser aus. Er war der Einzige, der sie auch noch mit dem Diensthandtuch abtrocknete. Die Tasse war nach diesem Ritual nur unwesentlich sauberer, auf dem Handtuch allerdings – Kieferles Handtuch – prangte der nächste braune Fleck. Unter den Flüchen und Verwünschungen von Kieferle verließen sie geschlossen das Zimmer.

Beate schob Dinge, die getan werden mussten, ungern auf die lange Bank. Also stand sie nun vor Feldhoffs Dienstzimmer und bereitete sich mit einigem Herzklopfen auf den schönen Karl vor. Wie sollte sie anfangen? Statt länger über diese Frage nachzugrübeln, klopfte sie kurz entschlossen an die Tür und trat ein.

Feldhoff, schmal, blass und überkorrekt gekleidet, sah von seiner Akte auf. Nur aus Höflichkeit hoben sich seine Mundwinkel. Sein engelhaft klares Gesicht blieb neutral; nur die Brauen rutschten fragend nach oben.

»Guten Tag, Herr Feldhoff. Ich wollte ... störe ich?«

Beate kam sich vor wie ein Staubsaugervertreter, der ohne Vorwarnung in den Elfenbeinturm eines Privatgelehrten einbricht: polternd und völlig fehl am Platze. Doch Feldhoff hob nur müde seine Hand und deutete auf den Besucherstuhl.

»Ich komme wegen Rainer Donatus, er war wohl zuerst bei Ihnen ...«

Beate setzte sich und ließ ihren Satz wie eine Frage ausklingen. Ihr Gegenüber sah sie unverwandt an. Beate fiel ein, dass ihre Haare fettig waren.

»Also, kurz und gut, ich halte den Mann für gestört, aber trotzdem, irgendein realer Kern könnte dem Ganzen zugrunde liegen. Er hat vielleicht niemanden umgebracht, aber möglicherweise hat er etwas gesehen; jedenfalls sind einige seiner Angaben sehr präzise, oder wie sehen Sie das?«

Jetzt konnte er eigentlich nicht mehr ausweichen. Aber Feldhoff lächelte nur milde und schob ihr schweigend einen Aktenordner zu. AR-Vorgang Rainer Donatus, aus 1988. Ihr dämmerte etwas, noch bevor sie die Akte aufschlug. Sämtliche Verfahren, die keinen konkreten Verdacht auf eine Straftat zuließen, wurden in solchen Vorgängen erfasst. Zumeist versammelten sich verirrte Anfragen, anonyme Briefe und wirres Geschreibsel über Gott und die Welt zwischen solchen Aktendeckeln. Beate blätterte rasch. Jede Menge handgeschriebene und bemalte Briefe von Donatus, von 1988 bis zum Datum des gestrigen Tages. Kein Wunder, dass der Mann nicht ernst genommen wurde.

»Sehen Sie«, Feldhoff sprach leise und angenehm, »dieser Band wurde bereits von meinem Vorgänger angelegt. Ich bin ja erst vor einem halben Jahr von der BTM-Abteilung zum Kapitaldezernat übergewechselt. Trotzdem habe ich schon mindestens zehn Briefe von diesem Herrn erhalten. Er berichtet immer von Morden, die er oder andere begangen haben oder noch begehen wollen oder deren Opfer er werden soll. Ein trauriger Fall, da haben Sie Recht. Aber wir können ihn nicht lösen.«

Er schaute versonnen zum Fenster; die Audienz war beendet. Beate kämpfte mit ihrer Verlegenheit. Für Karl Feldhoff war die Sache klar: Donatus ein Geistesgestörter und Beate eine naive junge Kollegin, die auf diesen Spinner reingefallen war. Vermutlich hatte er Donatus in weniger als fünf Minuten abgefertigt, auf seine stille und überlegene Art. Sie dagegen war ihn erst nach einer halben Stunde losgeworden. Beates Ton wurde scharf.

»Wenn Sie ihn schon so gut beurteilen können, dann können Sie mir vielleicht auch sagen, ob er gefährlich ist oder nicht. Er hat mich gestern Abend zu Hause angerufen und mich gewarnt. Man könnte auch sagen, er hat mir gedroht.«

Feldhoff blieb wohl temperiert.

»In dem Vorgang müsste sich ein Gutachten vom Gesundheitsamt finden. Es wurde damals eingeholt. Wenn ich mich recht erinnere, ist er nur ein paarmal wegen Eigengefährdung eingeliefert worden. Ich glaube nicht, dass Sie ihn ernst nehmen müssen.«

Während Beate das Gutachten suchte und die dürren Ausführungen überflog, beobachtete sie Feldhoff aus dem Augenwinkel. Er las wieder in seiner Akte und machte sich Notizen. Elegante Handbewegungen, polierte Fingernägel, aufblitzender goldener Füller einer Nobelmarke. Feldhoff ignorierte sie so widerlich höflich, dass sie die Akte mit einem Knall zusammenklappte. Das Gutachten war sowieso unbrauchbar, eine Aneinanderreihung beliebiger Fachausdrücke, verfasst von einem gestressten Amtsarzt, vermutlich nach einer Zehn-Minuten-Vorstellung. Psychose aus dem schizophrenen Formenkreis, das konnte alles oder nichts heißen.

Feldhoff ließ sich nicht aus der Reserve locken. Er blickte nur kurz auf und durch sie hindurch, in Gedanken schon längst wieder bei seiner Arbeit.

»Also, Sie meinen, da wäre nichts dran. Und ich soll auch nichts veranlassen, weil er … Nun ja, er hat mir gesagt, dass man, wer auch immer, ihn …«

Das Telefon klingelte.

»Einen Moment bitte«, murmelte Feldhoff und nahm ab. »Ja, Feldhoff hier.«

Sein verbindlicher Ton ging Beate zunehmend auf die Nerven. Während Feldhoff schweigend zuhörte, sah sie sich in seinem Zimmer um. Nichts wies auf den Privatmenschen hin. Auffällig waren nur der teure Füller und eine Reihe juristischer Kommentare, die er offensichtlich selbst finanziert hatte. Solche dickleibigen Schwarten konnte sich die Justizverwaltung nicht leisten. Beate stand auf. Eigentlich war alles gesagt; sie sollte gehen und hoffen, dass Feldhoff ihren Auftritt so schnell wie möglich vergaß. Sie entfernte sich ein paar Schritte – und blieb wie angewurzelt stehen.

»Wo?«, fragte Feldhoff. »Vietorstraße? Sind Sie noch da?«

Das war doch …

»Gut, ich bin schon unterwegs.« Er legte auf und sah sie nachdenklich an. »Entschuldigen Sie, wir sind unterbrochen worden. Wollten Sie noch etwas sagen?«

Dieser beiläufige Ton. Was sollte das?

»Er rief mich gestern Abend an und erklärte, man sei hinter ihm her. Er sei entkommen, aber sein Kopf schmerze. Und dann sagte er wörtlich: Sie nehmen jetzt Materie, was immer das bedeuten mag.«

Warum sagte Feldhoff nichts?

»Ich muss weg, tut mir Leid. Ein neuer Fall.«

Er klopfte die Taschen seines Anzugs ab, bis ihm ein metallisches Klirren verriet, dass die Autoschlüssel noch an ihrem Platz waren. Beate platzte fast vor Neugier. Als er sein Büro abschloss, konnte sie sich nicht länger zurückhalten.

»Es ist Donatus, nicht?«

Erstaunt sah er sie an. Dann nickte er.

»Er ist tot. Wir unterhalten uns noch.«

Sein Tweedjackett, der Strickbinder, die Bügelfaltenhose, etwas zu kurz, die soliden blank geputzten Schuhe – der Mann wirkte wie ein überaus englischer Vertreter des niederen Landadels. Vielleicht eine Spur zu schön und zu schmal, aber sein Händedruck passte genau in diese Kategorie: nichts sagend höflich.

»Wir unterhalten uns noch«, murmelte Beate hinter dem Tweedrücken her. Es klang alles andere als höflich.

Zerbrochene Bierflaschen auf dem Boden. Blutspritzer an der Wand. Ein umgestürzter Tisch. Und die Kreideumrisse einer liegenden Gestalt, die Arme ausgebreitet. Überall in dem chaotischen kleinen Raum standen Schilder, die nummeriert waren. Die schnelle Zeitung vom Rhein hatte die Nase vorn beim Mordfall Donatus.

Beate saß in der Straßenbahn, die gerade über die Severinsbrücke fuhr. Es war grau und neblig, der Rhein eine dampfende Straße ins Nichts, und der Dom spielte Versteck.

Beate vertiefte sich wieder in den Express-Artikel. Es blieb ihr gar nichts anderes übrig, als sich durch eine Zeitung über die Sache zu informieren. Feldhoff hatte sich gestern nicht mehr bei ihr gemeldet, obwohl sie bis siebzehn Uhr in der Behörde geblieben war. Natürlich ging sie die ganze Sache nichts an, nicht wirklich jedenfalls, aber sie fühlte sich verantwortlich. Hatte Donatus etwa nicht Schutz von ihr verlangt? Hatte er nicht einen Hilferuf an sie gerichtet? Sie studierte noch einmal das Foto, das, traute man der Bildunterschrift, das Mordopfer zeigte. Nicht einmal seine eigene Mutter hätte ihn darauf erkannt: Donatus war tief gebräunt, soweit das Schwarzweiß-Raster diesen Schluss zuließ, trug eine Sonnenbrille und lachte strahlend in die Kamera. Dieser Urlaubsschnappschuss erinnerte keineswegs an das farblose, dünnlippige Gesicht, das vor Beates geistigem Auge stand. Auf einem weiteren Foto erkannte man Kriminalbeamte, die im Schneematsch standen und einer Figur zu lauschen schienen, die mit geöffnetem Mund auf den Stufen eines Wohnwagens stand. Staatsanwalt Feldhoff. Alles unter der Schlagzeile: »Tod durch Polizeipanne?« Darunter, kleiner: »Opfer fühlte sich bedroht – keiner nahm ihn ernst.« Die Information stammte von einem Nachbarn des Toten, der, nachdem er die Leiche gestern Nachmittag entdeckt hatte, sofort Strafanzeige gegen Unbekannt wegen unterlassener Hilfeleistung erstattet hatte. Immerhin stand in dem Bericht, dass Donatus wegen Geisteskrankheit entmündigt war; der besorgte Nachbar war schon mehrfach mit der Polizei zusammengestoßen, was ihm unter anderem zwei Verurteilungen wegen Widerstandes eingebracht hatte. Viel Lärm um nichts. Aber Feldhoff würde Ärger kriegen: Im Ministerium saß ein Mensch, der sehr aufmerksam Zeitung las und in solchen Fällen von überregionaler Bedeutung sofort einen Bericht anforderte, was in der Regel zwei komplette Behörden und jede Menge kluger Köpfe für Stunden beschäftigte und den Betrieb lahm legte.

Beate grinste schadenfroh. Sie hatte ihren Bericht schon fertig. Ein kurzer Vermerk über den Anruf von Donatus und das Gespräch mit Feldhoff – das würde sie gleich im Büro diktieren. Wie war Donatus umgekommen? Und warum?

»Neumarkt.« Die Blechstimme ließ sie zusammenfahren. Schon eine Station zu weit ... Sie knüllte die Zeitung zusammen und stürzte zum Ausgang.

Der Tag fing gut an.

Im Büro glättete sie die Zeitung und las weiter. Donatus war an einer schweren Schädelverletzung gestorben. Vorgestern, zwischen neunzehn und einundzwanzig Uhr. Es gab keine Zeugen; niemand hatte etwas gesehen oder gehört. Der auskunftsfreudige Nachbar war gestern verabredungsgemäß zum Wohnwagen gekommen – Donatus und er hatten Karten spielen wollen. Als Rainer D. nicht öffnete, hatte der Nachbar den unverschlossenen Wohnwagen betreten und die Leiche gefunden. Aus diesen dürftigen Informationen hatte der Reporter einen Aufmacher gebastelt, der vor Andeutungen und Verdächtigungen nur so strotzte.

Beate seufzte und griff zum Hörer. Der Klügere gibt nach, dachte sie und wählte Feldhoffs Nummer. Niemand antwortete. Kaum hatte sie aufgelegt, klingelte es.

»Staatsanwaltschaft Köln, Fuchs!« Sie überschlug sich fast.

»Krause am Apparat. Hören Sie, ich will nicht, dass Sie die Sache weiterverfolgen. Wir haben uns geeinigt, ich ziehe meine Anzeige zurück. Er hat es nicht so gemeint, das war wohl eher ein Missverständnis auf meiner Seite ...« Die resolute Frauenstimme verstummte.

»Einen Moment mal, in welcher Sache rufen Sie an?« Beate hatte keine Ahnung.

»Dirksen, Herr Dirksen, aber vielleicht wollen Sie selber ... Augenblick mal.« Ein scharrendes Geräusch, dann ein Rasseln in der Leitung.

»Dirksen hier. Berta, ich meine Frau Krause, sagte, Sie wollten mich sprechen?«

Klar doch, der Taxifahrer und Heiratsschwindler! Die Sache hatte sie glatt vergessen.

»Ja, Herr Dirksen, wie es aussieht, will Frau Krause die Strafanzeige zurücknehmen. Ob das ausreicht, weiß ich nicht. Aber da wäre ja noch die Anzeige der anderen Geschädigten, wie heißt sie noch gleich?«

»Marion Sonntag.« Er klang sehr niedergeschlagen.

»Genau. Will die ihre Anzeige auch zurücknehmen?«

Schweigen in der Leitung. Beate hörte, wie ein Feuerzeug klickte, dann ein tiefes Einatmen. Im Hintergrund eine tuschelnde Frauenstimme. Pause.

»Hallo, sind Sie noch dran?«

Es erstaunte Beate nicht im Mindesten, dass nun Berta wieder das Kommando übernommen hatte.

»Hören Sie, Frau Staatsanwältin, um die Marion Sonntag kümmere ich mich. Nur dass Sie nichts überstürzen. Sie hören noch von uns.«

Es klang wie eine Drohung, aber es verhieß die wundervolle Möglichkeit, den Fall geräuschlos zu den Akten zu legen. Beate setzte eine freundliche Miene auf. Sie war der festen Ansicht, dass man ihrer Stimme anhören konnte, ob sie freundlich aussah oder nicht.

»Gut, Frau Krause, einen Monat gebe ich Ihnen, länger kann ich nicht warten. Aber wenn Sie meinen, bei Frau Sonntag etwas erreichen zu können …«

»Und ob.« Das kam im Brustton der Überzeugung.

Beate verabschiedete sich, legte auf und grinste. Berta Krause war Strafe genug. Eine schrecklichere Sanktion hatte selbst das Strafgesetzbuch einem Typen wie Dirksen nicht zu bieten. Sie notierte einen kurzen Vermerk über das Gespräch und verfügte eine Wiedervorlage der Akte in einem Monat. Dann warf sie die Mappe unter den Bock und hatte die Sache vergessen.

Sie klappte die nächste Akte auf. Eine Routinesache, Arbeitsamtsbeschiss. Eine Fließbandanklage, die sie getrost ihrer Schreibkraft hätte überlassen können. Sie hatte gerade das Diktiergerät eingeschaltet, als es klopfte.

»Ja?«, rief sie ärgerlich.

Es war Feldhoff, makellos gekleidet wie immer, ein unverbindliches Lächeln auf den Lippen. Wenn da nur etwas mehr Leben in seinen Augen blitzte und sein Gesicht nicht vor Schönheit starr wäre … Eigentlich mochte sie diese schmalen, durchgeistigten Typen, und gegen gut aussehende Männer hatte sie im Prinzip auch nichts. Aber warum wirkte Feldhoff immer so statuenhaft kalt? Beate fuhr sich mit gespreizten Fingern durch die Locken, so als sei diese Geste daran schuld, dass die dunklen Haare wieder einmal völlig ungeordnet ihr Gesicht umrahmten.

»Darf ich?« Er wartete ihr Nicken ab, bevor er sich setzte.

»Geht es um den Bericht?«, fragte Beate schnell.

Einmal wenigstens wollte sie diesen unnahbaren Kerl kalt erwischen. Und es funktionierte. Er sah aus wie ertappt.

»Wie bitte, welchen … ach so, ja, wie kommen Sie darauf?«

»Nun, ich bin zwar nur in der allgemeinen Abteilung tätig und habe mit dem Ministerium nichts zu tun, aber ich habe gehört, dass bei Dingen von überregionaler Bedeutung und bei Pressegeschichten … Und überhaupt, gab es da nicht Vorwürfe? Dann glühen doch immer die Faxleitungen zwischen Ministerium und Unterbehörde. Und wenn das Ministerium geschlafen hat, gibt es immer noch den General, der seine Daseinsberechtigung nachweisen muss. Mit anderen Worten: Ein Bericht ist fällig.«

Er ging auf ihren Ton nicht ein. Vermutlich hatte er Stunden über diesem Bericht gebrütet und diese Arbeit todernst genommen.

»Ich sehe, die Frau Kollegin kennt das Spiel. Der Bericht ist übrigens schon fertig. Kurz, knapp und nichts sagend. Ich habe die erste Meldung der Kripo übernommen und über die Festnahme informiert. Nichts weiter. Und dabei sollte es bleiben, finde ich.«

Beate war wie elektrisiert.

»Festnahme? Sie haben den Täter?«

»Davon können Sie ausgehen.«

Er lächelte bescheiden und schwieg. Irgendetwas war faul. Er wollte ihr offensichtlich nichts weiter sagen. Aber warum war er überhaupt hier? Beate wählte ihre erfolgreichste Strategie: Frontalangriff.

»Wer war es denn?« Naive Neugier im Blick.

Nun hatte er die Wahl: Entweder er erzählte ihr, was passiert war, oder er musste erklären, was er von ihr wollte.

»Dieser Nachbar, Fritz Rönninghaus heißt er. Bei seiner Zeugenvernehmung traten ein paar Widersprüche zutage, und als seine

Fingerabdrücke auf der Bierflasche festgestellt wurden, die die Tatwaffe sein könnte, haben wir ihn erst mal festgenommen. Mittlerweile hat sich auch ein Zeuge gemeldet, der von einem Streit zwischen den beiden berichten konnte. Dazu die Vorstrafen wegen Gewaltdelikten … Da kommt schon einiges zusammen. Wenn dann noch die Mikrospuren was ergeben, ist der Fall eigentlich rund.«

»Ach«, sagte Beate. »Eigentlich, soso.«

Der Fall war nicht rund, er war einfach nur glatt. Zu glatt, fand sie. Kein Wunder, wenn die Leute mit Leichenfunden nichts mehr zu tun haben wollten und solch eine Entdeckung lieber in einem anonymen Anruf mitteilten. Mikrospuren, lachhaft, natürlich gab es Spuren, jede Menge sogar. Nein, nein, ich habe nichts angerührt, kenne ich doch aus dem Fernsehen, stotterten sie herum und hatten doch alles Mögliche angefasst, Leiche inklusive. Hätte ja noch leben können, der Saufkumpan, die Ehefrau oder wer immer das Opfer war …

»Hat er ein Geständnis abgelegt?«

»Die Kripo vernimmt ihn noch.« Feldhoff studierte seine gepflegten Fingernägel.

Also kein Geständnis bislang. Beate wurde ungeduldig. Feldhoff saß wie angewachsen auf dem Besucherstuhl, machte aber keine Anstalten, endlich zum Kern der Sache zu kommen.

»Dann ist ja alles klar.« Beate klappte ihre Akte wieder auf, als ob sie nichts lieber täte, als kleine Doppelverdiener anzuklagen. »Leider habe ich mehr als einen Fall im Monat, allgemeine Abteilung, Sie verstehen …« Sie garnierte diese Bemerkung mit einem Lächeln, das hoffentlich charmant war. »Oder gibt es noch was zu besprechen?«

»Lassen Sie sich nicht bremsen in Ihrem Diensteifer.« Auch Feldhoff brachte eine Messerspitze Ironie auf. »Stimmt genau, die Sache ist klar. Und deswegen sollten wir sie auch nicht mit unnötigen Details befrachten. Insbesondere im Hinblick auf den Bericht nicht.« Für ihn schien damit alles gesagt.

Na warte, dachte Beate und sah ihn mit großen Augen an. So leicht kommst du mir nicht davon.

»Sie meinen also, ich soll meinen Vermerk still, leise und heimlich in meinem wunderschönen AR-Vorgang Donatus verschwinden lassen, weil er die Sache unnötig komplizieren würde, nicht?«

Feldhoff zog die Manschette aus seinem rechten Jackenärmel, bis sie rundherum millimetergenau hervorstand. Als er mit seinem Erscheinungsbild zufrieden war, hob er den Blick und sah Beate milde an. Sie studierte die Farbe seiner Augen: eine Mischung aus Grau und Grün, jene Farbe, die je nach Lichteinfall mal langweilig, mal gefährlich katzenhaft wirken konnte.

»Das war kein unsittlicher Antrag«, sagte Feldhoff. »Zurzeit ist einfach nicht abzusehen, dass der Besuch von Donatus und sein Anruf bei Ihnen in irgendeinem Zusammenhang mit der Tat stehen könnten. Außerdem hat die Kripo genug Material über ihn, ganz zu schweigen von meinem umfangreichen Vorgang. Und noch etwas: Auf diese Weise können wir Sie aus der Schusslinie halten.«

Der Mann liebte Andeutungen. Oder war das eine Drohung? Beate blitzte ihn an.

»Was wollen Sie damit sagen? Dass ich irgendetwas vermurkst hätte? Und dass darauf jemand herumreiten könnte? Wer denn? Sie etwa?«

Ihr Herz klopfte. Das lief alles völlig anders als geplant. Feldhoff hatte sie glatt auf die Palme gebracht, obwohl sie sich doch fest vorgenommen hatte, ihn aus der Reserve zu locken. Aber der schöne Karl blieb gelassen.

»Sehen Sie, Sie scheinen sich doch ein wenig schuldig zu fühlen. Aber Sie haben sich wirklich nichts vorzuwerfen, das kann ich Ihnen versichern. Deshalb sollten wir uns beide Rechtfertigungen ersparen. Besonders gegenüber der Presse. Was meinen Sie, was da alles aufgebauscht wird; die haben doch keine Ahnung von unserer Arbeit, nicht wahr?«

Ganz gegen ihren Willen musste Beate nicken; und er verabschiedete sich so gewandt, dass ihr erst, als sie auf die geschlossene Tür starrte, einfiel, was sie eigentlich noch alles hatte sagen wollen.

Sie stand auf und trat vor das Waschbecken. Aus dem Spiegel sah ihr ein Gesicht entgegen, dessen Ausdruck zwischen Verblüffung und Wut schwankte. Sie hatte sich von diesem Kerl einwickeln lassen. Das große Wir-Gefühl: Wir sitzen alle in einem Boot, und keiner versteht uns, liebe Frau Kollegin, da können Sie doch nicht … Wenn wir uns schon gegenseitig in den Rücken fallen, wo soll das enden? Die böse Presse. Die Erbsenzähler im Ministerium. Rechtsverdreher, faule Richter und gerissene Knackis. Wir müssen zusammenhalten. Feldhoff hatte sie überfahren wie eine Dampfwalze, eine Dampfwalze auf Samtpfoten sozusagen. Das Bild war so schief, dass Beate unwillkürlich grinsen musste. Da aber ihre Augenbrauen immer noch ärgerlich zusammengezogen waren, sah ihr Spiegelbild so komisch aus, dass sie allein darüber laut lachte.

Als sie sich schließlich wieder auf den quietschenden Bürostuhl setzte, ging es ihr besser. Okay, die erste Runde war verloren. Sie war raus aus dem Fall, zumindest vorläufig. Aber eines war klar: Ob das Feldhoff passte oder nicht, wenn Fritz Rönninghaus kein Geständnis ablegte oder wenn es auf die genaue Todeszeit ankam, musste sie von Donatus' Anruf berichten, wem auch immer. Donatus war nicht zwischen neunzehn und einundzwanzig Uhr gestorben, so viel war klar. Gegen zwanzig Uhr hatte er noch mit ihr telefoniert.

Beate legte eine neue Kassette ins Diktiergerät und konzentrierte sich. Dann sprach sie. Laut, deutlich und präzise. Vor dem letzten Satz überlegte sie besonders lange.

»Eine Rücksprache mit Staatsanwalt Feldhoff ergab, dass nach übereinstimmender Ansicht zurzeit kein Anlass bestehe, die oben vermerkten Erkenntnisse zu dem Verfahren gegen Rönninghaus beizuziehen.«

Auch sie konnte diplomatisch sein, wenn es sein musste.

Den Rest des Tages verbrachte sie mit verbissen gründlicher Kleinarbeit. Für einen Unbeteiligten musste es so aussehen, als schaufelte sie unermüdlich Akten von oben nach unten und wirbelte dabei viel Staub auf, sonst nichts. Niemand sah, wie sie Schicksal spielte: Antrag auf Haftbefehl, Ablehnung von Strafaufschub, Einstellung eines Verfahrens, Befürwortung einer Strafaussetzung der Reststrafe zur Bewährung.

Um vierzehn Uhr war der Aktenbock leer, und sie sah zum ersten Mal aus dem Fenster. Ein klarer Wintertag; eine Sonne, die trügerisch Wärme versprach.

Draußen atmete Beate tief durch und vergrub die kalten Hände tief in den Taschen ihres Kamelhaarmantels. Im Winter schrumpfte die Stadt zusammen auf eiskalte Viertelstunden an Straßenbahnhaltestellen; den Blick auf den Dom, wenn sie über die Brücke fuhr; die paar Straßen in Deutz, die sie schon nicht mehr richtig wahrnahm; kurze Wege zu Geschäften, zu ihrer Stammkneipe und nach Hause. Sie ahnte nicht, dass sich das alles sehr schnell ändern würde.

Schon drei Tage später stand sie, durchgefroren und auffällig, in der Rolshover Straße, direkt vor einem schummrig wirkenden Lokal, das noch auf die ersten Gäste wartete. Ab und zu sah Beate auf die Uhr und hoffte, dass sie aussah wie jemand, der gerade versetzt wurde. Wie um sich die eisigen Füße zu vertreten, stampfte sie immer wieder heftig auf und ging ein paar Schritte in die Dillenburger Straße und zurück. Nichts, es tat sich überhaupt nichts. Sie starrte auf das geschlossene Tor einer Einfahrt.

Ein Blick in diesen Hof würde ihr schon reichen. Vielleicht konnte sie dann erahnen, was Donatus hier erlebt haben mochte, vielleicht kam damit endlich Licht in die ganze Angelegenheit. Kein Schild klärte neugierige Spaziergänger darüber auf, was sich hinter der Einfahrt verbarg. Spaziergänger, als verliefe sich irgendjemand hierher! Es war eine ungemütliche Gegend, die sich auch bei schönstem Wetter nicht anbot für einen Bummel, sorgloses Schlendern oder romantische Gefühle. Köln-Kalk war Beate fremder als der Mond, obwohl dieses Viertel unmittelbar an Deutz grenzte. Es lagen Welten zwischen diesen Stadtteilen. Fabrikgebäude statt Bürgerhäuser, die Schlote der uralten Chemischen Fabrik Kalk statt der Aussicht auf die Domtürme, Ruinen aufgegebener Werkhallen statt baumbestandener Spielplätze. Alles grau in grau, belebt nur durch türkische Imbissbuden, Spielhallen und Discountläden, die der Hauptstraße ein angestrengtes Flair von Großstadt verliehen.

Beate drehte sich wieder um, betrachtete die kasernenartigen Gebäude gegenüber, in denen irgendetwas produziert wurde, das bestimmt sehr nützlich war. Auch dieser Gedanke stimmte sie nicht fröhlicher. Als sie mit klammen Fingern eine Zigarette anzündete, schwor sie sich, dass diese unwiderruflich die letzte sein sollte. Die ganze Aktion kam ihr auf einmal idiotisch vor. Nur weil dieser Feldhoff, arrogant und unbelehrbar, nicht auf sie hören wollte ... Er befand sich auf dem Holzweg mit seiner simplen Theorie, Donatus sei von dem cholerischen Nachbarn erschlagen worden. Rönninghaus bestritt wie ein Weltmeister. Ja, okay, er habe sich mit Donatus gestritten, und als dieser sich unter unverständlichem Gebrüll auf ihn gestürzt habe, habe er ihm einen Schlag mit der Bierflasche versetzt. Es sei eher ein freundschaftlicher Klaps gewesen, das habe er immer so gemacht, wenn Donatus durchgedreht habe. Putzmunter sei der gewesen. Er, Rönninghaus, sei anschließend versackt, aber, leider, wo und mit wem, das könne er beim besten Willen nicht mehr sagen. Endstation war jedenfalls das Vietor-Eck gewesen … Feldhoff hatte ihr natürlich nichts von alledem gesagt. Aber wozu gab es die Presse?

Ein paar Kopftuchfrauen schlurften vorbei, schwer bepackt mit Alditüten. Eine der Frauen hob den Kopf und sah Beate misstrauisch an. Du gehörst nicht hierher, sagte ihr Blick. Beate zog die Nase hoch und gab der Frau im Stillen Recht. Was wollte sie beweisen? Dass Donatus Zeuge eines Verbrechens geworden war und deshalb hatte sterben müssen? Oder nur, dass sie eine bessere Spürnase hatte als dieser Schönling Feldhoff? Als ein Auto auffällig langsam an ihr vorbeifuhr und der Fahrer fast auf dem Beifahrersitz lag, um sie aus der Nähe betrachten zu können, wurde ihr klar, dass die Observation gescheitert war. Sie warf die Zigarette auf den Boden und zertrat sie mit wütenden kleinen Drehbewegungen ihres Stiefelabsatzes. Am liebsten hätte sie dieses Goldzahngrinsen aus dem Opel unter ihrem Stiefel zermalmt, ein für alle Mal. Entschlossen ging sie auf die Kneipe zu.

Drinnen hing noch der Mief der vergangenen Nacht, und der junge Mann hinter dem Tresen sah aus wie jemand, der es schon vor langer Zeit aufgegeben hat, an das Gute im Menschen zu glauben. Für ihn gab es nur Kunden, zahlende und nicht zahlende. Beate bestellte einen Kaffee und setzte sich. Detektivarbeit bestand aus Warten, das hatten sie die einschlägigen Krimis gelehrt. Aber mit einer Flasche Whisky als tröstendem Begleiter und in einem Chevy mit Klimaanlage in einer heißen Nacht von L.A. ließ sich das vermutlich besser aushalten. Beate seufzte. Sie hatte noch nicht einmal einen Führerschein. Der junge Mann stellte den Kaffee auf dem Tresen ab. Einen Moment lang kämpfte sie mit sich, doch dann stand sie auf und holte sich die Tasse. Keinen Pfennig Trinkgeld würde der Typ kriegen, das stand fest. Es sei denn …

Beate stand noch einmal auf und schlenderte zur Theke.

»Gibt's vielleicht auch Zucker und Milch?« Lässig, unhöflich.

Beate trank ihren Kaffee normalerweise schwarz. Aber wenn es den Ermittlungen diente …

Zeitlupenhaft langsam legte der Kerl das Handtuch neben die Spüle, fischte einige Tütchen aus einem Korb und schob sie Beate hin. Vielleicht war er stumm. Beate konnte hartnäckig sein.

»Sagen Sie, so was wie richtige Milch haben Sie nicht?«

»Ist aus«, nuschelte er.

»Eine Frage habe ich, vielleicht können Sie mir da weiterhelfen. Ich war mit einer Freundin verabredet, nebenan, na, Sie wissen schon, Dillenburger Straße, gleich um die Ecke …«

Schon wusste sie nicht mehr weiter.

Der Mann sah unbewegt durch sie hindurch. Glanzlose Augen, die Unterlider so geschwollen und umschattet, dass auch zwei Wochen Tiefschlaf die Müdigkeit nicht aus ihnen hätten vertreiben können. Unwillkürlich wandte sich Beate zum Eingang. Kein Mensch zu sehen. Sie setzte neu an.

»Kann es sein, dass meine Freundin hier war und eine Nachricht für mich hinterlassen hat?«

Zum ersten Mal so etwas wie ein Funke von Interesse in dem blassen Gesicht mit dem Dreitagebart.

»Wie heißt sie denn?«

»Barbara.« Wie war sie nur auf diesen Namen gekommen?

»Schwarze Haare bis auf die Hüften, und normalerweise trägt sie Schwarz. Also, wenn sie hier war, müssten Sie sich an sie erinnern. Ich glaube, sie ist öfter hier in der Gegend.« Jetzt war sie mit Sicherheit rot geworden.

»Keine Ahnung, eine Barbara kenne ich nicht. Ihr Kaffee wird kalt.«

»Danke«, knurrte Beate.

Sie war so wütend, dass sie fast die Tütchen mit dem schauderhaften Kaffeeweißer auf der Theke liegen gelassen hätte. Als sie den ohnehin labberigen Kaffee durch Entleeren der Tütchen vollends ruiniert hatte, war sie schon etwas ruhiger. Die Abfuhr eben war ein gutes Zeichen. Der Typ kannte die Frau mit den langen Haaren, nur dass sie nicht Barbara hieß. Und er war durch ihre Fragen misstrauisch geworden … Immerhin durchströmte sie der warme Kaffee belebend. Beate war nahe dran, das hatte sie im Gefühl.

Ein kalter Luftzug ließ sie erschaudern. Die Tür fiel hinter einem

Lederrücken ins Schloss. Der Mann durchquerte den Raum mit langen Schritten und steuerte auf den freundlichen Wirt zu.

»Corinna schon da? Erst mal ein Kölsch«, rief er.

Er schien vor Energie zu vibrieren und steckte sogar den Jungen hinter der Theke an. So rasche Bewegungen hatte sie dem nicht zugetraut. Sekunden später stellte er das Bier auf die Theke und beugte sich vor. Kurzes Tuscheln. Dann sah der Mann in der Lederjacke zu ihr herüber, eine leichte Drehung des Kopfes, die sofort zurückgenommen wurde. Die Schwarzhaarige hieß Corinna. Hatte sich der Ausflug nach Kalk doch gelohnt ... Beate stürzte den Kaffee herunter und griff nach ihrem Mantel. Es war Zeit zu gehen. Sie zog die Kapuze über den Kopf und schlang sich den Schal um den Hals. Ihr Aufzug konnte nahezu als Verstoß gegen das Vermummungsverbot geahndet werden. Dann schlenderte sie zur Theke.

»Was macht das?«

»Zwei fünfzig.«

Im selben Moment klirrte ihre Münze auf den Tresen. Beate steckte das Wechselgeld ein, ohne den Mann neben sich eines Blickes zu würdigen. Sie zwang sich, langsam zu gehen. Es kam ihr wie eine Ewigkeit vor, bis sie die Tür erreicht hatte. Aber sie hielt durch, bis sie auf der Straße war. Dann stemmte sie sich gegen den nasskalten Wind und bog zielstrebig um die Ecke.

Geschafft. Den Kopf gesenkt, marschierte sie los. Die Haltestelle Kalk Post war nicht allzu weit.

Überrascht blieb sie stehen. Das Tor stand offen. Darauf hatte sie so lange gewartet, und jetzt wäre sie fast vorbeigelaufen. Beate sah sich nach beiden Richtungen um. Keine Gefahr. Zögernd trat sie näher. Ein kahler Hinterhof, ein paar Mülltonnen, graue Wände und eine olivgrüne Metalltür. Genau so, wie Donatus es beschrieben hatte. Hier war es geschehen.

Beate schloss die Augen und konzentrierte sich. Was genau hatte Donatus gesagt? Die junge Frau, gegen die Mauer gelehnt, unter einem Schild, irgendetwas mit Schönheit, und die Farben Giftgrün und Weiß tauchten auf ... Da war etwas, direkt neben der Metalltür ... Tatsächlich, ein Firmenschild. BEAUTY OF C. GMBH, und kleiner darunter: NATURKOSMETIK FÜR SCHLANKHEIT & SCHÖNHEIT. Und eine Telefonnummer. Beate kramte in ihrer Tasche.

Sie war gerade dabei, die Nummer zu notieren, als sich ein Schlüssel im Schloss der Metalltür drehte. Erschrocken stopfte sie das Notizbuch in die Tasche und lief los. Weit kam sie nicht. Ein großer Mann versperrte ihr den Weg, und Panik stieg in ihr auf, als sie bemerkte, dass das Tor der Einfahrt wieder versperrt war. Der große Mann mit der Lederjacke, der aus der Kneipe. Er sagte nichts, stand einfach nur vor ihr, die Hände in den Taschen. Quietschend öffnete sich die Metalltür hinter ihr, und Beate drehte sich um. Ein kleiner, untersetzter Mann mit niedriger Stirn und buschigen Koteletten trat heraus. Ist das etwa wieder modern?, schoss es ihr durch den Kopf. Die Situation war bedrohlich. Hinter ihr der Große vor dem verschlossenen Tor, vor ihr Mister Gorilla persönlich, und keiner von beiden sagte etwas.

Das rote Viereck in der Wand, von dem Donatus gesprochen hatte, da war es! Die Metalltür hatte auf der Innenseite einen leuchtend roten Anstrich, die Frau war also in das Gebäude geschleppt worden. Donatus war gar nicht so verrückt gewesen, wie sie angenommen hatte. Doch was nützte ihr diese Erkenntnis jetzt?

»Hallo«, sagte sie unbestimmt. »Ich wollte nur mal ... Wissen Sie, Naturkosmetik, das fasziniert mich. Kann man die Sachen irgendwo kaufen?«

Die beiden hatten kein Interesse an Small Talk.

»Da ist ja Barbaras Freundin. Wusste gar nicht, dass sie was mit Schnüfflern zu tun hat ...«

Das war der Große hinter ihr. Eine leise, etwas heisere Stimme. Beate fuhr herum.

»Okay, ich weiß selbst, dass sie Corinna heißt. Na und? Braucht doch nicht jeder zu wissen. Sie hat mir den Tipp gegeben, mich hier mal umzusehen. Sie wissen schon, warum.«

Bluff, nichts als Bluff. Der Große stand mit leicht gespreizten Beinen vor ihr. Ein Tritt gegen die empfindlichste Stelle, dann an ihm vorbei und hoffen, dass das Tor nicht abgeschlossen war ... Unmöglich; wie sollte sie den Gorilla außer Gefecht setzen? Auch wenn ihr die Knie weich wurden, auf ihre Klappe konnte sie sich noch immer verlassen.

»Sie können Corinna ja fragen, ehrlich. Ich hab ihr geholfen, neulich, als es ihr so schlecht ging. Da hat sie mir von dem Laden hier erzählt. Ich wollte mir nur die Nummer aufschreiben, sonst nichts.«

Der Große zuckte nicht mal mit der Wimper. Sein Pokerface war glatt wie ein zugefrorener See und mindestens genauso eisig. Er sah über ihren Kopf hinweg, einen fragenden Ausdruck im Blick. Beate wusste, dass der Gorilla über ihr Schicksal entscheiden sollte, und hielt die Luft an. Vorhin hatte sie noch so erbärmlich gefroren, und jetzt brach ihr der Schweiß aus. Wenn ich hier heil herauskomme, dann ... So was mache ich nie wieder ...

»Sieh zu, dass du verschwindest. Und mit Corinna reden wir noch. Eddi, was meinst du?«

Eddi schien zu nicken, denn der Große ließ ein befriedigtes Lächeln um seine Mundwinkel spielen. Corinna, wer sie auch war, konnte sich auf etwas gefasst machen. Beate setzte sich in Bewegung. Das blaue Tor war nur angelehnt. Ihre Hand zitterte, als sie das kalte Metall berührte.

»Und lass dich hier nicht wieder blicken. Wir sind kein Einzelhandel, damit das klar ist.«

Beate nickte eifrig und öffnete das gut geölte Tor. Kein Wunder, dass sie nicht bemerkt hatte, wie der Große ihr gefolgt war.

Sie rannte, bis sie die Lichter der Kalker Hauptstraße sehen konnte. Die Dämmerung war schlagartig in ein gnädiges Dunkel übergegangen, und Tausende von Glühbirnen mahnten zum Kauf von Weihnachtsgeschenken. Hunderte von Knackis freuten sich auf die alljährliche Weihnachtsamnestie, und Dutzende von Angeklagten hofften auf einen Dezembertermin und milde gestimmte Richter. Beate hasste Weihnachten, aber der Lichterglanz hatte gerade jetzt eine beruhigende Wirkung. Das Gedränge auf dem Bürgersteig, die im Stau stehenden Fahrzeuge, das Gehupe und der eigentümliche Geruch in diesem Viertel – den die Alteingesessenen schon gar nicht mehr wahrnahmen und dessen Herkunft jedem klar war, nur nicht den Betreibern der Chemischen Fabrik –, all das war so angenehm normal. Die eben ausgestandene Gefahr erschien ihr schon nur noch wie ein böser Traum. BEAUTY OF C., sollte das Cologne heißen?

Eine fette Mami rempelte sie an, zwei Kinder im Schlepptau und drei abgeschabte Kunstledertaschen in der Hand. »Können Sie nicht aufpassen?« Einkaufsstress in dem zerlaufenen Marzipangesicht. Die Kinder hatten rote Triefnasen und sahen Mami erschreckend ähnlich.

»Beauty of C.«, murmelte Beate. Eau de Cologne stellten die Burschen bestimmt nicht her. Um diese Firma würde sie sich kümmern müssen. Ihre Phantasie arbeitete auf Hochtouren: ein blitzendes Labor, Drogen; Corinna, Konsumentin und Dealerin, von einer Überdosis umgehauen; Donatus, der gefährlich irre Zeuge. Die Frau mit den langen schwarzen Haaren, die Botin des Bösen, Corinna, lebte: Und mit Corinna reden wir noch, hatte der Mann in der Lederjacke gesagt. Diese Frau musste sie finden … Der Fall Donatus war alles andere als geklärt: Die Arbeit fing erst an, ob mit oder ohne Feldhoff. Wenn es sein musste, dann eben auch gegen ihn. In wenigen Tagen würde Mordbub aus dem Urlaub zurück sein. Ausgeruht, dynamisch und heiß auf jeden Fall, der Publicity versprach. Es würde ein Leichtes sein, ihn als Verbündeten zu gewinnen. Allein hatte sie keine Chance, das hatten ihr die zwei Typen unmissverständlich klargemacht. Aber wenn sie Bub einspannen konnte – oder Lutz –, dann hatte sie die besseren Karten. Bestimmt.

Hatte sie irgendetwas verbrochen? Das durfte nicht wahr sein! Wieso war ihr das nicht schon bei der ersten Lektüre des Sitzungsplanes aufgefallen? Zwei Sitzungen diese Woche, und beide bei der gefürchteten 23. Kleinen Strafkammer, auch Mondscheinkammer genannt. Der Vorsitzende Richter verhandelte gnadenlos langsam. Allein die Rechtsmittelbelehrung dauerte fünfzehn Minuten und wurde umso eindringlicher vorgetragen, je schneller der Angeklagte auf Rechtsmittel verzichtete. Mit den Worten »Halt, Moment mal, Sie wissen ja noch gar nicht, worauf Sie verzichten wollen!« begann dann jedes Mal eine zähe Veranstaltung, die in der Erörterung der Beschwerde gegen die Kostenentscheidung gipfelte. Und erst die Hauptverhandlung …

Beate blätterte schnell die Handakten durch. Eine Berufung der Staatsanwaltschaft – die konnte sie zurücknehmen. Und hier, diese aussichtslose Sache würde sie dem Verteidiger ausreden können. Anwälte spielten bei so was gern mit, zumal wenn bei dem Mandanten nichts zu holen war und ein langwieriges Verfahren drohte, das ohnehin nur übel enden konnte.

Diese Woche hatte es in sich. Vertretung für einen Kollegen, eine umfangreiche Anklage, die sie schon seit Wochen vor sich herschob, und die Donatus-Geschichte kam auch nicht so recht voran. Feldhoff behandelte sie wie Luft, Mordbub war noch nicht zurück, und Ermittlungen auf eigene Faust erschienen ihr zu gefährlich. Wenn sie wenigstens einmal einen Blick in die Akte Rönninghaus hätte werfen können; aber das hatte Feldhoff, aalglatt und unangreifbar, verhindert. Den Ausdruck unendlichen Bedauerns in der Stimme und ein hämisches Aufblitzen in den graugrünen Augen. Leider, die Erstakte sei zur Haftprüfung unterwegs, die Zweitakte bei der Polizei, zu weiteren Ermittlungen ... Beate hatte kein Wort geglaubt. Doch gerade als sie die Geschäftsstelle seiner Abteilung besucht und mit der Meier-Springauf ein unverfängliches Gespräch angefangen hatte, war auch Feldhoff aufgetaucht und hatte rege Betriebsamkeit entfaltet. Ihr war nichts anderes übrig geblieben, als sich irgendwann zu verabschieden.

Diese geheimnisvolle Akte musste sie in die Finger kriegen. Wer weiß, vielleicht konnte sie den Verdächtigen entlasten? Bis jetzt wusste sie nicht einmal, zu welchem Zeitpunkt Rönninghaus das Opfer verlassen hatte. Wenn er behauptete, schon vor zwanzig Uhr seine Sauftour begonnen zu haben, war er aus dem Schneider. Sie konnte es nicht länger verantworten, ihre Information zurückzuhalten. Es musste etwas geschehen. Aber was?

Die Rettung kam in Gestalt eines blonden Rauschgoldengels in knappem Mini. Plötzlich stand die Frau vor Beates Schreibtisch.

»Ja, bitte?«

»Hallo, ich wollte mich vorstellen. Heidecke mein Name, ich bin die neue Kollegin«, hauchte die Richterin auf Probe im staatsanwaltschaftlichen Dienst.

Beate war sprachlos. Kein Wunder, dass Walter Fetten sie für die Kaffeerunde keilen wollte ...

»Ja, guten Tag, setzen Sie sich doch, ich bin Beate Fuchs, aber das haben Sie ja auf dem Schild draußen gesehen.« Wenn selbst sie verwirrt war, wie würde es dann erst den männlichen Kollegen ergehen?

Die Neue setzte sich und zog den elastischen Schlauch, der ihr als Rock diente, in Richtung Knie. Der Versuch war von wenig Erfolg gekrönt, aber sie konnte es sich leisten.

»Seit wann sind Sie hier? Haben Sie schon alle Kollegen abgeklappert?«

»Das versuche ich seit einer Woche, aber es ist gar nicht so einfach. Manche sind nie da.« Sie lächelte. Zuckersüß.

»Kein Wunder, ich bin schon Jahre dabei und kenne auch noch nicht alle.« Beate lachte und fragte sich, ob die Heidecke mehr war als nur hinreißend. Zwei juristische Examina schützten vor Blödheit nicht, das hatte sie schon vor langer Zeit herausgefunden.

Plötzlich beugte sich die Heidecke vor.

»Wenn ich mal Probleme habe, kann ich dann hier vorbeikommen? Ich meine, nicht dass die Herren Kollegen mir nicht auch helfen würden, sie überschlagen sich fast. Aber wenn ich zu viele Fragen stelle, fühlen sie sich nur in ihrem Vorurteil bestätigt: hübsch, aber blöd. So in der Art.«

Ein komplizenhafter Blick. In diesem Augenblick formte sich die Idee und nahm Gestalt an. Die Lösung für Beates Problem.

»Klar, jederzeit«, sagte sie munter. »Ich bin den Kollegen am Anfang ziemlich auf die Nerven gefallen mit meiner Fragerei. Und ich sehe nicht so gut aus wie Sie …«

»Unsinn!« Die Neue warf die Lockenpracht nach hinten. »Die Typen reagieren doch auf die simpelsten Tricks, und wenn es ein Mini ist. Was meinen Sie, was ich erlebe, wenn ich mal mit fettigen Haaren und ausgebeulten Pullovern rumlaufe? Auf einmal registrieren sie auch noch was anderes an mir als gutes Aussehen. Aber sollte ich deshalb darauf verzichten?«

Na also. Beate war erleichtert.

»Sagen Sie, würden Sie mir vielleicht auch einen Gefallen tun?«

»Sicher, solange Sie kein Verfahren abdrücken …«

Sie kannte den Jargon. Erstaunlich, nach einer Woche …

»Keine Sorge! Sagen Sie, waren Sie schon bei Staatsanwalt Feldhoff, Kapitalabteilung?«

Die Blonde schüttelte den Kopf.

»Gut, umso besser. Wenn Sie gleich mal bei ihm auflaufen und ihn für mindestens zwanzig Minuten festhalten könnten, würden Sie mir wirklich weiterhelfen«, sagte Beate leichthin.

»Mache ich. Wollen Sie mir sagen, warum?«

»Wenn ich Sie schon in meine Geheimnisse einweihe, können wir uns ja auch duzen«, schlug Beate vor. »Ich heiße Beate.«

»Rosemarie«, zirpte die Heidecke mit ironischem Augenaufschlag.

Sie lachten, und Beate erklärte so kurz wie möglich, um was es bei dem Manöver ging.

»Kein Problem«, sagte Rosemarie. »Wollen wir?«

Es hatte geklappt. Beate blätterte die Akte Rönninghaus durch, misstrauisch beäugt von der Meier-Springauf. Eine Drittakte. Das Obduktionsprotokoll verzeichnete drei Verletzungen, beigebracht mittels stumpfer Gewalt: eine mit Hautaufriss im vorderen Schädelbereich und zwei massive Verletzungen des Hinterkopfes. Tödlich waren nur die im hinteren Schädelbereich; sie hatten zu Frakturen und Gehirnblutungen geführt. Weiter. Die Untersuchung des an der zerbrochenen Bierflasche sichergestellten Blutes hatte eine 98-prozentige Übereinstimmung mit dem Blut von Donatus ergeben. Auf der Flasche: Fingerspuren des Beschuldigten Rönninghaus. Hastig blätterte sie zurück. Vernehmung Rönninghaus. »Der verrückte Kerl kommt auf mich zu, ich geb ihm eins auf den Kürbis, hatte die Bierflasche noch in der Hand. Da wischt er sich das Blut ab und schaut es sich an. Total weggetreten war der. Murmelte was von Materie und so was, starrte durch mich hindurch. Ich hab gemacht, dass ich wegkam. Der war wirklich nicht normal, ich schwöre es. Da konnte man es mit der Angst kriegen. Anders war der nicht zu stoppen, wenn der so drauf war. Aber ist nie was passiert, und sonst war der ganz umgänglich …« Wieso stand da nichts von der Uhrzeit?

Schritte im Flur. Hatte Rosi etwa versagt?

Doch, da stand was. »Auf Vorhalt: Ich glaube, es war vor der Tagesschau. In irgendeiner Kneipe lief nämlich der Fernseher, und da gab es die Tagesschau. Ich kann mich wirklich nicht erinnern. Filmriss. Hab wohl zu viel getankt, aber nach diesem Aufstand, da musste ich einfach …«

Eine schwere Hand legte sich auf Beates Schulter. Sie klappte die Akte zu und drehte sich langsam um. Mordbub. Braun gebrannt und mindestens drei Kilo schwerer als vor seinem Urlaub, ragte er vor ihr auf.

»Was machen Sie denn hier?«, entfuhr es ihr.

»Na, offensichtlich bin ich gerade zum richtigen Zeitpunkt gekommen. Hatte Sehnsucht nach der Behörde. Außerdem muss ich Ihnen ab und zu auf die Finger sehen, sonst bin ich arbeitslos.« Er grinste frech.

Seine Stoppelhaare standen noch steiler zu Berge als sonst. Beate hatte es sich kaum vorstellen können, aber nach Feldhoffs arroganter Tour empfand sie Mordbubs Sticheleien als geradezu wohltuend.

»Hat diesmal gar nichts mit Ihnen zu tun.« Sie strahlte ihn an und senkte die Stimme zu einem verschwörerischen Flüstern. »Feldhoff bearbeitet die Sache, oder vielmehr, er bearbeitet sie nicht. Finde ich jedenfalls.«

Bub sah alarmiert aus. Oder kam ihr das nur so vor?

»Kommen Sie mal mit«, sagte er streng.

Wie zufällig griff er nach der Akte und klemmte sie sich unter den Arm. Dann ergriff er Beates Ellbogen und steuerte sie zur Tür. Meier-Springauf drehte ihr Stempelkarussell und tat, als gäbe es nichts Wichtigeres auf der Welt als die Suche nach dem ordnungsgemäßen Stempel. Gedankenverloren blickte sie hinter Mordbub und Beate her. Beate registrierte ihren Blick, als sie sich an der Tür noch einmal umdrehte. Egal, hinter Mordbubs breitem Rücken konnte sie sich gut verstecken, falls Feldhoff herausfand, was sie getan hatte.

Wortlos gingen sie den Flur entlang. Als sie an Feldhoffs Büro vorbeikamen, öffnete sich die Tür und Rosemarie trat heraus. Ein Augenzwinkern, und schon schwebte sie davon. Mordbub grinste geschmeichelt.

»Hallo, wen haben wir denn da? Und so aufmerksam, hat mir gleich zugeblinzelt. Immer kriegt der Feldhoff die netten Referendarinnen; wie macht der das bloß?«

Beate verkniff sich eine Bemerkung.

Bubs Zimmer roch nach Bohnerwachs, und die Luft war stickig. Schreibtisch und Aktenbock waren leer gefegt. Bub öffnete das Fenster und ließ seine wuchtige Gestalt auf den Drehstuhl sinken. Dann klatschte er die Akte auf den Tisch.

»Jetzt mal los. Um was geht es?«

Beate ließ nichts aus. Die meiste Zeit starrte sie auf den blank polierten Schreibtisch. Jedes Mal, wenn sie den Blick hob, schien Mordbubs Miene noch eine Spur düsterer geworden zu sein. Am Ende schaute sie ihn gar nicht mehr an, sondern fixierte die Stelle neben der Schreibunterlage, wo in Jahrzehnten begangene Fehlgriffe von Staatsanwälten ihre Spuren in Form von Stempelfarbe hinterlassen hatten.

Sie hatte alles falsch gemacht. Gleich würde es ein Donnerwetter geben. Beate zog den Kopf ein und wartete.

Stille. Dann räusperte sich Bub und klappte die Akte Rönninghaus auf. Er blätterte, las einige Stellen, runzelte die Stirn und sah überhaupt nicht mehr erholt aus. Beate schluckte. Wenn sie es sich jetzt auch noch mit ihm verscherzte ... Plötzlich sah er auf und war wieder der Alte. Sein grob geschnittenes Gesicht verriet nichts als Unternehmungslust und Spott.

»Tja, Frau Fuchs, sieht ganz nach Teamwork für das erfolgreiche Gespann Fuchs und Mordbub aus, was? Dann wollen wir mal.«

Er griff sich den Hörer und wählte. Seine Stimme dröhnte selbstzufrieden, als er einen gewissen Hans-Peter begrüßte. Nach einem kurzen Austausch inhaltslosester Plänkeleien wurde er ernst.

»Hör mal, ihr habt da diese Sache Rönninghaus? Wäre ja eigentlich mein Fall gewesen, aber Urlaub muss sein. Kommt ihr mit Feldhoff klar? Ist noch nicht so lange im Geschäft, und, im Vertrauen, Kap-Sachen wird der auch nicht allzu lange machen.« Er lauschte eine Weile und fuhr dann fort. »Genau, diesen Typ kennt ihr zur Genüge, klar, so ist es. Alles nur Durchgangsstation für die. Warum ich anrufe: Wie sieht es aus? Habt ihr das Alibi überprüft?«

Gespanntes Schweigen. Die Brauen zusammengezogen, hörte er zu. Je länger er zuhörte, desto mehr glättete sich die vertikale Furche, die seine Stirn in zwei Hälften geteilt hatte. Ab und zu nickte er heftig. Beate saß wie auf heißen Kohlen, aber Mordbub beachtete sie nicht.

»Ganz meine Meinung«, bellte er schließlich. »Übrigens, ich sehe gerade, morgen ist Haftprüfungstermin. Könnt ihr den ganzen Mist zu Papier bringen und dann ab zum Richter? Ist schon? Und warum noch nicht hier? Soso, ist aber nicht. Wohl mit der normalen Post, wie? Nichts für ungut, wir sehen uns.« Er knallte den Hörer auf die Gabel und grinste schadenfroh. Beate holte Luft.

»Moment mal«, bremste er. »Muss nur noch was abklären.«

Und wählte schon wieder, eine vierstellige Nummer. Ein Hausanschluss also. Beate tippte auf Haftrichter und wurde nicht enttäuscht.

»Wie, noch im Büro? Um diese Zeit?«

Mordbub lachte scheppernd. Es war elf Uhr vierzig, Mordbubs

Gesprächspartner konnte also nur ein Richter sein. Bub kam schnell zur Sache.

»Ich bin eben aus dem Urlaub zurück und sehe da diese Sache, die mein Kollege Feldhoff angeteicht hat. Hat die Kripo …«

Da konnte Beate noch etwas lernen: wie man lügt, ohne rot zu werden, oder wie man die Wahrheit benutzt, um einen völlig falschen Eindruck zu erzeugen. Sicher nahm der Richter jetzt an, Bub sei der zuständige Kollege …

»Eben, eben, da verstehen wir uns richtig. Stimmt.« Pause. »Nein, ich komme morgen nicht, bin verhindert Aber das macht nichts, Feldhoff wird es schlucken. Beschwerde? Unsinn, das kriegen Sie schon hin. Ihre Begründungen kenne ich doch, bombensicher machen Sie das, ich bin ja auch schon mal auf den Bauch gefallen …«

Er verdrehte theatralisch die Augen, und Beate grinste. Honig ums Maul schmieren, so was tat Mordbub nur im Notfall. Warum engagierte er sich so? Plötzlich fielen ihr die Gerüchte wieder ein, die damals, als Feldhoff ins Kapitaldezernat gewechselt war, die Runde gemacht hatten. Es hatte intern einen Aufstand gegen ihn gegeben, und Mordbub war der Wortführer gewesen: So einen Karrieretyp können wir hier nicht brauchen, der Mann ist ungeeignet. So einer passt nicht zu uns. Okay, Berichte kann er pinseln und Beschwerden abbügeln, aber Mord und Totschlag? So einer will mit den Jungs von der Kripo klarkommen?

Beate hatte in ein Wespennest gestochen. Mordbub musste sich die Hände reiben: Endlich hatte er einen Ansatzpunkt gefunden, den missliebigen Kollegen auszuhebeln. Das alles war nichts als Munition für seinen privaten Krieg. Beate Fuchs zwischen den Fronten.

Sie schämte sich für ihre Gedanken, als sie Mordbubs nachdenkliche Miene sah.

»Und? Was ist los?«, fragte sie.

»Der Haftbefehl gegen Rönninghaus wird morgen aufgehoben. Gerade noch rechtzeitig, sonst hätten wir Sie ins Spiel bringen müssen. Und das«, er zögerte und schlug eine Faust in die Fläche der anderen Hand, »wäre für einen bestimmten Herrn sehr unangenehm geworden.«

»Wieso? Ich meine …« Beate brach ab.

»Schon mal was von Verfolgung Unschuldiger gehört? Da ist er haarscharf dran vorbeigerauscht. Aber nur, weil die Kripo Glück hatte. Sie haben nahezu alle Kneipen in Kalk abgeklappert, bis sie einen Zeugen fanden, der sich mit Rönninghaus unterhalten hatte. Und zwar schon um neunzehn Uhr dreißig. Damit ist er aus dem Rennen. Aber man hätte ihn sowieso nie überführen können.«

»Sie meinen die blutende, ungefährliche Wunde auf der Stirn von Donatus, nicht? Passt doch zur Notwehr wie die Faust aufs Auge.«

Mordbub grinste. Breit und unverbesserlich wie immer.

»Nur«, Beate dachte laut, »warum macht Feldhoff so etwas? Geschenkt, jeder verbohrt sich mal. Ist mir auch schon passiert. Und Ihnen auch«, fügte sie wütend hinzu.

Mordbub schüttelte sich vor Lachen, der blöde Hund. Trotzdem sprach sie weiter.

»Aber das hier? Es reichte einfach nicht aus. Und mich pfeift er zurück, obwohl ich Rönninghaus von Anfang an hätte entlasten können …«

Ächzend stand Mordbub auf und streckte sich.

»Wir werden den Fall wohl im Auge behalten müssen, wie?«

Geschafft. Er war auf ihrer Seite. Beate spürte, wie sich neue Energie in ihr aufbaute.

»Genau.« Jetzt preschte sie vor. »Also, zuerst werde ich mal eine Registeranfrage wegen dieser merkwürdigen BEAUTY OF C. GMBH starten, und wenn ich die Namen der Gesellschafter und Geschäftsführer habe, sehe ich mal in unserer Kartei nach. Wenn ich nur wüsste, wie diese Corinna weiter heißt … Aber das kriege ich schon raus. Da fällt mir noch was ein: Was sagen Sie Feldhoff, wenn er Sie fragt, was wir miteinander …«

»Kein Problem. Was man eben sagt in solchen Fällen: Der Dezernentin wurde das Erforderliche eröffnet. Sich fremde Akten unter den Nagel reißen, so was tut man doch nicht!«

Er behielt das letzte Wort. Das würde sich wohl nie ändern.

Als Beate die Wohnungstür öffnete, stach ihr sofort der Geruch von Farbe und Terpentin in die Nase. Das unmelodische Pfeifen im hinteren Ende des langen, schlauchartigen Flurs konnte nur bedeuten, dass Schmitzi am Werk war. Schmitzi: Nun lebte er schon seit einem Monat bei ihnen, ohne dass sich an der Situation auch nur das Geringste verändert hätte. Gundula und er mieden eine Aussprache wie der Teufel das Weihwasser, und Lutz hatte seine Therapieversuche eingestellt. Die Zeit wird eine Lösung bringen, das war der Stand der Dinge. In der Zwischenzeit hatte Schmitzi es sich bei ihnen gemütlich gemacht, zahlte seinen Mietanteil und werkelte in der Wohnung. So wie jetzt.

Beate knallte die Tür zu und stapfte den Flur entlang. Schmitzi stand auf einer Leiter und pinselte ein Monstrum von Schrank an, den er unterhalb der Decke eingebaut hatte. Knallrosa mit lila Umrandung. Überall lagen Holzspäne, Haufen von Sägemehl und Werkzeug herum, offene Farbtöpfe und verschmiertes Zeitungspapier machten ein Weiterkommen unmöglich. Kater Humphrey saß in sicherer Entfernung und schaute neugierig, aber naserümpfend dem Schauspiel zu.

»Was machst du denn da?« Kaum war die Frage heraus, hätte Beate sich auf die Zunge beißen können.

Schmitzi machte kugelrunde Augen und gab die zu erwartende Antwort. Sie war selbst schuld.

»Das siehst du doch. Ist doch alles verschenkter Raum hier, drei Meter achtzig hohe Wände und kein Stauraum. Wie findest du das?«

»Hättest du nicht wenigstens wegen der Farbe mit uns reden können«, nörgelte sie. »Und überhaupt, wie sieht das hier aus! Wenn du dich schon im Haushalt betätigen willst, bitte schön, das Klo sieht aus wie – ach, ich weiß nicht …«

Sie spürte, wie ihr Tränen in die Augen stiegen. Sie war verletzt, wütend, ungeduldig. Und sie wusste nicht, warum. Beate konnte sich selbst nicht leiden. Ihr blieb nur die Flucht in ihr Zimmer. Sie warf sich aufs Bett und vergrub den Kopf im Kissen. Das Bett war ungemacht, Staubflocken lagen auf den Bücherregalen, die Fenster sahen trübe aus, und der Teppichboden war seit Wochen nicht mehr gesaugt worden. Das wusste sie alles, ohne hinzusehen. Scheißleben. Stress im Büro, weil die Polizei kurz vor Jahresende sämtliche ungelösten Fälle der Staatsanwaltschaft übersandte – für die hatte der Fall sich dann erledigt, egal, ob noch Ermittlungen zu führen waren oder nicht. Zu Hause nur Chaos. Keiner, der auf sie wartete … Draußen war es ewig dunkel, wenn sie ging und wenn sie kam. Und dann Weihnachten. Zu ihren Eltern ging sie schon seit Jahren nicht mehr, aber Weihnachten allein, das war noch viel schlimmer. Die meisten ihrer Freunde besuchten eben doch Eltern oder Schwiegereltern, und die Suche nach nicht feiernden Singles wurde von Jahr zu Jahr mühsamer. Sogar Lutz kehrte für drei Tage in den Schoß seiner Familie zurück. Und kein Mensch, in den sie verliebt war ... Ob sie nicht doch mal eine Annonce aufgeben sollte? Neid stieg in ihr auf, wenn sie an ihre Kollegen dachte. Die kamen nach Hause in einen wohl organisierten Haushalt mit Frau und Kindern. Die Gören hatten sich tagsüber ausgetobt und konnten abends pflegeleicht mit etwas Spielen und einer Gutenachtgeschichte abgespeist werden ...

Sie wälzte sich in die Rückenlage und starrte die Decke an. Wenn wenigstens in die Donatus-Geschichte Bewegung käme, aber seit zwei Wochen wartete sie nun auf den Handelsregisterauszug, und auch Mordbub hatte keine Neuigkeiten. Klar war nur, dass Feldhoff alle Hände voll zu tun hatte mit den zahlreichen Beschwerden von Rönninghaus. Gestern hatte der verfolgte Nachbar sogar eine Petition beim Landtag eingereicht. Es geschah Feldhoff recht. Beate seufzte.

Alles Unsinn. Erfolg im Beruf war ja ganz schön; aber letztlich täuschte er nur darüber hinweg, dass sie mit ihrem Leben unzufrieden war. In diesem Moment klopfte es. Schmitzi. Auch das noch, schon wieder jemand, der nur Probleme hatte ...

»Komm schon rein«, rief sie und setzte sich auf.

Schmitzi trat vorsichtig ein und blieb verlegen in der Nähe der Tür stehen. Seine dreckigen Turnschuhe hatte er im Flur gelassen, und da stand er nun, die Daumen hinter die Träger seiner Latzhose gehakt. Er trug feuerrote Socken, und das riesige Loch an der rechten großen Zehe rührte Beate.

»Tut mir Leid«, murmelte sie. »Ich habe eben auch nicht immer gute Laune.«

»Ich habe alles weggeräumt«, entgegnete Schmitzi aufatmend. »Und im Backofen ist Pizza. Wenn du willst, können wir gleich essen.«

Pizza. Typisch. Schmitzi sah aus, als ernährte er sich ausschließlich von Pizza und Nudeln. Und Bier, viel Bier sogar. Andererseits: Bei ein wenig gutem Willen konnte man seinen Körper als kräftig bezeichnen. Solide, barock vielleicht. Gut, viele Haare hatte er nicht mehr, und seine Hände waren derb – aber die leuchtend blauen Augen und der sensible Mund … Beate riss sich zusammen.

»Toll. Genau darauf hätte ich jetzt Lust. Haben wir noch Wein da?«

Nach dem dritten Glas fühlte sie sich gut. Sie überlegte gerade, ob das nur an der Mahlzeit und dem Alkohol lag oder an Schmitzis wärmender Gesellschaft, da legte er seine Hand auf ihre. Erstaunt sah sie ihn an.

»Also, wenn ich dir irgendwie helfen kann, ich meine … Ihr habt mir doch auch geholfen«, sagte er.

Konnte er Gedanken lesen? Das war doch lächerlich. So vereinsamt war sie nun wirklich noch nicht … Aber vielleicht war er ein guter Freund?

»Hast du nicht ein Auto?«, fragte Beate und zog unauffällig ihre Hand weg, um nach der Zigarettenpackung zu greifen. »Du könntest mir tatsächlich helfen. Ich habe dir doch von der Sache erzählt, die mir in Kalk passiert ist.«

Schmitzi hing an ihren Lippen.

»Weißt du, wenn wir uns mal in der Nähe dieser Kosmetikfirma postieren könnten, das wäre gut. Muss ja nicht lange sein, aber möglicherweise kriegen wir etwas heraus. Na ja, und wenn nicht, dann gehen wir einen trinken. Ich lade dich ein.«

»Jetzt?« Schmitzi sah enttäuscht aus.

»Genau. Und wir verkleiden uns ein wenig, damit wir nicht auffallen. Du verstehst schon, Gel ins Haar und Lederklamotten. Wir spielen einfach so was wie Undercoveragenten, das bringt uns bestimmt auf andere Gedanken!«

Beate war Feuer und Flamme. Sie wusste, dass Schmitzi ein Karnevalsjeck war und über einen riesigen Kostümfundus verfügte, der jedes Jahr aufgestockt wurde. Und richtig, Schmitzis Augen leuchteten auf.

»Du meinst so was wie auffällig unauffällig? Kein Problem, du wirst staunen!«

Weg war er, und erst, als Beate vor dem Spiegel stand und einen schwarzen Kajalbalken auf den Lidrand strichelte, kamen ihr leise Gewissensbisse. Nutzte sie Schmitzi mit dieser Aktion nicht schamlos aus? Und wenn es gefährlich wurde? Sie schmierte sich Gel ins Haar und kämmte die Locken aus dem Gesicht. Nur wenige Strähnen zog sie über die Stirn. Jetzt noch dunkelroter Lippenstift, und ein fremdes Gesicht starrte ihr entgegen. Die Brille müsste eigentlich etwas flippiger sein, aber die konnte sie so schnell nicht ändern. Beate probte einen gelangweilten Gesichtsausdruck. So oder ähnlich sahen sie doch aus, die Kinder der postmodernen Generation …

Sie zog ihren schwarzen Lederrock an und einen grauen Pullover, schwarzes Halstuch und darüber eine kurze Lederjacke. Mamis Schnürstiefeletten rundeten das Bild ab. Wahnsinn. Im Flur, auf der Suche nach der Handtasche, stieß sie mit Schmitzi zusammen. Sie traute ihren Augen nicht. Ein lila Zöpfchen baumelte an den Resten seines schütteren Haupthaares, er trug Motorradkluft und hatte den Bauch mit einem nietenbewehrten Ledergürtel festgezurrt. Er roch durchdringend nach einem Parfum, das sie aus ihrer Jugendzeit kannte und das sie immer an Indien und Marihuana erinnerte. Selbst sein Gang war verändert: Er bewegte sich in diesem unerträglich raumfüllenden Wiegeschritt, bei dem die Hüften sich steif nach vorn schieben.

»Hey, Baby«, nuschelte er. »Siehst stark aus. Machen wir 'n Abflug?«

Das Ganze begann Spaß zu machen.

Im Treppenhaus begegneten sie Lutz, der sie keines Blickes würdigte, sondern sich platt an die Wand drückte, um sie vorbeizulassen. Kleider machen Leute, dachte Beate, wie wahr.

Sie mussten bis zum Gotenring laufen, wo Schmitzis Volvo stand.

Der Motor schnurrte rund und zuverlässig. Beate erklärte den Weg. Allmählich wurde es warm im Auto, aus dem Radio dudelte Musik, und Kalk hatte seinen Schrecken verloren. Schmitzi zündete ihr eine Zigarette an, und Beate kuschelte sich tiefer in den Sitz, der einen anregenden Duft von Leder verströmte.

»Na, hoffentlich finde ich da einen Parkplatz«, sagte Schmitzi. »Rolshover Straße Ecke Dillenburger? Mal sehen.«

Gefühlvoll lenkte er das Schlachtschiff durch enge Einbahnstraßen, bis sie endlich an der richtigen Stelle standen; im absoluten Halteverbot zwar, aber lange wollten sie sowieso nicht bleiben. Beate stieg aus und ging die paar Schritte, bis sie freien Blick auf die

Einfahrt zur Beauty-Firma hatte. Das Tor stand offen, und aus dem Spalt unter der Metalltür drang Licht auf den düsteren Hof. Ein gutes Zeichen. Sie lief zum Auto zurück und stieg ein.

»Vielleicht haben wir Glück. In der Firma ist noch Licht. Sag mal, könntest du vielleicht kurz in die Kneipe da vorn gehen? Ich kann nicht, ich bin dort schon bekannt.«

»Hör mal, was wollen wir eigentlich hier? Leute beschatten, oder was? Ich denke, du willst nur mal sehen, was hier los ist?« Schmitzi war skeptisch.

»Ach bitte, nur eben schnell reinschauen, ob da eine Frau mit langen schwarzen Haaren ist, mehr will ich gar nicht wissen«, bettelte sie.

»Okay.« Er gab nach. »Nur eben noch zu Ende rauchen.«

In diesem Moment tauchte sie auf. Sie bog von der Dillenburger Straße in die Rolshover ein und kam mit energischen Schritten auf den Volvo zu. Beate unterdrückte den Impuls, wegzutauchen. Sie stieß Schmitzi heftig an.

»Das ist sie, hinterher«, zischte sie. Die langen schwarzen Haare wehten wie ein Schleier hinter der Frau her. Schon war sie am Auto vorbei, und Beate hatte nur einen flüchtigen Eindruck von dem weißen Oval erhaschen können, das vage in einer Masse von Schwarz zu schweben schien.

»Wie denn?«, fragte Schmitzi seelenruhig.

Er hatte Recht. Wie sollte er hier wenden, und wie sollten sie die Frau beobachten, von der anderen Straßenseite aus, bei Tempo zehn vielleicht? Beate verfolgte die Schwarzhaarige im Seitenspiegel. Ihr schien etwas einzufallen, denn sie blieb plötzlich stehen und fuhr sich mit einer nachdenklichen Geste durch die Haare. Dann kehrte sie um und lief den ganzen Weg zurück.

»Sie kommt«, flüsterte Beate, als könnte die andere sie hören. »Warten wir erst mal ab.« Sie zog heftig an der Zigarette. Ihr Herz hämmerte.

Die dunkle Gestalt ging nur einen Meter entfernt an ihnen vorbei, noch immer in diesem schnellen Schritt. Absätze klackten auf dem Pflaster.

»Wir lassen ihr einen Vorsprung, es wäre zu auffällig, wenn wir hier so durch die Gegend schlichen«, schlug Schmitzi vor und stierte in die Dunkelheit.

Als die Frau kaum noch zu sehen war, ließ er den Motor an und fuhr los. Er überholte sie und bog bei der nächsten Gelegenheit rechts ab. Dort wendete er und blieb stehen. Nach einigen Minuten überquerte die Schwarzhaarige die Seitenstraße. Noch immer ging sie stur geradeaus.

»Mann, du bist ja ein Profi, gut gemacht«, lobte Beate.

»Glück, nichts weiter«, gab er zurück und ließ den Motor wieder an.

Langsam bog er nach rechts ein. Die Frau war nicht mehr zu sehen. Beate suchte den Bürgersteig der rechten Straßenseite ab. Alles umsonst, sie war ihnen entwischt. Nein, da vorn!

»Ich hab sie, sie hat die Straße überquert und verschwindet gerade in einer Einfahrt, da links, siehst du nichts?«, schrie sie.

Schmitzi trat aufs Gas, und der schwere Wagen schoss los. Als seine Scheinwerfer das Dunkel zerschnitten, war nur noch ein Schatten zu erkennen, der eben mit dem Schwarz einer Einfahrt verschmolz. Dann glitt der Lichtstrahl weiter und löschte das Bild aus. Schmitzi wendete und stellte sich direkt auf den Bürgersteig. Eine hohe Fabrikmauer begrenzte den Ausblick nach rechts. Weiter vorn hing ein Schild, dessen Aufschrift von hier aus unleserlich war.

»Wo sind wir?«, fragte Beate.

Schmitzi lächelte überlegen.

»Du kennst das hier wirklich nicht? Liest du keine Zeitung? Das ist die ehemalige Gottfried-Hagen-Fabrik, da vorn steht's doch, KAW, Akkumulatoren, alles verseucht hier. Wird abgerissen. Ein paar Künstler haben sich hier niedergelassen. Die Frage ist nur: Was machen wir jetzt?«

»Sollen wir uns den Laden mal ansehen?«

Schmitzi seufzte ergeben: »Ich werde dich kaum davon abhalten können.«

Sie stiegen aus und liefen entlang der Mauer. Tor 1, hier war die Schwarzhaarige hineingegangen. Nach einer Weile hatten sich die Augen an die Lichtverhältnisse gewöhnt. Aufgehellt durch einige Bogenlampen und erleuchtete Fenster, bot sich das Bild eines heruntergekommenen Fabrikgeländes aus der Zeit der Jahrhundertwende. Ziegelsteinbauten um einen Betriebshof; weiter hinten ragte ein einsamer Schlot in den Winterhimmel. Aber die Ruinen waren belebt, kein Zweifel. »Achtung Kunst«, warnte ein Schild, auf einem anderen wurde auf einen geheimnisvollen »Templo Amazonica« hingewiesen.

Sie stolperten auf dem überwucherten Kies weiter. Rechts stand eine Begrenzungsmauer, in die ein viereckiges Loch gestemmt war. »Kiosk«, hatte ein Witzbold das Ganze betitelt. Hinter dem Loch dehnte sich eine öde Fläche. Vergiftetes Brachgelände, über dessen Entsorgung wahrscheinlich ein zäher Politikerstreit tobte. Neben diesem Fenster kauerte eine Holzskulptur in einer Nische. Es war unheimlich hier. Beate griff nach Schmitzis Arm und schmiegte sich eng an ihn. Außerdem war es saukalt, und sie hatte keine Ahnung, wo die Schwarzhaarige geblieben war.

Die Stille wurde jäh unterbrochen. Harte Rockmusik dröhnte aus einem der bewohnten Gebäude. Beate zuckte zusammen, und Schmitzi schob sie in den Schatten eines Gebäudes, das im rechten Winkel zu der Mauer stand.

Nichts. Sie gingen weiter und stolperten beide über einen Baumstamm, der heimtückisch einfach so dalag. Schmitzi bremste ihren freien Fall. Als Beate wieder stand, sah sie das Schild, das – zu spät – den Baumstamm als Eigentum eines Bildhauers auswies. Genauso plötzlich, wie die Musik eingesetzt hatte, trat nun wieder Stille ein.

»Ich glaube, das reicht«, flüsterte Beate. »Das bringt ja doch nichts, und außerdem finde ich es reichlich ungemütlich.«

Schmitzi nickte, zog sie aber weiter nach rechts. Was wollte er da bloß? Aber wenn er meinte, gut. Schließlich war das Ganze ihre Idee gewesen, und jetzt, da er Geschmack daran fand, hatte sie kein Recht …

In diesem Moment hörten sie Schritte auf dem Kies knirschen. Ein grotesk langer Schatten glitt über den Boden. Das Knirschen wurde immer lauter. Schmitzi gab ihr einen Stoß, sodass sie wie von selbst auf eine Mauer kletterte. Er kam hinterher, nahm ihre Hand, und sie sprangen ab. Sie landeten weich auf einem Haufen aus Laub und Ästen und gingen schnell hinter der Mauer in Deckung. Ein offenes Rundbogenfenster gewährte freie Sicht auf den Mann, der im Schein einer Bogenlampe stehen blieb. Pokerface. Er machte seinem Namen heute keine Ehre. Sein Gesicht war zu einer wütenden Grimasse verzogen.

»Corinna«, schrie er. »Wenn ich dich erwische! Wenn du nicht sofort kommst, dann … Ich weiß, dass du hier bist!«

Beate duckte sich noch tiefer und stützte sich mit der rechten Hand ab. Sie unterdrückte einen Aufschrei, als etwas Scharfes die Haut ihres Handrückens streifte. Sie drehte sich um und sah ein Krokodil. Sie erstarrte. Schmitzi fing leise an zu kichern.

»Ist alles Kunst hier«, flüsterte er. »Schau dich mal um!«

Es war gespenstisch. Da drüben der brüllende Kosmetikfritze, der sich offenbar gar nicht beruhigen konnte, und hier eine Welt aus kultischen Altaren, Knochen und Feuerstätten. Mittendrin ein ausgestopftes Wildschwein – und das Krokodil natürlich. Eigentlich war es ganz niedlich, aber die altertümliche Beinprothese dahinten, die einen Sicherungskasten zu zertreten schien, verursachte ihr doch eine Gänsehaut. Ein schönes Versteck hatten sie sich ausgesucht …

Eine Tür fiel ins Schloss. Corinna, die langen Haare nun zu einem Zopf geflochten, ging zögernd auf den großen Mann zu. Kaum war sie in seine Reichweite gelangt, holte der Mann aus und schlug ihr ins Gesicht. Ihr Kopf flog nach hinten, und sie trat stolpernd einen Schritt zurück. Unbeeindruckt starrte sie ihn an, als sei der Schlag nichts weiter als eine vollkommen normale Begrüßungsformel. Ihr Gesichtsausdruck, leer und neutral, hatte sich nicht verändert.

»Hör mal, Corinna«, fauchte der Mann sie an. »Deine Spielchen kannst du mit anderen machen. Man wartet auf dich. Wo hast du das Zeug?«

Die Frau deutete stumm auf ihre Umhängetasche und sah ihm weiterhin unverwandt ins Gesicht.

»Du warst doch sonst nicht so; erst die Story mit dieser Schnüfflerin, und jetzt willst du wohl auf eigene Rechnung arbeiten, was? Du weißt, was passiert, wenn das so läuft …« Beate lief es kalt über den Rücken. Corinna blieb ruhig.

»Hör auf zu labern«, sagte sie kalt. »Du brauchst mich, also was soll das? Ich bin doch da, was willst du? Ich denke nicht daran, nach deiner Pfeife zu tanzen.«

Der Große kochte vor Wut, aber er beherrschte sich.

»Du kommst jetzt mit. Ich setze dich ab, und danach sehen wir uns. Dann wird abgerechnet.«

Corinna wandte sich ab und spazierte aufreizend langsam in Richtung Einfahrt. Der große Mann war in wenigen Sätzen an ihrer Seite und legte den Arm um sie. Es war keine liebevolle Geste. Kaum waren die beiden verschwunden, sprang Schmitzi auf und half Beate hoch.

»Los, hinterher!« Das Jagdfieber hatte ihn ergriffen.

»Meinst du?«

Beate sah ihn zweifelnd an. Der Gedanke war verlockend, aber eigentlich reichte es für heute. Noch ehe sie lange überlegen konnte, stand Schmitzi schon auf der anderen Seite der Mauer und winkte ihr ungeduldig zu. Sie kletterte hinterher und rannte ihm nach. Gerade als sie das Gelände verlassen hatten, heulte ein Motor auf.

»Los, komm«, rief Schmitzi und spurtete zu seinem Wagen.

Völlig außer Atem, setzte sie ihm nach, riss die Beifahrertür auf und warf sich auf den Sitz – da fuhr er schon los. Hundert Meter weiter vorn bog das Auto, dem sie folgen wollten, eben ab. Als Schmitzi die Kreuzung erreichte, sprang die Ampel auf Rot um. Er stieg auf die Bremse. Beate, die noch keine Zeit gefunden hatte, den Sicherheitsgurt umzulegen, wurde nach vorn geschleudert und prallte mit dem Kopf gegen die Windschutzscheibe.

»Alles in Ordnung?«, erkundigte sich Schmitzi besorgt.

Beate nickte schwach und betastete ihre Stirn. Das würde eine schöne Beule geben, vielleicht auch einen Brummschädel; aber das war die Sache wert. Am Schreibtisch hätte sie in zwei Monaten nicht so viel erfahren wie hier in zehn Minuten...

»Der ist weg«, meinte Schmitzi, der noch immer den funkelnden Jägerblick hatte. »Ich kurve eine Weile herum, den krieg ich eben wieder. Halt mal mit Ausschau nach einem Audi, Kennzeichen K-HD oder ED, genauer habe ich es nicht mitgekriegt. Aber ich glaube, ich weiß schon, wo ich den finde.«

Wo war der gut genährte, gesellige und derzeit schwer leidende Hubert Schmitz geblieben, den Beate schon jahrelang kannte? Lag es nur an der Rockerkluft, dass er jetzt wild entschlossen wirkte, einem üblen Zeitgenossen auf der Spur zu bleiben?

»Kennst du dich hier aus?«, fragte sie. Die Gegend kam ihr vor wie eine gepflegte Version der South Bronx.

»Und ob, ich bin hier aufgewachsen. Und ich weiß auch, was ich suche. Die wollen doch Stoff verkaufen, oder habe ich das eben nicht richtig verstanden?«

»Kann schon sein.« Beate blieb skeptisch, aber sie musste sich eingestehen, dass ihr der gleiche Gedanke gekommen war.

Plötzlich bremste Schmitzi ab. »Den Laden schauen wir uns mal aus der Nähe an. Der hat einen gewissen Ruf.«

Im selben Moment löste sich ein Audi aus der Reihe geparkter Fahrzeuge. K-ED 433, Schmitzi sah Beate triumphierend an, dann parkte er in die Lücke ein, die der Audi für sie frei gemacht hatte.

»Capitol«, prangte die Neonschrift an einer grauen Fassade mit schwarz verklebten Schaufensterscheiben. Eine Tür mit rundem Spiegel wurde von einem Türsteher bewacht, der in seiner wattierten Jacke noch breiter wirkte, als er vermutlich ohnehin schon war. Ein mongolisch anmutender Bart hing traurig um seine Mundwinkel und betonte das fliehende Kinn. Wahrscheinlich brauchte das Etablissement keine Reklame.

Schmitzi warf einen Kaugummi ein und näherte sich dem Türsteher in dem zu Hause erprobten Gang. Beate fand, dass er übertrieb, aber der Typ schien mit Publikum dieser Art vertraut zu sein.

»Alles klar, Meister? Schon was los?«, knatschte Schmitzi gedehnt.

Beate hatte einen Taschenspiegel aufgeklappt und zog sich die Lippen nach, so als erwartete sie nichts anderes, als hineingelassen zu werden. Den prüfenden Blick des Türstehers vermied sie auf diese Weise jedenfalls.

»Ist das eure Karre?«, fragte der Kerl schließlich und deutete auf den Volvo. Es schien nicht der zur Klientel passende fahrbare Untersatz zu sein, aber Schmitzi reagierte prompt.

»Um Gottes willen, nur ausgeliehen, aber im Winter melde ich den Bock immer ab. Oder soll ich mir den Arsch abfrieren? Was ist, willste 'nen Ausweis sehen, oder reicht das da?«

Er zückte einen Zwanziger und hielt ihn dem Türsteher hin. Provozierend langsam nahm der den Schein entgegen und ließ ihn in seiner Faust verschwinden. Dann öffnete er die Tür.

Unbeschreiblicher Lärm einer Beate unbekannten Musikrichtung ließ sie fast zurückprallen. Schmitzi legte den Arm um ihre Schultern und ließ ihr keine Wahl. Ein Zwillingsbruder des Mongolen schröpfte sie erneut, erst dann kamen sie in den vollen Genuss dieser gastlichen Einrichtung. Als sich die Augen an das Schummerlicht und die Rauchschwaden gewöhnt hatten, konnte man eine hufeisenförmige Theke ausmachen, die den Raum in zwei Teile zerschnitt. Der vordere war wie ein Café aufgemacht und bot den Vorteil, dass man sich dort immerhin durch Zurufe verständigen konnte. Der hintere Teil diente offensichtlich als Tanzfläche. Dort musste der Lärm ohrenbetäubend sein. Zuckendes Licht ließ violette Gesichter, fliegende Haare und stampfende Gestalten aufblitzen.

»Und jetzt?«, schrie Beate.

Schmitzi antwortete in Zeichensprache, sie möge sich einen Platz suchen, während er zwei Bier besorgen wolle. Beate steuerte eine Eckbank an, die im hintersten Winkel und größtmöglicher Entfernung zu den Boxen stand. Unauffällig musterte sie die anderen Gäste, die teilnahmslos oder nervös wippend die Szene bevölkerten. Sie alle waren allein, auch wenn sie paarweise an den Tischen saßen. Als sie endlich saß, den Rücken zur Wand, konnte sie feststellen, dass sie in ihrer Aufmachung hier überhaupt nicht auffiel. Nur die Schminkerei hätte sie sich sparen können: Bei diesem Licht war der Aufwand schmählich vertan. Beate hielt sich an einer Zigarette fest und ließ die Atmosphäre auf sich wirken. Nur die Musik hatte Power; die Menschen strahlten verzweifelte Leere aus und schienen einander anzuöden. Wartesaalstimmung vor dem letzten Nachtzug. Vielleicht war dahinten die Stimmung besser, aber wahrscheinlich überließ man sich da nur dem stampfenden Rhythmus, der alles andere auslöschte.

Eine schmächtige Gestalt kam direkt auf sie zu. Beate stieß den Rauch so kräftig aus, dass ihr Gesicht für kurze Zeit hinter der Wolke verschwinden musste. Die Gestalt öffnete eine Tür und war weg. Beate saß genau neben dem Gang, der zu den Toiletten führte. Ein strategisch günstiger Platz.

Schmitzi bahnte sich einen Weg zwischen den eng zusammenstehenden Tischen hindurch, zwei Gläser Kölsch in der Hand. Gott sei Dank.

»Na, schon jemanden erkannt?«, fragte er.

Beate schüttelte den Kopf.

»Wir müssen nur warten, gleich nebenan ist das Klo. Das dürfte doch ein geeigneter Ort für illegale Transaktionen sein, oder?« Sie sprach direkt in Schmitzis Ohr.

»Nicht so laut«, empörte er sich. »Oder soll ich taub werden?«

Sie lachten und prosteten einander zu. Sofort registrierte Beate, dass dieses Verhalten absolut auffällig war. Außer ihnen hatte noch keiner gelacht. Es war unglaublich langweilig.

Schmitzi trank seine zweite Cola und Beate ihr drittes Kölsch, als endlich etwas passierte.

Corinna schlängelte sich, aus dem hinteren Raum kommend, an der Theke vorbei und ging zielstrebig in Richtung Toiletten. Wie zufällig standen zwei weitere Frauen auf und hatten dieselbe gute Idee. Die zwei Frauen waren eigentlich Mädchen, knabenhafte Geschöpfe mit kurzen Stoppelfrisuren, unreiner Haut und tief liegenden Augen. Vielleicht ließ sie aber auch nur der dunkle Lidschatten, den sie beide überreichlich benutzt hatten, so hohläugig aussehen. Ihre Bewegungen waren müde und wirkten merkwürdig verzögert. Die eine fummelte in ihrer Hosentasche, noch während sie die Tür zu den Toiletten öffnete. Die andere junge Frau, höchstens zwanzig, schätzte Beate, hatte den Arm ausgestreckt, um die Tür festzuhalten, die sich langsam hinter der anderen schloss. Nicht langsam genug, denn die Frau schaffte es nicht mehr, sondern erwischte die Klinke erst, als das Schloss schon wieder zugeschnappt war. Der Aufprall ließ sie einige Schritte zurücktaumeln.

Beate wartete, bis eine der beiden wieder herauskam. Dann ging sie ebenfalls. Der Gang war eng und schlecht ausgeleuchtet. Die erste Tür führte zur Herrentoilette, ein paar Schritte weiter lief man gegen einen Zigarettenautomaten, und dahinter lag das Damenklo. Geradeaus war noch eine Metalltür mit den Leuchtbuchstaben NOTAUSGANG zu erkennen. Beate schaute sich um und lief zu dieser Tür.

Natürlich verschlossen.

Im Damenklo herrschte gewaltiger Andrang. Eine Frau mit Punkfrisur und kunstvoll gelöcherten Jeans hing über dem Waschbecken und trank Leitungswasser direkt aus dem Hahn. Langsam richtete sie sich auf, wischte sich mit dem Handrücken den Mund ab, schaute in den Spiegel, klappte die Unterlippe weg und inspizierte ihr Zahnfleisch. Beate drückte sich an ihr vorbei zu dem Gang, in dem die zwei Toiletten lagen. Die dünne Frau mit der Stoppelfrisur lehnte, Beate den Rücken zugekehrt, im Türrahmen, einen Arm auf der anderen Seite abgestützt. An ihr kam man nicht vorbei. Auf dem

Handrücken der Frau waren mehrere entzündete Einstiche zu sehen. Eine Ledermanschette verdeckte das Handgelenk, das sicherlich nicht gesünder aussah.

»Hör mal, alles besetzt hier?«, fragte Beate.

Die Frau antwortete, ohne sich umzudrehen.

»Siehste doch.«

»Ich kann warten«, gab Beate zurück.

Jetzt drehte die Frau sich um und starrte Beate an. Aber sie schwieg. Die hintere Kabine öffnete sich, und eine wasserstoffblonde Frau trat heraus. Sie hatte vergessen abzudrücken. Ihre Stirn glänzte vor Schweiß. Sofort stürzte die dünne Kurzhaarige in die freie Toilette und verriegelte die Tür. Corinna blieb unsichtbar. Mit hundertprozentiger Sicherheit steckte sie in der ersten Kabine. Beate spitzte die Ohren. Tuscheln, das Knistern von Plastikbeuteln. Mist, die Blondine drehte den Wasserhahn auf und sang den Song mit, den man schwach von draußen hörte.

Dann war Beate allein im Vorraum, aber es passierte nichts. Nichts für sie Wahrnehmbares jedenfalls. Die Spülung rauschte, und die dünne Kurzhaarige kam wieder zum Vorschein. In der ersten Kabine tat sich immer noch nichts. Beate schloss sich in die hintere Kabine ein und überlegte kurz. Sie öffnete ihre Handtasche und wühlte in ihrem Portemonnaie. Dann holte sie einen Fünfziger heraus und schob ihn unter der Trennwand hindurch. Sie hielt den Atem an.

Sekunden vergingen. Eine silberbeschlagene Schuhspitze schob den Schein wieder zurück. So also lief das Geschäft nicht.

Als nebenan die Tür entriegelt wurde, wartete Beate einen Moment, drückte dann ab und verließ ihre Kabine. Corinna stand vor dem Waschbecken und fixierte Beate im Spiegel.

»Du hast eben 'nen Fuffi verloren«, sagte sie mit einer klaren Stimme, die jeden Augenblick scharf werden konnte. Ein klassisch schönes Madonnengesicht, bis auf die eisblauen Augen und die dünnen, harten Lippen.

»Verloren würde ich nicht sagen. Du bist doch Corinna, oder? Corinna …« Beate hob die Stimme. Sie glaubte eigentlich nicht, dass der Trick funktionieren würde. Doch es klappte.

»Sterny, und?«

»Und, und … Hast du nichts dabei? Eddi hat mir einen Tipp gegeben.«

Eddi, der Gorilla. Entweder die Empfehlung zog, oder sie hatte zu hoch gepokert. Corinna fuhr herum.

»Du bist das also, sieh mal an. Eddi hat mir nämlich auch einen Tipp gegeben, damit wir uns verstehen. Was willst du überhaupt? Wegen dir habe ich nur Schwierigkeiten, hau ab!« Das war ernst gemeint. Corinna warf ihren Zopf nach hinten und lief los.

Beate konnte nur hoffen, dass sie hier heil wieder herauskam. Jetzt musste sie tatsächlich aufs Klo, auch das noch. Sie verschwand wieder in der hinteren Kabine und schloss sich ein, was ihr ein Gefühl der Sicherheit gab. Außerdem war es nur gut, wenn sie länger wegblieb. Schmitzi würde sich Sorgen machen, vor der Tür auf sie warten und den Arm um sie legen. Und dann schnell zum Auto ...

Erleichtert verließ sie die Kabine und betrachtete sich im Spiegel. Wie hatte sie nur je auf den Gedanken kommen können, dass man ihr den Junkie oder was auch immer abnehmen würde? Sie sah viel zu gesund aus, zu lebendig, zu wach; daran änderten auch die Trauerränder um ihre Augen nichts. Total bescheuerte Idee.

Draußen war irgendetwas los. Ein Aufschrei, ein Scheppern, als stieße jemand gegen den Zigarettenautomaten, dumpfe Geräusche. Eine Tür knallte zu. Beate öffnete die Tür zum Gang einen Spaltbreit und sondierte die Lage. Nichts zu sehen.

Erst nachdem sie vorsichtig hinausgetreten war, spürte sie, dass jemand hinter ihr stand. Ein paar lange Schritte in Richtung Kneipe, weiter kam sie nicht. Wie ein Schraubstock umklammerte eine kräftige Hand ihren Oberarm. Es tat weh. Eddi zerrte sie herum. Er atmete stoßweise. Der Kerl brauchte dringend ein starkes Mundwasser. Ekel stieg in Beate hoch. Gorilla drückte sie gegen die Wand und hielt sie an den Schultern fest. Nun konnte ihr keiner mehr helfen. Beate schloss die Augen, holte tief Luft und riss ihr rechtes Knie nach oben. Eddi unterdrückte ein Stöhnen, ließ aber nicht los. Warum funktionierte das nicht besser? Sie trat ihm auf den Fuß und versuchte, unter seinem Griff wegzutauchen. Er lachte nur dämlich und umklammerte sie noch fester, diesmal an den Oberarmen. Blau und grün würde sie morgen aussehen, ganz bestimmt. Morgen? Sie schöpfte Mut, als sie daran dachte, dass ihr hier, in aller Öffentlichkeit, nicht allzu viel passieren würde.

»Und jetzt?«, fragte sie so frech wie möglich, aber ihre Stimme zitterte doch.

»Nur ein kleiner Denkzettel, Schnüfflerin.«

Sein Tonfall war so sachlich, dass Beate schlecht wurde. Der Mann tat seinen Job, sonst nichts. Er hob den rechten Arm, die Faust geballt. Beate schrie auf. Irgendwie war es ihr gelungen, die Arme hochzureißen und schützend vor das Gesicht zu halten. Der Schlag traf ihre Rippen, aber nur leicht, so als wäre er verrutscht. Ihr Herz raste. Dann sah sie den schmächtigen jungen Mann, der mit seinem ganzen Gewicht an Eddis rechtem Arm hing. Ein Tritt in die Kniekehlen, Eddi verlor das Gleichgewicht und stürzte zu Boden.

»Es wär wohl besser, wenn du jetzt gehst«, keuchte der junge Mann. Blasses, leicht pickeliges Kindergesicht. Mager wie ein Fohlen und ebenso staksig.

Beate lächelte ihm dankbar zu und rannte in die Kneipe.

Schmitzi war nirgends zu sehen, und Beate ahnte, wie es ihm ergangen war. Eilig kämpfte sie sich den Weg nach draußen frei – der Laden hatte sich erstaunlich gefüllt. Der Türsteher massierte sein Kreuz und sah noch finsterer aus als bei ihrer Ankunft. Sie verschwendete keinen weiteren Blick auf ihn und lief auf die Straße. Der Volvo stand nicht mehr da. Wo war sie überhaupt? Und wenn Eddi hinter ihr her war?

Irgendein Idiot hupte. Anhaltend. Scheinwerfer blinkten auf. Sie war so durcheinander, dass es einige Zeit dauerte, bis sie begriff, dass Schmitzi ihr verzweifelt Signale gab. Sie rannte zum Wagen und stieg ein. Sie saß noch gar nicht richtig, da fuhr Schmitzi schon an. Er sah fürchterlich aus.

»Mann, du bist ganz schön verbeult«, sagte sie.

»Nicht so verbeult wie mein Wagen«, knurrte er. »Da haben sie richtig reingetreten.«

Beate schwieg schuldbewusst.

»Aber weißt du was? Ich lasse ihn so. Gundi wird sich herrlich aufregen.«

Sein Grinsen war wie ein Sonnenaufgang.

Langsam ging es voran. Das Bild wurde klarer, das Knäuel entwirrte sich, und Beate hielt einen Faden in der Hand. Corinna Sterny war keine Unbekannte. Ihr Name war in der Zentralen Namenskartei der Staatsanwaltschaft verzeichnet, die zwar chronisch unzuverlässig war, manchmal aber auch eine Fundgrube sein konnte. Als Jugendliche hatte Corinna ein paar Verfahren wegen Ladendiebstahls und Haschrauchens gehabt, einmal war sie ohne Fahrerlaubnis gefahren (frisiertes Mofa); alles Kleinigkeiten, die nur zu richterlichen Verwarnungen geführt hatten, wenn die Staatsanwaltschaft die Verfahren nicht vorher schon eingestellt hatte. Das alles war lange her; zwischen diesen Verfahren und dem neuesten, das jetzt auf Beates Schreibtisch lag, klaffte eine Lücke von sechs Jahren. Auf den ersten Blick sah es so aus, als wären Corinnas Jugendsünden spurlos an ihr vorübergegangen, wie es so oft der Fall ist. Vielleicht aber ließ sich die Lücke auch anders erklären, jedenfalls wenn man zynisch war: ein Auslandsaufenthalt, ein Umzug, alles Mögliche bis hin zu einem längeren Knastaufenthalt konnte erklären, warum Corinna in den letzten Jahren nicht aktenkundig geworden war.

Das neue Verfahren stammte aus diesem Jahr und trug das Aktenzeichen 53 Js 637/93. Verdacht auf Handel mit Betäubungsmitteln.

Schon bevor Beate die Akte aufklappte, wusste sie, dass die Lektüre sie nur enttäuschen würde. Die Akte war harmlos dünn und trug den Stempel »weggelegt«, ohne dass die Blattzahl einer Anklage oder einer Hauptverhandlung vermerkt gewesen wäre; ein eingestelltes Verfahren also. Trotzdem begann sie zu lesen, denn manchmal ließen sich auch aus solchen Akten wertvolle Informationen gewinnen. Den Anfang machte die Durchschrift einer umfangreichen Aussage, die ein Junkie in einem anderen Verfahren gemacht hatte. Entsetzlich, der Typ hatte ausgepackt bis zum Gehtnichtmehr, hatte serienweise Autoaufbrüche und Dealgeschäfte gestanden und Lieferanten verpfiffen. Es war klar, worum es ging: Beate sah ihn vor sich, den Junkie, der sich um Kopf und Kragen redete nach einer Nacht im Polizeigewahrsam, voller Angst vor dem drohenden Haftbefehl, angetrieben von der Gier nach Stoff und der Aussicht, sich gemäß § 31 Betäubungsmittelgesetz einen Strafnachlass zu erquatschen. Je mehr Dealer durch seine Aussage aufflogen, desto weniger würde er selbst sitzen müssen. Das Ergebnis der Vernehmung war typisch: Heroin bekam er von einem großen Blonden namens Spitty in Ehrenfeld; Hasch und Codein-Compretten bezog er von einem Türken, der natürlich Ali hieß und einen Chevrolet mit Bergheimer Kennzeichen fuhr; alles möglichst ungenau. Eine halbe der insgesamt fünf Seiten war mit einem gelben Marker angestrichen.

»Von der Coco habe ich Speed gekriegt, meistens in einer Disco in Kalk, aber auch auf dem Neumarkt. Da treibt die sich regelmäßig rum. Das Zeug heißt Cadillac oder Ecstasy, das Stück für zwanzig Mäuse. Habe ich aber extrem selten genommen, nur wenn ich keine Kohle mehr hatte oder kein richtiger Stoff auf dem Markt war. Aber das Zeug geht ab, tierische Energie, echt stark, wenn man auf den richtigen Stoff warten muss. Woher die Coco das hat, weiß ich nicht. Ich glaube, sie heißt Corinna. Keine Ahnung, wo die wohnt.«

Das war das einzig Interessante an der ganzen Vernehmung, die wie üblich mit den Worten schloss: »Während der Vernehmung wurde mir Kaffee gereicht und ich durfte rauchen. Obwohl ich Entzugserscheinungen habe, konnte ich der Vernehmung folgen.« Darunter eine krakelige Unterschrift.

In der Hauptverhandlung gegen die verpfiffenen Dealer kippten diese armen Schweine dann regelmäßig um: Mann, ich war auf Turkey, ich wusste ja gar nicht, was ich da alles erzähle, und überhaupt, nur einmal gekauft und dann auch nur zwei Packs, zwei Gramm, Scheiße, habe ich nie gesagt; mit einem ängstlichen Blick auf den Angeklagten. Natürlich kriegten die plaudernden Junkies Druck von allen Seiten, aus dieser Falle gab es kein Entrinnen.

Die Polizei hatte Corinna Sterny als »Coco« identifiziert; allerdings blieb unklar, wie sie darauf gekommen war. Auch hier ein typischer Satz: »Bei der auf Bl. 4 als ›Coco‹ bezeichneten Dealerin handelt es sich nach diesseitigen Erkenntnissen um die Corinna Sterny, geboren am 9. 11. 1966 in Neuwied, registerbereinigt, unangemeldet wohnhaft bei Michel, Deutz, Kalker Str. 54, Köln ...«

Beate war wie elektrisiert. Michel! Wenn das nicht Konrad Michel war, Halter des Fahrzeugs Audi, amtliches Kennzeichen: K-ED 433, derselbe Konrad Michel, der als Geschäftsführer und Hauptgesellschafter der BEAUTY OF C. GMBH fungierte. Der Handelsregisterauszug, eben erst eingetroffen, war wie immer nichts sagend. Ein harmloses Unternehmen, das sich der Produktion und dem Vertrieb von Naturkosmetika widmete und vor gut einem Jahr eingetragen worden war. Ohne große Hoffnung hatte sie auch einen Zentralregisterauszug von Konrad Michel angefordert, aber viel konnte dabei nicht herauskommen: Wenn Michel die GmbH selbst und nicht wie üblich durch einen Strohmann führte, konnte er nicht allzu viel auf dem Kerbholz haben. Pokerface hieß also Konrad Michel.

Weiter. Die Polizei hatte Corinna observiert, aber wegen Personalmangels nur halbherzig, sodass sich daraus kein weiteres Verdachtsmoment ergab. Die Vernehmung selbst war völlig unergiebig. Zu diesem Unsinn äußere ich mich nicht, hatte Corinna erklärt und war gegangen. Nicht mal das Protokoll hatte sie unterschrieben. Das war's dann; Abverfügung zur Staatsanwaltschaft und auf der Rückseite, in kleiner Kritzelschrift, die Einstellung mangels Tatnachweises.

Da konnte man Feldhoff wirklich keinen Vorwurf machen, an der Sache war nichts dran.

Beate klappte die Akte zu und warf sie schwungvoll unter den Aktenbock. Karteikarten flatterten heraus, Auskünfte der Zentralen Namenskartei, die eine wohl ausgeleierte Büroklammer nicht mehr ordentlich zusammengehalten hatte. Seufzend drehte Beate sich mitsamt ihrem Stuhl um und sammelte die Kärtchen auf. Zwei Kärtchen zu Corinna Sterny und eins über ... Konrad Michel, geboren am 30. 9. 1964; Beschriftung: »keine weiteren Verfahren eingetragen«. Hier stimmte etwas nicht. Das Verfahren richtete sich doch überhaupt nicht gegen Michel, und Feldhoff hatte auch keine ZK-Anfrage verfügt ...

Beate blätterte die Akte noch einmal durch. Nichts, auch kein Hinweis auf das Geburtsdatum oder den Vornamen von Michel. Wie kam diese Karte in den Ermittlungsvorgang Sterny? Vielleicht hatte Feldhoff doch eine Anfrage veranlasst, auf einem losen Blatt möglicherweise, das die Geschäftsstelle nicht abgeheftet hatte und das verloren gegangen war? Beate zwang sich zur Ruhe, nur nichts überstürzen, langsam und logisch vorgehen.

Nach zehn Minuten konzentrierten Aktenstudiums wirbelten die Gedanken in ihrem Kopf. Wenn das stimmte, was sich da abzeichnete ... Beate sprang auf und lief im Zimmer umher. Feldhoff hatte die Akte manipuliert. Daran bestand kein Zweifel. Die Beweise waren eindeutig. Wie war das zu rechtfertigen, mit Überlastung vielleicht? Nicht schon wieder ein dickes Verfahren heranzüchten, lieber keine schlafenden Hunde wecken? Verständlich angesichts der Arbeitsbelastung in der BTM-Abteilung ... Der nächste Gedanke kam automatisch: Was, wenn Feldhoff für das Verfahren überhaupt nicht zuständig gewesen war? Mist, wo hatte sie den Geschäftsverteilungsplan abgelegt?! Diese Papierflut, die die Verwaltung in der edlen Kunst der Selbstbeschäftigung produzierte, lenkte und verteilte, versickerte irgendwo in den Tiefen des halbhohen Schrankes, der unter dem Fenster stand und die Heizung verdeckte. Ein Rinnsal nur noch, ausgetrocknet durch gezieltes Ausmisten; und dennoch quoll Beate ein ungeordneter Haufen Papier entgegen, als sie die Schiebetür öffnete. Hastig wühlte sie sich durch die Stapel, bis sie nach langem Suchen den dickleibigen Plan herausfischen konnte.

Da stand es schwarz auf weiß. Walter Fetten bearbeitete das Dezernat. 53 Js war seine Abteilung.

Dann hatte Feldhoff also ... Zu früh. Ihre Schlussfolgerung war schlicht übereilt. Wenn Feldhoff Urlaubsvertretung für Fetten gemacht hatte, war sein Verhalten sogar verständlich. Um ein Disziplinarverfahren würde er nicht herumkommen, jedenfalls wenn sie die Sache offiziell machte. Aber was, wenn mehr daran war, so etwas wie Strafvereitelung im Amt vielleicht? Beate schämte sich fast, als dieser Gedanke in ihrem Kopf mehr und mehr an Raum gewann. Feldhoff war schließlich ein Kollege, widerlich, einem Kollegen hinterherzuschnüffeln und ihn anzuschwärzen. Eine Krähe hackt der anderen kein Auge aus, ist doch so, oder? Es war Zeit für die Kaffeerunde. Sie würde Walter Fetten ganz unverfänglich fragen, ob er im Juli Urlaub gemacht hatte. Und dann weitersehen. Als sie die Zigaretten in die Hosentasche steckte und nach dem Schlüssel suchte, klopfte es.

»Ja?«, rief sie, alles andere als freundlich.

Zwei Damen traten ein. Oder vielmehr, eine robuste Dame trat ein und zog die andere, eine verschüchterte, rotnasige Frau in einem altmodischen Persianer mit Nerzkrägelchen, hinter sich her. Die Robuste trug einen knallroten Chintzparka mit einem Innenfutter aus Ozelot-Imitat, in der Taille so eng zusammengeschnürt, dass der gewaltige Busen balkongleich hervorragte. Mit festem Schritt kam sie auf Beate zu und lächelte kriegerisch. Die Kaffeerunde war gestorben. Beate setzte sich wieder hin und wies auf den einzigen Besucherstuhl, den die robuste Dame – Beate schätzte sie auf etwa fünfzig – auch sofort okkupierte. Die andere Frau sah auf die Spitzen ihrer feuchten Winterstiefel hinab und blieb wie verloren mitten im Zimmer stehen.

»So, da bin ich«, fing die flotte Fünfzigerin an und zog den Reißverschluss des Parkas auf. Darunter trug sie einen wuchtigen schenkellangen Pullover mit tausend Applikationen, dazu schwarze Samtleggins. Alles eine Spur zu jugendlich: das knallige Rouge, die gesträhnte Windstoßfrisur – aber irgendwie beeindruckend, das Ganze.

»Ja, guten Tag, wenn ich fragen darf ...«, setzte Beate an, noch immer nicht ganz da angesichts der Ungeheuerlichkeit, die sie eben entdeckt hatte.

»Na, hatte ich Ihnen doch versprochen, mich um die Sache zu kümmern. Krause mein Name, Sie werden das doch wohl nicht vergessen haben? Wie ich schon sagte, die Sache ist ausgestanden, mein armes Friedelein, was hat er mitgemacht ...«

Die breiten Goldarmbänder klirrten, als Frau Krause in ihrer Handtasche kramte. Beate dämmerte etwas. Friedhelm Dirksen. Sie wandte sich der anderen Frau zu, die eine Krokotasche umklammerte.

»Und Sie müssten dann Frau Sonntag sein? Marion Sonntag?«

»Klar ist sie das, Schätzchen. Wir wollten das hier nur abgeben.«

Frau Krause zauberte einen Briefumschlag aus den Tiefen des Nappalederbeutels hervor und überreichte ihn feierlich. Beate riss den Umschlag auf und entfaltete den DIN-A4-Bogen. In Schreibmaschinenschrift war eine Erklärung aufgesetzt, wonach Marion Sonntag keine Ansprüche mehr gegen Friedhelm Dirksen habe und ihre Strafanzeige zurücknehme.

»Darf ich bitte mal kurz mit Frau Sonntag sprechen? Ich meine, allein«, fügte Beate hinzu, als Frau Krause sie verständnislos ansah.

Die Dame brauste auf.

»Ja, glauben Sie etwa, ich hätte was damit zu tun? Also das hätte ich wirklich nicht gedacht; aber das liegt wohl an Ihrem Beruf, Kindchen, Sie haben es ja nur mit schlechten Menschen zu tun. Aber Sie haben ja Recht, man steckt eben nicht drin.«

So rasch, wie die Dame aufgebraust war, besänftigte sie sich auch wieder und räumte tatsächlich den Besucherstuhl. Sie warf der verhärmt aussehenden Frau Sonntag einen aufmunternden Blick zu und schob sie in Richtung Schreibtisch. Geräuschvoll schloss sie die Tür. Abgang der Siegerin.

»So, und Sie wollen die Strafanzeige zurücknehmen, lese ich?« Frau Sonntag starrte auf das Blatt Papier und nickte.

»Der Schaden ist bezahlt? Von Frau Krause, wenn ich fragen darf?«

»Ja. Aber das Geld war gar nicht so wichtig«, flüsterte Frau Sonntag und wurde rot.

»Nun«, sagte Beate vorsichtig. »Sie bekämen ihn auch dann nicht zurück, wenn er angeklagt oder verurteilt würde. Das hat nichts miteinander zu tun. Aber das wissen Sie selber, nicht?«

Unbehaglich sah sie in das blasse Gesicht. In den Augen blinkte es verdächtig. O Gott, dachte Beate, nur das nicht. Am Ende heule ich noch mit. Und so begann sie zu reden, über Betrug und Strafprozesse, Beziehungen und untreue Kerle – bis sie Frau Sonntag ein flüchtiges Lächeln abgerungen hatte.

»So, und ob der nette Herr Dirksen es lange bei Frau Krause aushält, das wissen wir beide nicht«, schloss Beate.

Das Telefon erlöste beide. Knurrend fragte Kieferle an, ob sie seit neuestem eine Extraeinladung zum Kaffeetrinken brauche. Frau Sonntag schüttelte Beates Hand und ließ sich zur Tür begleiten. Draußen lauerte die Rivalin. Sie platzte schier vor Ungeduld.

»Alles klar?« Frau Krause trat von einem Bein aufs andere.

Überraschenderweise war es Marion Sonntag, die antwortete.

»Im Moment ja«, sagte sie mit fester Stimme und wirkte überhaupt nicht mehr verhärmt. Beate sah ihnen nach, wie sie untergehakt und im Gleichschritt den Flur entlanggingen, und grinste.

Auf dem Weg zur Kaffeerunde holte sie Rosemarie ab, die, wie erwartet, begeistert aufgenommen worden war. Die Herren hatten sich wirklich verändert. Nie war es früher vorgekommen, dass einer beflissen aufgestanden wäre, um einen Stuhl anzubieten; nie zuvor hatten sie ihre wichtigen Gespräche für so etwas Überflüssiges wie einen Gruß unterbrochen. Und wie sie sich überschlugen, wenn es darum ging, Kaffee einzugießen!

Als sie heute gemeinsam Kieferles Zimmer betraten, war es nicht anders. Aller Augen richteten sich auf Rosemarie. Nur Bargfeld hörte nicht auf, ein ministerielles Telefax zu schwenken und Ausführungen zu machen, denen kein Mensch mehr Beachtung schenkte. In Rosemaries Windschatten schlüpfte Beate an den Herren vorbei und setzte sich neben Walter Fetten, der bereits die Kaffeekanne in der Hand hielt. Sein Mund hatte sich zu einem geradezu blöden Grinsen verzogen, das allerdings prachtvolle Zähne freilegte. Da konnte man glatt eifersüchtig werden. Beate hielt ihm ihre Tasse hin. Fetten schenkte ein, aber es war kaum mehr als ein Reflex. Männer. Rosemarie schien das alles nichts auszumachen. Mit größter Selbstverständlichkeit ließ sie sich auf dem Aktenbock nieder und schlug die Beine übereinander.

»Danke, ich sitze schon«, sagte sie nur und nahm ihre Tasse entgegen.

Langsam setzte das Gespräch, das sie unterbrochen hatten, wieder ein. Bargfeld war verstummt. Beleidigt knüllte er das Telefax zusammen; im Stillen bastelte er wohl schon an seinem Bericht. Säuerlich genug sah er aus. Mordbub ließ einen knackigen Witz los und beobachtete Rosemaries Reaktion. Als diese herzhaft lachte, ganz und gar undamenhaft, nickte er befriedigt. Kieferle rückte seine Krawatte zurecht. Da er sonst nur in sackartigen Pullundern über geöffnetem Hemdkragen erschien, machte ihm das neue Outfit schwer zu schaffen. Vermutlich würden sie alle bald wieder zur Tagesordnung übergehen.

»Du, Walter«, sagte Beate, »ich wollte dich was fragen. Ist nicht so wichtig, aber ...« Sie brach ab. Eigentlich hatte ihre Frage beiläufig klingen sollen, und nun fiel sie doch wieder mit der Tür ins Haus.

»Ich bin ganz Ohr.« Fetten lächelte noch immer verzückt und sah zu, wie Rosi ihre Kaffeetasse anmutig zum perfekt geschminkten Mund führte.

»Ganz Auge anscheinend auch«, warf Beate ein.

Er sah sie verständnislos an.

»Wie meinen?« Dann blitzte etwas von seinem sonst vorhandenen wachen Humor auf, und er grinste entschuldigend. »So sind wir Männer nun mal, die Optik ist nicht ganz unwichtig ... Eifersüchtig, Frau Kollegin?« Aber bevor Beate protestieren konnte, beschwichtigte er sie schon. »Na, als du hier reingeschneit bist, haben wir uns auch erst mal wie die Gockel aufgeführt, oder hast du das nicht gemerkt? Das ist der letzte Rest Steinzeit im Mann, aber es legt sich. Was wolltest du wissen?«

»Ach, nichts Besonderes, aber vielleicht ist es doch ganz interessant. Ich meine – hast du in diesem Jahr im Juli Urlaub gehabt?«

Es war heraus, endlich, und Beate hoffte, dass sie nur halb so gespannt aussah, wie sie auf seine Antwort wartete. Daher nahm sie eine Zigarette und konzentrierte sich auf das Ritual des Anzündens und des ersten tiefen Zuges, während Walter Fetten angestrengt nachdachte.

»Warte mal, Juli, wo waren wir denn dieses Jahr, ach ja, in Belgien. Und dann bei den Schwiegereltern im Süddeutschen, total verregnet, genau. Nein, das war im August. Warum?«

Beate sah sich um. Alle beteiligten sich lebhaft an einer Diskussion über den neuesten Sand im Getriebe, produziert von der Politik: die angeordnete Heranziehung der Gerichtshilfe, einer Institution, die man mit großem Trara eingeführt hatte und die nun mangels Aufträgen arbeitslos war.

»Bin doch keine Arbeitsbeschaffungsmaßnahme«, knurrte Kieferle gerade erbost.

Die waren beschäftigt ... Beate wandte sich wieder Walter Fetten zu.

»Ich habe da was rausgekriegt, es geht um eine Sache von dir. Wenn du nachher mal in mein Büro kommst, kann ich dir das zeigen ...«

»Aber gern. Du hast mich noch nie zu dir eingeladen!« Flirten war eine seiner leichtesten Übungen.

Mordbub schaltete sich ein. Ihm entging nichts.

»Pass bloß auf, Walter, so fängt das immer an. Und am Ende reißt sie sich die spektakulären Sachen unter den Nagel, ich habe da so meine Erfahrungen.«

»Ist mir egal«, konterte Fetten. »Ich habe ein paar mehr Verfahren im Monat als du mit deinen fünf. Auf eins weniger kommt es mir wirklich nicht an, im Gegenteil.«

Mordbub fiel nichts mehr ein, was selten genug vorkam. Beate lehnte sich zurück und schwieg. Sie würde Mordbub früher oder später sowieso einweihen. Lieber später, entschied sie. Er war scharf darauf, Feldhoff abzuschießen, aber das sollte nicht auf Kosten der Aufklärung des Falles Donatus geschehen.

Rosemarie gab das Signal zum Aufbruch, indem sie ihre Kaffeetasse gründlich ausspülte. Bargfeld machte noch eine weithin unbeachtete Anmerkung über hausfrauliche Qualitäten, dann war die Pause vorbei. Mordbub schoss einen scharfen Blick auf Beate ab, als sie zusammen mit Fetten zum Aufzug ging.

»So, was gibt's?« Walter sah sie aufmerksam an.

»Kannst du dich an die Sache erinnern?« Beate drückte ihm die dünne Akte Corinna Sterny, Verstoß gegen das Betäubungsmittelgesetz, in die Hand. »Eine Allerweltssache, aber irgendetwas müsste dir auffallen ...«

Fetten blätterte langsam, warf einen Blick auf die Handakte und pfiff leise durch die Zähne.

»Interessant«, sagte er. »Ich möchte nur wissen, wo mein Antrag auf Durchsuchung geblieben ist ...«

»Das wüsste ich auch gern«, erwiderte Beate. »Auf der Handakte steht, dass die Akte mit Antrag auf Durchsuchung zum Amtsgericht geschickt wurde, und zwar am achten Juli. Und am selben Tag stellt Feldhoff das Verfahren ein. Er muss sich die Akte aus der Geschäftsstelle geholt haben, wo sie schon im Postausgangsfach lag. Und dann noch etwas: Auf dem Übersendungsbogen der Polizei steht: zur weiteren Veranlassung im Hinblick auf den Vermerk Blatt zwölf. Blatt zwölf gibt es aber nicht; Blatt zwölf ist der Übersendungsbogen, nur dass der früher Blatt dreizehn war. Siehst du, hier ist einfach die Zahl geändert worden. Wie es aussieht, mit demselben Kuli, mit dem Feldhoff die Einstellung verfügt hat ...«

Sie schwiegen eine Weile.

»Weißt du noch, was die Polizei in ihrem Vermerk geschrieben hat? Was sollte denn durchsucht werden und warum?«

Fetten dachte nach.

»Tut mir Leid«, sagte er schließlich. »Solche Sachen kriege ich zu Hunderten auf den Tisch. Möglicherweise weißt du mehr als ich. Wie kommst du überhaupt an dieses Verfahren?«

»Ob wir mal den Kommissar vom 2. K. anrufen? Vielleicht hat der noch eine Zweitakte ...«, wich sie aus.

Aber Fetten hatte schon den Hörer in der Hand und wählte.

»Fetten, Staatsanwaltschaft, kann ich bitte mit Kommissar Fröhlich sprechen? Nein? Soso, und wann ... aha.« Er verzog das Gesicht. »Tja, da kann man nichts machen; aber vielleicht könnten auch Sie mir weiterhelfen. Haben Sie noch eine Durchschrift des Verfahrens Sterny, Tagebuch-Nr. 2. K. 3756/93/2? Okay, ich warte.«

Er trommelte nervös auf der Schreibtischplatte. Beate sah ihn gespannt an.

»Ja? Ach so, ja, ich weiß, dass die Sache der Staatsanwaltschaft übersandt wurde, aber unsere Akte ist außer Kontrolle geraten; deswegen rufe ich ja an. Wenn Sie so freundlich wären, ja, danke …«

Er verdrehte die Augen. »Wetten, dass die überhaupt nicht sucht, sondern nur für eine Weile den Hörer ablegt und sich die Nägel lackiert?« Er zwinkerte Beate zu.

Dieses Behördendeutsch! Außer Kontrolle geraten, was für eine hübsche Umschreibung der schlichten Tatsache, dass eine Akte verschwunden war … »Na ja, da kann man nichts machen«, sagte Fetten noch einmal. Dann warf er den Hörer auf die Gabel und war sauer.

»Außer Spesen nichts gewesen«, meinte Beate. »Fröhlich im wohlverdienten Weihnachtsurlaub und die Akte nicht zu finden, was?«

Fetten nickte versonnen.

»Du hast meine Frage noch nicht beantwortet. Um was geht es?«

Beate atmete tief durch.

»Das ist eine lange Geschichte«, sagte sie. »Kannst du dichthalten?«

Fetten legte die Hand aufs Herz und machte Dackelaugen, was ihm ausgesprochen gut stand. »Aber immer, schöne Frau.« Zum wiederholten Mal musste Beate sich in Erinnerung rufen, dass Fetten verheiratet war. Also noch ein Verbündeter, warum nicht? Und diesmal einer vom Fach, mit besten Drähten zum 2. K., dem Rauschgiftdezernat der Kripo.

»Also«, hob sie an. »Es begann damit, dass ein Verrückter bei mir hereinschneite und behauptete, jemanden umgebracht zu haben …«

Und wieso haben Sie den Zeugen Kleine zusammengeschlagen, ich meine, war das denn nötig?«

Beate fragte sich, warum sie ihr Gegenüber siezte. Das untersetzte Kerlchen auf der Anklagebank war fünfzehn Jahre alt, hatte einen ausgewachsenen Körper und das Gesicht eines pausbäckigen Erstklässlers.

»Ich wollte seine Jacke haben«, antwortete der Angeklagte, erstaunt über ihre blödsinnige Frage.

»Chevignon, ich verstehe. Das trägt man in Ihrer Clique, ist schon klar. Aber war es nötig, den Zeugen Kleine noch zu treten, als er schon am Boden lag? Der Junge ist zwölf und schmächtig, finden Sie das fair?«

Mit großen Augen stierte er sie an.

»Er wollte mir die Jacke nicht geben.«

Aha. Das Gemüt eines Babys, das brüllt, strampelt und sabbert, wenn seine Bedürfnisse nicht auf der Stelle befriedigt werden. Keine Spur von schlechtem Gewissen. Und aus so genanntem guten Elternhaus: Verteidiger zur Seite; Papi und Mami, gut gekleidet und mühsam beherrscht, in der ersten Reihe.

»Hören Sie, Sie haben doch schon zwei von diesen Jacken. Hat Ihnen wirklich keiner beigebracht, dass man so etwas nicht tut? Das war Raub, ein Jahr Mindeststrafe, wenn Sie erwachsen wären. Also noch einmal, wieso haben Sie das gemacht? Tut Ihnen das Opfer überhaupt nicht Leid?«

Beate ereiferte sich. Mist, sie musste aufpassen, sonst erreichte sie dieses Bürschchen überhaupt nicht. Moralpredigten waren mit Sicherheit nicht das Richtige. Aber er schien doch nachzudenken.

»Gekauft gilt nicht«, sagte er. »Ist zu langweilig.«

Dann kam nichts mehr. So war das also. Mami sprang auf.

»Er meint das nicht so«, rief sie in den Saal. »Er ist irgendwie in diese Kreise reingekommen, ich weiß auch nicht …« Sie führte ein Taschentuch zu den geröteten Augen und setzte sich wieder.

»Von uns hat er das nicht«, warf der Vater ein und zupfte an seiner Krawatte, die der Schriftzug eines bekannten Modeschöpfers zierte.

Auch der Verteidiger lenkte von der immerhin ehrlichen Antwort des Angeklagten ab. Er kannte seine Aufgabe.

»Nun, die Wahrheit ist: Dem Jungen tut die ganze Sache furchtbar Leid. Er hat es mir im Vorgespräch gesagt, aber hier in der Verhandlung … Und die Eltern dabei, da findet er nicht die richtigen Worte. So sind die Bengels nun mal, rotzfrech, wenn sie unter Druck sind. Aber wir waren doch alle mal jung.«

Mit schwungvoller Armbewegung schloss er alle im Saal 143 des Jugendschöffengerichts Anwesenden ein. Ein Schöffe zuckte wie ertappt zusammen. Beate sah es aus dem Augenwinkel und ergriff wieder das Wort. Richter Neumann war liberal, er duldete Wortgefechte zwischen Staatsanwaltschaft und Verteidigung.

»So, das ist ja interessant. Sie haben früher also auch schon mal kleinen Jungs, die Ihnen weit unterlegen waren, in die Nieren getreten, aufs Auge gehauen und ihnen die Jacke abgenommen, weil Sie die eben haben wollten! Was für ein Glück, dass das längst verjährt ist, Herr Verteidiger!«

»Ganz so war es natürlich nicht.« Er war in der Zwickmühle und wusste es. »Ich will den Vorfall nicht bagatellisieren. Aber müssen wir hier wirklich das ganze Geschütz des Strafrechts auffahren, wenn es sich doch offensichtlich um einen Erziehungsfehler handelt?« Dieser Satz gefiel Papi überhaupt nicht. Immerhin zahlte Papi die Verteidigung, was dem Anwalt auch schnell einfiel. »Na ja, es ist eigentlich weniger ein Erziehungsfehler als vielmehr eine Phase, eine vorübergehende natürlich, Sturm und Drang, Pubertät …«

»Sind wir eigentlich schon beim Plädoyer?«, unterbrach Beate sanft und sah Richter Neumann eindringlich an.

Liberalität hatte ihre Grenzen. Neumann ließ sich nur allzu oft die Verhandlungsführung aus der Hand nehmen.

»Ja, bevor wir die Beweisaufnahme schließen, sollten wir noch den Bericht der Jugendgerichtshilfe hören«, rang er sich durch. »Bitte schön.«

Der junge Mann im Schafwollpullover kam frisch von der Fachhochschule und beherrschte den Jargon perfekt. In dozierendem Ton trug er seinen Bericht über unauffällige Sozialisation, mangelnde Internalisierung von Werten und Ursprünge der Wohlstandskriminalität vor. Der Angeklagte polierte derweil seine Swatch und grinste Mami zu, die schwach zurücklächelte. Die Worte rauschten an Beate vorbei; dann und wann blitzten in dem Schwall einige Schlagworte auf wie: materielle Zuwendung statt Ansprache. Recht hatte er, der junge Mann, aber so lebten viele, und die wenigsten flippten so aus wie dieser Angeklagte. War die Wahrheit nicht viel einfacher: Der liebe Bengel war schlicht gefühlskalt und brauchte so etwas wie spürbare Strafe? Oder war sie selbst schon durch ihren Beruf geschädigt? Sie musste sich ein Grinsen verkneifen, als der junge Mann, der vom Blatt ablas, eine Empfehlung zur Behandlung des Falles aussprach: Teilnahme an Gruppenstunden des Jugendamtes zur Behebung sozialer Defizite.

Der Angeklagte gähnte.

Beate stand auf und legte die Hände zusammen. Das tat sie immer beim Plädoyer, allein schon deshalb, weil die Ärmel der Robe viel zu lang waren.

»Hohes Gericht«, begann sie. »Der Angeklagte ist geständig und steht zu seiner Tat. Das ist aber auch das einzig Positive, das sich über ihn sagen lässt. Ansonsten habe ich kein Wort des Bedauerns gehört, kein Wort der Entschuldigung gegenüber seinem Opfer, keine nachvollziehbare Erklärung dafür, wie es zu der Tat gekommen ist. Man kann die Sache bagatellisieren, wie es die Verteidigung gleich tun wird«, sie sah den Anwalt durchdringend an, »man kann sie aus den gesellschaftlichen Rahmenbedingungen heraus erklären, wie es die Jugendgerichtshilfe getan hat. Aber ich sehe die Sache ganz einfach. Da haben wir einen jungen Menschen, der Anerkennung in seiner Gruppe sucht; und das ist ihm so wichtig, dass er brutal, gefühllos und kalt einem anderen Menschen wehtut, ihn verletzt, und zwar so schwer, dass wir von Glück reden können, dass der Junge diese Attacke ohne bleibende Schäden überstanden hat. Diesem jungen Mann hier muss klargemacht werden, dass es so nicht geht. Ganz simpel nach dem Motto: Wer nicht hören will, muss fühlen. Geben wir ihm die Zeit, über sich und seine Tat nachzudenken, was er ganz sicher bis heute nicht getan hat. Ich beantrage eine Woche Dauerarrest.«

Sie setzte sich und wusste, dass sie das Richtige gesagt hatte: Der Fünfzehnjährige nahm sie zum ersten Mal ernst. In seinem Gesicht malten sich Angst und Schrecken.

Der Verteidiger tat etwas für sein Honorar: wies die unsachlichen Ausführungen der Staatsanwaltschaft zurück und haute voll in die Kerbe vom verwöhnten Einzelkind auf der Suche nach Zuwendung. Dann beantragte er Verwarnung (würde an dem Kleinen ablaufen wie Wasser), eine Geldbuße (würde Papi bezahlen) und die von der Jugendgerichtshilfe angeregten Gruppenstunden (würde der Junge auf einer Arschbacke absitzen und sich hinterher kaputtlachen).

Das Gericht zog sich zur Beratung zurück und kam mit der Verhängung von zwei Freizeitarresten wieder. War ja noch nie auffällig geworden, das liebe Kind. Mami sah aus, als würde sie Beate am liebsten das Gesicht zerkratzen. Zum ersten Mal verspürte Beate einen Anflug von Mitgefühl für den Angeklagten.

Die nächste Sache war von einem anderen Kaliber. Da ging es um die Wurst. Ein junger Mann namens Maik Schmidt, zwanzig Jahre, zuletzt vor einem Dreivierteljahr zu einem Jahr sechs Monaten Jugendstrafe mit Bewährung verurteilt – wegen zahlreicher Einbrüche und Verstoß gegen das Betäubungsmittelgesetz. Und jetzt? Hehlerei eines gestohlenen Weltempfängers, Verstoß gegen das Fernmeldeanlagengesetz (das Ding war auf Polizeifunk eingestellt), Verstoß gegen das Urhebergesetz durch Kopieren und Anbieten von Computerprogrammen und Fahren ohne Fahrerlaubnis in zwei Fällen. Wenn das alles stimmte, war es aus mit der Bewährung. Was sollte sie beantragen, unter Einbeziehung der alten Verurteilung eine neue Strafe von zwei Jahren ohne Bewährung? Maik. Komische Namen hatten diese Jugendlichen heute ...

Der Angeklagte betrat den Raum. Man erkannte es an der zögernden Art und Weise, in der der junge Mann hereinschlenderte, stehen blieb, den Blick durch den Gerichtssaal schweifen ließ – um dann doch auf die Anklagebank zuzusteuern. Beate nickte ihm zu, als er sie ansah. Er starrte sie unverschämt lange an, so als wollte er sich ihr Gesicht einprägen. Beate, die Gegnerin. Oder war es etwas anderes? Beate studierte ihre Akte, nur um diesem Blick auszuweichen. Eine Unsicherheit, die sie nicht erklären konnte. Oder doch? Ja, es war eindeutig.

Sie kannte Maik Schmidt. Die magere, schmächtige Gestalt. Der staksige Gang. Das blasse, leicht pickelige Kindergesicht. Die hellbraunen glatten Strähnen, die vom Mittelscheitel her etwas wirr bis in Höhe der Ohren herunterhingen, die Haare darunter millimeterkurz gestutzt ... Das war doch ...

Als sie ihn wieder ansah, lächelte er ihr zu. Auch er hatte sie wiedererkannt. Der unbekannte Retter, der ihr den Gorilla vom Hals gehalten hatte. Was nun? War sie nicht befangen? Ach Unsinn, aber trotzdem ... Und wie konnte sie das erklären? Entschuldigen Sie, ich kann die Anklage nicht vertreten, der junge Mann hat mir mal geholfen, als mich jemand ...

Richter Neumann und die Schöffen kamen herein und beendeten damit die fruchtlose Diskussion in ihrem Inneren. Tu, was du immer tun solltest, sagte Beate zu sich. Sei objektiv.

Und doch, schon als sie die Anklage verlas, kontrollierte sie sich misstrauisch. Klang ihre Stimme sonst nicht schroffer? Hörte es sich nicht schon geradezu entschuldigend an, wie ironisch sie den Paragraphen des Fernmeldeanlagengesetzes betonte?

Sie war froh, als sie sich setzen konnte.

»Sie haben gehört, was Ihnen vorgeworfen wird. Wollen Sie sich dazu äußern?«

Maik Schmidt nickte.

»Gut, dann fangen wir mal mit dem gestohlenen Weltempfänger an. Woher hatten Sie den?«

Richter Neumann ging gern systematisch vor, ließ sich aber, tolerant, wie er war, jedes Mal aus dem Konzept bringen. Wenn Beate Maik Schmidt helfen wollte, hatte sie Glück gehabt, dass sie an Neumann geraten war. Wenn sie Schmidt helfen wollte …

»Also, das Ding stand zwar in meiner Bude, aber es gehört mir nicht. Okay, ich gebe zu, dass ich Polizeifunk gehört habe, das ist echt spannend, aber sonst …« Nicht ungeschickt. Das hörte sich wie ein Geständnis an, war aber keins. Dazu der kleinlaute Tonfall, der offene Blick.

»Wem gehört das Gerät denn? Und wieso stand es bei Ihnen zu Hause?«

»Muss ich das sagen? Ich will keinem Schwierigkeiten machen …«

»Es könnte sein«, warf Beate ein, »dass ihm hier ein Aussageverweigerungsrecht zusteht, für den Fall, dass ein Verwandter Eigentümer des Geräts ist. Vielleicht sollte man den Angeklagten gemäß Paragraph zweiundfünfzig Strafprozessordnung belehren?«

Hatte sie sich zu weit vorgewagt? Neumann hob die Augenbrauen.

»Also, Sie müssen hier überhaupt nichts sagen als Angeklagter, das wissen Sie ja bereits. Sie haben doch Prozesserfahrung, nicht? Und Verwandte müssen Sie auch nicht belasten, da hat die Frau Staatsanwältin schon Recht.« Maik Schmidt atmete sichtbar auf.

»Aber darauf kommt es sowieso nicht an. Sie haben das Gerät

benutzt, hatten es also in Besitz, und es war geklaut.« Befriedigt lehnte Neumann sich zurück.

»Aber das wusste ich nicht!«, verteidigte sich Maik Schmidt. »Ehrlich, woher denn?«

»Nun, die Gerätenummer war herausgekratzt. Das hätte Ihnen zu denken geben müssen«, hielt ihm der Richter vor.

Schmidt war entweder ein guter Schauspieler oder wirklich ahnungslos. Angesichts seiner Vorstrafen tippte Beate auf die erste Möglichkeit.

»Gerätenummer? Wo ist die überhaupt? Mir ist nichts aufgefallen.«

Beate ahnte schon, dass die angebliche Hehlerei in keiner Weise ausermittelt worden war. Das Gerät selbst schlummerte noch im Asservatenkeller der Staatsanwaltschaft, wie sie der Handakte entnehmen konnte. Sie meldete sich zu Wort.

»Herr Schmidt, machen Sie uns nichts vor. Alle diese Geräte haben eine Nummer. Wir werden uns das fragliche gleich anschauen, und ich garantiere Ihnen, selbst ich als Laie finde sofort die Stelle, an der sie einmal angebracht war. Herr Vorsitzender, können wir das Gerät vielleicht mal in Augenschein nehmen?«

Sie war wirklich gemein. Richter Neumann murmelte etwas von »Gerät nicht greifbar«, sah betreten aus und erklärte dann mit fester Stimme, der Augenschein sei nicht erforderlich, denn Aussehen und Anbringung von Gerätenummern seien gerichtsbekannter Fakt. So ging es natürlich nicht. Die Strafprozessordnung galt auch im Jugendgerichtsverfahren, selbst wenn sie da nur selten eine Rolle spielte. Aber hier stand ein Schicksal auf dem Spiel: Da war es das Mindeste, dass juristisch sauber gearbeitet wurde. Vollendete Hehlerei kam sowieso nicht in Frage: Es war klar, dass man das Gerät keinem konkreten Diebstahl zuordnen konnte, ohne Nummer war das unmöglich. Beate erkundigte sich zuckersüß, wann und wo das Gerät denn entwendet worden sei.

»Das möchte ich auch wissen«, sagte Maik Schmidt. »Ich glaube das nämlich nicht, mein Onkel hat mit so was nichts zu tun. Scheiße, das wollte ich nicht …« Seine Pickel glühten. Er war wirklich überzeugend in diesem Moment.

Neumann blätterte in der Akte. Auch er ein Schauspieler. In der Akte stand nichts über einen Diebstahl, garantiert nicht.

»Nun, so genau weiß man das nicht. Schließlich und endlich: Die Nummer war herausgekratzt, wie soll man da wissen, wem das Gerät gehört hat …« Neumann kratzte seinen Bart.

Die Gelegenheit war günstig.

»Ich möchte einen Vorschlag machen«, sagte Beate. »Es kommt ja ohnehin allenfalls versuchte Hehlerei in Betracht; den Betrieb einer nicht genehmigten Funkanlage hat der Angeklagte eingeräumt; und wenn er auf die Herausgabe des Gerätes verzichtet, könnte man den Punkt im Hinblick auf die anderen Anklagepunkte einstellen.« Sie sah Maik Schmidt durchdringend an.

Er kapierte sofort.

»Klar, was soll ich mit dem Ding, es gehört mir sowieso nicht. Und wenn es geklaut ist, will mein … will es auch kein anderer wiederhaben.«

Offener blauer Blick, leicht verschämtes Grinsen in Richtung der vollbusigen Schöffin, die ihm mütterlich zunickte. Richter Neumann hielt eine flüsternde Beratung mit seinen Schöffen ab und diktierte dann die Einstellung gemäß § 154 Strafprozessordnung derartig rasch, dass der Protokollführer zu schwitzen begann. So, die Sache mit der Hehlerei war vom Tisch, der gefährlichste Anklagepunkt von allen. Zwischen Diebstahl und Hehlerei war kein großer Unterschied, und wegen Diebstahls stand Schmidt unter Bewährung …

»Tja, dann haben wir noch die Sache mit den Computerprogrammen«, fing Neumann an. Er wirkte hilflos. Offensichtlich hatte er keine Ahnung von dieser Materie.

Beate blätterte in ihrer Handakte. Das Verfahren war im September bei der Staatsanwaltschaft eingegangen, und schon im Oktober hatte der Kollege die Anklage verfasst. Mit heißer Nadel gestrickt offensichtlich: Strafanträge von geschädigten Firmen fehlten, Gutachten konnten nicht eingeholt worden sein. Daraus ließe sich Honig saugen, wenn sie Verteidigerin wäre … Sie war tatsächlich befangen … Andererseits, auch die Staatsanwaltschaft musste zugunsten des Angeklagten ermitteln, war lediglich der Gerechtigkeit verpflichtet. Also was hatte sie sich vorzuwerfen, wenn sie nach entlastenden Momenten suchte?

»Also, das war so. Auf einmal standen die Bul… äh, die Polizeibeamten in meiner Bude, mit einem Durchsuchungsbefehl. Angeblich sollte Hasch bei mir zu finden sein. War natürlich Quatsch, ich weiß gar nicht, wie die darauf gekommen sind. Und weil sie gerade da waren, haben sie den Weltempfänger mitgenommen, und dann haben sie meinen Computer gesehen und alle Disketten mitgenommen und ein paar Listen. Da sind eigene Programme von mir dabei, auch Originalprogramme …« Die Empörung stand ihm gut.

Neumann räusperte sich.

»Wollen Sie bestreiten, dass Sie Programme kopiert haben?«

Maik Schmidt, du solltest es nicht übertreiben, dachte Beate. Er schien Gedanken lesen zu können.

»Na ja, so dreißig bis vierzig Kopien sind schon dabei, meine ich. Aber die Hälfte habe ich gekauft. Und kopiert habe ich auch nur für mich, ehrlich. Die Dinger sind doch so teuer …«

Es lief immer besser für ihn. Mit dieser Aussage war er von der gewerbsmäßigen unerlaubten Verbreitung runter. Jetzt noch ein wenig Theaterdonner, und die nächste Einstellung war perfekt.

»Und das sollen wir Ihnen abnehmen? Was ist denn mit den Anbieterlisten, die die Polizei mitgenommen hat? Außerdem steht in der Anklageschrift etwas von Anzeigen in Computerzeitschriften – Sie sollen Programme angeboten haben?«

Beates scharfer Ton weckte seinen Kampfgeist, genau wie geplant.

»Das stimmt nicht! Die Liste habe ich für mich selbst gemacht, als eine Art Katalog; und die Anzeigen in den Zeitschriften habe ich nur angekreuzt, weil ich was kaufen wollte. Die waren nicht von mir, das schwöre ich!«

Beate lehnte sich zurück und sah Neumann in gespielter Frustration an.

»Was ist denn überhaupt ermittelt worden? Hat der Angeklagte nun Anzeigen aufgegeben oder nicht?«, fragte sie.

Neumann blätterte schon wieder in der Akte, sichtlich erbost. »Ermittelt worden ist gar nichts«, knurrte er. »Dass so was überhaupt angeklagt wird …«

Beate schoss zurück.

»Und wer hat das Verfahren eröffnet?«, erkundigte sie sich ironisch.

Das saß. Neumann schwieg beleidigt vor sich hin, und der Angeklagte sah verwirrt aus. Es war an der Zeit für ein kleines Plädoyer.

Beate wies auf das Fehlen von Strafanträgen hin, erwähnte die neueste BGH-Rechtsprechung, die für die Strafbarkeit entscheidend auf eine persönliche geistige Schöpfung des kopierten Werkes abstellte, hielt ein Gutachten zu diesem Thema für erforderlich und säte damit so viele Zweifel, dass Neumann schließlich aufgab.

»Und was machen wir jetzt?«, fragte er nur noch.

Auch dieser Anklagepunkt wurde eingestellt, nachdem Schmidt schweren Herzens einer Vernichtung der sichergestellten Disketten zugestimmt hatte.

Das Frisieren seines Motorrades gab er locker zu, der Rest war Formsache. Beate beantragte, aus erzieherischen Gründen die alte Jugendstrafe aufrechtzuerhalten und den Angeklagten zu einer Woche Dauerarrest zu verurteilen.

Maik Schmidt atmete tief durch.

»Ich nehme das Urteil an«, erklärte er.

Beate musste sich das Lachen verkneifen, als Neumann ihn darüber belehrte, dass dies nur der Antrag der Staatsanwaltschaft, aber keineswegs das Urteil sei.

»Ich nehme es trotzdem an«, sagte Schmidt.

Die mütterliche Schöffin zwinkerte ihm zu. In der Beratung würde sie ein Wort für ihn einlegen, das stand fest.

Das Urteil erging antragsgemäß und wurde sofort rechtskräftig.

Maik Schmidt verschwand so schnell, als habe er Angst, dass Neumann sich alles noch einmal überlegen könne, wenn er auch nur eine Sekunde länger bliebe. Beate war es recht. Sie packte übertrieben langsam Akten und Robe ein und mied Neumanns Blick. Vergebens. Bei ihrem hastigen »Wiedersehen!« sah er von den Entschädigungsformularen für die Schöffen auf – verkniff sich aber eine spontane Bemerkung. Stattdessen sah er sie lange und zweifelnd an. Dann entließ er sie mit einem kopfschüttelnden »Bis zum nächsten Mal« in die Freiheit.

Kaum war Beate draußen, atmete sie erleichtert auf. Beschwingten Schrittes eilte sie den Flur entlang; und als sie um die Ecke bog, hätte sie Maik Schmidt fast über den Haufen gerannt.

»Ich wollte mich noch bedanken«, sagte er.

»Wofür?« Es hatte verständnislos klingen sollen, aber Beate war nun einmal eine schlechte Schauspielerin. Sie ging zum Angriff über, als Schmidt sie ironisch lächelnd betrachtete. »Hören Sie, wenn Sie glauben, ich hätte Sie da wider besseres Wissen rausgepaukt – nach dem Motto: Eine Hand wäscht die andere –, haben Sie sich getäuscht. Ich habe mir absolut nichts vorzuwerfen. Was meinen Sie, wie viele Freisprüche ich schon beantragt habe, so was ist völlig normal. Sie brauchen sich also nicht zu bedanken …«

»Hey, hab ich gesagt, dass Sie was Illegales gemacht haben? Trotzdem, ich habe gedacht, jetzt geh ich ab; ich meine, zwei Jahre Knast sind Scheiße, und die waren drin.«

Beate nickte unwillkürlich und hätte sich am liebsten dafür geohrfeigt.

»Ich muss los«, murmelte sie und setzte sich in Bewegung.

Maik Schmidt blieb an ihrer Seite.

»Ich kann auch was für Sie tun.«

»Sie? Für mich? Da bin ich aber gespannt.«

Beate ging weiter. Sie wurde ihn nicht los; der junge Mann war fest entschlossen, seine Dankbarkeit unter Beweis zu stellen.

»Im Capitol neulich, da waren Sie doch hinter Corinna und Eddi her, oder? Vielleicht auch hinter Konrad Michel?«

»Halten Sie sich da raus. Das ist meine Sache«, sagte sie schnell. Aber ihre Neugier war geweckt, und sie merkte, dass sie schon langsamer ging.

Er stellte sich ihr in den Weg und strich sich die Strähnen aus der Stirn. Seine Blauaugen strahlten. Das Ganze war mehr als lächerlich. War sie seine Mami, oder was?

»Und?«, fragte sie ungeduldig.

»Das ist nicht nur Ihre Sache. Das ist auch meine, schon seit längerem. Ich lasse seine Drogenküche auffliegen. Und Sie sind die Erste, der ich die Beweise liefere.«

Dieses Kind! Er redete wie ein Undercovertyp in ›Miami Vice‹ und hatte keine Ahnung, auf was er sich da einließ.

»Lassen Sie die Finger davon! Sie scheinen nicht zu wissen, dass dieses Milieu gefährlich ist. Außerdem brauche ich Sie nicht. Das schaffen wir schon allein!«

Sie ließ ihn einfach stehen. Aber nach wenigen Sekunden hörte sie seine quietschenden Turnschuhe. Der Junge war hartnäckig.

»Ach, was Sie nicht sagen«, höhnte er. »Und wieso passiert da nichts? Seit Monaten mixt der sein Zeug, und ich habe noch nie einen Bullen gesehen, der sich in dem Labor mal umgeschaut hätte.

Wie denn auch; wir leben ja in einem Rechtsstaat, Frau Fuchs, oder? Immer schön mit Durchsuchungsbefehl wie bei mir! Aber gegen Michel sagt keiner aus, da traut sich nämlich keiner. Scheißspiel, Frau Fuchs!«

Er war vollkommen außer Atem. Irgendetwas trieb ihn an, etwas, das weit entfernt war von bloßer Dankbarkeit gegenüber einer wohlmeinenden Staatsanwältin. Vielmehr schien es ihrem eigenen Gefühl für Gerechtigkeit sehr ähnlich zu sein. Vielleicht sollte sie Maik Schmidt ernst nehmen.

»Gut«, sagte sie schließlich. »Und wie können Sie uns helfen?«

Er kaute auf der Unterlippe. Er hatte einen Mick-Jagger-Mund, der nicht zu dem blassen Pickelgesicht und den Kinderaugen passte.

»Die Einzelheiten lassen wir mal weg«, erklärte er und grinste. »Sagen wir mal, wie Sie so nett in Ihrem Plädoyer bemerkt haben, dass ich ein Bastler bin, ein Tüfteltyp mit technischen Fertigkeiten, die nur noch in die richtige Richtung kanalisiert werden müssen. Kanalisiert, haben Sie doch gesagt, oder?«

Das hatte sie wirklich, aber sie war nicht sicher, ob er nun dasselbe meinte wie sie vorhin. Vermutlich nicht.

»Ich verstehe nicht so ganz und will das auch gar nicht wissen. Aber merken Sie sich eins: Illegal gesammelte Beweise können wir vor Gericht nicht verwerten. Und noch was: Passen Sie auf sich auf. Klar?«

»Ich melde mich dann.« Er warf den Kopf zur Seite und gleichzeitig nach hinten, sodass die hellbraunen Strähnen wenigstens für Sekunden die Stirn freigaben.

Was für eine unpraktische Frisur, dachte Beate und wunderte sich, dass sie über die Frisur von Maik Schmidt nachdachte. Sie kramte nach einem Kuli und einem Stück Papier und schrieb ihre Telefonnummern auf. Die dienstliche und die private. Auch hierüber sollte sie sich später wundern. Er steckte den Zettel lässig in die Gesäßtasche der ausgebleichten Jeans, trat von einem Bein aufs andere, fuhr sich mit gespreizten Fingern durchs Haar, stopfte schließlich die Hände in die Taschen seiner wattierten Jacke und nickte ihr kurz zu.

»Tschö, bis dann«, sagte er und drehte ab, noch ehe Beate sich hatte entscheiden können, ob sie ihm die Hand schütteln sollte oder nicht.

»Auf Wiedersehen«, murmelte sie ihm hinterher.

Alles am Fall Donatus war merkwürdig: das Opfer genauso wie die Koalition der Ermittler. Schmitzi, Mordbub, Fetten, sie selbst natürlich und nun auch noch ein junger Kleinkrimineller, der … Quatsch. Sie wollte sich nichts einbilden. So etwas gab es nicht, Angeklagte, die sich in die Staatsanwältin verknallten.

Und doch hatte sie dieses sonderbare Gefühl…

Der Duft von gebratener Ente zog durch die Wohnung, vermischt mit Schwaden aus dem köchelnden Rotkohltopf. Klöße trieben sanft an die Oberfläche des Kochwassers und dampften vor sich hin. Diesen schönsten Teil der Weihnachtstradition hatte Beate hinübergerettet in ihre eigene Welt; darauf bestand sie trotzig. Bislang hatte sich noch immer jemand bereit gefunden – vorzugsweise ein Mann –, den Weihnachtsbraten mit ihr zu verzehren. Dieses Jahr war es Schmitzi, dem das Wasser im Munde zusammenlief, als er die Vorspeise, Krabben mit selbst gemachter Aiolisauce, betrachtete und auf das Startzeichen lauerte. Beate goss Rosé in die Gläser und setzte sich.

»Prost«, sagte Schmitzi, und sie stießen an.

Den Heiligabend hatte Beate allein verbracht – mit Kater, einer Flasche Wein und einem unsäglich kitschigen Fernsehprogramm. Als sie sentimental genug gewesen war, hatte sie ihre Stammkneipe aufgesucht, die sich als Asyl für Weihnachtsflüchtlinge entpuppt hatte. Herbert hatte Schälchen mit Nüssen auf die Theke gestellt und den Laden mit Tannenzweigen dekoriert, mindestens tausendmal hatten sie ›Jingle Bells‹ und ›White Christmas‹ erschallen lassen, und keiner hatte sich beschwert. Natürlich würde sie Schmitzi nicht erzählen, wie heiß Herbert und Gundula geknutscht hatten. Weihnachten war immer noch Weihnachten.

Schmitzi schaufelte die Krabben in sich hinein und schmatzte verzückt. Beate verzichtete darauf, Kalorien zu zählen, und tunkte das knusprige Baguette in die fette Knoblauch-Mayonnaise.

Es klingelte.

Schmitzi sah sie fragend an. Beate zuckte mit den Schultern und trank noch einen Schluck, bevor sie in den Flur ging. Sie drückte den Knopf des Türöffners und fuhr sich mit dem Handrücken über den fettigen Mund. Da sie statt der üblichen Jeans das neue schwarze Samtkleid trug, schulterfrei und superkurz, konnte sie die Hand nicht abwischen und hielt sie ratlos in die Luft. Turnschuhschritte auf der Treppe. Beate öffnete die Wohnungstür.

»Fröhliche Weihnachten«, wünschte Maik Schmidt und pfiff durch die Zähne. »Steht Ihnen aber besser als die Robe, echt.«

Lässig trat er ein, und Beate wich automatisch einen Schritt zurück. Was wollte der hier?

»Wer ist es denn?«, rief Schmitzi aus der Küche.

Diese Frage löste ihre Sprachlosigkeit.

»Bin gleich wieder da«, rief sie und machte Licht im Flur. Die Situation war ohnehin seltsam genug: dieser fremde junge Mann, der so locker die Grenzen überschritt, und dann noch die Dunkelheit, die eine unpassende Nähe schuf ... Als sie sich wieder umdrehte, fest entschlossen, Maik Schmidt sofort wegzuschicken, hielt er ihr mit verlegenem Lächeln ein Päckchen hin, in klassischem Weihnachtspapier und mit großer Schleife.

»Ist das für mich?«, fragte sie. Idiotisch.

»Wollte ich Ihnen nur vorbeibringen. Versprochen ist versprochen«, sagte er und schnupperte. »Mmm, das riecht aber gut hier. Gänsebraten?«

»Nein, Ente«, antwortete Beate, und ohne darüber nachgedacht zu haben, hatte sie ihn schon eingeladen.

Das hatte er geschickt eingefädelt: der Zeitpunkt, das Geschenk, die blöde Frage ... Wen warf man schon hinaus bei diesem elenden Nieselwetter? Maik schälte sich aus dem nassen Parka, und sie führte den jungen Mann in die Küche. Vorspeise gab es keine mehr, Schmitzi hatte in der Zwischenzeit ganze Arbeit geleistet. Beate zerbrach sich gerade den Kopf, wie sie Maik Schmidt vorstellen sollte, als der junge Mann das selbst regelte.

»Maik Schmidt, Kunde und Mitarbeiter dieser netten Staatsanwältin«, erklärte er dem verblüfften Schmitzi, der kurz »Hubert« stammelte und dem Besucher die Hand schüttelte.

Beate überspielte ihre Verlegenheit, indem sie ein Gedeck auflegte, dem jungen Mann Wein einschenkte und Schmitzi die Geflügelschere in die Hand drückte. Während sie den Herd ausschaltete und das Kochwasser der Klöße abgoss, fragte sie sich, was Maik wohl von ihr wollte.

Inzwischen hatte Schmitzi die Ente zerteilt und die Füllung herausgenommen. Ein köstlicher Geruch von Äpfeln, Mandeln und Sherry stieg ihr in die Nase und stimmte sie friedlich. Als sie schließlich alle vor ihren voll beladenen Tellern saßen, wünschte Maik einen guten Appetit und langte herzhaft zu. Er wirkte richtiggehend ausgehungert. Geredet wurde nicht viel; abgesehen von ein paar Komplimenten für Beates Kochkünste gab es nur das klägliche Mauzen des Katers, eifriges Kratzen von Besteck auf Porzellan und schmatzende Kaugeräusche.

Irgendwann lag nur noch das Gerippe des Vogels im langsam erstarrenden Fett. Schmitzi seufzte auf.

»Ich kann nicht mehr. Mann, war das gut!«

Beate, die schon lange vorher aufgegeben hatte, zündete sich nun erleichtert eine Zigarette an.

»Kann ich das Geschenk auspacken?«, fragte sie.

Maik Schmidt nickte, während er den letzten Rest Rotkohl in sich hineinstopfte. Beate schnitt das Band durch und zerriss das Papier. Zwei Kassetten mit der Beschriftung: I und II, dazu die Datumsangaben 3. 12.–14. 12. und 15. 12.–24. 12. Was sollte das sein? Fragend sah sie Maik an.

»Telefonmitschnitte«, erläuterte er strahlend. »Michel und seine Kosmetikfirma, ist wirklich spannend.«

»So wie Polizeifunk mithören, was?«

Sie konnte es einfach nicht lassen. War sie denn immer im Dienst? Schmidt verzog den Mund.

»Die Dinger haben Sie in Ihrem Briefkasten gefunden, übersandt von einem unbekannten Staatsbürger, der den Bullen unter die Arme greifen will. Hören Sie sich das erst mal an, bevor Sie wieder den Moralischen kriegen.« Um seinen Mund zuckte es verächtlich.

Schmitzi stieß in dasselbe Horn.

»Mensch, das ist ja Wahnsinn! Ist das von dieser Bude, vor der wir mal rumgestanden haben? Super, wie haste das gemacht?«

Männer, typisch. Nur allzu bereitwillig erläuterte Maik Schmidt die technischen Einzelheiten, während Beate überlegte, wie viele Gesetze sie wohl brach, wenn sie sich die Kassetten zu Gemüte führte. Dabei war sie neugierig wie selten zuvor. Die Dinger brannten wie Feuer in ihrer Hand.

Mittlerweile waren die beiden dabei, die Cognacflasche in Angriff zu nehmen. »Voice-activated, genau«, erklärte Maik gerade, und Schmitzi nickte heftig.

Beate stand auf und ging ins Wohnzimmer. Sie schob die erste Kassette in den Rekorder und drückte auf die Play-Taste. Zunächst rauschte es nur. Dann hörte man ein Telefon klingeln, danach ein Klicken, wieder Rauschen, endlich eine menschliche Stimme: »Scheiße, das Gerät schon wieder. Also, Conni, bis heute Abend die zwei Kilo, und von dem Eau de Cologne fünfzig Liter, das Zeug kommt gut an. Auf Kommi, wie immer. Gleicher Ort, alles klar? Tschö.« Klicken. In dieser Art ging es weiter. Bestellt wurde alles Mögliche, vom Lippenstift bis zum Puder, und immer wieder Eau de Cologne, grammweise, stückweise und in Litern. Klar, das konnte nur ein Code sein: Aber solange man den nicht kannte, war das Ganze nutzlos. Erst beim vierten Anruf war Konrad Michel selbst am Apparat. Das konnte Beate allerdings nur vermuten, denn der Mann verhielt sich genauso vorsichtig wie seine Kunden. Er meldete sich lediglich mit »Hallo«.

»Hallo, hier Avon.«

Beate kicherte.

»Ich habe die Ware bei Eddi bezahlt, wo bleibt sie denn? Meine Kunden rennen mir die Bude ein. Was ist los, kann ich vorbeikommen?«

»Fällt aus. Warste schon bei Detlef? Da ist was gebunkert für dich. Eau de Cologne dreißig Liter und Puder vierhundert Gramm, richtig?«

»Da war ich schon. War keiner da. Na ja, der Typ, aber der hat mich rausgeschmissen. So laufen die Geschäfte nicht, damit das klar ist.«

»Ist gebongt. Heute um drei; mache ich die Auslieferung eben selber. Tschö.«

Beate war hellwach. Da war eine rege Geschäftstätigkeit dokumentiert, die sich kaum von üblichen Handelsbeziehungen unterschied: Nur dass die Kunden es sorgsam vermieden, Namen, Adressen oder gar Telefonnummern anzugeben, unter denen man sie hätte zurückrufen können. Sie zuckte zusammen, als Maik Schmidt sie plötzlich ansprach.

»Toll, was? Spulen Sie mal ein bisschen vor, da kommt auch noch was über uns. Ach was, ich suche die Stelle, einen Augenblick!«

Schmitzi ließ sich neben sie auf das Sofa fallen.

»Woher kennste den?«, flüsterte er.

»Hat er dir das nicht erzählt?«, gab sie im selben Flüsterton zurück.

»Er wollte nicht so recht mit der Sprache heraus, aber ich habe das Gefühl, dass du ihm dienstlich begegnet bist ...«

»Genau, einer meiner Kunden. Allerdings hatte ich noch nie einen so anhänglichen! Und außerdem hat er mir geholfen, als Eddi auf mich losging; du weißt schon, damals im Capitol ...«

»Eigentlich komisch«, sagte Schmitzi. »Ich meine, dass er hier so einfach aufkreuzt. Verstehen kann ich es ja, aber ...«

»Du spinnst«, zischte sie ihn an.

»Da, jetzt kommt's!«, rief Maik. »Hört euch das an!«

Eine scharfe Frauenstimme. Corinna.

»Michel-Darling, hast du auf meinen Anruf gewartet? Dann stell das verdammte Ding ab und melde dich.«

Ein Klicken, dann Michels Stimme, nervös und aggressiv.

»Langsam habe ich die Schnauze voll, was war denn los gestern? Eddi musste so einem Typ die Fresse polieren und hatte die Schnüfflerin am Hals. Und was machst du? Tust so, als wäre nichts passiert. Wo warst du den ganzen Tag?«

»Bei Achim vorbeigeschaut. Eifersüchtig?«

»Quatsch. Aber übertreib es nicht, auf Sparflamme kochen reicht völlig aus. Den haben wir sowieso in der Tasche.«

»Wir ist gut. Ich habe den Wisch, damit das klar ist. Und außerdem« – sie gab ihrer Stimme den Schmelz von Sahneschokolade – »ist er wirklich gut. Solange er es aus Liebe tut, brauchen wir den Wisch nicht. Der Typ frisst mir aus der Hand. Und davon haben wir schließlich beide was, oder?«

Michel knurrte etwas Unverständliches, bevor er fortfuhr.

»Und gestern? Was sollte das bedeuten?«

»Die Sache ist erledigt. Ich glaube, die wollte wirklich nur was kaufen. Ist zwar eigentlich nicht der Typ, aber da kann man sich täuschen. Aber dann hat ihr fetter Begleiter eine ordentliche Abreibung gekriegt.« Schmitzi öffnete den Mund zu einem Protest, überlegte es sich dann allerdings anders und schwieg. »Und Eddi hat sich sie vorgeknöpft. Jetzt ist alles klar. Die kommt so schnell nicht wieder.« Sie kicherte boshaft. »Ausgerechnet Maik hat sich da reingehängt und den Kavalier gespielt. Da werde ich mal die Preise erhöhen.«

Beate sah Maik Schmidt zweifelnd an. Sieh da, noch ein Kunde. Aber Maik legte nur einen Finger vor die Lippen und schüttelte den Kopf.

»Hör mal, Coco, Avon hat sich schon wieder beschwert. Bei Detlef war keiner.«

Es rauschte eine Weile. Dann Corinnas Stimme, hoch und hysterisch.

»Verdammte Scheiße, lass mich in Ruhe! Da wimmelte es vor Bullen, meinst du, da gehe ich hin? Bin doch nicht lebensmüde! Aber dir ist das ja egal; Hauptsache, das Geschäft läuft!«

Michel schien ehrlich erstaunt zu sein.

»Bullen? Wieso das denn? Die Sache ist doch gegessen, die waren doch schon mal da, und überhaupt …«

»Scheiße, nein«, fuhr sie ihn an. »Du bist noch nicht aus dem Schneider, also behandle mich gefälligst nicht wie den letzten Dreck. Wir brauchen Achim, und du brauchst mich. Also benimm dich entsprechend.«

Das klang wie eine Drohung und blieb nicht ohne Wirkung. Michel lenkte ein, und das Gespräch endete versöhnlich.

Maik Schmidt stellte das Gerät ab.

»Zu viel versprochen?«, fragte er und setzte sich.

Er wartete auf ihr Lob wie ein Schüler nach einer außergewöhnlich intelligenten Antwort auf das des Lehrers. Beate ließ ihn zappeln. Er sollte sich keine Hoffnungen machen, welcher Art auch immer.

»Was sollte das heißen: Da werde ich mal die Preise erhöhen?«

Maik stöhnte theatralisch auf.

»Diese Frau, unmöglich! Da serviert man einen Knacki auf dem Silbertablett, und was fällt ihr ein? Mist! Wenn man sich wäscht, macht man sich den Pelz nass, anders geht das nicht. Fragen Sie mal bei den Bullen, wie so was genannt wird, Testkäufe und so, ist vollkommen normal. Ich habe schon einmal gesagt, dass mich die Sache auch angeht. Aber ich haue wohl besser ab, es hat ja doch keinen Sinn …«

Im selben Moment sprang er auf und ging – so schnell, dass Beate ihn erst an der Wohnungstür einholte. Sie hielt ihn am Ärmel fest.

»Danke«, sagte sie.

»Ist schon klar.« Verlegen wandte er sich ab und öffnete die Tür. Draußen drehte er sich noch mal um. »Sie sind in Ordnung, wirklich.« Dann hüpfte er die Treppe hinunter und rief noch hinauf: »Hat prima geschmeckt!«

Beate grinste und schloss die Tür. Maik war so jung … Auf dem Weg ins Wohnzimmer blieb sie vor dem Spiegel im Flur stehen. Das schwarze Kleid stand ihr wirklich gut. Sie war alles andere als eine Oma, obwohl sie sich gerade jetzt so fühlte. Ihre Gedanken wanderten umher, in eine Zeit und einen Raum, wo es weder Staatsanwältinnen noch Angeklagte gab. Aber es war Sommer, es gab eine grüne Wiese, einen jungen Mann mit seidenweichen Haaren, mager und neugierig wie ein Fohlen, und sie selbst, von der Sonne erhitzt, unbekümmert, lachend …

»Hey, träumst du? Was ich fragen wollte: Gibt es eigentlich Nachtisch?« Schmitzi, leicht angeheitert, schwankte soeben in den Flur.

»Im Kühlschrank. Tiramisu. Bringst du mir eine Portion mit?«

Sie beschlossen den Abend auf dem Sofa, satt, zufrieden und ein wenig benebelt.

»Weihnachten ist schon okay«, sagte Schmitzi, bevor sie einschliefen.

Wochen waren vergangen. Jetzt, Ende Januar, erschien ihr Weihnachten wie ein kitschiges, folgenloses Intermezzo. Der Alltag hatte das Kommando wieder übernommen; er bescherte düstere Mienen, Schneematsch und volle Kneipen, in denen zaghaft erste Karnevalslieder gespielt wurden. Beate hatte den Winter satt. Es war grau, kalt und regnerisch. Zäh schleppten sich die Tage dahin. Kaum war ein Fall abgeschlossen, landete die nächste Akte auf ihrem Schreibtisch. Es ging immer so weiter, und mittlerweile war sie schon so lange dabei, dass sie die Karrieren mancher Straftäter verfolgen konnte. Den ewigen Kreislauf von Ermittlungen, Anklage, Urteil, Knast, Entlassung und neuen Taten. Sie hatte keine Lust mehr und sehnte sich nach Urlaub.

Mitten hinein in ihre trübseligen Gedanken stürmte Mordbub, der vor Tatendrang strotzte. Eben noch war ihr Büro ein freudloser Ort gewesen, an dem Akten von oben nach unten geschichtet wurden, und plötzlich verwandelte es sich in einen Schauplatz hektischer Aktivitäten.

»Wir schlagen zu«, verkündete Mordbub. »Diese Warterei geht mir auf den Keks. Wir besprechen uns erst mal intern – Fetten kommt auch gleich –, und dann wird mit den Kripoleuten Fröhlich und Winter Kriegsrat gehalten. Dass da bloß nichts durchsickert, ist alles streng vertraulich.« Er schlug mit der flachen Hand auf den Schreibtisch. »Jetzt geht's zur Sache.«

»So«, sagte Beate nur. Ihr war unerklärlich, wieso die bloße Aussicht auf Betriebsamkeit schon solch einen Optimismus erzeugen konnte.

Mordbub war über ihren Mangel an Begeisterung verblüfft.

»Mir scheint, Ihnen fehlt die rechte Einstellung zum Job. Sonst immer kess vorneweg, und nun lassen Sie sich hängen.« Er beugte sich vor und senkte die Stimme zu einem Bühnenflüstern. »Oder läuft es privat nicht so?«

Er konnte wirklich ein Kotzbrocken sein.

»Quatsch! Ich frag Sie doch auch nicht, ob Sie Krach mit Ihrer Frau haben, wenn Sie mal wieder ungenießbar sind«, schnappte Beate zurück.

Mordbub schaute so gekränkt drein, dass es ihr schon wieder Leid tat.

»Ich weiß, ich weiß, das ist etwas ganz anderes. Ich finde nur, wir haben einfach zu wenig, um irgendwas zu unternehmen. Allerdings habe ich noch einen interessanten Aspekt herausbekommen.« Sie machte eine Pause. Es wirkte. Jetzt hatte sie Mordbubs volle Aufmerksamkeit. »Michels Zentralregisterauszug war blütenrein – bis auf eine kleine Verurteilung zu vierzig Tagessätzen durch das Amtsgericht Koblenz. Beitragsvorenthaltung.« Mordbub schien damit nicht viel anfangen zu können. Beate seufzte. »Ich habe mir die Akte kommen lassen. Konrad Michel hat vor einigen Jahren in Koblenz eine Firma gehabt, die ebenfalls angeblich Kosmetik herstellte. Alles eingetragen, angemeldet, steuerlich veranlagt, Arbeitnehmer bei der AOK gemeldet, ein rechtstreuer Bürger. Nur, irgendwann war er klamm und hat die Sozialversicherungsbeiträge für seine Arbeitnehmer nicht mehr bezahlt, insgesamt um die dreitausend Mark. Peanuts eigentlich. Aber jetzt kommt es. Einer der Arbeitnehmer war Rainer Donatus.«

»Was?« Mordbub war elektrisiert. Er sprang auf und lief im Zimmer herum. »Und was heißt das?«

»Eben«, Beate hatte bereits viele Möglichkeiten durchgespielt, »damit können wir nur beweisen, dass sie sich kannten. Alles andere ist Spekulation: dass Donatus, so bekloppt er auch war, von Michels Geschäften wusste. Dass er hinter ihm herspioniert und mitgekriegt hat, wie Corinna umkippte, vielleicht weil sie eine Überdosis genommen hatte. Dass Michel Donatus aus diesen Gründen beseitigte. Ich könnte mir noch viel mehr zusammenreimen.«

»Schießen Sie los. Eine Hypothese könnten wir brauchen.«

»Sollen wir nicht warten, bis Walter Fetten da ist ...«

In diesem Moment klopfte es. Fetten schlenderte herein und begrüßte sie beide. Er nahm den Besucherstuhl, drehte ihn um und setzte sich rittlings darauf, die Arme auf die Rückenlehne gestützt.

»Ich schlage vor«, fing Mordbub an – in einem Ton, der keinen Widerspruch duldete.

Walter Fetten prustete los. Teamarbeit war offenbar gar nicht so einfach.

»Also gut, dann schlag du was vor. Ich kenne eben nur meine drei Paragraphen von Mord und Totschlag, also halte ich mich lieber zurück.«

Zumindest kriegte Bub ein ironisches Grinsen hin, aber es täuschte weder Beate noch Walter Fetten. Beate ergriff das Wort.

»Also, wenn wir uns jetzt auch noch in die Haare kriegen, können wir gleich einpacken. Die Sache ist schwierig genug. Am besten erzählt jeder seinen neuesten Stand, und dann überlegen wir, wie wir weiter vorgehen. Wie steht die Ermittlung Donatus? Was macht Feldhoff?«

Ein simpler Trick, Mordbub als Ersten anzusprechen, aber er zog. Bub war in seinem Element.

»Die Kripo hat die Sonderkommission aufgelöst und arbeitet nur noch mit zwei Mann an der Sache. Der eine ist Kommissar Winter, zu dem ich einen guten Draht habe. Sie tappen völlig im Dunkeln, weil sie natürlich keine Ahnung haben, dass Donatus irgendetwas mit Konrad Michel zu tun hatte. Um der Wahrheit die Ehre zu geben: Ich habe das auch eben erst von unserer allseits geschätzten Kollegin Fuchs erfahren. Nachdem Rönninghaus aus dem Spiel war, haben sie den Wohnwagen noch mal auf den Kopf gestellt, ob nicht noch andere Spuren zu finden sind als die der bereits bekannten Beteiligten. Aber soviel ich weiß, ist dabei nichts rumgekommen.«

»Augenblick mal«, unterbrach Beate. »Wann ist diese Aktion gelaufen?«

»Anfang Dezember«, erwiderte Mordbub wie aus der Pistole geschossen. »Wieso?«

»Ich überlege gerade. Wir haben uns doch alle diese Kassetten angehört. Mir kam da gerade ein Gedanke. Es ist vielleicht an den Haaren herbeigezogen, aber es gab doch in dem Gespräch zwischen Corinna und Konrad Michel eine Stelle, wo es um diesen Detlef ging. Das muss eine Person sein, die den Stoff für Michel verteilt. Corinna sagte was von Bullen, die da herumgewimmelt seien. Michel war darüber sehr erstaunt und sagte, die Sache sei doch vorbei, die Bullen seien doch schon da gewesen …«

Sie sinnierte weiter. Fetten übernahm.

»Genau, und sie antwortete sinngemäß, die Sache sei für ihn noch nicht ausgestanden. Und dieser Achim wurde wieder einmal erwähnt. Wenn wir bloß wüssten, wer das ist …«

»Ich habe immer gedacht, dass sie Feldhoff meint«, platzte Beate heraus. »Blöderweise heißt der Karl.«

Mordbub starrte sie an. Fassungslos. Dann klatschte er sich gegen die Stirn und fing an zu lachen; erst leise, dann immer lauter, bis er sich zusammenkrümmte und fast vom Schreibtisch stürzte, auf dem er es sich bequem gemacht hatte. Fetten deutete eine kreisende Bewegung vor seiner Stirn an und sah dem Schauspiel verständnislos zu. Allmählich beruhigte sich Mordbub. Sein Gesicht war hochrot.

»Blöd, blöd, ich bin blöd und sonst keiner. Ich habe mich neulich in seinem Zimmer herumgedrückt, während er bei einer Obduktion war. Und was lag da? Ein Brief vom Landesamt für Besoldung und Versorgung.«

»Was ist denn daran interessant? Was der verdient, kann ich dir auf den Pfennig genau ausrechnen.« Walter Fetten war nicht beeindruckt.

»Mensch, Walter, der Name! Der Name stand im Adressfeld. Und wie heißt unser Feldhoff? Karl Strich Joachim. Achim! Dass mir das entgangen ist …«

Es wurde ernst. Die Schlinge zog sich zu. Zu ihrem Erstaunen regte sich in Beate das schlechte Gewissen; aber ihr Gehirn arbeitete weiter.

»Da passt noch mehr zusammen.« Plötzlich war der rote Faden da, die tausend Einzelinformationen fügten sich zu einem überzeugenden Puzzle. »Corinna ist in Neuwied geboren, ist als Jugendliche in Köln mehrfach aufgefallen, unter anderem wegen BTM-Geschichten, und dann klafft eine Lücke von sechs Jahren in ihrer Biographie – bis zum Juli vergangenen Jahres, als gegen sie ermittelt wurde. Kann doch sein, dass sie in der Zwischenzeit in Koblenz war. Genau wie Konrad Michel. Und wie Feldhoff. Wann hat er da eigentlich aufgehört? Seit wann ist er bei uns?«

»Ich glaube, seit gut vier Jahren«, antwortete Mordbub.

»Und wann erging dieses Urteil gegen Konrad Michel?« Beate blätterte in der Akte. »Vor vier Jahren, Tatzeit vor fünf Jahren. Rein theoretisch könnten sie sich alle gleichzeitig in Koblenz aufgehalten haben. Nun, das lässt sich abklären. Aber es beweist noch gar nichts. Walter, was hast du herausbekommen?«

»Tja, Kommissar Fröhlich hat noch mal richtig gewühlt und seinen Vermerk gefunden. Es war ein anonymer Anruf, der Corinna als Dealerin für Konrad Michel belastete. Und es gab einen Hinweis auf die Kosmetikfirma, mit Adresse und allem Drum und Dran. Der Kommissar hatte die Existenz dieses Betriebes bestätigt und um Durchsuchungsantrag gebeten. Als nichts passierte, hat er die Akte weggelegt und sich kein bisschen gewundert. Aufgrund anonymer Anrufe kann sich kaum ein Kollege durchringen, eine Durchsuchung zu veranlassen. Na ja, ich hatte es zwar getan, schließlich hatten die Informationen des Anrufers Hand und Fuß, aber das ist ja nicht angekommen. Und Fröhlich hält sowieso nicht viel von uns. Diese Bedenkenträger, jammert er immer. Immerhin, von der Manipulation der Akte kommt Feldhoff nicht mehr runter. Die ist hieb- und stichfest.«

»Wenn wir nur wüssten, wer da angerufen hat«, überlegte Mordbub.

»Da habe ich einen Kandidaten: Maik Schmidt natürlich. Der führt seinen Privatkrieg, nachdem der Staat ja so großartig versagt hat.« Beates Stimme klang bitter.

Mordbub ließ solche Gefühle gar nicht erst aufkommen: Das Jagdfieber hatte ihn erfasst.

»Also, ich werde mich erst mal um Feldhoffs Personalakte kümmern, Datenschutz hin oder her. Wenn ich Recht habe, wird die Akte sowieso als Beweismittel beschlagnahmt, und dass ich da vorher reingeschaut habe, erfährt kein Mensch.« Er grinste zufrieden und glättete die Stoppelhaare, die genau wie er selbst vor Energie sprühten.

»Häh?« Walter Fetten kam da nicht mehr mit. »Würdest du uns freundlicherweise erklären, wovon du überhaupt sprichst?«

Beate dämmerte etwas: »Er will offensichtlich das Gerücht überprüfen, dass Feldhoff wegen einer Frauengeschichte die Staatsanwaltschaft Koblenz verlassen musste. Wenn diese Frau Corinna hieße …«

Nachdenkliches Schweigen. Mordbub schob das Kinn vor. Jeder Einwand würde an ihm abprallen, also versuchte Beate es erst gar nicht. Fetten hingegen machte einen Anlauf.

»Ich weiß nicht. Mit solchen Methoden … Der Zweck heiligt die Mittel, was?«

Mordbub brauste auf.

»Ach, und was macht ihr? Informanten heranzüchten, Junkies erpressen, Testkäufer loslassen, die den Deal erst produzieren, der nachher als großer Fahndungserfolg gefeiert wird. Das findest du wohl gut? Verdammt, hier geht es um Mord und um einen Kollegen, der so was deckt, und da soll uns so ein Datenheini bremsen? Nicht mit mir. Überhaupt, ich nehme das auf meine Kappe …«

Das Thema war erledigt.

»Und wie gehen wir sonst vor? Haben wir denn genug für einen Durchsuchungsbefehl? Wir müssten den Laden durchsuchen, diesen Detlef ausfindig machen, bei Corinna nach dem Papier suchen, das«, Beate zögerte, »nun, sagen wir, diesen Achim belastet – reichen unsere Informationen denn aus? Ich meine natürlich die, die wir verwerten können.«

»Welcher Richter ist zuständig?«, fragte Mordbub prompt.

Fetten hob resigniert die Schultern.

»Das können wir vergessen. Frau Liebig verschont die größten Dealer, wenn sie nur einen festen Wohnsitz haben. Und wie die Liebig auf der Verhältnismäßigkeit rumreitet, das ist schon nicht mehr feierlich. Kommissar Fröhlich hat da eine andere Idee: Gefahr im Verzug, Durchsuchung ohne Beschluss. Wir brauchen nur einen aktuellen Deal, möglichst eine Razzia in einem Lokal, am besten zu einem Zeitpunkt, da sich alle interessanten Beteiligten dort aufhalten. Und dann, schnapp, haben wir sie.«

»Und von wem erfahren wir von diesem Deal?«

Beate sah es kommen. Alles in ihr sträubte sich.

»Nun, dein freier Mitarbeiter wäre sicherlich dazu bereit, nach allem, was wir von ihm wissen.« Walter Fetten pirschte sich langsam an das Thema heran. Seine Sensibilität war weitaus höher entwickelt als Mordbubs. Er schien zu ahnen, dass Beate mit dieser Lösung nicht einverstanden war.

»Nein.« Beate widersprach heftig. »Kommt gar nicht in Frage. Maik Schmidt hat sich schon weit genug vorgewagt. Es reicht langsam. Überhaupt, die haben doch schon Verdacht geschöpft, als er mich damals herausgepaukt hat. Er ist verbrannt.«

»Wir sollten ihn selbst fragen«, murmelte Walter Fetten. Immerhin zeigte er einen schuldbewussten Gesichtsausdruck, was Beate ihm hoch anrechnete.

»Und was wird wohl herauskommen, wenn man ihn fragt? Natürlich macht er mit, er ist ja ganz heiß darauf, Michel zur Strecke zu bringen. Völlig unreif ist der Knabe, das wäre ein großes unwiderstehliches Abenteuer für ihn. Mensch, Walter, er ist gerade mal zwanzig, das können wir einfach nicht verantworten …«

»Sie verteidigen ihn wie eine Löwin ihr Junges«, sagte Mordbub versonnen und grinste so dämlich, dass Beate beinahe vor Wut platzte. »Ist da vielleicht irgendwas?«

Beate fühlte, wie sie rot anlief.

»Ja, da ist eine ganze Menge. Wenn wir nur weiterkommen, indem wir solche Kinder ausnutzen und sie verdammt noch mal gefährden, dann sollten wir lieber einpacken. Ich bin dagegen, und dabei bleibt es.« Sie verschränkte die Arme vor der Brust. Ihr Herz klopfte.

»Beate.« Walter Fetten versuchte es auf die sanfte Tour. »Anders geht es nicht in unserem Geschäft. Morgen treffen wir uns mit Fröhlich und Winter im Polizeipräsidium. Maik Schmidt kommt auch. Und du hast jede Möglichkeit, ihn davon abzuhalten. Es läuft nur auf freiwilliger Basis, und Fröhlich wird garantieren, dass es ungefährlich bleibt. Ein Kauf, ein Anruf, wir stehen alle Gewehr bei Fuß; da kann einfach nichts passieren. Glaub mir, wir machen so was dauernd. Einverstanden?«

Ihr blieb nichts anderes übrig. Mordbub und Fetten atmeten gleichzeitig auf, und Beate registrierte mit Verwunderung, welche Einigkeit zwischen den beiden herrschte, wo sie sich doch eben noch in den Haaren gelegen hatten. Hahnenkämpfe, nichts weiter.

»Aber wenn ihr glaubt, dass ich morgen meinen Mund halte ...« Sie drohte noch ein bisschen, obwohl sie wusste, dass sie das Spiel verloren hatte.

Maik Schmidt war Feuer und Flamme. Natürlich. Selbst Kommissar Fröhlich, der alles andere als ein Draufgänger war, konnte ihn kaum bremsen. Legte ihm nahe, vorsichtig zu sein. Sich niemals in der Nähe von Michels Laden aufzuhalten, nur in den Kneipen, in denen Corinna verkaufte. Keine blöden Fragen im Umfeld zu stellen. Eddi aus dem Weg zu gehen. Erst bei anderen Leuten zu kaufen und so den Eindruck zu verbreiten, er sei wieder voll drauf. Nur in einem unbeobachteten Moment anzurufen. Maik nickte automatisch, aber seine Augen strahlten derart, dass Beate wusste: Er hörte gar nicht zu. Sie redete mit Engelszungen auf ihn ein, vergebens.

»Warum machen Sie das?«, fragte sie schließlich.

Sein Blick war auf unendlich gestellt, als er antwortete.

»Ich hatte mal eine Freundin«, sagte er. »Schon bevor sie endlich abkratzte, war es aus zwischen uns. Das Zeug hat alles kaputtgemacht. Es war nicht nur Michels Stoff, sie nahm einfach alles. Ist ihr nicht bekommen, überhaupt nicht. Und der verdient sich dumm und dämlich, und keiner tut was. Ihr«, er wachte auf und schloss die ganze Versammlung in seine Verachtung ein, »fangt ja nur die Junkies und steckt sie in den Knast. Klar, das ist einfacher, als die echten Kriminellen abzupflücken.«

Es herrschte betretenes Schweigen, und Beate dachte darüber nach, dass Maik Schmidt der klassische Informant war. Ein Glücksfall für die Kripo, nicht der übliche erpressbare Konsument, der unter dem Deckmantel seiner Tätigkeit für die Polizei sein eigenes Süppchen kochte und beide Seiten aufs Kreuz legte, sondern ein echter Mitstreiter, der eigene, durchaus ehrenwerte Motive hatte. Ein Ritter, der für seine Dame in die Schlacht zog. Schlecht gerüstet, aber voll edlen Mutes. Die Zeiten sind vorbei, als das noch ausreichte, dachte Beate voll Ingrimm. Immerhin, er war einer, der vor Gericht nicht umkippen würde und den kein Anwalt fertig machen konnte. »Was hat man Ihnen für diese Aussage gegen meinen Mandanten versprochen?« Solche Fragen konnte keiner stellen, wenn Maik auspackte. Wenn ihm nur nichts zustieß ... Armer Ritter.

Telefonnummern wurden ausgetauscht, Zugriffspläne erörtert, Stillschweigen vereinbart. Die Sache lief. Es ging nur noch um organisatorische Probleme: Wen sollte Schmidt anrufen, wenn es so weit war? Wie sahen die Dienstpläne der nächsten Wochen aus? Wer sollte in die Aktion eingeweiht werden? Wie konnte sichergestellt werden, dass ein Chemiker an der Durchsuchung der BEAUTY OF C. teilnahm? Beate saß schweigend dabei. Irgendwann zupfte Maik am Ärmel ihres Pullovers.

»Keine Panik, das klappt schon. Und Sie rufe ich ganz bestimmt an, ganz egal, was die hier beschließen. Okay?«

Der Junge hatte Charme. Beate lächelte unwillkürlich.

»Okay.«

Die anderen gingen nach der Besprechung in die Kantine. Nur Maik war schon weg: Es war besser, wenn er in nächster Zeit nicht in ihrer Gesellschaft gesehen wurde.

Beate verließ das Gebäude am Waidmarkt und schlenderte die paar Schritte bis zur Severinsbrücke. Sie überlegte, ob sie wieder ins Büro oder direkt nach Hause fahren sollte. Es war der erste schöne Tag seit langem; die Sonne hatte zwar noch keine wärmende Kraft, aber sie vertrieb den grauen Dunst, der während der letzten Wochen das Profil der Stadt ausgelöscht hatte. Wenn Beate die Bahn Richtung Deutz nahm, würde sie den Rhein glitzern sehen. Bei dieser Vorstellung fand ihr Zögern ein Ende. Sie beschleunigte gerade ihren Schritt, als eine wohl bekannte Stimme hinter ihr ertönte und sie wie angewurzelt stehen blieb.

»Frau Fuchs, das ist aber eine Überraschung! Schon auf dem Weg nach Hause?«

Feldhoff. Ausgerechnet Feldhoff ...

»Genau. Und Sie?« Beate überlegte fieberhaft, ob er gesehen haben konnte, dass sie aus dem Präsidium gekommen war.

»Nicht direkt«, gab er zurück. »Was machen Sie hier überhaupt?«

»Ach, ich hatte hier zu tun«, antwortete sie ausweichend.

Feldhoff hatte abgenommen. Sein schmales Gesicht wirkte fast asketisch.

»Ist ja ein richtiger Auflauf im Präsidium. Fetten und Bub in der Kantine, wir beide auch da … Liegt etwas an?«

Beate riss sich zusammen.

»Keine Ahnung. Ich war nur beim 2. K., da läuft so eine Glücksspielsache. Dass die anderen auch da waren, wusste ich überhaupt nicht. Ich habe keinen gesehen.« Immer wenn sie lügen musste, quatschte sie einfach drauflos. Sie wünschte sich weit weg. Gott sei Dank, eben fuhr die Linie drei in die Haltestelle ein.

»Meine Bahn! Tut mir Leid, bis später!«

Sie hastete die Treppe hinunter und erreichte die Bahn im letzten Moment, bevor die Türen sich schlossen. Ob Feldhoff etwas gemerkt hatte? Waren seine Fragen Auftakt zu harmlosem Small Talk gewesen oder etwa Zeichen von Misstrauen? Die Grübelei führte zu nichts. Der einzige Effekt war, dass Beate das vertraute Panorama von Stadt und Strom verpasste.

Sie stieg aus und kam an Herberts Billardcafé vorbei, wo Dutzende von Schülern aus dem gegenüberliegenden Gymnasium ohne Anzeichen von schlechtem Gewissen Kaffee tranken, statt in der Schule zu sitzen. Aber es waren nicht nur Schüler da. Beate linste angestrengt durch die spiegelnde Scheibe: richtig, Schmitzi und Gundula bei einem offensichtlich ernsthaften Gespräch. Wurde ja auch Zeit. Nicht nur Gundula hatte einen Fehltritt zu gestehen. So was verbindet.

Beate wünschte den beiden alles Gute und setzte ihren Weg fort. Es war besser so. Bei aller Freundschaft – Schmitzi war nicht ihr Typ. Wenn es den überhaupt gab.

Lutz sah sie besorgt an.

»Und du willst tatsächlich nicht mitkommen? Mensch, dann musst du wirklich krank sein!«

Beate zog die Nase hoch und kroch tiefer unter die Bettdecke. Draußen war die Hölle los. Vermutlich die Düxer Clowns, die mit Tschingderassabum von Kneipe zu Kneipe wankten und für Stimmung sorgten.

Lutz' türkisfarbenes Gesicht über der bunten Tüllschleife legte sich in Dackelfalten. Als Beate loskicherte, für einen Moment herausgerissen aus tiefstem Selbstmitleid, endete das Ganze in einem Hustenanfall. Es war zum Heulen; ausgerechnet an Weiberfastnacht musste sie krank sein, nicht richtig krank eigentlich, aber immerhin so daneben, dass sie keine Lust zum Feiern hatte …

»Wo geht ihr denn hin? Vielleicht komme ich ja später nach«, krächzte sie.

»Zu Manni, wie immer. Soll ich dir einen Platz beim Schunkeln freihalten?«

»Verschwinde, du Blödmann. Was bist du eigentlich?«

»Ein Regenbogen. Sieht man das nicht?« Tänzelnd entfernte er sich.

Beate betrachtete frustriert die Kartons voll Karnevalsverkleidung, die sie vor einigen Tagen aus dem Keller geholt und deren Inhalt sie hingebungsvoll gewaschen und gebügelt hatte. Für nichts und wieder nichts. Wenn sie wenigstens woanders wäre als in Köln! Hier konnte man dem Sog des verordneten Frohsinns einfach nicht entrinnen. Keine Radiostation, kein Fernsehprogramm, keine Kneipe, nicht einmal ein Geschäft gab es, in dem nicht Prinz Karneval sein Zepter schwang. Selbst die Frau aus dem Zeitungsladen, die immer aussah, als hätte sie in eine Zitrone gebissen, machte keine Ausnahme. Ihr säuerlicher Gesichtsausdruck hatte durch aufgemalte Sommersprossen und neckische Haarschleifen zumindest eine Relativierung erfahren. Aber das Unheil hatte sich schon vor zwei Tagen mit einem Kratzen im Hals angekündigt. Da war nichts zu machen.

Sie hatte sich schon die ganzen letzten Wochen schlapp und seltsam müde gefühlt. Ihr Optimismus schien sich in Luft aufgelöst zu haben; sie sah schwarz, und die Realität gab ihr auch noch Recht. Feldhoff zum Beispiel. Ihre dumpfe Ahnung, dass er die Gefahr witterte, hatte nicht getrogen. Siedend heiß war ihr eingefallen, dass ihn vielleicht eine harmlose Bemerkung ihrerseits auf die richtige Fährte gebracht hatte: Sie hatte Rosi erklärt, die Kaffeerunde fiele aus, da Bargfeld und Kieferle in der Sitzung seien und sie selbst mit den anderen zum Präsidium müsse; Wichterich sei im Urlaub, also sei niemand da. Und wenn Rosi das weitererzählt hatte … Rosi konnte sich zwar nicht daran erinnern, wollte es aber auch nicht ausschließen, denn sie quatschte fast jeden Tag mit Feldhoff. Ihre Zimmer lagen nicht weit auseinander, und manchmal nahm der Kollege sie sogar mit, denn sie hatten denselben Heimweg. Es waren immer Zufälle, die alles verpfuschten. Manchmal aber auch entscheidend zur Aufklärung beitrugen. Beate wälzte sich im Bett herum. Vom zweiten Stock dröhnte eine Bläck-Fööss-Nummer herunter; juchzende Kreischer und stampfende Schritte deuteten auf eine Polonäse hin, die bedrohliche Erschütterungen auslöste. Sollte Beate es im Bett nicht mehr aushalten, konnte sie nach oben gehen. Schließlich war sie eingeladen, und wenn es auch nicht dasselbe war, wie in der trunkenen Hitze einer Kneipe mit Wildfremden zu tanzen und zu schunkeln, so würde sie sich doch wenigstens nicht ganz ausgeschlossen vorkommen. Ihre Stirn war heiß. Sie würde ja auch schnell wieder zu Hause sein. Unwillkürlich wanderten ihre Gedanken zu Maik Schmidt, der sich bislang nicht gemeldet hatte. Was war nur los? War es denn so schwierig, mit Corinna ins Geschäft zu kommen? Vielleicht brauchten die Leute keinen Stoff, wenn das Kölsch in Strömen floss und sowieso alles ausgelassen feierte ... Baisse, sorry, wegen Betriebsferien geschlossen. Was für ein Blödsinn.

Beate wusste genau, dass sie so schnell nicht einschlafen würde, und kroch aus dem Bett. Sie ging ins Bad und ließ eine Aspirintablette in das Zahnputzglas fallen. Versonnen betrachtete sie, wie es aufschäumte, dann schloss sie die Augen und schluckte das widerlich schmeckende Gebräu. Danach betrachtete sie sich im Spiegel. Sie sah furchtbar aus: rot glänzende Nase, tränende Augen, die Haare fettig und ohne Fasson. Ohne zu überlegen griff sie nach der Karnevalsschminke, die sie morgens zurechtgelegt hatte, und vertrieb mit halb vertrocknetem Make-up die Blässe aus ihrem Gesicht. In das Indianerbraun malte sie schwarze Tigerstreifen und einen Schnurrbart. Weiß um die Augen, die Nase noch röter. Kajalstriche an den Lidrändern zauberten dreieckige Katzenaugen. Toll. Nur die Nase putzen durfte sie jetzt nicht mehr.

Sie lief zurück ins Zimmer und wühlte in den Kartons, bis sie die Katzenohren und den Schwanz gefunden hatte. Ein schwarzes T-Shirt, die schwarze Gymnastikhose – Mist, wo waren die Sicherheitsnadeln? – fertig. Gut, der Kopf dröhnte noch, und die Halsschmerzen ließen einfach nicht nach, aber das sah man ihr nicht an. Und sie fühlte sich auch schon viel besser. Sie schnappte ihre Umhängetasche, stopfte Schlüssel und Zigaretten hinein, nahm die Zigaretten wieder heraus, ersetzte sie durch eine Packung Taschentücher und lief zur Wohnungstür. Sie hatte schon die Klinke in der Hand, da fiel ihr ein, dass sie unmöglich mit leeren Händen bei den Nachbarn aufkreuzen konnte. Im Kühlschrank war noch eine Flasche Sekt. Auf dem Weg in die Küche stolperte sie über den Kater, der Karneval und die damit verbundene Geräuschentwicklung überhaupt nicht mochte und beleidigt aufjaulte. Sie streichelte ihn hektisch, was ihm ebenso wenig behagte. Als sie endlich die Flasche Sekt in der Hand hielt, schellte das Telefon.

Ihr wurde klar, dass sie vor genau diesem Anruf Angst gehabt hatte. Das wusste sie bereits, ehe sie Maiks Stimme erkannte.

»Hey, Frau Fuchs, ich hab schon Alarm geschlagen. Es ist so weit. Ich bin im Capitol …« Die Hintergrundmusik schwoll an, Stimmen, »Augenblick mal«, das war Maik, und dann nur noch Unverständliches, bis es klickte, sekundenlanges Klacken wie verzweifelte Herzschläge, und dann das Rauschen einer toten Leitung, das ihr durch Mark und Bein fuhr.

Wenn etwas schief gehen kann, geht es auch schief, gab es da nicht so ein Gesetz? Zu spät, alles Lamentieren kam zu spät. Sie warf den Hörer auf die Gabel und lief in ihr Zimmer, um sich den Mantel anzuziehen und Geld einzustecken. Dabei überlegte sie, wie sie so schnell wie möglich zum Capitol kam. Sie stürzte zurück zum Telefon und wählte die Taxizentrale. Besetzt. Und das schon um einundzwanzig Uhr, verrückt! Aber viele feierten seit elf Uhr morgens und konnten unmöglich noch geradeaus gehen, es blieb also nur die Straßenbahn. Sie rannte hinaus und zog die Tür hinter sich zu. Keine Zeit, sie hatte keine Zeit mehr.

Es dauerte eine Ewigkeit, bis die Bahn kam. Die meisten Kunden hatten Schlagseite. Ihre Schminke war verlaufen oder verblasst, Schleifen waren zerknüllt und Kostüme von Bierflecken übersät. Es roch nach kaltem Rauch und Hochprozentigem. »Mer losse der Dom en Kölle«, grölte einer mit heiserer Stimme los, und andere fielen ein. Die Bahn fuhr viel zu langsam. »Miau«, rief jemand ihr nach, als sie ungeduldig zur vordersten Tür ging. Wie witzig. Ein Clownkind schlief selig auf dem Schoß von Clownpapi, und Clownmami genehmigte sich noch einen Schluck aus der riesigen Nuckelflasche, die sicherlich keine Milch enthielt. Wenn doch die Bahn ein wenig schneller …

Endlich. Nachdem die Tür sich zeitlupenhaft langsam aufgefaltet hatte, starrte Beate in die Mündung eines silbernen Revolvers. »Peng«, sagte der kleine Django und drückte ab. Die Munition war ihm im Laufe des Tages ausgegangen. Beate grinste schwach und sprang auf den Bahnsteig. Dann rannte sie die Treppe hinauf und stand auf der Kalker Hauptstraße. Sie hatte nicht den leisesten Schimmer, welche Richtung sie einschlagen sollte. Ein alter Mann, unkostümiert bis auf eine Narrenkappe und ein Lippenstiftherz auf der Wange, schlingerte auf die U-Bahn-Station zu.

»Entschuldigen Sie, können Sie mir sagen, wo das Capitol ist? Das ist eine Disco hier in der Nähe!«

Der Alte mochte schwerhörig sein, aber seine Reflexe waren in Ordnung. Der glasige Blick wurde klar, und er grinste.

»Erst ein Bützchen, junge Frau.«

Beate schluckte.

»Okay, wenn Sie mir sagen, wo der Laden ist«, versuchte sie zu handeln.

Opa hielt nichts von Vorleistungen. Er grapschte nach ihr und küsste sie schmatzend auf die Wange. Danach zierten braunschwarze Streifen seine eben noch ungeschminkte Gesichtshälfte.

»Und?«, drängte Beate.

»So ein lecker Mädsche, und dann tanzen gehen in so einem Etablissemang, nä, nä«, räsonnierte er lallend.

»Wo?«, fragte sie nur.

Er zeigte ihr die Richtung, und sie lief los.

Immerhin, der Alte hatte sie nicht veralbert. Schon von weitem erkannte Beate Blaulicht und Streifenwagen, die die gesamte Straße abriegelten. Sie war völlig außer Atem, als sie endlich den Eingang erreicht hatte. Die Tür war zu und der massige Türsteher nirgends zu sehen. Stattdessen stand ein Uniformierter da, der mindestens ebenso entschlossen schien, ungebetene Gäste fern zu halten.

»Hier können Sie nicht rein«, belehrte er Beate. »Razzia.«

»Deswegen bin ich hier. Das ist auch meine Aktion.«

»So?« Sein skeptischer Blick streifte sie von den Katzenohren bis zu den ausgelatschten Wildlederstiefeln.

Wütend zerrte Beate sich die Ohren herunter, als könnte sie dadurch ihrer Behauptung zu mehr Glaubwürdigkeit verhelfen.

»Ob Sie's glauben oder nicht, ich bin Staatsanwältin, dadrinnen müssten die Kommissare Fröhlich und Winter und vielleicht auch Kollegen von mir sein, Bub oder Fetten. Lassen Sie mich bitte rein.« Sie sah ihn eindringlich an.

Er zögerte. Offensichtlich wusste er nicht, ob er das Ganze für einen Karnevalsgag oder eine dienstliche Anweisung halten sollte. Aber schließlich öffnete er die Tür, und Beate huschte hinein. Die Atmosphäre war gespenstisch. Der Laden wirkte nackt, so hell erleuchtet war er jetzt. Keine Musik. Das Publikum saß an den Tischen wie erstarrt. Ein Typ in Lederhose, zerfetztem T-Shirt und behängt mit Ketten wurde gerade durchsucht. Beate entdeckte Kommissar Fröhlich, Mordbub und Fetten, die in einer kleinen Gruppe an der Theke standen. Sie bahnte sich einen Weg zwischen den Tischen hindurch und stolperte über ein ausgestrecktes Bein.

»Sorry«, zischte Eddi.

Sie fuhr herum. Er grinste gemein. Endlich. Endlich konnte sie es diesem Schwein heimzahlen. Nun war sie in der stärkeren Position. Natürlich fiel ihr nichts Passendes ein, also wandte sie sich ab und steuerte auf die Kollegen zu. Fetten winkte ihr. Er trug ein blau geringeltes T-Shirt, ein rot gemustertes Halstuch und ein Piratenlächeln.

»Und was ist das?«, fragte Kommissar Fröhlich.

Jetzt erst sah Beate, dass die Kollegen und der Kommissar einen Kreis bildeten, in dessen Mitte Corinna stand. Völlig hinüber, jenseits von gut und böse. Lametta funkelte in ihrem Haar, von den Ohren baumelten Christbaumkugeln bis auf die Schultern. Die Lippen waren schwarze, zitternde Linien in einem kalkweißen Gesicht. Ihr Mund formte Worte, aber es kam kein Ton heraus. Ihre Pupillen waren Stecknadelköpfe.

Fröhlich schien das nicht zu kümmern. Er kramte in einer Damenhandtasche und zog mehrere Plastikbeutel heraus, die er nebeneinander auf die Theke warf. Bei jedem klatschenden Geräusch wiederholte er seine Frage: »Und was ist das?«

Corinna kicherte.

Schließlich öffnete Fröhlich ein Reißverschlussfach in der Handtasche und wühlte darin herum. Knisternde Geräusche. Ein Bündel verknüllter Geldscheine: Zehner, Zwanziger, Fünfziger. »Und was ist das?« Es war sinnlos.

»Hören Sie auf, die ist hinüber«, stieß Mordbub hervor. »Das sind Aspirin für den Morgen danach, und ansonsten hat sie ihren Sparstrumpf geplündert. Viel wichtiger ist …« Er brach ab.

Fetten sah zu Boden, als Mordbub ihn zähneknirschend ansah. Da stimmte etwas nicht.

»Wo ist Maik?«, fragte Beate.

Schweigen.

»Verdammt, wo ist er?«

»Er kann nicht weit sein«, versuchte Walter Fetten sie zu beruhigen. »Wir waren fünf Minuten nach seinem Anruf hier, jedenfalls die Ersten von uns. Vielleicht wollte er bei der Razzia nicht anwesend sein.«

»Wieso denn? Er hatte doch nichts zu befürchten. Scheiße, ich hab's gewusst. Er hat nämlich auch bei mir angerufen, und das Gespräch wurde unterbrochen. Was hat er euch gesagt, war Michel auch hier?«

Corinna riss die Augen auf und stierte Beate an. So hinüber war sie gar nicht. Beate packte sie an den Schultern und schüttelte sie.

»Wo ist Maik Schmidt? Was habt ihr mit ihm gemacht? Wo ist Konrad Michel?«

Corinna zuckte bei jeder einzelnen Frage zusammen. Dann öffnete sie den schwarzen Strichmund, als wollte sie etwas sagen. Es kam nichts. Aber Beate spürte, dass diese Frau genau wusste, um was es ging. Und dass sie Hilfe suchend in die Richtung sah, in der sie Eddi vermutete.

Beate ließ sie los und warf Mordbub, der sie verdutzt beobachtet hatte, ein entschuldigendes Lächeln zu.

»Schon mal was von verbotenen Vernehmungsmethoden gehört?«, murmelte er spöttisch. »Michel war hier, das hat jedenfalls unser Informant gesagt.«

»Und? Was haben wir sonst?«

Kommissar Fröhlich räusperte sich. Erfolgsmeldungen lagen ihm.

»Wir haben sieben Kunden, Dealgeld«, er hielt das Geldbündel hoch, »und Stoff satt. Wir wissen, dass diese Dame hier verkauft hat und dass das Zeug von Michel stammt. Unser Informant hat gesehen, wie er ihr das Zeug zugesteckt hat. Ein Erfolg auf der ganzen Linie.«

»Klar. Verstehe ich. Aber ohne den Informanten kriegen Sie das nicht hin, oder?«

Sein Siegerlächeln erlosch.

»Wir haben genug, um jederzeit bei Michel einzufliegen und den Laden auf den Kopf zu stellen. Und das machen wir. Sofort.«

Mordbubs Autorität konnte auch etwas für sich haben. Fröhlich gab Anordnung, die erwischten Kunden und Corinna ins Präsidium zu bringen, und ließ die sichergestellten Gegenstände abtransportieren. Hektische Betriebsamkeit setzte ein. Handschellen klickten, Asservatenzettel wurden beschriftet, Uniformierte sprachen in Walkie-Talkies.

Der Aufbruch kam so rasch, dass Beate erst in letzter Sekunde Eddi einfiel, der noch immer völlig ungerührt und breit grinsend an seinem Tisch saß.

»Und den nehmen wir nicht mit?«, fragte sie entrüstet.

»Wieso? Gegen den liegt nichts vor. Personalien sind überprüft, der Typ ist sauber«, entgegnete Fröhlich.

Das konnte doch nicht wahr sein!

»Hören Sie, der saubere Typ gehört zu Michels Organisation, er ist der Mann fürs Grobe. Inkasso und Firmenschutz sind seine Spezialitäten, mich wollte er auch schon mal vermöbeln.«

Als Fröhlich nicht aufhörte, sie verständnislos anzustarren, ließ sie ihn einfach stehen. Sie baute sich vor Eddi auf, die Arme vor der Brust verschränkt. Ihr war völlig egal, wie sie aussah und was er von ihr hielt.

»Eins sage ich Ihnen: Wenn Sie wissen, was mit Maik passiert ist, dann spucken Sie es aus. Jetzt haben Sie noch eine Chance, sich da rauszuwinden. Nachher ist es zu spät.«

Einen Moment lang schien sein Grinsen leer zu werden, so als klebe es noch in seinem Gesicht, obwohl er sich schon für einen anderen Ausdruck entschieden hatte. Beates Herz klopfte. Denk nach, Mann.

Er zerstörte ihre winzige Hoffnung schon nach wenigen Sekunden.

»Wer soll das denn sein, Mensch? Maik? Kenne ich nicht … Und überhaupt, seh ich aus wie ein Babysitter?«

»Nehmen Sie ihn mit«, kommandierte Beate und kam sich vor wie in einem schlechten Film.

Fröhlich und ein Uniformierter packten Eddi an den Armen und schleppten ihn hinaus. Beate folgte ihnen. In ihrem Kopf pochte es wieder. Das Sirenengeheul des ersten Streifenwagens, der wegfuhr, die gleißenden Scheinwerfer, die kalte, mittlerweile stockdunkle Nacht … Sie zog den Mantel enger um sich und fröstelte dennoch. Sie hatte Angst.

»Hey, Beate, steig ein!«

Das war Fetten, der die hintere Tür eines Ford Scorpio für sie aufhielt. Der Motor des Wagens heulte ungeduldig auf. Sie rannte auf das Auto zu und stieg ein. Kommissar Winter am Steuer redete leise auf Mordbub ein. Mordbub war sichtlich nervös. Der Einsatz war nicht optimal verlaufen. Vielleicht hatte Bub ein schlechtes Gewissen, weil Schmidt so spurlos verschwunden war. Beate hatte sonst gern das letzte Wort. Diesmal wünschte sie sich, nicht Recht zu behalten.

»Vielleicht geht meine Phantasie mit mir durch«, sagte sie, als der Wagen auf Touren kam und durch das wie ausgestorbene Viertel jagte.

Alle wussten, was sie meinte. Aus den Kneipen drang Licht auf die Straßen. Vor fast jeder Kneipe baumelte eine der lebensgroßen Nubbelfiguren, die man in der Nacht zu Aschermittwoch verbrennen und zu Grabe tragen würde. Sie schwangen hin und her wie Erhängte, die Köpfe in einem grotesken Winkel zur Seite geknickt.

»Hat jemand eine Zigarette für mich?«

Fehlanzeige. Der sportliche Fetten rauchte nicht, Mordbub fielen zum Thema Rauchen immer nur Predigten ein – es sei schlecht für den Teint –, und Winter konzentrierte sich auf die Strecke.

Mit Recht. Eine beschwingte Gruppe jecker Weiber wechselte unverhofft vom Bürgersteig auf die Fahrbahn. Winter stieg fluchend auf die Bremse und hupte. Außer einigen schrill vorgetragenen eindeutigen Angeboten hatte das keinerlei Effekt. Die Damen tanzten Ringelreihen um das Auto und drohten mit faltigen Kussmündern. Keine Einzige war unter sechzig und eins Komma vier Promille. Winter kurbelte das Fenster herunter und gab sich als Polizeibeamter im Einsatz zu erkennen, was grelles Gelächter auslöste und das berühmte Lied vom Schutzmann, der den ganzen Tag noch nichts getan hat, nach sich zog. Beate wusste nicht, ob sie lachen oder weinen sollte. Erst nachdem Winter sich zwei Küsschen eingefangen hatte, gaben die Weiber den Weg frei. Der Wagen schoss los.

Beate zählte die Sekunden.

Mit quietschenden Reifen kam das Auto auf dem Bürgersteig der Rolshover Straße zum Stehen. Gleichzeitig traf ein Funkstreifenwagen ein, der die Toreinfahrt auf der Dillenburger Straße blockierte. Es wurde Ernst. Zwei uniformierte Beamte und ein bebrillter junger Mann in Zivil stiegen aus und postierten sich. Der junge Mann zündete sich eine Zigarette an und beobachtete mit großen Augen, wie einer der Polizisten an dem verschlossenen Tor rüttelte.

»Rauf«, ordnete Winter an. »Kann man was sehen?«

Der sportlichere der beiden Beamten setzte zu einem Klimmzug an und ließ sich von seinem Kollegen abstützen. Vorsichtig reckte er den Kopf, bis er freie Sicht auf den Hinterhof hatte. Auf ein Handzeichen hin ließ der Kollege ihn los.

»Da ist Licht«, verkündete er.

»Also los. An die Arbeit. Brecht das Tor auf!«

Es war wieder der Sportliche, der sich angesprochen fühlte. Ein kurzer Anlauf, und er warf sich, die Schulter voran, gegen das Tor. Unwillkürlich rieb Beate ihre Schulter. Doch der Beamte war zäh, er probierte es noch einmal. Das Tor gab nicht nach. Anders als im Kino. Der zweite Beamte entfernte sich wortlos und schloss den Funkstreifenwagen auf. Als er wiederkam, hielt er ein Brecheisen in der Hand. Dann machte er sich ans Werk. Es dauerte ewig und war mit viel Krach verbunden. Beate fragte sich, wie ihre Knackis so was dauernd machen und doch nur relativ selten erwischt werden konnten. Profis eben.

Das Schloss war geknackt. Aber das war auch alles: Das Tor hatte sich unter den vereinten Anstrengungen verbogen und verkeilte sich, je heftiger die Beamten daran zerrten, umso fester in der Führungsschiene. Kreischendes Schaben von Metall auf Metall ließ alle zusammenzucken. Beate fühlte sich so hilflos bei diesem Schauspiel, dass sie am liebsten auf den Nägeln gekaut hätte.

Mordbub löste die Spannung auf seine Weise: Entschlossen stapfte er auf die Beamten zu, schob sie beiseite und trat ein paarmal gegen das scheppernde Metall. Was immer Michel dadrinnen auch tat, spätestens jetzt musste er wissen, dass ungebetene Gäste

Einlass begehrten. Verdammt, warum lief alles schief an diesem Abend?

Dann auf einmal ein knirschendes Geräusch; es war deutlich zu hören, wie das Tor wieder in die Schiene einrastete. Der bebrillte junge Mann zertrat den Stummel seiner Zigarette und nickte anerkennend. Etwas schwerfällig ließ sich das Tor endlich zur Seite schieben.

Der Hinterhof war leer. Licht drang unter der Metalltür hervor auf den Asphalt. Schon wieder eine Metalltür …

»Aufmachen, hier ist die Polizei!«

Winters scharfer Stimme war die Anspannung der letzten Minuten anzuhören. Er horchte an der Tür, als sich nichts rührte.

»Da ist jemand, ich höre was«, sagte er leise und lauschte erneut.

Beate konnte deutlich das leichte Vibrieren eines Motors vernehmen. Winter forderte noch einmal Einlass und drohte, die Tür einzutreten. Alle hielten den Atem an. Lauter werdende Schritte, dann das Geräusch eines Schlüssels im Schloss. Die Tür schwang nach außen auf.

Konrad Michel musste den erstaunt-beunruhigten Gesichtsausdruck vor dem Spiegel geübt haben.

»Darf ich fragen – was ist denn los? Gab es Beschwerden in der Nachbarschaft?« Sein Blick wanderte über die Gesichter der Männer, die ihn schweigend ansahen.

Beate trat einen Schritt vor. Michel zuckte nicht mit der Wimper. Ein eiskalter Bursche.

»Wir müssen Ihren Laden durchsuchen.« Walter Fetten sprach ausgesucht höflich. »Gefahr im Verzug, also fragen Sie bitte nicht nach einem Durchsuchungsbefehl. Wir haben Corinna Sterny festgenommen. Mit der Ware.«

Corinna, wer ist das? Wenn er das sagt, fange ich an zu schreien, dachte Beate. Konrad Michel lächelte verbindlich.

»Corinna, ach ja, nettes Ding, aber leider: voll drauf. Wirklich, ein trauriger Fall. Und was hat das mit mir zu tun?«

»Wir sollten ihn belehren«, sagte Beate. »Sonst verplappert er sich noch.«

Zum ersten Mal fiel Michel aus der Rolle des überraschten Kleinunternehmers, der wie aus heiterem Himmel von einem Polizeiaufgebot heimgesucht wird. Nur ein wenig, aber immerhin.

»Was will die Frau denn hier? Mit der rede ich nicht.«

Walter Fetten grinste.

»So, Sie kennen sich? Dann brauche ich meine Kollegin ja nicht mehr vorzustellen. Mein Name ist Fetten, der freundliche Herr hinter mir ist der Kollege Bub, wir alle kommen von der Staatsanwaltschaft; hier Kommissar Winter und zwei Mitarbeiter von der Schutzpolizei. Ach ja, und der junge Mann dahinten, das ist Doktor Wollenstein, seines Zeichens Chemiker beim Institut für Arzneimittelprüfung. Dürften wir vielleicht eintreten?«

Wie überrumpelt, trat Konrad Michel einen Schritt zur Seite.

»Fühlen Sie sich wie zu Hause. Schade nur, dass Sie hier nichts finden werden.«

Mit einer übertriebenen Armbewegung winkte er sie herein. Konrad Michel hatte die zufriedene Miene einer Katze, die soeben verbotenerweise eine Portion Tatar verspeist hat.

Sie waren zu spät gekommen.

Im ersten Raum, der als Büro diente, herrschte Chaos. Zu Boden gefallene Aktenordner, aufgeklappte Hefter, gähnend leer, und Papierschnipsel überall zeugten von einer gründlichen, wenn auch eilig durchgeführten Vernichtungsaktion. Offensichtlich kosmetische Produkte in mattschwarzen Tiegeln zierten, pyramidenförmig aufgebaut, die ringsum angebrachten Regale. Ein Telefaxgerät summte und produzierte Papier. An den wenigen freien Stellen der geweißten Wände hingen künstlerische Aktfotos, schwarzweiß. Eine Palme warf exotische Schatten auf den halogenbeleuchteten Schreibtisch. Plexiglas und Metall liebte Konrad Michel offenbar besonders; das edle Design passte zu der Unordnung wie die Faust aufs Auge und verriet, dass das Unternehmen nur scheinbar seriös war.

»Hören Sie das?«, fragte Doktor Wollenstein plötzlich.

Das vibrierende Geräusch, das Beate schon von draußen wahrgenommen hatte, kam aus einem der hinteren Räume.

»Los«, rief Mordbub und stürmte voran. Er riss die Tür, die zu den hinteren Räumen führte, auf und war schon verschwunden.

Nun hörte man deutlich das Summen eines Motors. Winter erteilte einem der Polizeibeamten die Anweisung, Konrad Michel nicht aus den Augen zu lassen, er sei vorläufig festgenommen.

Dann folgten sie Mordbub. Die Räume sahen tatsächlich nach Labor aus: Im Vorraum standen Säcke mit Grundstoffen und riesige Flaschen mit ätherischen Ölen – wenn man der Beschriftung trauen konnte. Rezepturen schmückten die Wände. Überall standen Gläser mit halb fertigen Produkten herum, in einem Topf gammelten Fettreste vor sich hin. Durch Glasscheiben sah man in den nächsten Raum, die eigentliche Produktionsstätte. Doktor Wollenstein schaute sich fasziniert um.

»Nicht schlecht«, murmelte er. »Das wird eine Kleinigkeit gekostet haben.«

Dann bediente er den Schalter an einem Fünfzig-Liter-Gefäß, und der Motor erstarb. Ein, zwei glucksende Geräusche, dann war es totenstill.

»Und? Was ist damit?«, fragte Mordbub ungeduldig. Er schien sich unwohl zu fühlen in dieser fremden Umgebung, so als könne jederzeit eine der seltsamen Substanzen explodieren.

Beate hatte im Chemieunterricht mit offenen Augen geschlafen: Welchem Zweck all diese Geräte, Phiolen, Behälter und Schläuche dienten und ob es sich hierbei um die übliche Ausstattung einer Kosmetikproduktion handelte, davon hatte sie nicht die leiseste Ahnung.

»Das ist eine Rührmaschine, das kennt die Dame hier doch bestimmt aus dem Haushalt.« Doktor Wollenstein mochte sich in seinem Fachgebiet auskennen – die Haushaltsführung der modernen Frau war ihm offensichtlich fremd.

»Wir sollten mal einen Blick auf den Inhalt werfen.« Wollenstein ergriff einen Schlauch und befestigte ein Ende an einem Metallstutzen im unteren Bereich des riesigen Kessels. Das andere Ende wurde mit einem Gerät verbunden, dessen Zweck Beate nicht erriet. Sie erkannte nur ein System von Schläuchen und Glasröhren, einen Kolben und eine Düse oder wie immer dieses Ding hieß. Doktor Wollenstein jedenfalls schien zu wissen, was er da tat, denn jetzt drückte er auf eine Taste und lächelte zufrieden, als eindeutige Pumpgeräusche ertönten. Er stellte einen Edelstahlbehälter unter den Abfüllstutzen und wartete. Michel schlenderte herein.

»Das ist eine Dosiermaschine«, erklärte der Chemiker. »Die Substanz wird mittels Mantelbad im Kessel erhitzt, der Inhalt wird verrührt, und dann füllt man das Ganze hier ab. Man kann den Kolben regulieren, je nachdem, ob man die Substanz in eine Tube oder in einen Tiegel füllen möchte.«

Eine eklige weißliche Masse spritzte stoßweise in den Behälter. Wenn das Gesichtscreme ist, ziehe ich es vor, faltig herumzulaufen, dachte Beate. Doktor Wollenstein schob seine Brille auf die Stirn und bückte sich zu dem Zeug hinunter. Er sog schnüffelnd die Luft ein und richtete sich wieder auf. Mit einem Metallspatel rührte er in dem Brei herum und nahm eine Probe.

»Tja, es dürfte einige Zeit dauern, die einzelnen Ingredienzen genau festzustellen. Aber eines scheint mir sicher: Neben Fettphase und Emulgatoren dürfte sich jede Menge Papier hier drin befinden.«

Klar. Die Vernichtungsaktion. Geschäftskorrespondenz, Bestellungen verräterischer Ausgangsprodukte, Rezepturen ... Beate war wütend. Dieser Mistkerl durfte nicht entkommen. Sie drehte sich nicht um, aber sie hörte förmlich Michels überlegenes Lächeln, als er jetzt sprach.

»Ja, ein Experiment, Creme auf Zellulosebasis. Ist wohl nicht gelungen.«

Sie hätte ihm den Hals umdrehen können.

»Und das? Was ist das hier für ein Gerät?«, fragte sie erbittert und zeigte auf den Metallkoloss, der in einer Ecke stand.

Doktor Wollenstein wusste Bescheid.

»Damit presst man Tabletten, sehen Sie? Pulver oben rein und Tabletten unten raus. Ein schönes Stück. Etwas antiquiert, aber brauchbar.«

»Das wird mitgenommen«, ordnete Winter an. »Es müsste doch mit dem Teufel zugehen, wenn wir da nichts mehr fänden. Und wenn es nur ein Stäubchen ist. Herr Michel, wozu brauchen Sie denn so was?«

Michel war bestens präpariert.

»Haben Sie den Namen meiner Firma nicht gelesen? Naturkosmetik für Schlankheit und Schönheit. Ich experimentiere auf dem weiten Feld der Appetitzügler, bin aber noch nicht in der Lage, auf den Markt zu gehen. Leider.«

Doktor Wollensteins Augen blitzten auf.

»Aha, PMK, das ist es also. Dann müssten hier also Reste von MDMA-Pulver zu finden sein.«

Niemand verstand, wovon Wollenstein sprach. Außer Michel – und der tat sein Möglichstes, um absolutes Unverständnis zu mimen.

»Wenn Sie uns bitte aufklären wollen, Herr Doktor Wollenstein.« Mordbub war ungeduldig. »Aber bitte so, dass es auch Laien verstehen.«

»Also, das schoss mir gerade so in den Kopf, können Sie sich an den Imhausen-Fall erinnern? Da wurde das Ganze auch als Appetitzügler getarnt: Novatrim hieß das Zeug, und Imhausen lieferte den Amis den Basisstoff PMK, das heißt Piperonylmethylketon. Später hat Imhausen das MDMA gleich selbst gebastelt. Gilt seit sechsundachtzig als Betäubungsmittel, in der Wirkung zwischen LSD und Kokain. In der Literatur werden auch Gehirnschäden diskutiert, die durch das Zeug verursacht werden können. Wird als ›Adam‹, ›Cadillac‹, ›Ecstasy‹ oder Ähnliches verkauft.«

»Moment«, sagte Beate. Sie blitzte Konrad Michel an. »Stellen Sie auch Duftwässerchen her? Eau de Cologne vielleicht? Ich habe draußen nichts davon gesehen ...«

Michel ließ sich nicht aus der Ruhe bringen.

»Nö. Sollte ich?«

Dreist. Der Typ war ... Und sie konnte ihm noch nicht einmal die Kassetten vorspielen!

»Haben Sie überhaupt eine Genehmigung? Es kann doch nicht jeder einfach so irgendwelche Arzneimittel herstellen!«

Er grinste nur.

»Ach, und wegen so einer dämlichen Ordnungswidrigkeit solch ein Aufgebot! Ich habe doch noch nichts in Verkehr gebracht. Was soll das Ganze eigentlich?«

Beate dachte nicht daran aufzugeben. Mit diesem Kerl war sie noch lange nicht fertig.

»Herr Michel, verkaufen Sie uns nicht für dumm. Wenn Eddi und Corinna auspacken, sind auch Sie erledigt. Diesmal«, sie beobachtete ihn scharf und betonte die nächsten Worte, »können Sie nicht auf Ihren Achim bauen. Die Zeiten sind vorbei.«

Sein Pokerface bröckelte ab wie schadhafter Putz. Aber er schwieg.

Weiter. Sie musste ihn weiter verunsichern.

»Und wenn wir Ihren Bunker gefunden haben, ist es sowieso aus. Wir müssen nur diesen Detlef fragen.«

Falsch. Die Spur war eiskalt. Er schien sie tatsächlich nicht zu verstehen. Oder hatte sie etwas falsch verstanden? Vielleicht half ein Bluff.

»Und es wäre besser für Sie, wenn Sie uns sagen, was mit Maik Schmidt passiert ist. Maik Schmidt, soll ich den Namen buchstabieren?«

»Den habe ich seit Wochen nicht gesehen. Was soll das überhaupt?«

»Lassen Sie die Spielchen. Er hat mich angerufen, und wir wurden unterbrochen. Genauer gesagt: Sie haben das Gespräch unterbrochen. Ich habe Ihre Stimme erkannt.«

Verbotene Vernehmungsmethode. Eine glatte Lüge war das. Aber wer konnte das beweisen? Konnte sie sich nicht mal irren? Auch sie war nur ein Mensch, und wie leicht täuschte man sich, wenn es um die Identifizierung einer Stimme ging, noch dazu am Telefon ... Außerdem war sie davon überzeugt, dass es Michel gewesen war. Oder Eddi.

»Dazu sage ich nichts. Ich will jetzt meinen Anwalt anrufen. Und überhaupt, selbst wenn ich diese kleine Ratte ...« Er brach ab.

Mordbub hatte den Fehler sofort registriert. Er legte los, wie befreit nach der allzu langen Zeit aufgezwungener Zurückhaltung.

»Aha. Woher wussten Sie denn, dass er Sie verpfiffen hat? Sie müssen ihn erwischt haben, als er uns anrief. Und dann haben Sie ihn verschwinden lassen, was? Er war Ihnen im Weg, genauso wie Rainer Donatus. Tja, wenn ehemalige Mitarbeiter Betriebsgeheimnisse ausplaudern – vielleicht ist Donatus ja auch durch Ihre Pillen bekloppt geworden. Aber das kriegen wir alles noch heraus, da können Sie sicher sein.« Das waren zwar nur Spekulationen, unbewiesene Behauptungen, aber Konrad Michel verlor die Fassung. Er wurde bleich und trat einen Schritt zurück. Nur mühsam gewann er die Kontrolle wieder. Mordbub setzte nach.

»Sie wissen, dass es sich um Mord handelt, wenn zur Verdeckung einer Straftat getötet wird? Das ist keine Ordnungswidrigkeit, ganz und gar nicht, das heißt im Zweifel lebenslang. Wenn Corinna Sterny gescheit ist, wird sie uns erzählen, warum sie meinte, Sie seien noch nicht aus dem Schneider; verlassen Sie sich darauf. Sie haben es nicht mehr mit Feldhoff zu tun, sondern mit mir. Und wenn

Sie glauben, dass man auch mich mit Sex bestechen oder mit irgendeinem Wisch erpressen kann, sind Sie schief gewickelt. Und jetzt rufen Sie einen Anwalt an. Der wird Ihnen hoffentlich raten, gleich jetzt und hier auszupacken. Ich denke da zum Beispiel an Maik Schmidt.«

Michel stand da wie vom Donner gerührt. Es waren nicht nur die neuen Vorwürfe. Es waren auch die vielen Andeutungen, die weitaus mehr Hintergrundwissen vortäuschten, als tatsächlich vorhanden war. Er brauchte Zeit, um sich darüber klar zu werden, was seine Verfolger bereits wussten und wie viel davon auf Spekulationen beruhte. Die Klappe fiel zu. Er würde seinen Mund nicht mehr aufkriegen, es sei denn zu einem stereotypen Kein-Wort-ohne-meinen-Anwalt.

Beate lief zurück in den Büroraum, getrieben von einer plötzlichen Unruhe. Irgendetwas musste doch zu finden sein, ein winziger Anhaltspunkt nur …

Winter und Doktor Wollenstein folgten ihr. Da kam Beate eine Idee.

»Und wenn wir sofort alle Wohnungen durchsuchen lassen? Die von Michel, Corinna, Eddi … Wenn sie Maik geschnappt haben und ihn verstecken, dann doch in einer Wohnung, oder? Können Sie mal die Leitstelle anrufen, ob Maik Schmidt sich dort gemeldet hat? Oder vielleicht ist er ja auch zu Hause … Mist, Kraftfahrzeuge, wie viele Autos hat Konrad Michel überhaupt, das müssten wir auch noch feststellen!«

Hektisch wühlte sie in den Heftern, die auf dem Boden lagen. Nicht alle waren leer; nur die mit den Aufschriften »Lieferscheine«, »Bestellungen« und andere, die in gleicher Weise illegale Geschäfte hätten belegen können. Ein unwiderstehlicher Niesreiz überfiel Beate. Nervös suchte sie nach einem Taschentuch, konnte aber keins finden, weil ihre Augen so tränten. Doktor Wollenstein überreichte ihr ein blütenweißes Stofftuch, in das sie erleichtert schnäuzte. Sie fühlte sich erbärmlich, was sich noch steigerte, als sie Wollenstein das Make-up-verschmierte Tuch zurückgab. Um ihre Verlegenheit zu verbergen, griff sie nach dem nächstbesten Ordner: »Kraftfahrzeuge.« Sollte sie endlich mal Glück haben?

Winter hing schon am Telefon und gab mit ruhiger Autorität Anweisungen. Wenigstens wurde alles nur Denkbare unternommen, um Schmidt zu finden. Aber auch dieser Gedanke beseitigte Beates Unruhe nicht. Aha: der wohl bekannte Audi; ein Kleintransporter, Toyota; ein Kaufvertrag über einen gebrauchten Wohnwagen der Marke Dethleffs, nicht zugelassen, zum Preis von DM 4 500,– … Beate gab den Ordner an Winter weiter, der sofort eine Fahndung nach den Fahrzeugen anordnete.

Was konnte sie noch tun? Ein Ordner mit der Aufschrift »Preislisten«. Sie blätterte herum, aber all diese Namen und Abkürzungen sagten ihr nichts. Immerhin, einige Angebote waren mit Kugelschreiber angekreuzt, und da, eine Berechnung … Beate war erledigt. Darum sollte sich Doktor Wollenstein kümmern. Sie stand auf und lief ein paar Schritte. Irgendwo musste doch eine Toilette sein. Ein friedlicher Ort, eine geschlossene Tür, sie ganz allein und unbeobachtet … endlich erschöpft sein dürfen. Sie fand die Toilette mit traumwandlerischer Sicherheit.

Ein Blick in den Spiegel ließ sie zurückschrecken. Im nächsten Moment hing sie über dem Waschbecken und schrubbte die Kriegsbemalung ab. Die BEAUTY OF C.-Waschlotion war gar nicht übel. Roch ein wenig fremd, aber sie wirkte. Beates Gesicht war blass und stellenweise gerötet. Sie massierte die juckende Kopfhaut und griff nach dem Lippenstift. Auch ein Produkt des Hauses – nicht ihre Farbe. Dann fiel ihr Blick auf einige zerfledderte Hochglanzbroschüren der chemischen Industrie, die als Klolektüre in einer Ecke gestapelt waren. Ob Michel hier etwas versteckt hatte? Sie hatte den Stapel erst zur Hälfte abgetragen – ohne irgendetwas Aufregendes zu finden –, als jemand an die Tür klopfte.

»Hey, Beate, alles klar? Wir wollen gehen.«

Das war Walter Fetten, dessen Anwesenheit irgendwie unauffällig geblieben war.

Beate klappte die letzte Broschüre zu. Die Rückseite zeigte eine glückliche Familie, die, entspannt und gut gelaunt, Campingurlaub machte. Mami strickte, Papi trank ein Bier, die Kinder spielten Ball, und aus dem Fenster des Wohnwagens grinste ein glücklicher Pudel. Ferien vom Ich, lautete der Werbespruch für ein Psychopharmakon. Widerlich. Plötzlich fiel es ihr wie Schuppen von den Augen. Der Wohnwagen! Dethleffs! »Detlef« war kein Typ, deshalb hatte Konrad Michel auch so verständnislos geglotzt, »Detlef« war der Wohnwagen …

Beate stieß die Tür so heftig auf, dass sie Walter Fetten voll erwischte.

»Als wenn der Abend nicht schon aufregend genug wäre«, murrte er und rieb seine Schulter.

Beate fand kaum Zeit, eine Entschuldigung zu murmeln, so eilig hatte sie es.

»Haben Sie Maik Schmidt gefunden?«, fragte sie Kommissar Winter atemlos.

Er schüttelte den Kopf. Die zwei Polizeibeamten führten Michel gerade ab. Er blickte auf die Handschellen, als wäre das alles ein böser Traum, aus dem er bald erwachen würde. Beate trat ihm in den Weg.

»Wo steht Ihr Wohnwagen?«, fragte sie.

Nichts zu machen. Immerhin sah er sie an. Aber da war nur Angst in seinen Augen. Auf einmal stand Mordbub hinter ihr und gab die Stichworte.

»Er ist stolzer Eigentümer eines Wohnwagens der Marke Dethleffs. Detlef, der heiße Tipp für Junkies, die für wenig Geld kurzfristig ihren Entzug überbrücken wollen. Detlef hat immer Vorräte. Detlef ist immer da.«

»Tja, wo könnte er sein? Ist er zugelassen?« Mordbub sekundierte weiter.

»Natürlich nicht. Er muss einen festen Standort haben. So wie Rainer Donatus. Vielleicht ist Detlef gar nicht so weit weg.«

»Das erklärt auch, wieso Corinna nicht verteilen konnte an dem besagten Dezembertag, als bei Donatus noch mal durchsucht wurde. Frau Fuchs, denken Sie, was ich denke?«

»Klar. Vietorstraße 53 ist die Adresse, oder?«

»Ich glaube, ja. Wenn der Herr Michel so nett wäre, uns zu begleiten?«

Alles in einem so sanften, gefährlich freundlichen Ton, dass Michel zusammenbrach.

»Nein, das mache ich nicht mit! Was soll ich dort? Macht doch, was ihr wollt, aber ohne mich!« Er schrie fast.

Angewidert wischte Beate Michels Spucke von ihrer Wange und wandte sich ab.

»Den Schlüssel bitte«, forderte Mordbub kühl.

Michel wand sich im Griff der beiden Beamten und schüttelte immer wieder den Kopf.

»Wenn Sie den Schlüssel nicht herausgeben, muss leider unmittelbar Zwang ausgeübt werden. Einfache körperliche Gewalt, so ist das nun mal.«

Solche und ähnliche Formulierungen standen in vielen Protokollen. Beate hatte sich nie etwas Konkretes darunter vorstellen können. Eine Minute und ein paar Rippenstöße später hatte sie einen äußerst lebendigen Eindruck gewonnen. Der sportliche Beamte hielt triumphierend einen Schlüsselbund hoch. Mordbub steckte ihn in seine Jackentasche und gab das Zeichen zum Aufbruch.

»Schweine«, flüsterte Konrad Michel. »Schweine.«

Es war dieselbe Situation: Schon wieder standen sie vor einem verschlossenen Tor; diesmal war es eines aus Drahtgeflecht, gesichert durch ein vorsintflutliches Vorhängeschloss. Ein Schild mit der Aufschrift »Warnung vor dem Hunde« war wohl nur aus dekorativen Gründen angebracht worden, denn trotz des Aufgebotes ließ sich kein Hund blicken. Mordbub probierte sämtliche Schlüssel von Michels Schlüsselbund aus. Der letzte war der richtige. Michel stand wie unbeteiligt daneben.

Der Hof war in völlige Dunkelheit getaucht, schwach waren die Umrisse einiger Bauwagen und Wohnwagen zu erkennen. Die seitlich aufragenden Häuserwände waren fensterlos. Nach hinten wurde das Gelände durch eine efeubewachsene Mauer begrenzt. Das Drahtgeflechttor, mannshoch und mit Gestrüpp überwuchert, ließ auch von der Straße her kaum Einblick zu. Der ideale Ort für dubiose Geschäfte und Typen, die das Tageslicht zu scheuen hatten. Ein ideales Versteck für Donatus auf der Flucht vor den bösen Mächten. Und ein guter Ort für einen Mord …

Beate spürte, wir ihr ein Schauder über den Rücken lief. Auch die anderen senkten unwillkürlich die Stimmen. Einer der Beamten entfernte sich und kam mit einem Handscheinwerfer wieder. Als er den gleißenden Strahl über den Hof gleiten ließ, raschelte es. Ratten.

»Dahinten haben wir Donatus gefunden«, erläuterte Winter. Er räusperte sich. »Und das da müsste unser Objekt sein!«

Er zeigte auf einen beigefarbenen Wohnwagen, der in der hintersten Ecke stand, halb verdeckt durch aufeinander gestapelte Zementsäcke. Außer ihren Schritten war nichts zu hören. Maik Schmidt konnte sich nicht hier aufhalten, er hätte sich längst gemeldet. Die Beamten zerrten Michel mit sich. Er sträubte sich nicht direkt; eher wirkte es, als würden ihm die Beine immer schwerer. Mordbub klirrte mit dem Schlüsselbund, während Kommissar Winter, der den Scheinwerfer übernommen hatte, den Lichtstrahl auf die Tür des Wohnwagens lenkte. Was fummelt Mordbub da nur herum, dachte Beate. Ist er etwa genauso nervös wie ich? Ihr Herz klopfte jetzt wie wild.

»Ich hab's!«, rief er. Seine Stimme klang heiser.

Die Tür schwang auf, und Mordbub kletterte in den Wohnwagen, gefolgt von Kommissar Winter. Beate trat einen Schritt vor, in atemloser Spannung. Nach wenigen Sekunden kam Mordbub wieder heraus. Aus seinem Gesicht war jeder Ausdruck getilgt.

»Setzen Sie den Knaben in den Funkstreifenwagen. Und machen Sie ihn gut fest. Mit dem haben wir noch zu reden.«

Der Sportliche nickte mit einem Grinsen, das nicht hierher gehörte. Konrad Michel sah gleichgültig aus. Ihm schien egal zu sein, was mit ihm passierte. Als er außer Hörweite war, konnte Beate sich nicht länger zurückhalten.

»Was ist los, was ist denn dadrinnen? Haben Sie Maik gefunden?«

Plötzlich merkte sie, dass Walter Fetten ihren Arm festhielt, und riss sich los. Mordbub blockierte den Eingang. Sie kam nicht an ihm vorbei. Ein stechender Geruch drang aus dem Wohnwagen nach draußen.

»Nun sagen Sie schon«, drängte sie.

»Er ist da. Aber gehen Sie nicht rein. Es ist kein schöner Anblick.«

Mordbub mied ihren Blick. Maik war ... Als Beate den Geruch erkannte, hob sich ihr Magen. Es roch nach Erbrochenem. Was für ein dreckiger Tod. Und sie war schuld. Sie alle waren schuld.

»Ich gehe nicht rein. Ich will ihn nur noch mal sehen. Das sind wir ihm schuldig, oder? Ist ja unser Werk. Los, Walter«, schrie sie plötzlich, »du kannst ruhig auch kommen! Oder wird dir schlecht auf einmal, ja? Aber immerhin, ein Drogenring ist gesprengt, das hat sich doch gelohnt!«

Sie war so aufgebracht, dass sie Mordbub einfach zur Seite stieß und in den Wagen hineinsah. Kommissar Winter hatte den Scheinwerfer so auf den Tisch gestellt, dass er die Wagendecke bestrahlte. Im Mittelgang lag Maik, an einen umgekippten Stuhl gefesselt, ein Tuch vor dem Mund. Seine Augen quollen hervor. Beate starrte auf seine Haare, die immer noch seidig und jung waren, fixierte eine Stelle an seinem Hinterkopf, nur um den widerlichen Rest der Wahrheit nicht sehen zu müssen. Das war kein Heldentod, was immer Maik sich auch vorgestellt hatte. Ekel und Trauer schnürten ihr den Hals zu.

Kommissar Winter öffnete Türen und klappte Sitzbänke auf. Ein Plastikbeutel nach dem anderen kam zum Vorschein. Als wenn es darauf noch ankäme! Beate wandte sich ab und trat nach draußen. Sie konnte Mordbubs Gesicht nicht mehr erkennen, und auch Walter Fetten verschwamm vor ihren Augen.

»Willst du ein Taschentuch?«, fragte Walter. »Er ist tot, nicht?«

Beate nickte nur. Sie nahm das Tempotuch und schnäuzte sich. Dann rieb sie sich die Augen und putzte die Brille an ihrem T-Shirt. Mordbub flüsterte mit Winter. Die Routine setzte ein. Gleich würden Spurensicherer, ein Arzt und ein Leichenwagen eintreffen. Wie immer. Aber das war kein Fall wie immer. Sie alle hatten Maik gekannt und für sich arbeiten lassen.

»Den Kerl kriege ich.« Mordbub ließ keine Trauer zu. »Kommen Sie mal mit. Ich brauche einen Zeugen.« Er war fest entschlossen, die Schuld nicht allein zu tragen. »Halten Sie sich zurück, bleiben Sie im Dunkeln, damit er Ihr verheultes Gesicht nicht sehen kann. Aber spitzen Sie die Ohren. Ich muss es einfach versuchen.«

Er marschierte auf das Tor zu, und sie folgte ihm. Warum eigentlich? Als wenn das alles nicht völlig nebensächlich wäre ... Trotzdem lief sie hinter Bub her wie ein Hündchen. Schon wieder stieg Wut in ihr hoch.

Mordbub öffnete die Schiebetür des Funkstreifenwagens mit einem Ruck. Michel rutschte in die äußerste Ecke. Seine Handschellen waren an dem Haltegriff über dem hinteren Seitenfenster befestigt. Es sah aus, als wolle er sein Gesicht vor einem Schlag schützen. Mordbub schwieg. Die Spannung, wer dieses Schweigen brechen würde, war Teil seines Konzepts.

»Ich will mit meinem Anwalt sprechen«, krächzte Michel schließlich.

»Das kann ich verstehen. Ihr Spiel ist aus. Wir haben Maik gefunden.« Mordbubs Stimme klang drohend.

Konrad Michel zuckte zusammen, aber er hielt sich und sagte keinen Ton. Mordbub wechselte die Tonlage.

»Schweigen ist Gold, da haben Sie Recht. Wird Ihnen Ihr Anwalt auch sagen. Erst mal Akteneinsicht und dann die maßgeschneiderte Einlassung. Oder Sie sagen überhaupt nichts, das ist Ihr gutes Recht. Wir müssen Ihnen alles beweisen, nicht umgekehrt.«

Formvollendet, die Belehrung, und Beate war Zeugin. Was hatte er vor?

»Aber das ist eine Kleinigkeit«, fuhr Mordbub nach einer kurzen Pause fort. »Der Wohnwagen allein erzählt genug Geschichten. Die Drogengeschäfte. Der Mord an Donatus. Und dann die Sache mit Maik. Maik Schmidt wird uns die ganze Wahrheit sagen.«

Bei diesem letzten Satz heftete Michel seinen Blick auf Mordbub, der in Siegerpose vor ihm stand.

»Was kann der schon erzählen«, murmelte Michel.

Mordbub trat zurück und schob die Seitentür krachend zu.

»Na?«, fragte er Beate. »Was meinen Sie?«

»Weiß ich nicht. Der letzte Satz kann alles Mögliche bedeuten. Er hat nicht gesagt, was kann der schon *noch* erzählen. Ihm den Tod von Maik anzuhängen wird noch viel Arbeit machen. Ihnen.«

Gleich würde sie heulen müssen, ihre Stimme zitterte schon. Mordbub hatte nicht den leisesten Schimmer, was mit ihr los war.

»Sie reden ja schon wie ein Verteidiger, was soll das denn? Also eine Freiheitsberaubung mit Todesfolge kriege ich auf jeden Fall hin, mindestens drei Jahre, aber das zone ich schon hoch, keine Bange. Und ich habe den letzten Satz klar und eindeutig verstanden. Er wusste genau, dass Maik tot ist. Das müssen Sie doch auch mitbekommen haben!«

»Machen Sie Ihren Scheiß gefälligst allein!«, schrie sie ihn an.

Dann rannte sie einfach weg, als könnte sie so entkommen.

Bin wieder bei Gundula. Und vielen, vielen Dank für alles. Meine Sachen hole ich die Tage ab. Das werde ich euch nie vergessen. Schmitzi.« Das stand auf dem Zettel, der an einer funkelnagelneuen poppigen Blumenvase lehnte. Daneben lag der Wohnungsschlüssel. Und wenn schon. Wenigstens einer, der Glück gehabt hatte.

Beate ging in die Küche und setzte sich an den Tisch, den Kopf auf die Arme gestützt. Der Himmel war silbrig grau und vollkommen ungerührt. Es war totenstill in der Wohnung. Die Feier oben schien in den letzten Zügen zu liegen. Knutscherei zu sentimentalen Liedern vermutlich. Hatte sie sich in ihrem Leben schon einmal so elend gefühlt?

Kater Humphrey erschien auf der Bildfläche und lenkte sie für einen kurzen Moment von ihrem Kummer ab. Er schien zu ahnen, was mit ihr los war, denn er setzte sich ruhig neben sie und forderte nichts.

Ganz im Gegensatz zu Lutz, der, gefolgt von einer kichernden Mickymaus, plötzlich in der Küche stand und Licht machte. Beate kniff die Augen zu.

»Hey, was ist denn mit dir los? Immer noch krank?«

»Krank ist gar kein Ausdruck. Ich bin in einem fürchterlichen Tief.« Hoffentlich verschonte er sie mit seinem professionellen Mitgefühl. Das tat er, Gott sei Dank; er hakte Mickymaus unter und lotste sie in sein Zimmer.

»Viel Spaß noch«, kommentierte Beate böse, aber sie hatte sich verrechnet. Lutz kam zurück, in der Hand seine Cognacflasche für besondere Gelegenheiten und zwei von Mamis guten Schwenkern, auch für besondere Gelegenheiten. Er schenkte ein und schob eines der Gläser in ihre Richtung. Beate trank.

»Ist es wegen Schmitzi?«, erkundigte sich Lutz. »Wir haben ihn getroffen, ich meine, Gundula und ihn. Wenn mich nicht alles täuscht, seid ihr euch näher gekommen in der letzten Zeit?«

Der kriegte auch alles mit. Und lag doch so daneben. Komisch, wirklich komisch ... Beate kicherte, zuerst leise, dann immer heftiger. Zum Schluss wischte sie sich Tränen aus den Augen.

»Aha. Das war es also nicht«, meinte Lutz trocken. »Tja, dann Prost.«

Sie tranken schweigend.

»Morgen melde ich mich krank«, sagte Beate plötzlich. »Ein paar Tage Erholung könnte ich gebrauchen. Sollen die doch ihren Kram alleine machen. Ohne mich. Weißt du, wir haben einen Informanten verheizt. Er hat das für uns gemacht, vielleicht auch für mich, keine Ahnung. Und jetzt ist er tot. So ist das eben in dem Milieu. Da kratzen so viele ab, und andere kassieren so reichlich – da gelten andere Maßstäbe. Auch für uns, anders kriegen wir die Typen nicht. Ein Scheißspiel ist das.«

Lutz sah sie nachdenklich an.

»Drogen, was?«, fragte er dann.

Beate nickte.

»Und jetzt willst du dich da raushalten? So kenne ich dich gar nicht! Einfach aufgeben und die anderen machen lassen, das bringt doch nichts …«

»Ich bin erkältet«, sagte Beate bockig.

»Augenblick mal«, erwiderte Lutz und stand auf. »Bin gleich wieder da.«

Auf Zehenspitzen ging er über den Flur und öffnete behutsam seine Zimmertür. Er warf einen Blick in das Zimmer und schloss die Tür wieder. Den Rückweg legte er mit normalen Schritten zurück. Die alten Dielenbohlen knarrten.

»So, alles klar. Das Mäuschen schläft. In voller Montur.« Er grinste.

»Das tut mir Leid. Wenn du wegen mir …«

Lutz unterbrach ihre nur zur Hälfte aufrichtige Entschuldigung.

»Halb so wild. Allzu viel hätte sich sowieso nicht mehr abgespielt. Aber zurück zum Thema. Du willst also desertieren, habe ich das richtig verstanden?«

»So siehst du das also?« Beate war wütend. »Nur weil ich nicht mehr mitspielen will? So habe ich mir meinen Beruf wirklich nicht vorgestellt: dass wir mit üblen Tricks arbeiten und kleine Knackis gefährden, nur um ein paar Dealern das Handwerk zu legen. Sollen sie doch die Drogen freigeben, dann gibt's das alles nicht mehr, keine widerlichen Profite, keine kriminellen Junkies, keine abgemurksten Kronzeugen, ach, ich habe einfach keine Lust mehr. Was soll das alles? Decken sich die Junkies eben woanders ein, mehr als zehn Prozent von dem Stoff kriegen wir ja sowieso nicht in die Finger. Das Einzige, was wir erreichen, ist doch, dass wir die Ware verknappen und die Preise hochtreiben!«

»Okay, dann geh in die Politik und mach denen das klar. Aber das hilft deinem Informanten jetzt auch nicht mehr. Beate, du darfst nicht einfach aufgeben!«

»So?«, fragte sie zurück. Sie hatte Lutz unterschätzt. Er war wirklich ein Profi. Desertieren. Aufgeben. Nur ein paar Nadelstiche, und schon kippte ihre Stimmung.

Sie saßen zusammen und redeten, bis die Flasche leer war.

»Denen wer ichss aber sseigen«, lallte Beate abschließend.

»Genau. Aber erst morgen«, erwiderte Lutz nüchtern und knotete seine bunte Tüllschleife auf.

Bis auf die blasse Türkisfarbe in seinem Karnevalsgesicht sah er aus wie immer: vernünftig, gescheit und mit diesem verdammt allwissenden Blick. Beate war todmüde.

Als sie am nächsten Morgen gegen neun Uhr aufwachte, stellte sie fest, dass sie keine Ahnung hatte, wie sie in ihr Bett gekommen war. Auch der in der vergangenen Nacht verspürte Tatendrang war wie in dichten Nebel gehüllt. Übrig geblieben waren Kopfschmerzen und eine unbewegliche pelzige Zunge. Aber die Erkältung war wie weggeblasen. Immerhin. Beate tastete nach ihrer Brille und stieß mit dem Kopf gegen die Kante des Nachtschränkchens.

Erst nach zwei Tassen Kaffee und einer prickelnden Dusche konnte sie dem Tag ins Gesicht sehen. Was sie sah, gefiel ihr keineswegs. Schon der erste Programmpunkt kostete eine Selbstüberwindung, die sie schon im vollen Besitz ihrer Kräfte kaum hätte aufbringen können, geschweige denn in ihrer heutigen Form: Ein Gespräch mit Mordbub war unausweichlich nach der Szene, die sie gestern Abend hingelegt hatte. Entschuldigen würde sie sich nicht, das nahm sie sich fest vor, aber wenn es sein musste, würde sie eine Erklärung für ihren Auftritt liefern können, die einer Entschuldigung verdammt nahe kam. Mordbub war bestimmt sauer. Sie hatte ihn stehen lassen wie – wie einen aufdringlichen Verehrer vielleicht, und das vor versammelter Mannschaft. Sie war gespannt, ob er sie wütend anfauchen oder gar mit eisigem Schweigen strafen würde.

Als sie um zehn durch die Flure der wie ausgestorbenen Behörde ging, kam ihr Rosi entgegen. Ihr standen Tränen in den Augen. Die letzten Schritte lief sie.

»Da bist du ja endlich, hast du schon gehört?«

Beate schüttelte den Kopf.

»Feldhoff ist tot. Ein Autounfall, heute Morgen. Aber so war es nicht, bestimmt nicht; er fuhr immer so beherrscht. Es gab keine Bremsspur …« Sie brach ab.

Beate schossen tausend Gedanken gleichzeitig durch den Kopf. Irgendjemand hatte Feldhoff gewarnt. Eine undichte Stelle in ihren eigenen Reihen? Dieser Idiot, wäre das denn nötig gewesen? Und warum war Rosi so aufgelöst, was wusste sie überhaupt?

»Wie schrecklich«, sagte sie mechanisch.

Rosi fiel nichts auf an dieser Antwort.

»Ja, nicht wahr, aber ich hätte es mir denken können. Er war so merkwürdig in letzter Zeit. Wenn er mich nach Hause brachte, schaute er zum Beispiel oft in den Rückspiegel. Einmal habe ich ihn danach gefragt, und er machte einen Witz über Verfolgung und so. Mein Gott, was soll denn seine Frau jetzt machen? Sie ist doch so krank, sitzt im Rollstuhl schon seit mehreren Jahren. Und dann die Kinder, zehn und zwölf sind sie erst …«

Es passte alles zusammen: Corinna, die Erpressung, und nachdem er einmal illegal geholfen hatte, war er das ideale Opfer gewesen, privat genauso verletzbar wie dienstlich. Feldhoff hatte keinen Ausweg mehr gesehen. Nur: Wer hatte ihn gewarnt?

»Ich muss los«, sagte Beate ungeduldig.

Rosi schien sie nicht zu hören. Sie stand immer noch da, ohne sich zu rühren. Beate schob sie sanft zur Seite und rannte los.

Mordbubs Zimmer. Sie klopfte und trat gleichzeitig ein. Er sah sie an aus übernächtigten Augen, in denen kein Platz war für Vorwürfe oder Boshaftigkeiten. Mordbub war restlos fertig.

»Tut mir Leid wegen gestern Abend«, platzte Beate los, und es war überhaupt nichts dabei. »Es war einfach zu viel. Klar, ich bin wieder dabei. Haben Sie schon eine Idee, wie Feldhoff von den Ermittlungen erfahren haben kann? Wie sieht es überhaupt aus, was sagt Konrad Michel? Ist Corinna Sterny vernehmungsfähig? Weiß sie schon, dass Feldhoff …«

»Michel sagt nichts, Corinna auch nicht, und dieser Eddi spielt auf Zeit. Genügt das?«, knurrte er.

Immerhin, er redete mit ihr. Beate holte tief Luft.

»Was ist mit Anwälten? Wann ist Termin beim Haftrichter?«

»Mit Anwälten sind sie bestens versorgt. Die machen mir schon die Hölle heiß. Das war eine Telefoniererei heute Morgen! Und dann die Anträge auf Haftbefehl, ich sage Ihnen … Bis heute Morgen haben die Jungs durchsucht, und raten Sie, was sie gefunden haben?«

Zum ersten Mal stahl sich wieder ein Funken alter Jagdlust in den müden Blick. Beate tat ihm den Gefallen und stellte die Frage, auf die er wartete.

»Nein, was denn?«

»Eine Quittung von Feldhoff: Hiermit bestätige ich, von Frau Corinna Sterny, Koblenzer Adresse, DM fünftausend erhalten zu haben. Es bestehen keine gegenseitigen Ansprüche mehr. Idiot. Ich habe mich ans Telefon gehängt und herausgekriegt, dass gegen Corinna in Koblenz ein Verfahren lief, das gegen Zahlung von genau fünftausend Piepen eingestellt wurde. Die hat er ihr offensichtlich geliehen und darin auf seine pedantische Art die Rückzahlung quittiert. So naiv sah der doch gar nicht aus, oder?«

»War wohl verliebt«, vermutete Beate. »Da sieht man nicht immer klar, wie wir beide wissen.«

Mordbub grinste. Es war alles in Ordnung zwischen ihnen. Beate fiel etwas ein.

»Und wenn Corinna ihn angerufen hat? Vom Gewahrsam aus? Ich meine, sie gibt vor, ihren Anwalt anrufen zu wollen, und wählt dann Feldhoffs Nummer. Schließlich brauchte sie ihn, so dringend hat sie ihn noch nie gebraucht. Hinterher sagt sie, sorry, der Anwalt kann gerade nicht, ich muss es später noch mal versuchen …«

»Nicht schlecht«, murmelte Mordbub und griff schon zum Hörer. Er ließ sich mehrere Male verbinden, bis er den zuständigen Beamten an der Strippe hatte. Er bat ihn, die Nummern zu überprüfen, die Corinna gewählt hatte, und legte dann auf.

Die folgenden Minuten dehnten sich endlos. Beate rauchte, ohne Mordbub um Erlaubnis gefragt zu haben, und Mordbub schraubte den Verschluss einer blümchenverzierten Thermosflasche auf. Diese Flasche und ähnliche Hinweise auf seine bürgerliche Existenz reizten Beate sonst zum Lachen. Heute fand sie es rührend, wie ungeschickt er mit dem Behälter hantierte. Mordbub goss den letzten Rest eines sicher präzise nach seinem Geschmack gesüßten Milchkaffees in einen Henkelbecher und kippte die zu weit aufgeschraubte Verschlusskappe hinterher. Einen Augenblick lang sah er hilflos aus. Aber sein Gesichtsausdruck änderte sich in dem Augenblick, als das Telefon klingelte.

»Ja?«, bellte er. Dann hörte er zu. Sein Blick streifte Beate anerkennend.

»Tja, danke erst mal. Das wird ein interessanter Termin beim Haftrichter. Wir sehen uns gleich, tschö!« Dann wandte er sich Beate zu. »Am besten, Sie kommen auch gleich mit«, sagte er und wischte sorgfältig den Kaffeefleck von seinem Schreibtisch. Die voll gesogene ministerielle Verwaltungsvorschrift, die er als Wischtuch benutzt hatte, landete zusammengeknüllt im Papierkorb. »War eine gute Idee, die Sie da hatten. Die erste Nummer, die sie wählte, war die von Feldhoff. Sieben Uhr morgens. Und um acht hatte er seinen Unfall. Das passt doch, wie?«

»Wenn wir Glück haben.« Beate räusperte sich und setzte neu an: »Wenn alles optimal laufen soll, dann kann man nur hoffen, dass sie ihn geliebt hat. Irgendwann. Sonst lässt diese Nachricht sie kalt.«

»Das schaffen Sie schon, so von Frau zu Frau«, lästerte Mordbub. Sie schoss einen vernichtenden Blick auf ihn ab, den er grinsend parierte.

Das Vorführzimmer der Staatsanwaltschaft im Gerichtsgebäude befand sich direkt neben dem Zimmer des Haftrichters. Da saßen sie und warteten: Mordbub, Kommissar Winter und Beate. Alle drei waren sie blass und müde, aber eine extreme Spannung überlagerte die allgemeine Erschöpfung. Bei Mordbub äußerte sie sich darin, dass er immer wieder seine Haftbefehlsanträge studierte und halbe Sätze wegstrich, um sie dann – mit verbissenem Gesichtsausdruck – doch wieder hinzuschreiben. Winter drehte unentwegt an seinem Ehering und starrte ins Leere. Beate dachte über die Rolle nach, die sie während Corinnas Vernehmung spielen sollte: Während Mordbub den aggressiven und Winter den sachlichen Part übernahmen, sollte sie beim kleinsten Zeichen von Schwäche die Verständnisvolle mimen. Sie erinnerte sich an all ihre Begegnungen mit Corinna und bezweifelte, dass sie für diese Frau Verständnis würde aufbringen können. Nicht einmal als Michel Corinna geschlagen hatte, war so etwas wie Mitgefühl in ihr aufgestiegen. Selbst in dieser Situation war Corinna die Stärkere gewesen: eine, die den Mann so weit provozieren konnte, dass er zu dem lächerlich wirkungslosen Mittel der Gewalt griff. Beate seufzte. Sie hatten den Haftrichter, einen des Strafrechtes vollkommen unkundigen Menschen vom Grundbuchamt, aus dem Bett klingeln müssen. Immer ich, hatte er gejammert, einmal im Jahr Bereitschaftsdienst und natürlich am Tag nach Weiberfastnacht, so eine Schweinerei. Um dreizehn Uhr könne man mit ihm rechnen. Jetzt war es zwölf, und Corinna war auf dem Weg zum Gerichtsgebäude.

Es klopfte, und sofort danach trat ein smarter Mittvierziger ein und grüßte. Er wedelte mit einer Anwaltsvollmacht und stellte sich als Rechtsanwalt Viehofer vor. Mordbub rang seiner Gesichtsmuskulatur ein gequältes Lächeln ab und begrüßte ihn. Danach stellte er Beate und Winter vor und bot dem wie aus dem Ei gepellten Anwalt einen Stuhl an.

»Nun, ohne meinen Beistand wird meine Mandantin keine Angaben machen, aber das wissen Sie ja«, eröffnete er strahlend.

Eine Wolke aufdringlichen Rasierwassers stieg Beate in die Nase, und unwillkürlich rückte sie etwas ab.

»Wenn ich mal eben ...«, sagte der Mann und griff nach der schmalen Akte. »Sie wissen ja, ohne Akteneinsicht gibt es bei mir überhaupt keine Einlassung.«

Mordbubs Finger zuckten, als wollte er die Akte wieder an sich reißen.

»Bitte sehr!« Beate machte eine einladende Handbewegung und sah Mordbub warnend an.

Viehofer setzte eine goldgefasste Lesebrille auf und blätterte in der Akte. Ab und zu sah er stirnrunzelnd über den Rand der Brille hinweg und schüttelte den Kopf. Schließlich warf er die Akte lässig auf den Schreibtisch, schlug die Beine übereinander und betrachtete die Decke.

Es war eine wundervolle Vorstellung. Er bot ein Bild absoluter Gelassenheit. Gleich würde es kommen. Viel dran ist da aber nicht. Glatte Unterstellung, das Ganze. Da ist Ihnen aber die Phantasie durchgegangen, meine Herren. Ach Entschuldigung, Frau Staatsanwältin, Sie habe ich ganz vergessen, aber von Ihnen stammt dieser Wust an wilden Vermutungen wohl auch nicht, oder?

Viehofer bürstete ein nicht vorhandenes Stäubchen von seinem flotten Wildlederblouson und hielt den Mund. Als er dann schließlich doch etwas sagte, hatte er die volle Aufmerksamkeit. Gutes Timing, dachte Beate anerkennend.

»Welchen Vorwurf darf ich diesem Sammelsurium von Ermittlungen eigentlich entnehmen?«, fragte er und schaute wie hilflos in die Runde.

Es war sein ganzes Auftreten, das Mordbub auf hundertachtzig brachte.

»Das werden wir Ihrer Mandantin gleich mitteilen«, bellte er.

Beate wünschte, sie könnte ihn vors Schienbein treten, aber er saß zu weit weg.

»Bedaure«, erklärte Viehofer kühl. »Ohne konkreten Vorwurf können wir uns leider nicht äußern. Die Strafprozessordnung schreibt vor, dass zu Beginn der Vernehmung der Vorwurf bezeichnet wird. Aber wem sage ich das?«

Eins zu null für ihn, und er wusste es. Immerhin hatte er erreicht, dass nun alle hellwach waren. Beate ergriff das Wort.

»Fangen wir mal mit dem Vorwurf des Handelns mit Betäubungsmitteln in nicht geringen Mengen an«, sagte sie leichthin.

Viehofer hob die Augenbrauen.

»Nicht geringe Mengen? Ein bisschen dünn, was wir da haben.«

Auf einmal lief es wie geschmiert. Winter schaltete sich ein und zitierte die Aussagen der gestern festgenommenen Kunden. Und das sei erst der Anfang, fügte er hinzu. Mordbub polterte los, ob Viehofer nicht gelesen habe, dass außerdem Beihilfe zum Mord an Maik Schmidt in Betracht komme? Winter assistierte. Ein perfektes Team. Aussage des Wirtes vom Capitol, der gesehen hatte, wie Eddi, Corinna und Michel zusammen mit Maik Schmidt die Gaststätte verlassen hatten; Maik Schmidt sei es offensichtlich schlecht gegangen, sie hätten ihn mehr oder weniger hinausgeschleppt.

»Spekulationen«, kommentierte Viehofer.

»Für einen hinreichenden Tatverdacht und damit einen Haftbefehl reicht es«, sagte Beate sanft. »Obwohl: Der Verdacht könnte durch entsprechende Aussagen entkräftet werden. Zumindest aber die Verdunkelungsgefahr …«

Viehofer schien nachzudenken. Bevor er sich aber zu einer Antwort aufraffen konnte, klopfte jemand an die Tür. Auf Mordbubs schallendes »Herein!« traten zwei Polizeibeamtinnen ein, zwischen ihnen Corinna. Viehofer sprang zuvorkommend auf, drückte Corinna verschwörerisch lächelnd die Hand und bot ihr seinen Stuhl an.

Corinna, Reste von Lametta im Haar und bleich auch ohne Schminke, setzte sich – willenlos wie eine Marionette. Die Nacht im Gewahrsam schien ihr nicht bekommen zu sein, ein freier Fall vom Rausch in die gekachelte Realität einer Zelle, wo man sich selbst ausgeliefert war. Unter ihren Augen lagen blaue Schatten, die Mundwinkel hingen schlaff herunter. Sie saß steif da, die Hände im Schoß zusammengekrampft. Beate bot ihr eine Zigarette an. Es war mehr als eine Geste, die ihre Rolle vorgeschrieben hätte. Nach kurzem Zögern und einem Blick auf Rechtsanwalt Viehofer, der sich um einen neutralen Gesichtsausdruck bemühte, nahm Corinna eine Zigarette und ließ sich von Beate Feuer geben.

»So«, sagte sie dann, der erste Zug schien ihre Erstarrung zu lösen, »um was geht es?«

Mordbub versuchte es mit Höflichkeit.

»Wir haben es Ihrem Verteidiger gerade gesagt. Würden Sie es Ihrer Mandantin …?«

Ein guter Schachzug. Viehofer fühlte sich aufgewertet, und Mordbub konnte sich heraushalten. Er war nicht der Überbringer schlechter Nachrichten. Während Viehofer lang und breit und überaus zurückhaltend von den Verdachtsmomenten gegen sie sprach, verhärteten sich ihre Züge wieder.

»Quatsch, alles Quatsch«, stieß sie hervor. »Zu diesem Unsinn sage ich nichts.«

Viehofer saß in der Klemme. Er führte ihr die Beweislage vor Augen und erklärte ihr, dass es seiner Ansicht nach günstiger für sie sei, die Sache aufzuklären. Doch Corinna schaltete auf stur. Sie drückte die Zigarette aus und verschränkte die Arme vor der Brust.

Mordbub holte tief Luft und sah Beate an. Sie nickte.

»Wir haben dies hier in Ihrer Wohnung gefunden«, sagte er leise und warf die Feldhoff-Quittung auf den Tisch.

Viehofer griff hastig nach dem Blatt und studierte es mit verständnisloser Miene.

»Wenn das ein Trick sein soll …«, hob er an.

Mordbub beachtete ihn nicht.

»Wir wissen, dass Sie ein Verhältnis mit ihm hatten. Und dass er Sie schon mindestens zweimal herausgepaukt hat. Nur: Damit ist jetzt Schluss. Ihr Anruf heute Morgen bei ihm war wirklich der letzte.«

Corinna sah ihn mit großen Augen an. Sie schien fieberhaft zu überlegen, dann öffnete sie den Mund. Viehofer legte ihr eine Hand auf die Schulter.

»Kein Wort hierzu«, zischte er. »Nicht, bevor ich nicht weiß, was hier gespielt wird. So was läuft hier nicht. Das wird ein Nachspiel haben, glauben Sie mir. Akteninhalte zu unterdrücken, dem Verteidiger wichtige Erkenntnisse vorzuenthalten, so geht's nicht. Wir leben in einem Rechtsstaat!«

Mit bewundernswerter Geduld ließ Mordbub ihn ausreden. »Ich dachte nur, es interessiert Sie. Feldhoff ist heute Morgen bei einem Verkehrsunfall ums Leben gekommen. Eine Stunde nach Ihrem Anruf. Man hat keine Bremsspuren gefunden.«

Corinna starrte ihn an, die Augen immer noch weit aufgerissen. Viehofer wusste einen Moment lang nicht, was er sagen sollte. Beate ergriff die Gelegenheit.

»Ihrer Mandantin soll nichts angehängt werden, Sie brauchen sich keine Sorgen zu machen. Es ist eine persönliche Tragödie, weiter nichts. Aber«, sie wandte sich direkt an Corinna, »hat es in der Sache nicht schon genug Tote gegeben? Rainer Donatus, Maik Schmidt und jetzt Feldhoff? Wollen Sie wirklich den Einzigen schützen, der bei der ganzen Sache profitiert hat? Der war nicht Ihr Freund, ganz bestimmt nicht ...«

Corinna zögerte noch immer. Es musste jetzt klappen, genau in diesem Moment, da sie unsicher geworden war und Gefühle zuließ, die sie schon bald wieder unter Kontrolle bekommen würde. Beate warf einen Blick auf Mordbub, der mit kaum gezügelter Ungeduld auf Corinnas Antwort lauerte, und gab sich einen Ruck.

»Es hängt von Ihnen ab, ob wir überhaupt einen Antrag auf Haftbefehl stellen«, sagte sie und spürte fast körperlich, wie Mordbub zusammenzuckte.

Für ihn war ein Fall erst dann erfolgreich abgeschlossen, wenn die Beschuldigten in der Kiste saßen, wie er sich auszudrücken pflegte. Beate redete einfach weiter.

»Wir wollen Michel. Wenn Sie uns sagen, was Sie über Donatus, Maik Schmidt und Michels Geschäfte wissen, überlegen wir uns das mit dem Haftbefehl gegen Sie noch mal. Sie haben einen festen Wohnsitz; Verdunkelungsgefahr besteht nicht mehr, wenn Sie hier und heute auspacken; Sie sind nur geringfügig als Jugendliche vorbelastet, und Ihre Rolle bei den Geschäften kennen wir. Es liegt ganz bei Ihnen.«

Mordbub platzte fast vor Wut über ihren Alleingang. Sie sah ihn beschwörend an.

In die gespannte Stille hinein sprach Viehofer.

»Reden Sie«, sagte er nur. Er war bei allem Gehabe ein guter Anwalt, einer, der die Chancen witterte.

Und Corinna packte aus. Alles, was sie wusste. Es dauerte über eine Stunde. Den Mord an Rainer Donatus, bei dem sie Augenzeugin gewesen war: Seine wirren Reden und was er alles mitbekommen hatte, von dem Handel auf seinem Hinterhof – das hatte Michel gestört. Und als er ihn angetroffen hatte – blutüberströmt und vollkommen durcheinander nach dem Streit mit Rönninghaus –, wie er an der Tür von seinem, Michels, Wohnwagen rüttelte und wilde Schreie ausstieß, hatte er ihn niedergeschlagen. Corinna beschrieb die Tatwaffe und den Ort, wohin Michel sie geworfen hatte.

Es war eine lange Beichte, eine Lebensbeichte, an deren Ende Corinna erleichtert war. Mordbub dagegen war völlig aus dem Häuschen. In Gedanken war er wohl schon bei einem glanzvollen Plädoyer gegen Michel, so verklärt sah er aus.

Maik Schmidt war ein – wie Corinna es nannte – Betriebsunfall gewesen, weiter nichts. Eddi hatte ihm einige Magenschwinger verpasst. Dass er sich würde übergeben müssen, daran hatte keiner gedacht. Er hatte nur für einige Stunden aus dem Verkehr gezogen werden sollen, so lange, bis Michel »aufgeräumt« hatte. Von einem Knebel war nie die Rede gewesen, der ging auf Michels Konto.

Zwischendurch steckte immer wieder ein kleiner Mann mit buschigen Augenbrauen seinen Kopf zur Tür herein. Der wiederbelebte Haftrichter, der seinen überflüssigerweise geopferten Schlaf im Besonderen und sein herbes Schicksal im Allgemeinen bedauerte. Seine Zeit würde noch kommen. Eine richterliche und schön protokollierte Aussage von Corinna, und dann die Haftbefehle gegen Eddi und Michel. Beate stand auf.

»Brauchen Sie mich noch?«, fragte sie. »Ist ja im Grunde nicht mein Verfahren, und da dachte ich …«

»Schwirren Sie ab«, entließ Mordbub sie großzügig. »Und vielen Dank«, fügte er noch hinzu, kurz bevor sie die Tür hinter sich schloss.

Beate war, in Gedanken versunken, auf dem kurzen Weg vom Gericht zum Gebäude der Staatsanwaltschaft – ein Weg, den sie automatisch einschlug. Das war kein gutes Ende, trotz dieses letzten Erfolges. Er kam zu spät. Zu spät für Donatus und zu spät für Maik Schmidt, dessen Gesicht sie noch immer ohne Anstrengung vor ihrem geistigen Auge zusammensetzen konnte. Das blasse, leicht pickelige Kindergesicht. Die wirren Strähnen, die immer wieder in die Augen fielen. Diese blauen Augen, besonders die waren erschreckend lebendig, wenn sie sich sein Gesicht vorstellte.

Erst der Anblick des kleinen Aktenhäufleins in ihrem Zimmer brachte Beate in die Realität zurück. Karneval. Richtig, da tat sich nicht viel in der Behörde ... Ob sie dieses Jahr unbeschwert würde feiern können? Vielleicht doch – nach dem bewährten Motto: jetzt erst recht? Mechanisch ergriff sie die erste Akte und klappte sie auf.

Das durfte nicht wahr sein. Anzeige gegen Friedhelm Dirksen wegen Betruges. Erstattet von Berta Krause. Der Kreis schloss sich. »Erst zahle ich die Schulden von diesem Kerl, und jetzt hat er sich zu dieser Marion Sonntag abgesetzt. Obwohl er mir die Ehe versprochen hatte ...«

»Wer zuletzt lacht, lacht am besten«, sagte Beate halblaut und spürte es kommen: Sie lachte, bis die wütende, steile Handschrift der Berta Krause vor ihren Augen verschwamm.

Wichterich stand in der Tür und betrachtete das Schauspiel.

»Ist irgendwas los?«, fragte er Anteil nehmend.

»Nichts. Nur das Leben«, antwortete Beate und kicherte schon wieder.

»Wenn's weiter nichts ist. Alaaf dann, und schöne Tage. Aschermittwoch sehen wir uns wieder«, verabschiedete er sich.

»Fragt sich nur, wie«, murmelte Beate.

Sie warf die Akte Dirksen auf die Fensterbank. Berta Krause musste noch ein wenig auf den Einstellungsbescheid warten. Wenn die erste Wut verraucht und im Karnevalstrubel neue zarte Bande geknüpft waren, würde sie ihn auch besser verdauen können. Das Leben ging weiter. So falsch war das gar nicht.

Zum ersten Mal an diesem Tag fiel Beate auf, dass der Himmel klar und von einem geradezu südlichen Blau war. Sie griff nach Tasche und Mantel, schloss das Büro ab und ging.

Gabriele Wolff

Tote Oma

Roman

Band 13771

Beate Fuchs ist nach ihrem Gastspiel in Neubrandenburg und ihrer Erprobung bei der Generalstaatsanwaltschaft wieder zur heimischen Staatsanwaltschaft Köln zurückgekehrt. Aber irgend etwas hat sich verändert, seitdem sie als Konkurrentin um die wenigen Beförderungschancen gilt. In ihrer neuen Abteilung kommt sie hinter die Machenschaften eines mißgünstigen Kollegen, der sie beim Chef anschwärzt und sich durch geräuschlose Beerdigung skandalträchtiger Fälle zu empfehlen glaubt. Die befristete Abordnung zur Staatsanwaltschaft Neuruppin, die ihr ehemaliger Ausbilder listig eingefädelt hat, erscheint ihr da wie eine Flucht in die heile Welt einer beschaulichen Provinzstadt. Doch während in Köln ihre berufliche und private Existenz aus den Fugen gerät, spielt sich in Neuruppin das stille Drama einer von Angst beherrschten Kindheit ab. Als der zwölfjährige Mirko seine tote Oma findet, ahnt Beate noch nicht, daß von ihr mehr erwartet wird als die simple Entscheidung zwischen Obduktion oder Leichenfreigabe...

Fischer Taschenbuch Verlag

fi 508 / 8

Gabriele Wolff

Der falsche Mann

Roman

Band 14669

Lisa Merker, unkonventionelle Großstädterin, verletzbar und spöttisch, intellektuell und naiv, befindet sich plötzlich in einer Rolle, die sie nicht für möglich gehalten hätte – als mordverdächtige Ehefrau. Drei Tage lang suchen die Ermittler und auch Lisa selbst nach der Wahrheit ihrer gewaltsam beendeten Ehe. Die Suche gerät zu einer Kraftprobe zwischen Oberstaatsanwalt Riemenschneider, der einer Korruptionsaffäre auf der Spur ist, und Lisa, die allen Grund hat, sich vor der Aufdeckung der ganzen Wahrheit zu fürchten. Denn Rechtsanwalt Achim Merker war der falsche Mann für sie, in jeder Beziehung. Aber hat sie ihn tatsächlich umgebracht?

Fischer Taschenbuch Verlag

fi 1570 / 10